I0562557

Ο ΚΗΠΟΣ ΤΗΣ ΖΩΗΣ ΤΗΣ

Μυρτώ Ιωάν. Ζαφειροπούλου

Ο ΚΗΠΟΣ ΤΗΣ ΖΩΗΣ ΤΗΣ

μέθεξις ΕΚΔΟΣΕΙΣ

Θεσσαλονίκη 2014

Κατασκευή Εξωφύλλου: Εκδόσεις Μέθεξις
Επιμ. Έκδοσης: Εκδόσεις Μέθεξις

© Copyright Εκδόσεις Μέθεξις 2014
Κεραμοπουλου 5, Θεσσαλονίκη ΤΚ 546 22
Τηλ. - Fax: 2310-278301
e-mail: info@metheksis.gr
www.metheksis.gr

ISBN: 978-960-6796-59-3

Απαγορεύεται η ολική, μερική ή περιληπτική αναδημοσίευση, αναπαραγωγή ή διασκευή του περιεχομένου του παρόντος βιβλίου με οποιονδήποτε τρόπο χωρίς γραπτή άδεια του εκδότη.

Αριθμ. Εκδοσης 66

Το βιβλίο αυτό ανήκει

στους πολυαγαπημένους μου γονείς
Γιάννη & Χριστίνα,

αλλά και στον Δημήτρη Στ. Βούλγαρη,
που και οι τρεις τους
κάνουν τώρα παρέα στον ουρανό.

Ευχαριστίες

Πολλοί δικοί μου άνθρωποι μου συμπαραστάθηκαν με κάθε δυνατό τρόπο και μ' ενθάρρυναν στην απόπειρά μου να «εκτεθώ». Ανάμεσά τους ο Γιώργος Σπ. Σγουρόγλου, κουμπάρος μου κι επί τιμή Σύμβουλος Επικρατείας Δ.Ν. που μου θύμισε τα της Κομοτηνής, η Χαριτωμένη Α. Σβαλίγκου, καθηγήτρια Θεατρολογίας του Α.Π.Θ., «νονά» του βιβλίου κι αδελφική μου φίλη, η Νόρα Π. Βακαλοπούλου, δικηγόρος, κόρη της αγαπημένης μου συμμαθήτριας Σοφίας που με βοήθησε πολύ με τις ανιαρές διορθώσεις, η Μιμή Ξ. Διονυσιάδου κι η Μάχη Ιωαν. Ρέκου, συμφοιτήτριές μου και καθηγήτριες Αγγλικής Φιλολογίας που άκουσαν με διάθεση κι αγάπη τους όποιους προβληματισμούς είχα καθώς έγραφα και τους νεαρούς φίλους μου Άννα και Κωνσταντίνο Τσιγγενόπουλο, ιδιοκτήτες του καφέ «Mon Frere» που με φιλοξένησαν πολλά πρωινά στο χώρο τους και που δίπλα στον γευστικό τους espresso εγώ μουτζούρωνα τις σελίδες στο κίτρινο μπλοκάκι μου και φυσικά, στη Χριστίνα Καραπετσά που με μεγάλη υπομονή και χαμόγελο ανέλαβε τη δύσκολη δουλειά της αντιγραφής του σ' ευανάγνωστες σελίδες.

Τέλος, και περισσότερο απ' όλους πρέπει να ευχαριστήσω την Βικτώρια Κ. Βατάκα, μαθήτρια της Β' Γυμνασίου του κολλεγίου «Ανατόλια» που ονομάτισε μ' επιχειρήματα δύο απ' τους κυριότερους ήρωές μου, δίνοντάς τους ονόματα με συμβολισμό απαράμιλλο, που συνεχώς ενδιαφερόταν για την πορεία του γραψίματός μου και που όταν δεν είχε φόρτο μαθημάτων διάβαζε τα κείμενά μου.

Όλους τους ευχαριστώ απ' την καρδιά μου με μια ζεστή αγκαλιά.

Κεφάλαιο Πρώτο

Η Βέρα καθόταν στο ψηλότερο μπαλκόνι του σπιτιού της κι αγνάντευε τη θέα της Θεσσαλονίκης και του λιμανιού της. Το μπαλκόνι πρέπει να ήταν σχεδόν ογδόντα τετραγωνικά μέτρα, πελώριο. Θα μπορούσε, αν το διαρρύθμιζε κάποιος κατάλληλα, να γινόταν μία ωραιότατη γκαρσονιέρα. Μήπως έπρεπε να το σκεφτεί αυτό; Για την ώρα όχι. Είχε άλλα πράγματα στο νου της.

Ο Απρίλης μόλις είχε μπει, ήταν Σάββατο και δεν είχε τι να κάνει. Όλα ήταν τακτοποιημένα. Η γυναίκα που έκανε τις δουλειές του σπιτιού είχε φύγει πριν από λίγο και μάλιστα σήμερα, είχε καθυστερήσει γιατί ετοίμασε και το φαγητό για την Κυριακή κι αυτό της πήρε αρκετή ώρα επιπλέον.

Ήταν περασμένες τρεις τ' απόγευμα κι ο καιρός πότε συννέφιαζε και πότε άνοιγε. Η Βέρα μπήκε στην κρεβατοκάμαρά της και πήρε μία μπεζ κασμιρένια εσάρπα που πια δεν τη φορούσε έξω απ' το σπίτι. Τυλίχτηκε καλά, έβαλε τα μαύρα της γυαλιά κι ακούμπησε τα τσιγάρα και τον καφέ της στο πλαϊνό τραπεζάκι, δίπλα απ' τη σεζλόνγκ που καθόταν. Πάτησε το κουμπί δίπλα στο στέρεο και το 2ο κονσέρτο για πιάνο κι ορχήστρα του Saint-Saëns άρχισε ν' ακούγεται θαυμάσια! Θ' απόλάμβανε τον καφέ της! Τι καλά θα ήταν να είχε πάρει και μερικά απ' τα

ωραία πτιφούρ του «Μουρούζη», εκείνα που έμοιαζαν με μαργαριτού-
λες και μέσα είχαν σοκολάτα! Αλλά δεν πειράζει. Δεν το σκέφτηκε νω-
ρίτερα. Θα 'πινε τον καφέ της και μετά θα ξεφύλλιζε τα περιοδικά της
μέχρι την ώρα που θα βράδιαζε και θα 'μπαινε μέσα στο σπίτι.

Ο καιρός ήταν λιγάκι τρελός. Τη μια έβρεχε, την άλλη έβγαινε ήλιος,
τη μια έπεφτε η θερμοκρασία, την άλλη ανέβαινε, αλλά έτσι είναι ο
Απρίλης, είναι τρελούτσικος, ή μάλλον ο πιο τρελός μήνας του χρόνου.

Ωστόσο, με το που 'μπαινε η Βέρα χαιρόταν. Είχε τα γενέθλιά της
και απ' την αρχή του μέχρι να 'ρθουν το διασκέδαζε κάνοντας σχέδια
και περιμένοντας το σπουδαίο γεγονός, το σπουδαιότερο της χρονιάς.
Από μικρή, από τότε που θυμόταν τον εαυτό της, η μαμά της τής τα
γιόρταζε με κάθε μεγαλοπρέπεια κάνοντας τη Βέρα να τα θεωρεί την
πιο σπουδαία μέρα της χρονιάς.

Ωραία λοιπόν! Σε λίγες μέρες πλησίαζαν κι αναρωτιόταν τι θα 'πρε-
πε να κάνει φέτος, κάτι πρωτότυπο, ίσως κάτι ιδιαίτερο πάνω στην
τούρτα. Ν' άλλαζε τα έπιπλα του μπαλκονιού που είχαν -εδώ που τα
λέμε- φάει και τα χρονάκια τους ή να 'κανε κάτι έξω απ' το σπίτι; Αυτό
το δεύτερο έκανε στο τέλος σχεδόν όλα τα τελευταία χρόνια απ' όσο
θυμόταν, αλλά ποτέ, όσο κι αν φρόντιζε να πηγαίνει στο καλύτερο ρε-
στοράν, όσο κι αν κουβαλούσε στο τραπέζι τους κρεμαστούς κήπους
της Βαβυλώνας, όσο κι αν φρόντιζε το μενού όταν το παρήγγελνε, ποτέ
δεν έμενε απόλυτα ευχαριστημένη.

Τις λίγες φορές που τα γιόρτασε στο σπίτι της, όλο κάτι την ενο-
χλούσε. Νόμιζε ότι κάτι σημαντικό είχε παραλείψει, κάτι δεν της ήρθε
για το στόλισμά του όπως το περίμενε, κάπως ό,τι κι αν έκανε, όσο κι αν
το προετοίμαζε, της φαινόταν λίγο.

Πρώτα-πρώτα, σχεδόν μία εβδομάδα προετοιμασίες. Να πλυθούν οι
κουρτίνες, να μπουν τα κεριά, να παραγγείλει τα λουλούδια, να φρόντι-
σει για τα ποτά, να παραγγείλει την τούρτα, πάντοτε απ' τον «Αγαπη-

τό» που 'κανε τις καλύτερες για γενέθλια. Να δώσει οδηγίες στη γυναίκα για τις λεπτομέρειες στη δουλειά της, τις επιπλέον, που ταίριαζαν σε μια τέτοια μέρα και μετά να τρέξει στην αγορά να δει τι θα φορούσε. Πάντα κάτι καινούργιο, αυτό ήταν αξίωμα. Δεν είχε ποτέ εξαιρέσεις.

Ερχόταν πάντα όλοι οι καλεσμένοι, καμιά φορά και κάποιος φίλος της που είχε ανέβει απ' την Αθήνα για δουλειές ή είχε ξεμείνει εκείνη την ημέρα χωρίς να 'χει πρόγραμμα. Ας ερχόταν όποιος ήθελε. Η Βέρα δεν είχε κανένα πρόβλημα. Έτσι κι αλλιώς, αν καλούσε τριάντα άτομα, οι προμήθειες ήταν για πενήντα έτσι πληθωρική που ήταν, αλλά στη συγκεκριμένη περίπτωση αυτό ήτανε για καλό.

Όλοι έφευγαν ευχαριστημένοι, καλοταϊσμένοι κι ολίγον τι σε ευθυμία. Τους άρεσε να πίνουν, ή πίναν επειδή ήταν μόδα, τζάμπα, θέλαν να ξεχαστούν; Ποιος ξέρει… Σημασία είχε ότι ήταν όλοι ευχαριστημένοι ή έτσι δείχναν, αφού λίγο πολύ θυμόντουσαν τα γενέθλιά της πριν καν τους καλέσει και το συζητούσαν, το περίμεναν. Για τους φίλους της Βέρας τα γενέθλιά της ήταν κάτι σαν μια μικρή εθνική γιορτή. Με τα χρόνια τους το είχε επιβάλλει μάλλον.

Ο ήλιος είχε αρχίσει να πηγαίνει για νάνι. Ο αέρας ήταν καθαρός κι η θέα στην πόλη ήταν καταπληκτική. Πλοία εμπορικά δείχναν σαν ακούνητες πάπιες από μακριά και τα βουνά πέρα στην Κατερίνη διαγράφονταν αχνά. Η Βέρα τέντωσε τα πόδια της κι ήπιε τον καφέ ευγνωμονώντας τη μέρα που σε λίγο θα 'φευγε.

Το σπίτι κι η θέα του ήταν ένα θαύμα. Ο κήπος του σπιτιού μόνο ήταν περίεργος. Σα να τον φύτευε κάποιο αόρατο χέρι σε ραβδωτά διαστήματα και το κάθε ένα διάστημα είχε κι άλλο χρώμα. Δεν ήξερε πως οι γονείς της, που της αγόρασαν το οικόπεδο όπου μετά κτίστηκε το σπίτι και διαμορφώθηκε ο κήπος, είχαν κάνει μια τόσο περίεργη επιλογή. Δεν μπόρεσε ποτέ να καταλάβει πως ήταν δυνατόν να αγοραστεί αυτό το περίεργο οικόπεδο.

Πρώτα-πρώτα εκτεινόταν μόνο απ' τη μπροστινή πλευρά του σπιτιού, ενώ πίσω ακριβώς άρχιζε ο δημόσιος δρόμος, η κίνηση, η φασαρία. Δηλαδή, με το που άνοιγες την εξώπορτα βρισκόσουν στο δρόμο κι ήταν σαν να άλλαζε μεμιάς όλο το σκηνικό.

Ο κήπος εκτεινόταν σε πολλά στρέμματα και κάτι λίγα μέτρα, αλλά το περίεργο ήταν ότι ήταν ανεπτυγμένος σ' ένα μακρινάρι γης που το φάρδος του ήταν μόνο 365 μέτρα. Πολύ-πολύ στενόμακρο για τα στρέμματά του. Το ακόμα πιο περίεργο ήταν που το μάτι έφτανε μέχρι το τελευταίο μέτρο μπροστά, ενώ όσο πλησίαζε προς το σπίτι τα μέτρα θόλωναν, κάτι που ήταν εντελώς παράξενο επίσης.

Η Βέρα μπορούσε να δει το τελευταίο πετραδάκι, το πιο μικρό λουλούδι στο τέλος του ενώ τα κοντινά δυσκολευόταν να τα διακρίνει. Ήταν κάποιο φυσικό φαινόμενο αυτό στη διάταξη του συγκεκριμένου κήπου ή μήπως ήτανε κάτι άλλο; Συνέβαινε έτσι με όλα τα οικόπεδα ή μόνο στο δικό της; Ήταν λίγο περίεργο...

Όμως, όσο περνούσε ο καιρός κι έβγαινε στο μπαλκόνι της, πάντα το ίδιο καθαρά έβλεπε την αρχή του και ποτέ καθαρά το τέλος του, το οποίο εξάλλου ήταν και κάτω στα πόδια της κολλημένο στις σκάλες του σπιτιού. Τι στο καλό συνέβαινε; Πήρε στα χέρια της την κούπα με τον καφέ, ήπιε και την τελευταία σταγόνα του και βάλθηκε πάλι να φέρνει τη χιλιοπαιγμένη επαλήθευση στη σκέψη της.

Κοίταξε μακριά, στο τέλος του οικόπεδου. Όλα ήταν ροζ· τα λουλουδάκια, τα δέντρα, τα πουλιά, ακόμη κι οι πέτρες. Όλα χρωματισμένα ροζ. Όπως ροζ ήταν κι η πρώτη της εντύπωση απ' τον κόσμο γύρω της.

Το δωμάτιο που άρχισε να παρατηρεί πρόσωπα στη ζωή της, ίσως εκεί κάπου στα τέταρτα γενέθλιά της, ήταν ροζ. Οι τοίχοι, το κρεβατάκι, το χαλί με τις αστείες φιγούρες μπροστά του, το φωτιστικό, τα κάδρα με τις ζωγραφιές, η ντουλάπα, το ψάθινο μικρό καρεκλάκι της με το τραπεζάκι μπροστά του, τα παιχνίδια της, όλα ήταν ροζ.

Πάνω της στεκόταν η γιαγιά με τα ροζ μαγουλάκια κι ένα χαμογελαστό στόμα με ροζ χειλάκια που κάτι της έλεγαν: «Σήκω, γλυκούλα μου, να πιεις το γάλα σου. Σε λίγο θ' ακούσουμε και τη θεία Λένα στο ραδιόφωνο, να δούμε τι παραμυθάκι θα μας πει σήμερα». Η Βέρα άπλωσε τα χεράκια της και βρέθηκε μεμιάς στη ζεστή αγκαλίτσα της γιαγιάς. Τι ωραία που μύριζε αυτή η αγκαλίτσα! Μύριζε βανίλια! Σίγουρα κάτι θα 'κανε πάνω στην κουζίνα της. Κρεμούλες, κέικ, κάτι! Ποιος ξέρει;

Την άφησε κάτω στο χαλάκι και γύρισε στη ντουλάπα για να δει τι θα της έβαζε σήμερα. Α, ναι! Μια ροζ φορμούλα χωρίς πατουσάκια και ροζ παντόφλες με μια πριγκίπισσα επάνω τους ήταν ό,τι καλύτερο γιατί ο καιρός δεν ήταν πολύ καλός και δεν θα 'βγαίναν απ' το σπίτι. Η γιαγιά πήγε προς την κουζίνα της να ετοιμάσει το γάλα για τη Βέρα. Εκείνη όμως δεν ξεκολλούσε απ' το δωμάτιό της. Κοίταζε τα παιχνίδια της που σχημάτιζαν σωρό κάτω στο πάτωμα, δίπλα στο κρεβάτι, πάνω στο τραπεζάκι κι αναρωτιόταν ποιο να 'παιρνε σήμερα για παρέα.

Όμως ένας ξαφνικός, τρομερός θόρυβος και μετά μια λάμψη την φόβισαν κι άρχισε να σκούζει: «Γιαγιά, γιαγιά έλα».Η γιαγιά έτρεξε, την πήρε στην αγκαλιά της και της ψιθύρισε στο αυτάκι: «Μη στεναχωριέσαι Βέρα μου. Περνάει ο προφήτης Ηλίας με την άμαξα και το καμτσίκι του γι' αυτό άκουσες το θόρυβο κι είδες το φως. Περνάει για να μας πει ότι σε λίγο θ' αρχίσει να βρέχει πολύ δυνατά. Κατάλαβες; Μη φοβάσαι κουκλίτσα μου! Εμείς θα είμαστε μέσα στο σπίτι και τίποτα δεν θα μας πειράξει. Εγώ είμαι εδώ. Έλα, Βέρα μου, να πιεις το γάλα σου και ν' ακούσουμε το παραμυθάκι της θείας Λένας».

Η Βέρα τεντώθηκε, ήσυχη πια, κατέβηκε απ' την αγκαλιά της γιαγιάς και βάλθηκε να ξεχωρίζει τα παιχνίδια της για να δει ποιο θα 'παιρνε μαζί της. Πριν προλάβει όμως να διαλέξει, άκουσε κάτι δυνατά και επαναλαμβανόμενα πλιτς-πλατς που ερχόταν απ' το μέρος της μπαλκονόπορτας κι έτρεξε προς τα εκεί.

Χοντρές στάλες έπεφταν πάνω στο μπαλκόνι. Κόλησε τη μυτούλα της στο τζάμι για να δει καλύτερα τι γίνεται αλλά αυτό θάμπωσε. Πήρε μια κούκλα με πάνινα μεγάλα πόδια, πάνινο κορμί, κοκάλινο κεφαλάκι με καπέλο -όλα ροζ- και πήγε πάλι προς το τζάμι. Αυτή τη φορά ακούμπησε την κούκλα πάνω του, βολεύτηκε κι εκείνη πάνω στην κούκλα κι έτσι είδε πολύ καλά τι γινόταν.

Ο κατηφορικός δρόμος που περνούσε μπροστά απ' το σπίτι στις 40 Εκκλησιές, εκεί που μένανε, ήταν σαν ποτάμι. Νερό, πολύ νερό και πάνω του στρογγυλές τρυπούλες που άνοιγαν και μετά ακολουθούσαν η μια την άλλη. Τι ωραίο θέαμα! Άνοιξε όσο μπορούσε τα ματάκια της και χάζευε αυτόν τον τρελό χορό που κάνουν οι σταγόνες. Ήταν μια μεγάλη ανοιξιάτικη μπόρα.

Ευχαριστημένη απ' την καινούργια καταγραφή στο μυαλουδάκι της γύρισε σέρνοντας την κούκλα και πήγε προς την κουζίνα. Η γιαγιά την περίμενε με το γάλα ν' αχνίζει πάνω στο τεράστιο τραπέζι κι ένα πιάτο δίπλα με κουλουράκια που τα 'φτιαχνε η ίδια στη μηχανή και τα 'ψηνε στη μασίνα.

Η Βέρα έριξε μια ματιά στο γάλα, που έτσι κι αλλιώς δεν τις άρεσε καθόλου, και για να καθυστερήσει το καθημερινό αυτό μαρτύριο, το κοίταξε καλά-καλά. Μετά φώναξε μες στη χαρά: «Ε, γιαγιά, έχει πέτσα. Δεν μπορώ να το πιω». Εντάξει, η γιαγιά θα 'βγαζε την πέτσα, θα το σούρωνε δηλαδή, θα το ξανάβαζε μπροστά της αλλά πάντως θα καθυστερούσε αυτή η απαίσια καθημερινή διαδικασία. «Αμάν βρε παιδάκι μου, κάθε μέρα τα ίδια! Πρέπει να το πιεις για να μεγαλώσεις. Πώς θα γίνεις μεγάλο κορίτσι και θα πας στο σχολείο; Έλα, πιες το. Σε λίγο θα 'ρθει ο παππούς και θα στεναχωρεθεί αν δεν δει το φλιτζάνι σου άδειο».

Ε, αυτό ήταν το κουμπί της Βέρας! Ο παππούς. Ο γλυκύτατος παππου-
λίτσος που ήταν τόσο ψηλός κι όμορφος κι είχε μία τόσο ωραία φωνή. Αυ-
τόν τον παππού τον λάτρευε! Δεν μπορούσε να μην του κάνει το χατίρι! Θα
της έφερνε εξάλλου καραμελίτσες, κάτι που γινόταν κάθε μέρα όταν γύριζε
από την εκκλησία. Ο παππούς ήταν παπάς.

Ο παππούς κι η γιαγιά ήταν πρόσφυγες απ' τη Ρωσία. Είχαν έρθει πολ-
λά πολλά χρόνια νωρίτερα στην Ελλάδα μαζί με πολλούς άλλους Έλληνες
με το καράβι -όπως άκουγε να λέει η γιαγιά- και τώρα ζούσανε σ' ένα
σπίτι πάνω στον κεντρικό δρόμο των 40 Εκκλησιών. Νομίζω λεγόταν και
λέγεται Βιζυηνού.

Το σπίτι που μένανε είχε δύο ορόφους κι ένα μικρό υπόγειο. Στον πάνω
όροφο έμενε η χήρα ιδιοκτήτρια μαζί με την οικογένειά της, δύο μεγάλους
γιους και κόρη, η Βέρα με γιαγιά παππού θείους και μια ξαδέλφη στο μεσαίο
και κάτω, στο υπόγειο, η κυρία Ελένη με τον εγγονό της το Βαγγέλη, που
ήταν γύρω στα έξι, ορφανός από μπαμπά, η μαμά δεν ζούσε μαζί τους και ποτέ
κανείς δεν κατάλαβε πώς τα φέρναν βόλτα γιατί η κυρία Ελένη δεν δούλευε.

Το σπίτι της Βέρας ήταν μεγάλο ή τουλάχιστον έτσι της φαινόταν. Είχε
τέσσερις μεγάλες κρεβατοκάμαρες, ένα σαλόνι που άνοιγε μόνο στη γιορτή
του παππού, μια πολύ μεγάλη κουζίνα κι ένα λουτρό.

Η γιαγιά πάντα φορούσε μαύρα επειδή πενθούσε – είχε χάσει δυο παι-
διά, το ένα στο καράβι που τους έφερε απ' τη Ρωσία, το άλλο στην κατοχή·
ο παππούς τα φορούσε γιατί ήταν παπάς. Το μαύρο χρώμα ήταν μια δια-
φορετική πινελιά μες στο σπίτι, που κατά τα άλλα ήταν χρωματιστό. Στους
χώρους του υπήρχαν μεγάλα καφέ έπιπλα, στρωσίδια με ωραία σχήματα
και στις κουρτίνες του έβλεπες σταφύλια κεντημένα μαζί με αγγέλους που
μοιάζανε με μικρά στρουμπουλά παιδάκια· μόνο που δεν μπορούσες να κα-
ταλάβεις αν ήταν κοριτσάκια ή αγοράκια.

Το καλύτερο μέρος του σπιτιού ήταν βέβαια η κουζίνα. Ήταν ένα μικρό
εργοστάσιο με τους πάγκους του, την παγονιέρα, το φανάρι, το τεράστιο

*παραλληλόγραμμο ξύλινο τραπέζι που στις άκρες του είχε ψάθινες καρέ-
κλες ενώ στη μία απ' τις δύο μεγαλύτερές του επιφάνειες δεν υπήρχαν καθί-
σματα αλλά ένα ωραίο ντιβάνι γεμάτο μαξιλαράκια χρωματιστά. Και βάζα,
βάζα παντού! Μαρμελάδες και γλυκά του κουταλιού σε βάζα, το ένα δίπλα
στο άλλο, πάνω σε ξύλινα χοντρά ράφια και τηγάνια, κατσαρόλες, κόσκινα,
στερεωμένα στον τοίχο με καρφιά μεγάλα και μικρά, ανάλογα με το βάρος
του κάθε σκεύους.*

*Ο παππούς γύρισε με τις καραμελίτσες, τις στενόμακρες, που ήταν κι
αυτές ροζ πασπαλισμένες με ζάχαρη και τυλιγμένες σε άσπρο ημιδιάφανο
χαρτί. Η Βέρα κατέβηκε απ' το ντιβάνι κι έτρεξε να χωθεί στην αγκαλιά
του, περιμένοντας το φιλοδώρημά του αφού εξάλλου είχε πιει το άσπρο
αυτό πράμα, το γάλα.*

*«Κάτσε Βέρα μου ν' αφήσω το καλυμμαύκι μου και να βγάλω το ράσο.
Περίμενε, περίμενε και θα σου δώσω τις καραμελίτσες σου». Η Βέρα δεν
περίμενε, τον άρπαξε απ' το ράσο κοιτάζοντας το χέρι του που έβγαλε επι-
τέλους απ' τη δεξιά τσέπη του αντερί τις ροζ καραμελίτσες. Εντάξει, όλα
καλά και σήμερα. Τώρα μπορούσε να πάει στο δωμάτιό της και να περιμέ-
νει μέχρι να 'ρθει η ώρα ν' ακούσει τη θεία Λένα.*

*Ο παππούς κι η γιαγιά ήταν οι γονείς της μαμάς της. Η Βέρα δεν ζούσε
με τον μπαμπά και τη μαμά. Αυτοί μέναν μακριά σε μία άλλη πόλη, όπου
ο μπαμπάς δούλευε κι η μαμά μόλις είχε γεννήσει ακόμη ένα κοριτσάκι. Η
Βέρα δεν χώνευε καθόλου την αδελφή της η οποία ήταν κι η αιτία που ο
μπαμπάς κι η μαμά την έστειλαν με τ' αεροπλάνο στους παππούδες. Όχι
πως δεν περνούσε καλά μαζί τους, όχι πως δεν την είχαν μη στάξει και μη
βρέξει αλλά γιατί η μαμά να έχει το μωρό στην αγκαλιά της και όχι εκείνη;
Εξού και στο πρώτο τους ταξίδι απ' την Κομοτηνή, όπου μένανε μαζί με
το μωρό, στη Θεσσαλονίκη για να δούνε τη Βέρα, αυτή δεν τους πλησίασε
καθόλου. Παρατήρησε την υποδοχή που κάναν οι παππούδες στο μωρό και
στο τέλος ανακουφισμένη είπε: «Ευτυχώθ που ο παππούς δεν πήρε στην*

αγκαλιά του το μικρό μαθ». Έτσι, αποκοιμήθηκε ήσυχη. Άλλωστε οι γονείς της θα μένανε μόνο μία εβδομάδα και μετά θα παίρναν και το μικρό, θα φεύγανε και μόνο τη Βέρα θα έπαιρνε στην αγκαλιά του ο παππούς και μόνο μ' αυτήν θα ασχολούνταν όλη την ημέρα η γιαγιά.

Η γιαγιά! Αχ αυτή η γιαγιά! Πότε προλάβαινε να καθαρίζει το σπίτι, να ψωνίζει, να μαγειρεύει, να κάνει γλυκά, να πλέκει με το βελονάκι, να τραγουδάει στη Βέρα και πριν την κοιμίσει να της λέει παραμυθάκια, κυρίως εκείνο που της άρεσε περισσότερο: για τον Μίσα και τον Βάνια; Πότε προλάβαινε κι έβαζε τα ρούχα στο καζάνι με λουλάκι να βράσουν και ν' ασπρίσουν και πότε μπορούσε κι εξυπηρετούσε πέντε άτομα; Τον παππού, τον θείο Γιώργο, τον μικρότερο απ' τα παιδιά της, την εγγονή και την ανιψιά της. Κοπελίτσα ήταν η ανιψιά που οι γονείς της είχαν πάρει τα βουνά κι η γιαγιά, αυτή η αγία το συμμάζεψε και το 'βγαλε και νύφη απ' το σπίτι της.

Βέβαια η γιαγιά δεν ήταν καμιά καλοζωισμένη. Την αρραβώνιασαν με τον παππού στα δεκαπέντε, που πρέπει να ήταν πολύφερνος γαμπρός αφού είχε τελειώσει το ιεροδιδασκαλείο στην Τιφλίδα κι ο μπαμπάς του ήταν έμπορος υφασμάτων στην Οδησσό. Δηλαδή, πολύ μορφωμένος για την εποχή του και με καλά λεφτά απ' το σπίτι του. Έτσι στα είκοσι εφτά του ζήτησε την γιαγιά σε γάμο. Μετά από ένα χρόνο παντρεύτηκαν και στο χρόνο επάνω γεννήθηκε το πρώτο τους παιδί, η μαμά. Η γιαγιακούλα έκανε 5 παιδιά. Ένα δεύτερο κοριτσάκι που πάγωσε και πέθανε απ' τις κακουχίες βρέφος ακόμη καθώς ερχόταν στην Ελλάδα και άλλα τρία αγόρια μετά. Ο μεγαλύτερος κι ο καλύτερος, όπως έλεγε πάντα, πέθανε στην κατοχή από φυματίωση μόλις είχε τελειώσει τη Δασολογία. Τρία παιδιά της μείνανε μαζί με τα μαύρα που τα φορούσε μέχρι το τέλος. Κι όμως ήταν πάντα γελαστή, περιποιητική και φιλόξενη σα να μην της είχαν συμβεί αυτά τα φοβερά.

Η Βέρα πάντα θυμόταν τ' άσπρα μαλλιά της γιαγιάς και τα κάτασπρα μαλλιά και γένια του παππού. Είχαν άραγε ασπρίσει απ' τα χρόνια τους ή από τις άφατες στενοχώριες; Ποιος ξέρει! Πάντως δεν θυμόταν να είχε δει τη

17

γιαγιά ή τον παππού να κλαίνε. Ποτέ, ποτέ, ποτέ. Μήπως αυτός είναι ο μεγαλύτερος πόνος; Όταν δεν κλαίει κανείς αλλά ζει την κάθε μέρα της ζωής του με τα ευχάριστα και τα δύσκολα. Αν ήταν έτσι, τότε κι οι δυο ήξεραν από ζωή.

Ίσως γι' αυτό ήταν πάντα, απ' όσο θυμόταν η Βέρα πάντα αγαπημένοι. Ποτέ δεν μάλωναν. Δεν ακουγόταν ποτέ βαριές κουβέντες. Αντίθετα, πότε-πότε ο παππούς σιγομουρμούριζε ρυθμούς και τότε μόνον η γιαγιά κάτι του 'λεγε κι εκείνος σταματούσε αμέσως. Μετά άρχιζε με τη βελούδινη τενορίστικη φωνή του να ψάλλει.

Κάθε Κυριακή απόγευμα δεχόταν ή πήγαιναν επισκέψεις σε συγγενείς πιο πολύ, λιγότερο σε γείτονες. Εξάλλου, αυτοί κάθε μέρα σχεδόν ερχόταν στη γιαγιά να τη ρωτήσουν πώς έκανε αυτή την πλέξη, ποια ήταν η συνταγή της πίτας ή του γλυκού. Το κλειδί έμενε συνέχεια κρεμασμένο έξω απ' την πόρτα, ο καθένας έμπαινε όποτε ήθελε, κάποιος πιο ευγενής χτυπούσε και το μάνταλο. Το σπίτι ήταν σαν παράδεισος με τις μυρωδιές, τον κόσμο του κι η Βέρα περνούσε θαυμάσια.

Όταν έκλεισε τα έξι και μετά απ' την τούρτα με τα κεράκια, ο παππούς που ήταν διευθυντής στο δημοτικό σχολείο των 40 Εκκλησιών και παπάς στη ρωσική εκκλησία, πήρε τη Βέρα, την έβαλε να καθίσει δίπλα του και της είπε: «Ξέρεις, σ' έγραψα στο σχολείο. Θα πας Α΄ δημοτικού. Θα μάθεις να γράφεις και να διαβάζεις. Τώρα είσαι μεγάλο κοριτσάκι».

Τότε ήρθε και το απρόσμενο: Η μαμά αποφάσισε να την πάρει κοντά της, στην Κομοτηνή όπου μένανε, για να τη φροντίσει στα πρώτα της γράμματα. Έτσι, η Βέρα πήγε μαζί με τους γονείς της σ' αυτή την καινούρια πόλη, στο σπίτι που νοικιάζανε και γράφτηκε στην Α΄ Δημοτικού. Μαζί της είχε πάρει όλα τα ροζ παιχνιδάκια από το σπίτι των παππούδων και μετακόμισε.

Το σπίτι στην Κομοτηνή ήταν τελείως διαφορετικό από το άλλο στις 40 Εκκλησιές. Είχε μια θεόρατη πόρτα που μόλις την άνοιγες έμπαινες σε μια μεγάλη αυλή όπου στο κέντρο της δέσποζε μια μεγάλη τουλούμπα με κουβάδες γύρω-γύρω. Ανέβαινες σε μια παλιά ξύλινη σκάλα που έτριζε και μετά έφτανες σ' ένα μπαλκόνι που όριζε γύρω-γύρω την αυλή. Σε κανονικά διαστήματα υπήρχαν μικρότερες πόρτες, ξύλινες κι αυτές.

Ήταν ένα τούρκικο σπίτι. Γύρω-γύρω απ' το δικό της μένανε οικογένει-ες με παιδιά, τα οποία τ' απογεύματα όταν τελείωναν τα διαβάσματά τους, κατέβαιναν στον κήπο και παίζαν όλα μαζί γύρω από την τουλούμπα. Πού και πού άκουγες μια γυναικεία φωνή να λέει: «Φρόνιμα, μην παίζεις με την τουλούμπα. Από κει παίρνουμε νερό» ή «Έλα Θανασάκη. Βράδιασε. Θα 'ρθει κι ο μπαμπάς. Έλα μη σε μαλώσει».

Το σπίτι που ζούσε η οικογένεια της Βέρας είχε δύο δωμάτια, μια μικρή κουζινούλα με τ' απαραίτητα κι ένα καμπινέ. Στα τρία άσχημα του σπιτιού ήταν τα πελώρια ξύλα του πατώματος που σε μερικά σημεία τους είχαν τρύ-πες, τα ξύλινα ταβάνια που απ' την πολυκαιρία σχημάτιζαν πάνω στο ξύλο κάτι σχήματα φοβιστικά, κάτι άγρια πρόσωπα που δεν μοίαζαν ανθρώπινα και μορφές ζώων που την τρόμαζαν και το χειρότερο: Το καμπινέ, το οποίο χωριζόταν απ' το ένα δωμάτιο με μια μακριά εμπριμέ κουρτίνα. Την τρα-βούσες, έμπαινες και την ξανάκλεινες. Αυτό ήταν το «μπάνιο».

Τα τρία καλύτερα ήταν η μεγάλη αυλή με τα παιδάκια που συγκεντρώ-νονταν καθημερινές και Σαββατοκύριακα και παίζαν χωρίς κανένα φόβο για τις μαμάδες τους, μήπως και βγουν στο δρόμο. Η πόρτα αυτής της οριζόντιας ιδιότυπης πολυκατοικίας που ήταν μεγάλη ξύλινη κι ασφαλής και το καλύτερο: Η κυρία απ' το ισόγειο που είχε υπέροχη φωνή. Η αδελ-φή της ήταν μεγάλη τραγουδίστρια στην Αθήνα κι αυτή, που δεν μπόρεσε μάλλον να ακολουθήσει τα χνάρια της αδελφής, έκανε συνέχεια πρόβες στα τραγούδια της εποχής.

Ζούσε με τον γιο της, ένα παλικάρι που φάνταζε τεράστιος στα μάτια της Βέρας και που πρέπει να τελείωνε το γυμνάσιο τότε. Ποιος ξέρει γιατί την είχε «υπό την προστασία του», ο Θοδωράκης. Αυτό ήταν τ' όνομά του.

Μόλις την άκουγε να κλαίει ανέβαινε τρία-τρία τα σκαλιά, την έπαιρ-νε στην αγκαλιά του, την παρηγορούσε κι έπειτα την κατέβαζε κάτω στο τσιμεντένιο ψευτομπαλκόνι του σπιτιού του, την κάθιζε απέναντί του και συνέχιζε το διάβασμά του. Τόσο την είχε κακομάθει με τις περιποιήσεις του που η Βέρα, αν και μικρή, καμιά φορά έβαζε τα κλάματα χωρίς σπουδαίο λόγο, μόνο και μόνο για να δει το Θοδωράκη να τρέχει έντρομος να δει τι της συνέβαινε. Οι πρώτες ασυνείδητες δοκιμές της για να δει ποιους και πόσο όριζε; Μήπως ο πρώτος, χωρίς να το καταλαβαίνει, έρωτάς της; Εξάλλου, τι καλύτερο απ' το να τραβάει την προσοχή κάποιου, οποιουδήποτε, αρκεί να ένιωθε σπουδαία και δυνατή;

Η μαμά του συνέχιζε να τραγουδάει τα «Δυο πράσινα μάτια», και «Άσ' τα τα μαλλάκια σου». Αυτά μαζί με άλλα τραγούδια της εποχής ήταν στην ημερήσια διάταξη.

Η Βέρα την άκουγε απ' το κρεβατάκι της να τραγουδάει. Εξάλλου, τα σανίδια στο πάτωμα του δωματίου της ήταν μάλλον διακοσμητικά. Περιόριζαν μόνο τα μάτια απ' το να βλέπουν τι γίνεται από κάτω. Ίσως να ήταν επικίνδυνα. Μάλλον τα ποντικάκια είχαν κάνει τη δουλειά και το πάτωμα ήταν για λούσο πιο πολύ.

Η Κομοτηνή είχε ένα μεγάλο ποτάμι που την διέσχιζε. Τον λέγανε Μπουκλουντζά και στις όχθες του άπειρα βατραχάκια έσκουζαν μέρα νύχτα. Το σπίτι της Βέρας βρισκόταν κοντά στη μια όχθη. Έτσι, εκτός απ' την κυρία τραγουδίστρια που έμενε κάτω με το γιο της το Θοδωράκη είχε και τη μουσική απ' τα κουάξ-κουάξ, όχι και τόσο μονότονα σε ήχους όπως ίσως θα περίμενε κανείς. Δίπλα στο σπίτι της υπήρχαν πολλά-πολλά σπίτια. Άλλα ήταν παλιά τούρκικα, άλλα κάπως καλύτερα. Το πιο ζηλευτό όμως απ' όλα ήταν το κτίριο της μητρόπολης που με τη μεγαλοπρεπή του φιγούρα έδινε άλλο κύρος στην κατά τα άλλα όχι και πολύ πλούσια γειτονιά.

Στην άλλη πλευρά του Μπουκλουτζά, μόλις περνούσες τη γέφυρά του, βρισκόταν το καλύτερο μέρος της Κομοτηνής. Από κει άρχιζαν όλα να έχουν ενδιαφέρον. Ένα τριώροφο νεοκλασικό σπίτι που στέγαζε τη Λέσχη Αξιωματικών του στρατού, δίπλα το δημαρχείο και μπροστά τους ο καλός δρόμος με τα πλιθιά του -το εύρος του οδηγούσε στην πλατεία της πόλης- κι από εκεί και μετά στο θαυμάσιο πάρκο.

Για τη Βέρα, αυτό το πάρκο ήταν ένας τεράστιος παραμυθένιος παιδότοπος αλλά και χώρος που συναντιόντουσαν οι οικογένειες, κυρίως τις Κυριακές, άφηναν τα παιδιά να παίζουν ενώ οι γονείς παρέα ο ένας με τον άλλον, κουβέντιαζαν για ώρες καθισμένοι πάνω στα φαρδιά ξύλινα παγκάκια.

Καμήλες, παγόνια, πάπιες, χήνες κι άλλα ζωντανά κόβανε τις βόλτες τους στη βολή και στα όρια του περιφραγμένου χώρου τους. Αυτά είχαν τα όριά τους. Τα παιδάκια όχι. Τρέχανε γύρω απ' τα δέντρα, τις μικρές λιμνούλες, τα ξέφωτα, χανόντουσαν για λίγο, άκουγες μόνο φωνούλες τρελλαμένες και μετά πάλι μαζεύονταν για να δώσουν το παρόν στους γονείς.

Υπήρχε και κάτι πολύ ωραίο! Το πιο ωραίο απ' όλα! Ένα λάστιχο περασμένο σε μια βρύση που κουλουριασμένο περίμενε εκτός από τον κηπουρό που περιποιόταν τα δέντρα και τα λουλούδια και κάποιο άτακτο μικρό, το οποίο με χίλια ζόρια άνοιγε τη βρύση και μούσκευε όσους καημένους τύχαινε να κάθονται αμέριμνοι ή να περνούν χαζεύοντας τα δέντρα και τις άλλες ομορφιές.

Η Βέρα δεν έχανε την ευκαιρία να το κάνει όποτε δεν την πρόσεχαν και με μανία να προσπαθεί να καταβρέξει ένα συμμαθητή της, από την Α΄ τάξη του δημοτικού, ένα παιδάκι ήσυχο και φρόνιμο. Ήταν τόσο φρόνιμο που προτιμούσε να κάτσει και να τον κάνει μούσκεμα η άτακτη συμμαθήτριά του παρά να κάνει δυο βήματα παραπέρα για να γλυτώσει απ' την αναγκαστική ψυχρολουσία. Βέβαια, ερχόταν μέρες, κυρίως το καλοκαίρι, που φώναζε κι αυτός τους φίλους του για ενίσχυση και τρέχανε πίσω απ' τη Βέρα για να τη δείρουν, να της δώσουν ένα καλό μάθημα για τις αταξίες της.

Πώς να τα 'βαζε με πολλά παιδιά; Έτρεχε για να τους ξεφύγει, δεν έβλεπε πού πήγαινε, έπεφτε κάτω, χτυπούσε τα πόδια της -αχ εκείνα τα γόνατα- και κατέληγε στο νοσοκομείο της πόλης όπου μετά από κανένα μισάωρο κυνηγητού, αυτή τη φορά απ' τον ταλαίπωρο το γιατρό, καθόταν να της βάλουν αντιτετανικό ορό. Πόσες και πόσες φορές δεν υπέμεινε αυτή τη δοκιμασία της ένεσης, αλλά μετά το ξεχνούσε και κατέβρεχε πάλι με την πρώτη ευκαιρία για αντίποινα τους συμμαθητές της. Μπορεί σε μια χρονιά να της βάλανε πέντε ή έξι αντιτετανικούς ορούς, αλλά αυτή που μυαλό! Το πράγμα είχε καταλήξει σχεδόν σε βεντέτα. Βέβαια, αυτή ήταν μόνη της ενώ ο άλλος ο φοβιτσιάρης κουβαλούσε ολόκληρο ασκέρι για βοήθεια.

Τ' αρσενικά παγόνια μάζευαν τις φανταχτερές πολύχρωμες ουρές τους βγάζοντας ταυτόχρονα και μια άσχημη, τσιριχτή φωνή που σήμαινε ότι σε λίγο το πάρκο θα έκλεινε. Τα ζώα καταλαβαίνουν τις ώρες της ημέρας καλύτερα απ' τους ανθρώπους. Θα 'ρχόταν ο φύλακας να τα ταΐσει και να κλείσει τις πόρτες του πάρκου για το κοινό. Αύριο πάλι.

Η Κομοτηνή είχε μια ωραία στρογγυλή πλατεία που γύρω της ήταν μικρά-μικρά μαγαζάκια, ένας κινηματογράφος, δυο τρεις ταβέρνες και μερικά ζαχαροπλαστεία. Οι μιναρέδες δέσποζαν απ' όποια πλευρά κι αν κοίταζες, σπαρμένοι εδώ κι εκεί στην πόλη και την ώρα που οι μουσουλμάνοι, δηλαδή οι μισοί σχεδόν κάτοικοι της πόλης, έπρεπε να προσευχηθούν, τότε ανέβαινε στο τζαμί ο μουφτής κι έλεγε τ' ακαταλαβίστικά του.

Οι μουσουλμάνοι είχαν την πρωτοκαθεδρία στα μαγαζάκια της πλατείας. Πουλούσαν φρεσκοκομμένο καφέ, στραγάλια, σουτζούκ λουκούμ κι άλλα πολλά καλούδια με άφθονη πασπαλισμένη ζάχαρη πάνω τους, χρωματιστές καραμέλες και τις περίφημες μαστίχες, τις ροζ μπαζούκες.

Πράγματι τότε ήταν όλα ροζ. Ακόμη και το τυρολέζικο φουστανάκι που είχε πλέξει η γιαγιά για τη Βέρα, το οποίο κανονικά θα έπρεπε να ήταν πράσινο, ήταν κι αυτό ροζ με φουστίτσα, γιλεκάκι και μπλουζάκι από μέσα στο ίδιο φυσικά χρώμα.

Α! Οι πελαργοί! Τι ωραίοι που ήταν με τις γκριζόασπρες φτερούγες τους και το μεγάλο ράμφος. Παντού μες την πόλη, πάνω σε δέντρα, καμινάδες κτίζαν τις φωλιές τους και πηγαινοέρχονταν για να ταΐσουν στο στόμα τους νεοσσούς τους, που βγάζαν δειλά-δειλά τα κεφαλάκια τους μέσα από το αχυρένιο καταφύγιό τους.

Ο κύριος Βάττης, ο καλύτερος φωτογράφος της πόλης, είχε κι εκείνος το μαγαζί του εκεί στην πλατεία κι όταν δεν είχε δουλειά, έπαιρνε το τρίποδό του, έστηνε επάνω τη φωτογραφική μηχανή του κι έλεγε στους ποζάτους πελάτες του: «Να το πουλάκι! Χαμογελάστε για να βγει». Μάλλον παραίνεση στους μικρούς πρέπει να ήταν αυτή η προσταγή γιατί οι μεγάλοι καμαρωτοί σκάζαν ένα υποτυπώδες χαμόγελο και τσαφ! Εντάξει.

Η Βέρα ήταν το αγαπημένο παιδί του κυρίου Βάττη. Τη φωτογράφιζε τακτικά γιατί η μαμά της, που ήταν μια χαρά κοκέτα, ήθελε ν' απαθανατίζει τους βλαστούς της. Τις πόζες όμως και τα ναζάκια του τα 'κανε η ίδια κι όχι βέβαια το μικρό αδελφάκι της, που ήταν ξαπλωμένο μονίμως στο καροτσάκι του και τις πιο πολλές ώρες στη βόλτα κοιμόταν.

Εκεί στην πανέμορφη Κομοτηνή έκανε για πρώτη φορά μια φίλη. Την λέγαν Σύλβια, ήταν Εβραία και το κυριότερο· υπάκουε αδιαμαρτύρητα στα εναλλασσόμενα παιγνίδια που εφηύρε η Βέρα, η άτακτη.

Η Σύλβια ήταν ένα πανέμορφο, ευγενέστατο κοριτσάκι στην ηλικία της. Κάθε απόγευμα σχεδόν την πήγαινε ο μπαμπάς ή η μαμά της να παίξουνε μαζί. Το περίεργο όμως ήτανε πως μόλις την αφήνανε πίσω απ' τη μεγάλη ξύλινη πόρτα της αυλής εξαφανίζονταν. Με τον ίδιο αόρατο θαρρείς τρόπο ερχόντουσαν και να την παραλάβουν μόλις βράδυαζε. Μυστήριο αυτοί οι γονείς! Τη Σύλβια την έβλεπε μόνο στο σπίτι της. Ποτέ έξω, στη βόλτα, στην πλατεία, ακόμη και στο σχολείο. Ώσπου κάποια μέρα εξαφανίστηκε. Στην ολοένα και μεγαλύτερη απαίτησή της να τη φέρουν σε επαφή μαζί της, τίποτε δεν γινότανε. Κάποια στιγμή η μαμά της τής είπε: « Πάει πια η Σύλβια. Πήγε με τους γονείς της, αυτούς τους μυστήριους, στο Ισραήλ». Αυτό το κακό τέλος είχε η φιλία της με τη γλυκιά Σύλβια. Ποτέ κανείς δεν ανέφερε το όνομά της μετά κι η Βέρα έπαψε να την αποζητάει.

Εξάλλου, η Βέρα είχε μία άλλη μεγάλη αγάπη τώρα. Την θεία Τασούλα. Δεν ήταν πραγματική της θεία, αλλά έτσι την φώναζε και την αγαπούσε περισσότερο κι από τη μαμά της. Πρώτα-πρώτα γιατί ήταν καλλονή κι έπειτα γιατί της έκανε όλα μα όλα τα χατίρια. Το καλύτερο για ένα αναιδέστατο εξάχρονο κοριτσάκι. Όταν η θεία Τασούλα ήταν παρούσα, η μαμά της δεν τολμούσε ούτε να της φωνάξει για τις ζαβολιές της ούτε καλά-καλά να την πλησιάσει. Η αγκαλιά της θείας Τασούλας ήταν ζαχαρίτσα, μέλι.

Με τη μαμά της Βέρας είχανε γνωριστεί στη Θεσσαλονίκη παλιά, απ' τα μικρά τους χρόνια. Μένανε κι οι δυο στις 40 Εκκλησίες και περάσανε μαζί τα πρώτα τους φλερτ ακόμα και τα δύσκολα χρόνια του πολέμου. Τις έδεσε έτσι μία φιλία που κράτησε μέχρι το τέλος της ζωής τους. Τύχη καλή βρέθηκαν μαζί και στην Κομοτηνή όπου ο άντρας της ήταν δικηγόρος. Μετά έγινε βουλευτής ενώ ο μπαμπάς της Βέρας μόλις είχε πάρει προαγωγή και μετάθεση μαζί για κει. Ήταν στρατιωτικός.

Η θεία Τασούλα φορούσε τα καλύτερα ρούχα, τα πιο όμορφα καπέλα και γάντια και στα μάτια της Βέρας φάνταζε σαν την καλή της νεράιδα, εξού και το θεία. Ήταν μία φυσική ξανθιά με τεράστια γαλάζια μάτια κι ένα στόμα απ' το οποίο έβγαινε η πιο γλυκιά φωνή. Ήξερε καλά τα τουρκικά κι όλο έλεγε στην Βέρα γιάβρουμ το ένα, γιάβρουμ το άλλο. Αυτό βέβαια μόνο στην ίδια. Όχι στο μωρό που ήρθε και χάλασε το αρμονικό τρίο της οικογένειάς τους κι ευτυχώς μακριά από παππού και γιαγιά.

Ίσως η θεία Τασούλα ήταν το υποκατάστατό τους στην πόλη που τώρα γνώριζε η μικρή κι αυτό της έδινε μία πρόσθετη σιγουριά μειώνοντας την ανασφάλειά της. Είχε υπέροχα κοσμήματα. Η Βέρα τρελαινόταν όταν την άφηνε να τα φορέσει. Έτσι γινόταν μεγαλύτερο κοριτσάκι, καμάρωνε στον μοναδικό καθρέφτη που είχαν πάνω από ένα παλιό τραπεζάκι στο σπίτι τους κι ακόμη σκεφτόταν πως τέτοια θ' αγόραζε με τα λεφτά της κι εκείνη όταν μεγάλωνε.

Η θεία Τασούλα χτένιζε τα μακριά, ξανθά μαλλιά της σ' έναν κότσο πε-
ρίτεχνο και κάπνιζε με μία υπέροχη λεπτή πίπα από ελεφαντόδοντο. Έτσι
θα 'κανε κι η ίδια όταν μεγάλωνε. Αυτή η μη θεία ήταν το πρότυπό της.
Πώς καμάρωνε όταν την κρατούσε απ' το χεράκι για να την πάει βόλτα
επειδή όλοι γυρίζανε και την κοιτάζανε κι όλο και πιο πολύ η μικρή της
έσφιγγε το χέρι και καμάρωνε. Όλο καμάρωνε.

Η μαμά δεν είχε καιρό να την πηγαίνει βόλτες αφού ήτανε κι εκείνο το
μωρό τους που όλη την ημέρα έτρωγε, κοιμότανε και το βράδυ έσκουζε σα να
το δέρνανε. Πού καιρός για τη μαμά ν' ασχοληθεί με τη Βέρα. Ακόμη και λίγο
αργότερα που η μαμά πήρε για βοηθό μια μικρή Τουρκάλα, μια μελαχρινή
φραπίτσα, πάλι δεν είχε χρόνο για κείνη. Το μόνο που έκανε ήταν να την πη-
γαινοφέρνει στο σχολείο. Αλλά τι την ένοιαζε; Αυτή είχε την θεία Τασούλα.

Στα μαθήματα του σχολείου έπαιρνε άριστα κι η δασκάλα που έβλεπε
ένα τόσο ζωντανό παιδάκι στην τάξη, την είχε μη στάξει και μη βρέξει. Έτσι
το σχολείο για τη Βέρα ήταν κάτι σαν παιδική χαρά. Είχε πολύ ωραίες ζω-
γραφιές στους τοίχους, γύρω-γύρω είχε παράθυρα απ' όπου έμπαινε πά-
ντα φως αλλά έβλεπε και τη βροχή σ' όλα της τα παιχνιδίσματα. Η βροχή
εξάλλου ήταν μία άλλη απ' τις αγάπες της. Έτσι τελείωσε η Α' δημοτικού με
ενδεικτικό άριστα.

Τον επόμενο χρόνο την πακετάρισαν και την έστειλαν πίσω στη γιαγιά
και στον παππού με την Τ.Α.Ε.. Δύσκολο να μεγαλώνεις δύο παιδιά, που το
ένα δεν ησύχαζε όλη την ημέρα και τ' άλλο έκλαιγε όλη τη νύχτα. Η Βέρα
καταχάρηκε. Πάλι πίσω στο μεγάλο γνώριμο σπίτι. Πάλι στις αγκαλιές του
παππού και της γιαγιάς.

Στη Β' δημοτικού στις 40 Εκκλησιές πέρασε ευχάριστα, εύκολα ξανα-
γυρίζοντας στα δικά της αγαπημένα πρόσωπα και πράγματα. Τώρα πια ο
παππούς της έδινε και λεφτά και ψώνιζε μόνη της τις ροζ καραμελίτσες και

*τις μπαζούκες από τον κυρ-Στέλιο που είχε μαγαζί με όλα τα καλούδια απέ-
ναντι ακριβώς απ' το σπίτι της. Ακόμα, η γιαγιά φαίνεται πως την αναγνώ-
ριζε πια σα μεγάλη γιατί της έδινε μια πήλινη τσανάκα και την έστελνε να
πάρει και γιαούρτι μόνη της από τον κυρ-Διαμαντή που ήταν παρακάτω.*

*Το καλοκαίρι έβγαινε στο μπαλκόνι του δωματίου της μόλις άκουγε τον
παγωτατζή κι αγόραζε το κουπάκι της γεμάτο με σοκολάτα και βανίλια. Ο
παγωτατζής το έβαζε προσεκτικά σ' ένα καλαθάκι στερεωμένο σε σκοινί
που κατέβαζε η Βέρα απ' το μπαλκόνι της, αφού πρώτα κοίταζε αν υπήρχε
μέσα το σωστό αντίτιμο. Τι χαρές, τι ευτυχία.*

*Μετά, το βραδάκι, τις καλές μέρες της άνοιξης και το καλοκαίρι ανέβαινε
με τη γιαγιά κι άλλες γειτόνισσες στο «βουναλάκι», πέντε υπερυψωμένες
πέτρες δηλαδή δίπλα στο σπίτι της. Από εκεί, έβλεπαν την Θεσσαλονίκη με
τα φώτα της που λαμπύριζαν αλλά και τα πυροτεχνήματα κάθε Σεπτέμβριο
που άνοιγε η Διεθνής Έκθεσή της.*

*Μια ή δύο φορές όσο αυτή διαρκούσε την πήγαινε η γιαγιά και μέσα
στην Έκθεση. Περιδιάβαζαν τα περίπτερα με τα λογής-λογής εκθέματα,
την ανέβαζε στις κούνιες και μετά κατέληγαν σε υπαίθριο τραπεζάκι όπου
τους σερβίριζαν σάντουιτς με λουκάνικο. Οι μεγάλοι πίναν μαύρη μπύρα,
που τότε μόνο τις μέρες που άνοιγε η Έκθεση μπορούσες να τη γευτείς.*

*Αυτό ήταν το τυπικό κάθε χρονιάς. Κατά τ' άλλα σιγά-σιγά τα παιχνι-
δάκια χαρίστηκαν αλλού και το ροζ δωμάτιο άρχισε να γεμίζει με τετράδια,
βιβλία, μπλοκ ζωγραφικής, μπογιές και πλαστελίνες.*

*Χαράς ευαγγέλια και στην τρίτη και στην τετάρτη τάξη και σ' όλο το
δημοτικό. Κάθε χρόνο άριστα. Τώρα άρχισε να μαθαίνει αγγλικά και παρα-
καλούσε τη γιαγιά να την πάει στη Χ.Ε.Ν., στο κέντρο της Θεσσαλονίκης,
να μάθει πιάνο και μπαλέτο.*

*Η γιαγιά, αν και του δημοτικού, είχε κοντά στ' άλλα χαρίσματα μια έμ-
φυτη παιδαγωγική έφεση· ήξερε ότι η Βέρα έπρεπε ν' ακούει καλή μουσική
και να βλέπει χορευτικές παραστάσεις.*

Κάθε φορά που ερχόταν τα περίφημα ρωσικά Μπεριόσκα ή τα Μπαλσόϊ, η Βέρα με τη γιαγιά καθόταν πρώτη-πρώτη σειρά στο θεωρείο του Βασιλικού Θεάτρου. Τι όμορφες εικόνες, τι χρώματα, τι μουσική! Φανταζόταν τον εαυτό της μπαλαρίνα, να χορεύει στις μύτες των ποδιών της, να στριφογυρίζει μέσα στο άσπρο *tutu* της, να τη σηκώνει ψηλά ο παρτενέρ της.

Στη Χ.Ε.Ν., όπου η γιαγιά αναγκάστηκε να τη γράψει στα μαθήματα μπαλέτου, πήγε δύο χρόνια. Ε, δεν μπορούσε συνέχεια να κάνει τα ίδια και τα ίδια, ούτε και πουέντ να φοράει ούτε και *tutu*. Έτσι άδοξα τελείωσαν τα μαθήματα μπαλέτου κι ανακουφίστηκε κι η Βέρα κι η γιαγιά που έπρεπε να την ανεβοκατεβάζει από τις 40 Εκκλησίες στην οδό Αγίας Σοφίας, στη Χ.Ε.Ν., κάθε Τρίτη και Παρασκευή. Όχι, θα έκανε κάτι άλλο. Δεν θα γινόταν ποτέ μπαλαρίνα. Μήπως όμως μπορούσε να μάθει πιάνο;

Την επόμενη χρονιά γύρω στο Σεπτέμβριο η γιαγιά τής βρήκε μια πολύ καλή νεαρή γειτόνισσα που ήταν στο πτυχίο της σχολής πιάνου, μια χαμογελαστή σαν μινιατούρα μέλλουσα πιανίστα. Όμως πού θα έκαναν μαθήματα;

Ο παππούς μια και δυο, έχοντας και την ευχέρεια αφού έπαιρνε δύο μισθούς, πήγε κατευθείαν στον Ανδρούτσο και της αγόρασε ένα μεταχειρισμένο πιάνο. Τώρα το σαλόνι του σπιτιού άνοιξε αναγκαστικά για να μπει το σκούρο καφέ όργανο με τα ηλεκτρικά κηροπήγιά του τοποθετημένα δεξιά κι αριστερά πάνω απ' τα μαυρόασπρα πλήκτρα του.

Η Βέρα αγάπησε πολύ το πιάνο μαζί και τη δασκάλα της. Άλλωστε αυτή ήταν κι η κινητήριος δύναμη της σπουδής της. Αφού την έβαζε να παίζει τις ανούσιες αλλά άκρως απαραίτητες κλίμακες, μετά μάθαιναν μελωδίες μικρές κι εύκολες γιατί τώρα το πρώτο που έπρεπε να μάθει ήταν να βάζει σωστά τα δακτυλάκια της πάνω στα πλήκτρα. Αυτά εδώ τι είναι κάτω από το πιάνο; Εκεί που δεν έφταναν ούτε τα ποδαράκια της; «Α, τα πεντάλ. Αυτά πολύ αργότερα», της χαμογέλασε η δασκάλα της. «Δεν είναι ακόμη καιρός».

Υπομονή; Λέξη άγνωστη για τη Βέρα. Μελετούσε βάζοντας με το ζόρι τα πόδια της στα πεντάλ κι ένα μακρόσυρτο βουητό έβγαινε από το ταλαίπωρο το πιάνο και τη βασανισμένη μελωδία του συνθέτη. Ευτυχώς που δεν την άκουγε ο έρμος.

Τώρα πια η Βέρα ήταν έντεκα χρονών. Ο παππούς την έπαιρνε κάθε Κυριακή μαζί του στη ρωσική εκκλησία. Είχε εξαιρετικές παλιές εικόνες των αγίων, χρυσοποίκιλτη πρόσοψη στο ιερό της, μία θαυμάσια μεικτή χορωδία και το κυριότερο, κατάνυξη, απόλυτη κατάνυξη. Κάτι θαυμαστό κι ιδιαίτερο που διέφερε απ' τις άλλες εκκλησίες.

Κανείς δεν μιλούσε, ούτε καν ψιθύριζε. Οι Ρωσίδες φορούσαν πάντοτε μαντήλια στο κεφάλι τους. Έτσι τις ξεχώριζες απ' τις Ελληνίδες. Οι Ελληνίδες κοίταζαν η μία την άλλη, όλο κάτι έλεγαν μεταξύ τους και τότε ο νεωκόρος αναγκαζόταν να πηγαίνει δίπλα τους και να τις κάνει παρατήρηση. Καμία σχέση με τις Ρωσίδες. Πολλές φορές, η Βέρα ντρεπόταν που ήταν Ελληνίδα. Ντρεπόταν για την αναίδεια και την αυθάδειά τους. Ευτυχώς, σιγά-σιγά άρχισαν κι αυτές να μπαίνουν στο κλίμα του σωστού εκκλησιάσματος κι έπαψαν, όσο τους ήταν δυνατό βέβαια, να ασχημονούν.

Ευτυχώς! Μόνο έτσι μπορούσες να πετάξεις ψηλά ακούγοντας τις θαυμάσιες ψαλμωδίες, να μετουσιωθείς, να καταλάβεις ότι αυτή η εκκλησία είχε κάτι διαφορετικό απ' τις ελληνικές. Κι εκείνες οι καμπάνες της! Φερμένες απ' το Άγιο Όρος και στα χέρια του καταπληκτικού Βόβα που ήταν και ο καλύτερος βαρύτονος της χορωδίας, έψελναν κι αυτές με τον τρόπο τους καλώντας τους πιστούς της ρωσικής παροικίας αλλά κι όποιον άλλο ήθελε ν' ακούσει τις ακολουθίες που για κάθε περίπτωση είχαν κάτι το ιδιαίτερο στις μελωδίες τους.

Η ρωσική παροικία της Χαριλάου είχε 100-150 Ρώσους. Η ελληνική κυβέρνηση τους είχε παραχωρήσει μικρά σπιτάκια, ολόιδια, το ένα δίπλα στ' άλλο, απέναντι ακριβώς απ' την εκκλησία όταν φύγαν απ' την πατρίδα τους μετά το 1917.

Ηλικιωμένοι και κουρασμένοι άνθρωποι, κυνηγημένοι, αφήνοντας πίσω τους σπίτια, δουλειές, σπουδές, περιουσίες είχαν για μοναδική τους φωλιά την εκκλησία τους όπου λειτουργούσε ο παππούς της Βέρας, ο μοναδικός στη Θεσσαλονίκη που είχε σπουδάσει σε ρωσικό ιεροδιδασκαλείο. Γι' αυτούς εκτός από παπάς έπαιζε κι έναν ρόλο συμβουλάτορα, μεσολαβητή στις ελληνικές υπηρεσίες όποτε το χρειαζόντουσαν. Ήταν κάτι πολύ παραπάνω από παπάς. Ήταν το σημείο αναφοράς της ζωής τους. Θέλανε γιατρό, αυτόν ρωτούσαν. Θέλανε να βγάλουν κάποιο χαρτί απορίας σ' αυτόν κατέφευγαν. Αυτοί οι άνθρωποι, μολονότι πάμπτωχοι, είχαν μία αξιοπρέπεια αξιοζήλευτη. Ακόμη κι η Βέρα που ήταν τόσο μικρή μπορούσε να το καταλάβει. Αυτοί οι άνθρωποι κάτι το ξεχωριστό διέθεταν στο χαρακτήρα τους.

Έτσι λοιπόν, ο παππούς ήταν κατά κάποιο τρόπο ένας άτυπος ηγέτης γι' αυτούς. Ήταν ένας ποιμενάρχης όχι μόνο για τα λειτουργικά της εκκλησίας, αλλά για κάθε ζήτημά τους και τους φρόντιζε όσο μπορούσε, τους καλούσε συχνά στο σπίτι όπου η γιαγιά έβαζε όλα της τα δυνατά να τους περιποιηθεί.

Όταν τελείωνε το φαγητό κι αφού είχαν –η αλήθεια είναι– πιει αρκετά, άρχιζαν το τραγούδι. Ακόμη όμως και τότε περίμεναν τον παππού να πει την πρώτη στροφή και μετά έμπαιναν και κείνοι με τις θαυμάσιες φωνές τους. Τέτοιο ήθος είχαν!

"Stenka Razin", άρχιζε ο παππούς, που ήταν τενόρος και μετά όλοι μαζί. Καμιά φορά η Βέρα έβλεπε και μερικούς να δακρύζουν. Δεν καταλάβαινε βέβαια τα λόγια των τραγουδιών αλλά όλα έκρυβαν μια συγκίνηση, μια νοσταλγία. Άλλωστε πώς αλλιώς μπορούσε να συμβεί;

Σχεδόν όλοι ήταν προικισμένοι με σωστές φωνές, οι γυναίκες σοπράνοι κι άλτοι, οι άντρες τενόροι, μπάσοι και βαρύτονοι. Εξάλλου, όλοι οι Έλληνες γι' αυτό πήγαιναν στην εκκλησία τους. Ο δε παππούς φρόντιζε πάντα να παρεμβάλλει κι ελληνικά στις λειτουργίες ώστε να καταλαβαίνουν σε πιο σημείο βρισκόταν το τελετουργικό.

Ξεριζωμένοι και πρόσφυγες έτσι γύρω απ' το τραπέζι με τα τραγούδια τους σίγουρα θα νοσταλγούσαν την πατρίδα, τα σπίτια τους και ποιος ξέρει πόσους συγγενείς που άδικα οδηγήθηκαν στο θάνατο και στην εξορία.

Ο καθένας θα είχε σίγουρα τη δική του ιστορία. Η Βέρα καθόταν πάντοτε δίπλα στον παππού και παρακολουθούσε με τα μεγάλα μάτια της αυτή τη μυσταγωγία. Η γιαγιά πηγαινοερχόταν φέρνοντας δίσκους με φαγητά, σαλάτες και γλυκά. Ακούραστα συμμετείχε όπως εκείνη μπορούσε αλλά ενώ μιλούσε τέλεια τα ρωσικά, ποτέ της δεν τραγούδησε με τους υπόλοιπους. Θα της ήταν μάλλον πολύ δύσκολο ν' αφήσει τον εαυτό της να διασκεδάσει. Έκανε αυτά που 'πρεπε και μετά καθόταν σε μια γωνιά δίπλα στο τραπέζι των άλλων και παρακολουθούσε ασάλευτη την τόσο ξεχωριστή ομήγυρη.

Η Βέρα πια κόντευε τα δώδεκα. Του χρόνου θα 'δινε εξετάσεις για το γυμνάσιο αλλά τις σκανταλιές τις είχε στο αίμα της. Θέλοντας δε να δείξει ότι στην εκκλησία τουλάχιστον είχε κι αυτή το δικό της ρόλο, είχε μία εξουσία τέλος πάντων, τι σκέφτηκε να κάνει; Μάζευε τις συμμαθήτριές της βραδάκι, μετά τον εσπερινό και παίρνοντας εύκολα τα κλειδιά της εκκλησίας απ' το αντερί του παππού κάθε φορά που πέθαινε κάποιος Ρώσος τις πήγαινε να βλέπουν τον πεθαμένο. Ναι, τον πεθαμένο.

Το τυπικό για τους Ρώσους ήταν σε περίπτωση που κάποιος αποδημούσε να τον αφήνουν για ένα ολόκληρο βράδυ στην εκκλησία μπροστά στο ιερό χωρίς να τον καλύπτουν. Το πράγμα βέβαια ήταν λίγο γκραν γκινιόλ. Αλλά πού τέτοια για τη Βέρα.

Αφού λοιπόν έπαιρνε όσες προφυλάξεις μπορούσε -γιατί αν τη μυριζόταν ο παππούς, όλα κι όλα, θα ήταν πολύ αυστηρός μαζί της- το ήξερε, κουβαλούσε την κλίκα να δει τον εκάστοτε πεθαμένο. Μαζεύοντουσαν γύρω-γύρω απ' τον αποδημήσαντα όλες οι σουσουράδες, παρατηρούσαν και σχολίαζαν, χωρίς ίχνος φόβου, που σίγουρα θα υπήρχε αλλά τον υπερνικούσε η περιέργεια της ηλικίας για το τρομερό αυτό πράγμα που λεγόταν θάνατος. Μετά, αφού παρατηρούσαν όλες τις λεπτομέρειες του ανθρώπου του δύστυχου, τη στάση του, την ακαμψία του, ανενόχλητες το σκάζαν με προσοχή μη τις πάρει κανένα μάτι, ακριβώς όπως έκαναν κι όταν έμπαιναν.

Στο τέλος του δημοτικού, μόλις οι μαθητές είχαν πάρει τα ενδεικτικά η Βέρα πήρε τον πρώτο μεγάλο φόβο της ζωής της. Αχ! Πού είχε χτυπήσει; Τι περίεργο μέρος ήταν αυτό; Τόσο καλά προφυλαγμένο κι όμως βαριά χτυπημένο αν έκρινε απ' τα ρυάκια τα κόκκινα που άρχισαν να κυλούν στα πόδια της. Έτρεξε στη γιαγιά της. «Θεέ και Κύριε! Τι ήταν αυτό που έπαθε;» Άρχισε να στριγκλίζει απ' το φόβο για το περίεργο θέαμα που πρώτη φορά έβλεπε και μάλιστα να συμβαίνει πάνω της, να 'ρχεται από κάπου μέσα της και μάλιστα χωρίς πόνο.

Η γιαγιά που απ' τα αιματηρά ποταμάκια κατάλαβε τι συνέβαινε, της είπε με ολύμπια ηρεμία κι ένα αχνό χαμόγελο: «Α! δεν είναι τίποτε πουλάκι μου. Μόλις τώρα ενηλικιώθηκες». Πήγε μετά στο δωμάτιό της και γύρισε φέρνοντας ένα άσπρο βαμβακερό πανάκι. Το τύλιξε στα τρία και της το έδωσε συμβουλεύοντάς τη να το χρησιμοποιήσει εκεί όπως έπρεπε. Μετά, πάλι χαμογελώντας, της είπε: «Τώρα πρέπει να σου ετοιμάσω κι άλλα τέτοια πανάκια γιατί αυτό θα το παθαίνεις κάθε μήνα». Μετά «Δεν κατάλαβες τίποτε πουλάκι μου; Δεν ένιωσες πόνο;» «Α! μπράβο», ξαναείπε, μόλις η Βέρα που ίσα-ίσα στεκόταν στα πόδια της κι ένιωθε μαζί και μία ντροπή ανεξήγητη, μπόρεσε να ψιθυρίσει ένα: «Όχι γιαγιά, δεν πονάω καθόλου».

Αυτό ήταν. Οι τρεις τέσσερις επόμενες μέρες απαιτούσαν την ίδια διαδικασία. Κάθε τόσο καινούργιο πανάκι μετά από σχολαστική καθαριότητα. Αλλά κι αυτές πέρασαν αν κι επαναλαμβάνονταν κάθε μήνα.

Το διάβασμα της προετοιμασίας για τις εισαγωγικές εξετάσεις στο γυμνάσιο κι η αγωνία έκαναν την Βέρα να μη σκέφτεται αυτό το δυσάρεστο περιστατικό και στο κάτω-κάτω αφού η γιαγιά κρυφοχαμογελούσε και της είπε μάλιστα ότι συμβαίνει σ' όλα τα κοριτσάκια σ' αυτή πάνω κάτω την ηλικία, πήρε την έννοια της. Τι να έκανε εξάλλου; Ήταν ένα αναγκαίο κακό.

Τώρα εκείνο που είχε σημασία ήταν να περάσει τις εξετάσεις, να μπει στο γυμνάσιο κι αν όλα πήγαιναν καλά, θα μπορούσε ίσως να προετοιμαζόταν και για κατατακτήριες εξετάσεις στο Κρατικό Ωδείο Θεσσαλονίκης, επιθυμία της ίδιας αλλά κυρίως της δασκάλας της που βλέποντας την αγάπη της Βέρας για το πιάνο και την προσήλωσή της στη μελέτη του, το σχεδίαζε από καιρό.

Έτσι πέρασε εκείνο το καλοκαίρι, με διάβασμα. Διάβασμα και τίποτε άλλο. Όταν πια ήρθε ο καιρός να δώσει τις εξετάσεις ήταν πανέτοιμη και χωρίς καθόλου άγχος. Πιο πολύ την απασχολούσε το πώς θα ήταν το και-νούργιο σχολείο. Απορούσε γιατί το κάθε μάθημα θα το δίδασκε άλλος κα-θηγητής κι όχι ένας μόνο, όπως στο δημοτικό.

Πέρασε φυσικά τις εξετάσεις και τώρα μ' ανεβασμένη διάθεση αλλά και περιέργεια για τις καινούργιες εμπειρίες που την περίμεναν, ξεκίνησε στις αρχές του Σεπτεμβρίου για τον αγιασμό που θα γινόταν στο προαύλιο του σχολείου, πράγμα που θα σηματοδοτούσε και την πρώτη μέρα στην καινούρια τάξη.

Περνώντας την πύλη του σχολείου ένιωσε ένα δέος βλέποντας τις μαρ-μάρινες φαρδιές σκάλες που οδηγούσαν στην κεντρική του είσοδο. Δεξιά κι αριστερά πολλά παράθυρα ανεπτυγμένα σε συμμετρία. Τόσα πολλά που ούτε κάθισε να τα μετρήσει. «Μα αυτό είναι τεράστιο», σκέφτηκε. Τι με-γάλη αυλή, χώρος για μπάσκετ κι αλλού για βόλεϊ. Τι ωραίες που ήταν και οι βρύσες αυτού του σχολείου, παρατεταγμένες η μία δίπλα στην άλλη, επτά τον αριθμό, και με ενιαίο στέγαστρο. Ναι, οι βρύσες και το νερό εξακολου-θούσαν να την εντυπωσιάζουν απ' τα μικράτα της. Δίπλα στην πλευρική δευτερεύουσα είσοδο του σχολείου είδε ένα υπέροχο μικρό μαγαζάκι που είχε πορτοκαλάδες, λεμονάδες, τυρόπιτες, κοκ και καριόκες. «Αχ, τι ωραία που είναι εδώ», σκέφτηκε, «Έχει απ' όλα». Στο τέλος είδε τριγυρνώντας γύρω-γύρω απ' το κτίριο ένα ψηλό, πανύψηλο φράκτη που ήταν γεμάτος αναρριχώμενα φυτά, τόσο κοντά το ένα με τ' άλλο, που δεν έβλεπες τίποτε απ' τους γύρω δρόμους. «Είναι ένα πολύ ωραίο σχολείο», σκέφτηκε και μετά ακολουθώντας τ' άλλα κορίτσια που βέβαια δεν γνώριζε, στάθηκε κάπου να παρακολουθήσει τον αγιασμό.

Η Βέρα, ξαπλωμένη ακόμη στη σεζλόνγκ, παρατήρησε πως ο ήλιος είχε δύσει, η μουσική είχε σταματήσει και μάλλον ήταν ώρα να μπει μέσα. Εξάλλου δεν μπορούσε πια να διακρίνει κανένα χρώμα στο στενόμακρο κήπο της. «Αύριο πάλι», σκέφτηκε και συμμαζεύοντας αυτά που έπρεπε μπήκε μέσα.

Η άλλη μέρα ξεκίνησε λαμπρή απ' όσο μπορούσε να δει μέσα από τις διάφανες κουρτίνες του δωματίου της. Αν είχε και την κατάλληλη θερμοκρασία ίσως θα μπορούσε να καθίσει στο μπαλκόνι της απ' το πρωί και ν' απολαύσει τον καφέ της. Φόρεσε τη μαύρη φόρμα της, έπιασε τα μαλλιά ψηλά σε αλογοουρά με μία μπεζ βελούδινη κορδέλα και βγήκε έξω κρατώντας στο ένα χέρι την κούπα με τον καφέ και στο άλλο ένα μπωλ με τρία μικρά κρουασανάκια βουτύρου. Πράγματι, γύρω στις εννιά και μισή ήταν κιόλας καθισμένη στην αγαπημένη της σεζλόνγκ, δίπλα στο τραπεζάκι που ήταν φορτωμένο με τα χθεσινά περιοδικά και που δεν είχε καλοξεφυλλίσει. Ξάπλωσε αναπαυτικά, σιγουρεύτηκε ότι όλα τα χρειαζούμενα ήταν δίπλα της και πήρε μερικές βαθιές ανάσες. Τι ωραία! Τι γαλήνια που ήταν!

Ήπιε δυο τρεις γουλιές απ' τον καφέ της κι αφού καλοξύπνησε άρχισε ν' αναρωτιέται τι τελικά θα έκανε μ' εκείνα τα γενέθλιά της που πλησίαζαν. Σήκωσε τα μάτια της στον ουρανό κι είδε μικρά πουπουλένια συννεφάκια που σπαρμένα εδώ κι εκεί ήταν σαν φιλενάδες που λέγανε τα μυστικά τους το ένα στ' άλλο. Μερικές απ' τις παρέες τις χώρισε για λίγο ένα επιβατικό αεροπλάνο που καθώς εκείνη τη στιγμή διέσχιζε αγέρωχο το δρόμο του δεν είχε καιρό να σκεφτεί και να τους φερθεί πιο ευγενικά. Τι όμορφο όμως που ήταν αυτό και πόσο θα ήθελε η Βέρα αν μπορούσε να το σταματούσε και ν' ανέβαινε κι αυτή να την πήγαινε οπουδήποτε. Έτσι χωρίς καθορισμένο προορισμό. Χαμογέλασε καθώς αυτόματα έριξε την ματιά της στην κούπα του καφέ. Μα φυσικά, πάνω της ήταν ζωγραφισμένο ένα αεροπλάνο πού διέσχιζε κι αυτό ένα γαλάζιο ουρανό αλλά από κάτω του βρισκόταν πανύψηλες χιονισμένες βουνοκορφές.

«Α!» σκέφτηκε χαμογελώντας, «Αυτό το αεροπλάνο μάλλον περνάει πάνω απ' τις Άλπεις. Δεν βρίσκεται στην Ελλάδα».

Συνέχισε να πίνει τον καφέ της απολαμβάνοντάς το μέχρι που χτύπησε το τηλέφωνο κι αναγκάστηκε να σηκωθεί για ν' απαντήσει. Μπήκε στην κρεβατοκάμαρά της και μετά από ένα χασμουρητό απάντησε. Ήταν ο μεγάλος της ο γιος, ο Φίλιππος.

«Καλημέρα μάνα! Τι γίνεται; Ξύπνησες; Ήπιες τον καφέ σου;»

«Ναι αγόρι μου! Τον πίνω. Εσύ τι κάνεις; Είσαι στο γραφείο ή στο σπίτι;»

«Στο γραφείο μάνα· τέτοια ώρα. Πού ήθελες να είμαι; Πήρα για να δω αν φέτος θα ετοιμάσεις κάτι στο σπίτι ή αλλού».

«Να, αυτό σκεφτόμουνα κι εγώ τώρα αλλά δεν έχω καταλήξει ακόμη. Θα μιλήσουμε μέσα στη μέρα και θα συνεννοηθούμε γι' αύριο. Εντάξει; Φιλάκια στο κορίτσι σου. Θα τα πούμε».

Έκλεισε το τηλέφωνο και το πήρε μαζί της στο μπαλκόνι. Δεν ήθελε να την ξανασηκώσουν. Ήταν βέβαιη ότι αργότερα θα της τηλεφωνούσε ο Στράτος κι η Ευδοκία, τ' άλλα δύο παιδιά της. Έτσι γινόταν άλλωστε κάθε μέρα.

Η Βέρα απέφευγε να τους παίρνει στις δουλειές τους, αλλά και στο σπίτι που όταν γύριζαν είχαν μαζί συνήθως και τις παρέες τους. Δεν ήθελε να ενοχλεί κανέναν, ειδικά αυτά. Εκείνα εξάλλου την παίρνανε κάθε μέρα. Τ' αγκάλιασε νοερά και βολεύτηκε στην ξαπλώστρα της.

Πώς είχαν μεγαλώσει ούτε που το κατάλαβε. Πώς πέρασαν έτσι τα χρόνια και τώρα αντί να τα φροντίζει εκείνη, είχαν αυτά την έννοια της. Αναστέναξε με ανακούφιση. Τι ωραία που ένιωθε!

«Φέτος νομίζω πως θα είναι τα καλύτερά μου γενέθλια!» σκέφτηκε και χαμογέλασε.

Ένιωσε την ανάγκη να ξανασηκωθεί. Η αλήθεια ήταν ότι στιγμιαία ένιωσε έναν εκνευρισμό· σα να μην τη χωρούσε ο τόπος. Προχώρησε προς τα ξύλινα κάγκελα του μπαλκονιού της κι έριξε μια ματιά σ' αυτόν τον μεγαλειώδη, περίεργο κήπο της.

Κοίταξε στο βάθος και το βλέμμα της κάπου κόλλησε. «Μα είναι δυνατόν; Βλέπω καλά;», σκέφτηκε. Σούφρωσε λίγο τα βλέφαρά της και ξανακοίταξε αυτή τη φορά με μεγαλύτερη επιστασία. Ναι, έτσι ήταν. Αμέσως μετά το ροζ ελλειψοειδές ραβδωτό κομμάτι στον κήπο, όλα είχαν γίνει κόκκινα.

«Μα τι έγινε;», αναρωτήθηκε. «Και κυρίως πότε;». Χθες δεν ήταν έτσι. Κατακόκκινα ροδόδεντρα, ερυθρίνες, αγριοτριανταφυλλιές ανακατεμένα με φουμάρια και παπαρούνες ήταν στοιβαγμένα δίπλα-δίπλα αγκαλιάζοντας το ένα το άλλο με το άλικο χρώμα τους μπροστά στα μάτια της.

«Μα πότε έγιναν έτσι;» Πότε φύτρωσαν; Ήταν και χθες και δεν τα είδα; Μα είναι δυνατόν; Ναι, εντάξει, είναι η εποχή τους αλλά αυτά είναι σαν μια ορχήστρα που κάποιος τοποθέτησε με αρμονία και αφθονία. «Μα πως;» ξανασκέφτηκε ώσπου το κόκκινο χρώμα τους μπήκε μέσα της και την κυρίευσε.

Ο παπάς κι ο διάκος είχαν ήδη στήσει πάνω σ' ένα μακρόστενο τραπέζι ένα άσπρο κεντημένο τραπεζομάντιλο, το γυάλινο μπωλ με το νερό και δίπλα το βασιλικό. Ο αγιασμός άρχιζε.

Πριν ξεκινήσει ο παπάς η Βέρα έριξε μια γεμάτη περιέργεια ματιά στους καθηγητές και τις καθηγήτριες που φορούσαν περιποιημένα ρούχα. Οι γυναίκες με τα ταγιέρ τους, οι άντρες με τα κουστούμια και τις γραβάτες τους και μερικοί με σταυρωμένα χέρια τον περίμεναν να αρχίσει. Μια κοπελίτσα δίπλα της την έσπρωξε και την έκανε να τραβηχτεί προς τ' αριστερά. Τώρα η θέση της ήταν καλύτερη γιατί τα κορίτσια μπροστά της ήταν κοντούλικα κι έτσι έβλεπε καλύτερα.

Ο παπάς έριξε μια ματιά προς τα πίσω του, στο άνοιγμα της πόρτας, σα να περίμενε κάτι. Την ίδια στιγμή ένας γκριζομάλλης ψηλός και λεπτός άντρας έκανε την εμφάνισή του. Φορούσε γκρι κουστούμι με άσπρο πουκάμισο και γραβάτα σκούρα γκρι. Χαμογελώντας προχώρησε προς το τραπεζάκι ενώ οι υπόλοιποι παραμέρισαν για να τον διευκολύνουν.

Α! Μάλλον αυτός θα ήταν ο Κύριος Γυμνασιάρχης. Η Βέρα έμεινε να τον παρατηρεί. Αμέσως τον συμπάθησε. Δεν ήταν ωραίος αλλά ήταν γλυκύτατος. Χαμογελούσε και κάνοντας μια λίγο ανάλαφρη αστεία κίνηση με το δεξί του χέρι χαιρέτησε τα κορίτσια. Έπειτα πλησίασε τον παπά, κάτι του είπε κι εκείνος άρχισε να ψέλνει ενώ ο ίδιος στάθηκε δίπλα του.

Η Βέρα τον παρατηρούσε. Όσο τον έβλεπε τόσο τον συμπαθούσε γιατί κάτι πάνω του της προκαλούσε σιγουριά. Πρέπει να ήταν γύρω στα 50-55, δηλαδή πολύ μεγάλος, και στα μάτια της φάνταζε ακόμη μεγαλύτερος κι επιβλητικός. «Α! Ωραία!», σκέφτηκε. «Μ' αρέσει! Πρέπει να είναι πολύ καλός άνθρωπος. Δεν πρέπει να είναι και τόσο αυστηρός».

Μετά από λίγο κι αφού τελείωσε ο αγιασμός, πέρασε πάλι μπροστά απ' όλους τους άλλους, στάθηκε στο μικρόφωνο κι είπε με τη βαριά και λίγο δυσνόητη στην εκφορά φωνή του: «Θα περιμένετε τώρα να φωνάξουμε τα ονόματά σας για να μπείτε στις τάξεις σας. Καλή πρόοδο κι αν είστε φρόνιμα παιδιά θα περάσουμε πολύ καλά. Άντε φοραδίτσες». Η Βέρα τρόμαξε λίγο με το τελευταίο. Τι φοραδίτσες ήτανε; Αυτό έπρεπε να το πει στον μπαμπά της.

Σε λίγο, αφού άκουσε το όνομά της ήσυχα-ήσυχα και με δισταγμό προχώρησε να βρει την τάξη της. Πολλά, πάρα πολλά κορίτσια στριμώχνονταν μαζί της κοιτάζοντας πότε δεξιά πότε αριστερά για να προσανατολιστούν μέσα στον κυκεώνα –όπως τους φαινόταν– του καινούργιου μεγάλου σχολείου. Σε λίγο όλα ησύχασαν. Έτσι μπήκε η δευτεροβάθμια εκπαίδευση στη ζωή της Βέρας.

Πολλά και διάφορα μαθήματα, άγνωστα, όλα άγνωστα, την παρέσυραν στο καθημερινό καινούριο τυπικό της ζωής της. Τα τρία πρώτα χρόνια πέρασαν χωρίς να το καταλάβει. Ενθουσιασμένη καθώς ήταν με όλα τα καινούρια και θαυμαστά που γνώρισε. Καινούρια μαθήματα, καινούριες εμπειρίες, καινούριες φίλες κι όλα φρέσκα και διαφορετικά.

Α! Τώρα παρακολουθούσε τρεις φορές την εβδομάδα αγγλικά και δύο φορές την εβδομάδα ωδείο. Είχε δώσει τις εξετάσεις της, είχε περάσει και την κατέταξαν σε τάξη μεγαλύτερη απ’ ό,τι περίμενε. Πού καιρός γι’ άλλα πράγματα.

Εν τω μεταξύ, ο μπαμπάς είχε πάρει μετάθεση εδώ και δύο χρόνια στη Θεσσαλονίκη. Είχε έρθει με τη μαμά και την αδελφούλα, που ήταν ένα πολύ ήσυχο πια κοριτσάκι, κι έμεναν στο διώροφο μεγάλο σπίτι με τον ωραίο κήπο που είχαν φτιάξει.

Τι ωραία που ήταν! Μένανε πια επιτέλους όλοι μαζί κι η Βέρα ένιωθε τώρα μεγαλύτερη ασφάλεια κοντά στον καλό, τον καλότατο μπαμπακούλη της. Το ευλογημένο σπίτι είχε πια αποκτήσει άλλη ζωντάνια και χάρη. Η μαμά κάθε τόσο καλούσε τις φίλες της, μετά καθιέρωσε και «jour fix», η γιαγιά έφτιαχνε τα γλυκά και τις πίτες της, ο παππούς πήγαινε καθημερινά στην εκκλησία κι όλα είχαν μια αρμονική ισορροπία που για πρώτη φορά ζούσε η Βέρα.

Ο κήπος που περιστοίχιζε το σπίτι ήταν απ’ την κυρία είσοδο ανθόσπαρτος και στην πίσω πλευρά είχε τα δέντρα τα οπωροφόρα και τον λαχανόκηπο: δύο μεγάλες συκιές, τέσσερις ροδιές, μια βυσσινιά και μια μου-

37

σμουλιά -εκτός απ' τ' άλλα τ' αυτοφυή-που δίνανε ομορφιά και καρπούς στην οικογένεια. Μπροστά είχαν φυτευτεί τριανταφυλλιές, όλες κόκκινες -μερικές κι αναρριχώμενες- και μαζί με τους πυράκανθους που οριοθετού-σαν την αυλή έδιναν μια επιπλέον ευχάριστη πινελιά στο έτσι κι αλλιώς χαρούμενο σπιτικό.

Βέβαια, μερικά πράγματα είχαν αρχίσει ν' αλλάζουν στην καθημερινό-τητα της Βέρας. Οι μέρες περνούσαν γρηγορότερα, οι εμπειρίες πολλαπλα-σιάζονταν κι ένας καινούργιος τρόπος ζωής άρχισε σιγά-σιγά να εμπεδώνε-ται χωρίς βέβαια να μπορεί να τον ελέγχει απόλυτα.

Το καθημερινό σχολείο –και τα Σάββατα– άφηναν στην πραγματι-κότητα ελάχιστο χρόνο χαλάρωσης. Όλα κυλούσαν ρολόι. Πειθαρχημένα όπως άλλωστε επιβάλλεται σ' αυτήν την τόσο δημιουργική εποχή στη ζωή του κάθε ανθρώπου. Όλα ακολουθούσαν την ακρίβεια του ρολογιού.

Το καινούριο χαρακτηριστικό στη ζωή της –που τώρα έπαιρνε και την καθοριστική του διάσταση– ήταν πως είχε αλλάξει ο τρόπος που διασκέδα-ζε ή μάλλον πιο συγκεκριμένα, ο τρόπος που περνούσε τα απογεύματα του Σαββάτου και τα πρωινά της Κυριακής.

Η μαμά της ήταν κινηματογραφόφιλη και θεατρόφιλη. Μιας όμως κι ο κινηματογράφος ήταν πιο προσιτός από κάθε πλευρά, αυτός καθόριζε τα περισσότερα Σάββατα τον τύπο της διασκέδασης για την οικογένεια. Ο μπαμπάς ποτέ δεν ευκαιρούσε, η αδελφή ήταν πολύ μικρή κι έτσι η μαμά είχε πάντοτε συντροφιά της τη Βέρα.

Οι κινηματογραφικές αίθουσες στη Θεσσαλονίκη ήταν πολλές. Οι πε-ρισσότερες φυσικά στο κέντρο της πόλης σε μικρή απόσταση η μία απ' την άλλη, αλλά υπήρχαν κι οι συνοικιακές. Το καλό με τις μεγάλες του κέντρου ήταν ότι οι πιο πολλές ήταν φτιαγμένες σαν μεγάλα σαλόνια με βελούδι-να καθίσματα και διακοσμημένες με γύψινες παραστάσεις σχετικές με το θέαμα. Οι δύο μάσκες που συμβόλιζαν την κωμωδία και την τραγωδία, η μία γελαστή κι η άλλη σκυθρωπή, διακοσμούσαν όλους τους κεντρικούς κινηματογράφους κι όταν γινόταν διάλειμμα η Βέρα παρατηρούσε τις λεπτομέρειες και θαύμαζε την αλληγορία τους.

Οι κινηματογραφικές αίθουσες όμως που της άρεσαν ήταν εκείνες που βρισκόταν διάσπαρτες στη μεγάλη οδό της βασίλισσης Όλγας και που η πρόσβασή τους ήταν ευκολότερη. Το κυριότερο όμως ήταν πως εκεί μπορούσε να παρακολουθήσει δύο ολόκληρες ταινίες, να γεμίσει τ' απόγευμά της και να χορτάσει θέαμα. Αυτό γινόταν τα πιο πολλά Σάββατα. Οι δυο ταινίες προγραμματιζόντουσαν απ' τη μαμά της και σ' εκείνη δεν έμενε παρά να την ακολουθεί, πράγμα που της άρεσε.

Στην πραγματικότητα, ζούσε την εβδομάδα της με την προσμονή του ερχομού τους. Εκεί έμπαινε σ' άλλους κόσμους, πρόσωπα και καταστάσεις και τα ρουφούσε όλα με την ευκολία που δίνει σ' αυτές τις ηλικίες το παρθένο και με πολλά δωματιάκια μυαλό αλλά και με το ενδιαφέρον όλων όσα συνέβαιναν στις ζωές των πρωταγωνιστών τους.

Το Σάββατο ήταν η ημέρα του κινηματογράφου. Πάει και τελείωσε! Το πράγμα σιγά-σιγά τής γινόταν κι εθισμός εκτός απ' το μεθύσι που οι ταινίες της προκαλούσαν και που γινόταν αφορμή για καινούργια συναισθήματα και προβληματισμούς.

Τι κόσμος μαγικός που ξανοιγόταν στα μάτια της! Τι ωραίες ιστορίες, όχι αναγκαστικά χαρούμενες. Ίσα-ίσα αυτές που την ενθουσίαζαν ήταν εκείνες που η σύζευξή τους με πραγματικά γεγονότα, από όσα άκουγε κρυφά απ' τις συνομιλίες των μεγάλων μέσα στο σπίτι, ήταν αυτές που την γοήτευαν περισσότερο.

Άρχισε σιγά-σιγά, καθώς τα Σάββατα πλήθαιναν, να μπαίνει κι η ίδια στις ιστορίες που παρακολουθούσε, να επηρεάζεται και να γίνεται ένα με τις πρωταγωνίστριες – πάντα μ' αυτές. Φανταζόταν τον εαυτό της με τις τουαλέτες της Helen Rose και της Edith Head, τις αέρινες με τα παστέλ χρώματα, τ' αμέτρητα κάτια τούλια, την τονισμένη με φιόγκους μέση, τα κομψά καπέλα και τα γάντια, τα εντυπωσιακά πανωφόρια με τους εξαίσιους μεγάλους γιακάδες που βοηθούσαν ώστε το κεφάλι κι ο λαιμός να προβάλουν σαν μίσχος λουλουδιού απ' αυτήν την μη αρμονική –μερικές φορές– συνάφεια σχημάτων κι όγκων.

Πόσο αρμονική είναι πολλές φορές η μη αρμονία! Πόσο καθοριστικό ρόλο στη ζωή των πρωταγωνιστών μέσα στις ταινίες έπαιξε ο τρόπος που ντυνόντουσαν. Πόσο διαφορετικές, αν και εξίσου σημαντικές, ήταν οι καλοδιάθετες αλλά κι οι ύπουλες πρωταγωνίστριες, που απ' τις συμπεριφορές τους εξαρτιόταν η έκβαση της κάθε ταινίας! Πόσο απ' τα ρούχα τους μπορούσε βλέποντάς τες η Βέρα, πριν καν αναπτυχθεί ο ρόλος τους, να καταλαβαίνει τι θα αντιπροσώπευε η κάθε μία τους στην πλοκή τους! Τι συμβόλιζε το άσπρο χρώμα, το ροζ, το κίτρινο αλλά κυρίως το κόκκινο. Εκείνο το κόκκινο που έμοιαζε πολλές φορές αιματηρό και καταιγιστικό στη δράση της πλοκής για όλες τις ηρωίδες. Πόσο αυτό το χρώμα τόνιζε κρυμμένα στοιχεία στο χαρακτήρα τους, καθοριστικά όμως τις πιο πολλές φορές στην εξέλιξη του μύθου.

Από τότε η Βέρα είχε συνδέσει το κόκκινο με δράση, πάθος αλλά και κάτι το ανεξήγητα δραματικό που μπορούσε να φτάσει μέχρι το θάνατο. Καθώς σ' εκείνη την εφηβική ηλικία, κυρίως των κοριτσιών, το κριτήριο του γούστου διαμορφωνόταν και τα θέλω ως προς το ντύσιμό της άρχισαν να παίρνουν τη θέση τους ασυνείδητα στη ζωή της, αποφάσισε ότι το κόκκινο το φοβόταν. Τον φόβο της αυτόν δεν μπορούσε να τον εξηγήσει αλλά σιγά-σιγά απέκτησε μία απέχθεια για το χρώμα αυτό που φορές φορές ένιωθε να την απειλεί έστω κι αν καθόταν βολεμένη στα κόκκινα βελούδινα καθίσματα του κινηματογράφου.

Η Βέρα το αποφάσισε. Δεν θα φορούσε ποτέ τίποτε κόκκινο. Τίποτε τέτοιο που την απειλούσε χωρίς λόγο και αιτία και που την έκανε να δυσφορεί και να άγχεται. Εξάλλου, έτσι δεν είχε νιώσει τότε που μικρότερη το είδε πάνω της; Όχι, όχι: «Κόκκινο = αίμα. Κόκκινο = δυσάρεστα απρόβλεπτο. Κόκκινο = ανατροπή = μεγάλη και απαίσια. Μακριά απ' αυτήν το κόκκινο.

Από τότε που έκανε με το μυαλό της αυτούς τους συνδυασμούς και κατέληξε στο τίποτε κόκκινο επάνω της, άρχισε να το φοβάται και να προσέχει γύρω της το κάθε τι ως προς το χρώμα του. Μα κι κείνη η ταινία που είδε την τελευταία φορά με τη μαμά της «Τα κόκκινα παπούτσια» με την Moira Shearer πρωταγωνίστρια κακό, κάκιστο τέλος δεν είχε; Μάλλον αυτή ήταν και η πρώτη φοβία της Βέρας και είχε να κάνει με το χρώμα αυτό.

Ήταν καλύτερα, πολύ καλύτερα όταν έβλεπε τις αγαπημένες της Audrey Hepburn και Grace Kelly να φοράνε άσπρα, μπεζ, κίτρινα, σιέλ γιατί αυτό συμβάδιζε και με τις συναισθηματικές τους ταινίες που ήταν ανάλαφρες, τρυφερές, γλυκιές, παρηγορητικές. Δεν είχαν θάνατο ούτε μιζέρια. Εκτός από κείνη με την Grace Kelly και τον William Hodlen που λεγόταν «Οι Γέφυρες του Τόκο Ρι» που ο Holden σκοτωνόταν στο τέλος. Έπαιζε το ρόλο ενός αεροπόρου στο Β΄ Παγκόσμιο Πόλεμο κι ίσως γι' αυτό να 'πρεπε να έχει ένα τέτοιο τέλος. Τίποτε καλό δεν συμβαίνει στους πολέμους εξάλλου.

Με το που μπήκε ο κινηματογράφος στη ζωή της, άρχισε να ζει παράλληλα στον κόσμο του, πολλές φορές μπλέκοντας ακόμη και τα φανταστικά τους σενάρια μέσα στην καθημερινότητά της. Οι πολλές επισκέψεις στο σπίτι είχαν λιγοστέψει. Η μαμά της δεν δεχόταν τόσο κόσμο όσο παλιά. Εξάλλου τώρα ασχολούνταν με φιλανθρωπικά σωματεία. Έλειπε σχεδόν κάθε απόγευμα τις καθημερινές, εκτός από τα Σάββατο που είχε απαραιτήτως κινηματογράφο στο πρόγραμμά της.

Η μόνη οικογένεια που συνέχιζε να τους επισκέπτεται δυο τρεις φορές την εβδομάδα ήταν η οικογένεια της Γεωργίτσας. Τώρα, η μεγάλη τους κόρη η Όλγα είχε γίνει μια περιζήτητη μοδίστρα, η μεσαία η Πόλυ ασχολούνταν με το εμπόριο, δυναμική κι εξπέρ καθώς ήταν στις δημόσιες σχέσεις κι η μικρότερη, η Ολυμπία σπούδαζε στη Φιλοσοφική. Πρόσφατα κιόλας η Ολυμπία είχε αρραβωνιαστεί μ' ένα πολύ καλό παιδί που σπούδαζε γιατρός. Η οικογένειά του ζούσε στην Κέρκυρα κι είχε άλλα δύο μεγαλύτερα αδέλφια κι ένα μικρότερο. Ο μεγαλύτερος ήταν διορισμένος σε κάποια τρά-

πεζα κι είχε παντρευτεί, ο μεσαίος ασχολούνταν με τη γη κι ο μικρότερος σπούδαζε κι αυτός γιατρός αλλά στη στρατιωτική σχολή.

Η οικογένεια της Ολυμπίας -που μαζί τους είχε μεγαλώσει κι η Βέρα καθώς τα σπίτια τους ήταν δίπλα-δίπλα- ήταν τόσο αγαπημένη της, που σχεδόν θεωρούσε συγγενείς της όλα της τα μέλη. Χαιρόταν κάθε φορά που τους έβλεπε και μάλιστα συχνότερα την Όλγα, αφού τώρα πια έραβε και τη μαμά. Ερχόταν στο σπίτι κάθε φορά που η μαμά αγόραζε καινούρια υφάσματα. Έμενε εκεί για δυο τρεις μέρες τροφοδοτώντας τη γκαρνταρόμπα της που τώρα έπρεπε να είναι και πλουσιότερη καθώς οι υποχρεώσεις της αυξανόταν κι έπρεπε να βρίσκεται πολλές ώρες και συχνά έξω από το σπίτι.

Η Όλγα ήταν σαν την καλή χαρά. Πάντοτε κεφάτη, με το έμφυτο χιούμορ «κεντούσε» το ίδιο ωραία τόσο τα ρούχα της μαμάς όσο και τα διαλείμματα απ' το διάβασμα της Βέρας. Όλο κάτι είχε να της πει, όλο την πείραζε και μολονότι η διαφορά ηλικίας τους ήταν μεγάλη, η ίδια τη θεωρούσε σαν τη μεγαλύτερή της αδελφή.

Άλλωστε η Όλγα ήταν κι εκείνη απ' τις αδελφές που τη χάιδευε και την κακομάθαινε περισσότερο απ' τις δύο άλλες. Τότε που μικρούλα ξημεροβραδιάζονταν στο σπίτι τους τρώγοντας την αγαπημένη της κομπόστα που πάντα υπήρχε στο σπίτι τους και που πιο νόστιμη δεν είχε ποτέ γευτεί η Βέρα. Μ' αυτήν ένιωθε την μεγαλύτερη οικειότητα. Είχε μάλιστα αρχίσει να της λέει και τα μικρά της μυστικά: πως ο Λευτέρης, ο οποίος ήταν δύο χρόνια μεγαλύτερός της κι ιστιοπλόος, τής είχε επιτέλους απευθύνει το λόγο ρωτώντας την αν θα τον βοηθούσε στο τεστ των αγγλικών που παρακολουθούσαν στο ίδιο φροντιστήριο. Η Βέρα είχε πει «φυσικά» και το θεώρησε και μεγάλη της τιμή που ο Λευτέρης, ίδιος ο Rock Hudson, απευθύνθηκε σ' αυτήν για βοήθεια κι όχι σε κάποια άλλη συμμαθήτριά του. Ήταν τέτοια η χαρά της που της απηύθυνε το λόγο που όχι μόνο θα τον βοηθούσε αλλά θα του 'δινε και την κόλλα της ν' αντιγράψει αν της το ζητούσε.

Ο άλλος, ο Βαγγέλης, συμμαθητής της κι αυτός στ' αγγλικά που ερχόταν και την περίμενε έξω απ' το σχολείο της κάθε μέρα όταν σχολούσε, προθυμοποιούνταν να της κρατήσει τα βιβλία για να μην την αφήνει να κουράζεται και της υποσχόταν ότι όταν θα τελείωνε την Αρχιτεκτονική θα της έφτιαχνε ένα σπίτι –κάστρο– πάνω στη θάλασσα μ' όλα τα καλά, όπως εκείνη θα το 'θελε αλλά που θα 'πρεπε να τη βλέπει μόνο αυτός...

Όλα αυτά τα κουβέντιαζε με την Όλγα όταν τελείωνε τα μαθήματά της και κοίταζε να κλέψει λίγο χρόνο στα πεταχτά για να της πει τα μυστικά της και να ξαλαφρώσει.

Έτσι γινόταν κι η Βέρα αισίως είχε κλείσει τα δεκαέξι. Σε λίγο το σχολείο, τ' αγγλικά και το ωδείο θα κλείνανε κι αυτήν την περίμεναν οι καλοκαιρινές διακοπές που κάθε χρόνο, όπως και τα προηγούμενα τρία χρόνια, περνούσε στο Φάληρο, μια περιοχή μεταξύ Περαίας και Μπαχτσέ, η οποία είχε όλο κι όλο ένα ξενοδοχείο κι έτσι είχε λίγο κόσμο αλλά και την καλύτερη θάλασσα.

Κάθε Ιούλιο, μέσα στις πρώτες δέκα μέρες, η μαμά την έστελνε εκεί με τη γιαγιά και την αδελφούλα ενώ η ίδια καθόταν στο σπίτι για να περιποιηθεί τον μπαμπά και τον παππού που λόγω της δουλειάς τους κι οι δύο δεν παίρνανε ποτέ άδεια. Για την Βέρα ήταν ο προορισμός που κάθε χρόνο περίμενε με λαχτάρα γιατί εκεί βρισκόταν για δύο μήνες μέχρι το τέλος του Αυγούστου αλλά κι επειδή ήταν κι η αιτία που έφευγε από το σπίτι, έβρισκε τους καλοκαιρινούς της φίλους κι ένιωθε εντελώς ελεύθερη.

Κάθε καλοκαίρι όλα τα παιδιά ερχόταν με τις οικογένειές τους και μένανε στο ξενοδοχείο. Άλλος για λίγες μέρες, άλλος για όλο το καλοκαίρι, όπως κι η ίδια. Έτσι ήταν η καλύτερή της εποχή! Ούτε μαθήματα ούτε άλλες εξωσχολικές υποχρεώσεις. Μόνο θάλασσα, ηλιοθεραπεία και πάρτι.

Μεγάλη ήταν η μόνιμη παρέα της: η Μαρίνα, η Φανή, ο Νίκος, ο Παύλος, ο Κωστάκης, η Μαίρη, η Μαργαρίτα κι η Θέλξη. Κάθε πρωί μαζευόντουσαν στην υπαίθρια τραπεζαρία του ξενοδοχείου κι ο αρχηγός, ο

Κωστάκης, έδινε το έναυσμα για το πρώτο μπάνιο. Μετά όλοι μαζί πέφτα-
νε στη θάλασσα με γέλια και πιτσιλίσματα. Ο ήλιος τους έκαιγε και τους
τσουρούφλιζε όταν βγαίναν έπειτα απ' την πολύωρη παραμονή τους στη
θάλασσα έξω στην παραλία για να συνεχίσουν την παρέα και τα πειράγ-
ματα μέχρι που μεσημέριαζε κι η κηδεμόνας του κάθε παιδιού τα φώναζε
για να πάνε για φαγητό και ξεκούραση. Άλλα πιο ζωηρά, ανάμεσά τους κι
η Βέρα, φεύγανε απ' τα δωμάτια τους μετά από ένα βιαστικό γεύμα για
να μην χάσουνε την μέρα τους με ύπνο και τέτοια, που τότε δεν τους ήταν
καθόλου απαραίτητα.

Παρόλα αυτά, οι ώρες της ημέρας δεν τους φτάνανε και καθώς μεγάλω-
ναν άρχιζαν να κάνουν πάρτι μόλις έπεφτε ο ήλιος στην ταράτσα του ξενο-
δοχείου που ο φιλόξενος αλλά κι επαγγελματίας ιδιοκτήτης του τους παρα-
χωρούσε. Εκεί δημιουργούνταν και τα πρώτα ειδύλλια που κρατούσαν όσο
κι οι καλοκαιρινές τους διακοπές. Τον Σεπτέμβριο όλοι στο σχολείο και
στα μαθήματά τους.

Εκείνοι οι δύο καλοκαιρινοί μήνες ήταν για τη Βέρα οι τροφοδότες της
υπόλοιπης χρονιάς. Αν κάποιο αγόρι της άρεσε, το πολύ-πολύ να τον άφηνε
να στεγνώσει δίπλα πάνω στην πετσέτα της και το βράδυ να του επέτρεπε
να κάτσει κοντά της στο πεζούλι της ταράτσας που τους εξυπηρετούσε σαν
υπαίθριο κλαμπ.

Ο καθένας έφερνε τα μικρά δισκάκια απ' το σπίτι του με τη μουσική της
εποχής που μάζευε όλο το χειμώνα. Συνήθως κάποιο απ' τα αγόρια έφερνε
ένα φορητό πικάπ κι έτσι όλες μα όλες οι μέρες των διακοπών περνούσαν
τρισευτυχισμένα. Κανείς δεν βιαζόταν. Κανείς δεν μάλωνε με τον άλλο. Ο
καθένας είχε το ρόλο του. Ο ρόλος της Βέρας ήταν να τους πηγαίνει τυρο-
πιτάκια και πιροσκί που η γιαγιά εξακολουθούσε κι ετοίμαζε με τα χρυσά
της χεράκια στο μπαλκόνι έξω απ' το δωμάτιό τους, πάνω στο τραπέζι του
καφέ και μετά τα 'ψηνε στην κουζίνα του ξενοδοχείου αφού πια κι αυτό είχε
γίνει ένα μέρος σπιτίσιο για όλους. Αυτή ήταν κι η επιτυχία του ξενοδόχου.

Κρατούσε τους πελάτες με τον φιλόξενο τρόπο του. Εξάλλου τα μεσημέρια και τα βράδια οι μεγάλοι τρώγανε στην τραπεζαρία του.

Όλοι εκείνα τα καλοκαίρια τα ευλογημένα ήταν ευχαριστημένοι. Μία μεγάλη οικογένεια όλοι τους, διευκόλυναν και τη ζωή των παιδιών μ' αυτό τους τον συγχρωτισμό. Έτσι κυλούσαν οι καλοκαιρινές διακοπές με παιχνίδια και φλερτ για τα παιδιά και με συζητήσεις και γέλια για τους μεγάλους.

Το τελευταίο Σάββατο των καλοκαιρινών διακοπών της Βέρας εκείνη τη χρονιά ήρθε κι η μαμά για να βοηθήσει τη γιαγιά να μαζέψει τα πράγματά τους αλλά της Βέρας της φάνηκε πως κάτι άλλο την απασχολούσε. Κλείστηκε με τη γιαγιά στο σαλόνι του διαμερίσματος που νοικιάζανε και κάτι της έλεγε, κάτι απαντούσε κι η γιαγιά.

Κάποια στιγμή, καθώς η Βέρα πήγε να πάρει τα γυαλιά της που είχε ξεχάσει απ' το πρωί στο δωμάτιό της, άκουσε κάτι που μάλλον την αφορούσε, αφού η γιαγιά έλεγε με αυστηρό ύφος στην κόρη της: «Άσε το κορίτσι να τελειώσει το σχολείο του. Είναι μικρό ακόμη. Άσ' το να χαρεί». Η μαμά κάτι τής αντιγύρισε. Η Βέρα δεν μπόρεσε να καλακούσει αλλά σιγουρεύτηκε ότι λέγανε κάτι γι' αυτήν. Δεν έδωσε και πολύ σημασία. Η παρέα της την περίμενε κι ο Κωστάκης είχε αρχίσει να λέει τα αστεία του που η Βέρα δεν ήθελε με τίποτε να χάσει. Έτσι πήρε τα γυαλιά της και τρεχάτη κατέβηκε τα σκαλιά για να ξαναβρεθεί με την παρέα της.

Στο τέλος του Αυγούστου, όταν οι διακοπές πήραν το τέλος τους, γύρισαν στη Θεσσαλονίκη. Άρχιζαν κι οι εγγραφές στο σχολείο, στο Ωδείο, παντού. Όλα τώρα σιγά-σιγά θα έμπαιναν στους συνηθισμένους τους ρυθμούς. Του χρόνου πάλι!

Φέτος ήταν οι καλύτερές της διακοπές κι η μαμά της τής είχε αγοράσει και το πρώτο της μπικίνι. Τώρα πια ήταν μια μικρή δεσποινίς! Δεν ήταν παιδί. Η αλήθεια είναι ότι αυτό το καλοκαίρι ήταν σαν κάτι να είχε μέσα της. Κάτι διαφορετικό σα να περίμενε. Μάλλον είχε αρχίσει να ωριμάζει. Χαιρόταν που φέτος θα πήγαινε στην προτελευταία τάξη του γυμνασίου.

Δεν αισθανόταν πια μικρή και ασήμαντη. Έβλεπε τα κορίτσια στις μικρό-τερες τάξεις με άλλο μάτι ενώ ο συγχρωτισμός κι η συνάφεια με τα κορίτσια της τελευταίας τάξης, τις τελειόφοιτες, είχε αρχίσει για τα καλά.

Όλα μπήκαν στη σειρά τους. Όλα θα παίρνανε, όπως και κάθε προη-γούμενο χρόνο, το δρόμο τους. Εκείνο το πρώτο Σάββατο αφότου είχαν αρχίσει τα σχολεία κι ενώ γύριζε το μεσημέρι περιμένοντας τη μαμά της να της πει σε ποιο σινεμά θα πηγαίνανε το απόγευμα, την ώρα που 'βγαζε την ποδιά της την άκουσε να της φωνάζει:

«Βέρα, έλα λίγο εδώ να σου πω. Σήμερα δεν έχει κινηματογράφο γιατί θα 'ρθουν η Γεωργίτσα με τα κορίτσια και τον αρραβωνιαστικό της Ολυ-μπίας να μας τον γνωρίσουν».

«Εντάξει μαμά», απάντησε η Βέρα, με μια ελαφριά απογοήτευση γιατί περίμενε να ξαναπάει στη μεγάλη της αγάπη τον κινηματογράφο, που είχε στερηθεί όλο το καλοκαίρι. Αλλά βρήκε ότι ο λόγος της ακύρωσης αυτός ήταν σοβαρός κι έτσι δεν χάλασε τελικά η διάθεσή της. Η μαμά την «επι-θεώρησε» μόλις ντύθηκε. Της είπε ν' αλλάξει την κορδέλα που κρατούσε πίσω τα καστανά μακριά μαλλιά της και πήγε να ντυθεί κι η ίδια.

Στο σπίτι βέβαια σήμερα επικρατούσε μια κινητικότητα όχι συνηθισμέ-νη, παρατήρησε η Βέρα, αλλά βέβαια σκέφτηκε ότι ήταν φυσικό μιας και για πρώτη φορά θα τους επισκεπτόταν ο αρραβωνιαστικός της Ολυμπίας, ένας ξένος άνθρωπος. Είχε περιέργεια να δει πως θα ήταν αυτό το καινού-ριο μέλος της συγγενικής της οικογένειας, που ήταν κι αρκετά χρόνια με-γαλύτερός της. Ήταν γύρω στα είκοσι πέντε του, όπως έμαθε, και τα εννιά χρόνια που τους χώριζαν, ήταν ό,τι έπρεπε ώστε η ίδια να νιώσει λίγο αμή-χανη που θα τον γνώριζε.

Γύρω στις επτά το απόγευμα, λίγο πριν βραδιάσει, ήρθαν όλοι όσοι περίμενε αλλά κι ένας παραπάνω, άγνωστος. Στάθηκε και τους χαιρέτισε φιλώντας όλους εκτός απ' τους δύο νεοφερμένους. Μετά σαν κάτι να την έσπρωχνε, μπήκε στο δωμάτιό της έτσι χωρίς λόγο.

Κοιτάχτηκε στον καθρέφτη που βρισκόταν πάνω απ' το γραφείο της και δεν της άρεσε καθόλου ο εαυτός της. Έπρεπε να είχε βάλει το μπεζ παντελόνι με την άσπρη μπλούζα κι όχι αυτό το χαζοχαρούμενο καρό φουστάνι, σκέφτηκε. Μ' αυτό έμοιαζε σα μωρό. Αποτελούσε παραφωνία μέσα στους άλλους αλλά βέβαια δεν μπορούσε τώρα ν' αλλάξει. Θα γινόταν ρεζίλι. Καθυστέρησε ωστόσο λίγο να σκεφτεί τι θα μπορούσε να βάλει ώστε να μη μοιάζει τόσο με μικρό αλλά την ίδια στιγμή άκουσε τη μαμά της: «Βέρα, πού είσαι παιδάκι μου; Γιατί εξαφανίστηκες; Έλα έξω που καθόμαστε όλοι».

Αναγκάστηκε να βγει και να καθίσει μαζί με τους άλλους φροντίζοντας όμως να βρίσκεται σε μέρος που δεν θα την καλοβλέπανε. Δεν θα ήταν αυτή το κέντρο της προσοχής. Πράγματι! Κάθισε δίπλα στον παππού, στριμωγμένη επίτηδες κοντά του για να μη μπορούν να τη βλέπουν μ' αυτό το απαίσιο φουστάνι. Εξάλλου σήμερα ήταν δικαιωματικά η μέρα της Ολυμπίας που έλαμπε μέσα στο γαλάζιο φόρεμά της και τιτίβιζε όλο νάζι καθώς μιλούσε για τον αρραβωνιαστικό της που καθόταν στο πλάι της περήφανος και γελαστός.

Πολύ της άρεσε της Βέρας το καλοσυνάτο κι όμορφο πρόσωπό του. Αμέσως, με την πρώτη ματιά, τον συμπάθησε. «Α, ναι! Θα ενσωματώνονταν θαυμάσια μέσα στην τόσο αγαπημένη της οικογένεια. Είχε δέσει μια χαρά μαζί τους, ομιλητικός, γλυκός με τ' αστεία του κι αυτός όπως η αρραβωνιαστικιά του. Μια χαρά τους ταίριαζε άρα το ίδιο θα ταίριαζε και με τη δική της. Θα ήταν όλοι ένα». Το καινούριο πρόσωπο δεν της δημιούργησε κανένα αρνητικό συναίσθημα. Αντίθετα, σε λίγο ένιωσε ότι ήταν σα να τον είχε γνωρίσει από παλιά, σα ν' αποτελούσε αναπόσπαστο μέλος αυτής της συγγενικής οικογένειας που γνώριζε από πολύ μικρή.

Ο άλλος όμως ποιος ήταν; Κάτι είχε ακούσει την ώρα που τους χαιρετούσε. Ήταν ο μικρότερος αδελφός του ή ξάδελφος αλλά δεν πολυκατάλαβε. Εξάλλου δεν τον περίμενε, τουλάχιστον η ίδια. Δεν της είχαν πει τίποτε γι' αυτόν.

Έπειτα από αρκετή ώρα κατάλαβε πως ήταν ο μικρότερος αδελφός του. Αυτός που σπούδαζε στρατιωτικός γιατρός. Η Βέρα παρατήρησε ότι φορούσε ένα μπεζ παντελόνι, άσπρο πουκάμισο και καφέ παπούτσια -ασορτί στο χρώμα με τη ζώνη του- φρεσκοβαμμένα παπούτσια, καλοσιδερωμένο παντελόνι, κατάλευκο πουκάμισο με μια τσέπη αριστερά και τα μακριά μανίκια του ανασηκωμένα με γούστο, στο σωστό ύψος.

Σιγά-σιγά κι αφού κανένας ευτυχώς δεν ασχολούνταν μαζί της, ανέβασε το βλέμμα της στο πρόσωπό του. Ήταν ένα οβάλ πρόσωπο με συμμετρικά όλα του τα χαρακτηριστικά. Τα μάτια του ήταν σκούρα καστανά, μικρά και λίγο σχιστά, που μοιάζαν με ελίτσες κάτω απ' το ψηλό του μέτωπο. Τα μαλλιά του ίσια κι όλα χτενισμένα προς τα πίσω ήταν γυαλιστερά και πεντακάθαρα. Αυτό της άρεσε πολύ. Μα πιο πολύ της άρεσε το στόμα του που ήταν και το καλύτερό του χαρακτηριστικό. Γελούσε πολύ συχνά με τον αδελφό του, πείραζε τη νύφη του κι έμοιαζε χαλαρός κι απόλυτα εναρμονισμένος μες την υπόλοιπη παρέα.

Η Βέρα τον παρατηρούσε καθώς μιλώντας εκείνος χειρονομούσε και τα μάτια της έπεσαν στα χέρια τους. Τι όμορφα χέρια που είχε! Μακριά και λεπτά δάχτυλα, γερή παλάμη, ωραία σχηματισμένα νύχια. Αυτό το τελευταίο της άρεσε πολύ. Ήταν λεπτομέρειες που πάντοτε πρόσεχε στους ανθρώπους αλλά που πρώτη φορά έπιανε τον εαυτό της να μη μπορεί να πάρει το βλέμμα της από πάνω τους.

Η ώρα πέρασε ευχάριστα. Δοκιμάσαν απ' όλα που είχε ετοιμάσει η γιαγιά κι ευτυχώς η μαμά της είχε προ πολλού πάψει να τη βάζει αναγκαστικά να παίξει κάτι στο πιάνο κάθε φορά που κάποιος επισκεπτόταν για πρώτη φορά το σπίτι τους. Ευτυχώς, όλα κύλησαν σαν το νεράκι. Σηκώθηκε για να τους αποχαιρετήσει, έδωσε φιλιά σε όλους εκτός απ' τον μικρό αδελφό, τον Δημήτρη. Αυτό ήτανε το όνομά του. Λίγο διστακτικά του έδωσε μόνο λίγο το χέρι της, ίσα-ίσα που τον ακούμπησε αποφεύγοντας να τον κοιτάξει. Καθώς καληνύχτιζε τους δικούς της, τους άκουσε που σχολίαζαν το πόσο ταιριαστό ζευγάρι ήταν η Ολυμπία με τον αρραβωνιαστικό της και τη μαμά της που έλεγε πόσο ωραία ήταν που σπουδάζανε κι οι δύο και πόσο ωραία θα διαγραφόταν η επαγγελματική και μετά η οικογενειακή τους ζωή έχοντας οι δυο τους μια ισορροπία.

Η Βέρα μπήκε στο δωμάτιό της. Έβγαλε το απαίσιο φουστάνι της κι επειδή τα μαθήματα δεν είχαν ακόμη εντατικοποιηθεί, πήρε να διαβάσει ένα βιβλίο που είχε γράψει κάποια Anna Maria Selinko και που λεγόταν «Ήμουν ένα άσχημο κορίτσι». Η φίλη της στο σχολείο η Έλσα της το είχε δανείσει για να το διαβάσει αφού η ίδια, όταν τα μαθήματα άρχιζαν κανονικά, δεν είχε χρόνο για εξωσχολικά βιβλία κι η μαμά της δεν την άφηνε ν' αγοράζει τίποτε εκτός απ' τα σχολικά. Οι ώρες της ήταν μετρημένες. Φέτος θ' άρχιζαν και τα θεωρητικά μαθήματα στο Ωδείο κι έπρεπε να βγάλει καλό βαθμό στο απολυτήριο, όπως πάντα. Άρα, χρόνος μηδέν για τα υπόλοιπα. Μόνο κάτι στα κλεφτά.

Άνοιξε το βιβλίο στη σελίδα 48 που το είχε αφήσει αλλά το 'κλεισε. Δεν είχε όρεξη για διάβασμα σήμερα. Θα 'κλεινε το φως κι ίσως την άλλη μέρα το ξανάπιανε στα χέρια της για να το συνεχίσει. Εξάλλου ήταν Κυριακή. Τι καλύτερο είχε να κάνει; Κοιμήθηκε γρήγορα και ξύπνησε αργά την άλλη μέρα. Η γιαγιά είχε φτιάξει τηγανίτες, τις είχε περιχύσει με μέλι και κανέλα και την περίμεναν αφράτες κι ευωδιαστές πάνω στο μεγάλο τραπέζι της κουζίνας. Όλοι οι υπόλοιποι είχαν σηκωθεί, είχαν τελειώσει το πρωινό τους, ο παππούς είχε γυρίσει απ' την εκκλησία και σκάλιζε το λαχανόκηπο ενώ ο μπαμπάς κι η μαμά με την αδελφή της είχαν πάει να επισκεφτούν τον κουμπάρο και νονό της αδελφής της που γιόρταζε.

Στο σπίτι όλα ήταν ήσυχα και τακτοποιημένα. Τίποτε δεν θύμιζε το χθεσινοβραδινό τραπέζι. Όλα ήταν στη θέση τους. Πήγε στο δωμάτιό της μόλις τελείωσε το πρωινό της, πήρε το βιβλίο που δεν είχε καταφέρει να διαβάσει το προηγούμενο βράδυ και ξάπλωσε σε μία πολυθρόνα, κάτω απ' τις συκιές του κήπου. Πάνω στις σελίδες του βιβλίου είδε δύο καστανές ελίτσες που γύρω τους σχηματίζονταν ένα πρόσωπο.

49

Μετά άρχισε να διαβάζει. Καθώς είχε μπει για τα καλά το φθινόπωρο, τα μαθήματα κι οι υποχρεώσεις πήραν το δρόμο τους κι όλα ξαναγύρισαν στους συνηθισμένους τους ρυθμούς. Η Βέρα ούτε κατάλαβε πώς πέρασε το πρώτο τρίμηνο στην Ε΄ γυμνασίου που τώρα βρισκόταν. Η αλήθεια ήταν ότι φέτος είχαν προστεθεί στο ωρολόγιο πρόγραμμα της τάξης της κι άλλα δύο καινούργια μαθήματα που της άρεσαν πολύ και κάνανε πιο ενδιαφέρουσα την παρακολούθησή τους.

Καθώς το καθημερινό πρόγραμμα προχωρούσε κανονικά και δεν είχε καιρό για τίποτε, ακόμη κι ο κινηματογράφος είχε αραιώσει, είχε αρχίσει εδώ και καιρό να την απασχολεί σε ποια σχολή του πανεπιστημίου θα ήθελε να δώσει εξετάσεις, τι θα ήθελε να κάνει, ποια επιστήμη ν' ακολουθήσει. Πάντοτε ήταν πολύ καλή στα θεωρητικά μαθήματα και τ' αγγλικά της ήταν σε πολύ καλό επίπεδο. Επομένως, φυσιολογικά θα 'δινε εξετάσεις στη Φιλοσοφική. Ενάμισης χρόνος τη χώριζε απ' αυτές. Τα πράγματα δυσκόλευαν και το Ωδείο την απασχολούσε πολλές ώρες καθώς κι εκεί τα μαθήματα είχαν γίνει πολύ περισσότερα.

Σε λίγο κιόλας πλησίαζαν τα Χριστούγεννα, οι διακοπές του σχολείου κι η Βέρα ούτε που το είχε καλά-καλά καταλάβει. Δεν είχε καθόλου καιρό ν' ασχοληθεί με τον εαυτό της και φέτος, πρώτη φορά, δεν σκεφτόταν ούτε τι θ' αγόραζε. Καλά-καλά δεν ήξερε και τι ήθελε.

Ευτυχώς που η μαμά της τής το θύμιζε τακτικά και τελευταία όλο πιο συχνά: «Έλα παιδί μου! Πότε θα ευκαιρήσεις να πάμε στην αγορά να σου πάρω κάτι καινούριο; Ό,τι θέλεις. Ρούχα, παπούτσια. Βαρέθηκα να σε βλέπω με τα ίδια. Έλα, ακόμη κι ο μπαμπάς σου παρατήρησε ότι φοράς όλο τα ίδια και τα ίδια. Μα μεγάλωσες πια. Πρέπει να κοιτάξεις και το ντύσιμό σου. Θα χρειαστεί να πάμε κάπου και δεν θα 'χεις τι να φορέσεις».

Μετά από δύο εβδομάδες κατέβηκαν οι δυο τους στην αγορά. Η Βέρα χάρηκε. Καινούρια καταστήματα είχαν ανοίξει που πρώτη φορά τα 'βλεπε με τις βιτρίνες τους γεμάτες. Εξάλλου, πλησίασαν Χριστούγεννα κι όλα ήταν στολισμένα και γιορταστικά. Το πιο ωραίο αλλά και κάπως περίεργο ήταν ότι η μαμά για πρώτη φορά της είπε: «Έλα, διάλεξε ό,τι θέλεις και θα σου τα πάρω». Η Βέρα απόρησε λίγο: «Η μαμά επιμένει», σκέφτηκε, «Ωραία, αφού μου το λέει, έτσι θα κάνω».

Διάλεξε λοιπόν ένα εφαρμοστό άσπρο παλτό, δύο φορέματα, ένα μαύρο κι ένα μπλε, μια πράσινη πλεκτή ζακέτα μ' έναν ωραιότατο γιακά, δύο ζευγάρια γόβες με λίγο τακούνι, -α! έκπληξη, η μαμά την άφησε μ' ευκολία χωρίς καμία αντίρρηση να τα πάρει- και τέλος, μια μικρή μαύρη τσάντα με δύο κοκάλινα στρογγυλά χερούλια λέγοντάς της: «Αυτή θα την κρατήσεις κανένα βράδυ όταν βγούμε». Για πρώτη φορά αγόρασε και νάυλον ψηλές κάλτσες, ταιριαστές φυσικά με τα καινούρια παπούτσια της. Έτσι φορτωμένες μαμά και κόρη με τις σακούλες γυρίσανε με το κλείσιμο της αγοράς στο σπίτι τους.

Η Βέρα ήταν μες τη χαρά της κι ανυπομονούσε για την ώρα που θα τα φορούσε. Γεμάτη καμάρι τα 'δειξε στη γιαγιά της. Εκείνη της είπε «Μπράβο! Με γεια σου!», αλλά σαν να της φάνηκε ότι η γιαγιά δεν πήρε και με πολύ καλό μάτι τα τόσο πολλά ψώνια. Ίσως όμως να ήταν κι η ιδέα της· η ίδια ήταν τόσο ενθουσιασμένη με όλα που δεν πολυέδωσε σημασία στην πράγματι λίγο περίεργη συμπεριφορά της γιαγιάς. Μάλλον η γιαγιά δεν ήταν ευχαριστημένη, όπως θα 'πρεπε, κι η Βέρα σιγουρεύτηκε για την πρώτη της εντύπωση όταν λίγο αργότερα την άκουσε να λέει στη μαμά της: «Άφησε το κορίτσι να κοιτάζει τα μαθήματά του. Έχει καιρό για λούσα».

Η Βέρα αναρωτήθηκε τι σχέση μπορεί να είχαν για τη γιαγιά τα μαθήματα και τα ρούχα και γιατί στο κάτω-κάτω δεν χάρηκε, όπως θα περίμενε κανείς, αλλά γρήγορα σκέφτηκε: «Ε, τι να πει κι αυτή η καημένη». Εξάλλου από τότε που τη θυμόταν η γιαγιά φορούσε μόνο μαύρα και δεν κοίταζε ούτε τις βιτρίνες ούτε τα περιοδικά που αγόραζε κάθε εβδομάδα η μαμά. Φυσικό κι επόμενο ήταν να μην τα εκτιμάει και τόσο πολύ.

Η Βέρα όμως ήταν τόσο χαρούμενη με τα καινούρια της αποκτήματα. Φέτος για πρώτη φορά στη ζωή της θα φορούσε νάυλον κάλτσες και *γόβες. «Α, τι ωραία που ήταν όλα αυτά», σκέφτηκε και βάλθηκε να τα τακτοποιήσει στη ντουλάπα της.*

Οι γιορτές πλησίαζαν, τα μαθήματα όλο και χαλάρωναν, γιατί αυτές αφορούσαν και τους καθηγητές φυσικά, κι η Βέρα περίμενε γεμάτη ανυπομονησία την πρώτη γιορτή, τα Χριστούγεννα, για ν' αρχίσει να τα φοράει.

Λίγες μέρες πριν έρθουν χτύπησε το τηλέφωνο στο σπίτι τους. Ήταν η Ολυμπία που θα 'ρχόταν να τους ευχηθεί με τον αρραβωνιαστικό της την παραμονή το πρωί. Η Βέρα χάρηκε πολύ γιατί θα ήταν και μια ευκαιρία να βάλει το ένα απ' τα καινούργια της φορέματα αλλά κυρίως τις ψηλές κάλτσες με τα τακούνια. Πόσο ωραία κι ανέμελη μπορούσε να είναι η ζωή για ένα κορίτσι που σε λίγους μήνες θα 'κλεινε τα δεκαεπτά!

Βέβαια, τα πράγματα δεν γίνονται πάντα όπως τα θέλουμε. Η μαμά της είχε άλλα σχέδια γι' αυτήν τη μέρα της παραμονής. Η Βέρα έπρεπε να πάει στη νονά της την Ευγενία που γιόρταζε και να της πάει το δώρο της. Αντίρρηση δεν χωρούσε. Δυσανασχέτησε μέσα της γιατί αντίο ψηλές κάλτσες και τακούνια. Πώς θα τα φορούσε για πρώτη φορά πρωί-πρωί και θα κυκλοφορούσε στο δρόμο; Μπορούσε να ισορροπήσει πάνω τους; Κρίμα! Στο σπίτι θα μπορούσε άνετα να τα φορέσει αλλά να κυκλοφορήσει για πρώτη φορά... δύσκολο.

Στις 10.30 ήταν έτοιμη να ξεκινήσει για το σπίτι της νονάς φορτωμένη εκτός απ' το δώρο της και με δύο βάζα γλυκό του κουταλιού, απ' αυτά που υπήρχαν πάντοτε στο σπίτι. Ωστόσο, λίγο πριν φύγει, άκουσε φωνές και καλωσορίσματα και κατάλαβε αμέσως ότι η Ολυμπία με τον αγαπημένο της είχαν κιόλας φτάσει.

«Ωραία», σκέφτηκε, «Ίσως για σήμερα γλιτώσω και τη διαδρομή αλλά και το κουβάλημα στη νονά». Έτρεξε χαρούμενη να τους προϋπαντήσει αλλά μόλις έφτασε κοντά τους σταμάτησε. Μαζί με το ζευγάρι ήταν κι ο Δημήτρης. Σήμερα ήταν τόσο διαφορετικός! Φορούσε ένα περίεργο μικρό μπλε καπέλο, μπλε παντελόνι, ασορτί σακάκι και πάνω στους

ώμους του ήταν κεντημένα σε βυσσινί χρώμα δυο μεγάλα τεσσάρια! Ποτέ δεν είχε ξαναδεί στη ζωή της από τόσο κοντά έναν τόσο όμορφο άντρα. Ήταν σαν ηθοποιός του σινεμά. Εκείνος σα να ήξερε πολύ καλά την εντύπωση που δημιουργούσε η παρουσία του, ήταν καμαρωτός γελαστός και με μεγάλη αυτοπεποίθηση.

Αυτή τη φορά δεν του 'δωσε ούτε το χέρι της να τον καλωσορίσει. Βιάστηκε να πει ένα «καλημέρα» κι έτρεξε στην αγκαλιά της Ολυμπίας. Ένιωθε τόσο αδύναμη. Ήταν πάλι χάλια με το παντελόνι και το πουλόβερ της. Ένιωθε τόσο ασήμαντη. Εκείνα τα μαλλιά της· σήμερα είχε βρει να τα δέσει πρόχειρα σε μια αλογοουρά και μάλιστα χωρίς να βάλει ούτε μία από τις κορδέλες της; Καλύτερα θα ήταν να μην εμφανιζόταν καθόλου. Αλλά πού νά 'ξερε ότι θα ήταν κι αυτός! Κανένας δεν την είχε προειδοποιήσει. Μάλλον ξαφνικά θα είχαν γίνει όλα.

Κοίταξε λίγο προς την πλευρά της μαμάς της σαν να τη ρωτούσε για το τι έπρεπε να κάνει αλλά εκείνη την πρόλαβε.

«Κάθισε τώρα Βέρα μου αφού ήρθαν τα παιδιά. Θα πας στης νονάς αργότερα», είπε.

Η Βέρα ούτε ήθελε να φύγει αλλά ούτε ήθελε και να κάτσει. Αισθανόταν άβολα. Ένιωθε ένα μούδιασμα στο σώμα της περίεργο, ένα ρίγος σα να ήταν άρρωστη και δεν μπορούσε να ανοίξει ούτε το στόμα της. Τους γύρισε την πλάτη και βιαστικά χώθηκε στο δωμάτιό της.

Στάθηκε πάλι στον καθρέφτη της σα να τον ρωτούσε τι γίνεται, τι έπρεπε να κάνει, γιατί ένιωθε σα να ήταν κομμένη στα δύο; Γιατί ένιωθε έτσι; Ήταν κι αυτό το ξαφνικό, που για δεύτερη φορά γινόταν χωρίς προειδοποίηση κι αναρωτήθηκε ποιος είναι αυτός που εισέβαλε στο σπίτι της, αυτή η καινούργια παρουσία που τόσο την αναστάτωνε χωρίς λόγο; Με κανένα απ' τα αγόρια που γνώριζε κι έκαναν παρέα δεν αισθανόταν έτσι. Ίσα-ίσα αυτή ήταν που τους πλησίαζε, αυτή καθόριζε το πρόγραμμα της παρέας. Δεν είχε ποτέ κανένα πρόβλημα μαζί τους. Ποιος ήταν αυτός ο «εχθρός»;

Γιατί έτσι τον αισθάνθηκε, που 'μπαινε στο σπίτι της χαμογελαστός και τόσο σίγουρος για τον εαυτό του. Μπορούσε να το κουβεντιάσει με κάποια φίλη της για να της πει κι εκείνη ποιο ήταν το μυστήριο σ' αυτή την καινούρια παρουσία; Ναι, αλλά τώρα ήταν οι διακοπές. Δεν θα 'βλεπε καμιά τους τόσο εύκολα. Με ποιον άλλο θα μπορούσε να μιλήσει;

Αυτά σκεφτόταν όταν η Ολυμπία μπήκε στο δωμάτιό της και της είπε: «Έλα Βέρα μου να σε δούμε! Τι κάνεις εδώ μέσα μόνη σου;»

«Έρχομαι», απάντησε η Βέρα με φωνή που μόλις έβγαινε.

«Μα έλα, μην κοιτάζεις στον καθρέφτη. Είσαι μία κούκλα βγες να σε χαρούμε! Μη ντρέπεσαι».

Αυτή η λέξη η τελευταία ήταν το κλειδί. Αυτή και μόνο αυτή δεν ήθελε ν' ακούσει στα χάλια που βρισκόταν. Ώστε την είχαν καταλάβει; Καθόλου δεν ωφέλησε η φυγή στο δωμάτιο; Όμως βγήκε απ' την ασφάλειά του αποφασισμένη να εκτεθεί. Στο κάτω-κάτω όλα αυτά είχαν συμβεί επειδή η παρουσία του άλλου ήταν ξαφνική. Γι' αυτό και μόνο και για τίποτε άλλο αποφάσισε και πήγε να τους συναντήσει.

Ο τρόπος που μπήκε φουριόζα στο σαλόνι έκανε όλους να γυρίσουν να την κοιτάξουν και πιο πολύ αυτός που εκείνη καθόλου δεν ήθελε, ο οποίος όχι μόνο την κοίταζε αλλά ήταν σαν να προσπαθούσε να δει και αυτά που δεν φαινόταν. Αλλά την κοίταζε γλυκά, τόσο γλυκά που η Βέρα ένιωσε σαν ένα χάδι να την τυλίγει και μαζί να την καθησυχάζει. Αυτό ήταν. Ηρέμησε. Βρήκε στο λεπτό τον εαυτό της και πήγε και κάθισε στην πολυθρόνα δίπλα στη δική του. Έτσι δεν θα μπορούσε να την κοιτάζει. Ήταν ασφαλής.

Κάθισαν αρκετά. Ήπιαν τον καφέ τους, τίμησαν τους χριστουγεννιάτικους κουραμπιέδες και τα μελομακάρονα και μετά από ώρα σηκώθηκαν να φύγουν. Τότε, άκουσε την Ολυμπία να λέει στη μαμά της: «Μαρία θα πάμε στον πρωτοχρονιάτικο χορό της μέριμνας του παιδιού. Γιατί δεν έρχεστε και σεις; Πάρτε και τη Βέρα. Θα είναι η ντάμα του Δημήτρη. Τι λες; Να το κλείσουμε; Να πάρουμε και για σας προσκλήσεις;» «Ναι», απάντησε η μαμά της αμέσως, «Να 'ρθουμε! Γιατί όχι; Ευκαιρία να πάει κι η Βέρα στον πρώτο της χορό τώρα που μεγαλώνει. Ναι, πάρε και για μας προσκλήσεις. Θα 'ρθουμε οι τρεις μας με τον Φίλιππο. Ειδοποίησέ μας όμως εγκαίρως για την ώρα. Τηλεφώνησέ μου», είπε και την αποχαιρέτησε φιλώντας την.

«Μπα!», σκέφτηκε η Βέρα, «Τόσο εύκολα είπε ότι θα πήγαιναν οι τρεις τους. Αυτή που ήταν η τόσο αυστηρή και δεν την άφηνε ούτε σε πάρτι που κάναν οι φίλοι της στα σπίτια τους να πηγαίνει;»

Η ευκολία με την οποία η μαμά της αποδέχθηκε την πρόσκληση χωρίς καθόλου να το σκεφτεί ή να ρωτήσει λεπτομέρειες, την έκανε ν' απορήσει.

Αλλά πάλι γιατί όχι; Η μαμά ήταν πολύ κοινωνική, κοκέτα και της άρεσαν όλα αυτά. Απ' την άλλη, τόσο γρήγορα να τ' αποφασίσει και μάλιστα να την έπαιρναν και μαζί τους για πρώτη φορά; Της πέρασε η σκέψη πως μάλλον θα το είχαν ξανακουβεντιάσει νωρίτερα, αλλά και πάλι γιατί να ψάχνεται έτσι; Στο κάτω-κάτω θα πήγαινε στον πρώτο της χορό κι αυτό σήμαινε καινούριο φόρεμα, ίσως και κομμωτήριο. Γιατί όχι;

Η Βέρα αφέθηκε στη δίνη της πρώτης της σκηνοθεσίας για το σπουδαίο αυτό γεγονός. Καλά είχε σκεφτεί! Η μαμά της την πήρε λίγο μετά τα Χριστούγεννα και κατεβήκαν στην αγορά να της πάρει το περιβόητο φόρεμα. Τι χαρά που είχε η Βέρα! Αυτό ήταν! Είχε πια μεγαλώσει! Θα βρισκόταν μαζί με πολύ κόσμο, θα χόρευε, ίσως θα ξενυχτούσε κιόλας, κι όλα αυτά για πρώτη φορά.

Το φόρεμα που διάλεξε ήταν άσπρο με εφαρμοστό κορσάζ και τελείωνε σε δύο λεπτές τιράντες. Στο κάτω μέρος υπήρχε μια τούλινη φούστα που τα φύλλα της πέφταν το ένα πάνω στο άλλο και θύμιζαν πραγματικό λουλούδι. Η μέση της ξεχώριζε λεπτή πάνω απ' το ονειρεμένο φόρεμα και πώς της πήγαινε! Η πωλήτρια έλεγε και ξανάλεγε: «Αχ, τι κουκλίτσα που είναι! Πρέπει, οπωσδήποτε αυτό να πάρετε!» Φύγανε κρατώντας μια μεγάλη σακούλα που μετά βίας χωρούσε το νεραϊδένιο φόρεμα. Η Βέρα

55

ήταν τόσο ευτυχισμένη! Παρακαλούσε να 'λεγε τα νέα στην αγαπημένη της φίλη την Άννα. Πόσες μέρες μένανε για το χορό;

Η ανυπομονησία που την κυρίευσε ήταν μεγάλη και συμβάδιζε με την αγωνία της να 'ρθει η μεγάλη μέρα. Βέβαια, κάποια στιγμή ήρθε. Ο καινούργιος χρόνος είχε μπει και της είχε πέσει το φλουρί της βασιλόπιτας. «Γούρι-γούρι» είπαν όλοι. Τι καλύτερο μπορούσε να περιμένει η Βέρα; Ένιωθε μεγάλη, σίγουρη για τον εαυτό της και την εμφάνισή της στο χορό τόσο πολύ που πάλι την τύλιξε το συννεφάκι του παραμυθιού, όπως όταν ήταν μικρή.

Ένα πράγμα μόνο είχε να κάνει. Να φοράει τα ψηλά παπούτσια στο σπίτι να τα συνηθίσουν τα πόδια της γιατί εκεί θα χόρευε κιόλας. Δεν θα περπατούσε μόνο. Τελικά δεν ήταν και τόσο δύσκολο όσο νόμιζε. Εύκολα ισορρόπησε πάνω τους, άρχισε να κάνει και στροφές και πάει τελείωσε! Αυτό ήταν! Τίποτε σπουδαίο! Καθόλου κουραστικό, όπως νόμιζε.

Άρχισε πάλι να μετράει τις μέρες! Όλο αυτό που φάνταζε σαν παραμύθι! Το φόρεμα, ο χορός, η πρώτη αυτή επίσημη έξοδός της την έκαναν να ονειρεύεται, να θέλει να μιλάει όλο γι' αυτό, να σκέφτεται πώς θα 'κανε τα μαλλιά της. Θα μπορούσε ίσως να βάλει λίγο απ' το ρουζ της μαμάς της. Θα χόρευε άραγε και με ποιον εκτός απ' τον μπαμπά της; Δεν θα 'θελε να χόρευε μόνο μ' αυτόν. Τι θα γινόταν άραγε αυτή τη μαγική νύχτα; Πολλά και θαυμαστά ή μήπως τίποτε το σπουδαίο; Έβλεπε τη μαμά της που καθόλου δεν ασχολήθηκε με το θέμα ώστε στο τέλος η Βέρα άρχισε να σκέφτεται μήπως όλα αυτά ήταν της φαντασίας της.

Παρόλα αυτά εκείνες τις μέρες κι όσο πλησίαζε η μεγάλη βραδιά, ένιωθε σα να μην πατούσε στη γη, σα να ήταν κάποια άλλη, άγνωστη, που κάτι είχε προσχεδιαστεί γι' αυτήν και μάλιστα χωρίς την δική της συμμετοχή. Το φόρεμα, τα μαλλιά, ο καινούργιος κόσμος που θα γνώριζε, την τραβούσαν σχεδόν με το ζόρι μέσα σε κάποιο ονειρικό σκηνικό που πολύ λίγο ταίριαζε στη δική της πραγματικότητα. Αλήθεια, τελικά τι θα γινόταν;

Οι διακοπές φέτος δεν της έκαναν καλό. Μακάρι να είχε να διαβάσει, να είχε σχολείο, να έχει τέλος πάντων κάτι να κάνει. Αυτή η αναγκαστική απραξία καθόλου δεν τη βοηθούσε. Δεν είχε και καμιά φίλη και συμμαθήτρια να μοιραστεί μαζί της τις σκέψεις και τις απορίες της. Οι δυο αγαπημένες της λείπανε, είχαν πάει στις γιαγιάδες τους. Το μόνο που είχε ήταν να περιμένει και να φαντάζεται.

Οι μέρες πέρασαν κι έφτασε κι η σπουδαία. Την είχε πιάσει μια αδημονία κι αμφιβολία μαζί για όλα: Για τον εαυτό της, για το περίφημο φόρεμα, για την παρουσία της εκεί και για το κατά πόσο αυτό έπρεπε να το σπουδαιολογήσει ή όχι, για το αν όλα αυτά ήταν μια πολύ-πολύ συνηθισμένη πρακτική για μεγάλους, άρα πολύ λίγο την αφορούσε. Αλλά κι έτσι να ήταν, δεν την πείραζε και τόσο πολύ. Στο κάτω-κάτω μερικές ώρες ήταν και θα περνούσαν. Ίσως να μην της άφηναν και καμία απολύτως γεύση. Ίσως πάλι οι προσδοκίες της να ήταν τόσο υπερβολικές που όλα -οι σκέψεις, το φόρεμα και τα μαλλιά- θα ήταν ένα τίποτα που γρήγορα θα ξεθώριαζε.

Αυτές οι σκέψεις μάλλον τη χαλάρωσαν και μετά από ένα ήσυχο απογευματινό ύπνο και μια διαβεβαίωση απ' τη μαμά της πως δεν έπρεπε ν' ανησυχεί για τίποτε άρχισε να ετοιμάζεται.

Τα μαλλιά της μακριά και πλούσια καθώς ήταν δε θέλαν τίποτε. Τ' άφησε στους ώμους βάζοντας μόνο ένα κοκαλάκι σαν στεφανάκι για να τα εμποδίσει να κάνουν τα δικά τους. Λίγο απ' αυτό που έβαζε η μαμά στα μαλλιά της, αυτό το απαίσιο υγρό που μύριζε μπύρα, η λακ, αλλά που 'κανε και τα πιο άτακτα να πειθαρχούν και το κεφάλι ήταν έτοιμο. Για ρουζ ούτε λόγος. Η μαμά της ήταν απόλυτη. Ευτυχώς την τελευταία στιγμή καθώς εκείνη φορούσε την ετόλ και τα γάντια της, η Βέρα έτρεξε και στα τυφλά ρόδισε τα μάγουλά της αδιάφορη αν το αποτέλεσμα θα μπορούσε να ταιριαζε σ' αυτήν ή σε κλόουν. Αυτή έκανε το δικό της. Η επανάσταση άρχιζε!

Έξω απ' το μεγάλο ξενοδοχείο που θα γινόταν ο χορός όλα άστραφταν. Τα φώτα της εισόδου που οδηγούσαν σε μία τεράστια με πολυελαίους αίθουσα, οι ανθοστήλες σε κάθε της γωνία και οι κυρίες... Αχ, τι όμορφες που ήταν όλες τους! Με τα μακριά τους φορέματα, τα ωραία τους κοσμήματα με τους περίτεχνους κότσους, τα κοκαλάκια πάνω τους που λαμπύριζαν! Όλα ήταν παραμυθένια και λαμπερά.

Προσπάθησε να κοιτάξει γύρω-γύρω σ' όλη την αίθουσα αυτές τις κυρίες, που μερικές ίσως ήταν και λίγο πιο λαμπερές απ' όσο θα 'πρεπε, τους κυρίους με τα σκούρα κοστούμια, αλλά κυρίως αυτούς που κυκλοφορούσαν με τις μπλε στολές, τα σιρίτια και τις αναγκαστικά –λόγω βαθμού– στημένες πόζες τους. Εκείνη τη στιγμή μία κυρία τους πλησίασε τους καλωσόρισε και πιάνοντας τη μαμά της αγκαζέ τους πήγε στο τραπέζι τους. Φυσικά δεν ήταν μόνοι τους. Άλλα δύο ζευγάρια, φίλοι του μπαμπά και της μαμάς της, σηκώθηκαν να τους χαιρετίσουν και μετά κάθισαν όλοι γύρω απ' το στρογγυλό γυάλινο τραπέζι.

Η Βέρα εντυπωσιάστηκε απ' τον κόσμο που ήταν τόσος πολύς μαζεμένος και χαρούμενος, παρά τα ψεύτικα, όπως της φαινόταν μερικές φορές, χαμόγελα. Κοίταζε και ξανακοίταζε τις πιο μεγάλες και εύσωμες γυναίκες που ήταν κι οι πιο στολισμένες αλλά και ζορισμένες μέσα στα εφαρμοστά γυαλιστερά ρούχα τους. Τελικά όσο τα καλοέβλεπε, τόσο πιο υπερβολικά της φαινόταν.

Τα φαγητά και τα ποτά άρχισαν να σερβίρονται από νεαρούς στητούς σερβιτόρους κι η Βέρα, που κάθε άλλο παρά πεινούσε, ούτε που τ' άγγιξε. Δεν την ενδιέφεραν καθόλου. Εξάλλου ποιο κορίτσι στα δεκαεφτά του ενδιαφέρεται για φαγητά, όταν ζει για πρώτη φορά στη ζωή του τέτοιο υπερθέαμα;

Μετά το φαγητό άρχισε ο χορός κι η μουσική που ερχόταν από μια μπάντα νεαρών που της φάνηκε σαν να παίζαν χωρίς κέφι, χωρίς παλμό αλλά από καθαρή υποχρέωση. Όλοι γύρω της διασκέδαζαν, οι φωνές τους ανακατεμένες με γέλια και μουσική αλλά εκείνη μόνο παρατηρούσε. Είχε κάποια προσμονή, κάποια ακαθόριστη προσμονή. Κάτι σα να περίμενε και στην αρχή ούτε που άκουσε τον μπαμπά της που της έλεγε: «Έλα Βέρα πουλάκι

μου να σε χορέψω, σήκω». Σηκώθηκε μηχανικά με τα μάτια να περιφέρο-
νται σε όλη την αίθουσα. Χόρεψε ένα ή δυο χορούς. Ούτε θυμότανε τι ήταν.
Απλώς, ακολουθούσε τα βήματα του μπαμπά της που και στο χορό ήταν
προστατευτικός και απαλός. Όταν τελείωσαν γύρισαν στο τραπέζι τους κι
η Βέρα πήρε τη θέση της ανάμεσα σ' αυτόν και τη μαμά της.

Όλα φάνταζαν καινούρια αλλά όχι και τόσο καλόγουστα· είχε αρχίσει
λίγο-λίγο να βαριέται. Και πως όχι; Ήταν απ' τις μικρότερες εκεί μέσα -αν
όχι η πιο μικρή. Οι αναγκαστικές κουβέντες που 'πρεπε να ξεστομίζει όταν
της μιλούσαν, οι πόζες που 'πρεπε να παίρνει όταν χρειαζόταν να σηκώνει
αναγκαστικά και με δισταγμό το ποτήρι με το νερό της για ν' αντευχηθεί
στους μεγαλύτερους που πίνανε κρασί και πότε-πότε τη θυμόντουσαν. Όλη
αυτή η ατμόσφαιρα είχε αρχίσει να την κουράζει μετά τον πρώτο εντυπωσι-
ασμό. Παρόλα αυτά καθόταν και χάζευε τις λεπτομέρειες στα ρούχα και τα
χτενίσματα των κυριών που ήταν όλες τους σε μεγάλα κέφια.

Όμως, εκεί που όλα κυλούσαν από ανιαρά μέχρι ενοχλητικά, κάτι έγινε,
κάτι άστραψε. Στο τραπέζι τους πλησίασαν τέσσερις άνθρωποι κι ανάμεσά
τους κι αυτός! Ο σαν από άλλο κόσμο φερμένος, ο Δημήτρης. Μεμιάς όλοι
κι όλα έσβησαν γύρω του. Αυτός, ντυμένος στα μπλε, τα μπορντό και τα
χρυσά έσβησε όλους γύρω του. Η αίθουσα άδειασε, η μουσική μόλις που
ακουγόταν κι ένας αστερένιος στροβιλισμός άρχισε να δημιουργείται γύρω
του. Τ' αστεράκια έλαμπαν, στριφογύριζαν και φώτιζαν πότε τα μαύρα κα-
τακάθαρα μαλλιά του, πότε τα καστανά ελίσια ματάκια του και πότε το
αστραφτερό του χαμόγελο. Οι πολυέλαιοι δεν έφεγγαν όπως πρώτα, τα
στολίδια των κυριών έπαψαν να λάμπουν και μόνο τα χρυσά του κουμπιά
έβλεπε. Εκείνα και μόνο εκείνα που αυτός αντιπροσώπευε.

Η Βέρα άρχισε να μην ακούει παρά το τικ τακ που έκαναν οι παλμοί της,
να μη νιώθει τίποτε άλλο παρά μια ζέστη να την τυλίγει. Ήταν όλα τόσο
δυνατά και περίεργα που άρχισε ν' αναρωτιέται αν όντως της συνέβαιναν.
Πώς ήταν δυνατό να χάνει κάποιος έτσι ξαφνικά την ακοή του, να αισθάνε-

ται μια θαμπάδα στο βλέμμα και μόνο η καρδιά του να υπερλειτουργεί; Η όλη κατάσταση την φόβισε λίγο. Πιο πολύ όμως τη φόβισε, την τρομοκράτησε πραγματικά η σκέψη μήπως κι όλα αυτά που ένιωθε τα βλέπαν κι οι άλλοι γύρω της και κυρίως οι γονείς της.

«Day and night, night and day, you are the one». Αυτό το τραγούδι κακοπαιγμένο παιζόταν τη στιγμή που της έδωσε το χέρι του και της χαμογέλασε. Μάλλον έδωσε κι η Βέρα το δικό της που καθώς ήταν παγωμένο μπήκε και βρήκε τη θέση και τη θαλπωρή μέσα στο δικό του. Τι ζεστά κι απαλά που ήταν τα χέρια του!

Όλα έγιναν πιο εξωπραγματικά όταν κατάλαβε ότι βρισκόταν κιόλας στην αγκαλιά του γιατί χόρευαν. Είχε αρχίσει ξαφνικά να ζεσταίνεται, να μη μπορεί να πάρει αναπνοή, να σέρνει τα βήματά της και να κινείται σαν μαριονέτα. Η αίσθηση του χρόνου ήταν η πιο φευγάτη με τις υπόλοιπες να υπολειτουργούν. Περιδινίστηκε σαν πούπουλο εδώ κι εκεί, όπου αυτός την οδηγούσε. Η Βέρα ένιωθε κυριολεκτικά σα να είχε χάσει το βάρος της και σα να ήταν αμέτοχη σε όσα της συνέβαιναν.

Μόνο όταν κάθισε στο τραπέζι ανάμεσα στους γονείς της μετά το χορό ξαναβρήκε το βάρος και τις διαστάσεις της. Ο Δημήτρης ήταν στο τραπέζι τους αλλά σε μια θέση διαγώνια σε σχέση με αυτήν που βρισκόταν η ίδια και δεν μπορούσε να τον καλοδεί. Προσπάθησε όμως και στο τέλος τα κατάφερε.

Ήταν χαρούμενος, χαμογελαστός κι όμορφος σαν άγαλμα. Όμορφος κι απόκοσμος μέσα στη σιγουριά και στην αυτοπεποίθησή του. Τόσο διαφορετικός απ' τη Βέρα που έτρεμε τώρα σαν λεπτό κλαράκι στον αέρα τον περίεργο που δεν ήταν ούτε δυνατός ούτε κρύος ώστε να δικαιολογεί αυτή της την αρρωστημένη αντίδραση.

Δεν ξαναχόρεψαν το υπόλοιπο βράδυ. Ο Δημήτρης είχε αρχίσει μια κουβέντα με το μπαμπά της κι ένα φίλο του και δεν ασχολήθηκε καθόλου μαζί της. Η Βέρα που παρατηρούσε ακόμη και τις εκφράσεις του και τις αναπνοές του, τις οποίες μετρούσε, δεν κουνήθηκε απ' το κάθισμά της ούτε

*δεξιά ούτε αριστερά μέχρι την ώρα που ο μπαμπάς της σηκώθηκε, αγκά-
λιασε τη μαμά της προστατευτικά απ' τον ώμο και με τ' άλλο χέρι κράτησε
κοντά του τη Βέρα που με τη σειρά της κι αυτή, τους αποχαιρέτησε όλους.
Αμέσως πετάχτηκε όρθιος ο Δημήτρης αντάλλαξαν τις καληνύχτες τους κι
αυτό ήταν. Η παραμυθένια αλλά και δύσκολη βραδιά είχε τελειώσει.*

*Τ' αυτοκίνητο του μπαμπά της περίμενε έξω απ' την αίθουσα κι ούτε
κατάλαβε πότε φτάσανε στο σπίτι τους. Η μαμά της τη ρωτούσε πώς της
φάνηκε αυτός ο πρώτος συγχρωτισμός της με τους μεγάλους. Η Βέρα έλεγε
«ωραία, ωραία», «πολύ ωραία», χωρίς να τον έχει κρίνει, χωρίς να την
έχει απασχολήσει ο χορός κι όλα όσα είχαν συμβεί στη διάρκειά του γιατί
ένα πράγμα ή μάλλον ένα πρόσωπο κυριαρχούσε στο μυαλό της και το γέ-
μιζε τόσο πολύ που δεν άφηνε χώρο για τίποτε άλλο. Καμιά εικόνα δεν είχε
εντυπωθεί στο νου της. Μόνο το πρόσωπο εκείνο ήταν τα πάντα.*

*Όταν επιτέλους έμεινε μόνη στο δωμάτιό της και με το γιορτινό φόρεμα
να τσαλακώνεται απ' την άχαρη κίνηση που έκανε βουτώντας το σώμα της
στο κρεβάτι, άρχισε να ανασαίνει κανονικά. Τα χέρια της άρχισαν σιγά-σι-
γά να ζεσταίνονται ενώ το βουητό στο κεφάλι εξακολουθούσε να τη δονεί.
Το πρόσωπο του Δημήτρη κυριαρχούσε στο οπτικό της πεδίο, γέμιζε όλο
το δωμάτιο και δεν έφευγε στιγμή από μπροστά της. Αναρωτήθηκε, μόλις ο
εγωισμός της άρχισε να παίρνει τη θέση του και μαζί του κι η ηρεμία της, αν
και τις δικές του σκέψεις το ίδιο απασχολούσε κι αυτή. «Μπα, καθόλου»,
κατέληξε η Βέρα. Εξάλλου εκείνος ήταν μεγάλος, όμορφος, μεγαλοπρεπής
κι είχε σίγουρα ν' ασχοληθεί με πολύ πιο ενδιαφέροντα πράγματα. Ούτε
φευγαλέα δεν θα τη σκεφτόταν. Το μαρτύριο ήταν μόνο δικό της.*

*Οι μέρες των διακοπών πέρασαν κι άρχισε πάλι το σχολείο. Στην προ-
τελευταία τάξη τα μαθήματα είχαν ιδιαίτερες απαιτήσεις, τα εξωσχολικά
το ίδιο κι έτσι η Βέρα παρασύρθηκε αναγκαστικά απ' το καθημερινό της
πρόγραμμα. Ξέκλεβε μόνο μερικά λεπτά απ' τα διαλείμματα των μαθημά-
των κι αντί να πηγαίνει με τις φίλες της, έπαιρνε το βιβλίο της, καμωνόταν*

πως έκανε επανάληψη και κάπου σε κάποια γωνίτσα της αυλής με το βιβλίο ανοικτό σε μια τυχαία σελίδα και το μυαλό της κλεισμένο απ' την ύπαρξή του, τον σκεφτόταν: «Πού να ήταν τώρα; Τι έκανε; Διάβαζε ή ήταν στο πανεπιστήμιο; Θα τον ξανάβλεπε; Πότε; Με ποια αφορμή;»

Οι μέρες περνούσαν έτσι, με τα ερωτηματικά να πληθαίνουν, χωρίς να μπορεί με κάποιον να μοιραστεί τον πόνο που της φέρναν καθώς έμεναν αναπάντητα κι ενώ διάβαζε όπως πάντα, άρχισε να μην μπορεί να συγκρατήσει εύκολα τα κείμενα που είχε μπροστά της. Τα διάβαζε, τα ξαναδιάβαζε, υπογράμμιζε τα κύρια σημεία αλλά η απόδοσή της είχε πέσει. Το καταλάβαινε αλλά δεν ήξερε τι να κάνει. Αποφάσισε να σηκώνεται πολύ πρωί, πριν το σχολείο, για να τα κάνει μια επανάληψη. Αλλά και πάλι, δυσκολευόταν να τα μάθει το ίδιο καλά όπως άλλοτε.

Σκεφτόταν ότι ίσως έφταιγε το ότι είχαν δυσκολέψει τα ίδια τα κείμενα ή ότι τα δύο καινούρια μαθήματα ήταν δυσνόητα. Γιατί έπρεπε να μάθει τους κανόνες τους; Πού θα τις χρησίμευαν; Γιατί άλλωστε έπρεπε πάντα να είναι στην πρώτη πεντάδα των καλύτερων μέσα στην τάξη; Υπήρχαν κι άλλα ή μάλλον υπήρχε ένα και μοναδικό πράγμα που την απασχολούσε και κατάφερνε να εξαφανίζει το ενδιαφέρον της όχι μόνο για τα μαθήματα αλλά και για όλα όσα συνέβαιναν γύρω της.

Οι εξετάσεις του πρώτου εξαμήνου πλησίαζαν κι η Βέρα βρισκόταν σ' ένα καινούργιο κόσμο, τελείως διαφορετικό απ' τον εύκολο που ζούσε μέχρι τώρα, αλλά που πια δεν είχε κανένα ενδιαφέρον γι' αυτήν.

Στο μυαλό της άστραφταν τα χρυσά κουμπιά του, με τα βυσσινί κλωστή κεντημένα «πέντε» πάνω στις επωμίδες του και τα μικρούτσικα γλυκύτατα σαν ελίτσες μάτια του. Τα πανέμορφα χέρια του με τις τονισμένες φλέβες και τις μαύρες απαλές τριχούλες που τα διακοσμούσαν. Τα θυμόταν ζεστά και μεγάλα, ζέστα σαν φωλίτσες και δυνατά σαν ατσάλι.

Τέτοια αίσθηση ένιωθε για πρώτη φορά στη ζωή της. Την έκανε να πονάει αλλά και να την αποζητά. Δεν την ενδιέφερε να κάνει παρέα στα δια-

λείμματα με τις φιλενάδες της. Μόνο με τη Σοφία ένιωθε κάπως καλύτερα κι όλο έλεγε να της το πει, να της περιγράψει αυτό που ένιωθε αλλά πάλι δείλιαζε. Όλες κάνανε παρέα με αγόρια της ηλικίας τους που τις περίμεναν πάντα στο σχόλασμα, που είχαν να πούνε πολλά, απ' αυτά που όλους τους απασχολούσαν.

Η Βέρα διέφερε. Δεν μπορούσε να κάνει παρέα μαζί τους όπως πρώτα, όταν πολλές φορές περπατούσαν όλοι μαζί προς την ίδια κατεύθυνση, με τις πιο τολμηρές φίλες της ζευγαρωμένες να χάνονται για ένα δύο λεπτά ίσα-ίσα για ν' ανταλλάξουν κανένα φιλί με τους αγαπημένους τους και μετά πάλι να γυρίζουν βιαστικά και κατακόκκινες στην παρέα. Τι κοινό είχε η Βέρα μ' αυτές; Τίποτε. Τι να 'λεγε στις φίλες της; Τι να τους τα περιγράψει; Και τι έγινε; Στο κάτω-κάτω δεν είχε τίποτε κοινό αυτός ο θεός της με όλους τους υπόλοιπους. Θα την καταλάβαιναν;

Κατέφευγε λοιπόν στο δωμάτιό της και στην ησυχία του. Ο καλός μπαμπάς της τής είχε αγοράσει για τα Χριστούγεννα ένα πικάπ *Dual* που τόσο πολύ ήθελε. Είχε αγοράσει και δύο δίσκους 33 στροφών. Ο ένας είχε τα κονσέρτα του *Tschaikovsky* και του *Medelssohn* για βιολί κι ορχήστρα κι ο άλλος το πρώτο κονσέρτο για πιάνο, πάλι του *Tschaikovsky*, ο οποίος απ' όλους τους μουσικούς ήταν η μεγάλη της αγάπη.

Κλεισμένη μέσα στο δωμάτιό της η Βέρα τ' άκουγε και τα ξανάκουγε όσο πιο χαμηλά γινόταν για να μην της κάνουν παρατήρηση γιατί ήταν η ώρα που έπρεπε να διαβάζει τα μαθήματά της. Εξάλλου αυτή ήταν κι η συμφωνία που είχε κάνει με τον μπαμπά της πριν της αγοράσει το πικάπ κι έπρεπε να τηρήσει το λόγο της. Καθώς άκουγε κρυφά μουσική, όσο πιο θλιβερή γινόταν σε ορισμένα σημεία της τόσο πιο πολύ της άρεσε γιατί τη βοηθούσε να κλάψει κι έπρεπε να κλάψει. Το χρειαζόταν.

Ο εξαίσιος λυρισμός κι η μελαγχολία του *Tschaikovsky* τόσο πολύ τη βοηθούσαν να εξωτερικεύσει τα συναισθήματά της. Μόνη της, κρυφά μ' αυτόν τον πεθαμένο φίλο και σύμμαχο, μπορούσε να δραπετεύει στον κόσμο της πολύ πιο εύκολα, να τον σκέφτεται όπως εκείνη ήθελε, να τον πλά-θει. Η Βέρα ήθελε -και μόνο έτσι μπορούσε- να μπει στον κόσμο του θεού της, στη ζωή του. Μπορούσε να ακούσει τη φωνή του ν' απευθύνεται μόνο σ' αυτή, τα μάτια του να κοιτάζουν μόνο τα δικά της. Ήθελε να μπορεί να τρέφεται απ' την εικόνα του. Αυτή την όρεξη μόνο είχε. Τι να της έκαναν οι αγαπημένες της καριόκες απ' το κυλικείο του σχολείου που κάποτε απο-ζητούσε; Δεν τις λαχταρούσε πια. Ήθελε μόνο να μπορούσε να τον δει, ν' ακούσει τη φωνή του, να της χαμογελάσει.

Έτσι, οι μέρες περνούσαν και λίγο πριν αρχίσουν οι εξετάσεις του πρώ-του εξαμήνου η μαμά της τής είπε ότι θα την έπαιρνε να πάνε στον κινημα-τογράφο «Απόλλωνα», που βρισκόταν στο τέλος της Βασιλίσσης Όλγας προς το κέντρο της πόλης. Παιζόταν μια ταινία με την Elizabeth Taylor και του Van Johnson «Η τελευταία φορά που είδα το Παρίσι» κι η μαμά της είχε διαβάσει πολύ καλές κριτικές για τα γούστα της.

Η Βέρα ντύθηκε μηχανικά, χωρίς πολλή όρεξη γιατί προτιμούσε να μεί-νει μόνη με τη μουσική της και τις σκέψεις της. Παρόλα αυτά, ξεκίνησαν με τη μαμά της για τον κινηματογράφο, όπως πάντα γινόταν. Όμως, κάτι την απόδιωχνε απ' τη σημερινή έξοδο. Ένιωθε μια απροσδιόριστη ενόχληση που δεν μπορούσε να καθορίσει κι ήταν λιγάκι παράξενο όλο αυτό γιατί η πρωταγωνίστρια ήταν μια απ' τις μεγάλες της αγάπες κι αυτή.

Φτάσαν στον «Απόλλωνα» κι η μαμά της κατευθύνθηκε προς το τα-μείο για να βγάλει τα εισιτήριά τους. Η Βέρα στάθηκε μπροστά σε μια αφί-σα που διαφήμιζε την ταινία της επόμενης εβδομάδας και την περίμενε. Κα-θώς γύρισε προς το μέρος της μαμάς της, πάγωσε. Εκείνη την ώρα που είχε τελειώσει η προηγούμενη προβολή κι είχαν ανοίξει οι πόρτες της αίθουσας, είδε το Δημήτρη να βγαίνει χαμογελαστός και κρατώντας απ' το μπράτσο μια κοπέλα που κι εκείνη χαμογελούσε.

Η εικόνα την τάραξε. Δεν μπορούσε να πιστέψει ότι τον έβλεπε μπροστά της έτσι ξαφνικά αλλά με μία γυναίκα. Άρχισε να τρέμει κι η καρδιά της άρχισε να κτυπά έτοιμη να βγει από τη θέση της. Κρυάδα διαπέρασε την πλάτη της και τα πόδια της πέτρωσαν. Δεν μπορούσε ούτε να κουνηθεί. Στο επόμενο λεπτό είδε τη μαμά της, όχι και τόσο χαρούμενη είναι η αλήθεια, αλλ' ωστόσο ευγενική να κοντοστέκεται για να τον χαιρετήσει. Αναγκάστηκε κι η Βέρα να πλησιάσει αλλά δεν ήταν σίγουρη ότι του έδωσε κι αυτή το χέρι της. Κάτι κοβόταν μέσα της και τα κομματάκια του τη μάτωναν.

Τι ήταν αυτή η συνάντηση; Τι του ήταν αυτή η γυναίκα δίπλα του που χαμογελούσε με σιγουριά και φιλαρέσκεια; «Α, σίγουρα θα είναι καμιά ξαδέλφη του, γι' αυτό είναι τόσο κορδωμένη κι άνετη», σκέφτηκε η Βέρα. Αυτή η σκέψη την απάλυνε για μερικά δευτερόλεπτα. Όμως, το κύμα της απελπισίας ξαναγύρισε με μεγαλύτερη ορμή και μαυρίλα. «Ποια ξαδέρφη του;» σκέφτηκε αμέσως και θύμωσε. Θύμωσε πολύ για την άχαρη θέση και την ανείπωτη δυστυχία που την κυρίευσε. Γιατί; Με ποιο δικαίωμα, έτσι απροειδοποίητα εμφανίστηκε μπροστά της μ' αυτή τη γυναίκα; Ποια ήταν; Τι του ήταν; Ήθελε να τον κτυπήσει δυνατά στο αστραφτερό του πρόσωπο και να τον κάνει και κείνον να πονέσει, όπως αφόρητα πονούσε αυτή. Όμως μάζεψε τη λύσσα της και του χαμογέλασε μηχανικά αφού δεν μπορούσε να κάνει τίποτε άλλο.

Η μαμά της την τράβηξε χωρίς κουβέντα και μπήκαν στην αίθουσα που τα φώτα της είχαν αρχίσει να χαμηλώνουν γιατί άρχιζε η ταινία. Σε λίγο έσβησαν τελείως.

Για τη Βέρα έτσι κι αλλιώς όλα πια ήταν σκοτάδι. Δεν υπήρχε ούτε ταινία ούτε τίποτε. Μια μαύρη παγωμάρα ήταν όλα γύρω της που μέσα της βυθιζόταν όλο και περισσότερο. Αυτή η ταινία έγινε το ανάθεμα στη ζωή της. Δεν ήθελε να ξαναπατήσει το πόδι της σε κινηματογράφο. Δεν ήθελε τίποτα. Δεν ήθελε να τον ξαναδεί μπροστά της. Τον μισούσε. Ήθελε να τον σκοτώσει, να τον ματώσει, να μη τον ξαναδεί μπροστά της, να τον κάνει να νιώσει όπως κι αυτή. Ήθελε να τον δαγκώσει και να πιει το αίμα του. Αλλά και πάλι δε θα χόρταινε τη λύσσα της.

Για πρώτη φορά, περνούσε την πιο μαύρη εβδομάδα της ζωής της που άρχισε με αυτή την απαίσια συνάντηση και τελείωσε με την αρχή των εξετάσεων στο σχολείο για τους βαθμούς του πρώτου εξαμήνου. Για πρώτη φορά και πάλι δεν κατάφερε να πάρει ούτε ένα καλό βαθμό σε κανένα από τα γραπτά μαθήματα που έδωσε, άκουσε το κατσάδιασμα απ' τον μπαμπά της που είχε απογοητευτεί και που ο ίδιος ο γυμνασιάρχης, ο φίλος του, τον κάλεσε για να του πει να προσέξει την κόρη του. Κάτι δεν πήγαινε καλά μαζί της. Έπρεπε να την προσέξουν.

Η Βέρα άκουγε σχεδόν κάθε μέρα τις οργισμένες παρατηρήσεις του μπαμπά της και προσπαθούσε να του εξηγήσει τ' ανεξήγητα. Μόνον όταν κάποια στιγμή μπήκε στη μέση η μαμά της και τον πήρε μαζί της στο σαλόνι, όπου τους άκουσε να μιλάνε ψιθυριστά, μόνο τότε έπαψε ν' ακούγεται η τρελή φωνή του.

Η Βέρα δεν ένιωσε τίποτα. Τ' άκουσε όλα όσα της είχε ψάλλει με απάθεια, χωρίς ίχνος μετάνοιας, σα να μην την αφορούσαν τα προσβλητικά του λόγια. Έκλεισε την πόρτα του δωματίου της πίσω τους κι έβαλε να ακούσει τη μουσική του αγαπημένου της φίλου. Ήθελε να μείνει μόνη με τον πόνο της. Ο Tschaikovsky την ηρέμησε, έκλαψε με την ψυχή της, ξαλάφρωσε κάπως κι έτσι μπόρεσε να κοιμηθεί.

Τα λόγια του μπαμπά της την είχαν πληγώσει. Ντρεπόταν να τον αντικρίσει γιατί μέσα της ήξερε ότι αυτή έφταιγε για όλα ή μάλλον όχι μόνον αυτή αλλά και κάποιος άλλος έφταιγε για το κατάντημά της. Μίσησε τον έρωτά της ακόμη παραπάνω κι αποφάσισε πως θα τον ξεχνούσε, θα τον έβγαζε από τη ζωή της. Έπρεπε να ξεστομίσει επιτέλους αυτά που ένιωθε, έπρεπε να τα πει όλα στην αγαπημένη της συμμαθήτρια, τη Σοφία.

Της τηλεφώνησε την ίδια μέρα και κλείσαν ραντεβού στο ζαχαροπλαστείο «Ελληνικόν» που ήταν στη γειτονιά τους για να φάνε μια σοκολατίνα. Έτσι είπε στη μαμά της, αλλά στην πραγματικότητα για να μπορέσει επιτέλους να βγάλει από μέσα της όλα αυτά που την έκαιγαν.

Η Σοφία, μια χαμογελαστή κούκλα με χρυσή καρδιά ήταν κιόλας εκεί και την περίμενε γεμάτη περιέργεια να μάθει τι συνέβαινε, τι ήταν αυτό το τρομερό που είχε η Βέρα να της πει.

Η Βέρα κάθισε και τα είπε όλα στη φίλη της. Η Σοφία την άκουγε χωρίς να μιλάει καθόλου, χωρίς να κουνιέται από τη θέση της. Το μόνο που έδειχνε πως ήταν εκεί ζωντανή, ήταν οι εκφράσεις του προσώπου της που απ' το αρχικό χαμόγελο και θαυμασμό γι' αυτά που είχαν συμβεί, κατέληξε να πάρει μια όλο απορία έκφραση για το τέλος της ιστορίας που με κάθε λεπτομέρεια τής είχε αναπτύξει η Βέρα. Στο τέλος, κι αφού έφαγε δύο τρεις κουταλιές απ' την πάστα της, γύρισε και της είπε: «Α! τον άτιμο! Μωρέ μην τον σκέφτεσαι. Τι να τον κάνεις το γέρο; Άσ' τον και δες τον Λευτέρη που συνέχεια κολλάει κοντά σου και σ' αγαπάει».

Αλλά η Βέρα, μολονότι νόμισε πως με το να την κάνει κοινωνό του μυστικού της θ' απάλυνε τον πόνο της, κάθε άλλο παρά έτσι ένιωθε. «Όχι Σοφία», της είπε, «Δε θέλω κανένα Λευτέρη. Θέλω μόνο αυτόν κι αν δεν θα είμαι ποτέ μαζί του ούτε θέλω να παντρευτώ, ούτε μ' ενδιαφέρει άλλος εκτός απ' αυτόν». «Μα γιατί;» της απάντησε η Σοφία, «Σιγά το πράμα. Εξάλλου είναι γέρος παιδί μου. Τι να τον κάνεις; Και να σου πω», συνέχισε ακάθεκτη, «αυτή που είχε στο σινεμά μαζί του σίγουρα θα ήταν η φιλενάδα του και μπορεί και να παντρευτούν. Εσύ μ' αυτόν θα κάθεσαι να ασχολείσαι; Άντε παιδάκι μου κι εγώ τόσο καιρό σ' έβλεπα που όλο ήθελες ν' απομονώνεσαι και νόμιζα πως είχες κάτι μαζί μου. Άσ' τον και αν τον ξανασυναντήσεις ούτε να γυρίσεις να τον κοιτάξεις».

Η αλληλεγγύη κι η καλή καρδιά της Σοφίας που δεν ήθελε ποτέ να συμβεί κανένα κακό σε κανένα γιατί όλους τους έβλεπε με καλό μάτι κάπως την ηρέμησε. Είναι αλήθεια ότι η Βέρα αισθάνθηκε καλύτερα και κοίταξε με μεγαλύτερη αγάπη κι εμπιστοσύνη την καλύτερή της φίλη. Συμφώνησε να το κρατήσει μυστικό και με τη νεανική της ανεμελιά κι αισιοδοξία και μ' ένα «όλα καλά θα πάνε» φύγαν απ' το ζαχαροπλαστείο.

Μάλιστα η Σοφία, για πρώτη φορά, συνόδεψε τη Βέρα μέχρι την πόρτα του σπιτιού της και μετά έφυγε για το δικό της.

Εκείνο το βράδυ η Βέρα ένιωσε κάποια ανακούφιση. Δεν χρειάστηκε ν' ακούσει ούτε τον αγαπημένο της Tschaikovsky και πριν κοιμηθεί αποφάσισε πως το επόμενο εξάμηνο οι βαθμοί της θ' αποκτούσαν πάλι την παλιά τους αίγλη.

Το άλλο πρωί με διάθεση πολύ καλύτερη, με μια ανακούφιση, ξεκίνησε με χαρά για το σχολείο της. Μάλιστα, αυτή που πάντοτε έφτανε τελευταία στην τάξη πριν απ' την καθηγήτρια, αυτή τη φορά είχε φτάσει στην ώρα της για την πρωινή προσευχή. Ο καιρός ήταν πολύ καλός. Βιάστηκε να πάει στην τάξη της, ν' αφήσει το παλτό και τα βιβλία της για να τρέξει να συναντήσει την παρέα της που τόσο της είχε λείψει. Αλλά καθώς γύρισε και κοίταξε τον πίνακα, την στιγμή που έμπαινε στην τάξη φουριόζα, έμεινε κόκαλο. Στον πίνακα υπήρχε ζωγραφισμένη μια τεράστια καρδιά μ' ένα βέλος να την διαπερνά και στις δύο άκρες τη,ς τις πλάγιες, ήταν γραμμένα με μεγάλα γράμματα Βέρα και Δημήτρης. Αχ, Θεέ μου! Θα τη σκότωνε τη Σοφία. Μα αφού της είχε υποσχεθεί πως δεν θα 'λεγε τίποτε σε καμία, όχι μόνο το είχε πει αλλά και το είχε γράψει στον πίνακα και μπορεί να το 'βλεπε κι η καθηγήτρια που τις είχε την πρώτη ώρα. Καλά που πρόλαβε η Βέρα, το 'σβησε και καθάρισε απ' τον πίνακα το μυστικό της.

Έτρεξε μες τα νεύρα της να βρει τη Σοφία και να της τα ψάλλει αλλά την είδε να κλαίει περιστοιχισμένη απ' τις άλλες τέσσερις φιλενάδες που κάνανε παρέα. Την πλησίασε και πριν προλάβει να της πει ο,τιδήποτε, άκουσε τη Σοφία να λέει: «Βρε Τασούλα, χαμένη, τι πήγες κι έκανες; Επειδή στενοχωρέθηκα κι εγώ με τη Βέρα κι ήθελα να στο πω να ξεθυμάνω, πήγες και μ' έκανες ρεζίλι; Τι θα κάνω τώρα; Τι θα πω στη Βέρα; Θα με βρίσει και θα 'χει και δίκιο». Ήταν τόσο αναστατωμένη που η Βέρα τη λυπήθηκε. Εξάλλου ήταν η καλύτερή της φίλη της κι έκανε απλώς ένα λάθος. Τι να την έκανε; Να την έκανε να αισθανθεί χειρότερα απ' ό,τι ήταν; Την πλη-

σίασε. Οι άλλες άνοιξαν τον κύκλο περίεργες για το τι θα επακολουθούσε αλλά η Βέρα που είχε έτσι κι αλλιώς νιώσει πολύ μεγαλύτερες στεναχώριες με όλα τα προηγούμενα, αισθάνθηκε μια καλοσύνη και πλησίασε σχεδόν χαμογελώντας τη φίλη της. Τι ήταν εξάλλου η προδοσία της Σοφίας μπροστά στην προδοσία του άλλου; Τι κι αν αυτός ο άλλος, καθόλου δεν την είχε προδώσει. Η Σοφία καλμάρισε κι η Βέρα ευχαριστημένη με τον εαυτό της που αντέδρασε τόσο καλοσυνάτα σιώπησε περιμένοντας ν' ακούσει τις αντιδράσεις απ' τις υπόλοιπες.

Η Ανθούλα που ήταν η πιο σοβαρή κι η πιο ώριμη απ' τις υπόλοιπες γύρισε πρώτη κι είπε στη Βέρα: «Μα δεν έπρεπε κι εσύ βρε παιδί μου να στεναχωρεθείς τόσο πολύ που τον είδες με μια άλλη. Μεγάλος είναι έχει μια φιλενάδα. Και τι έγινε; Μήπως εσείς έχετε καμία σχέση μεταξύ σας; Όλα στο κεφάλι σου έγιναν Βέρα και κακό του κεφαλιού σου. Τι αφέθηκες; Γιατί δεν μας είπες τόσο καιρό κάτι; Θα σου λέγαμε πως έκανες μεγάλη χαζομάρα που τον θεώρησες φίλο σου χωρίς ποτέ να βρεθείτε μόνοι σας και να σου πει μια κουβέντα. Άσ' τον. Μην τον σκέφτεσαι καθόλου. Στο κάτω-κάτω αν σε θέλει θα βρει τρόπο να σε πλησιάσει αφού γνωρίζεστε οικογενειακά. Έτσι δεν είναι; Πάντως, εγώ λέω να μην τον σκέφτεσαι και να 'ρθεις σήμερα τ' απόγευμα μαζί μας που θα πάμε με τα παιδιά για ιστιοπλοΐα».

Η Βέρα ξαλάφρωσε τώρα για τα καλά. Πήρε την έννοια της και συνέχισε την καθημερινή της ρουτίνα. Ευτυχώς, εκείνο το τρομερό μίσος που είχε μέσα της άρχισε σιγά-σιγά να καταλαγιάσει και μαζί του κι αυτή η παραφορά που την είχε κυριεύσει άρχισε σιγά-σιγά να σβήνει.

Κεφάλαιο Δεύτερο

Τα γενέθλιά της πλησίαζαν κι η Βέρα σκέφτηκε ποιους θα καλούσε, τι θα φορούσε, τι θα τους ετοίμαζε. Η καλή της η Φιλίτσα που τη βοηθούσε κάθε μέρα με τις δουλειές του σπιτιού θα τα 'κανε όλα όπως έπρεπε, όπως γινόταν κάθε μέρα, αρκεί βέβαια η Βέρα να 'δινε τις κατάλληλες οδηγίες.

Γύρω στις εννέα το βράδυ χτύπησε το τηλέφωνό της και για λίγο άκουσε τη βιαστική φωνή της κόρης της να της λέει: «Μαμά, πες μου σε παρακαλώ, τι θα ήθελες να σου πάρουμε για τα γενέθλιά σου γιατί είμαστε σα χαμένοι φέτος. Έχουμε τρελαθεί όλοι με τη δουλειά. Θα με βοηθήσεις αν μου πεις τι θέλεις». Η Βέρα της είπε πως θα ήθελε ένα λεύκωμα με την ιστορία του κλασικού μπαλέτου που μόλις είχε κυκλοφορήσει με πλούσια εικονογράφηση και που σκόπευε έτσι κι αλλιώς να το πάρει. «Να ένα ωραίο δώρο», είπε στην κόρη της κι έτσι μετά την καληνύχτα τελείωσαν τη συνομιλία τους.

Στην τηλεόραση που 'βαλε μετά να δει, δεν είχε τίποτε ως συνήθως κι έτσι γρήγορα την έκλεισε. Ήταν πολύ νωρίς για ύπνο κι αποφάσισε να ξαναβγεί στο μπαλκόνι της και να σκεφτεί τα πράγματα που 'πρεπε να ετοιμάσει για το περίφημο πάρτι των γενεθλίων της. Πάντοτε το μπαλκόνι της τη βοηθούσε να σκεφτεί καλύτερα.

Μόλις βγήκε έξω ένιωσε ένα κρύο αεράκι να την αναζωογονεί αλλά μετά μπήκε πάλι στο σπίτι για να φορέσει μια ζεστή μάλλινη μαύρη ζακέτα με μεγάλο γιακά που κατέληγε σε δυο στενόμακρες φάσες που λειτουργούσαν και σαν κασκόλ. Ας πρόσεχε να μην κρυώσει.

Κάθισε στην αγαπημένη της θέση κι άφησε το βλέμμα της να πάει όπου ήθελε. Μαζί με το βλέμμα όμως, ξεπήδησε η σκέψη της από μέσα της και την οδήγησε στα κόκκινα χρώματα των λουλουδιών του κήπου της που νωρίτερα, γεμάτη απορία, είχε παρατηρήσει. Μολονότι ήταν πια σκοτάδι, αυτά τα περίεργα κόκκινα λουλούδια ξεπρόβαλαν από μέσα του και χρωμάτισαν με το άλικο χρώμα τους όλο το περιβάλλον της.

Η Βέρα έφτιαξε τους βαθμούς της και μάλιστα πήρε κι άριστα σε ορισμένα μαθήματα. Δεν πολυάκουγε πια τη μουσική που συνήθιζε. Ίσα-ίσα με το χαρτζιλίκι της είχε αγοράσει απ' τον «Βεργιάδη» δύο μικρούς δίσκους για το πικάπ της στις 45 στροφές που είχαν μουσική χορευτική πολύ της μόδας τότε. «A casa d' Irene», Platters και λοιπά. Καιρός για μπλουζ και φλερτ μάλλον. Βρισκόταν σε καλό δρόμο. Τον Δημήτρη τον είχε βάλει, με μεγάλη προσπάθεια είναι η αλήθεια, σ' ένα κουτάκι μέσα της, ίδιο μ' εκείνο που 'βαζε το βραχιολάκι με το μπρελόκ που ο μπαμπάς της, της είχε χαρίσει. Της ήταν κάτι πολύτιμο αυτός ο άνθρωπος αλλά τώρα έμοιαζε πιο απόμακρος. Στο κάτω-κάτω μέσα στο κουτάκι τον οριοθετούσε η ίδια απ' τη μια κι απ' την άλλη ήταν κατάδικός της και τον έβγαζε όποτε εκείνη ήθελε. Μετά πάλι τον έβαζε στο κουτάκι του.

Έτσι πέρασαν οι μήνες. Ήρθε ο Ιούνιος με τις απολυτήριες εξετάσεις του κι η Βέρα, όπως κάθε χρόνο έτσι και φέτος, ετοιμαζόταν για τις διακοπές της στο Φάληρο όπου θα συναντούσε την καλοκαιρινή της παρέα ξένοιαστη και ζωηρή. Φέτος μάλιστα ήταν πιο χαρούμενη με τις ετοιμασίες γιατί ο μπαμπάς της όπως και ο παππούς θέλοντας να την ανταμείψουν για την επιμέλεια που έδειξε στα μαθήματα, της είχαν δώσει ένα σεβαστό χρηματικό ποσό και της είπαν να πάρει ό,τι ήθελε και μάλιστα μόνη της, χωρίς τη συνοδεία της μαμάς της αυτή τη φορά. Η Βέρα πήγε στου Κατράντζου, αγόρασε μια μεγάλη πετσέτα για τη θάλασσα, γυαλιά ηλίου και δυο ολοκαίνουργα μπικίνι. Ένα με καρό γαλάζια κι άσπρα κι ένα ροζ με άσπρα πουά. Τα προβάρισε, είδε ότι της πήγαιναν κι έτσι με χαρά αλλά κι αυτοπεποίθηση γύρισε στο σπίτι κρατώντας τις σακούλες της. Μάλιστα, για να μεταδώσει τη χαρά της στους άλλους πέρασε απ' το «Ελληνικόν» και πήρε μερικά προφιτερόλ που ήταν το γλυκό της μόδας εκείνο το καλοκαίρι.

Τα ψώνια της άρεσαν σε όλους, της είπαν «με γεια» κι η Βέρα όλο χαρά τα πήρε στο δωμάτιό της. Τ' άπλωσε πλάι-πλάι πάνω στο κρεβάτι της κι άρχισε να μετράει τις λίγες μέρες που τη χώριζαν απ' τις φετινές της διακοπές.

Φέτος πραγματικά έπρεπε να τις χαρεί όσο γινόταν περισσότερο γιατί το Σεπτέμβριο θα 'πρεπε ν' αρχίσει και φροντιστήριο για το πανεπιστήμιο. Η μαμά της ήθελε να δώσει στη Φαρμακευτική γιατί όπως έλεγε: «Είναι κι επιστήμη κι εμπόριο». Όμως, η ίδια όμως η Βέρα δεν είχε ακόμη αποφασίσει. Βέβαια, κατά βάθος δεν τη συγκινούσε ιδιαίτερα η προοπτική αυτών των σπουδών. Ήθελε κάτι πιο ενδιαφέρον, πιο «γυναικείο», όπως σκεφτόταν. Να δώσει δηλαδή στη Φιλοσοφική. Αλλά πάλι είχε καιρό να αποφασίσει. Τώρα θα χαιρόταν τις διακοπές της.

Η μέρα τους έφτασε κι η Βέρα ξεκίνησε με τη μαμά και την αδελφή της για το Φάληρο. Ο κύριος Δαρδάλης, ο ιδιοκτήτης, τους περίμενε και μάλιστα φέτος τους είχε κρατήσει ένα μικρό διαμερισματάκι που είχε θέα σ' όλο το Θερμαϊκό.

Αχ, πως χάρηκε η Βέρα όταν ξαναείδε μετά από ένα χρόνο την παρέα της, όλους τους φίλους της να καταφθάνουν ο ένας μετά τον άλλο, εκτός απ' το Νίκο που οι γονείς του τον είχαν στείλει στην Αμερική για να βελτιώσει τ' αγγλικά του. Ο Κωστάκης, η ψυχή της παρέας, ήταν εκεί πιο κεφάτος και

σκανταλιάρης απ' ό,τι συνήθως γιατί είχε τελειώσει το γυμνάσιο κι ετοιμα-
ζόταν να δουλέψει –τρόπος του λέγειν– στις επιχειρήσεις του μπαμπά του
που καθώς ήταν πάμπλουτος και είχε τον Κωστάκη μοναχοπαίδι κι απο-
κτημένο απ' αυτόν και τη γυναίκα του σε μεγάλη ηλικία, του είχε φοβερή
αδυναμία και του 'κανε όλα του τα χατίρια.

Τα κορίτσια ήταν όλα εκεί· η Μαρίνα, η Φανή, η Ηλέκτρα, η Μαρία κι η
Δήμητρα. Όλοι κι όλα στη θέση τους. Η Βέρα διάλεξε να βάλει για πρώτη
μέρα το καινούριο άσπρο και γαλάζιο καρό μπικίνι της, έτοιμη ν' ακούσει
τα σχόλια της παρέας της αλλά κυρίως ν' ακούσει τα νέα τους. Τις πρώτες
μέρες που συναντήθηκαν έλεγαν και δεν τελείωναν αλλά μετά άρχισαν να
μπαίνουν στους συνηθισμένους κάθε χρόνο ρυθμούς τους. Δηλαδή, γύρω
στις δέκα το πρωί σύναξη στην παραλία για το πρόγραμμα της ημέρας και
μετά βουτιές, γέλια, ένα δίωρο το μεσημέρι για φαγητό κι ανάπαυση και
το απόγευμα πάλι βουτιές, παιχνίδια και γέλια, ώσπου βράδιαζε και μετά
πήγαιναν στα σπίτια τους για ν' αλλάξουν και κατά τις δέκα πάλι σύναξη
αλλά αυτή τη φορά στο μεγάλο μπαλκόνι του ξενοδοχείου που τους παρα-
χωρούσε κάθε χρόνο ο γελαστός ιδιοκτήτης του. Εκεί, κάθε βράδυ, κάποιος
έφερνε ένα πικάπ, δισκάκια κι άρχιζε το πάρτι.

Είχε μπει ο Ιούλιος για τα καλά εκείνο το καλοκαίρι κι όλα δούλευαν
ρολόι. Τα βραδινά πάρτι έδιναν κι έπαιρναν, οι συζητήσεις είχαν αρχίσει
και λίγο να σοβαρεύουν με την προοπτική του τι θα γινόταν για τα παιδιά
που είχαν τελειώσει το γυμνάσιο ενώ για τη Βέρα και μερικούς συνομήλι-
κούς της τα πράγματα ήταν πιο ανέμελα μιας και είχαν ακόμη ένα χρόνο
μπροστά τους.

Η γιαγιά της, η καταπληκτική αυτή νοικοκυρά, έστελνε κάθε Σάββατο
που πήγαινε ο μπαμπάς της να τους δει του κόσμου τα καλούδια. Από τυ-
ροπιτάκια και δίπλες μέχρι κανταΐφι και κουλουράκια μελιού που έφτιαχνε
και που, φυσικά, καταναλώνονταν πιο πολύ απ' την παρέα της και λιγότερο
απ' τους σπιτικούς.

Ήταν το τρίτο Σαββατοκύριακο που τους επισκεπτόταν ο μπαμπάς όταν η Βέρα τον άκουσε να τους λέει ότι το επόμενο θα ερχόταν μαζί του κι η Όλγα με την αδελφή της την Ολυμπία και τον αρραβωνιαστικό της, δηλαδή μ' άλλα λόγια τον αδελφό του Δημήτρη. Κάτι χοροπήδησε μέσα της όμως γρήγορα το 'διωξε και της έμεινε μόνο μια μελαγχολία.

Έπρεπε η Βέρα να βγάλει απ' το κουτάκι της το Δημήτρη ή όχι; Μήπως έπρεπε να τον αφήσει εκεί μέσα που βρισκόταν; Αποφάσισε πως ναι, αυτό θα έκανε. Δε θα καθόταν ούτε να το σκεφτεί. Εξάλλου μια χαρά περνούσε με την παρέα της. Μάλιστα είχε αρχίσει να ενδιαφέρεται και για τον Παύλο, ένα πολύ ήσυχο και ντροπαλό παιδί που φαινόταν να του αρέσει πολύ. «Καλύτερα να αρέσω στους άλλους παρά να μου αρέσουν εκείνοι», σκέφτηκε η Βέρα και σιγουρεύτηκε για την απόφασή της ν' αφήσει τον Δημήτρη στο καλά φυλαγμένο κουτί του.

Όμως έπιασε τον εαυτό της, την άλλη κιόλας μέρα, να σκέφτεται ποιο απ' τα δύο μπικίνι της ταίριαζε περισσότερο, ποιο φόρεμα την κολάκευε, ήταν τα μαλλιά της καλύτερα μαζεμένα με κορδέλα ή αφημένα κάτω; Έκανε πάλι σκέψεις άθελά της που πάλι είχαν να κάνουν με το Δημήτρη αλλά γρήγορα τις έδιωξε. Στο κάτω-κάτω δεν θα 'ρχοταν. Κάτι σκέψεις άρχισαν μετά να την ερεθίζουν αλλά τις έδιωξε. Έτσι ηρέμησε αν κι έπιανε τον εαυτό της να ετοιμάζεται κάθε μέρα με περισσότερη σπουδή απ' ό,τι συνήθως.

Όσο πλησίαζε το Σαββατοκύριακο, κάτι σαν από ένστικτο της έλεγε ότι μπορεί να 'βλεπε τον Δημήτρη ξαφνικά μπροστά της, όπως άλλωστε είχε συμβεί και τις προηγούμενες φορές. Άρχισε να νιώθει ένα φόβο αλλά και μαζί μια επιθυμία να τον ξαναδεί, που αυτή όλο και μεγάλωνε και που όσο περνούσαν οι μέρες τόσο περισσότερο άρχισε η μορφή του να την κυριεύει. Ξαφνικά, τα παιδιά της παρέας της τής φάνηκαν συνηθισμένα και προβλέψιμα σα να μην είχε πια τίποτε καινούριο απ' αυτούς να περιμένει, σα να είχε κλείσει αυτός ο κύκλος και με τη σκέψη της όλο και πιο πολύ ζύγωνε σ' εκείνο τον καλά κρυμμένο θεό της.

Ησύχασε όταν έφτασε το Σάββατο κι ήρθε ο μπαμπάς της μαζί με τους υπόλοιπους τρεις χωρίς κανείς άλλος να είναι μαζί τους. Μετάνιωσε που τον σκεφτόταν όλη την εβδομάδα που μεσολάβησε αλλά κι απόρησε, όταν συνειδητοποίησε ότι ναι, πράγματι έτσι συνέβαινε και το κυριότερο είχε άρχισε να τον αποζητά.

Η Βέρα έβαλε το μπικίνι της με τ' άσπρα πουά και ξεκίνησε για το συνηθισμένο πρωινό της πρόγραμμα. Βρήκε τα παιδιά ξαπλωμένα στην άμμο, κορωμένα απ' τον ήλιο, μερικά κιόλας φαινόταν σα να τους είχε πάρει ο ύπνος, φυσικό άλλωστε γιατί το προηγούμενο βράδυ, την Παρασκευή, είχαν διαλύσει το πάρτι τους γύρω στα ξημερώματα. Ξάπλωσε η Βέρα δίπλα στη Μαρίνα, φόρεσε τα γυαλιά της κι άκουγε τις φωνές του κόσμου που 'ρχότανε μόνο τα Σαββατοκύριακα και τους χαλούσαν την ησυχία τους.

Όταν άκουσε την Όλγα με την Ολυμπία να φωνάζουν το όνομά της δεν απόρησε. Ήταν κάτι που περίμενε. Όμως κοκάλωσε όταν ανασηκώθηκε απ' την πετσέτα της για να τους καλωσορίσει κι αντίκρισε πάλι, έτσι ξαφνικά κι αναπάντεχα, μπροστά της τον Δημήτρη. Πάλι εκείνη η γνωστή ζέστη μαζί με την παγωμάρα την κυριεύσανε αλλά έκανε ό,τι μπορούσε για να μην την καταλάβει κανείς. Εκείνος όμως πρέπει να 'νιωσε την ταραχή και την αμηχανία της και να κατάλαβε την κατάστασή της. Το βλέμμα του που ήταν καρφωμένο πάνω της τής φάνηκε ότι τη διαπερνούσε φτάνοντας πολύ-πολύ μέσα της.

Τους είπε ένα γεια σας, φίλησε όλους εκτός απ' το δυνάστη της, ναι έτσι τον ένιωσε εκείνη τη στιγμή, κι αισθάνθηκε για πρώτη φορά πως ήταν η πρωταγωνίστρια μιας συνωμοσίας για την οποία δεν είχε ιδέα και κανείς δεν την είχε προετοιμάσει. Μα πότε έφτασε ο Δημήτρης εκεί; Πώς δεν κατάλαβε τίποτε; Γιατί κανένας δεν είχε πει πάλι μια κουβέντα; Ευτυχώς, η Ολυμπία βιάστηκε να πει πως ο Δημήτρης είχε φτάσει μόλις λίγο πριν ξεκινήσουν για τη θάλασσα ενώ κανείς δεν τον περίμενε και βέβαια τον πήρανε μαζί τους για να κολυμπήσουν.

Μα ποια νόμιζαν επιτέλους ότι ήταν η Βέρα; Κανένα κουτορνίθι; Τι παιχνίδι της παίζαν όλοι αυτοί, μαζί κι η μαμά της; Σιγουρεύτηκε ότι τα πράγματα δεν συνέβαιναν τόσο τυχαία όσο δείχναν κι άρχισε να της ανεβαίνει το αίμα στο κεφάλι. Ευτυχώς που ο Δημήτρης με μια θεαματική βουτιά έπεσε στη θάλασσα και τουλάχιστον ήταν ο τυχερός που δεν θ' αντιμετώπιζε το θυμό της. Γιατί ναι, αυτή τη φορά έβραζε από θυμό κι ήταν αποφασισμένη να ρωτήσει την Ολυμπία τι σήμαιναν όλα αυτά επιτέλους, τι της ετοίμαζαν πίσω από την πλάτη της κι αν η απάντηση ήταν διαφορετική απ' αυτή που περίμενε, θα τη δεχόταν. Αλλά προς Θεού, έπρεπε να σταματήσει να παρουσιάζεται αυτός ο άνθρωπος μπροστά της έτσι ξαφνικά. Την τάραζε η παρουσία του, δεν το άντεχε πια. Προτού της απαντήσει, κατάλαβε απ' τη ματιά της και μόνο ότι ναι, όλα ήταν προγραμματισμένα να γίνουν. Όλοι το ξέρανε. Όλοι εκτός απ' την ίδια. Η Βέρα θύμωσε αυτή τη φορά πάρα πολύ και πιο πολύ με τη μαμά της γιατί ήταν σίγουρη ότι όλα γινόταν με την έγκρισή της. Ήταν κι κείνη μέρος αυτής της καλοστημένης σκηνοθεσίας.

Ο πρωταγωνιστής βέβαια, που με γρήγορες απλωτές είχε φτάσει τώρα σε μια ξύλινη εξέδρα μακριά από την παραλία σε βαθιά νερά, έδειχνε να είναι αυτός που είχε τη μικρότερη, ίσως κι άθελά του, συμμετοχή σε αυτή την ιστορία. Γιατί όμως τότε δεχόταν να πάρει μέρος σ' αυτή; Έκανε κάτι χωρίς να το θέλει; «Όχι, αυτό δεν ταίριαζε με την ηλικία του», σκέφτηκε η Βέρα στην προσπάθειά της, παρόλο το θυμό της, για να τον απενοχοποιήσει. Όχι, ούτε μικρός ήταν, ούτε άβουλος έδειχνε. Το αντίθετο μάλιστα. Είχε το ύφος του ανθρώπου που διεφέντευε τα πάντα. Έτσι τουλάχιστον έδειχνε.

Ακριβώς εκείνη τη στιγμή, η Βέρα θυμήθηκε την αντίδραση της γιαγιάς της και τα λόγια που άκουσε να λέει στη μαμά της το πρώτο βράδυ που έφτασε ο καινούργιος επισκέπτης στο σπίτι τους και μετά πάλι όταν μάλωνε τη μαμά για τη φούρια της να της ψωνίζει ρούχα και λούσα. Θυμήθηκε τη γιαγιά να λέει: «Άσε το κορίτσι να κοιτάζει τα μαθήματά του. Μικρό είναι ακόμα». Άρα, η γιαγιά και μόνο η γιαγιά βρισκόταν έξω απ' όλα αυτά που σχεδίαζαν για λογαριασμό της ενώ η μαμά της κι όλοι οι υπόλοιποι, μαζί η Όλγα κι η Ολυμπία, παρίσταναν τις ανήξερες.

Όλα τώρα άρχισαν να ξεκαθαρίζουν στο μυαλό της κι αποφάσισε με τον τρόπο της να τους εκδικηθεί παρόλο που η χαρά της έγινε πιο κόκκινη κι απ' το χρώμα στα μάγουλά της καθώς συνειδητοποίησε ότι αυτό που κι εκείνη ήθελε είχε τις ευλογίες όλων.

Η Βέρα ανακουφίστηκε σα να είχε κιόλας βγάλει το θυμό της. Άλλαξε κουβέντα, έκαναν το μπάνιο τους όλοι μαζί, μάλιστα προθυμοποιήθηκε να τους δείξει τις καινούριες βίλες που είχαν ξεφυτρώσει γύρω απ' την περιοχή του ξενοδοχείου και τέλος, συμφώνησε μαζί τους, όταν της το πρότειναν, να πάνε όλοι το βράδυ πιο πέρα προς την Αγία Τριάδα, μια παραθεριστική περιοχή που μάλιστα φέτος είχε εγκαινιαστεί κι η πρώτη οργανωμένη πλαζ του Ε.Ο.Τ. για να περάσουν τη βραδιά τους.

Το βράδυ έφτασε γρήγορα. Ο μπαμπάς της Βέρας έκανε σ' όλους το τραπέζι στην ταβέρνα του ξενοδοχείου μπροστά στη θάλασσα. Μετά ο μπαμπάς, η μαμά κι η Όλγα έμειναν για να απολαύσουν τη βραδιά ενώ οι υπόλοιποι ξεκίνησαν περπατώντας δίπλα στη θάλασσα με προορισμό την Αγία Τριάδα.

Στην αρχή περπατούσαν η Ολυμπία με τη Βέρα δίπλα-δίπλα και τα δυο αδέλφια μαζί. Σιγά-σιγά η σύνθεση μεταξύ τους άλλαξε κι η Βέρα βρέθηκε να περπατάει δίπλα στο Δημήτρη, πίσω απ' τους άλλους. Η Ολυμπία με τον αρραβωνιαστικό της περπατούσαν πιο γρήγορα γιατί σε λίγο ξεμάκραιναν αρκετά κι η Βέρα έμεινε μόνη με το Δημήτρη δίπλα της.

Εκείνος τη ρωτούσε για το σχολείο, το βαθμό που πήρε στο απολυτήριό της και πώς πήγαιναν οι σπουδές της στο Ωδείο. Φαινόταν ότι γνώριζε τα πάντα. Η Βέρα από ντροπή κι αμηχανία του απαντούσε σχεδόν μονολεκτικά και με χαμηλή φωνή κοιτάζοντας την άμμο καθώς περπατούσαν δίπλα στο κύμα και μη τολμώντας να σηκώσει τα μάτια της να τον αντικρίσει.

Πόσες φορές τον προηγούμενο χειμώνα δεν σκεφτόταν με προσμονή κάτι τέτοιο και τώρα που στ' αλήθεια συνέβαινε, ήταν κάτι που της φαινόταν τόσο φυσικό που οι παλιές άσχημες σκέψεις της γι' αυτόν σβήσαν μεμιάς. Δεν θυμόταν ούτε «την απιστία» του στον «Απόλλωνα» ούτε τη στενοχώρια που είχε περάσει τότε. Ένιωθε πάρα πολύ ωραία δίπλα του.

Ήταν τόσο όμορφος, φάνταζε τόσο δυνατός στα μάτια της που φοβόταν ακόμα και να του μιλήσει πρώτη για να μην ταράξει τις στιγμές, που όλα αυτά σαν σε όνειρο γι' αυτήν, συνέβαιναν. Ήταν αρκετά ψηλότερός της, του 'φτανε μέχρι τους ώμους κι εκείνο το βράδυ καθώς περπατούσαν για πρώτη φορά δίπλα-δίπλα μαζί με το αεράκι και τη μουσική της θάλασσας, η Βέρα μετουσιώθηκε.

Προς Θεού όμως! Δεν έπρεπε κανείς από τους άλλους να καταλάβει πώς ένιωθε. Έπρεπε να κρατήσει την ψυχραιμία της, να δείχνει φυσική κι άνετη για να μην φαίνεται καθόλου το δέος που αισθανόταν για όσα της συνέβαιναν. Έπρεπε να γίνει μια άλλη. Δεν ήξερε αν θα τα κατάφερνε όμως θα προσπαθούσε όσο γινόταν περισσότερο να κρύψει την αδυναμία της γι' αυτόν, τουλάχιστον μπροστά στους άλλους. Η σκέψη ότι πια φέτος θα ήταν κι αυτή τελειόφοιτη ήρθε ενισχυτικά και τη βοήθησε να αισθανθεί καλύτερα. Το χάσμα της ηλικίας που μέχρι τότε της φαινόταν πολύ μεγάλο έμοιαζε να μικραίνει και να γίνεται έτσι κι αλλιώς ασήμαντο.

Τώρα περπατούσε δίπλα του. Είχε αυτό το προνόμιο επιτέλους! Ένιωθε πάλι όμως αδύναμη κοντά του κι έτσι κάνοντας κάτι που πίστεψε ότι θα τη βοηθούσε περισσότερο να νιώσει καλύτερα, φώναξε την Ολυμπία να μη βιάζονται τόσο για να τους προλάβαιναν κι αυτοί.

Ο Δημήτρης φάνηκε σα να ενοχλήθηκε απ' την πρωτοβουλία της ή τουλάχιστον εκείνη έτσι νόμισε κι ένιωσε ταυτόχρονα ακόμη πιο δυνατή. Τώρα, τη ρωτούσε για το επόμενο πρόγραμμα των διακοπών της. Του το περιέγραψε και μάλιστα τόλμησε να τον ρωτήσει για το δικό του. Θα 'φευγε για το νησί του, της είπε. Είχε πεθυμήσει τους δικούς του. Μάλιστα, αν δεν είχε κάποιες παρακολουθήσεις μαθημάτων σε κλινικές θα το είχε κιόλας κάνει. Η Βέρα αισθάνθηκε πάλι πολύ μικρή κι αδύναμη. Μα πώς με μια κουβέντα του μπορούσε να την κάνει να νιώθει έτσι; Αναρωτήθηκε. Μεμιάς όλη η προηγούμενή της αυτοπεποίθηση έσβησε.

Όταν αργότερα γύρισαν πίσω, ο Δημήτρης τους αποχαιρέτησε όλους γιατί σκόπευε να γυρίσει στη Θεσσαλονίκη με το λεωφορείο αλλά την τελευταία στιγμή τον άκουσε να λέει πως μάλλον πριν φύγει για το νησί του, ίσως και μέσα στην εβδομάδα, θα περνούσε να τους ξαναδεί.

Στυλώθηκε πάλι και του 'δωσε το χέρι της για την καληνύχτα. Τότε, της φάνηκε πως χαιρετώντας την της πίεσε κάπως λίγο το χέρι. Αλλά μπα! Μπορεί να ήταν κι η ιδέα της. Όμως εκείνο το βράδυ δεν έπλυνε τα χέρια της. Ακούμπησε αυτό με το οποίο τον είχε αποχαιρετήσει στο μάγουλό της κι κοιμήθηκε σαν το πουλάκι.

Την άλλη μέρα με την αυθάδεια της ηλικίας της αλλά και την αυτοπεποίθηση που ένιωσε, πήρε το θάρρος να μιλήσει ανοιχτά με τη μαμά της. Περίμενε μέχρι να φύγει ο μπαμπάς της για τη Θεσσαλονίκη και μετά κάθισε κοντά της, την ώρα που εκείνη ετοίμαζε τα γεμιστά για το μεσημέρι. Η μαμά της δεν μιλούσε περιμένοντας απ' τη Βέρα ν' αρχίσει θέλοντας μάλλον ν' ετοιμαστεί, κατά κάποιον τρόπο, για την «απολογία» της.

Μαμά και κόρη τα είπαν με καλή διάθεση και καθαρές κουβέντες. Πράγμα που δεν είχε ξαναγίνει. Η μαμά διαβεβαίωσε ότι είχε γίνει μια συνωμοσία μεταξύ των δύο οικογενειών -προς όφελός της φυσικά- και η κατάσταση εξαρτιόταν κατά πολύ απ' αυτήν. Ο Δημήτρης, της είπε η μαμά της, ήταν ενθουσιασμένος μαζί της. Η Βέρα απόρησε γιατί δεν της είχε δείξει τίποτε τέτοιο. Η αλήθεια είναι πως όλα αυτά της συνέβαιναν για πρώτη φορά και δεν μπορούσε βέβαια να αποκρυπτογραφήσει τη διαδικασία αυτού του παιχνιδιού αμέσως. Τελικά, η μαμά της τη διαβεβαίωσε ότι έτσι είχε το πράγμα. Δεν υπήρχε τίποτε άλλο να προσθέσει σχετικά και μόνο λίγο πριν τελειώσουν, της είπε ότι η μόνη προϋπόθεση που ζητούσε ο

Δημήτρης ήταν να προχωρήσει στις σπουδές της και κείνος απ' την πλευ-ρά του θα 'κανε ό,τι ήταν δυνατό για να τη διευκολύνει.

Η Βέρα έφυγε απ' την κουζίνα ξαλαφρωμένη και πήγε κατευθείαν στο μεγάλο καθρέφτη της ντουλάπας της. Κοιτάχτηκε καλά-καλά και μετά άρ-χισε να προσπαθεί, με τα μάτια του Δημήτρη όσο ήταν δυνατό, να τσεκάρει τα δυνατά της σημεία αν υπήρχαν. Υπήρχαν κάποια χαρακτηριστικά της που ξέφευγαν απ' το μέσο παραδεκτό όριο. Ξεχώριζαν κι ίσως μπορούσε να πει κανείς ότι ήταν και πολύ ωραία. Αλλά τι μ' αυτό; Ο εαυτός της γενικά δεν την ικανοποιούσε. Πρώτα-πρώτα, έπρεπε να φτιάξει τα φρύδια της, ν' αρχίσει λίγο να φοράει κάποιο μέικ απ, κάποιο ρουζ αλλά αυτά έπρεπε να γίνουν αφού τελείωνε το γυμνάσιο. Έτσι της είχε πει ο μπαμπάς της με τρό-πο που δε δεχόταν αντίρρηση.

Μπροστά της είδε να προβάλει εκείνη η γυναίκα που είχε δει στον «Απόλλωνα» μαζί του που άστραφτε από ομορφιά και το πρόσωπό της ήταν κυριολεκτικά σαν ζωγραφισμένο. Από ό,τι είχε προλάβει να δει τότε, η γυναίκα είχε πολύ περιποιημένα μαλλιά –σίγουρα από κομμωτήριο–, φο-ρούσε ρουζ, κραγιόν και ήταν πολύ εντυπωσιακή.

Πώς μπορούσε η Βέρα να συγκριθεί με μια τέτοια λαμπερή γυναίκα; Αυτή που κάθε μέρα στο σχολείο φορούσε μια μακριά, κάτω απ' το γόνατο μπλε ποδιά, άσπρο γιακαδάκι και μπλε κορδέλα στα μαλλιά. Τα χρώματα καθορισμένα απ' το τυπικό του σχολείου και πιο κάτω το τραγικό άσπρο σο-σόνι για κάλτσα που συμπλήρωνε μια κακόγουστη και συνηθισμένη εικόνα; Τι έπρεπε να κάνει η Βέρα για να δείξει πιο μεγάλη και κυρίως καλύτερη;

Σκέφτηκε το πρώτο Σάββατο μετά τις διακοπές να πήγαινε κρυφά στην αγορά και ν' αγόραζε απ' τον «Ανθομελίδη», το καλύτερο εκείνο τον και-ρό μαγαζί καλλυντικών της Θεσσαλονίκης, κάποια χρωματιστά μολύβια και eyeliner για τα μάτια, ίσως και κάποιο ροζ γυαλιστερό κραγιόν για τα χείλη. Αυτά βέβαια όλα κρυφά και με τα χρήματα που της έδιναν πότε ο μπαμπάς και πότε ο παππούς τα οποία συνήθως δεν χρειαζόταν να χρη-

σιμοποιεί. Σκέφτηκε να πάρει μαζί και τη Σοφία για τα ψώνια της να τα διαλέξουν μαζί και κυρίως να σκεφτούν πώς και πότε θα τα φορούσε η Βέρα και πού θα τα έκρυβε,· κυρίως αυτό. Αν ο μπαμπάς της έπαιρνε είδηση κάτι τέτοιο, θα γινόταν έξω φρενών αφού τ' απεχθανόταν όλα αυτά, ακόμη και για τη γυναίκα του.

Ο Δημήτρης δεν ξαναπήγε στο Φάληρο. Σίγουρα είχε πάει στους δικούς του, όπως είχε πει, κι έτσι η Βέρα δεν ήξερε πότε θα τον ξανάβλεπε. Φοβόταν ότι θα περνούσε καιρός μέχρι να γίνει αυτό και το μόνο που την παρηγόρησε ήταν η σκέψη ότι στο κάτω-κάτω όλα γινόταν κάτω απ' την έγκριση της μαμάς της. Για τον μπαμπά της δεν υπέθετε τίποτα, αλλά και λίγο την ένοιαζε, αφού η μαμά έλυνε κι έδενε για τα θέματα των κοριτσιών στο σπίτι.

Αφού κοιτάχτηκε στον καθρέφτη ακόμη λίγο η Βέρα, γύρισε πίσω στη μαμά της που συνέχιζε να ετοιμάζει τα γεμιστά. Οι μέρες των υπόλοιπων διακοπών πέρασαν σχετικά αργά αυτή τη φορά. Τις μετρούσε κάνοντας παράλληλα σχέδια για το τι έπρεπε να κάνει στη συνέχεια. Αναρωτιόταν πώς και πότε θα τον ξανάβλεπε. Το σχολείο θ' άρχιζε σε λίγο καιρό και μαζί κι οι υποχρεώσεις που φέτος τις περίμενε πολύ πιο απαιτητικές.

Το πώς θα μπορούσε να βελτιώσει την εμφάνισή της, το μελέτησε. Σ' εκείνο όμως, το οποίο δεν μπορούσε να βγάλει άκρη, ήταν το πώς έπρεπε να συμπεριφερθεί απέναντί του στη συνέχεια. Έπρεπε να του δείξει την αδυναμία που του είχε, το θαυμασμό της ή μήπως έπρεπε να δείχνει απόμακρη και αδιάφορη; Ποια ήταν η σωστή τακτική; Πώς έπρεπε να του μιλάει; Έπρεπε να τον κοιτάζει ή όχι; Ένιωθε τόσο χάλια που έπαψε να το σκέφτεται. Χρειαζόταν βοήθεια για όλα αυτά. Δεν μπορούσε έτσι εύκολα η Βέρα να τα βάλει σε μια σειρά όλα αυτά και κατέληξε στο ότι χρειαζόταν συμβουλές.

Οι φίλες της μάλλον δεν ήταν τα κατάλληλα πρόσωπα για τέτοια σοβαρά και σπουδαία. Γι' αυτό θα 'πρεπε να μιλήσει με κάποια σίγουρα μεγαλύτερή της κι η μόνη κατάλληλη ήταν η Ολυμπία που τελείωνε το πανεπιστήμιο. Αλλά το κυριότερο, τον ήξερε καλύτερα από κάθε άλλον.

Βρήκε μια ευκαιρία λίγο πριν αρχίσει το σχολείο να τη συναντήσει. Η Ολυμπία γέλασε όταν άκουσε τους προβληματισμούς της, προσπάθησε να την ενθαρρύνει να είναι ο εαυτός της γιατί ήταν η πιο σωστή τακτική, όπως της είπε, αλλά μια κι αναγκαστικά έπαιζε το ρόλο της δασκάλας, ανέλαβε να πει στη Βέρα –πέρα απ' τις γενικότητες– συγκεκριμένα πράγματα για τον χαρακτήρα του Δημήτρη.

Ήταν πολύ καλό παιδί, είχε πολλές κατακτήσεις –αυτό καλύτερα να το είχε παραλείψει–, ήταν ο καλύτερος φοιτητής στο έτος του αλλά ήταν κι εγωιστής, ζηλιάρης, απόλυτος και άκουσον άκουσον! Δεν του άρεσαν καθόλου τα βαψίματα και τα μαλλιά της εποχής για τα κορίτσια που εκείνο τον καιρό είχαν ονόματα λαχανικών ή φρούτων, π.χ. όπως λάχανο ή μπανάνα ή δεν ήξερε τι άλλο.

Η Βέρα τη ρώτησε γιατί τότε στον «Απόλλωνα» η γυναίκα που τον συνόδευε ήταν τόσο βαμμένη και καλοχτενισμένη. Μα ναι, της απάντησε: «Ναι, για σινεμά και γενικά για φιγούρα δεν είχε κανένα πρόβλημα με οποιαδήποτε γυναίκα. Αλλά όλες οι συναναστροφές του ήταν συγκυριακές. Λίγο χρόνο διέθετε γι' αυτές γιατί δεν γινόταν αλλιώς. Αλλά σίγουρα, συνέχισε, για την κοπέλα που έπαιρνε στα σοβαρά, όπως τη Βέρα, τίποτε απ' τα παραπάνω δεν ίσχυε.

Η Βέρα ησύχασε. Ένιωσε να της φεύγει το μεγάλο άγχος αλλά πάλι γιατί να μην αγόραζε τα καλλυντικά που είχε βάλει στο μυαλό της; Μπορεί κι αυτά σε πολύ πολύ μικρές δόσεις να βοηθούσαν στην εικόνα που ήθελε να έχει. Εξάλλου, αυτό ήταν κάτι που το ήθελε έτσι κι αλλιώς, για να νιώσει η ίδια της πιο μεγάλη, να δει τον εαυτό της διαφορετικό.

Την επόμενη εβδομάδα κατέβηκε, όπως είχε σχεδιάσει, με τη Σοφία στην αγορά. Αγόρασε μπλε και πράσινες σκιές για τα μάτια και προτίμησε τις φθηνότερες για να μπορεί να έχει μεγαλύτερο υπόλοιπο να διαθέσει και για άλλα. Πούδρα, κρέμες και κραγιόν. Ω! ένιωθε τρισευτυχισμένη, περπατούσε με άλλη σιγουριά κρατώντας και μόνο τη σακούλα με το πολύτιμο περιεχόμενό της. Υποσχέθηκε πως θα τα μοιραζόταν με τη Σοφία όταν χρειαζόταν και πολύ περήφανη για όλα αυτά, το πρώτο και μεγάλο βήμα στη ζωή της, γύρισε στο σπίτι της.

Έκρυψε τη σακούλα με τα καλλυντικά σε μια μεγάλη γλάστρα του κήπου με βιγκόνιες και μπήκε στο σπίτι περιμένοντας το βράδυ να τα πάρει από κει και να τα φυλάξει σε κρυφό μέρος στο δωμάτιό της. Έτσι κι έγινε.

Μόλις άρχισε το σχολείο, τα νέα τα συνταρακτικά της Βέρας κυκλοφόρησαν. Είχε αγοράσει τα πρώτα της καλλυντικά κι οι φίλες της θέλανε να τα φέρει στο σχολείο για να τα δουν. Έτσι, ένα Σάββατο μετά το σχολείο μαζεύτηκαν οι πέντε στενότερές της κάτω απ' το στέγαστρο που βρισκόταν οι βρύσες του σχολείου και μόλις φύγαν τα περισσότερα παιδιά και φυσικά κι οι καθηγητές, επιδόθηκαν στο έργο.

Η Μενούλα, αγαπημένη της φίλη που πάντα είχε βαμμένο το πρόσωπό της, το καλύτερο χέρι κι έκανε τις καλλίτερες ζωγραφιές στην τάξη, ανέλαβε να βάψει σε πρώτη δοκιμή τη Βέρα. Μετά βέβαια θα έπρεπε να μάθει να το κάνει μόνη της. Τα βλέφαρα έγιναν μπλε, από πάνω σύριζα με τις βλεφαρίδες ζωγραφίστηκε το eyeliner και μετά μπήκε στα μάγουλα το ρουζ και το ροζ περλέ κραγιόν στα χείλη.

Το αποτέλεσμα ήταν λίγο αταίριαστο. Τόσο βαμμένο πρόσωπο πάνω απ' την ποδιά του σχολείου θύμιζε λίγο καρναβάλι. Αλλά για να σωθούν οι εντυπώσεις, κάποια πρότεινε να βγάλει η Βέρα το άσπρο γιακαδάκι, να βάλει πάνω απ' την ποδιά της την πράσινη ζακέτα που κρατούσε και να βγάλει φυσικά τις άσπρες κάλτσες ώστε να θυμίζει όσο το δυνατό λιγότερο μαθήτρια. Σε όλες άρεσε το τελικό αποτέλεσμα. Η Βέρα καμάρωσε και ξαναυποσχέθηκε σε όλες ότι όποια χρειαζόταν καλλυντικά θα τα είχε.

Για να σιγουρευτεί ότι στο σπίτι θα ήταν μόνο η γιαγιά με τον παππού -γιατί οι γονείς της ήταν κάπου καλεσμένοι για το βράδυ- καθυστέρησε μαζί με τις άλλες βολτάροντας με μεγάλη περηφάνια, είναι η αλήθεια, στους γύρω δρόμους μέχρι να περάσει η ώρα και να γυρίσει ασφαλής πίσω.

Ο παππούς κι η γιαγιά ούτε που κατάλαβαν κάτι. Εξάλλου, η Βέρα βιάστηκε να χωθεί στο δωμάτιό της για να θαυμάσει με την ησυχία της το αποτέλεσμα του πρώτου γυναικείου της καλλωπισμού. Το πρωί, σκέφτηκε, θα έχουν φύγει όλα απ' το πρόσωπό της. Θα έχουν μείνει στο μαξιλάρι ή στο παπλωματάκι που σκεπαζόταν. Ξεντύθηκε και κοιμήθηκε σαν πουλάκι.

Όμως το άλλο πρωί, όταν προσπάθησε ν' ανοίξει τα μάτια της δεν μπόρεσε. Αισθανόταν κάτι σαν παχιά κόλλα να έχει καθίσει πάνω στα βλέφαρά της και μάλιστα ήθελε να τα ξύσει. Όταν τα 'πιασε με τα δάκτυλά της τρόμαξε. Αυτά που έπιανε δεν ήταν τα βλέφαρά της. Ήταν δυο τεράστιες σαν αβγά μπάλες πάνω στα μάτια της που βάραιναν τόσο που δεν είχε τη δύναμη να τ' ανοίξει. Εκείνο το τσούξιμο που είχε αρχίσει να την ενοχλεί, τι ήταν;

Σηκώθηκε, άναψε το φως και πήγε στον καθρέφτη της. Τρόμαξε μόλις είδε τον εαυτό της. Ήταν παραμορφωμένη. Δεν είχε ποτέ ξαναδεί τον εαυτό της σε τέτοια χάλια. Την έπιασε πανικός. Τι να έκανε; Πώς θα αντίκριζε την οικογένειά της; Έπρεπε να βγει απ' το δωμάτιό της να δει τι θα έκανε. Μόλις την αντίκρισε η μαμά της φώναξε: «Αχ, Παναγία μου! Τι έπαθες παιδάκι μου; Πώς έγινες έτσι;»

Γρήγορα ειδοποιήθηκε ο μπαμπάς, ο οποίος φυσικά την πήγε στο νοσοκομείο. Ο φίλος του ο γιατρός ρώτησε τη Βέρα τι είχε βάλει στα μάτια. Εκείνη αναγκάστηκε να του πει και με όλο το ρεζίλεμα και το φόβο για την οργή του μπαμπά της που μισούσε τα καλλυντικά και σκυμμένο το κεφάλι, άκουσε το γιατρό να της λέει: «Είναι αλλεργία και μάλλον οι μπογιές αυτές που έβαλες, έτσι ονόμασε τα καλλυντικά της, έκαναν τη ζημιά. Τώρα αλοιφές, χαπάκια και σε μια-δυο μέρες όλα θα φύγουν», την παρηγόρησε.

Έφυγε ντροπιασμένη για τη ζαβολιά της που είχε αυτά τα οικτρά αποτελέσματα και περίμενε ν' ακούσει το μπαμπά της να τη μαλώσει. Τίποτε όμως δεν έγινε γιατί μάλλον ανακουφίστηκε ο άνθρωπος κι έτσι αμίλητοι γύρισαν στο σπίτι.

Όπως είχε πει ο γιατρός σε δύο μέρες τα βλέφαρα ξεπρήστηκαν, το κοκκίνισμα έφυγε και το τσούξιμο υποχώρησε. Ένα πράγμα έγινε εν τω μεταξύ. Η μαμά της απαίτησε να γυρίσουν όλα τα καλλυντικά στα χέρια της, τα έριξε μια ματιά κι έτσι όπως ήταν, τα πέταξε στα σκουπίδια.

Η Βέρα στεναχωρέθηκε, έκλαψε αλλά τίποτα δεν πέτυχε. Τουλάχιστον ας της άφηνε το κραγιόν και το ρουζ. Αυτά δεν την είχαν βλάψει. Όμως δεν τόλμησε να πει τίποτα γιατί δεν ήθελε ν' ακούσει τα σχολιανά της αναδρομικά. Πάνε και τα καλλυντικά, πάει κι η προσπάθειά της να γίνει πιο όμορφη. Θα 'πρεπε να σκεφτεί κάτι άλλο.

Έτσι, αποφάσισε να φροντίσει την εικόνα στο ντύσιμό της, στο «φαίνεσθαι». Αν ερχόταν καμιά φορά ο αγαπημένος της έξω απ' το σχολείο να την πάρει για μια βόλτα, θα ήταν με την ποδιά, το γιακαδάκι και τα άσπρα σοσόνια; Προς Θεού! Δεν ήθελε καθόλου να φαίνεται ότι ήταν μαθήτρια. Έστυψε το μυαλό της κι αποφάσισε: Θα είχε πάντοτε μαζί της, όταν ο καιρός ήταν καλός και δεν φορούσε παλτό, μια ζακέτα σε χρώμα έντονο ώστε να μπορούσε λίγο να παραλλάξει τη στολή του σχολείου. Η ζακέτα καλά κουμπωμένη με το υπόλοιπο κάτω μέρος της μπλε ποδιάς και φυσικά χωρίς το άσπρο γιακαδάκι θα θύμιζε φούστα και μπλούζα, ενώ τα σοσόνια όσο κρύο κι αν έκανε, θα 'πρεπε οπωσδήποτε να βγαίνουν.

Οι δυο ζακέτες, η μία πράσινη κι η άλλη τυρκουάζ, αγοράστηκαν. Το άσπρο γιακαδάκι έπαψε να ράβεται άλλα συγκρατιόταν από τέσσερις παραμάνες που μπαίναν και βγαίναν με τη γνωστή ευκολία κι έτσι στο σχολείο και στο σχόλασμα οι δύο στολές, η μία κανονική κι η άλλη της παραλλαγής, κάναν μια χαρά τη δουλειά τους και βόλεψαν τη Βέρα.

Το μόνο που περίμενε πια να γίνει ήταν να τον έβλεπε κάποια μέρα να στέκεται έξω απ' το σχολείο της μαζί με τους άλλους που περίμεναν να συναντήσουν τις μαθήτριες. Οι μέρες όμως περνούσαν. Οι στολές παράλλαζαν αλλά αυτός δεν φαινόταν πουθενά.

Η υπομονή της εξαντλήθηκε κι ο θυμός της απόρριψης άρχισε πάλι να κυριεύει την ψυχή της. Μα τι δύσκολα που ήταν όλα αυτά. Πόσο πιο ήσυχη ήταν όταν, εκτός απ' τα παγωμένα πόδια μες το κρύο, είχε τη σειρά της πριν γίνουν όλα αυτά. «Πόσο δίκιο είχε η γιαγιά της», σκεφτόταν και ξανασκεφτόταν η Βέρα. Όμως το μικρόβιο του έρωτα είχε μπει πια για τα καλά μέσα της και σ' εκείνο έπρεπε να υποταχθεί. Για τον χαρακτήρα της που ήταν τόσο παρορμητικός κι ανυπόμονος η δοκιμασία αυτή ήταν πραγματικά πολύ μεγάλη.

Ήθελε την ησυχία της. Ήθελε να ξαναβρεί την ανεμελιά τη, αλλά δεν ήταν πια δυνατόν. Αισθανόταν σα να είχε απότομα μεγαλώσει, σαν το μυαλό της να μη δούλευε καλά. Τα μαθήματα στριμωχνόντουσαν μέσα του αλλά κανένα δεν κατόρθωνε να πάρει την παλιά άνετη θέση του. Όλα χρωματιζόταν με κόκκινο χρώμα και ποτάμια κατακόκκινα είχαν γίνει οι φλέβες της που πότε κυλούσαν ήρεμα και πότε άφριζαν απ' το κακό τους.

Οι μέρες περνούσαν κι εκείνος πουθενά. Η καταφυγή στην Ολυμπία έγινε και πάλι απαραίτητη. Την πήρε όλο ντροπή και λαχτάρα να τη ρωτήσει για τον Δημήτρη. «Α, ναι», της απάντησε εκείνη, «όλα ήταν μια χαρά αλλά εκείνος είχε πάρα πολύ διάβασμα καθώς τώρα είχε τελειώσει τις σπουδές του και προετοιμαζόταν για το πτυχίο του. Ακόμη και στο δικό της σπίτι είχε πολύ καιρό να φανεί. Η Βέρα δεν έπρεπε να ανησυχεί. Μόνο να κάνει υπομονή». Η Ολυμπία ήταν σίγουρη, όπως της είπε, «ότι μόνο αυτή είχε στο μυαλό του». Δεν την πολυπίστεψε αλλά αυτή η δικαιολογία της φάνηκε τόσο ωραία, αυτά τα μαθήματα για το πτυχίο τόσο σπουδαία που καθώς βόλευαν τις σκέψεις της κιόλας την έκαναν να ησυχάσει τουλάχιστον για την ώρα.

Το μόνο που μπορούσε πια να κάνει ήταν να κουβεντιάζει στα διαλείμματα με τη Σοφία μόνο γι' αυτόν και πάντα γι' αυτόν, ώστε οι μήνες που μεσολάβησαν μαζί με τις υποχρεώσεις της και το διάβασμα πέρασαν. Τα βράδια αργά όταν έπεφτε στο κρεβάτι της, τον φανταζόταν κάπου σκυμμέ-

νο να διαβάζει, να μη βγαίνει, να μη βλέπει κόσμο, να μοιάζει σχεδόν όπως κι αυτή που ούτε ο κινηματογράφος την τραβούσε ούτε τα ψώνια που η μαμά της επέμενε να συνεχίζουν τα Σάββατα τη γέμιζαν. Μόνο η εικόνα του τη γέμιζε όλο και πιο πολύ. Το δέος που ένιωθε γι' αυτόν, το βάθρο στο οποίο τον είχε βάλει να κάθεται απ' τη μια τον απομάκρυνε κι απ' την άλλη τον έφερνε όλο και πιο κοντά της.

Η άνοιξη πλησίαζε κι η μεταμφίεσή της μετά το σχολείο συνεχιζόταν. Μάλιστα, είχε καθιερωθεί σαν ένα είδος μόδας και για τις υπόλοιπες συμμαθήτριές της που έσπευσαν σιγά-σιγά να τη μιμηθούν. Έτσι, η εικόνα των κοριτσιών έγινε πιο χρωματιστή, πιο χαρούμενη.

Το Πάσχα ήρθε και μαζί κι οι διακοπές. Η Βέρα ευχόταν κάθε μέρα να γινόταν κάτι και να τον έβλεπε. Δεν άντεχε άλλο μακριά του. Η Σοφία την είχε συμβουλεύσει να λέει τρεις φορές την ημέρα «τρεις έξι δεκαοχτώ, να δω αυτόν που αγαπώ» κι η Βέρα το τηρούσε με θρησκευτική ευλάβεια. Το πράγμα όμως είχε αρχίσει να γίνεται δυσάρεστο γιατί ούτε αυτό έπιανε. Έκανε και το άλλο: Κάθε φορά που ανέβαινε στο λεωφορείο κι έβγαζε εισιτήριο μετρούσε το άθροισμα του αριθμού του κι αν έβγαινε τέσσερα, δηλαδή το γράμμα δέλτα, άρα Δημήτρης, το μάζευε και το καταχωρούσε σε ένα κουτί. Γιατί και μ' αυτή τη χαζομάρα ακόμα, η Βέρα ένιωθε πιο κοντά του. Όμως τίποτε δεν ερχόταν όπως το περίμενε κι η αναμονή γινόταν όλο και πιο βασανιστική.

Όταν τη δεύτερη μέρα του Πάσχα η μαμά της τής είπε ότι είχε καλέσει «τα παιδιά» -έτσι τους έλεγε- για φαγητό, της κόπηκαν τα πόδια. Άραγε θα ήταν κι αυτός ανάμεσα στα «παιδιά»; Ούτε ήθελε να ξέρει -έπρεπε να προστατέψει τον εαυτό της απ' το ενδεχόμενο να μην ήταν αυτός ανάμεσά τους- ούτε ήθελε να ρωτήσει λεπτομέρειες γιατί ήξερε ότι μπορεί να την πονούσαν.

Παρόλα αυτά, τη μέρα που τους περίμεναν, ντύθηκε, έπιασε τα μαλλιά της με βελούδινη μπορντό κορδέλα, μισά πάνω, μισά κάτω και περίμενε έτοιμη να αντιμετωπίσει τη μοίρα της. Μάλιστα, για καλή της τύχη ήρθε το πρωί να τη δει η Σοφία κι έτσι η ώρα μέχρι το μεσημέρι πέρασε γρήγορα. Το φόρεμα που διάλεξε να φορέσει η Βέρα, καρώ με πράσινο κόκκινο και μπορντό έτυχε της απόλυτης έγκρισης της Σοφίας κι αυτό τόνωσε λίγο την αυτοπεποίθησή της. Το μόνο που της έμενε πια, ήταν να περιμένει. Εξάλλου, αυτό δεν έκανε όλο αυτόν τον καιρό που μεσολάβησε απ' την τελευταία φορά που είδε το Δημήτρη;

Βρήκε ένα πρόσχημα, κάθισε κοντά σ' ένα παράθυρο του σαλονιού που έβλεπε το δρόμο και προσπαθώντας να μη δείχνει σε κανέναν τη νευρικότητά της μετρούσε όλο αδημονία τους περαστικούς κοιτώντας μια το ρολόι και μια τον μακρύ δρόμο. Όταν τους είδε από μακριά να 'ρχονται κι ανάμεσά τους κι αυτόν, σηκώθηκε γρήγορα-γρήγορα κι έτρεξε να χωθεί στο μπάνιο. Κοίταξε το αναψοκοκκινισμένο της πρόσωπο, τα μάτια της που άστραφταν σαν να είχε πυρετό κι αφού έσιαξε την κορδέλα και τις σκέψεις της βγήκε αποφασισμένη. Τώρα το είχε αποφασίσει να δείξει την αδιάφορη, την αμέριμνη. Παλιό κόλπο ίσως για άλλες αλλά η Βέρα θα το κατόρθωνε;

Μα και μόνο τη φωνή του που άκουσε καθώς εκείνος μαζί με τους άλλους χαιρετούσε τους γονείς της, την έκανε να τρέμει. Πώς θα τον αντίκριζε; Ήταν αρκετά όμορφη; Θα του άρεσε; Είχε τόσο καιρό να τη δει! Τι θα της έλεγε; Πώς θα ήταν μαζί της; Οι σκέψεις τρέχανε ενώ τα πόδια της μένανε κολλημένα κι αδύναμα στο πάτωμα τόσο που αν δεν τη φώναζε πάλι η μαμά της να εμφανιστεί, δε θα κουνιόταν απ' τη θέση της. Δεν μπορούσε. Η φωνή του έμοιαζε πιο αρμονική στ' αυτιά της, πιο δυνατή, πιο σίγουρη έστω και χωρίς να τον βλέπει, είχε τη μουσική της στ' αυτιά της. Ναι, ήταν τρελή γι' αυτόν!

Θα μπορούσε να το κρύψει απ' τους άλλους; Δεν ήθελε να φανεί η αδυναμία που του είχε σε κανέναν και κυρίως σ' αυτόν. Δεν θα έτρεμε, δε θα τον κοίταζε αν γινόταν. Ήθελε να εξαφανιστεί, να μην την έβλεπε κανείς. Μόνο αυτή να μπορούσε να τον κοιτάζει, να τον κοιτάζει συνέχεια. Αυτό μόνο ήθελε. Όμως, πήγε προς το μέρος τους, τους φίλησε όλους και στο τέλος στάθηκε απέναντί του μη ξέροντας τι να κάνει. Εκείνος την κοίταζε χαμογελαστός, χαρούμενος και πάλι μ' αυτή του τη σιγουριά που την κατατάρακώνε. Της έπιασε το χέρι, ούτε άκουσε τι της είπε και μετά τον ακολούθησε μαζί με τους άλλους στο σαλόνι.

Η Βέρα και τα κατακόκκινα αβγά που δέσποζαν πάνω στο τραπέζι του σαλονιού μαζί με τα κόκκινα τριαντάφυλλα που είχε κόψει το πρωί απ' τον κήπο τους η μαμά της, είχαν γίνει ένα με τα μάγουλά της αλλά αυτή η τυχαία συνωμοσία μεταξύ τους τη βοήθησε. Κάθισε θαρρετά απέναντί του, έσιαξε τα μαλλιά της και τον άκουγε που μιλούσε για τα μαθήματα που είχε δώσει, γι' αυτό το ένα, την Παθολογία, που φοβόταν, γι' αυτά που είχε περάσει κι είχε γίνει το κέντρο της προσοχής όλων.

Η Βέρα άκουγε όλα αυτά που τους έλεγε -τα θαυμαστά γι' αυτήν- κι ένιωσε ικανοποίηση όταν άκουσε τον μπαμπά της να του λέει ότι θα μιλούσε στον καθηγητή της Παθολογίας, ο οποίος ήταν πατριώτης και φίλος του. Επιτέλους! Να ένα αδύνατο σημείο του. Η καλή της Παθολογία. Δεν ήταν πια και τόσο δυνατός σε όλα όπως μέχρι τότε πίστευε. Να που θα μπορούσε κι αυτή, μέσω του μπαμπά της φυσικά, να του φαινόταν κάπου χρήσιμη. Τονώθηκε λίγο το ηθικό της. Ίσως κι αυτή τόσο λιγουλάκι κάτι άξιζε γι' αυτόν.

Όταν η Ολυμπία πρότεινε να βγουν έξω στον κήπο μέχρι να ετοιμαστεί το γιορτινό τραπέζι, βγήκαν μόνο οι τέσσερείς τους. Εκείνη απασχόλησε το Γιώργο με το να του δείχνει κάτι στο λαχανόκηπο που βρισκόταν λίγο πιο πέρα απ' τα παρτέρια με τα λουλούδια σα να το 'κανε επίτηδες. Είχε το σχέδιό της. Η Βέρα έμεινε με τον Δημήτρη που περπατούσε προσεκτικά ανάμεσα στις πασχαλιές και τα φούλια που μοσχοβολούσαν κι όταν εκείνος κοντοστάθηκε για να τα μυρίσει σχεδόν πήρε κι εκείνη τα μυρωδιά τους, τον άκουσε να της λέει πόσο όμορφη και γλυκιά ήταν πόσο του είχε λείψει και εκείνη τα 'χασε. Δεν περίμενε ούτε στα καλύτερά της όνειρα ν' ακούσει

αυτά τα λόγια. Μιλούσε σ' αυτήν; Ήταν δυνατόν; Της έλεγε πως τη σκε-
φτόταν όταν διάβαζε πριν κοιμηθεί, πως ήθελε να τη δει αλλά δεν μπορού-
σε, πως ήθελε να επικοινωνήσει έστω στο τηλέφωνο μαζί της αλλά δεν είχε
το θάρρος κι άλλα ήθελε, ήθελε που δεν μπορούσε να της τα πει.

Η Βέρα ένιωσε σα να ζούσε ένα παραμύθι. Δεν μπορούσε να πιστέψει
αυτά που της έλεγε. Τον ρώτησε «γιατί δεν είπε κάτι στην Ολυμπία;»
αλλά αυτός της είπε ότι δεν ήθελε κανείς να ξέρει τίποτε μέχρι πού να'
παιρνε το πτυχίο του. «Μετά θα ήταν αλλιώς τα πράγματα», της έλεγε,
της έλεγε ....

Η Βέρα μαγεμένη και τρελλαμένη μαζί, τον άκουγε χωρίς να μπορεί να
πει κουβέντα. Τώρα ήταν που θα την περνούσε για μωρό, σκέφτηκε, αλλά
δεν μπορούσε να ανοίξει το στόμα της. Τον κοίταζε χωρίς ν' αφήνει τον
εαυτό της να δείξει την ανέλπιστη, την απερίγραπτη χαρά της. «Μα πότε
έγιναν όλα αυτά;», σκεφτόταν. Πώς μπόρεσε και κρατήθηκε τόσο καιρό
μακριά της; Μιλούσε σ' αυτήν κι εκείνη νόμιζε πως άκουγε έναν ηθοποιό
από το «Θέατρο της Δευτέρας» που παρουσίαζε τότε στο ραδιόφωνο ο
Αχιλλέας Μαμάκης, πως άκουγε τον πρωταγωνιστή ενός θεατρικού έργου
κι όχι αυτόν τον θεό της. Η καρδιά της χτυπούσε με δύναμη και το στόμα
της είχε κλείσει. Δεν μπορούσε να ρωτήσει τίποτε απ' αυτά που τόσο καιρό
είχε στην ψυχή της.

Η γλυκιά του φωνή δονούσε τ' αυτιά και το μυαλό της. Ο Δημήτρης
σήκωσε το χέρι του κι έκοψε ένα μικρό κλαδάκι απ' την πασχαλιά που ήταν
δίπλα τους και της το 'δωσε. Εκείνη το πήρε μηχανικά, χωρίς ακόμη να
τολμήσει να τον κοιτάξει στα μάτια, που τόσο λαχταρούσε, αλλά που ακόμη
δεν το άντεχε. Είχαν συμβεί τόσα πολλά σε τόσο λίγη ώρα. Δεν μπορούσε
ούτε να τα συνειδητοποιήσει ούτε να τα ταξινομήσει.

Αυτός ο έρωτάς της τής μιλούσε έτσι ή μήπως έβλεπε όνειρο; Ήταν όλ'
αυτά αλήθεια; Μπορούσε να είναι τόσο τυχερή; Να την προσέχει και να
της μιλάει αυτός ο όμορφος και δυνατός άντρας;

Κάποια στιγμή σήκωσε τα μάτια της και τον κοίταξε. Είδε τα γλυκά, ελίσια ματάκια του, έκανε ένα «Θεέ μου» και τα ξανακατέβασε κατευθύνοντάς τα στην πασχαλιά που κρατούσε με τα δυο της χέρια σφιχτά-σφιχτά.

Δεν μπορούσε να καταλάβει πόση ώρα είχε περάσει όταν είδε τους άλλους δυο που κατευθύνονταν προς το μέρος τους. Σίγουρα κι εκείνοι ήξεραν το μυστικό της κι ας μη το δείχναν. Γι' αυτό τους είχαν αφήσει μόνους κι ανακουφισμένη πια η Βέρα πήγε προς το μέρος τους και μαζί μπήκαν στο σπίτι.

Όλα ήταν τόσο όμορφα και γιορταστικά γύρω της τώρα. Δεν μπόρεσε να φάει τίποτα. Ήπιε μόνο λίγο κόκκινο κρασί για το καλό και αφήνοντάς τους όλους ν' απολαμβάνουν το φαγητό τους, εκείνη έφυγε από το τραπέζι, ανέβηκε σ' ένα ρόδινο συννεφάκι και χαλάρωσε.

Την ώρα που οι επισκέπτες φεύγαν, ο Δημήτρης ήρθε κοντά της και της ψιθύρισε πως μόλις τελείωναν οι εξετάσεις του θα 'βρισκε τον τρόπο να την ειδοποιήσει να συναντηθούν μόνοι τους πια επιτέλους. Η Βέρα είπε «ναι, βέβαια» και συνειδητοποίησε πως καθόλου δεν την είχε ρωτήσει πως ένιωθε αλλά μάλλον η έκφρασή της του τα πρόδιδε όλα. Αυτό την κολάκευε αφού έδειχνε ότι ήταν μέσα στην ψυχή της αλλά και τη φόβιζε μιας και δεν θα μπορούσε να του κρύψει κάτι, το ο,τιδήποτε. Ήταν τόσο προβλέψιμη; Όλ' αυτά όμως ήταν σαχλαμάρες. Για τη Βέρα, το καλύτερο ήρθε στο τέλος. Θα συναντιόντουσαν επιτέλους οι δυο τους.

Η αδημονία τις επόμενες μέρες πλημμύρισε το είναι της. Ποια μαθήματα, ποιο σχολείο, ποιες φίλες; Όλα έσβησαν. Το μόνο που την ένοιαζε ήταν εκείνος! Ξυπνούσε απ' το όνειρό της μόνο όταν χτυπούσε το τηλέφωνο, το οποίο αργούσε. Πόσο πολύ αργούσε! Κι όμως είχαν περάσει μόλις τέσσερις μέρες. Ήταν Παρασκευή κι επιτέλους χτύπησε. Η μαμά της είπε: «Βέρα, εσένα θέλουν». Η μαμά, που ήταν η αρχιτέκτονας της συνωμοσίας μαζί με την Ολυμπία και την Όλγα, έκανε σα να μην ήξερε τίποτε. Ήταν φυσιολογικό;

Η Βέρα έτρεξε να πιάσει το τηλέφωνο κρατώντας το σα νεογέννητο κοτοπουλάκι. Ο Δημήτρης ήταν. Επιτέλους! Της είπε αν μπορούσε να τον συναντήσει στις έξι το απόγευμα έξω απ' την είσοδο του κτιρίου της Φιλοσοφικής. Ήταν το πιο γνωστό και το πιο ψηλό κτίριο. Το ραντεβού ήταν για το Σάββατο. Υπολόγισε ότι είχε μπροστά της είκοσι έξι ολόκληρες ώρες για να χαλαρώσει, αν βέβαια μπορούσε. Σ' αυτό το χρονικό διάστημα θα 'πρεπε να ετοιμαστεί και ίσως μετά θ' άρχιζε μια ιστορία αγάπης. Ήταν έτοιμη να ζήσει τ' όνειρό της.

Ευτυχώς, ο κήπος της κοκκίνιζε κι άνθιζε. Τ' αστέρια είχαν αρχίσει ένα-ένα να φαίνονται στον ουρανό βάζοντας τ' αστραφτερά τους ρούχα για τη βραδινή σύναξη. Τ' αυτοκίνητα στο δρόμο, που περνούσε έξω απ' το σπίτι της, είχαν αρχίσει να αραιώνουν ενώ τα σκυλιά-φύλακες των γύρω σπιτιών είχαν αρχίσει να δηλώνουν την παρουσία τους με απαλά γαυγίσματα τροχίζοντας τον λαιμό τους, έτοιμα για τη βραδινή τους συναυλία, αν έμελλε να γινόταν εκείνο το βράδυ.

Τ' αστέρια -κι αυτό το είχε παρατηρήσει καιρό τώρα η Βέρα- καθώς πλησίαζαν το ένα το άλλο, έτοιμα για τους καθιερωμένους σχηματισμούς τους, έφερναν μαζί τους την ουράνια μουσική του Mozart. Αυτή τη μοναδική που παιζόταν με τα δικά της ηχοχρώματα στην ψυχή αυτών που μπορούσαν βέβαια να την ακούσουν.

Καιρός για ένα μικρό τοστ κι ένα γιαούρτι με μέλι. Τα γενέθλια πλησίαζαν κι η Βέρα ήταν αποφασισμένη να «μπει» στο περσινό μαύρο της φόρεμα που ποτέ δεν είχε φορέσει μέχρι τώρα. Δεν ήξερε ακόμη τι θα ήθελε για το τραπέζι της. Το μόνο σίγουρο ήταν η τούρτα με τη ζαχαρόπαστα που θα παράγγελνε όπως πάντα στον «Αγαπητό». Ίσως φέτος να 'παιρνε και τα χρωματιστά κεράκια που το καθένα έβγαζε φλογίτσα ίδια με το χρώμα του.

Το βράδυ της Παρασκευής πέρασε για τη Βέρα με πρόβες και συνδυασμούς ρούχων και παπουτσιών που θα μπορούσαν να φορεθούν το επόμενο απόγευμα. Τελικά κατέληξε σε μια άσπρη απλή φούστα και μια μαύρη μπλούζα που είχε ώμους αλ' αμερικέν κι ήταν πολύ εφαρμοστή. Μια φαρδιά μαύρη δερμάτινη ζώνη συμπλήρωνε το ντεπιές ασορτί με μαύρα πέδιλα που μοιάζανε με σανδάλια κι άφηναν να φαίνονται τα με ροζ όζα βαμμένα νύχια της. Το βάψιμο φυσικά θα γινόταν μετά την έξοδό της απ' το σπίτι όταν θα ξέφευγε απ' τα μάτια της μαμάς της. Αφού αποφάσισε ότι θα φορούσε αυτά τα ρούχα, διάλεξε απ' τη γκάμα με τις βελούδινες κορδέλες για τα μαλλιά αυτή που ταίριαζε με το χρώμα των ματιών της, μια λαδοπράσινη.

Ευχαριστημένη με τις επιλογές της και κάνοντας την ευχή να της αρέσει ο εαυτός της την άλλη μέρα, ξάπλωσε και άρχισε να τον ονειρεύεται. Το ξύπνημα το Σάββατο ήταν θαυμάσιο κι αγωνιώδες, γεμάτο προσμονή αλλά και φόβο για το άγνωστο που θ' αντιμετώπιζε. Θα ήταν τα πράγματα όπως τα περίμενε ή θα διαλύονταν όλα; Τι θα της έλεγε; Με τι θάρρος θα τον αντίκριζε για πρώτη φορά ολομόναχη;

Μετά απ' το καθιερωμένο πρωινό μπάνιο και μια ημίωρη προσπάθεια να στεγνώσει τα πλούσια μαλλιά της κάθισε στο τραπέζι για το πρωινό. Η γιαγιά είχε ετοιμάσει τηγανίτες που μοσχομύριζαν και μια φρέσκια πορτοκαλάδα, μάλλον για τόνωση, αλλά η Βέρα δεν μπόρεσε να βάλει τίποτε στο στόμα της. Ρούφηξε μια δυο γουλιές απ' την πορτοκαλάδα που μετά βίας χώρεσαν στο αναστατωμένο στομάχι της κι έπειτα σηκώθηκε νιώθοντάς το βαρύ και γεμάτο.

Η ψυχή της ήταν ολάνοιχτη αλλά όλες οι αισθήσεις της υπολειτουργώντας, την έκαναν να μοιάζει με μαριονέτα καθώς οι κινήσεις της την υπόλοιπη ημέρα περιορίστηκαν σε δύο: Μια ματιά σε αυτά που θα φορούσε και μια άλλη στο ρολόι. Τίποτε άλλο. Σαν πουλάκι ένιωθε η Βέρα και σαν σακί με πατάτες. Παλεύοντας ανάμεσα στα δύο πέρασε η υπόλοιπη μέρα της μέχρι που το ρολόι έδειξε επιτέλους πέντε και τότε άρχισε να ετοιμάζεται.

Όταν έφτασε στο ραντεβού της, είδε πως είχε φτάσει ένα τέταρτο νωρίτερα απ' την ώρα της και είναι αλήθεια ότι αισθάνθηκε μια αμηχανία. Είχε διαβάσει κάπου ότι θα μπορούσε ακόμη και να καθυστερήσει πέντε δέκα λεπτά. Μάλλον έτσι θα 'πρεπε. Αλλά πια τώρα είχε φθάσει κι ήταν αναγκασμένη να κοιτάζει γύρω-γύρω μη ξέροντας από ποια κατεύθυνση θα 'ρχοταν εκείνος. Ευτυχώς, οι φοιτητές -που στην πλειοψηφία τους ήταν κορίτσια- μπαινόβγαιναν συνέχεια απ' τη σιδερένια πόρτα της Φιλοσοφικής κι έτσι μαζί με αυτούς ένιωσε τουλάχιστον λιγότερο μόνη.

Κοίταξε πάλι το ρολόι της. Ήταν έξι παρά δέκα. Εκείνη ακριβώς τη στιγμή μόλις σήκωσε τα μάτια της, τον είδε μπροστά της. Είχε φθάσει κι αυτός νωρίτερα και πήρε λίγη αυτοπεποίθηση. Μάλλον κι αυτός αδημονούσε όπως κι η Βέρα να συναντηθούν ή μήπως έτσι απλώς συνηθιζόταν; Ερωτηματικά, δέος και κομμένη αναπνοή καθώς τον άκουσε να της λέει: «Γεια σου, τι κάνεις; Έχεις ώρα που έφθασες;» Εκείνη είπε «Όχι, μόλις τώρα έχω έρθει».

Αυτές οι οκτώ λέξεις που ειπώθηκαν απ' το Δημήτρη σηματοδότησαν την αρχή μιας σχέσης που θα κρατούσε. Όμως για πάντα; Τα ερωτηματικά μέσα της δεν την άφηναν να ηρεμήσει και να χαρεί τη στιγμή που τόσο περίμενε.

Ο Δημήτρης άγγιξε με τα δάχτυλά του το γυμνό μπράτσο της και την οδήγησε μέσα απ' την επιβλητική εξώπορτα της Φιλοσοφικής δεξιά σ' ένα μικρό δεντροφυτευμένο κηπάκι που φιλοξενούσε δύο παγκάκια. Το ένα, αυτό που καθίσανε, ήταν απέναντι από μια μαρμάρινη στήλη που έγραφε:

ΣΤΗ ΜΝΗΜΗ ΤΩΝ ΠΕΣΟΝΤΩΝ ΦΟΙΤΗΤΩΝ

Αυτή ήταν κι η τελευταία επαφή με την πραγματικότητα που είχε η Βέρα. Όλα τ' άλλα συνέβησαν σ' ένα όνειρο που καθώς η ίδια ούτε που μπορούσε να υπολογίσει το χρόνο του, της φάνηκε ότι κράτησαν μερικά λεπτά, χρωματισμένα με ροζ και κόκκινα χρώματα.

Ο Δημήτρης ήταν πιο όμορφος από κάθε άλλη φορά απ' όσο πρόλαβε να δει. Φορούσε μπεζ πουκάμισο και παντελόνι, το ίδιο καπέλο και στ' αριστερό του χέρι κρατούσε μια μεγάλη δερμάτινη καφέ μαθητική τσάντα. Την ακούμπησε στα γόνατά του μόλις καθήσανε κι η Βέρα στύλωσε τα μάτια της στη μεταλλική της αγκράφα. Τον άκουσε που της μιλούσε -αυτή ούτε που τολμούσε να τον κοιτάξει- να της λέει πόσο του άρεσαν τα μαλλιά της, πόσο όμορφη ήταν και πως επιτέλους θα μπορούσε λίγο να τον κοιτάξει κι αυτή. Η Βέρα υπάκουσε χωρίς να μιλάει κι ίσα-ίσα που πρόλαβε να δει τα σκούρα καστανά μάτια του που «επιθεωρούσαν», έτσι της φάνηκε, το βάθος των δικών της. Ντράπηκε για το θάρρος της. Κοίταξε πάλι την αγκράφα της τσάντας του κι αυτό ήταν.

Ούτε κατάλαβε πότε άρχισε να βραδιάζει. Τον άκουγε που της μιλούσε και του απαντούσε με ένα ναι, όχι ή μάλλον -τα πιο πολλά ήταν ναι-, κι όταν πάλι την άγγιξε ελαφρά στο μπράτσο για να σηκωθούν συνειδητοποίησε ότι το ρολόι της έδειχνε περασμένες οκτώ. Πότε πέρασαν αυτές οι δύο ώρες ούτε που το κατάλαβε. Για μια στιγμή κιόλας αναρωτήθηκε μήπως εκείνο μαζί μ' αυτήν είχε χάσει το μυαλό του αλλά αμέσως μετά ο Δημήτρης της είπε ότι θα 'θελε πάλι να συναντηθούν το ερχόμενο Σάββατο το απόγευμα την ίδια ώρα γιατί μόνο τότε ήταν ελεύθερος. Βιαζόταν να περάσει τα τρία μαθήματα που του είχαν μείνει για να πάρει το πτυχίο του. Πόσο μεγάλος, δυνατός και σοφός της φάνηκε. Θα μπορούσε άραγε κι αυτή κάποτε να γινόταν αντάξιά του; «Όχι, ποτέ», σκέφτηκε και την άλλη στιγμή ηρέμησε. Δεν την ενδιέφερε εξάλλου να είναι σαν αυτόν. Αισθανόταν θαυμάσια ασφαλής κάτω απ' την επιβλητική του παρουσία.

Τη συνόδευσε μέχρι τη στάση του λεωφορείου που θα 'παιρνε για να γυρίσει στο σπίτι της, έτοιμος να της ξαναθυμίσει το ραντεβού, έτσι φάνηκε στη Βέρα, αλλά την ίδια στιγμή που 'φτασε το λεωφορείο ανέβηκε κι εκείνος μ' ένα γρήγορο σάλτο. Η καρδιά της συγχρονίστηκε αμέσως με το ρυθμό του και μαζί κι η χαρά της που θα τον είχε ακόμη λίγο δίπλα της. Σταθήκανε κι οι δύο όρθιοι στο πίσω μέρος του αυτοκινήτου πιασμένοι απ' τη μεταλλική λαβή. Μύριζε τη φρεσκάδα του τώρα πια κι αναγκαστικά έπρεπε να τον κοιτάζει. Τα μάτια της φτάσανε μέχρι τους ώμους του και για μια ακόμη φορά συνειδητοποίησε το αίσθημα ασφάλειας που ένιωθε δίπλα του. Αυτό και μόνο ήταν για τη Βέρα ένας ακόμη λόγος να τον νιώσει πιο κοντά της.

Οι δεκατέσσερις στάσεις του λεωφορείου μέχρι το σπίτι της κύλησαν γρήγορα. Όμως, η αυτοπεποίθησή της τονώθηκε ακόμη παραπάνω μ' αυτή του την πρωτοβουλία. Ένιωσε πως κι αυτός επιζητούσε την παρουσία της κι όταν σιγουρεύτηκε, άφησε το χέρι της που κρατιόταν απ' τη χειρολαβή να της το χαϊδέψει.

Το ραντεβού ορίστηκε, ακόμη μια φορά, για το επόμενο Σάββατο κι η Βέρα γεμάτη όνειρα, πριν ακόμη ανοίξει την πόρτα του σπιτιού της, αισθάνθηκε πως είχε βγάλει φτερά. Για να μη την ενοχλήσει κανείς είπε μια βιαστική καλησπέρα στους παππούδες και τους γονείς της και παίρνοντας ένα ύφος σοβαρό τους είπε πως είχε πολύ διάβασμα και γρήγορα έκλεισε πίσω την πόρτα του δωματίου της.

Έβαλε ν' ακούσει το κονσέρτο για κλαρινέτο κι ορχήστρα του Mozart, ξεντύθηκε, άνοιξε τυχαία ένα απ' τα σχολικά της βιβλία και βυθίστηκε σε μια ονειροπόληση που όλες της οι διαστάσεις ζωγράφιζαν τον Δημήτρη. Μπορούσε άραγε να τον λέει Δημήτρη της; Όχι, ήταν πολύ νωρίς σκέφτηκε, έκανε πίσω και συνέχισε ανενόχλητη τις μαγικές της σκέψεις.

Τη Δευτέρα στο σχολείο ήταν εκείνη που ζωγράφισε στον πίνακα μια τεράστια καρδιά με τ' αρχικά τους και κάθισε στο θρανίο της κοιτάζοντάς τον. Όλος της ο χρόνος τον περιείχε. Η σκέψη της ήταν μόνο γι' αυτόν. Δεν ήθελε ούτε να τρώει ούτε να κοιμάται. Ήθελε μόνο να τον σκέφτεται.

Αυτό το δυνατό πρώτο σκίρτημα την μεταμόρφωνε σιγά-σιγά. Γινόταν πιο όμορφη, πιο καλή, περισσότερο γαληνεμένη. Η εβδομάδα κύλησε με δυσκολία. Οι έξι ημέρες που τη χώριζαν απ' το Σάββατο είχαν περισσότερες ώρες. Όμως, η ανάταση που βίωνε ερχόταν σαν παρηγορήτρα και την εμψύχωνε.

Το Σάββατο φόρεσε μια φούστα με μπλε και πράσινα καρό με μπλε πουλόβερ κι έδεσε τα μαλλιά της με μια βελούδινη μπλε κορδέλα. Το ραντεβού είχε οριστεί στο ίδιο μέρος. Ο Δημήτρης της είπε ότι έπρεπε να συνηθίζει σιγά-σιγά αυτό που του χρόνου ήταν σίγουρος πως θα ήταν το καινούριο της σχολείο κι έτσι στις 6 ακριβώς ανηφόρισε την πλατεία Συντριβανίου για να τον συναντήσει λίγο παραπάνω, στην είσοδο της Φιλοσοφικής.

Αυτή τη φορά η Βέρα τον βρήκε να την περιμένει μ' ένα χαμόγελο. Μάλιστα, διέκρινε στο βλέμμα του και κάτι σαν αδημονία. Στο αριστερό του χέρι κρατούσε πάλι τη γνωστή δερμάτινη τσάντα που φαινόταν γεμάτη βιβλία φουσκωτή καθώς ήταν και μόλις τον πλησίασε τον άκουσε να της λέει: «Καλώς τη Βερούσκα μου».

Το κτητικό μετά τ' όνομά της ήταν ακόμη μια ανάσα δροσιάς στο ανοιξιάτικο απόγευμα. Για πρώτη φορά την αποκαλούσε έτσι. Μάλιστα χωρίς να το ξέρει, είχε χρησιμοποιήσει το χαϊδευτικό που μέχρι τότε άκουγε μόνο απ' τη γιαγιά της. Ένιωσε πάλι ότι μ' έναν αόρατο τρόπο την έφερνε πιο κοντά του. Όλ' αυτά που συνέβαιναν, όλα μα όλα, για πρώτη φορά, της φέρνανε ανατριχίλες μαζί με αόρατα χάδια, σφίξιμο κι ανάταση. Όλα ήταν ένα συνοθύλευμα συναισθημάτων κι εντυπώσεων.

Ο Δημήτρης την οδήγησε πάλι στο γνωστό κήπο στο ίδιο παγκάκι και της ζήτησε να του μιλήσει για την καθημερινότητα και τις συνήθειές της. Η Βέρα απαντούσε μη ξέροντας τι απ' όλα έπρεπε να του πει. Έπρεπε να του τα πει έτσι όπως ήταν ή έπρεπε να του κρύψει μερικά; Χρειαζόταν άραγε να του πει ότι η εβδομάδα δεν είχε παρά μόνο Σάββατα, πως ό,τι μεσολαβούσε ήταν μια αναγκαστική τακτική που ήταν υποχρεωμένη να εκτελεί περιμένοντας τη θαυματουργή μέρα;

Πάντως όταν ήταν δίπλα του ένιωθε σαν πεταλούδα με κόκκινα φτερά κι ανάμεσά τους κυκλοφορούσαν μυρωδιές και κύματα ζέστης περίεργης, άγνωστης που όμως τώρα, μαζί με όλα τ' άλλα, την περιτύλιγαν σαν τούλινα πέπλα και σαν κάλυκες λουλουδιών την κλείναν μέσα τους.

Ο Δημήτρης άνοιξε την τσάντα του και της έδωσε ένα μικρό, κόκκινο τριανταφυλλάκι που ήταν, όπως της είπε, από μια αναρριχώμενη που συναντούσε σε κάποιο σπίτι της διαδρομής του. Η Βέρα το πήρε στα χέρια της για να το μυρίσει, αλλά πιο πολύ γιατί λίγο πριν ήταν στο δικό του χέρι κι ήταν το πρώτο δικό του πράγμα που της χάριζε. Ένα μικρό αγκαθάκι που δεν πρόσεξε της τρύπησε το δάκτυλο κι αμέσως μια κατακόκκινη σταγονίτσα απ' το αίμα της του είπε «ευχαριστώ».

Η Βέρα τυλίχτηκε καλά μέσα στην κόκκινη κουβέρτα της κι έβγαλε τα μαύρα της γυαλιά. Οι ονειροπολήσεις της κράτησαν πολλή ώρα αλλά τώρα καθώς ο ήλιος είχε χαθεί και μόνο μερικές νυσταγμένες κόκκινες ανταύγειες θύμιζαν το πέρασμά του, ένιωθε τη βραδινή δροσιά να περνάει απ' τα κόκαλά της. Μόνο αυτό της έλειπε! Να κρυολογήσει τώρα που η μέρα των γενεθλίων της απείχε μόνο ελάχιστα εικοσιτετράωρα κι η ίδια δεν είχε κάνει ακόμη τίποτε.

Το μόνο για το οποίο είχε αποφασίσει ήταν ότι φέτος θα χρησιμοποιούσε το χρυσαφί ανάγλυφο τραπεζομάντηλο που σπάνια έβγαζε απ' το συρτάρι του και που σε μερικά του σημεία είχε λίγο κιτρινίσει. Έπρεπε να βγει, να πλυθεί και μετά να τυλιχτεί σε λεβάντες έως ότου στρωνόταν. Το άσπρο πορσελάνινο σερβίτσιο του φαγητού με τα χρυσά τελειώματα θα ήταν ότι έπρεπε για το συγκεκριμένο τραπεζομάντηλο. Τα ποτήρια που θα συμπλήρωναν το εορταστικό τραπέζι θα ήταν χρωματιστά, μπλε, βυσσινί και πράσινα του έλατου που κι αυτά είχαν λεπτές χρυσαφένιες λεπτομέρειες αλλά και που τα χρώματά τους, θα ταίριαζαν πολύ μεταξύ τους και θα ελάττωναν την εντύπωση του πολύ επίσημου στησίματος στο πάρτι της. Τα μαχαιροπίρουνα είχαν πολύ απλές γραμμές, ήταν ασημένια κι αυτά, καιρό αχρησιμοποίητα στις φανελένιες θήκες τους. Τα λουλούδια; Τα λουλούδια αποφάσισε πως θα ήταν άσπρες παιόνιες για τα ψηλά βάζα κι άσπροι λυσίανθοι για το τραπέζι του μπουφέ.

Να λοιπόν που μερικά πράγματα είχαν ήδη μπει στο σχέδιο της διακόσμησης που για τη Βέρα ήταν και το σπουδαιότερο. Αποφασίζοντας επιτέλους για αυτές τις λεπτομέρειες θα είχε μετά να σκεφτεί για τα φαγητά, τα κρασιά και την τούρτα. Ένας κατάλογος με τους καλεσμένους, θα ήταν σκέφτηκε, καλό να ήταν γραμμένος για να μη ξεχάσει κάποιον, πράγμα που είχε συμβεί εξάλλου στο παρελθόν.

Ο Δημήτρης βλέποντας την κόκκινη σταγονίτσα με μια απαλή και λίγο διστακτική κίνηση έπιασε το δάχτυλό της και το 'φερε στα χείλη του. «Γλυκούλα μου», είπε και το κράτησε μέσα στο στόμα του, ρουφώντας τις υπόλοιπες σταγονίτσες που η Βέρα δεν ήξερε καν αν συνέχισαν να κυλούν. Ένα μούδιασμα ξαφνικό έκανε την καρδιά της να σταματήσει να χτυπά. Έτσι ένιωσε. Αυτό το μούδιασμα της έφερε μια ανατριχίλα που συνεχίστηκε μ' ένα κύμα ζέστης που την κυρίευσε. Συναισθήματα ανακατεμένα, καινούρια που δεν ήξερε ούτε μπόρεσε ποτέ να υπολογίσει πόσο κράτησαν. Μπορεί μια στιγμή, μπορεί και παραπάνω.

Καθόταν στο παγκάκι δίπλα του σα μαγεμένη και τα μάτια της τώρα είχαν καρφωθεί στο πρόσωπό του, αλλά και το δικό του πρόσωπο είχε αλλάξει. Έμοιαζε κι αυτός να είχε χάσει το γεμάτο ηρεμία κι αυτοπεποίθηση πρόσωπο που γνώριζε η Βέρα. Μια σαγήνη είχε φανερωθεί μαζί με κάτι άλλο πολύ δυνατό κι αδιευκρίνιστο. Όταν της τ' άφησε η Βέρα σα να απογοητεύθηκε. Όσο της το κράτησε ήταν μαγικό. Αυτή η κίνηση θα της έμενε σαν η πιο ζωηρή ερωτική σκηνή της ζωής της όπου η ηδονή μαζί με ντροπή την κατέκλυσαν και την έβαλαν σε μια καινούρια διάσταση πολύπλοκη και μεγαλειώδη.

Το κόκκινο αναρριχώμενο τριανταφυλλάκι άλλαξε μεμιάς τις σκέψεις της. Ήταν σαν να τη μεταμόρφωσε σε γυναίκα που βρισκόταν πρώτη

φορά στη ζωή της μ' έναν άντρα -ό,τι κι αν σήμαινε αυτό- σηματοδοτώ-
ντας μεμιάς μια μεγάλη αλλαγή μέσα της σα να είχε ξαφνικά αποκτήσει
καινούργια ταυτότητα.

Μείνανε για αρκετά λεπτά αμίλητοι σα να κάνανε μια μυστική συμφω-
νία που όμως δεν χρειαζόταν λόγια. Έτσι αμίλητοι σηκώθηκαν κι οι δυο
απ' το φιλόξενο παγκάκι και μηχανικά κατευθύνθηκαν στη γνωστή στάση
του λεωφορείου όπου όμως αυτή τη φορά ο Δημήτρης δεν ανέβηκε μαζί της
όταν εκείνο έφτασε ούτε προγραμμάτισαν την επόμενη συνάντησή τους.

Πόσο θα 'θελε η Βέρα να τον είχε συνέχεια κοντά της. Δεν μπορούσε
να ξεκολλήσει απ' την απούσα παρουσία του. Απ' το ίδιο κιόλας βράδυ ο
Δημήτρης άρχισε να την στοιχειώνει. Ήθελε να μπει μέσα στην ψυχή του,
να την ξεγυμνώσει, να καταλάβει αν κι εκείνος ένιωθε κάτι απ' τη δική
της παράκρουση. Δεν μπορούσε πια να διαβάζει Anna Maria Selinko και
Cronin ούτε Verne και Andersen. Οι πρώτοι της φαινόταν γλυκανάλατοι
κι οι δεύτεροι ανούσιοι.

Την άλλη μέρα που ξημέρωνε Κυριακή, δεν την χωρούσε ούτε το δωμάτιο
ούτε το σπίτι της. Δεν άκουγε τίποτε απ' αυτά που της έλεγαν. Ήταν χαμένη
μέσα σ' αυτό το πέλαγος των συναισθημάτων που την κατέκλυσαν και πέ-
ρασε τη μέρα της χωρίς φαγητό και νερό. Δεν της έλειπαν καθόλου. Κοίταζε
και ξανακοίταζε το δαχτυλάκι της, πότε το χάιδευε και πότε το φιλούσε. Δεν
μπορούσε να διακρίνει το τσίμπημα αλλά μπορούσε να νιώθει τα χείλη του
ολόγυρά του την επαφή με τα δόντια και τη γλώσσα του. Ζωντάνευε και
νέκρωνε μ' εναλλαγές που πότε-πότε την έκαναν ακόμα και να ντρέπεται.

Τη Δευτέρα ήταν απογευματινή στο σχολείο. Πρωί-πρωί κατέβηκε στο
βιβλιοπωλείο του «Ζαχαρόπουλου» κι αφού συμβουλεύτηκε τον πρόθυ-
μο και γελαστό υπάλληλο, αγόρασε μετά από παρακίνησή του τα θεατρικά
έργα του Tennessee Williams και τη «Μεγάλη Χίμαιρα» του Καραγά-
τση. Αργά το βράδυ μετά τα μαθήματα και την προετοιμασία τους για την
επόμενη μέρα άρχισε να διαβάζει τον Καραγάτση. Της άρεσε πολύ η γλώσ-

σα του και περισσότερο το υπαινικτικό πάθος που διέκρινε στη γραφή του απ' τις πρώτες του αράδες. Δεν μπορούσε να διαβάσει πολύ, τα δυο προηγούμενα βράδια είχε μείνει ξάγρυπνη και με δυσκολία κατάφερε να φθάσει μέχρι τη σελίδα δεκαπέντε στο βιβλίο των εκδόσεων της «Εστίας».

Την επόμενη μέρα, πριν φύγει για το σχολείο της, άκουσε το μπαμπά της να λέει ότι εκείνη την ημέρα περίμενε τον καθηγητή Παναγιωτόπουλο στο γραφείο του. Κάτι πήρε τ' αυτί της για «το νεαρό», όπως τον άκουσε να της λέει κι αμέσως κατάλαβε ότι μιλούσαν για το Δημήτρη. Αυτός θα 'πρεπε να είναι ο καθηγητής με το δύσκολο μάθημα που περίμενε «ο νεαρός» να περάσει για να ορκιστεί. Ευχήθηκε από μέσα της να πήγαιναν όλα καλά γιατί είχε ακούσει πολλά για τη φιλία του μπαμπά της με τον συγκεκριμένο. Πότε θα τον ξανάβλεπε τον Δημήτρη; Πώς θα μπορούσαν άραγε να συνεννοηθούν; Στο σπίτι δεν της είχε τηλεφωνήσει καθόλου κι ούτε θα το τολμούσε. Η συνωμοσία κρατούσε καλά. Όλοι συμμετείχαν στο μυστικό, σχεδόν όλοι ήταν οι ηθικοί αυτουργοί αλλά μπροστά της κανένας δεν τ' ομολογούσε.

Η αναμονή της κράτησε πολύ αυτή τη φορά. Είχαν περάσει πάνω από δέκα μέρες κι είχε αρχίσει να χάνει την υπομονή της. Είχε πέσει με τα μούτρα στον Καραγάτση που κάθε άλλο παρά καταλάγιαζε τις σκέψεις της με το μυθιστόρημά του. Ρουφούσε τις σελίδες του κάθε βράδυ κι όσο διάβαζε τόσο πιο πολύ ταίριαζαν όλα με τη δική της ψυχή. Όταν είχε αρχίσει να ταυτίζεται με την ηρωίδα, να περιμένει να συμβούν τα χειρότερα και μ' αυτήν, άκουσε τη μαμά της να την ρωτάει αν θα 'θελε να πάνε το ερχόμενο Σάββατο στο σπίτι των κοριτσιών, όπως αποκαλούσε την Ολυμπία και την Όλγα. Αυτό ήταν! Ήθελε και ρώτημα; Η μόνη της ελπίδα ήταν πια να τον συναντήσει εκεί που ήξερε πως πήγαινε κάθε Σάββατο ή έστω να μάθαινε κάτι γι' αυτόν.

Σ' όλο αυτό το δεκαήμερο της αγωνίας, τα τετράδια, τα πρόχειρα και τα βιβλία της είχαν γεμίσει με τ' όνομά του. Παντού έβλεπες «Δημήτρης».

Άλλοτε με κεφαλαία, άλλοτε με μικρά, άλλοτε μέσα σε καρδιά. Πώς ήταν δυνατό να μη θέλει να πάει; Σκεφτόταν κιόλας τι να βάλει, πώς θα έκανε τα μαλλιά της. Η μαμά της συζητούσε με τη γιαγιά το γλυκό του κουταλιού που θα τους πηγαίνανε κι η Βέρα είχε αρχίσει πάλι να μετράει τις ώρες κι όχι τις μέρες που τη χώριζαν απ' το πολυπόθητο Σάββατο. Την προοπτική του να μην έβλεπε το Δημήτρη ούτε που ήθελε να τη σκέφτεται. Η ψυχή της φουρτουνιασμένη απ' τις έντονες προσδοκίες δεν ησύχαζε ούτε μέρα ούτε νύχτα.

Ευτυχώς, τα μαθήματα δεν ήταν τόσο δύσκολα όσο στην αρχή της χρονιάς κι έτσι κανείς δεν κατάλαβε ότι οι ώρες που τους αφιέρωνε η Βέρα είχαν λιγοστέψει πάρα πολύ. Για καλή της τύχη μάλιστα συνέπιπτε –σαν να ήταν συνεννοημένοι– οι καθηγητές να την σηκώνουν τις μέρες που ήταν καλύτερα διαβασμένη κι έτσι όλα κυλούσαν με μια ευκολία που τη βοηθούσε να πλανιέται με τη σκέψη της στο υποκείμενο του έρωτά της.

Τώρα δεν ντρεπόταν να αισθάνεται και να ομολογεί στον εαυτό της ότι πια ήταν ερωτευμένη! Κι αυτό τ' άλλαζε όλα επάνω της. Ακόμη κι η μορφή της στον καθρέφτη είχε αποκτήσει μια γλύκα που όλο και λιγότερο θύμιζε κοριτσάκι. Ο Δημήτρης της είχε απαλύνει τα χαρακτηριστικά, την είχε μεταμορφώσει σε γυναίκα.

Έτσι ένιωθε πια η Βέρα στα δεκαεφτά της χωρίς να ξέρει τι ήταν αυτό που την έκανε σιγά-σιγά να νιώθει μια διαφορετική σιγουριά για τον εαυτό της. Τώρα, είχε αρχίσει να προσέχει και τα βλέμματα που της ρίχναν οι παιδικοί της φίλοι αλλά τώρα τους έβλεπε ακόμη πιο μικρούς απ' την ηλικία τους. Αισθανόταν μια υπεροχή απέναντί τους. Συνέχιζε πάντα να τους βλέπει μετά το σχολείο μαζί με τις φίλες της αλλά τώρα ένιωθε πιο μεγάλη και σιγά-σιγά περισσότερο αποκομμένη απ' τη συντροφιά τους.

Το ευλογημένο Σάββατο ήρθε κι η Βέρα πήγε στη ντουλάπα της για να ετοιμάσει τα ρούχα της για την επίσκεψη. Διάλεξε ένα φόρεμα σκούρο μπλε με μεγάλο ναυτικό γιακά κι άσπρες ρίγες και για κορδέλα των μαλλιών της διάλεξε τη βυσσινί. Από τότε που το είχε δει κεντημένο στους ώμους του

Δημήτρη, είχε γίνει το αγαπημένο της χρώμα. Στο καθαρό νεανικό πρόσωπο εξάλλου ταίριαζε μια χαρά με τα καστανόξανθα μακριά ίσια μαλλιά που το πλαισίωναν. Γεμάτη προσδοκίες ξεκίνησε το Σάββατο η Βέρα μαζί με τη μαμά της για τις 40 Εκκλησιές που ήταν το σπίτι της οικογένειας που το θεωρούσε τώρα, περισσότερο από πριν, συγγενικό της.

Ήταν όλη η οικογένεια εκεί εκτός απ' τον Δημήτρη. Τα φτερά της Βέρας έπεσαν. Ούτε τα επαινετικά λόγια για την εμφάνισή της και για το πόσο είχε ομορφύνει την έκαναν να νιώσει τόσο δα καλλίτερα. Αυτή το μόνο που την ενδιέφερε ήταν να τον δει. Η ώρα περνούσε και τίποτα μα τίποτα δεν έγινε που να την ενδιαφέρει. Ώσπου στο τέλος δεν άντεξε και παίρνοντας την Ολυμπία με μια δικαιολογία, την απομόνωσε απ' τους άλλους και γεμάτη αγωνία άρχισε να τη ρωτάει γι' αυτόν. Πού ήταν; Γιατί δεν ήρθε; Η Ολυμπία την κοίταξε μ' αγάπη και μετά με χαμόγελο της είπε: «Ο Δημήτρης διαβάζει για το τελευταίο του μάθημα», όπως της είχε πει όταν είχαν μιλήσει στο τηλέφωνο ενδιάμεσα αλλά της είπε να «δώσει πολλά φιλάκια στη Βερούσκα του» και να της πει «ότι τη σκέφτεται συνέχεια». Επιτέλους η αγωνία της Βέρας μαλάκωσε κι η Ολυμπία συνεχίζοντας της είπε: «Το μάθημα είναι προφορικό. Θέλει πολύ διάβασμα κι ο Δημήτρης βιάζεται να ορκιστεί αυτή την περίοδο, τον Ιούνιο».

Η συζήτηση την καθησύχασε -όσο γινόταν- και μάλιστα ανακουφίστηκε όταν την άκουσε να της λέει ότι στο εξής θ' αναλάμβανε εκείνη η ίδια να την ενημερώνει για κάθε συνάντησή τους.

Η Βέρα ανακουφίστηκε πια γιατί η Ολυμπία κρατούσε το λόγο της κι οπωσδήποτε χάρηκε γιατί κατάλαβε ότι είχε κερδίσει μια σύμμαχο.

Καθώς γύριζε στο σπίτι με τη μαμά της, έπιασε τον εαυτό της να προσπαθεί να φανταστεί πού μπορεί να βρισκόταν τώρα ο Δημήτρης. Άραγε διάβαζε; Πού διάβαζε; Τι φορούσε;

Οι επόμενες εβδομάδες πέρασαν σχετικά γρήγορα αφού πλησίαζαν οι προαγωγικές εξετάσεις κι η Βέρα μπήκε σε ρυθμούς πιο απαιτητικούς απ' ό,τι συνήθως. Ήταν αποφασισμένη ν' ανεβάσει τους βαθμούς της όσο γινόταν περισσότερο με προοπτική το άριστα. Εξάλλου, ήθελε να νιώθει περήφανος κι ο αγαπημένος της γι' αυτήν. Ήθελε να μπορούσε κι η ίδια την επόμενη χρονιά να περάσει στο πανεπιστήμιο για να τον πλησιάσει ακόμη πιο ισότιμα. Ή έτσι ήθελε να νομίζει. Τα μαύρα σύννεφα που την επηρέαζαν όλο τον προηγούμενο καιρό απομακρύνονταν κι η Βέρα άρχισε να αισθάνεται όλο και πιο σίγουρη για τον εαυτό της. Αν μπορούσε μόνο λίγο να τον έβλεπε ή έστω να τον άκουγε θα ήταν σχεδόν ευτυχισμένη.

Ο Δημήτρης τελείωσε το πανεπιστήμιο, ορκίστηκε κι η Βέρα κατάφερε να πάρει άριστα στο ενδεικτικό της. Ωστόσο, είχαν να ειδωθούν περίπου δύο μήνες κι η αναμονή για τη συνάντησή τους άρχισε να της γίνεται αβάσταχτη. Όταν επιτέλους προς το τέλος του Ιουνίου το πολυπόθητο τηλεφώνημα ήρθε. Η Ολυμπία της είπε ότι ο Δημήτρης θα την περίμενε στο συνηθισμένο μέρος, τη συνηθισμένη ώρα την επόμενη κιόλας μέρα. Η Βέρα χοροπήδησε ασυναίσθητα απ' τη χαρά της και μετά μια αγωνία την κυρίευσε. Από πού θα άρχιζαν πάλι; Πώς θα τον αντίκριζε; Μήπως θα 'νιωθε πάλι μικρή κοντά του;

Αυτή τη φορά ήθελε όλα πάνω της να είναι άψογα. Μετά από τόσο καιρό αισθανόταν όπως τότε, στο πρώτο της ραντεβού. Έφτιαξε με περισσή σπουδή τα μαλλιά της, τα πρασάκια, χωρίζοντάς τα στη μέση και αφήνοντάς τα να πέσουν απαλά στους ώμους της, χωρίς κορδέλα αυτή τη φορά, γιατί πίστευε ότι έτσι έμοιαζε κάπως μεγαλύτερη και στάθηκε πολλή ώρα διαλέγοντας τα ρούχα που θα 'βαζε. Ευτυχώς, όλο αυτό το διάστημα η μαμά της φρόντισε να της αγοράσει δύο ακόμη φορέματα. Ένα ροζ με κόκκινα κουμπάκια που σχημάτιζαν δυο ψεύτικα τσεπάκια κι ένα εμπριμέ με άσπρα και πράσινα λουλουδάκια. Η Βέρα αποφάσισε να βάλει αυτό με τα λουλουδάκια γιατί τη βοηθούσε στη διάθεσή της αλλά που ταίριαζε και πιο πολύ με τα καινούρια πέδιλά της που τα είχε αγοράσει απ' τον «Καρακαδά».

Η εικόνα που φαντάστηκε της άρεσε αλλά σκέφτηκε ότι όλη η εμφάνιση χωρίς μια τσάντα θα θύμιζε πάλι μαθητριούλα, κάτι που πάσχιζε να βγάλει από πάνω της. Έτσι, με θάρρος, κάτι που δεν το συνήθιζε, ζήτησε από τη μαμά της να της αγοράσει μια, την πρώτη της.

Ξεκίνησαν το πρωί για την αγορά και γύρισαν με δύο, μια άσπρη με αλυσίδα που περνούσε στον ώμο και μια άλλη μπεζ που θύμιζε πιο πολύ καλαθάκι. Η Βέρα φυσικά είχε αποφασίσει να κρατήσει την άσπρη που ήταν μικρή και κομψή. Ευτυχώς, η συνωμοσία της σιωπής μάλλον είχε αρχίσει να παίρνει τέλος ανάμεσα σ' αυτήν και τη μαμά της κι έτσι γυρίζοντας κουβέντιασαν για πρώτη φορά χωρίς υπονοούμενα.

Η μαμά της φυσικά δεν είχε αντίρρηση για τίποτα σχετικό με τις συναντήσεις της αλλά σ' έναν τομέα ήταν απόλυτη και αυστηρή. Θα 'πρεπε, όπως της είπε, να ετοιμαστεί για το πανεπιστήμιο κι εκεί δεν χωρούσαν ψέματα, μόνο διάβασμα, πολύ διάβασμα. Μάλιστα της είπε πως αυτό το καλοκαίρι θα πηγαίνανε μόνο για είκοσι μέρες στο Φάληρο γιατί μετά η Βέρα θα 'πρεπε ν' αρχίσει διάβασμα. Όλα συμφωνήθηκαν με τη μαμά της να τονίζει και πάλι ότι «καλά όλα αλλά οπωσδήποτε θα 'πρεπε να περάσει στις εισαγωγικές εξετάσεις το μεθεπόμενο Σεπτέμβριο».

Στις πεντέμισι ήταν κιόλας έτοιμη και ξεκίνησε γεμάτη χαρά κι αγωνία να συναντήσει τον Δημήτρη. Τα πόδια της καλοστολισμένα με τα καινούρια πέδιλα, αδύναμα όμως, κατόρθωσαν τελικά να την οδηγήσουν στη στάση του λεωφορείου που 'φτασε αργοπορημένο και γεμάτο. Η Βέρα φρόντισε να σταθεί στο μέρος με το λιγότερο κόσμο για να μην ακουμπήσει κανείς πάνω της και χαλάσει την εικόνα αλλά και περήφανη που κρατούσε για πρώτη φορά την καινούργια τσάντα. Κατέβηκε στο συντριβάνι σίγουρη για την εμφάνισή της αλλά και μ' αγωνία σα να πήγαινε για πρώτη φορά να συναντήσει τον αγαπημένο της.

Όταν μόλις κατέβηκε τον αντίκρισε μπροστά της της ήρθε να πέσει στην αγκαλιά του. Τόσο πολύ χάρηκε για την απρόσμενη αυτή έκπληξη που της είχε κάνει! Όμως, εκείνη κοντοστάθηκε κατακόκκινη και περίμενε εκείνον να την πλησιάσει. Εκείνος όχι μόνο την πλησίασε αλλά της πήρε και κράτησε δυνατά τα δυο της χέρια λέγοντάς της: «Βερούσκα μου, γλυκιά μου, πώς σε πεθύμησα! Εσύ με πεθύμησες;» ρώτησε αμέσως μετά κι εκείνη κόντεψε να χάσει τα λόγια της. Ήταν τόσο όμορφος, τόσο ψηλός και δυνατός. Ήταν τόσο περήφανη που τον είχε επιτέλους δίπλα της που ψέλλισε ένα «ναι, βέβαια, πολύ». Μετά τον πλησίασε λιγάκι παραπάνω κι άγγιξε με το χέρι της το μάγουλό του. Εκείνος χαμογέλασε, όλος ζωντάνια, έγινε ακόμη πιο όμορφος κι άρχισαν να περπατάνε δίπλα-δίπλα αγγίζοντας ο ένας τον άλλον δήθεν τυχαία.

Αυτή τη φορά δεν την πήγε στο πάρκο της Φιλοσοφικής αλλά αμέσως μετά το τέλος του κτιρίου στρίψανε δεξιά σε έναν κατάφυτο δρόμο. Για τη Βέρα που πρώτη φορά βρισκόταν εκεί. Φάνταζε σα να την οδηγούσε σε μέρος μακριά απ' το πλήθος του κεντρικού δρόμου, σ' έναν καινούργιο προορισμό, που λίγο αργότερα θα καταλάβαινε ότι από εκεί έμπαινε κανείς στην πανεπιστημιούπολη. Πολλά κτίρια, ψηλά και καλοβαμμένα με πολύ κόσμο να μπαινοβγαίνει στις εισόδους τους, σηματοδοτούσαν έναν κόσμο άγνωστο γι' αυτήν. Κόσμος πολύς πηγαινοερχόταν για ένα μεγάλο διάστημα του περιπάτου τους ώσπου έφτασαν σε ένα περίεργο στρογγυλεμένο ερημικό κτίριο που ο Δημήτρης της είπε ότι ήταν το Αστεροσκοπείο κι εκεί κάτω από ένα δέντρο στάθηκαν ο ένας απέναντι στον άλλο. Ένα ζευγαράκι που καθόταν σε ένα πέτρινο πεζούλι έφευγε εκείνη την ώρα και κατευθύνθηκαν αμέσως προς τα κει.

Είχε αρχίσει να σουρουπώνει κι είχαν πει χίλια δυο πράγματα όταν ο Δημήτρης έβαλε το χέρι του και την αγκάλιασε απ' τους ώμους. Η τσάντα έπεσε κι η Βέρα αναρωτήθηκε «και τώρα τι;». Ένιωσε μια αμηχανία όταν τα δάκτυλά του άρχισαν να χαϊδεύουν το γυμνό της μπράτσο. Κρατούσε με τα δυο της χέρια σφιχτά την τσάντα που μόλις είχε περιμαζέψει, την καθάρισε λιγάκι και θα την κρατούσε κι άλλο, αν δεν άκουγε το Δημήτρη που της έλεγε: «Γλυκιά μου, άσε επιτέλους την τσάντα σου να, εκεί δίπλα σου και δώσε μου τα χεράκια σου».

Της μιλούσε πάντα γλυκά και τρυφερά αλλά η Βέρα αυτή τη φορά ήταν σα να ένιωσε κάτι σαν παράκληση μαζί ίσως και σαν προσταγή από μέρους του. Αυτή τη φορά αν και με δισταγμό τ' άφησε μέσα στα δικά του, τα ζεστά και δυνατά. Φοβήθηκε πως ίσως κάτι άλλο είχε σειρά. Είχε δει τόσο πολλές ταινίες αλλά εκείνος σα να την κατάλαβε, συνέχισε να τα χαϊδεύει ελευθερώνοντάς τα απ' το σφίξιμο λίγο-λίγο. Η Βέρα ανακουφίστηκε κι αφέθηκε μ' εμπιστοσύνη μέσα τους.

Μετά δε θυμότανε πως έγινε αλλά εκεί κάτω απ' το δέντρο του Αστεροσκοπείου, τη φίλησε για πρώτη φορά. Ασυναίσθητα έκανε αμέσως πίσω σφίγγοντας τα χείλη της όσο μπορούσε αλλά η ζέστη που την πλημμύρισε ήταν πιο δυνατή απ' τους φόβους της. Τώρα είχε νιώσει αυτό που τόσες και τόσες φορές είχε φανταστεί αλλά πάλι ήταν αδύναμη στο ν' ανταποκριθεί. Καθόταν σαν παγωμένη μη ξέροντας τι να κάνει, πού να βάλει τα χέρια της. Εκείνος συνέχιζε να τη φιλάει, ψιθυρίζοντάς της λέξεις που η Βέρα ούτε άκουγε γιατί δεν ήξερε πια ούτε πού βρισκόταν ούτε τι της συνέβαινε. Έτσι, σ' ένα μαγεμένο για τη Βέρα σύννεφο μείναν μέχρι που νύχτωσε για τα καλά. Σηκώθηκε ανάλαφρη κι εκστασιασμένη απ' το πέτρινο πεζούλι συνεπαρμένη απ' τις εντυπώσεις αυτής της βραδιάς. Η μέρα αυτή σηματοδότησε μια επέτειο που δε θα ξεχνούσε ποτέ.

Δεν περίμενε πως θα προσγειωνόταν απότομα όταν γύρισε στο σπίτι κι η μαμά της πολύ θυμωμένη θα της έλεγε πως αυτή η αργοπορία δεν θα 'πρεπε να επαναληφθεί. Αυτή η υποκρισία που χαρακτήριζε τη στάση της μαμάς της όλο τον υπόλοιπο καιρό που βρισκόταν με τον Δημήτρη, ήταν κάτι που η Βέρα ποτέ δεν θα μπορούσε να καταλάβει. Μα όλα ήταν γνωστά σε όλους. Είχαν μάλιστα γίνει με τη σιωπηρή συγκατάθεση όλης της οικογένειάς της και με τις ευλογίες τους, γιατί θα 'πρεπε να τη δηλητηριάζουν κάθε φορά που τύχαινε να γυρίζει στο σπίτι μετά τις εννιά;

Έτσι πέρασε κι ο επόμενος μήνας. Από τη μια να αισθάνεται τόσο χαρούμενη κι απ' την άλλη να πρέπει ν' ακούει συνέχεια τις παρατηρήσεις της μα-

μάς της. Όμως, εκείνο το βράδυ όταν ο Δημήτρης της είπε πως θα πήγαινε στην ιδιαίτερη πατρίδα του όπου θα έμενε όλο το υπόλοιπο καλοκαίρι της κόπηκαν τα πόδια.

Απ' το Φάληρο, που τώρα βρισκόταν η Βέρα, πηγαινοερχόταν κάθε φορά που είχαν ραντεβού. Οι είκοσι φετινές μέρες των διακοπών της είχαν κιόλας τελειώσει και μ' αυτό που άκουσε της φάνηκε ότι τελείωνε κι η ζωή της. Πώς θα περνούσαν όλες οι υπόλοιπες μέρες μέχρι το Σεπτέμβριο που ο Δημήτρης θα ξαναγύριζε; Την πιάσαν τα κλάματα μ' αυτή τη δύσκολη προοπτική κι εκείνος που ίσως δεν περίμενε τέτοια αντίδραση της είπε: «Δεν θέλω να στεναχωριέσαι. Οι μέρες θα περάσουν γρήγορα. Αλλά να ξέρεις κάθε βράδυ στις οκτώ ακριβώς θα κοιτάζεις τον ουρανό, θα βρίσκεις τη Μεγάλη Άρκτο και το ίδιο πράγμα θα κάνω κι εγώ. Έτσι, οι ματιές μας θα συναντιούνται και θα ξέρεις πως τότε θα σκέφτομαι μόνο εσένα και θα επικοινωνούμε».

Αυτό την παρηγόρησε κάπως αλλά θα 'πρεπε να δει για πρώτη φορά που βρισκόταν αυτή η Μεγάλη Άρκτος κι εξάλλου πώς θα συναντιόταν οι ματιές τους; Όμως ήταν κι αυτό μια λύση που απάλυνε τη στεναχώρια της. Έτσι, αποφασισμένη να προγραμματίσει τις μέρες της μ' αυτό το περίεργο ραντεβού, τον αποχαιρέτησε με μια ζεστή αγκαλιά και το πρόσωπο της μούσκεμα απ' τα δάκρυα.

Κάθε βράδυ τις υπόλοιπες μέρες έβγαινε στον κήπο, έψαχνε τη Μεγάλη Άρκτο που άλλοτε έβρισκε αμέσως κι άλλοτε όχι, ανάλογα με τα σύννεφα στον ουρανό, κι ένιωθε πως τον πλησίαζε όσο γινόταν παραπάνω. Όταν τα περισσότερα καλοκαιρινά βράδια βρισκόταν στα «Ολύμπια» ή στο «Φάληρο», δυο κινηματογράφους που τότε περνούσαν μεγάλες δόξες, προφασιζόταν πως ήθελε κάτι, απομακρυνόταν απ' τη μαμά της που πάντα τη συνόδευε, και μόνη της παράμερα απ' τους άλλους πολλές φορές του μιλούσε ακόμη και δυνατά. Ήταν μια τρελή συμπεριφορά αλλά η Βέρα με θρησκευτική ευλάβεια την τηρούσε προσπαθώντας να μηδενίσει την μεγάλη απόσταση που τους χώριζε. Έπειτα γύριζε στη θέση της και μηχανικά παρατηρούσε την οθόνη και τα δρώμενά της χωρίς όμως τις περισσότερες φορές να καταλαβαίνει τι διαδραματιζόταν εκεί.

Η Βέρα ζούσε σ' ένα δικό της κόσμο. Εκείνο το διάστημα κάθε βράδυ όπου κι αν ήταν, ό,τι κι αν έκανε, όταν δεν πήγαινε σινεμά, αυτή προσηλωνόταν με το βλέμμα αλλά κυρίως με την ψυχή της στο αστρικό αυτό σχηματισμό.

Οι φορές που η Ολυμπία της τηλεφωνούσε για να της πει κάποιο νέο του Δημήτρη και τα φιλιά που πάντοτε της έστελνε, δεν μετρούσαν γι' αυτή. Μόνο όταν το ρολόι πήγαινε οκτώ, τότε μόνο ένιωθε πως επικοινωνούσε πραγματικά μαζί του γιατί μπορούσε να τον φαντάζεται όπως ήθελε, ακόμη και να τον νιώθει δίπλα της πολλές φορές. Το ότι οι φίλες της ήτανε όλες σε διακοπές δεν την πείραζε καθόλου αφού μπορούσε απερίσπαστη να ζει το παραμύθι της.

Έτσι πέρασε εκείνο το καλοκαίρι. Όταν ο Σεπτέμβριος μπήκε. Ήξερε ότι θα τον ξανάβλεπε κι άρχισαν να τη ζώνουν τα φίδια. Θα την αγαπούσε άραγε το ίδιο ή μήπως η απόσταση θα τον ξεμάκραινε; Το κυριότερο, πώς θα του φαινόταν; Θα την αντιμετώπιζε πάλι τρυφερά ή μήπως θα 'ρχόταν αλλαγμένος; Ποιος θα μπορούσε να την διαβεβαιώσει ότι τίποτε δεν είχε μεσολαβήσει στη ζωή του εκείνο το καλοκαίρι;

Όμως, ευτυχώς όλα πήγαν πολύ καλά κι αυτό το διαπίστωσε η Βέρα όταν ένα απόγευμα χτύπησε το τηλέφωνο στο σπίτι, τ' απάντησε κι άκουσε μια άχρωμη αλλά έντονη φωνή να της λέει ότι σε λίγο θα την καλούσαν απ' την Κέρκυρα. Πήδηξε απ' τη χαρά της και κόλλησε στο τηλέφωνο, μη τυχόν και χάσει τον πρώτο χτύπο του γιατί μόνο ένας άνθρωπος βρισκόταν εκεί κι ήταν ο αγαπημένος της.

Με το πρώτο «ντριν» σήκωσε το ακουστικό κι αφού η ίδια άχρωμη φωνή της είπε «περιμένετε μην κλείσετε· σας συνδέω με Κέρκυρα», μια αντρική φωνή γλύκαινε την ακοή της. Μολονότι η σύνδεση δεν ήταν καθόλου καλή, τον άκουσε να της λέει: «Γλυκιά μου αύριο θα είμαι εκεί και μό-

110

λις φτάσω θα σε ξαναπάρω για να συναντηθούμε». Δεν πρόλαβε εκτός από ένα «ναι, ναι» να του πει τίποτε άλλο γιατί η κακή σύνδεση σταμάτησε απότομα. Τίποτε άλλο, ούτε ένα «καλό ταξίδι». Όμως, η Βέρα αισθάνθηκε τέτοια χαρά μαζί με ικανοποίηση για τον ερχομό του και την πρώτη τους τηλεφωνική επικοινωνία που έτρεξε να τα πει στη μαμά της, η οποία εκείνη την ώρα ετοιμαζόταν για μια από τις τακτικές εξόδους της.

Την άλλη μέρα σηκώθηκε απ' το κρεβάτι της και μ' έναν αναστεναγμό πήγε στο χωλ του σπιτιού που βρισκόταν το τηλέφωνο. Μα ήταν ακόμα πρωί κι ο Δημήτρης δεν θα 'φτανε πριν το απόγευμα. Είχε πολύ χρόνο μπροστά της για να ετοιμαστεί και να βάλει τα δυνατά της να γίνει όσο καλύτερη μπορούσε.

Ένα ροζ φόρεμα με ασορτί κοντό ζακετάκι θα ήταν ό,τι έπρεπε τώρα που τ' απογεύματα είχε αρχίσει η θεσσαλονικιώτικη ψυχρούλα του Σεπτεμβρίου. Χτένισε τα μαλλιά της δένοντας τα μισά με τη ροζ σατινένια κορδέλα, απαραίτητο συνοδευτικό της κάθε της εμφάνισης, άφησε τα άλλα μισά να πέφτουν στους ώμους της κι έκανε μια πρόβα με τα ρούχα που θα φορούσε. Αφού ικανοποιήθηκε απ' το αποτέλεσμα μετά τ' άπλωσε προσεκτικά πάνω στο κρεβάτι της για να μη τσαλακωθούν.

Η μέρα πέρασε αργά κι είχε αρχίσει να σουρουπώσει όταν η Βέρα άκουσε το τηλέφωνο. Απ' το κουδούνισμά του και μόνο κατάλαβε ότι θα ήταν αυτός. Ναι, πράγματι ήταν ο Δημήτρης που μόλις είχε φτάσει και την έπαιρνε για να κλείσουν το ραντεβού τους.

Ούτε να φάει είχε μπορέσει το μεσημέρι κι ας είχαν εκείνη τη μέρα το αγαπημένο της φαγητό, γεμιστές πιπεριές και ντοματούλες. Μπήκε για καμιά ώρα στο μπάνιο κι από νωρίς άρχισε να ετοιμάζεται. Πήγαινε κι ερχόταν μπροστά στον καθρέφτη προβάροντας για εκατοστή φορά τα ρούχα που θα φορούσε, μίλησε με τη φίλη της τη Σοφία για να της πει τα καλά νέα και μετά βγήκε στον κήπο γιατί είχε ανάγκη να πάρει μεγάλες ανάσες. Η καρδιά της κτυπούσε ζωηρά συγχρονισμένη με το ρολόι της που κάθε λίγο και λιγάκι κοίταζε. Το ραντεβού ήταν αρκετά αργά για τα δεδομένα τους, στις οκτώ, αλλά ο Δημήτρης της είπε ότι θα 'πρεπε να γυρίσει στη σχολή του, ν' αφήσει τη βαλίτσα του και μετά να συναντηθούν.

Η Βέρα άρχισε να ετοιμάζεται δυο ώρες νωρίτερα απ' ό,τι θα 'πρεπε αλλά δεν κρατιόταν πια. Μάλιστα, με τη νεανική της έντονη επιθυμία να είναι όσο το δυνατόν καλύτερη, όσο μπορούσε πιο όμορφη ζήτησε κι απ' τη μαμά της να την αφήσει να χρησιμοποιήσει την πούδρα και το ρουζ της. Όταν εξασφάλισε κι αυτό νιώθοντας πιο σίγουρη για τον εαυτό της, φόρεσε το ροζ φόρεμα με το ζακετάκι, ένα ζευγάρι μαύρα πέδιλα με λίγο τακούνι –το επιτρεπόμενο– και ξαναχτένισε τα μαλλιά της που αν είχαν φωνή θα διαμαρτύρονταν για την ταλαιπωρία που είχαν περάσει εκείνη τη μέρα.

Βγήκε απ' το σπίτι πετώντας, έτρεξε όσο μπορούσε μέχρι τη στάση του λεωφορείου κι ανέβηκε. Σήμερα ήταν σαν ακόμη κι ο οδηγός του να συναισθανόταν την αδημονία της να φτάσουν όσο πιο γρήγορα γινόταν, γιατί οδηγούσε σα να έκανε ράλι. Μόνο όταν πλησίαζαν στο κέντρο της πόλης μείωσε την ταχύτητά του και μετά από λίγο αναγκάστηκε να το σταματήσει τελείως χωρίς να είναι σε στάση.

Η Βέρα κοίταξε απ' το παράθυρο κι είδε ότι βρισκόταν λίγο πριν από το Γ΄ Σώμα Στρατού. Γιατί όμως είχαν σταματήσει, δεν μπορούσε να καταλάβει. Φοβόταν ότι θα αργούσαν να φτάσουν κι όταν η υπομονή της απ' το σταμάτημα εξαντλήθηκε, πέρασε μπροστά στον οδηγό και ρώτησε τι συνέβαινε. Μα ναι! Σήμερα ήταν τα εγκαίνια της Διεθνής Έκθεσης. Η Βέρα το είχε τελείως ξεχάσει. Είχε πολύ κόσμο στη γύρω περιοχή γιατί κάθε φορά ερχόταν κι όλη η κυβέρνηση να γιορτάσει το γεγονός που τότε ήταν κάτι το μοναδικό για την πόλη.

Ωστόσο, το λεωφορείο ήταν σταματημένο για πάνω από ένα τέταρτο κι η ίδια δεν το είχε υπολογίσει. Εξάλλου, δεν την απασχολούσε πια η έκθεση που άλλοτε ήταν ένα απ' τα ορόσημα της χρονιάς γι' αυτήν. Όταν έχασε την υπομονή της, ζήτησε απ' τον οδηγό ν' ανοίξει την πόρτα του λεωφορείου και να την αφήσει να κατεβεί. Η απόσταση απ' το σημείο εκείνο μέχρι το συνηθισμένο τόπο του ραντεβού τους ήταν αρκετή αλλά ποιος το υπολόγιζε; Περνώντας βιαστικά και μερικές φορές σπρώχνοντας τον κόσμο που συνωστιζόταν για να δει τους επισήμους, έφτασε μπροστά στην Έκθεση, ανηφόρισε στην οδό Αγγελάκη κι επιτέλους έφτασε στον προορισμό της.

Η Φιλοσοφική στεκόταν εκεί σα να την περίμενε, μεγαλοπρεπής και φωτισμένη. Στην είσοδό της με άσπρα αυτή τη φορά ρούχα ήταν ο Δημήτρης. «Γλυκούλα μου!», της είπε, «Πόσο σε πεθύμησα και πώς ομόρφυνες έτσι;». Η Βέρα που ήθελε να του πει τόσα πράγματα, που ήθελε να τον αγκαλιάσει, ούτε είπε ούτε έκανε καμία κίνηση. Μόνο τον άκουσε να της λέει ότι είχε ομορφύνει. Αυτός άστραφτε σαν άγγελος μέσα στα λευκά του τόσο πολύ που η Βέρα τυφλώθηκε και σάστισε. Τόλμησε και τον κοίταξε στα μάτια αυτή τη φορά και σιγουρεύτηκε ότι ναι, κι αυτός νοιαζόταν, όσο κι η ίδια, περισσότερο ή λιγότερο, ποιος πιο πολύ ίσως δεν θα το μάθαινε.

Στο κάτω-κάτω τι σημασία είχε; Ποιος μπορεί να βάλει σε ζυγαριά τα αισθήματα και τη λαχτάρα; Όμως ναι, κι αυτός τη λαχταρούσε. Ούτε που κατάλαβε πως βρέθηκαν στη γνωστή της διαδρομή. Το μόνο που ένιωσε ήταν το χέρι του που την έσφιγγε και ταυτόχρονα τη χάιδευε. Δεν ήθελε τίποτε άλλο. Περπατούσαν χέρι-χέρι στον γνώριμο προορισμό, το Αστεροσκοπείο, το οποίο σήμερα ήταν κι αυτό φωτισμένο και κάτασπρο σα να ετοιμαζόταν για να τους υποδεχτεί.

Τ' άσπρα και τα ροζ ρούχα τους όμως δεν ήταν κατάλληλα για να ακουμπήσουν στο πεζούλι που βρισκόταν άδειο στη θέση του. Ο Δημήτρης την τράβηξε παράμερα, δίπλα σ' ένα ψηλό δέντρο κι αμέσως η Βέρα βρέθηκε στην αγκαλιά του. Την έσφιγγε και τη φιλούσε πάλι και πάλι σα να μη τη χόρταινε κι αυτός. Μετά την έπιασε πάλι απ' το χέρι και πήρανε το δρόμο πίσω προς τη Φιλοσοφική.

Η Βέρα ούτε μιλούσε ούτε την ενδιέφερε πού την πήγαινε. Αρκεί που ήταν δίπλα της και τον ένιωθε. Αρκεί που ήταν μαζί του. Φτάσαν στο παγκάκι του κήπου του πρώτου τους ραντεβού και της είπε: «Περίμενέ με εδώ. Πάω κι έρχομαι. Μην ανησυχείς».

Μ' αυτά τα λόγια έφυγε τρέχοντας κι η Βέρα έμεινε καθισμένη στο παγκάκι μόνη της κοιτάζοντας γύρω της με ανησυχία ώσπου είδε ένα ζευγάρι να 'ρχεται και να κάθεται στο διπλανό, λίγο πιο πέρα. Ούτε ήξερε που πήγε ο Δημήτρης. Γιατί έφυγε έτσι ξαφνικά; Αλλά και μόνο που της είπε να τον περιμένει της έφτανε. Του είχε απόλυτη εμπιστοσύνη. Κοντά του δεν φοβόταν ούτε ανησυχούσε για τίποτα. Μετά από αρκετή, είναι η αλήθεια ώρα, τον είδε να φτάνει τρέχοντας και λαχανιασμένος προς το μέρος της κρατώντας τη γνωστή καφέ δερμάτινη τσάντα του. «Ανησύχησες γλυκούλα μου;» της είπε. «Ήρθα όσο πιο γρήγορα μπορούσα. Έλα, πάμε τώρα», της είπε σηκώνοντάς της και τραβώντας την μαλακά απ' το χέρι. Ακολούθησαν την προηγούμενη διαδρομή, πάλι με κατεύθυνση προς το Αστεροσκοπείο, αλλά αυτή τη φορά μόλις φτάσαν κοντά στο πεζουλάκι τους, ο Δημήτρης άνοιξε την τσάντα του κι έβγαλε από μέσα ένα αδιάβροχο. Το βόλεψε πάνω στο πεζούλι και την τράβηξε να καθίσει. Τώρα κάθισε κι αυτός δίπλα της και την αγκάλιασε τόσο σφιχτά που ήταν σα να της έκοβε την αναπνοή της. Αυτό το αδιαβροχάκι θα ήταν το πρώτο τους καναπεδάκι γιατί πάντοτε στη συνέχεια, όπου και να πήγαιναν, το κουβαλούσε μαζί του.

Η Βέρα ήθελε τόσο να κοιτάξει το πρόσωπό του, να ξαναδεί τα μαύρα γλυκά ματάκια του, που ξεχώριζαν μέσα στο μισοσκόταδο, αλλά ο Δημήτρης δεν την άφηνε απ' την αγκαλιά του. Για πρώτη φορά συνειδητοποίησε ότι δεν ήταν σίγουρα αυτή μόνο που τρελαινόταν από έρωτα γι' αυτόν αλλά ίσως κι αυτός.

Καθώς η ώρα έτρεχε μαζί με τα φιλιά και τις αγκαλιές πολύ γρήγορα, έφτασε η ώρα του επιβεβλημένου χωρισμού μέχρι την άλλη μέρα που πάλι θα ξαναβρισκόταν. Η Βέρα ευχήθηκε από μέσα της, το ίδιο γρήγορα να περνούσε ο χρόνος μέχρι τότε γιατί εκείνη την ημέρα διαλύθηκαν οι ανησυχίες της, έφυγαν τα ερωτηματικά της για τα αισθήματά του κι αφέθηκε να την παρασύρει η γλυκιά προσμονή του αύριο.

Σίγουρη πια για τον εαυτό της αλλά κυρίως με τη βεβαιότητα ότι ο Δημήτρης όχι μόνο ανταποκρινόταν στα συναισθήματά της αλλά ότι ίσως και να του ήταν πιο πολύτιμη απ' όσο νόμιζε, η Βέρα επιτέλους βρήκε τους καθημερινούς ρυθμούς που πια τους ακολουθούσε χωρίς την αγωνία και τις μαύρες σκέψεις που την απασχολούσαν όταν ο Δημήτρης είχε φύγει για την Κέρκυρα. Ίσως η απόσταση κι οι μέρες που μεσολάβησαν να βοήθησαν κι εκείνον να ξεκαθαρίσει τα αισθήματα και τα θέλω του. Ίσως αυτό που κάποτε φαίνεται εφιάλτης να είναι τελικά μόνο ο φόβος κι η αγωνία για το άγνωστο, για το τι θα συμβεί μετά.

Έτσι, η Βέρα, καθησυχασμένη πια, άρχισε να πηγαίνει πάλι στο σχολείο της, για τελευταία χρονιά, έκανε την εγγραφή της στο ωδείο κι όλα κυλούσαν ανέμελα. Ανέμελα μέχρι την ημέρα που ο Δημήτρης της ανακοίνωσε ότι ήταν υποχρεωμένος να φύγει για ένα χρόνο στην Αθήνα. Έτσι γινόταν με όλους τους πτυχιούχους γιατί τώρα πια θα άρχιζε να δουλεύει κανονικά στο νοσοκομείο. Τόσο κράτησε η χαρά της Βέρας και πάλι αισθάνθηκε να την τρυπάνε τα λόγια του παρότι της έλεγε και της ξανάλεγε ότι θα μιλούσαν στο τηλέφωνο, ότι θα 'κανε ότι μπορούσε για να 'ρχόταν να την βλέπει όταν θα του το επέτρεπαν, ότι την αγαπούσε πολύ κι ότι δεν έπρεπε να έχει καμία αγωνία και θα ήταν πάντα μαζί. Όταν η Βέρα μούσκεψε όχι μόνο το μαντήλι αλλά και το φόρεμά της, φυλάγοντάς της για έκπληξη τής είπε ότι είχε μιλήσει στους γονείς του γι' αυτήν και μόλις τελείωνε το σχολείο της και τις εισαγωγικές στο πανεπιστήμιο, θ' αρραβωνιαζόντουσαν.

Μια στην κόλαση και μια στον παράδεισο η Βέρα τον κοίταξε σα να μην το πίστεψε και του ζήτησε αυτό το τελευταίο να της το επαναλάβει. Με χαρά και τρυφερότητα ο Δημήτρης της το ξαναείπε και μάλιστα τελειώνοντάς της είπε ότι θα ζητούσε απ' τον μπαμπά της να συναντηθούν στο γραφείο του για να ενημερώσει και τον ίδιο.

Αγάπη γλυκιά, όνειρα, σχέδια, ανατριχίλες κι ένα πολύ δυνατό συναί-σθημα, διαφορετικό και πρωτόφαντο, έκαναν την καρδιά της να πάει να σπάσει κι από τη λαχτάρα της μ' όλα αυτά τ' απρόσμενα, τα δυσάρεστα που κατέληξαν σε χαρά μεγάλη, την έκαναν πάλι να μην μπορεί να μιλήσει, να μην μπορεί να σαλέψει. Όταν εκείνο το βράδυ στο τραπέζι ο μπαμπάς της της είπε ότι περίμενε την άλλη μέρα το Δημήτρη στο γραφείο του, δεν έμει-νε σε κανέναν η παραμικρή αμφιβολία για το λόγο που θα το 'κανε.

Η Βέρα ήταν περήφανη και ταυτόχρονα σαστισμένη μ' αυτές τις εξε-λίξεις και τ' άκουγε όλα αμίλητη. Οι άλλοι όμως, μαμά και παππούδες, κουβέντιαζαν φανερά ευχαριστημένοι μ' αυτή τη γρήγορη εξέλιξη και με τις προοπτικές που ανοίγονταν για την κόρη κι εγγονή τους. Για όλους η οικογένεια ήταν κάτι πολύ παραπάνω από δουλειά και καριέρα. Ακόμη κι η γιαγιά, που η Βέρα τόσες φορές την είχε ακούσει να έχει αντιρρήσεις γι' αυτό το δεσμό, σήμερα έδειχνε κι αυτή πολύ χαρούμενη. Της μαμάς και του μπαμπά γελούσαν και τ' αυτιά από ευχαρίστηση που η συνωμοσία τους είχε τελεσφορήσει με τον καλύτερο δυνατό τρόπο.

Η μαμά της μάλιστα της είπε πως είχε σκοπό να της ψωνίσει ό,τι ήθελε, η γιαγιά είπε πως κι εκείνη ήθελε να της κάνει δώρο κι όλα αυτά πολύ σύντομα πριν αρχίσει το διάβασμα για το σχολείο και τα εξωσχολικά μα-θήματά της. Έτσι κι έγινε. Την επόμενη κιόλας μέρα κατέβηκαν στην αγορά, αγόρασαν ρούχα, παπούτσια ενώ το δώρο της γιαγιάς ήταν ένα ζευγάρι καφέ γόβες με ασορτί δερμάτινη τσάντα για τον ώμο απ' του «Σεβαστάκη».

Η Βέρα μπήκε στην κρεβατοκάμαρά της, κούρνιασε στο πουπουλέ-νιο της πάπλωμα κι άνοιξε την τηλεόραση. Ο Θέμος Αναστασιάδης, πα-χουλούτσικος και γελαστός, εμφανίστηκε στο καντράν κι άρχισε τη συ-νέντευξή του με μια παρουσιάστρια των πρωινών του καναλιού του. Σε λίγο εμφανίστηκαν τα καρτούν της γνωστής του εκπομπής κι έτσι χωρίς να το καταλάβει την πήρε ο ύπνος.

Η επόμενη μέρα την βρήκε χαλαρή και ξεκούραστη. Εξάλλου αυτό τ' αποτέλεσμα είχε πάντοτε πάνω της η συγκεκριμένη εκπομπή.Πήγε στην κουζίνα, έβαλε τον καφέ που ήταν έτοιμος απ' το προηγούμενο βράδυ, πήρε ένα μπλοκ κι άρχισε να σημειώνει τα υποψήφια φαγητά για την περίφημη μέρα των γενεθλίων της. Η μέρα έφτανε κι έπρεπε ν' ανασκουμπωθεί και ν' αποφασίσει επιτέλους τι θα πρόσφερε στους καλεσμένους της. Είχε φθάσει σχεδόν στο τέλος της λίστας της όταν βγήκε στο αγαπημένο της μπαλκόνι για να ξαναδεί την αγαπημένη της πόλη παίρνοντας βαθιές ανάσες.

Όταν το βλέμμα της έπεσε στον κήπο, είδε μ' έκπληξη ότι τα χθεσινά κόκκινα λουλούδια είχαν γίνει ακόμα πιο πολλά και το χρώμα τους είχε γίνει κατακόκκινο σαν αίμα. Αναρωτήθηκε πώς ήταν δυνατόν τα λουλούδια αυτά να θέριεψαν μέσα σ' ένα βράδυ και κυρίως πώς ήταν δυνατόν το χρώμα τους να είχε γίνει τόσο έντονο. Όμως έτσι ήταν. Αυτά που έβλεπε ήταν μια πραγματικότητα που τίποτε δεν μπορούσε να την αλλάξει.

Η Βέρα μπήκε στην τάξη της εκείνη την χρονιά με τον αέρα της τελειόφοιτης και με τις ευωδιές της ερωτευμένης κοπέλας. Βιάστηκε να πει τα χαρούμενα νέα στις συμμαθήτριές της. Οι περισσότερες άνοιξαν τα μάτια και τα στόματά τους απ' τα μαντάτα, για τα οποία μη έχοντας την παραμικρή ιδέα, εκτός απ' τη Σοφία και τη Μενούλα γι' αυτά που της είχαν συμβεί μέσα στο καλοκαίρι, έκαναν ένα κύκλο γύρω της και τη βομβάρδισαν μ' ερωτήσεις τη μία πίσω από την άλλη.

Εκείνη τη μέρα, ο Δημήτρης έγινε για όλες τους ο ιδεώδης μελλοντικός σύντροφος κι όλες μα όλες μακάρισαν τη Βέρα για την καλή της τύχη. Έγινε κάτι σαν η ηρωίδα που όλες τους θέλανε να μοιάσουν στα κατορθώματά της. Εκείνη με τα φτερά της ερωτευμένης δεν κουραζόταν να τους περιγράφει πως ήταν ο αγαπημένος της, τι χρώμα μάτια είχε, τι μαλλιά, αν ήταν ψηλός και πόσο την περνούσε όταν φορούσε τα τακούνια της κι άλλες πολλές λεπτομέρειες που τον αφορούσαν και που αν δεν έμπαινε εκείνη τη στιγμή αργοπορημένος ο Κύριος Γυμνασιάρχης για το πρώτο μάθημα της χρονιάς, ο Θεός ξέρει πότε θα τελείωναν.

Στο διάλειμμα την ξαναπεριτριγύριζαν αλλά το γεγονός ότι είχε μεσολαβήσει ένα ολόκληρο καλοκαίρι και δεν είχαν ειδωθεί οι πιο πολλές μεταξύ τους, ήταν η αφορμή για να την αφήσουν λίγο με τις στενές της φίλες στις οποίες θ' αποκάλυπτε συναισθήματα και στιγμές που είχε βιώσει και με τις οποίες στο εξής θα μοιραζόταν τις καινούργιες εμπειρίες της.

Ο Δημήτρης έφυγε στα μέσα του Σεπτέμβρη. Ήταν αρκετά αγχωμένος αλλά και περίεργος να ζήσει την καινούργια ζωή που ανοιγόταν μπροστά του. Έφυγε με την Ολυμπιακή κι η Βέρα τον συνόδεψε μέχρι τ' αεροδρόμιο αποχαιρετώντας τον με δάκρυα και λίγα δειλά πεταχτά φιλιά.

Της υποσχέθηκε ότι μόλις έφτανε στην Αθήνα θα της τηλεφωνούσε οπωσδήποτε κι η Βέρα αποφάσισε εκείνη την ημέρα να μην έφευγε καθόλου απ' το σπίτι. Έβλεπε το δικινητήριο αεροπλάνο να φεύγει, να σηκώνεται ψηλά στον ορίζοντα κι έμεινε εκεί μέχρι που το 'χασε πια απ' τα μάτια της τα δακρυσμένα.

Ένας καινούργιος τρόπος ζωής την περίμενε. Θα 'πρεπε να κοιτάξει τα μαθήματά της όσο καλύτερα μπορούσε γιατί αυτή τη χρονιά στις εισαγωγικές στο πανεπιστήμιο θα εξεταζόντουσαν όλοι οι υποψήφιοι σ' όλα ανεξαιρέτως τα μαθήματα του σχολείου. Το δύσκολο του πράγματος μετριαζόταν μόνο απ' την απόφαση του υπουργείου ότι θα λαμβανόταν υπόψη στη βαθμολογία των εισαγωγικών κι ο βαθμός του απολυτηρίου κι αυτό για τους καλούς μαθητές, όπως η Βέρα, ήταν κάτι πολύ θετικό.

Το τηλεφώνημά του ήρθε νωρίς το απόγευμα. Ήταν λιγόλογο γιατί της τηλεφωνούσε απ' το νοσοκομείο. Δεν είχε χρόνο. Προσπαθούσε να προσαρμοστεί και κυρίως, βιαζόταν μαζί με δύο πολύ καλούς του φίλους να ξεκινήσουν να βρουν σπίτι να νοικιάσουν. Της είπε να είναι ήσυχη και ν' *αφοσιωθεί στα μαθήματά της. Εκείνος μόλις θα τακτοποιούνταν, θα την έπαιρνε αμέσως πάλι τηλέφωνο.*

Φαίνεται ότι βρήκαν σπίτι γρήγορα γιατί μετά από δύο κιόλας μέρες ξανάκουσε τη γλυκιά του φωνή να της λέει ότι είχαν βρει ένα διαμέρισμα κάπου στα Ιλίσια με τρία δωμάτια, ένα μεγάλο σαλόνι επιπλωμένο. Ήταν βέβαια παλιό αλλά τους βόλευε. Είχαν δώσει προκαταβολή και θα το κατοικούσαν μετά από ένα γρήγορο καθάρισμα, το οποίο είχε αναλάβει να κάνει η ιδιοκτήτριά του. Μάλιστα, της είπε ότι στο σαλόνι υπήρχε κι ένα παλιό ξεκούρδιστο πιάνο που αμέσως την έφερε στη θύμησή του μόλις το αντίκρισε.

Όλα πήγαιναν λοιπόν καλά. Στα επόμενα τηλεφωνήματά του που γινόταν μόνο βράδυ, της περιέγραψε τη δουλειά του, τα νέα πρόσωπα που συνάντησε, της είπε κι άλλες λεπτομέρειες για το σπίτι. Είχαν ήδη τακτοποιήσει και το θέμα του φαγητού τους και τώρα, ο Δημήτρης μαζί με τους συναδέλφους του θα προσπαθούσε να βρει δουλειά και σε κάποια κλινική, πράγμα που θα του απέφερε κι ένα πρόσθετο εισόδημα εκτός από το μισθό του.

Η Βέρα όλο κι ένιωθε πιο περήφανη γι' αυτόν, όλο και πιο πολύ μέρα με τη μέρα τον αποζητούσε, αλλά έπρεπε να συνηθίσει την απουσία του. Η Αθήνα κι η παραμονή του εκεί θα διαρκούσαν έναν χρόνο κι εκείνη είχε πολύ διάβασμα. Έτρεχε να προλάβει τα μαθήματα στο Ωδείο εκτός από τα σχολικά, που τώρα είχαν κι αυτά γίνει περισσότερα. Όλ' αυτά τη βοηθούσαν στο να μην της λείπει τόσο πολύ αφού οι ώρες που έμενε άπραγη είχαν σχεδόν μηδενιστεί. Εκείνη, που τόσο πολύ της άρεσε ο πρωινός ύπνος, ήταν τώρα αναγκασμένη για να τα προλαβαίνει όλα να σηκώνεται κάθε πρωί γύρω στις έξι, να κάνει μια επανάληψη στα μαθήματα τα πιο δύσκολα, μιας κι οι καθημερινές επιδόσεις της θα προσμετρούνταν στο απολυτήριο κι αυτό με τη σειρά του στη βαθμολόγηση των εισαγωγικών στη Φιλοσοφική.

Αυτό πια το είχε αποφασίσει γιατί ήταν η φυσική της κλίση. Ήταν πολύ καλή στα θεωρητικά μαθήματα κι έτσι θα της ήταν πολύ πιο εύκολο να πάρει υψηλούς βαθμούς με λιγότερη προετοιμασία δίνοντας το βάρος στα

*μαθηματικά και τη φυσική που δεν την πολυενδιέφεραν αλλά ήταν απαραί-
τητα στο λεγόμενο «Ακαδημαϊκό Απολυτήριο», το οποίο θα της εξασφά-
λιζε την είσοδο στη Σχολή της.*

*Έτσι, πέρασαν οι πρώτοι τρεις μήνες του αναγκαστικού αλλά ίσως κι
ευεργετικού στο τέλος αποχωρισμού της απ' τον αγαπημένο της Δημήτρη.
Τα Χριστούγεννα πλησίαζαν, το χιόνι είχε πέσει πολύ εκείνο το χειμώνα
στη Θεσσαλονίκη κι η Βέρα απασχολημένη καθώς ήταν συνέχεια, ένα μόνο
διάλειμμα έκανε το βράδυ για να τον σκεφτεί και να περιμένει τα τηλεφω-
νήματά του που πια είχαν γίνει καθημερινά. Είχε βρει σχετικά εύκολα δου-
λειά σε μια κλινική κοντά στο σπίτι του κι ακουγόταν γενικά ευχαριστημέ-
νος απ' την καθημερινότητά του. Της είχε πάρει μάλιστα κι ένα δώρο με
τον πρώτο του μισθό αλλά δεν της είπε τι ήταν. Θα της το 'δινε για έκπληξη
όταν θα 'παιρνε άδεια και θα 'ρχόταν στη Θεσσαλονίκη να τη δει γιατί την
είχε επιθυμήσει πολύ, πάρα πολύ.*

*Εκείνο τον καιρό μπήκαν και τα πρώτα τηλέφωνα στα περίπτερα απ'
όπου μπορούσε κανείς να κάνει κι υπεραστικά γιατί όλα τους ήταν εφοδια-
σμένα με ειδικούς μετρητές που μετρούσαν τις μονάδες των συνδιαλέξεων.*

*Η φίλη της Βέρας, η Μενούλα, η οποία ήταν τόσο χαριτωμένη αλλά και
τόσο ζωντόβολο, ένα σαββατιάτικο απόγευμα που είχαν κατέβει για μια
ταινία στον «Ολύμπιον» στην οποία έπαιζε ο Rock Hudson -μεγάλος
γόης της εποχής- μαζί με τη Sandra Dee, της είπε πολύ εμπιστευτικά πως
είχε βρει ένα τρόπο να τηλεφωνεί στην Αθήνα από περίπτερα χωρίς όμως
να χρειάζεται να το πληρώνει για υπεραστικό. Με τη σκανταλιά στο αίμα
της παρέσυρε και τη Βέρα σ' ένα περίπτερο στη γωνία της Τσιμισκή κι
Αγίας Σοφίας λέγοντάς της: «Έλα να δοκιμάσουμε. Θα δεις έχω δίκιο».*

*Η Βέρα που φοβόταν να χρησιμοποιήσει και μόνο τη λέξη «παρανο-
μία», την ακολούθησε για να μη της χαλάσει το χατίρι απ' την μια κι απ'
την άλλη γιατί σκέφτηκε μήπως μπορούσε να πάρει κι εκείνη το Δημήτρη
στην κλινική που γνώριζε το νούμερό της και δεν του είχε τηλεφωνήσει*

ποτέ η ίδια. Η Μενούλα την τράβηξε απ' το μπράτσο και μετά όλο χάρη και νάζι έσκυψε το καστανό της κεφαλάκι για να μιλήσει στο περιπτερά και να του πει να μηδενίσει τον μετρητή γιατί ήθελε να τηλεφωνήσει στη μαμά της. Μετά έκανε νόημα στη Βέρα, που παρακολουθούσε αμήχανη τη σκηνή, να την πλησιάσει και να σχηματίσει στο καντράν το νούμερο της κλινικής.

Πράγματι, αμέσως το σήκωσε μια γυναίκα που δίνοντας τ' όνομά της, τη ρώτησε ποιον ήθελε. Η Βέρα είπε το επώνυμό του και σε λίγο, ως εκ θαύματος, άκουσε τη φωνή του να της απαντάει. Όταν του είπε πώς έγινε και του τηλεφώνησε κι από πού, της είπε με γέλια: «Βερούσκα μου κάνεις και παρανομίες; Κλείσε γρήγορα το τηλέφωνο. Θα σε πάρω εγώ αργότερα στο σπίτι». Βιάστηκε μετά από ένα σύντομο «καλά, γεια σου» να κατεβάσει το τηλέφωνο κι άκουσε τη Μενούλα να λέει στον περιπτερά: «Ορίστε, πάρτε τα χρήματα» βάζοντας μπροστά του πενήντα λεπτά. Αυτός τα πήρε. Δεν είπε τίποτα παρά ένα ξερό εντάξει κι η περήφανη σκανταλιάρα γύρισε προς το μέρος της Βέρας. Αφού απομακρύνθηκαν λίγο, της είπε: «Είδες που σ' τα 'λεγα; Δεν κατάλαβε ότι μιλάγες με Αθήνα. Λοιπόν, γλιτώσαμε χρήματα. Επομένως, ας πάμε στου "Φλόκα" να φάμε καμιά σοκολατίνα μέχρι να πάμε σινεμά».

Μπήκαν σαν δύο μικρές κυρίες στο περίφημο ζαχαροπλαστείο, καθίσανε στο καλύτερο τραπέζι κι απολαύσανε την πάστα τους που ήταν γλυκιά σαν την παρανομία που μόλις τώρα είχανε κάνει σε βάρος του καημένου του περιπτερά. Όμως, αυτά τα μικρά ήταν που είχαν και τη νοστιμάδα τους καθώς τόσο η ίδια όσο κι η Μενούλα ήταν μια χαρά κορίτσια. Απλώς, έπρεπε κι αυτές να έχουν κάτι να θυμούνται σαν κατόρθωμα καθότι αυτές, όπως και τα περισσότερα κορίτσια της εποχής τους, υποτασσόταν σε απαράβατους κανόνες ηθικής και συμπεριφοράς. Ξεκαρδισμένες απ' το θάρρος που βρήκαν για να κάνουν αυτή τη σκανταλιά, κατευθύνθηκαν στο «Ολύμπιον» όπου απόλαυσαν την χαριτωμένη κωμωδία που προβαλλόταν. Μετά γύρισαν στα σπίτια τους παίρνοντας μια βαθειά ανάσα απ' το πρόγραμμα που ακολουθούσαν κάθε μέρα μιας κι οι δυο τους θα δίνανε εξετάσεις για την ίδια σχολή.

Εκείνα τα Χριστούγεννα είχε χιονίσει πάρα πολύ στη Θεσσαλονίκη. Ο χιονοπόλεμος στους δρόμους αλλά κι οι βουτιές που 'παιρνε η Βέρα κι οι άλλες καθώς κατέβαιναν τη μαρμάρινη σκάλα του σχολείου τους χωρίς να προσέχουν, απορροφημένες απ' το να λένε η μια στην άλλη τα «μυστικά» τους και με μόνη τη Βέρα απ' όλα τ' άλλα κορίτσια της τάξης να ξεχωρίζει με τα «επίσημα», χρωμάτιζαν πολύ ευχάριστα τις μέρες τους. Μάλιστα, με την προοπτική των διακοπών όλα ήταν πιο χαρούμενα και πιο ελπιδοφόρα.

Οι τελειόφοιτες αποτελούσαν τα χαϊδεμένα παιδιά του σχολείου και για τις μικρότερες αλλά και για τους καθηγητές. Τώρα ήταν σα να τις έβλεπαν μ' άλλο μάτι, με περισσότερη συμπάθεια κι ανεκτικότητα απ' ό,τι τις προηγούμενες χρονιές. Τα ροζ περλέ κραγιόν βρισκόταν τώρα σχεδόν σ' όλες τις σχολικές τσάντες ανακατεμένα με βιβλία, στυλό και φουφούλες της γυμναστικής, έτοιμα να «βοηθήσουν» τα κορίτσια που σύμφωνα με τη συνηθισμένη πρακτική τρέχανε μετά το κουδούνι να συναντήσουν τα ραντεβού τους.

Η Βέρα γύριζε σχεδόν πάντα μόνη στο σπίτι περιμένοντας τη σταθερή τώρα πια ώρα του τηλεφωνήματος του Δημήτρη. Σκεφτόταν το δώρο που της ετοίμαζε ως έκπληξη και που όσες προσπάθειες κι αν έκανε να ξεδιαλύνει το μυστήριο και την ταυτότητά του δεν ευοδώθηκαν. Αυτό εξάλλου ήταν ένα απ' τα πολλά που αγαπούσε στο Δημήτρη. Τον χαρακτήρα του και την σχετική αυστηρότητα με την οποία την αντιμετώπιζε όταν έπρεπε. Αυτό της θύμιζε τη συμπεριφορά του μπαμπά της και την έκανε να νιώθει ασφάλεια αλλά και θαυμασμό για τον τρόπο που μπορούσε να της επιβάλει πράγματα χωρίς όμως να την προσβάλει ή κυρίως να την κάνει να αισθάνεται «μικρή», κάτι που η Βέρα σιχαινόταν ακόμη και να σκεφθεί.

Εκείνο όμως που τη στεναχώρησε ήταν ότι μάλλον δεν θα μπορούσε να φύγει απ' την Αθήνα και να 'ρθει να τη δει, όπως της είπε, γιατί άλλοι μεγαλύτεροί του σε βαθμό είχαν προτεραιότητα. Η προοπτική να μην τον δει, την έριξε αμέσως σε μελαγχολία. Τον είχε τόσο πεθυμήσει. Το ίδιο της έλεγε κι εκείνος αλλά δεν μπορούσε φυσικά να κάνει τίποτα. Σκεφτόταν ότι αν μπορούσε θα 'θελε να πάει η ίδια να τον δει. Αυτό όμως μόνο σε όνειρο μπορούσε να συμβεί μιας και δεν υπήρχε καμία περίπτωση να της επιτρέψουν να το κάνει. Τότε, σαν από μηχανής θεός, τηλεφώνησε η Όλγα και της είπε ότι θα κατέβαιναν με τον αδελφό της και τ' αυτοκίνητό του στην Αθήνα για κάτι δουλειές που είχε εκεί σχετικές με το διορισμό του. Η Βέρα τους μακάρισε μόλις άκουσε τη λέξη «Αθήνα» αλλά ούτε λόγος να τολμήσει να ζητήσει να πάει κι αυτή μαζί τους.

Ήταν βέβαια διακοπές, δεν είχε σχολείο όμως αυτό δεν σήμαινε απολύτως τίποτα. Μαζεύτηκε στο καβούκι της κι άρχισε να ονειρεύεται τη στιγμή που η Όλγα κι ο αδελφός της θα συναντιότανε με το Δημήτρη. Αυτό ήταν σίγουρο βέβαια. Καθόταν στο δωμάτιό της έχοντας δίπλα της τη φωτογραφία που της είχε στείλει παρέα με τους συγκατοίκους του και τώρα τους μακάριζε όλους. Όμως, πιο πολύ μακάριζε αυτούς που είχαν την ευτυχία να ζουν μαζί του και να τον βλέπουν κάθε μέρα. Πόσο θα 'θελε κι αυτή να βρισκόταν μαζί τους! Βιάστηκε να μπει στο κρεβάτι της και πήρε ν' αρχίσει να διαβάζει τα θεατρικά του Tennessee Williams αποφασισμένη να στρέψει κάπου αλλού την προσοχή της γιατί δεν άντεχε να τον σκέφτεται. Διάλεξε το «Καλοκαίρι και Καταχνιά». Απορροφήθηκε τόσο πολύ με τον χαρακτήρα της Άλμα, της ηρωίδας και την συνεπήρε τόσο η σκηνή δίπλα στο σιντριβάνι που δεν άκουσε τη μαμά της που φώναζε τ' όνομά της. Ξαφνιάστηκε, αφοσιωμένη καθώς ήταν στο διάβασμα, βλέποντας την πόρτα του δωματίου της ν' ανοίγει και την μαμά της με την ρόμπα της να τη ρωτάει με τον πιο φυσικό τρόπο «αν θα ήθελε να πάει με τους άλλους στην Αθήνα». Μα ήθελε και ρώτημα αυτό! Η Βέρα πέταξε κάτω το βιβλίο κι ακολούθησε τη μαμά της που σίγουρη για την απάντηση που θα έπαιρνε απ' την κόρη της δεν έκανε καν τον κόπο να περιμένει έστω και τυπικά την απάντησή της. Αυτό ήταν το καλύτερο χριστουγεννιάτικο δώρο που θα μπορούσε ποτέ να έχει! Ούτε που είχε τολμήσει καν να σκεφθεί.

Έτσι έκανε πάντα η μαμά της. Ανακοίνωνε σ' όλους τα πιο σπουδαία πράγματα με τον πιο φυσικό ύφος. Η Βέρα την πλησίασε και μη θέλοντας ακόμη να πιστέψει αυτό το αναπάντεχο δώρο, τη ρώτησε αν πράγματι αυτό που άκουσε ήταν αλήθεια. Η μαμά της τής είπε πως ναι. Είχε ήδη συνεννοηθεί με την Όλγα και θέλανε κι οι ίδιοι να την πάρουνε μαζί τους. Θα ταξίδευαν μαζί, θα μένανε τρεις μέρες στην Αθήνα και θα γύριζαν την παραμονή των Χριστουγέννων. Απλώς ο Μίλτος, αυτό ήταν το όνομα του αδελφού της, προτιμούσε να φεύγανε απόψε κιόλας για να προλάβαινε να εκμεταλλευτεί την επόμενη μέρα απ' το πρωί.

Μόνο που δεν άρχισε το χορό η Βέρα. Αγκάλιασε τη μαμά της, τη φίλησε, την ευχαρίστησε και μετά έτρεξε να προλάβει να ετοιμάσει τα πράγματά της. Τι θα έπαιρνε μαζί της; Σε ποια βαλίτσα; Ήταν τόσο απροετοίμαστη για όλ' αυτά που άρχισε να τρέχει από δω κι από κει μη ξέροντας τι να πρωτοδιαλέξει. Αν μπορούσε, θα τα 'παιρνε όλα για να μη σκέφτεται τίποτα άλλο εκτός απ' το Δημήτρη. Αυτό όμως δε γινόταν. Έβαζε τα πράγματα στη βαλίτσα όταν μια σκέψη της πέρασε απ' το μυαλό. Ο Δημήτρης ήξερε ότι θα πήγαινε; Είχαν μιλήσει πριν μια ώρα και τίποτε τέτοιο δεν είχε ειπωθεί. Μήπως θα τον έφερνε σε δύσκολη θέση; Θα προτιμούσε χίλιες φορές να είχε μιλήσει μαζί του για να συνεννοηθούν. Πήγε πάλι στη μαμά της για να τη συμβουλευτεί αλλά εκείνη με το ίδιο ατάραχο ύφος της είπε πως ο Δημήτρης το είχε προτείνει στο Μίλτο, ο οποίος με τη σειρά του έβαλε την αδελφή του να πείσει τη μαμά της. Εκείνη, όπως της είπε, με δυσκολία τ' αποφάσισε κι αφού συνεννοήθηκε με τον μπαμπά της, πήραν την απόφαση να της το προτείνουν σίγουροι φυσικά για την απάντησή της. Έτσι για ακόμα μια φορά η Βέρα μάθαινε ότι την αφορούσε τελευταία και με αποφάσεις «άνωθεν ειλημμένες».

Από τη μια νευρίασε. Έπρεπε να πάψουν όλοι να συνωμοτούν πίσω από την πλάτη της. Επιτέλους δεν ήταν πια μωρό για να παίρνουν πάντα οι άλλοι τις αποφάσεις που την αφορούσαν. Βέβαια, η συγκεκριμένη ήταν τόσο ευχάριστη που σκέφτηκε πως δεν έπρεπε να το παρακάνει. Έτρεξε πάλι γρήγορα να ετοιμάσει και τα υπόλοιπά της πράγματα. Η καλή της η γιαγιά –προνοητική όπως πάντα– ήδη ετοίμαζε για όλους κάτι φαγώσιμο για το δρόμο. Όλα λοιπόν τακτοποιημένα.

Εκείνη τη στιγμή της ήρθε της Βέρας η σκέψη να κάνει κάτι για να εντυπωσιάσει το Δημήτρη που είχε τόσους μήνες να τη δει αλλά κάτι πρωτότυπο. Τι μπορούσε όμως να κάνει; Σκέφτηκε κι αποφάσισε μετά από λίγο ότι το μόνο που μπορούσε να γίνει ήταν να κάνει κάτι με τα μαλλιά της· όμως τι; Α, ναι! Σκέφτηκε πως θα μπορούσε να τα λούσει μετά να πάρει τα ρόλεϊ της μαμάς της και να τα σγουραίνει λίγο τα πρασάκια της. Όμως δεν είχε χρόνο. Δεν προλάβαινε να τα φτιάξει όλ' αυτά. Θα μπορούσε όμως να ταξιδέψει λουσμένη, να βάλει τα ρόλεϊ και φτάνοντας στην Αθήνα να τα χτενίσει. Η ιδέα της φάνηκε εξαιρετική! Θα το 'κανε κι έτσι το πρωί θα εμφανιζόταν στον αγαπημένο της φρέσκια και καλοχτενισμένη.

Ετοίμασε τα πράγματά της διαλέγοντας να βάλει στη βαλίτσα τα πιο καινούρια ρούχα της, τ' ανάλογα αξεσουάρ και βάλθηκε να τυλίξει τα μαλλιά της. Αυτό της πήρε την πιο πολλή ώρα και το κεφάλι της έμοιασε σαν ένα χρωματιστό ολοστρόγγυλο καρπούζι. Επομένως, μάλλον είχε κάνει καλή δουλειά. Τέλος πάντων. Το πρόγραμμα πήγαινε σύμφωνα με τη σειρά του.

Έτσι, περίμενε να 'ρθουν να την πάρουν. Ο παππούς τής έδωσε κι ένα γενναίο ποσό λέγοντάς της ότι δεν έπρεπε να επιβαρύνει με τα έξοδά της ένα νέο παιδί -εννοώντας το Δημήτρη- ενώ την προκάλεσε να του πάρει ένα δώρο απ' την Αθήνα. Υπερευχαριστημένη με την έκβαση της προετοιμασίας όλου του ταξιδιού της, κάθισε όλο αδημονία να περιμένει την Όλγα και το Μίλτο να την πάρουν. Έφτασαν στο σπίτι της Βέρας λίγο μετά τις δώδεκα το βράδυ κι αφού αντάλλαξαν τα τυπικά και συνηθισμένα διαβεβαιώνοντας πάνω απ' όλα τη μαμά της ότι θα την πρόσεχαν σαν τα μάτια τους, ξεκίνησαν οι τρεις τους για το ταξίδι προς την Αθήνα.

Μέχρι τα Τέμπη η Βέρα μιλούσε. Μιλούσε ακατάπαυστα πότε για το σχολείο και πότε για το Δημήτρη ανταποκρινόμενη στην παράκληση του Μίλτου να τον κρατάει ξύπνιο όσο εκείνος οδηγούσε. Αλλά κι αυτό να μην έπρεπε να κάνει, ήταν τόσο αναστατωμένη απ' τη χαρά της που δεν μπορούσε απ' την υπερένταση να κλείσει το στόμα της. Η Όλγα είχε ήδη αποκοιμηθεί στο πίσω κάθισμα κι η Βέρα συνέχισε να κελαηδάει μέχρι που κάποια στιγμή, κουρασμένη πια, άρχισε να μην μπορεί να κρατήσει όρθιο το κεφάλι της. Το ταξίδι το βράδυ ήταν μονότονο, η κίνηση ελάχιστη και το σκοτάδι γύρω έκρυβε όλη τη φύση που τη μέρα ήταν θαυμάσια σ' όλη τη διαδρομή.

Σταμάτησαν κάπου γιατί ο Μίλτος ήθελε να πιει έναν καφέ και να βάλει βενζίνη. Η Όλγα εξακολουθούσε να κοιμάται ενώ η Βέρα ούτε που τολμούσε μ' αυτό το κεφάλι να βγει απ' το αυτοκίνητο. Ευτυχώς που ο Μίλτος γυρίζοντας της έφερε μια πορτοκαλάδα μ' ένα κουτί μπισκότα γιατί είχε αρχίσει να πεινάει. Κρίτσι-κρίτσι έκαναν τα «Μιράντα» Παπαδοπούλου κι η πορτοκαλάδα ήταν έξοχο συνοδευτικό για τα γούστα της. Έτσι κύλισε ένα ακόμη μεγάλο κομμάτι της διαδρομής ώσπου λίγο μετά τη Στυλίδα, η Βέρα αποκαμωμένη και φυσικά νυσταγμένη έκανε να γείρει λίγο το κεφάλι της προς το πίσω μέρος του καθίσματός της. Αλλά βέβαια, με τόσα μπικουτί στο κεφάλι της αυτό ήταν αδύνατο. Όπου και να το γύριζε συναντούσε εμπόδια κι έτσι κατάλαβε πως η παραμικρή επιθυμία της για ύπνο θα πήγαινε χαμένη. Ο Μίλτος άρχισε να την πειράζει λέγοντάς της πως μ' αυτή την «κάσκα» γύρω απ' το κεφάλι της έμοιαζε σα φαντάρος σε βραδινή σκοπιά. Έτσι με λίγα πειράγματα και γέλια φτάσανε μέχρι τη Μαλεσίνα.

Ο Μίλτος ήταν θαυμάσιος οδηγός, είχε πολύ χιούμορ κι η Βέρα ένιωθε πολύ άνετα μαζί του. Η Όλγα συνέχιζε να κοιμάται μακάρια στο πίσω κάθισμα. Μόνο μερικές φορές ακουγόταν κάποιος αναστεναγμός της καθώς άλλαζε στάση μέσα στον ύπνο της. Έτσι είχε περάσει το μεγαλύτερο μέρος του ταξιδιού κι η νύστα, που η Βέρα ένιωθε νωρίτερα, είχε κι αυτή τελείως φύγει.

Η καινούρια μέρα άρχισε να φανερώνεται μαζί με τα πρώτα σπίτια και τα εργοστάσια με τις εντυπωσιακές τους επιγραφές στα περίχωρα της Αθήνας. Επιτέλους! Η συνάντηση που τόσο περίμενε η Βέρα πλησίαζε κι αυτή.

Το μικρό καθρεφτάκι της θέσης του συνοδηγού ήταν ένας πρώτης τάξεως βοηθός της για να βγάλει επιτέλους τα μπικουτί που πια είχαν αρχίσει να βαραίνουν στην κυριολεξία το κεφάλι της μετά απ' το οκτάωρο ταξίδι. Ήταν ο καιρός να δει και τ' αποτελέσματα αυτής της μικρής δοκιμασίας. Τα 'βγαλε προσεκτικά ένα-ένα μη χαλάσει τη φορά του τυλίγματος των μαλλιών της και τ' ακουμπούσε πάνω στο πανωφόρι που σκέπαζε τα πόδια της. Οι μπουκλίτσες κύλισαν στους ώμους της νυσταγμένες κι αυτές απ' την πολύωρη ταλαιπωρία αλλά κι ανακουφισμένες επιτέλους απ' τον ασφυκτικό κλοιό τους μέσα στα σκληρά μπιγκουτί. Η Βέρα τις τίναξε πέρα δώθε για να τις ευχαριστήσει για την υπομονή τους αλλά και προσδοκώντας να μην την προδώσουν. Τα πρασάκια είχαν επιτέλους καλουπωθεί. Ίσως ήθελαν να δείξουν και καλή συμπεριφορά.

Όταν ο Μίλτος φώναξε «Ξύπνα Όλγα. Φτάνουμε», η καρδιά της χοροπήδησε. Βιάστηκε να βγάλει τη βούρτσα των μαλλιών απ' την τσάντα της και την πέρασε με προσοχή ανάμεσά τους. Τ' αποτέλεσμα ήταν βέβαια πολύ εντυπωσιακό αλλά η ίδια για πρώτη φορά έβλεπε τον εαυτό της αλλαγμένο και δεν ήταν σίγουρη αν της πήγαιναν περισσότερο απ' τα ίσια και γνώριμά της.

Ευτυχώς, ο Μίλτος, σα να κατάλαβε την ανησυχία της, βιάστηκε να της πει: «Α! Σου πάνε πολύ! Είσαι κούκλα!». Στη συνέχεια συμπλήρωσε: «Ο Δημήτρης θα τρελαθεί όταν σε δει!» «Αλλά κοίτα», συνέχισε, «δεν θα τον δούμε τώρα το πρωί, γιατί μίλησα μαζί του και θα είναι στο νοσοκομείο. Θα 'ρθει το μεσημέρι γύρω στις δύο και μισή. Εμείς θα πάμε στο σπίτι του γιατί έχει αφήσει το κλειδί κάτω απ' το πατάκι της εξώπορτας. Θα έχεις πολύ χρόνο να ξεκουραστείς και να ετοιμαστείς. Τώρα θα καθίσουμε σ' ένα πολύ ωραίο καφέ για να φάτε κάτι εσείς, εγώ να κάνω τα τηλεφωνήματά *μου και μετά θα πάμε να βρούμε το σπίτι. Δεν πιστεύω ότι θα δυσκολευτώ γιατί γνωρίζω καλά την περιοχή».*

Αυτή την καθυστέρηση δεν την είχε υπολογίσει η Βέρα. Έβγαλε ένα άψυχο «α! καλά» κι ακούμπησε το ελευθερωμένο κεφάλι της στο κάθισμα. Η διαδρομή απ' τα περίχωρα μέχρι τα Ιλίσια τους πήρε πάνω από μία ώρα για να την κάνουν. Η κίνηση ήταν τώρα πολύ πυκνή στα τροχοφόρα και στους πεζούς.

Όταν με τα πολλά φθάσανε στον προορισμό τους, ο Μίλτος βρήκε εύκολα το σπίτι. Ήταν κάπου στην οδό Σεβαστείας κι η πολυκατοικία έδειχνε πολύ παλιά. Κάποιος απ' τους ενοίκους τους άνοιξε την εξώπορτα και μπήκαν αφού αφήσανε το αυτοκίνητο σχεδόν στην είσοδό της κουβαλώντας τις αποσκευές της Βέρας.

Πράγματι, το διαμέρισμα ήταν παλιό κι αφημένο τόσο πολύ που θα νόμιζε κάποιος ότι ήταν ακατοίκητο. Ο ενιαίος χώρος της εισόδου με το σαλόνι, το οποίο ήταν τεράστιο, φάνηκε στη Βέρα αφιλόξενος και βαρύς. Τα έπιπλα ήταν φτιαγμένα από ψάθα ενώ στα καθίσματά τους και στις πλάτες είχαν εμπριμέ μαξιλαράκια που δέναν μ' ένα φιογκάκι το καθένα στα στρογγυλά τοξωτά τελειώματά τους. Στο κεντρικό τραπέζι οι μόνοι κάτοικοι ήταν ένας τηλεφωνικός κατάλογος, δύο τασάκια κι άφθονη σκόνη. Όσο για το πιάνο είχε χάσει και το χρώμα και τη φωνή του. Θα πρέπει να είχε πολλά χρόνια να χρησιμοποιηθεί γιατί ήταν τελείως ξεκούρδιστο και πολλά απ' τα πλήκτρα του έλειπαν. Μάλλον η ιδιοκτήτρια γι' αυτό το είχε αφήσει εκεί. Αυτό ούτε χορδιστής πεπειραμένος δε θα μπορούσε να το κάνει να ξανανιώσει. Μερικά κάδρα με τοπία τοποθετημένα εδώ κι εκεί συμπλήρωναν την διακόσμηση του σαλονιού. Ευτυχώς υπήρχε τηλέφωνο σ' ένα τραπεζάκι δίπλα του. Αυτό έδινε κάποια ζωή στο κατά τ' άλλα πολύ γέρικο σαλόνι. Δεξιά κι αριστερά του ήταν τέσσερις πόρτες ξεβαμμένες αλλά κλειστές. Καθώς η Βέρα πλησίαζε τις πόρτες, ο Μίλτος κάτι πρέπει να είδε γραμμένο γιατί της φώναξε: «Έλα εδώ Βέρα. Αυτό είναι το δωμάτιο του

*Δημήτρη». Η Όλγα βιάστηκε να πει: «Πιστεύω να είναι καλύτερο απ'
αυτό το αχούρι. Μόνο σταθείτε να μπω πρώτη εγώ». Η Βέρα έκανε ένα
βήμα πίσω διστάζοντας έτσι κι αλλιώς και μη τολμώντας να μπει στο άδυτο
που ούτε με τη φαντασία της δεν είχε τολμήσει να φτιάξει.*

*Περίμενε να της πουν τι έπρεπε να κάνει κι αν μπορούσε να μπει. Αλή-
θεια, πού θα μέναν όλοι τους; Αυτή η λεπτομέρεια ούτε της είχε περάσει
απ' το μυαλό αλλά τώρα που το σκεφτόταν της φάνηκε πολύ δύσκολο να
το αντιμετωπίσει. Υπήρχαν τρία δωμάτια και φυσικά μια κουζίνα. Πώς
θα βολεύονταν όλοι όταν και στα άλλα δύο μένανε οι συνάδελφοί του;
Ο Μίλτος ευτυχώς την έβγαλε απ' τις δύσκολες σκέψεις παίρνοντας τη
βαλίτσα της και τοποθετώντας την κάπου μέσα στο δωμάτιο πριν καν
μπει η ίδια.*

*Όταν όμως την κάλεσε, προχώρησε διστακτικά και βρέθηκε απέναντι
από ένα ξύλινο γραφείο γεμάτο βιβλία κι άλλα χαρτιά. Ένα πήλινο τασά-
κι βρισκόταν δίπλα σε μια ασορτί κούπα που χρησίμευε για μολυβοθήκη
και κάτι κέρματα ήταν αφημένα στη γωνιά του τραπεζιού μαζί μ' ένα
ζευγάρι γυαλιά ηλίου. Έκανε άλλα δύο βήματα και μπήκε πια στο δωμά-
τιο. Αριστερά της ήταν μια δίφυλλη ξύλινη ντουλάπα μ' ένα καθρέφτη
ολόσωμο ανάμεσά της. Στο κάτω μέρος του καθρέφτη υπήρχε ένα ξύλινο
ραφάκι χρήσιμο για μικροαντικείμενα που όμως ήταν εντελώς άδειο. Δί-
πλα στην ντουλάπα υπήρχε μία πόρτα που οδηγούσε στο μπαλκόνι που
έβλεπε στον κεντρικό δρόμο. Από κει έμπαινε το φως γιατί το δωμάτιο
αυτή την ώρα ήταν ηλιόλουστο. Δεξιά υπήρχε το κρεβάτι με ξύλινο κεφα-
λάρι που πάνω του βρισκόταν γλυπτές αρχαΐζουσες παραστάσεις. Ήταν
καλοστρωμένο και πάνω του ήταν αφημένο ένα ζευγάρι μπλε φανελένιες
πυτζάμες. Δίπλα του ένα κομοδίνο μ' ένα μικρό φωτιστικό και δυο συρ-
τάρια που μαζί με δύο καρέκλες συμπλήρωναν την επίπλωσή του. Αυτό
ήταν το δωμάτιο. Αρκετά μεγάλο, πολύ φωτεινό και ω! του θαύματος!
ήταν πεντακάθαρο.*

Φαινόταν επιτέλους ότι σ' αυτό το χώρο και σ' αντίθεση με το σαλόνι, ζούσε άνθρωπος. Η Βέρα σκέφτηκε ότι η βαλίτσα της περίσσευε εκεί μέσα αλλά δεν τόλμησε να την πάρει. Την ακούμπησε στο πάτωμα του σαλονιού.

Ο Μίλτος έδωσε πάλι το σύνθημα κι είπε: «Ντύσου τώρα. Εμείς θα σε περιμένουμε έξω και θα σε πάμε βόλτα στην πόλη γιατί μέχρι να γυρίσει ο Δημήτρης θέλουμε πολλές ώρες ακόμη». Η Βέρα ντύθηκε όσο πιο γρήγορα μπορούσε αλλάζοντας τα ρούχα του ταξιδιού μ' ένα ντε πιες από μάλλινο λεπτό καφέ ύφασμα. Έβαλε ένα άσπρο μπλουζάκι και με τα καινούργια καφέ παπούτσια και τσάντα βιάστηκε να βγει απ' το δωμάτιο κλείνοντας την πόρτα πίσω της.

Όταν ξαναμπήκαν οι τρεις τους στ' αυτοκίνητο συνειδητοποίησε πως εκτός απ' τη βαλίτσα της, οι άλλοι δεν είχαν κατεβάσει τις αποσκευές τους. Πάλι συνομωτούσαν γύρω της και πάλι το αντιλαμβανόταν τελευταία. Ήταν είτε η μοίρα της ή η χαζομάρα της, σκέφτηκε και κάθισε αυτή τη φορά στο πίσω μέρος του αυτοκινήτου. Ο Μίλτος τις οδήγησε στην Κηφισιά όπου κατέβηκαν κι άρχισαν τις βόλτες θαυμάζοντας τα πολύ όμορφα σπίτια και τις λιγοστές αλλά εντυπωσιακές βιτρίνες των μαγαζιών. Άραγε τι θα γινόταν μετά; αναρωτήθηκε η Βέρα. Τι ώρα θα συναντούσαν τον Δημήτρη και πού; Θα μέναν άραγε όλοι μαζί το βράδυ; Αποφάσισε να ρωτήσει θέλοντας μάλιστα να μάθει όλες τις λεπτομέρειες του προγράμματός της, αλλά ως συνήθως πήρε τη γνωστή απάντηση: «Μην ανησυχείς. Όλα είναι τακτοποιημένα», της είπε η Όλγα κι έτσι η Βέρα αναγκάστηκε να μη συνεχίσει.

Εκεί στις βόλτες αποφάσισε πως ήταν πια καιρός να μη τη θεωρούν τόσο μικρή κι ανύποπτη. Στο κάτω-κάτω για τη δική της ζωή ενδιαφερόταν και δεν θα ξανάφηνε κανέναν πια να την προγραμματίζει χωρίς η ίδια να συμμετέχει στις όποιες αποφάσεις έπρεπε να παρθούν. Κάθισαν σ' ένα ζαχαροπλαστείο με πολύ ευγενικούς σερβιτόρους κι εκεί θυμήθηκε ότι έπρεπε ν' αγοράσει το δώρο του Δημήτρη με τα λεφτά που της είχε δώσει ο παππούς. Όταν κατευθύνθηκαν προς το κέντρο της Κηφισιάς, η Βέρα είδε σε μια *βιτρίνα ένα πολύ ωραίο μπλε πουλόβερ. Μπήκαν κι οι τρεις τους στο κατάστημα κι όταν βγήκαν, πολύ περήφανη και καμαρωτή, η Βέρα κρατούσε την κομψή περιποιημένη σακούλα που μέσα της σε άσπρο κουτί βρισκόταν το πολύτιμο δώρο της. Δεν μπορούσε πια να κρατηθεί άλλο. Δεν σκεφτόταν τίποτε άλλο απ' τη στιγμή που μετά από τόσους μήνες θα τον ξανάβλεπε.*

Η ώρα ήταν ήδη δύο όταν ξεκίνησαν για το σπίτι του. Επιτέλους θα τον συναντούσε. Με το που μπήκαν στο σπίτι και τον είδε όλα της φάνηκαν όμορφα, καθαρά και φρέσκα. Τους καλωσόρισε όλους μ' ένα φιλί και κράτησε λίγο περισσότερο στην αγκαλιά του τη Βέρα που έτρεμε απ' τη λαχτάρα της. Φάνταζε ακόμη πιο όμορφος στα μάτια της, η φωνή του τη μάγευε και το χαμόγελό του ήταν πιο φωτεινό κι απ' τα αστέρια. Όλα ήταν τόσο όμορφα, τόσο μαγευτικά για τη Βέρα. Την κρατούσε κοντά του και τη χάιδευε μιλώντας με τον Μίλτο και την Όλγα ενώ της Βέρας της έφτανε μόνο που τον έβλεπε κι άκουγε τη γλυκιά του φωνή.

Τους κάλεσε όλους για ένα γλυκό σ' ένα διπλανό μικρό και κατακάθαρο ζαχαροπλαστείο κι αφού τους ρώτησε για όλους και για όλα, στράφηκε προς το μέρος της και είπε: «Τι θα κάνω εγώ για να ευχαριστήσω το κοριτσάκι μου;» Δεν πίστευε στ' αυτιά της γιατί πρώτη φορά της μιλούσε έτσι χωρίς να είναι μόνοι τους. Τον κοίταξε γεμάτη χαρά, ανείπωτη χαρά, και του είπε «ό,τι θέλεις εσύ», παραδομένη στον έρωτά της και μακαρίζοντας την καλή της τύχη που όλα πήγαιναν πιο καλά απ' ό,τι θα μπορούσε ποτέ να φανταστεί.

Τώρα ήταν δίπλα του, στην Αθήνα, κάτι που δεν το είχε καθόλου στο μυαλό της και που έτσι ξαφνικά προέκυψε ενώ ο Μίλτος με την Όλγα ήταν οι καλοί της άγγελοι που είχαν βοηθήσει να πραγματοποιηθεί αυτό το πανέμορφο κι ανέλπιστο όνειρο. Όμως ζούσε στην πραγματικότητα; Ήταν κοντά του στην ηλιόλουστη και γαλανή πρωτεύουσα κι αυτός έδειχνε τόσο ερωτευμένος που δεν κρατούσε ούτε τα προσχήματα μπροστά τους. Κρατούσε σφιχτά το χέρι της όλη την ώρα, χάιδευε το πρόσωπό της κι η Βέρα βρισκόταν σ' ένα σύννεφο, το μοναδικό στην πόλη.

131

Τους άκουσε που συνεννοήθηκαν για το πρόγραμμα της υπόλοιπης ημέρας κι αφού φάγαν όλοι –εκτός απ' την ίδια– το γλυκό τους, γύρισαν πίσω και στάθηκαν μπροστά στο παρκαρισμένο Renault του Μίλτου. Τον άκουσε να λέει ότι ο ίδιος κι η Όλγα θα μέναν στης ξαδέλφης τους ενώ η ίδια θα 'μενε στο σπίτι του Δημήτρη. Ε! Αυτό ήταν πάρα πολύ! Δεν πίστευε στ' αυτιά της περιμένοντας μ' αγωνία να βρεθεί μόνη μαζί του. Τον είχε τόσο επιθυμήσει που πονούσε η καρδιά της μα απ' την άλλη σκεφτόταν τι θα γινόταν στη συνέχεια. Ήταν αλήθεια εντελώς απροετοίμαστη να μείνει όλο το βράδυ μαζί του κι αυτό της ήταν ακόμα πιο δύσκολο να το φανταστεί. Ένιωσε τόσο μόνη κι απροστάτευτη ξαφνικά που για μια στιγμή ευχήθηκε να ήταν μαζί της κι οι υπόλοιποι ή κάποιος άλλος τέλος πάντων. Αυτό που τόσο ήθελε και που μαζί φοβόταν, πλησίαζε και στ' αλήθεια δεν ήξερε τι ακριβώς να περιμένει. Τώρα όλα είχαν πάρει το δρόμο τους. Η στιγμή της αλήθειας έφτανε. Φοβισμένη απ' το άγνωστο αλλά και περίεργη για το ποια και πώς θα ήταν σ' αυτή τη μοναδική κι ιδιαίτερη στιγμή της ζωής της, ένιωσε την αγωνία της να φτάνει στο ζενίθ της.

Φτάσαν στο σπίτι την ώρα που οι δύο συνάδελφοι του Δημήτρη μόλις είχαν επιστρέψει απ' τη δουλειά τους. Η Βέρα ανάσανε! «Αχ, τι καλά», σκέφτηκε. Καθώς τους γνώριζε απ' τη Θεσσαλονίκη, ένιωσε ακόμη καλύτερα. Δεν της ήταν άγνωστοι. Την καλοδέχτηκαν και μετά από λίγο φύγανε οι δυο τους για την κλινική όπου δουλεύανε όλοι μαζί.

Ο Δημήτρης είχε πάρει άδεια για όσο διάστημα θα 'μενε η Βέρα στην Αθήνα κι έτσι έμειναν πια μόνοι τους. Της έδειξε όλο το σπίτι, την κουζίνα με τα στοιχειώδη, της έδειξε ακόμη και τα δωμάτια των φίλων του. Όλα τους είχαν σχεδόν την ίδια επίπλωση, με τη διαφορά όμως που μόνο το δικό του μοσχομύριζε. Έτσι ήταν ή έτσι της φάνηκε γιατί όλα τα δικά του; Ακόμη και τ' άψυχα βιβλία του δεν μπορούσαν να συγκριθούν με αυτά των άλλων. Εκεί λοιπόν θα 'μενε η Βέρα τις υπόλοιπες τέσσερις μέρες που θ' ακολουθούσαν. Σε καινούργιο τόπο κι επιτέλους και πάνω απ' όλα μόνη μαζί του.

Μετά την περιήγηση κι αφού ο Δημήτρης φρεσκαρίστηκε, της είπε ότι θα 'βγαιναν να πάνε για φαγητό σ' ένα εστιατόριο που πάλι βρισκόταν λίγο παρακάτω στον κεντρικό δρόμο της περιοχής που έμενε.

Φτάσαν κρατώντας ο ένας σφιχτά το χέρι του άλλου σ' ένα ζεστό και πεντακάθαρο μικρό μαγαζί. Δεν πρόσεξε το φαγητό που είχε παραγγείλει ο Δημήτρης και που έφτασε καλοσερβιρισμένο κι ευωδιαστό μετά από λίγη ώρα. Ποιος όμως νοιαζόταν για φαγητό όταν έχει δίπλα τον αγαπημένο του; Η Βέρα ίσα που τσίμπησε λιγάκι ενώ ο Δημήτρης τίμησε δεόντως το δικό του παροτρύνοντάς την κάθε λίγο και λιγάκι να φάει κι αυτή. Μάταια όμως γιατί τίποτε δεν μπορούσε να την αποσπάσει απ' τη γλυκιά του παρουσία.

Ήταν τόσο ερωτευμένη που δεν την ενδιέφερε τίποτα εκτός απ' αυτόν. Τα είχε ξεχάσει όλα. Το σχολείο, το σπίτι της ακόμη και τον μπαμπά της που ήταν η μεγάλη της αδυναμία. Τίποτα δεν μπορούσε να την αποσπάσει απ' τη μορφή του, απ' την παρουσία του που όλα τα μηδένιζε, γλυκαίνοντας ακόμη και την ατμόσφαιρα γύρω της σ' αυτό το κατά τ' άλλα άγνωστό της περιβάλλον. Ήταν ο έρωτάς της κι οι σκέψεις της ήταν όλες μόνο γι' αυτόν. Την γέμιζε και την απορροφούσε η ύπαρξή του όλο και περισσότερο ειδικά τώρα που βρισκόταν τόσο κοντά της. Τα λόγια του έσταζαν μέλι. Οι χειρονομίες του όλες, ό,τι κι αν έκανε, τα χάδια κι η φωνή του. Αυτή η φωνή του! την αγκάλιαζε σαν προστατευτικό βελούδινο πανωφόρι.

Γυρίσανε στο σπίτι αγκαλιασμένοι με γρήγορο βήμα. Η Βέρα ήταν άυπνη αλλά δε νύσταζε καθόλου. Ο Δημήτρης την είχε απαλλάξει απ' όλες τις ανάγκες της, την ταξίδευε μ' αόρατα φτερά σε καινούργιους μαγικούς κόσμους. Ήταν μόνοι τους στο σπίτι. Οι άλλοι δύο θα γύριζαν πολύ αργά το βράδυ -έτσι ήταν το ωράριό τους, της είπε- και θα μπορούσε άνετα ν' αλλάξει και να νιώσει πιο άνετα καθώς δεν θα ήταν υποχρεωμένη να κυκλοφορεί στο σπίτι μαζί τους. Ο ίδιος θα την περίμενε στο σαλόνι.

Η Βέρα μπήκε στο δωμάτιό του, έβγαλε απ' τη βαλίτσα της ένα νυχτικό από άσπρη βατίστα που στα τελειώματά του είχε δαντέλα και βγήκε ξυπόλητη να τον συναντήσει.

Δεν πρόλαβε να κάνει βήμα όταν βρέθηκε στην αγκαλιά του. Ω! Ήταν τόσο ζεστός. Ένιωθε την καρδιά του να κτυπάει όπως κι η δική της. Ήταν ζεστός, όπως ζεστή ήταν κι η ανάσα του καθώς της ψιθύριζε λόγια άλλοτε οικεία κι άλλοτε ακατάληπτα. Την έσφιγγε όλο και πιο πολύ αλλά μόλις κατάλαβε πως η Βέρα άρχισε να τρέμει σαν πουλάκι, την άφησε λιγάκι, έλυσε τα χέρια του που την έσφιγγαν και την οδήγησε πάλι στο δωμάτιό του. Την έβαλε να ξαπλώσει και ξάπλωσε κι ο ίδιος δίπλα της. Έμεινε για λίγο αμίλητος κι έδειξε σαν κάτι να σκέφτηκε. Μετά την έφερε κοντά του αγκαλιάζοντάς την πολύ τρυφερά αυτή τη φορά και της είπε: «Κοιμήσου γλυκιά μου. Εγώ θα είμαι εδώ και θα σε κρατάω στην αγκαλιά μου· ηρέμησε και μη φοβάσαι τίποτα». Η Βέρα ένιωσε τέτοια ανακούφιση που έκλεισε τα μάτια της και σε λίγο κοιμήθηκε αποκαμωμένη απ' όλα τα προηγούμενα.

Όταν ξύπνησε το πρωί, βρήκε ένα σημείωμα πάνω στο μαξιλάρι του που έγραφε: «Γλυκιά μου καλημέρα. Τηλεφώνησέ μου σ' αυτό το νούμερο μόλις ξυπνήσεις. Σε φιλώ πολύ πολύ».

Το ρολόι έδειχνε έντεκα κι η Βέρα πετάχτηκε σαν ελατήριο μόλις συνειδητοποίησε ότι είχε κοιμηθεί τόσο πολύ. Πλύθηκε γρήγορα-γρήγορα και πήγε προς το τηλέφωνο του σαλονιού. Ήταν ολομόναχη στο σπίτι. Οι πόρτες των δωματίων ήταν ορθάνοιχτες κι ο ήλιος έμπαινε λαμπρός, όπως και την προηγούμενη μέρα.

Σχημάτισε τον αριθμό και περίμενε να τη συνδέσουν. Σε λίγο άκουσε τη φωνή του, χαρούμενη και δυνατή, να την καλημερίζει. Της είπε να βγει να πάει στο κέντρο της Αθήνας, της έδωσε οδηγίες για το πώς και της είπε να του ξανατηλεφωνήσει μόλις θα γύριζε πίσω. Η Βέρα είπε «ναι» και πήγε να ετοιμαστεί όταν άλλαξε γνώμη αποφασισμένη να βάλει μια τάξη, να καθαρίσει το σαλόνι και να τ' ομορφύνει. Τι καλά, σκέφτηκε, να ήταν και το πιάνο της προκοπής. Θα μπορούσε μετά ν' ασχοληθεί μ' αυτό και να περάσει καλύτερα την ώρα της. Από μια ματιά που είχε ρίξει νωρίτερα στο γραφείο του Δημήτρη δεν είχε δει κάποιο μυθιστόρημα ή, τέλος πάντων, κάποιο βιβλίο που θα μπορούσε να διαβάσει.

Ευτυχώς στην κουζίνα ανακάλυψε ένα μικρό ραδιόφωνο που έπιανε μια χαρά το σταθμό απ' την αμερικανική βάση στην Αθήνα κι αμέσως ο Pat Boone ακούστηκε βελούδινος να τραγουδάει τις επιτυχίες του. Η Βέρα χάρηκε για την άψυχη συντροφιά που ανακάλυψε και βάλθηκε να βρει κάποια από αυτά που θα της ήταν απαραίτητα για να κάνει την καθαριότητα που είχε αποφασίσει. Γρήγορα στο μπαλκόνι της κουζίνας τα βρήκε όλα κι άρχισε τις δουλειές με σπουδή που ποτέ της δεν είχε επιχειρήσει. Ήθελε να τον ευχαριστήσει, να κάνει κάτι γι' αυτόν. Ήθελε να κάνει τα πάντα. Αυτή ήταν η αλήθεια. Σε δύο ώρες το θλιβερό σαλόνι είδε χαρές που μήνες είχε μάλλον να ζήσει γιατί, απαλλαγμένο απ' τις στρώσεις σκόνης που κουβαλούσε, έδειξε ένα συμπαθητικό πρόσωπο.

Η Βέρα έκανε ένα γρήγορο μπάνιο ακούγοντας μουσική που τώρα είχε αλλάξει κι ήταν πιο γρήγορη και χαρούμενη. Μάλλον τώρα είχε την τιμητική του ο Bobby Darin. Ήταν ό,τι έπρεπε για να φτάξει ακόμη περισσότερο τη διάθεση της Βέρας, η οποία χαρούμενη απ' τ' αποτέλεσμα της πρωτοβουλίας της άρχισε κιόλας λίγο-λίγο να αισθάνεται σαν στο σπίτι της.

Έτσι φανταζόταν τη μελλοντική της ζωή με το Δημήτρη στο σπίτι τους. Βέβαια, εκείνο θα ήταν εντελώς διαφορετικό απ' αυτό, με καινούρια έπιπλα, χαλιά κι ωραίους πίνακες, σύγχρονη κουζίνα κι ένα μπάνιο που θ' άστραφτε. Θα τελείωνε κι εκείνη το πανεπιστήμιο. Ποιος ξέρει αν θα εργαζόταν. Μάλλον όχι. Ήθελε ν' ασχολείται μόνο μ' αυτόν. Ήταν η ζωή της κι ήταν αποφασισμένη να 'κανε ό,τι περνούσε απ' το χέρι της γι' αυτόν όλα τα επόμενα χρόνια που θα ήταν μαζί και θα ήταν πολλά, πάρα πολλά. Όλη η ζωή ήταν μπροστά τους, χαρούμενη και γεμάτη, όπως περίμενε η Βέρα με τη σιγουριά της νεαρής ερωτευμένης.

Λίγο πριν το μεσημέρι ο Δημήτρης της τηλεφώνησε για να της πει ότι το βράδυ θα πηγαίναν μαζί με τους συγκατοίκους του να φάνε έξω, την παρότρυνε να βγει μια βόλτα για να περάσει καλύτερα την ώρα της και την συμβούλεψε να ξαπλώσει το μεσημέρι για να είναι ξεκούραστη γιατί μάλλον είχαν σκοπό να το ξενυχτήσουν. Η Βέρα στεναχωρήθηκε λιγάκι που δεν θα 'βλεπε το περίφημο σαλόνι καθαρό και τακτοποιημένο και που για χάρη του τόσο είχε κοπιάσει. Περίμενε τις αντιδράσεις και τα μπράβο του νιώθοντας λίγο σαν οικοδέσποινα που μετά την προσπάθεια που έκανε, θα δεχόταν και την επιβεβαίωση. Όμως λίγο πριν κλείσει το τηλέφωνο ο αγαπημένος της, της είπε πως τη σκεφτόταν συνέχεια και πως ήταν η αγαπούλα του.

Ικανοποιημένη απ' αυτές τις κουβέντες η Βέρα ντύθηκε κλείνοντας το σπίτι κι αποφασισμένη να βγει προς τη Μιχαλακοπούλου κι από κει να ανηφορίσει για το Κολωνάκι. Σήμερα θ' αντάμειβε τον εαυτό της με μερικά ψώνια σ' αυτή την τόσο ωραία αγορά που αντίστοιχή της δεν υπήρχε στη Θεσσαλονίκη. Είχε αρκετά χρήματα να ξοδέψει κι ίσως να 'βρισκε ν' αγοράσει κάτι πιο βραδινό αφού απόψε ήθελε να θαμπώσει τον Δημήτρη της και στους φίλους του.

Τα μαγαζιά στο Κολωνάκι ήταν μερικές κομψές μπουτίκ μ' εντυπωσιακές αλλά λιτές βιτρίνες. Ωστόσο, είχαν μια πολυτέλεια που την εντυπωσίασαν και δεν διέψευσαν τις προσδοκίες της. Κατεβαίνοντας την οδό Κανάρη βρήκε μια μπουτίκ η οποία, μολονότι είχε πιο κλασικά ρούχα, της φάνηκε πως η ποιότητά τους υπερείχε απ' όλες τις προηγούμενες που είχε επισκεφθεί. Μπήκε με κάποιο δισταγμό γιατί ήταν η πρώτη φορά που θα ψώνιζε χωρίς τη μαμά της αλλά γρήγορα της πέρασε όταν μια πολύ ευγενική πωλήτρια την υποδέχθηκε με χαμόγελο και διάθεση να την εξυπηρετήσει. Ψάχνοντας στα πολύ προσεγμένα πράγματι ρούχα που ήταν περασμένα σε βελούδινες κρεμάστρες η πολύ ευγενική κυρία της πρότεινε ένα φόρεμα που αμέσως μπήκε στην καρδιά της Βέρας.

Ήταν ένα φόρεμα σιφόν σε μαύρο φόντο με ροζ λουλούδια. Οι μανσέτες κι ο γιακάς του ήταν από σατέν στην ίδια ροζ απόχρωση και στην τονισμένη μέση είχε μια πολύ λεπτή ροζ γυαλιστερή ζώνη. Όταν το φόρεσε κι είδε τον εαυτό της στον καθρέφτη, η Βέρα εντυπωσιάστηκε τόσο απ' τ' αποτέλεσμα που ούτε για την τιμή του δεν ρώτησε. Αυτό το φόρεμα θα γινόταν δικό της και θα το φορούσε απόψε κιόλας. Πλησίασε στο ταμείο γεμάτη αυτοπεποίθηση κι έδωσε τα χρήματα σε ένα κύριο επίσης πολύ ευγενικό και κομψό ντυμένο αφού φορούσε και παπιγιόν. Βγήκε με το φόρεμά της κρατώντας το σφιχτά στην πολυτελή σακούλα του καταστήματος που έγραφε «Αλεξανδράκης». Αυτό ήταν το πρώτο λάφυρό της απ' την εξαιρετική αυτή μπουτίκ την οποία και στο μέλλον θα επισκεπτόταν πολλές-πολλές φορές. Καθώς ανηφόριζε την Κανάρη προς την πλατεία με τα ωραία ζαχαροπλαστεία και ρεστοράν, σκέφτηκε πως ευτυχώς που είχε φέρει μαζί της και τα μαύρα κομψά της πέδιλα αγορασμένα απ' τον «Παπαγεωργίου», τον πιο διάσημο παπουτσή της Θεσσαλονίκης, που μάλιστα μπορούσες να παραγγείλεις και το δικό σου σχέδιο, το οποίο αν το ενέκρινε, σου το ετοίμαζε ακριβώς στα μέτρα σου. Αυτά τα πέδιλα ήταν ό,τι έπρεπε γι' αυτό το εξαιρετικό φόρεμα.

Βλέποντας τις κομψές κυρίες που περπατούσαν δίπλα της προσπάθησε να τις μιμηθεί στις κινήσεις θέλοντας να τους μοιάσει όταν κι αυτή θα 'φτανε στην ηλικία τους. Αποφάσισε λοιπόν να καθίσει σ' ένα απ' τα πολύ ωραία ζαχαροπλαστεία της πλατείας για να τις παρατηρήσει καλύτερα. Δεν ένιωθε σαν μαθήτρια αλλά σα μια νεαρή κυρία του κόσμου, χαρούμενη, τρισευτυχισμένη, μ' όλα αυτά τα σπουδαία που συνέβαιναν στη ζωή της.

Αυτό τ' αναπάντεχο ταξίδι, το εκπληκτικό φόρεμα, η προσδοκία της βραδιάς που ούτε λίγο ούτε πολύ θα ήταν η μοναδική ντάμα ανάμεσα σε τρεις κυρίους, όλα αυτά την έκαναν να νιώθει σαν κάτι το ξεχωριστό. Τι θα είχε να πει γυρίζοντας στις φιλενάδες της! Η ζωή της πια ήταν τόσο γεμάτη *και όμορφη! Έτσι θα ήταν και τα επόμενα χρόνια της με το Δημήτρη δίπλα της να την αγαπάει και να την προστατεύει. Μακάρισε τον εαυτό της για την εξαιρετική τύχη που της είχε παρουσιαστεί τόσο νωρίς, γενναιόδωρα κι όλα της τα 'φερνε βολικά.*

Όταν γύρισε στο σπίτι ήταν κιόλας απόγευμα. Ξάπλωσε λιγάκι αφού έστρωσε πρώτα με μεγάλη προσοχή το καινούριο φόρεμα στην καρέκλα του δωματίου και γεμάτη απ' τις εντυπώσεις της ημέρας αλλά και απ' την κούραση, αποκοιμήθηκε.

Όταν ήρθε ο Δημήτρης να την πάρει, ήταν κιόλας ντυμένη κι έτοιμη να τον περιμένει. Η αντίδρασή του μόλις την είδε ήταν ένα τεράστιο επιφώνημα θαυμασμού με πολλά μπράβο για την εμφάνισή της αλλά και για την μεταμόρφωση του σαλονιού.

Με τους φίλους του θα συναντιόντουσαν στα «Νούφαρα» πάλι στο Κολωνάκι, το οποίο ήταν ένα απ' τα καλύτερα εστιατόρια, όπως της είπε. Περπατήσανε πάλι ακολουθώντας την ίδια διαδρομή και φτάνοντας στο Κολωνάκι κατευθύνθηκαν στο σημείο του ραντεβού τους με τους άλλους.

Ο Δημήτρης μέσα στο κοστούμι του κι η Βέρα με τ' αερινό της φόρεμα θα πρέπει να ήταν ένα πολύ όμορφο ζευγάρι όπως κατάλαβε κρίνοντας απ' τα βλέμματα των περαστικών και την επιδοκιμασία στο βλέμμα τους.

Τα «Νούφαρα» ήταν όντως ένα πολύ εντυπωσιακό μαγαζί με ντεκόρ που η Βέρα έβλεπε για πρώτη φορά και σερβιτόρους μ' έναν αέρα και σοβαρό ύφος που φαίνεται πως τους επέβαλε το «στήσιμο» του μαγαζιού κι η πελατεία τους. Ήταν όμως πολύ ακριβό όπως μπόρεσε να καταλάβει απ' το λογαριασμό. Ευτυχώς βέβαια που το ποσό μοιράστηκε ανάμεσα στους τρεις φίλους κι έτσι η εντύπωση της Βέρας μετριάστηκε λιγάκι. Το πρόγραμμα στη συνέχεια είχε σινεμά.

Όταν γύρισαν στο σπίτι όλοι μαζί, κάθισαν στο κατακάθαρο πλέον σαλόνι. Η Βέρα άκουσε τα μπράβο κι απ' τους άλλους δύο, τους καληνύχτισε κατευχαριστημένη και μπήκε πρώτη στο δωμάτιο.

Ακόμη ένα βράδυ με τον αγαπημένο της. Ήταν τόσο ανέλπιστο, όπως και όλα τ' άλλα, που καθώς άρχισε να ξεντύνεται σκεφτόταν πώς θα το περνούσε μετρώντας τα υπόλοιπα δύο που της έμεναν μέχρι να γυρίσει στη Θεσσαλονίκη. Κάθισε στην καρέκλα του γραφείου του και καθώς η ώρα που θα βρισκόταν πάλι ολομόναχη μαζί του πλησίαζε, την έπιασε μια ανυπομονησία ανάμικτη με μια αδιόρατη ανατριχίλα.

Για αρκετή ώρα άκουγε τον Δημήτρη και τους φίλους του να συζητάνε και μετά, λίγο πριν εξαντληθεί η υπομονή της, άκουσε τις πόρτες τους να κλείνουν ενώ η δική της άνοιξε κι ο Δημήτρης παρουσιάστηκε μπροστά της γεμάτος ζωντάνια, χαμογελαστός όπως πάντα και σήμερα ειδικά, πηγαίνοντας κατευθείαν προς το μέρος της σκύβοντας και κλείνοντάς την σε μία ζεστή κι ασφυκτική αγκαλιά. Με μια γρήγορη κίνηση την σήκωνε όρθια μην αφήνοντάς την στιγμή απ' τα χέρια του, σα να φοβόταν ότι θα την έχανε. Ήταν τέτοιο το πάθος του που δεν μιλούσε καθόλου. Όλη η νεανική του ορμή μεταγγίστηκε στη Βέρα. Την κυρίευσε τόσο που άφησε τον εαυτό της επιτέλους ελεύθερο στα χέρια του μεθυσμένη απ' την έξαψη και χάνοντας κάθε αίσθηση του τόπου και του χρόνου γύρω της.

Όταν την άλλη μέρα ξύπνησε δεν τον βρήκε δίπλα της. Η σιωπή ήταν απόλυτη στο σπίτι. Σηκώθηκε μουδιασμένη και μόλις κοίταξε το ρολόι του γραφείου, είδε ότι ήταν σχεδόν μεσημέρι. Ταυτόχρονα χτύπησε το τηλέφωνο και μόλις σήκωσε τ' ακουστικό, άκουσε τη γλυκιά του φωνή να την καλημερίζει. Τη ρώτησε πώς κοιμήθηκε, αν ήταν καλά και πιάνοντας την αμηχανία της τής είπε με συνωμοτικό τόνο: «Κατάλαβες γλυκιά μου ότι τώρα είσαι η κυρία Κυριαζή;» Αυτό ήταν το επίθετό του.

Οι υπόλοιπες δύο μέρες πέρασαν χωρίς η Βέρα να μπορεί να συνειδητοποιήσει τη σημασία αυτού που είχε συμβεί. Άκουγε στα αυτιά της τη φωνή του να επαναλαμβάνει πάλι και πάλι: «Κατάλαβες ότι τώρα είσαι η κυρία Κυριαζή;» Ωστόσο, ο Δημήτρης έκανε ό,τι μπορούσε για να την κάνει να αισθάνεται άνετα μαζί του βλέποντας τις ντροπαλές κινήσεις της και ακού-

139

γοντας τις λίγες εντελώς απαραίτητες κουβέντες που του απηύθυνε. Της έλεγε ότι δεν έπρεπε να φοβάται καθόλου, να μην ανησυχεί για τίποτα, θα ήταν μαζί σ' όλη τους τη ζωή. Τη διαβεβαίωνε ξανά και ξανά σαν να είχε μπει μέσα στο μυαλό της και καταλάβαινε τι την απασχολούσε. Όταν ήταν μαζί οι ανησυχίες της μετριάζονταν. Όταν όμως έμενε μόνη σκεφτόταν τη μαμά της, την έπιανε μια ντροπή τόσο μεγάλη που αποφάσισε ότι δεν θα της έλεγε τίποτα πιστεύοντας ότι και κείνη δεν θα την έφερνε σε δύσκολη θέση με τις ερωτήσεις της όταν θα γύριζε στο σπίτι.

Μια μέρα τώρα της απέμεινε μέχρι το γυρισμό της που θα την έβαζε πάλι στις καθημερινές της ασχολίες, το διάβασμα και το πηγαινέλα στο σχολείο και τ' άλλα εξωσχολικά της καθήκοντα. Μα πιο πολύ σκεφτόταν που θ' αναγκαζόταν πάλι να τον αποχωριστεί. Πώς θ' άντεχε πάλι να μην τον βλέπει; Πώς θ' άντεχε να ακούει μόνο τη φωνή του; Ο Δημήτρης της είπε ότι έπρεπε ν' ασχοληθεί τώρα με τα μαθήματά της καθώς οι απολυτήριες εξετάσεις πλησίαζαν και την παρηγορούσε λέγοντάς της πως θα προσπαθούσε να την παίρνει στο τηλέφωνο όσο πιο συχνά μπορούσε.

Οι αποχαιρετισμοί για δύο ερωτευμένους είναι η χειρότερη δοκιμασία. Έτσι, καθώς πλησίαζε ο εφιάλτης της, η Βέρα ετοίμασε πάλι τη βαλίτσα της κι ετοιμάστηκε να είναι όσο πιο χαμογελαστή γινόταν αυτό το τελευταίο βράδυ που θα περνούσανε μαζί. Με γέλια και με δάκρυα τον αγκάλιασε σφιχτά. Δεν έκλεισε τα μάτια της ούτε λεπτό ακούγοντάς τον όλη τη νύχτα να της ψιθυρίζει γλυκά και παρηγορητικά λόγια. Αν κι αυτός στεναχωριόταν, δεν της το 'δειξε κρατώντας για τον εαυτό του το δύσκολο μέρος της απόλυτης αυτοκυριαρχίας που τόσο της ήταν συνηθισμένη και που μόνο σ' ορισμένες στιγμές του την έχανε.

Όταν ο Μίλτος κι η Όλγα ήρθαν να την πάρουν κι άυπνη καθώς ήταν, δεν μπορούσε να σταθεί στα πόδια της. Ο Δημήτρης την κρατούσε σφιχτά απ' το χέρι, την έβαλε να καθίσει στο αυτοκίνητο κι έμεινε να τους αποχαιρετά κοιτάζοντάς τον. Όσο μπορούσε η Βέρα τον κοίταζε κι αυτή χάνοντας *τον απ' τα μάτια της μόνον όταν στρίψανε στον κεντρικό δρόμο που θα τους οδηγούσε στην Εθνική οδό.*

Τον ρόλο του παρηγορητή ανέλαβε η Όλγα που έχοντας ζήσει τη Βέρα απ' τη στιγμή που είχε γεννηθεί, ήταν τρυφερή κι ανεκτική μαζί της ακόμα κι όταν εκείνη έβαλε πάλι τα κλάματα σαν μωρό. Ο Μίλτος σταμάτησε τ' αυτοκίνητο γιατί η Όλγα αναγκάστηκε να την πάρει στην αγκαλιά της αφήνοντας τη θέση της δίπλα στον αδελφό της.

Το ταξίδι της επιστροφής ήταν δύσκολο. Μαζί με τη Βέρα άρχισε να κλαίει κι ο ουρανός, τόσο έντονα, που οι ώρες της διαδρομής προς τη Θεσσαλονίκη έγιναν πολύ περισσότερες απ' τον πηγαιμό τους. Το αίσθημα της μοναξιάς είχε αρχίσει ήδη να την κυριεύσει παρ' όλο που η παρέα της ήταν παρηγορητική.

Αυτός ο αποχωρισμός όμως δεν έμοιαζε με τους υπολοίπους. Τώρα, η Βέρα είχε την αίσθηση πως ένα κομμάτι απ' τον εαυτό της είχε μείνει πίσω, πως είχε κερδίσει κι είχε χάσει ταυτόχρονα κάτι απ' την παιδικότητα και την αισιοδοξία της. Ήθελε να τους πει να τη γυρίσουν πίσω στην Αθήνα. Δεν την ενδιέφερε ούτε το σχολείο ούτε οι φίλες της ούτε ακόμη κι η οικογένειά της. Μόνο ο Δημήτρης την ενδιέφερε. Γι' αυτόν ήταν όλες οι σκέψεις της. Αναρωτιόταν πώς θα συνέχιζε να ζει μακριά του τώρα μετά την απόλυτη πληρότητα που μόνο αυτός μπορούσε να της δίνει.

Ωστόσο, κάποτε το ταξίδι τελείωσε κι αποκαμωμένη καθώς ένιωθε, το μόνο που έκανε μόλις μπήκε στο σπίτι της ήταν να πει ένα βιαστικό «γειά σας, ήρθα» και να μπει στο δωμάτιό της. Η μαμά της έτρεξε από πίσω της. Δεν είχε ξαναδεί την κόρη της σε τέτοια χάλια αλλά φαίνεται πως σοκαρίστηκε τόσο απ' το αλλαγμένο απ' τον πόνο και το κλάμα πρόσωπό της, που δεν τόλμησε να τη ρωτήσει τίποτα σχετικά με το ταξίδι της. Αναρωτήθηκε μόνο αν έκανε καλά που την άφησε να φύγει.

Μετά από ένα βαθύ λήθαργο που τη λύτρωσε κάπως απ' τις οδυνηρές σκέψεις της, η Βέρα ξύπνησε όταν η μέρα είχε για τα καλά προβάλει. Με τα μάτια μισόκλειστα σηκώθηκε, πήγε προς την κουζίνα όπου ευτυχώς δεν βρισκόταν κανείς. Το γεγονός αυτό την χαροποίησε κάπως βγάζοντάς την απ' τις αναγκαστικές συναντήσεις με τους δικούς της. Είχε ακόμη ανάγκη να μείνει ολομόναχη κι η κατάσταση τη βόλευε πολύ. Ήπιε γρήγορα μια πορτοκαλάδα, έφαγε τις καθιερωμένες πρωινές τηγανίτες της γιαγιάς κι άρχισε να νιώθει κάπως καλύτερα. Ήλπιζε πως μέχρι να γυρίσουν όλοι θα μπορούσε να πάρει το συνηθισμένο της ύφος και ν' απαντήσει στις ερωτήσεις τους με τον πιο ανώδυνο τρόπο.

Είχε όμως ανάγκη και τώρα να μιλήσει με κάποιον και ποιος ήταν καλύτερος από τη φίλη της τη Μενούλα; Την πήρε στο τηλέφωνο κι αφού έμαθε τα νέα των φίλων της και πήρε τις πληροφορίες της για τον καθένα ξεχωριστά, άρχισε λίγο-λίγο να μπαίνει στην καθημερινότητά της. Πόσο τη βοήθησε αυτή η συνομιλία! Οι δύο φίλες συνεννοήθηκαν να συναντηθούν το ίδιο κιόλας απόγευμα αφού η Μενούλα αδημονούσε για τα νέα απ' το Δημήτρη και το ταξίδι της βομβαρδίζοντας τη Βέρα ήδη απ' το τηλέφωνο με πολλές ερωτήσεις.

Οι γονείς κι οι παππούδες μαζεύτηκαν στο σπίτι το μεσημέρι κι ευτυχώς, εκτός απ' τα τυπικά, απέφυγαν να τη ρωτήσουν για πράγματα που η Βέρα φοβόταν και δεν ήθελε καθόλου να συζητήσει. Τους είπε ότι όλα πήγαν πολύ καλά, ότι της άρεσε πολύ η Αθήνα, ότι αγόρασε καινούριο φόρεμα, τους το 'δειξε κιόλας κι έτσι κάθισαν όπως πάντα στο μεγάλο μακρόστενο τραπέζι όπου ο καθένας είχε τη θέση του. Ο σκόπελος είχε προσπεραστεί.

Η Μενούλα που είχε ήδη φτάσει στο ζαχαροπλαστείο «Ελληνικό» που ήταν το ραντεβού τους, σηκώθηκε απ' την καρέκλα της μ' ανοιχτές αγκάλες για να υποδεχθεί τη Βέρα. Οι δύο φιλενάδες καθίσανε η μία απέναντι στην άλλη κι η «ανάκριση» άρχισε. Βομβαρδισμός από ερωτήσεις ακολούθησε καθώς η Μενούλα ήθελε να μάθει όλες τις λεπτομέρειες απ' το ταξίδι της. Πώς ήταν ο Δημήτρης, πώς την υποδέχθηκε, πού πήγαν, πώς πέρασαν και στο τέλος η δύσκολη ερώτηση, πού είχε κοιμηθεί η Βέρα; Στους συγγενείς που είχε στην Αθήνα, στο ξενοδοχείο ή κάπου αλλού;

«Λέγε, λέγε γρήγορα,» τη ρωτούσε αναψοκοκκινισμένη η Μενούλα κι η Βέρα της πέταξε ένα ψέμα χωρίς να το καλοσκεφθεί. Είχε μείνει στον αδελφό του μπαμπά της, στους θείους της, της είπε. Η Μενούλα έδειξε μια μικρή απογοήτευση καθώς έβλεπε πως δυστυχώς δεν θ' άκουγε το νέο που τόσο περίμενε, αλλά μετά από λίγο, απτόητη τη ρώτησε: «Καλά, δεν βρεθήκατε καθόλου μόνοι σας;» «Όλο είσαστε με παρέα;». Η Βέρα δεν ανακουφίστηκε απ' τη δύσκολη τροπή που είχε πάρει η συζήτησή τους κι έτσι άρχισε να της περιγράφει τις βόλτες, το σινεμά, το φαγητό σερβίροντάς της τα γεγονότα όπως τη βόλευαν κι αποφεύγοντας ν' απαντήσει στο καίριο ερώτημα της Μενούλας.

«Πάει κι αυτό», σκέφτηκε η Βέρα καθώς η ώρα είχε περάσει. Είχαν φάει μία καταπληκτική σοκολατίνα στο «Ελληνικό» και μετά η συζήτηση περιορίστηκε στα συνηθισμένα.

Μόλις έφτασε στο σπίτι, η μαμά της τής είπε πως μόλις της είχε τηλεφωνήσει ο Δημήτρης. Είχε όμως πολλή δουλειά. Δε θα μπορούσε να την ξαναπάρει σήμερα και της έστελνε τους χαιρετισμούς του. Η Βέρα μετάνιωσε χίλιες φορές για το «Ελληνικό», ακόμη κι η σοκολατίνα της βγήκε πικρή. Στο εξής αποφάσισε πως θα πρόσεχε πολύ να μη βγαίνει απ' το σπίτι για τίποτε άλλο εκτός απ' το σχολείο και τ' άλλα της καθήκοντα. Θα περίμενε το τηλεφώνημά του και μάλιστα σκεφτόταν να του γράψει και να του πει ακριβώς ποιες ώρες θα την έβρισκε στο σπίτι.

Έτσι κι έγινε. Η Βέρα μετά τις οκτώ και μισή βρισκόταν πάντα στο σπίτι. Μάλιστα, είχε μάθει να τον αναγνωρίζει απ' το κουδούνισμα του τηλεφώνου και πάντα έτρεχε με φούρια να τ' απαντήσει.

Τα γλυκά λόγια κι οι υποσχέσεις περίσσευαν και μέρα με τη μέρα άρχισε να λύνεται η γλώσσα της κι είχε αρχίσει να τ' ανταποδίδει και να του δίνει υποσχέσεις που με το χέρι στην καρδιά ήταν αποφασισμένη να τηρήσει.

143

Μέσα σ'όλα, ο Δημήτρης της έλεγε να διαβάζει, θα τον έκανε πολύ περή-
φανο αν περνούσε τις εξετάσεις της στο πανεπιστήμιο ενώ πάντα στον απο-
χαιρετισμό τής επαναλάμβανε πόσο πολύ την αγαπούσε.

Καθώς οι μέρες περνούσαν, οι ανασφάλειές της μετριάστηκαν κι η
επιθυμία της να μην διαψεύσει τις προσδοκίες του έγιναν σκοπός της.
Θα περνούσαν τουλάχιστον δύο μήνες μέχρι να τον ξανάβλεπε και για
περίπου τρεις εβδομάδες δεν θα μπορούσε να της μιλήσει, γιατί θα πή-
γαινε για εκπαίδευση στη Χίο. Θα της έγραφε όμως μόλις θα 'βρισκε
χρόνο. Δεν έπρεπε ν' ανησυχεί ποτέ και για τίποτα τη διαβεβαίωνε ξανά
και ξανά.

Η Βέρα έπεσε με τα μούτρα στο διάβασμα μόλις πήρε τ' απολυτήριό της
με τον καλύτερο βαθμό απ' όλες τις προηγούμενες χρονιές. Έμπαινε σ' έναν
καινούργιο κόσμο δεδομένων, είχε πολλές ελεύθερες ώρες αφού το σχολείο
πια είχε τελειώσει κι ένιωθε ήδη μεγάλη και διαφορετική.

Ο Δημήτρης έφτασε στη Θεσσαλονίκη χωρίς να την ειδοποιήσει θέλο-
ντας να της κάνει έκπληξη, αλλά και γιατί δεν ήθελε να την υποβάλει στην
αγωνία της αναμονής. Όταν τον άκουσε να της λέει ότι εκείνη τη μέρα θα
την περίμενε έξω απ' τη Φιλοσοφική, στο συνηθισμένο τόπο των ραντεβού
τους η Βέρα έβγαλε τέτοια τσιρίδα απ' τη χαρά της που τρόμαξε κι η ίδια
απ' την έντασή της. Μεταμορφώθηκε σ' αβαρές πουλάκι, ντύθηκε, στολί-
στηκε κι έτρεξε στον αγαπημένο της. Αυτή τη φορά του 'δωσε η ίδια το χέρι
της και τον κράτησε σ' όλη τη διαδρομή, έτσι μεσ' τον κόσμο χωρίς να την
ενδιαφέρει κανένας και τίποτα εκτός απ' αυτόν.

Οι δύο μήνες που είχε να τον δει της φάνηκε πως τον είχαν ομορφύνει
ακόμη πιο πολύ ενώ απ' την παραμονή του στο νησί είχε αποκτήσει ένα
ελαφρύ μαύρισμα που του πήγαινε πολύ καθώς τόνιζε ακόμη περισσό-
τερο τα χαρακτηριστικά του. Περπατούσαν χέρι-χέρι μέχρι το γνώριμό

τους πεζουλάκι στ' Αστεροσκοπείο ανταλλάσσοντας πεταχτά φιλιά και βομβαρδίζοντας ο ένας τον άλλον με ερωτήσεις για το τι έγινε όλο αυτό τον καιρό που είχαν να βρεθούν. Πριν αποχαιρετιστούν, ο Δημήτρης της είπε πως θα πήγαινε την άλλη μέρα να δει τον μπαμπά της στο γραφείο του. Είχε πολλά που ήθελε να συζητήσει μαζί του. Οι εκπλήξεις διαδέχονταν η μία την άλλη κι οι εντυπώσεις μέσα της γινόντουσαν μία τεράστια αγκαλιά που άνοιγε για να τον βάλει μέσα της και κανείς ποτέ να μην της τον πάρει.

Δεν την πήγε μέχρι το σπίτι αυτή τη φορά αφήνοντάς την να ονειρεύεται γιατί εκείνος είχε δουλειές να κάνει. Θα 'μενε φυσικά στο σπίτι της Ολυμπίας. Είχε πολύ καιρό να δει τον αδελφό του κι ήθελε ν' αγοράσει μερικά πράγματα. Ωστόσο, θα της τηλεφωνούσε την άλλη μέρα για να συναντηθούν.

Δεν θα ξεχνούσε ποτέ αυτή τη μέρα που είχε φτάσει η στιγμή να πραγματοποιηθούν τα όνειρά της και τίποτα δεν μπορούσε να την κάνει να μη χαμογελάει. Χαμογελαστή έφτασε στο σπίτι της και τρέχοντας μπήκε κατευθείαν στην αγκαλιά του μπαμπά της που πριν του πει τα νέα, είχε απορήσει απ' αυτή την χαρά και την έξαψη που 'βλεπε στο πρόσωπο της χαϊδεμένης του κόρης.

Το πρόσωπό του άστραψε μόλις τον πληροφόρησε ότι ο Δημήτρης θα περνούσε την άλλη μέρα απ' το γραφείο του. Αυτό και τίποτ' άλλο. Έτσι κι αλλιώς δεν χρειαζόταν. Ο μπαμπάς της κατάλαβε αμέσως όλα τ' άλλα κι ανακοινώνοντας με τη σειρά του τα ευχάριστα της είπε μόνο να μην αφήσει για τίποτα την προοπτική της επιτυχίας στις εισαγωγικές του πανεπιστημίου. Όλα τ' άλλα θα κανονίζονταν, της είπε. Δεν έπρεπε όμως να παραιτηθεί απ' το σκοπό της. Η Βέρα τον διαβεβαίωσε ξανά και ξανά ότι ήταν έτσι κι αλλιώς στις προθέσεις της αλλά πάνω απ' όλα ήταν κι η επιθυμία του Δημήτρη της. Δεν υπήρχε καμία περίπτωση να μην πραγματοποιούσε την επιθυμία του.

Όταν η Βέρα κοίταξε τον υπέροχο κήπο της βεβαιώθηκε για μία ακόμη φορά γι' αυτό που είχε δει νωρίτερα. Τα ροζ λουλουδάκια είχαν γίνει κόκκινα, τα κόκκινα είχαν ροδίσει ακόμη περισσότερο κι οι φωτοσκιάσεις απ' τις ακτίνες του ήλιου είχαν βάψει κόκκινα ακόμη και τα φύλλα και τα κοτσανάκια τους. Όλος ο κήπος είχε γίνει μια κατακόκκινη μικρή πεδιάδα. Τόσο την συνεπήρε η αντανάκλαση αυτού του χρώματος πάνω σε όλα που αισθάνθηκε η ίδια σαν παραφωνία μέσα σ' εκείνη την εικόνα.

Βιάστηκε να μπει στην κρεββατοκάμαρά της κι άλλαξε τα ρούχα της βάζοντας την κόκκινη μακριά σατέν κινέζικη ρόμπα της με τους πυρωμένους δράκοντες και τις χρυσίζουσες γλώσσες τους. Ξαναβγήκε νιώθοντας ευγνωμοσύνη που ο Θεός την είχε αξιώσει να δει αυτή την ονειρική εικόνα. Τι ήταν πιο ταιριαστό απ' τη μουσική του P. I. Tschaikovsky που κάθε φορά που 'βαζε να την ακούσει, γινόταν κόκκινη η ψυχή της παρασυρμένη απ' το υπαινικτικό πάθος που ανέδιδε η μουσική του. Αν μάλιστα ήταν νεότερη, θα σηκωνόταν να χορέψει στους ρυθμούς της. Αρκέστηκε όμως μόνο στ' άκουσμά τους πορωμένη απ' τα forte και τις «κόκκινες» γενναιόδωρες συγχορδίες του.

Όταν ο μπαμπάς της Βέρας γύρισε στο σπίτι εκείνη την ημέρα δεν ήταν μόνος του. Με κάποια αμηχανία, που για πρώτη της φορά έβλεπε, ακολουθούσε ο Δημήτρης ντυμένος με τα μπεζ που τόσο τον κολάκευαν και φώτισε όλο το σπίτι με την είσοδό του. Ο μπαμπάς της ήταν κι αυτός καταχαρούμενος –γελούσαν και τ' αυτιά του–, αυτή τη μέρα. Οι δυο τους ανακοίνωσαν σ' όλη την οικογένεια τη μεγάλη «επίσημη» χαρά τους.

Κάθισαν όλοι, κουβέντιασαν στην αρχή «περί ανέμων και υδάτων» κι ύστερα ο Δημήτρης ανέλαβε να τους ενημερώσει για το πρόγραμμά του και το χρονοδιάγραμμα που τον ανάγκαζε η δουλειά του ν' ακολουθήσει. Φυσικά, είχε ενημερώσει νωρίτερα τους γονείς του, όπως τους είπε, οι οποίοι ήταν σύμφωνοι και μάλιστα, ο πατέρας του ετοιμαζόταν να 'ρθει στη Θεσσαλονίκη για να γνωρίσει την καινούρια του νύφη και την οικογένειά της. Αυτό ίσως να συνδυαζόταν και με τον αρραβώνα τους.

Όταν η Βέρα άκουσε τη λέξη αρραβώνας απ' το στόμα του δεν πίστευε στ' αυτιά της. Είχαν έρθει όλα τόσο γρήγορα. Η καλή της τύχη έμοιαζε σα να είχε την πιο γιορταστική της διάθεση απέναντί τους. Όλα ήταν τόσο βολικά. Η χαρά της ήταν δύσκολο να περιγραφεί. Όλα της τα όνειρα κι οι κρυφές της σκέψεις θα πραγματοποιούνταν. Είχε αρχίσει ήδη να κάνει σχέδια για τις ευτυχισμένες μέρες που την περίμεναν. Η προοπτική να περάσει τη ζωή της με το Δημήτρη και να κάνουν οικογένεια ήταν μια σειρά από ζωηρόχρωμες εικόνες που περνούσαν μπροστά της με ταχύτητα κομήτη. Όλα ήταν τέλεια. Τέλεια. Καλύτερα δε θα μπορούσαν να γίνουν.

Μετά από ένα καλοστρωμένο τραπέζι με όλα του τα καλά κι ένα μπουκάλι κόκκινο κρασί, το οποίο άνοιξε ο πατέρας της Βέρας και τις ευχές τις οικογενειακές, ο Δημήτρης την πήρε και κατέβηκαν στην Αριστοτέλους για βόλτα κυρίως επειδή θέλαν κι οι δυο τους να βρεθούν μόνοι.

Πιασμένοι χέρι-χέρι έκαναν μια μεγάλη βόλτα στην παραλία, είπαν τα δικά τους και κατέληξαν στου «Φλόκα» για ένα γλυκό. Μα ποιος είχε όρεξη για γλυκό! Φυσικά, παρήγγειλαν κάτι που ήθελαν περισσότερο γιατί έτσι έπρεπε παρά γιατί είχαν πραγματική ανάγκη για γλυκό. Ο Δημήτρης φαινόταν πολύ χαρούμενος που είχε καταφέρει να κάνει αυτό το σοβαρό βήμα στη ζωή τους κι η Βέρα πετούσε στα σύννεφα γιατί δεν περίμενε κάτι τέτοιο να συμβεί χωρίς να την έχει προετοιμάσει. Πόσο σίγουρος θα πρέπει να ήταν για τα αισθήματά της και πόση δύναμη θα είχε για να βρεθεί έτοιμος γι' αυτή τη σοβαρή απόφαση για τη ζωή τους! Η Βέρα πάντα τον θαύμαζε και τώρα ακόμη περισσότερο γιατί έβλεπε πόσο δίκιο είχε όταν από την πρώτη στιγμή που τον αντίκρισε αισθάνθηκε μία ασφάλεια κι ένιωσε ένα προστατευτικό πέπλο να την τυλίγει από την παρουσία του και μόνο. Πόσο πιο όμορφος και δυνατός έδειχνε τώρα στα μάτια της.

Η ώρα πέρασε γρήγορα, γυρίσανε στο σπίτι κι αφού της ξαναείπε να μην ανησυχεί για τίποτε και παράλληλα να έχει το νου της στις εξετάσεις για το πανεπιστήμιο που πλησίαζαν, αποχαιρέτησε όλους τους δικούς της και ξεκίνησε για τις 40 Εκκλησίες όπου έμενε ο αδελφός του με την Ολυμπία, οι οποίοι σε λίγο μάλιστα καιρό ετοιμαζόντουσαν να παντρευτούν.

Γλυκά όνειρα είδε εκείνο το βράδυ η Βέρα κι όταν ξύπνησε το πρωί αισθάνθηκε μεγάλη και πολύ σίγουρη για τον εαυτό της. Πρώτη της δουλειά ήταν να πει τα νέα στις φίλες της τη Σοφία και τη Μενούλα, που σα να ήταν συνεννοημένες, της είπαν κι οι δύο ότι θα πήγαιναν να τη δουν. Η γιαγιά ετοίμασε λουκουμάδες με μέλι για τα κορίτσια.

Βγήκαν οι τρεις τους στον κήπο κι άρχισαν τις ερωτήσεις η μία διακόπτοντας συνέχεια την άλλη στην ανυπομονησία τους να μάθουν όσο το δυνατόν περισσότερες λεπτομέρειες για τ' ανέλπιστα της Βέρας. Πώς τον έβλεπε τώρα και πότε θα γινόταν ο αρραβώνας, ο γάμος και χίλιες άλλες κοριτσίστικες κουβέντες που άλλωστε χαρακτήριζαν πάντα αυτό το αγαπημένο τρίο. Η Βέρα έλεγε και ξανάλεγε πόσο τον αγαπούσε, πόσο της έλειπε συνέχεια, πότε επιτέλους δεν θ' αναγκαζόταν να χωρίζουν κάθε τόσο και πότε θα 'ρχόταν η ημέρα που θα ήτανε συνέχεια μαζί.

Η παρέα δεν θ' αποφάσιζε να χωρίσει αν δεν τηλεφωνούσε ο Δημήτρης που είπε στη Βέρα ότι είχε συνεννοηθεί με τον αδελφό του και την Ολυμπία να πήγαιναν σινεμά. Τα κορίτσια φύγαν κι η ίδια ετοιμάστηκε για τα ραντεβού που της είχε δώσει στον κινηματογράφο «Ανατόλια» όπου παιζόταν η ταινία «Το Δόλωμα» με τη Βουγιουκλάκη, μεγάλο αστέρι τότε και που όλα τα κορίτσια θέλαν να της μοιάσουν κι ήταν η μόνη που κατάφερνε να δημιουργεί ουρές όπου κι αν εμφανιζόταν.

Η Βέρα ποτέ δεν θα ξεχνούσε αυτή την ταινία αφού κι η πρωταγωνίστρια ήταν στα καλύτερά της αλλά κι η ίδια πετούσε στα σύννεφα απ' τη χαρά της. Ο Δημήτρης την είχε αγκαλιασμένη σ' όλη τη διάρκεια της ταινίας, την έσφιγγε και της έδινε κάθε τόσο πεταχτά φιλάκια. Συνέχισαν τη βραδιά τους με φαγητό σ' ένα απ' τα γνωστά μαγαζιά της πλατείας Ναβαρίνου και μετά τα ζευγάρια χώρισαν με το Δημήτρη και τη Βέρα να κατηφορίζουν την οδό Γούναρη αφού αποχαιρέτισαν τους άλλους δύο.

Το μόνο δυσάρεστο στην όλη ιστορία ήταν ότι ο Δημήτρης θα ξανάφευγε την άλλη μέρα για την Αθήνα κι η Βέρα αισθανόταν ότι δεν θ' άντεχε πάλι στο να τον αποχωριστεί. Όμως άντεξε γιατί αφού ο αγαπημένος της έφυγε, στρώθηκε στο διάβασμα όπως του είχε νωρίτερα υποσχεθεί περιμένοντας την επόμενη επικοινωνία τους.

Το διάβασμα συνεχίστηκε με πιο αυστηρούς ρυθμούς τις μέρες που ακολούθησαν αφού κι η Βέρα είχε μπει για τα καλά στο πρόγραμμά της αλλά κι όποτε μιλούσε στο τηλέφωνο μαζί του οι λέξεις του αποχαιρετισμού ήταν: «Σ' αγαπώ! Να διαβάζεις Βερούσκα μου κι εγώ είμαι κοντά σου». Μ' αυτή την τρυφερή και συνάμα παραγγελτική επωδό μιλούσαν και τον επόμενο μήνα. Έτσι τελείωναν όλες τους οι συνομιλίες.

Το καλοκαίρι είχε αρχίσει σιγά-σιγά να μπαίνει κι οι μέρες των εξετάσεων όλο και πλησίαζαν. Τα μαθήματα του «Ακαδημαϊκού Απολυτηρίου», αυτός ήταν ο τίτλος των προσεχών δοκιμασιών, ήταν πολλά. Ήταν σχεδόν όλα του γυμνασίου. Επιπλέον, ο κάθε υποψήφιος θα 'πρεπε να εξεταστεί γραπτά και προφορικά στην περίπτωση που ήθελε ν' ακολουθήσει κάποιον απ' τους τομείς που περιελάμβανε η Φιλοσοφική και που αφορούσαν εξετάσεις στ' αγγλικά, τα γαλλικά, τα γερμανικά και τα ιταλικά.

Η Βέρα διάβαζε και διάβαζε πολλές φορές με τη Μενούλα που κι εκείνη ετοιμαζόταν για τη σχολή της και μάλιστα, πολλές φορές έμενε η μία στο σπίτι της άλλης εξετάζοντας η μία την άλλη σ' αυτά που θεωρούσαν τα πιο δύσκολα απ' την ύλη τους. Οι εξετάσεις πλησίαζαν, οι ρυθμοί άρχισαν να γίνονται ασφυκτικοί κι η Βέρα πια δεν μπορούσε ούτε να φάει απ' την αγωνία της. Η γλυκιά μαμά της Μενούλας τους έφερνε κάθε τόσο κάτι να τσιμπήσουν αλλά η ίδια δεν κατάφερνε να πιει ούτε νερό. Όμως άξιζε τον *κόπο, σκεφτόταν η Βέρα. Ο Δημήτρης θα ήταν τόσο περήφανος γι' αυτήν κι η ίδια το είχε βάλει σκοπό να μην τον απογοητεύσει σε τίποτα.*

Ο τόπος των εξετάσεων είχε οριστεί για το γυμνάσιο της Σταυρούπολης, πράγμα που σήμαινε πως η Βέρα με τη Μενούλα θα 'πρεπε να διασχίσουν σχεδόν όλη τη Θεσσαλονίκη για να είναι έγκαιρα στον προορισμό τους.

Όταν πια τελείωσαν οι εξετάσεις κάτι που κράτησε σχεδόν δύο εβδομάδες, η Βέρα ικανοποιημένη απ' τις επιδόσεις της αλλά και μ' αγωνία μέχρι να βγουν τ' αποτελέσματα, δέχτηκε μια πρόσκληση που χαροποίησε ιδιαίτερα την ίδια αλλά και τους γονείς της. Ο αδελφός του Δημήτρη κι η Ολυμπία της ζήτησαν να είναι η κουμπάρα στο γάμο τους που θα γινόταν τον επόμενο μήνα στις αρχές του φθινοπώρου. Όπως της είπαν, θα ήταν και μία πρώτης τάξεως ευκαιρία να τη γνωρίσουν κι οι γονείς του Δημήτρη σ' αυτή την τόσο χαρούμενη συγκυρία.

Η μαμά κι ο μπαμπάς της Βέρας συμφώνησαν αμέσως κι οι προετοιμασίες για τη συμμετοχή της άρχισαν με γοργούς ρυθμούς. Οι επισκέψεις στην αγορά για την επιλογή των ρούχων και για όλες τις άλλες υποχρεώσεις που είχε η παράνυμφη έγιναν αφορμή να κυλήσει πολύ ευχάριστα ο χρόνος που μεσολαβούσε μέχρι να βγουν τ' αποτελέσματα απ' τις εισαγωγικές στο πανεπιστήμιο. Έτσι, η Βέρα πήρε πολλές γερές ανάσες που μετρίασαν την κουραστική αναμονή.

Τ' αποτελέσματα βγήκαν επιτέλους κι ένα πρωί μόλις ξύπνησε άκουσε τον μπαμπά της να της ανακοινώνει όλος χαρά πως είχε περάσει και μάλιστα με καλή σειρά. Η Βέρα πέταξε απ' τη χαρά της! Έτρεξε να το πει και στους άλλους κι η ατμόσφαιρα που ακολούθησε ήταν παραπάνω από γιορταστική. Ήταν επιτέλους φοιτήτρια! Έπρεπε αμέσως να ειδοποιήσει το Δημήτρη!

Όταν τον βρήκε, ήταν φυσικά στο νοσοκομείο. Καταχάρηκε και της είπε πως πράγματι ήταν πολύ περήφανος γι' αυτήν. Δεν μπόρεσαν να πουν και πολλά γιατί το τηλέφωνο έπρεπε γρήγορα να κλείσει, όμως θα της τηλεφω-

νούσε απ' το σπίτι μόλις επέστρεφε. Τότε μίλησαν πάνω από μία ώρα, με τη Βέρα ικανοποιημένη που δεν διέψευσε τις προσδοκίες του και τον Δημήτρη χαρούμενο να της επαναλαμβάνει πόσο περήφανος ένιωθε γι' αυτήν και πόσο σίγουρος ήταν για το αποτέλεσμα. Ωστόσο, η επιβεβαίωση των προσδοκιών του ήταν, όπως της είπε, το μεγαλύτερο δώρο που θα μπορούσε να του κάνει.

Σε τρεις μέρες η Βέρα άκουσε τον ταχυδρόμο να φωνάζει τ' όνομά της και μ' έκπληξη παρέλαβε ένα γράμμα που είχε αποστολέα τον αγαπημένο της και παραλήπτρια την ίδια που μάλιστα την προσφωνούσε ως δεσποινίδα τάδε, φοιτήτρια τάδε τάδε κ.λπ., ένα τίτλο που πρώτη φορά είδε να συνοδεύει τ' όνομά της.

Η Βέρα διάβασε και ξαναδιάβασε το περιεχόμενό του ρουφώντας τα γλυκόλογα κι εισπράττοντας μπράβο και πάλι μπράβο για την επιτυχία της. Σε μια σελίδα απ' τα «Γράμματα σε ένα νέο ποιητή» του Ρίλκε, που ήταν τ' αγαπημένο της βιβλίο εκείνες τις μέρες, φύλαξε το γράμμα του βάζοντας μαζί του ένα κατακόκκινο φύλλο απ' τις τουλίπες που είχαν γεμίσει τον κήπο του σπιτιού της.

Τις επόμενες μέρες τριγύριζαν με τη μαμά της όλο χαρά παραγγέλνοντας τ' απαραίτητα για την τελετή του γάμου και καταλήγοντας στο «Σιλέκτ» όπου διάλεξαν το ύφασμα που θα 'ραβε η μοδίστρα για την εμφάνισή της στο γάμο.

Ήταν ένα ροζ μεταξωτό ύφασμα που θα γινόταν φόρεμα και στην ίδια απόχρωση μουσελίνα για το μαντό που θα το συνόδευε. Το χρώμα ταίριαζε τέλεια με την απόχρωση της επιδερμίδας της και με τ' ανοικτά καστανά μαλλιά της. Ο υπάλληλος που γνώριζε την μαμά της από παλιά, τις συμβούλεψε να πάρουν ύφασμα και για ένα μικρό καπελάκι που θα συμπλήρωνε την εμφάνιση της Βέρας. Η ιδέα άρεσε πολύ στη μαμά της κι αμέσως μετά το «Σιλέκτ» πήγαν σε δύο αδελφές, καπελούδες κάπου στην οδό Ερμού που φημίζονταν για το καλό τους χέρι. Το σχέδιο αποφασίστηκε. Ήταν μια μικρή τοκ, το οποίο φοριόταν στο πίσω μέρος του κεφαλιού κι ήταν νεανικό και κατάλληλο για την περίσταση.

Οι πρόβες άρχισαν. Το φόρεμα ράφτηκε μαζί με το μαντό και τ' αποτέλεσμα ήταν μια αέρινη δημιουργία που τόσο ταίριαζε σε μια σιλουέτα κοπέλας δεκαοκτώ χρονών.

Για μια ακόμη φορά τα μαύρα από λουστρίνι πέδιλα παραγγέλθηκαν στον «Παπαγεωργίου», ο οποίος επέμενε αυτή τη φορά ότι θα 'πρεπε να είναι λεπτεπίλετα, ίσα για να συγκρατούν το πόδι, με πολύ ψηλά τακούνια. Η Βέρα με μεγάλη της χαρά άκουσε αυτό το τελευταίο μόνο που σκέφτηκε ότι θα 'πρεπε να κάνει πολλές πρόβες για να τα συνηθίσει μέχρι την ώρα που θα τα φορούσε στην εκκλησία. Η εμφάνιση είχε ολοκληρωθεί.

Σκεφτόταν την εντύπωση που θα 'κανε στο Δημήτρη όταν την έβλεπε γιατί μέχρι τότε το ντύσιμό της ήταν απλό και πολύ κοριτσίστικο. Τώρα ένιωθε πως θα του φαινόταν πιο μεγάλη, πως θα του ταίριαζε καλύτερα, πως θα ξέφευγε μια και καλή απ' την εμφάνιση της μαθήτριας που τόσο πολύ είχε συνηθίσει να τη βλέπει.

Οι επόμενες επισκέψεις στην αγορά αφορούσαν τις μπουμπουνιέρες, τα στέφανα, τις λαμπάδες που ήταν απαραίτητες στην τελετή και στο τέλος, τα λουλούδια που θα στόλιζαν την εκκλησία. Σ' αυτές τις αγορές μαζί τους ήταν κι η Ολυμπία γιατί αυτή ως νύφη θα είχε και τον τελευταίο λόγο στην επιλογή τους. Όλα παραγγέλθηκαν. Όλα συγχρονίστηκαν κι η μέρα που η Βέρα θα συναντούσε την οικογένεια του Δημήτρη πλησίαζε.

Ένα απόγευμα που η Ολυμπία τους είπε ότι θα περνούσε απ' το σπίτι για να τους δει, δέχτηκε και το δώρο απ' τους μελλοντικούς της κουμπάρους, που δεν περίμενε ότι θα ήταν τόσο όμορφο και πολύτιμο. Ήταν ένα πανέμορφο χρυσό κολλιέ απ' τον «Σβώλο» που απαρτίζονταν από λεπτές αλυσιδίτσες οι οποίες σε κανονικά διαστήματα ενώνονταν ανά τρεις σχηματίζοντας μικρογραφία του κολλιέ και στο σημείο που έδεναν είχαν ένα μαργαριτάρι που τις συγκρατούσε.

152

Ήταν το πρώτο κολλιέ για τη Βέρα που μέχρι τότε, εκτός απ' το σταυρό της νονάς της και το βραχιόλι με τα μπρελόκ που της είχαν χαρίσει οι γονείς της και που κάθε χρόνο στα γενέθλιά της πρόσθεταν και ένα καινούριο, δεν είχε άλλο κόσμημα. Το μαύρο βελούδινο κουτί με το πολύτιμο περιεχόμενό του έμεινε ανοικτό με τη Βέρα να θαυμάζει ξανά και ξανά το νέο της απόκτημα. Αυτό θα φορούσε στο γάμο κι έτσι το ντεκολτέ στο φόρεμα θα 'πρεπε να είναι τέτοιο που να τ' αναδεικνύει.

Όλα ήταν τόσο όμορφα! Της είχαν έρθει τόσο βολικά! Η Βέρα πετούσε απ' τη χαρά της. Δεν έβρισκε λόγια να περιγράψει τον ενθουσιασμό της στις φίλες της, τη Σοφία και τη Μενούλα, που συμμερίζονταν τη χαρά της κι εύχονταν να δοκίμαζαν κι εκείνες τις ίδιες χαρές.

Οι μέρες του γάμου πλησίαζαν κι η αδημονία της μεγάλωνε καθώς περίμενε τον Δημήτρη που θα 'παιρνε άδεια για να βρεθεί κοντά στον αδελφό και τη νύφη του αυτή την τόσο ευτυχισμένη μέρα της ζωής τους. Με την επιτυχία στο πανεπιστήμιο, με την επισημοποίηση της σχέσης της με τον Δημήτρη, μ' όλες τις ετοιμασίες για ένα γάμο στον οποίο θα ήταν το τρίτο τιμώμενο πρόσωπο, με τα εκπληκτικά ρούχα και το υπέροχο κόσμημα, ο παράδεισος της Βέρας είχε ολοκληρωθεί.

Ο Δημήτρης έφτασε στη Θεσσαλονίκη δύο ημέρες πριν το γάμο κι αμέσως μετά, μαζί με τον αδελφό του, πήγαν να παραλάβουν τους γονείς τους που 'φταναν την ίδια μέρα απ' την Κέρκυρα.

Η Βέρα ήταν ευτυχισμένη που ήξερε ότι ο αγαπημένος της βρισκόταν στην ίδια πόλη, έστω κι αν δεν είχαν βρει τον καιρό να ιδωθούν και μιλήσανε παρά μόνο αρκετές φορές στο τηλέφωνο. Εξάλλου, η ίδια είχε να ετοιμαστεί για να είναι όσο πιο όμορφη γινόταν την ημέρα του γάμου και μ' αυτές όλες τις απασχολήσεις, δεν πολυκατάλαβε ότι είχε φθάσει κιόλας η μεγάλη μέρα του όπου θα συναντιόταν με τον Δημήτρη, εκτός ότι θα γινόταν και πρώτη φορά κουμπάρα.

Με πολλή χαρά, λίγη αγωνία, ξέροντας ότι και πολλά μάτια θα ήταν καρφωμένα πάνω της σε λίγες ώρες, αλλά κι ότι θα 'βλεπε τον Δημήτρη της και θα γνώριζε τους γονείς του, έβαλε τα δυνατά της ώστε να γίνει όσο πιο όμορφη μπορούσε εκείνη την ημέρα. Η εικόνα της στον καθρέφτη τη δικαίωσε!

Η Βέρα ξεκίνησε απ᾽ το σπίτι μαζί με τους γονείς της για την εκκλησία και φθάνοντας στο προαύλιό της έμεινε να περιμένει τη νύφη εισπράττοντας ταυτόχρονα πολλές επιδοκιμασίες για την εμφάνισή της απ᾽ τους γνωστούς που ήταν ήδη εκεί. Σε λίγο έφτασε κι ο γαμπρός με τον Δημήτρη και τους γονείς τους κι η Βέρα πέταξε απ᾽ τη χαρά της όταν είδε τα μάτια του αγαπημένου της ν᾽ αστράφτουν από ικανοποίηση μόλις την είδε. Την πήρε απ᾽ το χέρι, πήγαν σε κάποιο απόμερο σημείο της εκκλησίας και την έσφιξε στην αγκαλιά του ενώ η ίδια με προσπάθεια τον απομάκρυνε από κοντά της για να μην της χαλάσει το φόρεμα και το μαντό που με τόση επιμέλεια είχε φροντίσει να κρατήσει ατσαλάκωτα.

Όταν έφτασε η νύφη, πανέμορφη και τρισευτυχισμένη, μπήκαν στην εκκλησία κι η τελετή άρχισε και τελείωσε χωρίς τίποτε να χαλάσει τη μυσταγωγία και το τυπικό της διαδικασίας.

Αποκαμωμένη η Βέρα απ᾽ την ιδιαίτερη αυτή μέρα που τόσες είχε συγκινήσεις, γύρισε με τους γονείς της στο σπίτι παρακαλώντας να ξημερώσει η επόμενη μέρα για να δει επιτέλους μόνη τον αγαπημένο της. Είχε και δεν είχε κοιμηθεί όταν η μαμά της μπήκε στο δωμάτιο φουριόζα και της είπε ότι ο Δημήτρης βρισκόταν στο σπίτι τους κι ότι έπρεπε γρήγορα να σηκωθεί.

Με το νυχτικό της έτρεξε στο σαλόνι να τον συναντήσει και μεμιάς ο ύπνος έφυγε κι η κούραση της ημέρας εξανεμίστηκε. Απ᾽ τη χαρά της δεν σκέφτηκε ούτε ν᾽ αλλάξει ούτε να χτενιστεί. Έπεσε στην αγκαλιά του, καθώς από διακριτικότητα οι γονείς της τον είχαν αφήσει μόνο του. Όμως, επειδή το σπίτι δεν τους χωρούσε, η Βέρα ντύθηκε γρήγορα και βγήκαν έξω μέσ᾽ τη νύχτα που είχε πολύ προχωρήσει. Πήγαν προς τη θάλασσα κάπου κοντά στην οδό Σοφούλη και χωρίς να νιώθουν το διαπεραστικό κρύο εκείνης της προχωρημένης ώρας επιτέλους ξανάνιωσαν την αξεπέραστη χαρά και τη λαχτάρα του έρωτά τους. Είχε αρχίσει να ξημερώνει όταν η

Βέρα γύρισε στο ζεστό της κρεβάτι κι ο Δημήτρης στο σπίτι της Ολυμπίας όπου τον φιλοξενούσαν.

Η επόμενη μέρα ήταν δύσκολη γιατί είχε πάλι αποχαιρετισμούς. Δεν προλάβαινε να τον χαρεί κι εκείνος πάλι έφευγε, υποχρεωμένος καθώς ήταν απ' τις λιγοστές μέρες της αδείας του. Εκείνη θα 'μενε πίσω με τις αναμνήσεις της βραδιάς που είχε προηγηθεί και ζώντας πάλι τον αόριστο χρόνο που θα μεσολαβούσε μέχρι να τον ξαναδεί. Αλλά για καλή της τύχη, όταν η γιαγιά της τη ρώτησε τι δώρο ήθελε να της κάνει για την επιτυχία της στο πανεπιστήμιο, το μυαλό της πήγε αμέσως σ' ένα εισιτήριο αεροπορικό για την Αθήνα. Κανείς απ' την οικογένεια δεν έφερε αντίρρηση.

Το τετρακινητήριο ελικοφόρο της «Ολυμπιακής» ταρακουνιόταν σ' όλο το ταξίδι αλλά η Βέρα ούτε που φοβόταν. Οι σκέψεις της ήταν όλες και μόνο για το Δημήτρη της. Εκείνος ήταν το πρώτο πρόσωπο που αντίκρισε μόλις βγήκε απ' τ' αεροπλάνο κι ας μην της το είχε πει. Μπήκαν σ' ένα ταξί και φτάσαν στο σπίτι του που τώρα της ήταν γνώριμο.

Στις μέρες που ακολούθησαν, η Βέρα περνούσε τα πρωινά της με βόλτες στην Αθήνα και τα βράδια στη γλυκιά του αγκαλιά. Όμως, όπως πάντα γίνεται με τους ερωτευμένους, οι μέρες κύλησαν πολύ γρήγορα κι η ώρα της επιστροφής έφτασε.

Εξάλλου, πίσω στη Θεσσαλονίκη άρχιζαν οι καινούριες της υποχρεώσεις. Οι εγγραφές στη σχολή της είχαν αρχίσει κι ορισμένοι καθηγητές είχαν κιόλας αναρτήσει το πρόγραμμα των μαθημάτων τους στον πίνακα των ανακοινώσεων.

Η καινούργια της ζωή άρχισε με τα δικαιολογητικά που 'πρεπε να υποβάλει για να κάνει την εγγραφή της και με το να ψάχνει τις αίθουσες στα διάφορα κτίρια του πανεπιστημίου, όπου γινόταν τα μαθήματα μιας κι η Φιλοσοφική δεν είχε πολλές αίθουσες ώστε να τους χωράει όλους.

Το πρώτο της μάθημα και πάθημα μαζί ήταν στην Κτηνιατρική σχολή όπου έφτασε καθυστερημένη ψάχνοντας ένα απ' τα αμφιθέατρά του και μόλις άνοιξε την πόρτα –κάνοντας βέβαια λάθος– βρέθηκε μπροστά σ᾽ ένα τεράστιο μακρόστενο τραπέζι όπου πάνω του βρισκόταν ένα άλογο με την κοιλιά του ανοικτή και τους φοιτητές της Κτηνιατρικής γύρω του μαζεμένους ακούγοντας τον καθηγητή τους. Ευτυχώς μετά απ᾽ το σοκ της στιγμής έγινε πιο προσεκτική και δεν βρέθηκε ποτέ ξανά μπροστά σε τόσο δυσάρεστες εκπλήξεις.

Σιγά-σιγά άρχισε να γνωρίζει τους καινούριους συμφοιτητές της. Η πλειοψηφία τους ήταν κορίτσια φερμένα από διάφορα σχολεία της Θεσσαλονίκης αλλά κι από περιφερειακά γυμνάσια και μετρώντας τα άτομα στο τμήμα της είδε ότι ήταν 29 κορίτσια και μόλις δυο αγόρια.

Ουσιαστικά, ήταν σα να βρισκόταν πάλι στην τάξη της στο γυμνάσιο όπου ήταν όλες τους κορίτσια κι αυτό βόλεψε τη Βέρα, αλλά όπως φάνηκε, και τις υπόλοιπες που λίγο μετά τη γνωριμία τους άρχισαν να μην υπολογίζουν τα κακόμοιρα κι αδικημένα απ᾽ την εμφάνισή τους αγόρια.

Στην ουσία το τμήμα τους δεν ήταν τίποτ᾽ άλλο παρά μια σχολική τάξη. Η μόνη διαφορά ήταν το διακεκομμένο ωράριο, το πήγαινε έλα στα διάφορα κτίρια του πανεπιστημίου όπου στεγάζονταν άλλες σχολές κι η ευχέρειά τους να ντύνονται και να βάφονται όπως ήθελαν. Ευχάριστες ήταν οι μέρες στη σχολή κι ευχάριστα και τα πρώτα μαθήματα που παρακολουθούσε προσέχοντας να μη κάνει καμία απουσία.

Ο Δημήτρης τής είχε στείλει απ᾽ την Αθήνα ένα γκρι δερμάτινο σημειωματάριο που στην πρώτη του σελίδα είχε γράψει: «Καλή αρχή Βερούσκα μου και να μην με σκέφτεσαι όταν το ανοίγεις παρά μόνο όταν το κλείνεις». Μ᾽ αυτοπεποίθηση κρατώντας το η Βέρα προσπαθούσε ν᾽ ακολουθήσει αυτό που της είχε γράψει, αλλά δεν το κατόρθωνε όλες τις φορές, γιατί η μορφή του βρισκόταν συνέχεια μπροστά της και το χαμόγελό του ζωγραφιζόταν σε κάθε του σελίδα.

Οι καινούριες φιλίες με τ᾽ άλλα κορίτσια είχαν αρχίσει κι η Βέρα αμέσως ξεχώρισε δύο ξανθά κορίτσια που γίναν η παρέα της. Παρακολουθούσαν τα μαθήματα και στα ενδιάμεσά τους πήγαιναν στο κυλικείο της σχολής τους όπου σύχναζαν και φοιτητές απ' όλες τις σχολές. Το δικό τους απ' ό,τι κατάλαβε είχε τη φήμη ότι σύχναζαν τα πιο ωραία κορίτσια του πανεπιστημίου, πράγμα που όπως φάνηκε ήταν αλήθεια γιατί όλες τους ήταν περιζήτητες.

Χαρούμενες κι ανέμελες ήταν οι εβδομάδες που ακολούθησαν μέχρι τις διακοπές των Χριστουγέννων με τα μαθήματα λίγο να την ενδιαφέρουν. Με τις φίλες της -που κι οι δυο τους ήταν δεσμευμένες- πήγαιναν κι ερχόντουσαν γεμίζοντας τα κεφαλάκια τους με νέες εμπειρίες απ' τα μαθήματα και ξεχνώντας τες την ίδια στιγμή που τα τιτιβίσματα κι οι συμβουλές για τις τάσεις της μόδας δίναν κι παίρναν. Η αλήθεια ήταν ότι στη σχολή τους όλα τα κορίτσια πρόσεχαν το ντύσιμό τους μιας κι είχαν κληρονομήσει απ' τις προηγούμενες τον τίτλο των πιο ωραίων, πράγμα που ποτέ δεν άφησαν να διαψευστεί.

Ήρθε κι η Αποκριά, ήρθε και το Πάσχα κι οι πρώτες εξετάσεις πλησίαζαν. Όλο αυτό τον καιρό, η Βέρα αλληλογραφούσε με τον Δημήτρη, μιλούσαν στο τηλέφωνο κι εκείνος ερχόταν όποτε μπορούσε για να τη δει. Πάντα όμως για πολύ λίγο. Ευτυχώς που οι φίλες της τής συμπαραστεκόταν και την ανακούφιζαν μιας κι εκείνες δεν γνώριζαν από αποχωρισμούς αφού οι δικοί τους αγαπημένοι ήταν στη Θεσσαλονίκη.

Απ' τα πέντε μαθήματα του πρώτου έτους η Βέρα πέρασε τα τέσσερα τον Ιούνιο, άφησε τ' άλλο για τον Σεπτέμβριο κι η ώρα που και ο Δημήτρης θα 'παιρνε μετάθεση για τη Θεσσαλονίκη έφτανε. Επιτέλους! Θα τον είχε δίπλα της! Θα μπορούσε να τον βλέπει κάθε μέρα κι αυτό ήταν που της είχε δώσει φτερά να διαβάσει για να περάσει τα μαθήματά της και να μπορεί απερίσπαστη να είναι δίπλα του. Τώρα πια θα μπορούσαν ν' αρραβωνιαστούν αφού τα δύσκολα είχαν περάσει κι η ζωή τους θα ήταν πιο ανθρώπινη.

Τα ευχάριστα νέα κυκλοφόρησαν στο τμήμα της Βέρας. Ήταν η πρώτη που θ' αρραβωνιαζόταν. Πάλι όλες οι συμφοιτήτριές της τη μακάριζαν και με πολλή χαρά μοιράστηκαν τον ενθουσιασμό της. Η Τζένη κι η Λένα ειδικά, οι δυο της πιο στενές φίλες, είχαν αρχίσει να τη συμβουλεύουν για το πώς θα 'πρεπε να κάνει τα μαλλιά της και για το τι θα ήταν καλύτερο να φορέσει.

Ο Δημήτρης επιτέλους ήρθε κι η μέρα που είχαν ορίσει για τον αρραβώνα της πλησίαζε. Η Βέρα θα φορούσε ένα άσπρο κοντό φόρεμα από γκιπούρ δαντέλα και στα μαλλιά της θα 'βαζε μικρά άσπρα λουλουδάκια καθώς θα τα στερέωνε σε ένα σινιόν.

Ο Δημήτρης, ο οποίος προσπαθούσε εκείνες τις μέρες να προσαρμοστεί στις νέες συνθήκες της δουλειάς του, ήταν απασχολημένος και γι' αυτό της είχε αφήσει όλες τις προετοιμασίες της χαρούμενης μέρας πάνω της. Όμως είχε βρει τον καιρό να πάνε στο κοσμηματοπωλείο «Ωμέγα» που ήταν στην γωνία Τσιμισκή και Αριστοτέλους για να παραγγείλουν τις βέρες τους. Ήταν απλές χρυσές με τα ονόματα και την ημερομηνία του αρραβώνα τους χαραγμένη με καλλιγραφικά γράμματα στο εσωτερικό τους.

Η Βέρα ένιωσε ένα ρίγος στην πλάτη καθώς βρισκόταν στην πολυθρόνα της κοιτάζοντας τα ολοκόκκινα λουλούδια του κήπου της. Η ώρα είχε περάσει. Οι τελευταίες ακτίνες του ήλιου, που πήγαινε για ύπνο πίσω απ' τον Όλυμπο, ήταν κοκκινόχρυσες κι ήταν ώρα να συμμαζευτεί. Κάτι όμως απ' την ομορφιά του ήσυχου δειλινού, κάτι απ' τη μαγεία του κήπου μαγνήτιζε το βλέμμα της και δεν την άφηνε να σηκωθεί απ' το κάθισμά της που τόσο αναπαυτικά τη φιλοξενούσε εκείνες τις μέρες του Απρίλη.

Μπήκε για λίγο μέσα στην κρεββατοκάμαρά της, έβαλε μια ζεστή κατακόκκινη βελούδινη φόρμα, έριξε μια ομοιόχρωμη εσάρπα στους ώμους της και ξαναβγήκε στο μπαλκόνι της σαν να μην την κρατούσε τίποτε εκτός απ' το πορφυρό της περιβάλλον. Η πέμπτη συμφωνία του Mahler ταίριαζε απόλυτα με τη διάθεση και το περιβάλλον που εναρμονιζόταν μαζί της κι έδεναν απαράμιλλα με τα χρώματα των ήχων της.

Δυο μέρες πριν απ' την ημέρα των αρραβώνων έφθασε ο πατέρας του Δημήτρη μόνος. Η γυναίκα του είχε νιώσει μια μικρή αδιαθεσία και φιλάσθενη καθώς ήταν, κρίθηκε καλό να μην υποβληθεί στην ταλαιπωρία του ταξιδιού απ' την Κέρκυρα στη Θεσσαλονίκη, η οποία διαρκούσε πάνω από δέκα ώρες. Ήρθε όμως συνοδευμένος απ' τη μεγάλη του νύφη που κατά κάποιον τρόπο την αντιπροσώπευε.

Οι γονείς της Βέρας τους περιποιήθηκαν στο σπίτι όσο καλύτερα μπορούσαν κι ο πατέρας του Δημήτρη ικανοποιημένος απ' τη συνάντησή τους αυτή έμεινε κοντά τους για ώρες. Η επίσκεψή τους τελείωσε αφού τους διηγήθηκε τις εμπειρίες και τις αναμνήσεις του απ' το Εσκί Σεχίρ όπου είχε λάβει μέρος στα νιάτα του ως μέλος του ελληνικού εκστρατευτικού σώματος. Πολλά και διάφορα συζήτησαν με τους γονείς της Βέρας εκείνο το βράδυ και τόσο η ίδια όσο κι ο Δημήτρης, ο οποίος τις είχε ακούσει εκατό φορές, κάναν υπομονή και παραμείνανε στην παρέα που τόσο γρήγορα και καλά είχε περάσει! Λίγο πριν έρθει η ώρα που θα φεύγανε, ο πατέρας του Δημήτρη ζήτησε απ' τη Βέρα να τον συνοδεύσει την άλλη μέρα στην αγορά της Θεσσαλονίκης που δεν γνώριζε, επειδή ήθελε όπως της είπε, ν' αγοράσει δώρα για την γυναίκα του, την οποία, όπως κατάλαβαν όλοι, υπεραγαπούσε.

Το ραντεβού κανονίστηκε για την επόμενη μέρα το πρωί κι ο τόπος της συνάντησής τους ήταν το ζαχαροπλαστείο «Τερκενλής» που γνώριζε καλά απ' τα προηγούμενα ταξίδια του στη Θεσσαλονίκη.

Όμως, όταν συναντήθηκαν, ο πανέξυπνος και πολύ συμπαθητικός κύριος Στέλιος, αυτό ήταν τ' όνομά του, είχε άλλα στο νου του. Έχοντας στο πλάι του τη νύφη του, είπε στη Βέρα ότι ήθελε ν' αγοράσει δώρα αλλά την ήθελε μαζί του γιατί για την ίδια προορίζονταν κι ήθελε να τα διαλέξει μόνη της και εννοούσε κοσμήματα. Αυτά ήταν τα δώρα που είχε στο νου του να της πάρει. Του πρότεινε το «Σβώλο» απ' τον οποίο πριν λίγες μέρες είχε δεχθεί το ωραιότατο κολλιέ που της είχαν χαρίσει οι κουμπάροι της.

Της αγόρασε ένα κολιέ χρυσό με λεπτομέρειες από λευκόχρυσο και μαζί ασορτί σκουλαρίκια, βραχιόλι και δαχτυλίδι. Η Βέρα ζήτησε τη βοήθεια του χρυσοχόου, ο οποίος ευγενέστατος και πανέξυπνος καθώς ήταν, βλέποντας την αμηχανία της και την απειρία της στην επιλογή τους, ασχολήθηκε με το παραπάνω διευκολύνοντάς την να διαλέξει καλόγουστα κι όχι ιδιαίτερως ακριβά είδη. Τόσο ευχαριστήθηκε ο κύριος Στέλιος απ' τη συμπεριφορά του που ευχαρίστως δέχθηκε να της πάρει μία φαρδιά χρυσή αλυσίδα για το χέρι κι ένα δαχτυλίδι chevalier χρυσό επίσης που στο κέντρο του είχε ένα αστραφτερό μπριγιάν. Αυτά ήταν τα κοσμήματα του αρραβώνα που ο πεθερός της με την καλύτερη διάθεση είχε σκοπό να της προσφέρει στ' όνομα της γυναίκας του. Φυσικά, δεν έμεινε εκεί. Της αγόρασε επίσης απ' το «Σιλέκτ» ένα ωραιότατο κρεπ μεταξωτό ύφασμα σε χρώμα τυρκουάζ και την παρακάλεσε να το κάνει φόρεμα.

Η Βέρα αισθάνθηκε καταϋποχρεωμένη. Επέστρεψε στο σπίτι σαν πουλάκι απ' τη χαρά της νιώθοντας σπουδαία επειδή πια είχε κάνει ακόμη ένα βήμα στην οικογένεια του Δημήτρη που την είχε κυριολεκτικά «χρυσώσει» ως νύφη.

Αλλά το καλύτερο ακόμη δεν το είχε δει. Την ημέρα των αρραβώνων το σπίτι της Βέρας βρισκόταν σ' αναταραχή. Τα πάντα είχαν καθαριστεί, τα γλυκά απ' το «Ελληνικόν» είχαν φτάσει και μετά το μεσημέρι άρχισαν να φτάνουν τα λουλούδια απ' τους συγγενείς και φίλους που είχαν προσκληθεί απ' τους γονείς της για να μοιραστούν τη χαρούμενη βραδιά μαζί τους. Τα καλάθια με τις γλαδιόλες και τα γαρύφαλλα είχαν την τιμητική τους στολίζοντας την είσοδο και το σαλόνι του σπιτιού με τ' άσπρα και τα ροζ χρώματά τους.

Πάνω στο κεντρικό τραπέζι του σαλονιού είχε βάλει η μαμά της ένα ωραιότατο κέντημα. Πάνω του ακουμπούσε ένας στρογγυλός ασημένιος δίσκος και μέσα του είχε κουφέτα ρύζι και πέταλα από τριαντάφυλλα κόκκινα κομμένα απ' τον κήπο τους. Στη μέση του λουλουδένιου στρογγυλού σχήματος βρισκόταν ένας σταυρός και δίπλα του το μαύρο βελούδινο κουτί του «Ωμέγα» με τις δύο αστραφτερές βέρες. Ακόμα άλλα δύο βελούδινα μαύρα κουτιά, το ένα μακρόστενο και τ' άλλο τετράγωνο, είχαν τοποθετηθεί δίπλα στον ασημένιο δίσκο. Ήταν τα δώρα της οικογένειας της Βέρας στο γαμπρό τους. Ένα χρυσό ρολόι «Zenith» κι ένα ζευγάρι χρυσά μανικετόκουμπα που βρισκόταν τοποθετημένα μέσα τους. Η γιαγιά της Βέρας με τον παππού είχαν αγοράσει το ρολόι κι οι γονείς τα μανικετόκουμπα. Επιπλέον, η γιαγιά που τόση αδυναμία της είχε, είχε αγοράσει ένα δακτυλίδι από λευκόχρυσο μ' ένα μαργαριτάρι στη μέση και δύο μικρά μπριγιάν που το πλαισίωναν, δώρο-έκπληξη για την ίδια.

Ο Δημήτρης με το σκούρο κοστούμι του κι η Βέρα με το λευκό φόρεμα στάθηκαν συγκινημένοι μπροστά απ' το τραπέζι. Ο μεγαλύτερος στην ηλικία, δηλαδή ο παππούς, είπε μια ευχή και μετά ο μπαμπάς Στέλιος τους φόρεσε τις βέρες. Αμέσως μετά έβγαλε απ' την εσωτερική τσέπη του σακακιού του ένα άλλο κουτί, κάπως φθαρμένο, απ' το οποίο έβγαλε μία περίτεχνη χρυσή αλυσίδα που στο κάτω μέρος της συγκρατούσε ένα μεγάλο χρυσό ακτινωτό παντατίφ και μέσα του ήταν κενό. Εκεί έμπαινε φωτογραφία. Αυτό το πέρασε στο λαιμό της Βέρας λέγοντάς της ότι το είχε στείλει η πεθερά της. Ήταν παλιό κι αποτελούσε μέρος της παραδοσιακής κερκυραϊκής στολής. Η Βέρα δεν είχε ξαναδεί τέτοιο ωραίο κόσμημα. Χάρηκε τόσο πολύ μ' αυτό που όλα τ' άλλα της φάνηκαν συνηθισμένα, μπροστά στο βαρύ, κυρίως από συναισθηματική αξία, κόσμημα που πέρα απ' την ομορφιά του έγινε από τότε τ' αγαπημένο της.

Μετά τις ευχές και τα δώρα των συγγενών που ήταν κυρίως χρυσές λίρες, ήρθε κι ο Γιάννης Κυριακίδης και το ζευγάρι πια, ποζάρισε συγκινημένο και τρισευτυχισμένο για τις καθιερωμένες φωτογραφίες. Αυτό ήταν. Ο Δημήτρης έμεινε εκείνο το βράδυ στο σπίτι της Βέρας για πρώτη φορά. Όταν οι επισκέπτες φύγαν, οι άλλοι πήγαν να κοιμηθούν κι οι δύο ερωτευμένοι μείναν μέχρι το πρωί αγκαλιασμένοι δίπλα στα λουλούδια που κρατούσαν *με χάρη τις θέσεις τους, αν και λίγο κουρασμένα πια. Επιτέλους, ήταν μαζί και θα 'μεναν έτσι μέχρι το τέλος της ζωής τους.*

Οι μέρες που ακολούθησαν είχαν όλη την μαγεία και τη χαρά της σχέσης τους που είχε πια ολοκληρωθεί με τις ευλογίες όλων. Ο γάμος τους βέβαια θα γινόταν αφού η Βέρα τελείωνε το πανεπιστήμιο. Αυτό ο Δημήτρης το είχε ξεκαθαρίσει. Ήθελε η μέλλουσα γυναίκα του να έχει ολοκληρώσει τις σπουδές της απερίσπαστη απ' τις οικογενειακές ευθύνες. Εξάλλου θα μπορούσαν να κάνουν τη ζωή τους και τα χρόνια θα περνούσαν γρήγορα. Οι γονείς της Βέρας όχι μόνο δεν είχαν αντίρρηση αλλά κι επικρότησαν την επιθυμία του Δημήτρη γιατί κι οι ίδιοι δεν ήθελαν για κανένα λόγο ν' αφήσει τις σπουδές της στη μέση. Άλλωστε η Βέρα ήταν πολύ μικρή και θα ήταν προτιμότερο ν' απολαύσει την ξενοιασιά των σπουδών της. Όλοι ήταν ευχαριστημένοι με μόνη τη Βέρα να σκέφτεται από τώρα πώς θα ήταν το νυφικό της. Όμως, συμμορφώθηκε με την επιθυμία τους -δεν γίνεται λόγος γι' αυτό- κι αποφάσισε να δείξει ακόμη μεγαλύτερη επιμέλεια με τα μαθήματά της ώστε να μη χάσει καμία εξεταστική περίοδο.

Την άλλη μέρα συζήτησαν με το Δημήτρη για το πρόγραμμα που θα κάνανε μόλις έπαιρνε την καλοκαιρινή του άδεια. Πρώτη τους δουλειά φυσικά ήτανε να πάνε στην Κέρκυρα, όπου θα γνώριζε η Βέρα την μητέρα του αλλά και τη νέα της πατρίδα. Μάλιστα, πρότεινε να παίρνανε μαζί και τους γονείς της, μιας και λόγω της εποχής ήταν και μια πρώτης τάξεως ευκαιρία, κοντά στ' άλλα, να κάνουν κι εκείνοι τις διακοπές τους.

Όλοι οι συγγενείς κι οι φίλοι τους είχαν ευχηθεί ακόμη κι οι πιο μακρινοί, εκτός απ' το μικρότερο αδελφό της μαμάς της που τον καιρό του αρραβώνα τους έλειπε σε ταξίδι για δουλειές εκτός Ελλάδος. Η πρώτη του δουλειά μόλις επέστρεψε ήταν να τηλεφωνήσει στη Βέρα για να δώσει τις ευχές του και να τους προσκαλέσει το ίδιο κιόλας βράδυ για να τους κάνει το τραπέζι. Μάλιστα μιας κι ήταν καλοκαίρι πρότεινε να πάνε σε μια ταβέρνα στην Περαία, η οποία φημιζόταν για τα ψάρια και τα θαλασσινά της. Το

ραντεβού κλείστηκε κι ο ίδιος πέρασε με τ' αυτοκίνητο γύρω στις εννέα απ'
το σπίτι για να τους πάρει, όπως είχανε συνεννοηθεί. Μπήκε για λίγο στο
σπίτι για να χαιρετήσει τους γονείς και την αδελφή του, να τους ευχηθεί κι
από κοντά και μετά από λίγο ξεκίνησαν οι τρεις τους για την Περαία.

Πράγματι, ο θείος Γιώργος είχε δίκιο. Η ταβέρνα ήταν δίπλα στο κύμα,
άστραφτε από καθαριότητα κι ο κύριος που τους καλωσόρισε πρέπει να
ήταν παλιός γνωστός του κρίνοντας απ' την οικειότητα με την οποία τον
υποδέχθηκε κι απ' τις ευχές που 'δωσε μόλις έμαθε τα ευχάριστα νέα που
αφορούσαν τους δύο καινούργιους του πελάτες, τους οποίους περιποιήθηκε
με το παραπάνω.

Στην αρχή τους έφερε μια πιατέλα με φρέσκιες τεράστιες γαρίδες, αχνι-
στά μύδια μαγειρεμένα με ντομάτα και τυρί, ζεστά τηγανητά καλαμαρά-
κια και ψητό χταποδάκι, σαλάτες πράσινες -μια με ωμά και μια με βρα-
στά λαχανικά- και δροσερό άσπρο κρασί που τα συνόδευε. Αυτά μέχρι να
ετοιμαζόταν τα ψητά ψάρια που ο θείος Γιώργος, αφήνοντάς τους για λίγο
μόνους, πήγε και διάλεξε ο ίδιος. Ήθελε να τους περιποιηθεί όσο καλύτερα
γινόταν γιατί η Βέρα ήταν η αγαπημένη απ' τις ανιψιές του κι ο Δημήτρης
μπήκε αμέσως στην καρδιά του.

Πριν αρχίσουν το φαγητό έβγαλε από μια τσέπη του ένα μαύρο δερ-
μάτινο κουτί και το 'δωσε στη Βέρα λέγοντας ότι ήταν το δώρο για τους
αρραβώνες τους. Μέσα στο κουτί βρισκόταν μια πολύ μεγάλη χρυσή
καρφίτσα που σχημάτιζε ένα κλαδάκι με φύλλα και το καθένα του είχε
επάνω ένα μαργαριτάρι. Ο θείος Γιώργος ήταν πάντοτε γενναιόδωρος
απέναντί της, κακομαθαίνοντάς την πολλές φορές με τα δώρα του, αλλά
αυτή τη φορά πραγματικά την εντυπωσίασε με την έκπληξή του και για
το λεπτό του γούστο.

Το νοστιμότατο φαγητό δίπλα στο κύμα εκείνη την καλοκαιρινή βραδιά
ήταν τόσο δελεαστικό με την όψη και τις μυρωδιές του που όλοι τους φάγαν
με την ψυχή τους. Ακόμη κι η Βέρα που ξετρελάθηκε με την καρφίτσα και

δεν είχε πολλή όρεξη, τίμησε όλα τα πιάτα. Όσο για το θείο Γιώργο και το Δημήτρη, φάγανε τα πάντα, ήπιαν δυο μπουκάλια κρασί και δε σταμάτησαν να εκθειάζουν την ποιότητα της ταβέρνας.

Τελειώσανε το φαγοπότι γύρω στη μία μετά τα μεσάνυχτα και μέχρι να τους γυρίσει στο σπίτι ο θείος και να ετοιμαστούν για ύπνο η ώρα είχε πάει κιόλας δύο. Η Βέρα που νύσταζε πολύ βρισκόταν κιόλας στο κρεβάτι της, όταν άκουσε το Δημήτρη να σηκώνεται. Κατάλαβε ότι ήταν αυτός απ' τα βήματά του και μετά άκουσε κάτι περίεργους θορύβους απ' την τουαλέτα. Επειδή η ώρα περνούσε και περίμενε να ξανακούσει τα βήματά του μέχρι το δωμάτιό του για να κοιμηθεί ήσυχη, ανησύχησε όταν αυτοί οι περίεργοι θόρυβοι εξακολουθούσαν ν' ακούγονται απ' την τουαλέτα μαζί με βογκητά.

Αυτό ήταν! Σκέφτηκε. Με τόσο φαγητό και κρασί σίγουρα το στομάχι του δεν ήταν καλά και να τ' αποτελέσματα. Σηκώθηκε να πάει κοντά του για να δει μήπως κάτι χρειαζόταν, αλλά ο Δημήτρης πριν καν προλάβει να μπει, την καθησύχασε. Της είπε να πάει να κοιμηθεί κι ότι ο ίδιος ήταν μια χαρά. Ήταν όλο κι όλο μια αδιαθεσία, σκέφτηκε η Βέρα και γύρισε στο κρεβάτι της.

Όταν την άλλη μέρα ξύπνησε είδε ότι ο Δημήτρης δεν είχε πάει στη δουλειά του. Αισθανόταν χάλια όλο το βράδυ κι αναγκάστηκε να μείνει για ώρα στην τουαλέτα. Μόλις συνερχόταν θα πήγαινε στον νοσοκομείο όπου ήδη τους είχε ενημερώσει για την αδιαθεσία του. Ο προϊστάμενός του τού είπε να μείνει στο σπίτι, αλλά ο ίδιος επέμεινε να πάει στη δουλειά του. Όμως η ταλαιπωρία του συνεχίστηκε όλη την ημέρα, δεν σταμάτησε ούτε το επόμενο βράδυ. Ακόμη και την άλλη μέρα το μαρτύριό του δεν έλεγε να τελειώσει. Ήταν μία βαριά δηλητηρίαση και μολονότι η μαμά κι η γιαγιά είχαν επιστρατεύσει όλα τα γιατροσόφια τους, δεν φάνηκε να του κάνουν ούτε τόσο δα καλό.

Όταν μίλησε με συναδέλφους του απ' το νοσοκομείο του συνέστησαν να πάει από κει για να δουν τι θα μπορούσαν να κάνουν. Πράγματι, ο

Δημήτρης με τη Βέρα κάλεσαν ένα ταξί και σε λίγη ώρα έφτασαν στο στρατιωτικό νοσοκομείο. Οι συνάδελφοί του τον πήραν σ' ένα γραφείο κι η Βέρα περίμενε στο διάδρομο. Τον περίμενε να τελειώσει για να γυρίσουν στο σπίτι αλλά η ώρα περνούσε και κανείς δεν εμφανιζόταν. Μόλις ετοιμάστηκε να χτυπήσει την πόρτα του γραφείου για να μάθει το λόγο που καθυστερούσε τόσο πολύ η εξέταση, ένας φίλος του που τον γνώριζε μάλιστα απ' τα φοιτητικά τους χρόνια, της είπε με κάποια διστακτικότητα ότι ο Δημήτρης θα παρέμενε στο νοσοκομείο γιατί έπρεπε να του κάνουν κάποιες εξετάσεις. Όμως δεν ήταν τίποτα σοβαρό. Μια απλή δηλητηρίαση. Έτσι η Βέρα ησύχασε.

Όταν ζήτησε να δει τον Δημήτρη, ο φίλος του τη συνόδευσε σ' ένα θάλαμο όπου εκείνος βρισκόταν ήδη ξαπλωμένος. Ήταν κατάχλωμος αλλά μόλις την είδε χαμογέλασε, της είπε να μην ανησυχεί κι ίσως μετά τις εξετάσεις θα γύριζε κιόλας στο σπίτι. Της είπε να φύγει γιατί δεν θα την άφηναν έτσι κι αλλιώς να μείνει μαζί του κι ο ίδιος με την πρώτη ευκαιρία θα την ενημέρωνε για το τι θα γινόταν στη συνέχεια.

Η Βέρα έσκυψε, τον φίλησε και μετά, όπως της είπε γύρισε στο σπίτι όπου καθησύχασε με τη σειρά της τους γονείς και τους παππούδες της που με το δίκιο τους είχαν κι αυτοί απορήσει με μια δηλητηρίαση που είχε κρατήσει τόσο πολύ. Τ' ανάθεμα έπεσε στα ψαρικά που είχε φάει, αλλά το περίεργο ήταν ότι ούτε η Βέρα ούτε ο θείος Γιώργος είχαν νιώσει την παραμικρή ενόχληση μολονότι είχαν φάει τα ίδια. Αυτό ήταν που τους φαινόταν παράξενο. Παρόλα αυτά, η συζήτηση σταμάτησε εκεί. Ίσως οι μεγάλοι κάναν δεύτερες σκέψεις που όμως δεν θέλανε να τις μεταδώσουν στη Βέρα.

Ο φίλος του, ο Θανάσης, που την είχε πληροφορήσει για την κατάστασή του το ίδιο πρωί στο νοσοκομείο, της τηλεφώνησε νωρίς τ' απόγευμα για να της πει ότι ο Δημήτρης θα 'μενε στο νοσοκομείο για παρακολούθηση. Καλό θα ήταν μάλιστα να μην πήγαινε να τον δει την άλλη μέρα, όπως τη συμβούλεψε στη συνέχεια, γιατί έπρεπε να τον αφήσει να κοιμηθεί και να ηρεμήσει.

Η Βέρα, που μέσα της ευχόταν να τον έβλεπε να γυρίζει στο σπίτι, στεναχωρέθηκε αλλά δεν είπε τίποτε. Εξάλλου, ό,τι γινόταν ήταν για το καλό του κι η ίδια έπρεπε να συμμορφωθεί. Μια ανήσυχη ματιά είδε να ρίχνει ο μπαμπάς στη μαμά της καθώς τους έλεγε τα νέα, αλλά πάλι η Βέρα δεν ανησύχησε. Αντίθετα, σκέφτηκε να πάει να δει τη φίλη της, τη Μενούλα που απ' τον αρραβώνα της, μια εβδομάδα πριν, δεν την είχε συναντήσει κι ήταν όλο περιέργεια για να μάθει τις λεπτομέρειες του γεγονότος.

Το άλλο πρωί ξεκίνησε για το νοσοκομείο, σίγουρη ότι θα τον έβλεπε όρθιο. Ίσως και να γύριζαν μαζί στο σπίτι αν δεν τον έβαζαν να κάνει καμία υπηρεσία. Η έκπληξή της ήταν μεγάλη όταν ζήτησε να τον δει στο γραφείο που μοιραζόταν με άλλους συναδέλφους του και μία νοσοκόμα της είπε ότι ήταν ακόμη στο κρεβάτι. Μήπως έκανε ναζάκια; Ήταν η πρώτη σκέψη της. Γιατί ήταν ακόμη στο κρεβάτι; Τι δηλητηρίαση ήταν αυτή; Αναρωτήθηκε. Όταν όμως είδε το πρόσωπό του, άσπρο και πανιασμένο, άλλαξε αμέσως σκέψεις.

Τον πλησίασε. Τα μάτια του ήταν κλειστά κι έδειχνε σα να κοιμόταν. Μόλις αντιλήφθηκε την παρουσία της, τα μισάνοιξε και χαμογέλασε με δυσκολία. Η Βέρα άρπαξε το χέρι που της έτεινε και το 'σφιξε στυλώνοντας τα μάτια της στο πρόσωπό του γιατί δεν τον είχε ξαναδεί έτσι ανήμπορο. Την ίδια στιγμή μια νοσοκόμα μπήκε χαμογελαστή βάζοντας δίπλα στο σιδερένιο κομοδίνο ένα «τασάκι» με ένα περίεργο σχήμα που μέσα του είχε γάζες. Ήταν ένα ημικύκλιο δοχείο με στρογγυλεμένες άκρες που κάτι της θύμιζε το σχήμα του, αλλά δεν μπορούσε να καταλάβει τι.

Ο Δημήτρης δε μιλούσε. Έδειχνε αποκαμωμένος. Η νοσοκόμα του είπε δυο τρεις κουβέντες, πάντα χαμογελαστή κι έφυγε κλείνοντας με θόρυβο την πόρτα του δωματίου. Η Βέρα δεν τόλμησε ούτε το στόμα της ν' ανοίξει αν και είχε ερωτήσεις να της κάνει. Συμμορφώθηκε με την εικόνα που της έφερνε αμηχανία κι ένιωσε πολύ άβολα. Θα 'θελε να τον πάρει και να φύγουν αμέσως απ' το ψυχρό εκείνο περιβάλλον που τόσο αταίριαστο της φαινόταν για ένα τόσο όμορφο και δυνατό παλικάρι. Αλλά εδώ η κατάσταση δε σήκωνε τέτοια.

Ευτυχώς, αμέσως μετά μπήκε ένας φίλος και συνάδελφός του, τους χαιρέτησε με κέφι κι η διάθεση της Βέρας βελτιώθηκε λίγο. Σ' αυτόν είχε το θάρρος να ρωτήσει τι ακριβώς συνέβαινε. Η απάντηση που πήρε ήταν ότι ο Δημήτρης είχε πάθει υπερκόπωση και γι' αυτό θα έμενε λίγες ακόμη μέρες στο νοσοκομείο και μετά θα του δίναν άδεια να μείνει στο σπίτι και να συνέλθει εντελώς. Α! Επιτέλους. Η Βέρα ανακουφίστηκε και βρήκε τη λαλιά της.

Πήγε και κάθισε δίπλα στο Δημήτρη χαϊδεύοντάς του κάθε τόσο τα ωραία καστανά μαλλάκια και λέγοντας ότι τώρα θα τον πρόσεχε η ίδια μόλις γύριζε σπίτι. Μάλιστα του είπε ότι με την άδεια που θα 'παιρνε ίσως θα μπορούσαν να πάνε και κάπου κοντά στη Θεσσαλονίκη για να κάνουν κανένα μπάνιο τώρα που το καλοκαίρι κι οι μεγάλες ζεστές του μέρες πλησίαζαν σιγά-σιγά.

Ο Δημήτρης χαμογελούσε ακούγοντάς την με κάποια προσπάθεια, είναι η αλήθεια, σαν να επικροτούσε τα λόγια της, χωρίς όμως να μιλάει. Η υπερκόπωση τον είχε εξαντλήσει, όπως αντιλαμβανόταν η Βέρα, αν και απορούσε για τον τρόπο που είχε εμφανιστεί. Ωστόσο, όταν έφυγε είχε αρχίσει κιόλας να καταστρώνει σχέδια για τις καλοκαιρινές τους διακοπές.

Ο Δημήτρης βγήκε μετά από τέσσερις μέρες και γύρισε στο σπίτι φέρνοντας μαζί του και κάποια φάρμακα που έπαιρνε σε τακτά χρονικά διαστήματα, πρωί και βράδυ. Τώρα που η Βέρα τον πρόσεχε είδε ότι μέσα σε μία εβδομάδα είχε κιόλας αδυνατίσει αρκετά. Αυτός ήταν κυρίως ο λόγος που τον πίεζε να τρώει ίσως και παραπάνω απ' όσο του χρειαζόταν αφού η μαμά της τού ετοίμαζε τα καλύτερά της φαγητά. Πράγματι, σε λίγες μέρες ο Δημήτρης ξαναβρήκε τη ζωντάνια και το κέφι του κι όλα πήραν τον συνηθισμένο τους ρυθμό.

Στις δέκα μέρες των διακοπών τους που ακολούθησαν, βρέθηκαν στο φιλόξενο ξενοδοχείο στο Φάληρο, που τόσα καλοκαίρια είχε περάσει εκεί η Βέρα όταν ήταν πολύ μικρή. Με μπάνιο κι ηλιοθεραπεία, βόλτες στην Περαία και στην Αγία Τριάδα, οι μέρες πέρασαν γρήγορα και πολύ ευχάριστα αφήνοντας πίσω όλα τα δυσάρεστα που είχαν συμβεί.

Ο Δημήτρης ξανάρχισε τη δουλειά του. Παραπονιόταν όμως πού και πού ότι η ζέστη τον κούραζε. Η αλήθεια ήταν ότι όταν γύριζε απ' το νοσοκομείο, είχε λίγο κέφι για βραδινές βόλτες και σινεμά. Έτσι, ο κήπος του σπιτιού της Βέρας κι οι φίλοι που τους επισκέπτονταν πολύ συχνά, βοήθησαν στο να περάσει το καλοκαίρι εκείνο με τη μεγαλύτερη δυνατή ηρεμία.

Με το που ήρθε το φθινόπωρο, η Βέρα άρχισε τις παρακολουθήσεις στο πανεπιστήμιο, που πια είχε μάθει τα κατατόπια του, είχε κάνει καινούργιες φιλίες και μπορούσε να υπερηφανεύεται ότι όλα είχαν έρθει βολικά στη ζωή της. Ήταν μέσα του Οκτώβρη και στον κινηματογράφο «Ανατόλια» παιζόταν « Οι Δέκα Εντολές». Η ταινία ήταν επική, είχε πάρει πολλά όσκαρ κι η Βέρα, που δεν ήθελε με τίποτε να τη χάσει, προσπάθησε να πείσει κάποια απ' τις φίλες της να πάνε να το δούνε παρέα. Ο Δημήτρης ήταν συνέχεια σχεδόν στο νοσοκομείο, δεν ευκαιρούσε, με τις φίλες της δεν ταίριασε το πρόγραμμα που την βόλευε κι η μαμά της η κινηματογραφόφιλη είχε άλλα σχέδια. Έτσι, πήρε τη γιαγιά της για παρέα, που ποτέ δεν της είχε πει όχι, σε ό,τι κι αν της ζητούσε.

Η παράσταση ήταν απογευματινή κι η Βέρα είχε συνεννοηθεί με το Δημήτρη να περάσει μετά απ' το νοσοκομείο να τον δει, μια που τις τελευταίες τρεις μέρες ήταν συνέχεια υπηρεσία. Η ταινία ήταν εντυπωσιακή κι όταν τελείωσε συνόδευσε τη γιαγιά της μέχρι τη στάση του λεωφορείου ενώ η ίδια περίμενε για εκείνο που το δρομολόγιό του τη βόλευε αφού έκανε στάση πολύ κοντά στο Νοσοκομείο, όπου ήταν ο Δημήτρης.

Γεμάτη χαρά απ' την εκπληκτική -για τα τότε γούστα της- ταινία, τη σκεφτόταν σ' όλη τη διαδρομή και περίμενε να πει τα νέα στον αγαπημένο της, ο οποίος αν αργότερα ευκαιρούσε κι είχε όρεξη να τη δει, δεν θα την πείραζε καθόλου να ξαναπάει.

Έφτασε στην πύλη του νοσοκομείου, είπε στον φρουρό ποιον ήθελε να επισκεφτεί κι εκείνος, μετά από ένα σύντομο τηλεφώνημα, της άνοιξε την σιδερένια πόρτα του. Είχε πια βραδιάσει για τα καλά και παντού υπήρχε ησυχία. Όλα ήταν τακτοποιημένα και μοιάζανε σχεδόν ερημικά.

Η Βέρα μπήκε μέσα στο κτίριο προσπαθώντας να βρει το διάδρομο, τον στρωμένο με μουσαμά, που οδηγούσε στο γραφείο που μοιραζόταν ο Δημήτρης μαζί με άλλους συναδέλφους του. Το βρήκε σχετικά εύκολα κι όταν κτύπησε την πόρτα και δεν πήρε απάντηση, την άνοιξε με δισταγμό κι αφού μπήκε, προχώρησε στο διπλανό χώρο θέλοντας να δει αν υπήρχε κάποιος εκεί. Το φως ήταν ελάχιστο κι επικρατούσε απόλυτη ησυχία.

Ο Δημήτρης στεκόταν όρθιος σα να μην άκουγε τίποτα, σα να βρισκόταν στον κόσμο του. Μόλις είδε τη Βέρα, έκανε μια κίνηση σα να ξαφνιάστηκε που την είδε μπροστά του και μετά πήγε προς το μέρος της και την έσφιξε στην αγκαλιά του. Εκείνη ήταν τόσο ενθουσιασμένη απ' την ταινία και τόσο βιαζόταν να του διηγηθεί τις εντυπώσεις που της άφησε, που άθελά της έκανε μια κίνηση σα να ήθελε να τον βάλει απέναντί της και ν' αρχίσει να του τις λέει. Η ανυπομονησία της να μοιραστεί μαζί του αυτές τις ώρες που εκείνη απολάμβανε ενώ εκείνος δούλευε ίσως να ήταν κι ένας ενδόμυχος λόγος να διώξει τις ενοχές που είχε για την έξοδό της που ήταν κι η πρώτη που έκανε μόνη της μετά τον αρραβώνα τους.

Όταν αποχωρίστηκε το αγκάλιασμά του και τον κοίταξε καταπρόσωπο, είδε κάτι που την έκανε ν' απορήσει. Το στόμα του είχε στραβώσει και σχεδόν έφτανε μέχρι το αριστερό του μάτι. Για μερικά δευτερόλεπτα τον κοίταξε σα να μην πίστευε αυτό που έβλεπε. Δεν κατάλαβε πόση ώρα πέρασε μέχρι που άνοιξε το στόμα της και του είπε με φωνή φοβισμένη: «Τι έπαθες; Γιατί το στόμα σου είναι στραβό;». Ο Δημήτρης την κοίταξε αμίλητος και μετά έκανε μια κίνηση με το χέρι του σα να τη έλεγε: «Μην ανησυχείς. Μάλλον δεν είδες καλά. Κάνεις λάθος». Όμως η Βέρα επέμεινε και με ακόμη πιο φοβισμένη φωνή που τώρα κιόλας έτρεμε του ξαναείπε: «Δεν κάνω λάθος. Το στόμα σου έχει στραβώσει. Πήγαινε σ' ένα καθρέφτη να το δεις και μόνος σου».

169

Ο Δημήτρης έβαλε κάτω το κεφάλι και προχώρησε προς την πλευρά του μπάνιου που υπήρχε καθρέφτης. Η Βέρα έμεινε πίσω να τον κοιτάζει χωρίς να μπορεί να συνειδητοποιήσει αυτό που έβλεπε και σοκαρισμένη απ' το θέαμα που παρουσίαζε η όψη του. Αυτός ο πανέμορφος άντρας είχε παραμορφωθεί για κάποιο ανεξήγητο λόγο στα καλά καθούμενα. Δεν πίστευε στα μάτια της. Δεν μπορούσε να καταλάβει τι ακριβώς συνέβαινε.

Όταν εκείνος ξαναγύρισε και βρέθηκε απέναντί της, έδειχνε προβληματισμένος κι ανήσυχος. Της είπε ότι του είχε ξανασυμβεί το ίδιο απόγευμα νωρίτερα, αλλά δεν είχε δώσει και τόση σημασία. Η Βέρα κάθισε σε μια καρέκλα δίπλα στο γραφείο προσπαθώντας να βρει μια λογική εξήγηση αλλά το μυαλό της δεν πήγαινε πουθενά. Όμως, εκείνος θα 'πρεπε να ξέρει, σκεφτόταν μέσα της. Στο κάτω-κάτω τι γιατρός ήταν αν δεν μπορούσε εκείνος να καταλάβει. Κάθισε λίγο μαζί του και μετά έφυγε, αφού τον έβαλε να της υποσχεθεί πως την άλλη μέρα κιόλας θα το 'ψαχνε.

Ένα κακό συναίσθημα την κυρίευσε μόλις έφυγε από κοντά του κι ένιωσε σα να 'θελε να κάνει εμετό. Απομακρύνθηκε τρέχοντας απ' το νοσοκομείο που τώρα της φάνηκε ακόμη πιο σκοτεινό και ύπουλο, σα να είχε μεταμορφωθεί σε κάποιο απειλητικό στοιχειό. Πέρασε γρήγορα μπροστά απ' τον φρουρό που την κοίταξε παράξενα καθώς την είδε να βιάζεται να φύγει σχεδόν τρέχοντας, αλλά η Βέρα δεν του 'δωσε σημασία. Βιαζόταν να πάει σπίτι της και να πει αυτά που είδε στον μπαμπά της. Πάντα έτσι έκανε. Σε κάθε δυσκολία που συναντούσε έτρεχε σ' εκείνον που πάντα την παρηγορούσε και της έβρισκε αμέσως λύσεις για ο,τιδήποτε την απασχολούσε.

Όταν η Βέρα έφτασε στο σπίτι της, μπήκε κατευθείαν στο σαλόνι όπου συνήθιζαν να μαζεύονται όλοι οι μεγάλοι κάθε βράδυ. Σχεδόν λαχανιασμένη τους είπε τι είχε δει και περίμενε, όπως πάντα, τον μπαμπά της να της δώσει μια εξήγηση. Αλλά αυτή τη φορά εκείνος δεν μίλησε. Προσπάθησε να την ηρεμήσει και μετά την έβαλε να του τα ξαναπεί όλα απ' την αρχή. Την κοίταζε σκεφτικός και μετά έριξε ένα βλέμμα στη μαμά της που βιάστηκε να του πει με σιγουριά: «Μα τι έπαθες; Τι σκέφτεσαι; Ψύξη θα έπαθε το παιδί. Ίσως τον χτύπησε κάποιο ρεύμα. Έτσι είναι οι νέοι. Δεν προσέχουν και μετά να τι παθαίνουν. Δεν είναι τίποτε». Μετά γυρίζοντας προς τη Βέρα είπε: «Παιδάκι μου κι εσύ έτσι όπως ήρθες και μας τα είπες, με τρόμαξες κι εμένα στην αρχή, αλλά μην το σκέφτεσαι. Τίποτα δεν είναι. Σε δυο τρεις μέρες θα είναι μια χαρά».

Η εξήγηση που έδωσε η μαμά τής φάνηκε ν' ανακουφίζει το μπαμπά της που συμφώνησε μαζί της, ο οποίος παρηγόρησε με τη σειρά του τη Βέρα και της υποσχέθηκε πως την άλλη κιόλας μέρα θα πήγαινε ο ίδιος να τον δει. Πράγματι, την άλλη μέρα πήγε να δει το Δημήτρη και γυρίζοντας το μεσημέρι στο σπίτι είπε σ' όλους, αφού είχε μιλήσει και με κάποιους γιατρούς, πως δεν ήταν ψύξη τελικά. Έτσι του είπαν αφού είχαν εξετάσει τον Δημήτρη. Μάλλον ήταν επακόλουθο εκείνης της υπερκόπωσης που τον είχε ταλαιπωρήσει στα μέσα του καλοκαιριού και θα του ξανάδιναν αναρρωτική άδεια ώστε να συνέλθει εντελώς.

Η πρώτη αντίδραση της Βέρας ήταν να χαρεί αφού θα τον είχε πάλι συνέχεια μαζί της, αλλά μια δεύτερη σκέψη την έκανε λίγο να αναρωτηθεί για το πόσο σοβαρή ήταν τέλος πάντων αυτή η υπερκόπωση αφού ο Δημήτρης είχε συνέλθει εντελώς. Γιατί πάλι τον ταλαιπωρούσε; Γιατί ενώ ήταν τόσο νέος και δυνατός δεν μπορούσε να την ξεπεράσει; Όμως αυτές τις σκέψεις τις άφησε αφού δεν μπορούσε να τις απαντήσει.

Ο Δημήτρης γύρισε το ίδιο εκείνο μεσημέρι στο σπίτι στενοχωρημένος και φάνηκε σα να 'κανε προσπάθεια να κρύψει τις σκέψεις του, τουλάχιστον απ' τον παππού και τη γιαγιά. Έφαγε με δυσκολία, ανόρεχτα και πήγε στο δωμάτιό του να ξαπλώσει. Η Βέρα έτρεξε πίσω του λέγοντάς του να μη στενοχωριέται, να κοιμάται όσο περισσότερο μπορούσε κι ίσως αργότερα πήγαιναν μία βόλτα. Σημασία είχε, όπως του είπε, πως θα μπορούσαν να κάνουν όποιο πρόγραμμα θέλανε. Ήτανε μια πρώτης τάξεως ευκαιρία να μείνουν πάλι κοντά ο ένας στον άλλο. Μ' αυτή την επιπόλαιη

171

κι εγωιστική σκέψη κι αφού τον χάιδεψε και τον φίλησε πολλές φορές στο πρόσωπο, τον άφησε μόνο για να κοιμηθεί.

Όταν μετά από λίγες ώρες ξύπνησε, η Βέρα τον περίμενε όλο ανυπομονησία καταστρώνοντας σχέδια για το βράδυ. Ο Δημήτρης σηκώθηκε δείχνοντας κουρασμένος σα να μην είχε κοιμηθεί καθόλου. Προσπάθησε να χαμογελάσει όταν η Βέρα του πρότεινε να πάνε σινεμά αλλά δεν τα κατάφερε. Το χειρότερο ήταν ότι όταν χαμογελούσε το στόμα του στράβωνε ακόμη περισσότερο κι η έκφρασή του γινόταν λίγο τρομακτική. Μπορούσαν να πάνε, της είπε, αν το ήθελε η ίδια πάρα πολύ αν κι ο ίδιος προτιμούσε να καθίσει στο σπίτι και να πήγαιναν σινεμά κάποια άλλη μέρα. Η Βέρα αναγκάστηκε να συμφωνήσει με μισή καρδιά γιατί δεν ήθελε να του χαλάσει το χατίρι, αν και η ταινία που 'θελε να δουν ήταν κωμωδία κι ίσως, κατά τη γνώμη της, ήταν και μια πρώτης τάξεως ευκαιρία για να του φτιάξει λίγο το κέφι. Πέρασαν όλο το βράδυ καθισμένοι δίπλα-δίπλα στον βελούδινο καναπέ του σαλονιού ενώ οι υπόλοιποι της οικογένειας θέλοντας να τους αφήσουν μόνους πήγαν στο διπλανό δωμάτιο όπου το ραδιόφωνο με την ήσυχη μουσική τους έδινε την ευκαιρία και σ' αυτούς ν' απολαύσουν τη βραδιά τους.

Για τη Βέρα και μόνο που ήταν σχεδόν όλο το βράδυ στην αγκαλιά του Δημήτρη δεν υπήρχε καλύτερη διασκέδαση κι είχε κιόλας μετανιώσει που του είχε προτείνει να βγουν. Η αγκαλίτσα του ήταν ζεστή και δυο ερωτευμένοι έχουν πάντοτε κάτι να πουν. Πόσο θα 'θελε να κοιμόταν δίπλα του απόψε, όλο το βράδυ, αλλά αυτό δεν υπήρχε τρόπος να γίνει καθώς η ντροπή ήταν πιο μεγάλη απ' την επιθυμία της.

Δυστυχώς τις μέρες που ακολούθησαν η κατάσταση του Δημήτρη δεν φάνηκε να βελτιώνεται. Ίσα-ίσα που τώρα η διάθεσή του χειροτέρευε κι όλο παραπονιόταν για μια περίεργη κούραση που ένιωθε αν και δεν έκανε τίποτε το κουραστικό. Έμενε στο σπίτι, προτιμούσε να μη βγαίνει σχεδόν καθόλου έξω και τις περισσότερες ώρες της ημέρας τις περνούσε στο κρεβάτι διαβάζοντας όταν η Βέρα έλειπε στο πανεπιστήμιο. Φαινόταν σα να 'κανε προσπάθεια για να της είναι ευχάριστος αλλά η ίδια καταλάβαινε πως αυτή η υπερκόπωση πολύ τον απασχολούσε. Όταν της είπε ότι ίσως θα ήταν καλύτερα να πάει πάλι στο νοσοκομείο για να συνέλθει γρηγορότερα, η Βέρα το βρήκε πολύ φυσικό γιατί ανυπομονούσε να ξαναδεί τον Δημήτρη της όπως τον ήξερε.

Την ίδια κιόλας μέρα πήγαν μαζί στο νοσοκομείο. Εκείνος έμεινε κι εκείνη συνέχισε τα μαθήματά της. Δεν την προβλημάτισε καθόλου το γεγονός ότι μέσα στον ίδιο μήνα χρειάστηκε να μπει στο νοσοκομείο δύο φορές. Την αιτία του κακού που του είχε προκαλέσει την υπερκόπωση, την δικαιολογούσε με το γεγονός ότι όλη την προηγούμενη χρονιά, εκτός απ᾽ το νοσοκομείο πήγαινε όλα τα βράδια παράλληλα και στην κλινική. Άρα πόσο θα μπορούσε ν᾽ αντέξει αυτό το εξαντλητικό ωράριο; Κι ας ήταν τόσο νέος και δυνατός! Μα στο κάτω-κάτω δεν ήταν κι από σίδερο. Αυτή η Αθήνα τον είχε κουράσει τόσο πολύ. Αυτή έφταιγε που τώρα ταλαιπωρούνταν.

Η Βέρα περνούσε όλες τις ελεύθερες ώρες της κοντά του, τού έλεγε τα νέα της ημέρας και με χαρά της έβλεπε ότι σιγά-σιγά η κατάστασή του βελτιωνόταν. Μέσα σε μία εβδομάδα το πρόσωπό του είχε επανέλθει κι ο ίδιος σιγά-σιγά έβρισκε το κέφι του. Τελικά, ήταν πολύ καλή η ιδέα του να μπει στο νοσοκομείο όπου τον περιποιόντουσαν σίγουρα καλύτερα απ᾽ ό,τι στο σπίτι.

Πράγματι, έπειτα οκτώ μέρες απ᾽ την ημέρα που είχε μπει για νοσηλεία, ξαναγύρισε στο σπίτι εντελώς καλά και γεμάτος διάθεση. Ακριβώς όπως ήταν προτού του συμβούν όλα αυτά τα δυσάρεστα. Βέβαια, οι πολλές μέρες που είχε μείνει στο κρεβάτι τον είχαν λίγο αδυνατίσει και μια σχετική αδυναμία στο βάδισμα την είχε, αλλά η Βέρα ήταν σίγουρη ότι με το καλό φαγητό και την περιποίηση που θα είχε στο σπίτι θα γινόταν γρήγορα το λιοντάρι που ήταν πάντα.

Ήταν αλήθεια ότι στο σπίτι ήταν το επίκεντρο της προσοχή όλων γιατί όχι μόνο όλοι τον αγαπούσαν αλλά η μαμά κι η γιαγιά τού είχαν τρομερή αδυναμία. Η μία με τα φαγητά κι η άλλη με τις σπεσιαλιτέ της στα γλυκίσματα άλλη έννοια δεν είχαν παρά το πώς θα τον δυνάμωναν ξανά. Εκείνος βλέποντας την αδυναμία τους ανταποκρινόταν με θέρμη, πού και πού τις πείραζε κι εκείνες γελούσαν μαζί του με τ' αστεία πειράγματά του.

Όλα στο σπίτι έγιναν όπως πρώτα κι η μεγάλη ευχάριστη έκπληξη ήρθε όταν ο μπαμπάς αποφάσισε να του αγοράσει ένα αυτοκίνητο ώστε να πηγαινοέρχεται στη δουλειά του με μεγαλύτερη άνεση. Η Βέρα έτρεξε και χώθηκε στην αγκαλιά του μόλις τους το είπε, ενώ ο Δημήτρης αναγκάστηκε να δεχθεί το δώρο του με μεγάλη δυσκολία και με το βέτο που σχεδόν έβαλε ο μπαμπάς.

Ένα απόγευμα πήγαν οι τρεις τους στην αντιπροσωπεία της Fiat όπου του αγόρασε ένα 124 σε χρώμα λευκό. Με το καινούργιο αυτοκίνητο η ζωή έγινε ευκολότερη γιατί κι ο Δημήτρης πηγαινοερχόταν μ' εκείνο στη δουλειά του αλλά κι οι βόλτες με τη Βέρα έγιναν πιο άνετες και μακρινές. Εκτός απ' τα Σαββατοκύριακα που πήγαιναν με τη μαμά και το μπαμπά σε παραθαλάσσιες περιοχές της Κατερίνης όπου η ποικιλία κι η νοστιμιά των ψαριών δε συγκρινόταν με καμιά, τις υπόλοιπες μέρες, όταν φυσικά ο Δημήτρης ευκαιρούσε, βγαίναν το βράδυ για τα ξακουστά πεϊνιρλί του «Ιορδάνη» στο Πανόραμα.

Το καινούργιο απόκτημα ομόρφαινε τη ζωή τους κι η Βέρα σύντομα άρχισε να κάνει μαθήματα οδήγησης για την απαιτούμενη άδεια ανακαλύπτοντας μια καινούργια αγάπη στη ζωή της, εκτός απ' τη μουσική και τη λογοτεχνία. Τελικά, η ζωή έχει ανατροπές και προς τα καλύτερα, σκεφτόταν η Βέρα, καθώς οι δυσάρεστες αναμνήσεις απ' την υπερκόπωση του Δημήτρη διαλύονταν σιγά-σιγά στο μυαλό της ενώ ο έρωτάς της μεγάλωνε τώρα που ζούσε στο ίδιο σπίτι μαζί του κι ανακάλυπτε στοιχεία του χαρακτήρα του που νωρίτερα δε μπορούσε να δει.

Ο Δημήτρης ήταν πάντα γελαστός, τρυφερός και γενναιόδωρος στα αισθήματά του απέναντί της. Την κανάκευε σα να ήταν το μωρό του, είχε συνέχεια την έννοια της και προλάβαινε όλες τις επιθυμίες της. Παράλληλα, συζητούσε με τους παππούδες, έδειχνε ν' ακούει προσεκτικά ακόμη και τα πιο βαρετά για τη Βέρα θέματα και με το μπαμπά της είχαν γίνει *φίλοι αν και τους χώριζαν ηλικιακά πάνω από τριάντα χρόνια. Όλοι στην οικογένεια τον λάτρευαν. Ήταν το καινούργιο τους παιδί κι η ίδια πετούσε στον έβδομο ουρανό. Ένιωθε μέρα με τη μέρα πιο στέρεα τη σχέση τους κι όταν τα βράδια ξέκλεβαν λίγο χρόνο οι δυο τους, κυρίως τις φορές που τύχαινε να λείπουν όλοι απ' το σπίτι, περνούσε στην κυριολεξία την πύλη του Παραδείσου.*

Σκεφτόταν συνέχεια τη ζωή της μαζί του όταν θα κάναν τη δική τους οικογένεια, στο δικό τους σπίτι και τον ήθελε τόσο πολύ μόνο δικό της, που ποτέ δεν σκεφτόταν να κάνει παιδιά, για να μην της κλέβαν στιγμή απ' το δέσιμό τους.

Τις παιδικές της φίλες τις είχε παραμελήσει τον τελευταίο καιρό. Μιλούσαν μόνο στο τηλέφωνο και με τις καινούριες βρισκόταν μόνο στο πανεπιστήμιο όταν είχαν κενή ώρα. Τότε, μαζεύοντουσαν στο κυλικείο της Φιλοσοφικής κι οι συζητήσεις τους στρέφονταν κυρίως γύρω απ' την ίδια και το Δημήτρη διανθισμένες μ' αναστεναγμούς κι όνειρα για τις ίδιες, καθώς απ' τις διηγήσεις της ζούσαν κι εκείνες ένα μέρος της ιστορίας τους. Τα κοριτσίστικα όνειρα κοκκίνιζαν πότε-πότε όταν ρωτούσαν για τις ιδιαίτερες στιγμές τους, πράγμα όμως στο οποίο η Βέρα ήταν πολύ φειδωλή και ποτέ δεν αποκάλυπτε τίποτα. Παρόλα αυτά, οι προσπάθειές τους συνεχιζόταν με μικρές μόνο υποχωρήσεις.

Γλυκές ήταν όλες οι μέρες στη ζωή της Βέρας, πιο γλυκές απ' το μέλι. Με κέφι παρακολουθούσε τα μαθήματά της, στο ωδείο ετοιμαζόταν για τις πτυχιακές της εξετάσεις με την αγάπη μέσα της να μεγαλώνει μέρα με τη μέρα. Ο Δημήτρης ήταν στην κυριολεξία ο θεός της! Ένας θεός που κι αν είχε κάποιο ελάττωμα, εκείνη ούτε που το 'βλεπε. Έτσι πέρασαν οι μέρες που ακολούθησαν χωρίς τίποτε να διαταράσσει τη γλυκύτητά τους μέσα στην καθημερινότητα που είχε πάψει προ πολλού να είναι πεζή και συνηθισμένη.

Οι πτυχιακές της στο πιάνο πήγαν περίφημα και μόλις βγήκε απ' την αίθουσα των κριτών, βρήκε τον Δημήτρη να την περιμένει με μια μεγά-

175

λη ανθοδέσμη από κόκκινα τριαντάφυλλα και μια αγκαλιά που της έκανε *γεμάτος περηφάνια. Τι άλλο καλύτερο μπορούσε να θέλει μια κοπέλα στα δεκαεννιά της; Η Βέρα τα είχε όλα.*

Η νύχτα είχε πέσει για τα καλά και σήμερα, αρχές Απριλίου, δεν ήταν καιρός για να μένει κανείς έξω σε μπαλκόνι. Η Βέρα κοίταξε τον ουρανό ψάχνοντας για κάποιο αστέρι αλλά δεν έβλεπε τίποτα. Το φεγγάρι δεν φαινόταν καθώς ήταν κρυμμένο πίσω από βαριά γκρίζα σύννεφα που όλο και πύκνωναν.

Παλικαριές δεν χρειαζόταν σκέφτηκε· έπρεπε να μπει στο σπίτι. Αλλά κάτι την κρατούσε ακίνητη πάνω στην πολυθρόνα της και την έκανε να μη μπορεί να κουνηθεί. Το μόνο που μπορούσε να κανει ήταν να σφίξει περισσότερο την κόκκινη εσάρπα πάνω στο στήθος της θέλοντας να νιώσει λίγο πιο ζεστά. Το κόκκινο χρώμα των λουλουδιών του κήπου της που λίγο πριν απολάμβανε έδειχνε τώρα να γίνεται βυσσινί αιματηρό και γκρι και να χάνει την ομορφιά του.

Μέσα στην απόλυτη ησυχία που της εξασφάλιζε αυτό το μπαλκόνι, που γι' αυτό ήταν και τ' αγαπημένο της, ένιωθε εκείνη την ώρα εντελώς μόνη, χαμένη στην προσπάθειά της να καταλάβει πώς γινόταν το κόκκινο να γίνεται αιμάτινο και απειλητικό. Το μόνο που μπόρεσε να κάνει ήταν ν' αλλάξει τη μουσική που από ώρα τώρα είχε τελειώσει και να βάλει ν' ακούσει το καινούριο της cd, που ήταν το Τρίτο κονσέρτο για πιάνο και ορχήστρα του Rachmaninof. Τα πάθη στη ζωή είναι μαγικά κι η Βέρα ζούσε μέσα σ' αυτό της μουσικής.

Τώρα που Βέρα είχε τελειώσει με τις εξετάσεις στο πιάνο και τα μαθή-ματα στο δεύτερο έτος είχαν αρχίσει να γίνονται πιο ενδιαφέροντα, αφού είχαν γίνει πιο εξειδικευμένα, οι βόλτες με το καινούριο αυτοκίνητο ήταν σχεδόν καθημερινές.

Ο Δημήτρης ήταν όλο και πιο δραστήριος, είχε βρει τους παλιούς ρυθμούς του και παρά τους δισταγμούς του για το μεγάλο δώρο του μπαμπά της Βέρας, έδειχνε ν' απολαμβάνει την ευκολία στις μετακινήσεις που του πρόσφερε το αυτοκίνητο. Φυσικά, το περιποιόταν ο ίδιος, το άστραφτε μέσα κι έξω και κοντά στ' άλλα, πολλές φορές χρησίμευε και σαν «σπίτι» για το ζευγάρι.

Εκείνο τ' απόγευμα ξεκίνησαν για τις 40 Εκκλησιές για να δουν τον αδελφό και τη νύφη του Δημήτρη που σε λίγες μέρες φεύγαν για το Λονδίνο και που απ' τη μέρα του γάμου τους δεν είχαν καταφέρει να συναντηθούν οι τέσσερίς τους.

Η Βέρα κάθισε στη θέση του συνοδηγού κρατώντας ένα βάζο με γλυκό περγαμόντο που είχε φτιάξει η γιαγιά της για τους νεόνυμφους κι ο Δημήτρης ετοιμάστηκε να βάλει μπρος, όταν θυμήθηκε ότι έπρεπε να πάρει απ' το σπίτι ένα βιβλίο που του είχε ζητήσει ο αδελφός τους. Βγήκε απ' τ' αυτοκίνητο ενώ η Βέρα έμεινε στη θέση της που 'βλεπε στην είσοδο του κήπου του σπιτιού όπου βρισκόταν παρκαρισμένο τ' αυτοκίνητο. Σε δύο λεπτά ο Δημήτρης βγήκε κρατώντας το βιβλίο και κατευθύνθηκε προς το μέρος της με γρήγορο βήμα. Όμως, κάποια στιγμή φάνηκε να χάνει την ισορροπία του γιατί η Βέρα τον είδε να ταλαντεύεται και να κάνει προσπάθεια για να σταθεί στα πόδια του. Μπήκε στ' αυτοκίνητο, έβαλε μπρος κι όταν τον ρώτησε αν είναι καλά, εκείνος της απάντησε ότι κάπου είχε στραβοπατήσει. Σε λίγο φτάσαν στις 40 Εκκλησιές, όπου πέρασαν ένα πολύ όμορφο βράδυ με την Ολυμπία να τους δείχνει τις φωτογραφίες του γάμου τους που μόλις είχαν ετοιμαστεί λέγοντας μάλιστα στη Βέρα να διαλέξει όποιες της άρεσαν, μιας και ήταν η κουμπάρα τους.

Αποχαιρετίστηκαν αργά το βράδυ γιατί οι νεόνυμφοι θα φεύγαν μετά από λίγες μέρες για το Λονδίνο όπου και θα 'μεναν τρία με τέσσερα χρόνια, όσο θα διαρκούσε η ειδικότητα που θα 'παιρνε ο αδελφός του Δημήτρη που επίσης ήταν γιατρός, και με φιλιά κι αγκαλιές τα δύο αδέλφια υποσχέθηκαν ο ένας στον άλλο ότι θα επικοινωνούσαν με την πρώτη ευκαιρία μετά την εγκατάσταση του ζευγαριού εκεί.

Ο Δημήτρης κι η Βέρα γύρισαν σπίτι με βαριά διάθεση. Ίσως ο καθένας είχε τους λόγους του αλλά με πρόφαση στη συζήτησή τους τη μεγάλη απόσταση που θα χώριζε για πρώτη φορά τα δύο αδέλφια, τα οποία από μικρά ήταν πολύ δεμένα.

Στη Βέρα ξαναγύρισε η εικόνα του Δημήτρη όπως τον είχε δει ώρες νωρίτερα, όταν ξεκινούσαν, που ταλαντεύτηκε με κάπως περίεργο τρόπο σα να ήταν μεθυσμένος. Δεν έμοιαζε να είχε παραπατήσει, δεν έδειχνε σα να είχε σκοντάψει κάπου. Το περίεργο ήταν μάλιστα που και στη μαμά της είχε φανεί παράξενο το βάδισμά του καθώς τον συνόδευσε για να τον ξεπροβοδίσει. Όταν καληνυχτίστηκαν κι η Βέρα βρέθηκε στο δωμάτιό της, άκουσε ένα μικρό χτύπημα στην πόρτα κι αμέσως εμφανίστηκε το κεφάλι της μαμάς της που ξεπρόβαλλε απ' τ' άνοιγμά της και που στα μάτια της η Βέρα διέκρινε μία ανησυχία. Η μαμά χωρίς περιστροφές τη ρώτησε αν είχε δει κι η ίδια αυτό το περίεργο στραβοπάτημα του Δημήτρη. Η Βέρα ένιωσε ένα βάρος να πιέζει το στήθος της, ένα κρακ να κάνει μέσα της σαν κάτι αλλόκοτο να προμηνύονταν.

Ναι, βέβαια! Το είχε δει κι εκείνη αλλά για να διώξει την ανησυχία απ' το μυαλό της μαμάς της κι επειδή κι η ίδια τώρα ένιωθε ότι και το δικό της, για κάποιο περίεργο λόγο, είχε μείνει κολλημένο στην εικόνα αυτή μολονότι προσπάθησε να τη διώξει, αυτή επιμένοντας αυθαίρετα είχε παρόλ' αυτά κάνει την εγγραφή της μέσα στο μυαλό της Βέρας. Είχε παραμείνει ζωντανή και ξαναπαρουσιάστηκε μπροστά της μόλις η μαμά της τ' ανέφερε. Μετά κοιμήθηκε.

Την άλλη μέρα ξύπνησε με βαρύ κεφάλι. Έξω έβρεχε για τα καλά και χωρίς διάθεση, είναι η αλήθεια, ξεκίνησε για το πανεπιστήμιο. Την εικόνα *του Δημήτρη καθώς παραπατούσε όσο κι αν προσπάθησε, δεν μπόρεσε να τη διώξει. Εκείνη η εικόνα, όσο περισσότερο περνούσε η ώρα, τόσο πιο αλλόκοτη και στο τέλος εφιαλτική είχε γίνει.*

Μετά το μάθημα βρεθήκανε με τις συμφοιτήτριές της στο κυλικείο της σχολής, αλλά παρ' όλο που η συζήτηση ήταν πολύ ευχάριστη εκείνη τη μέρα, η Βέρα δεν κατάφερε να ηρεμήσει και να τη διώξει.

Στο μεσημεριανό τραπέζι, ο μπαμπάς της, που ήταν πληροφορημένος όπως φάνηκε για το γεγονός, προσπάθησε να διασταυρώσει αυτά που είχε ακούσει απ' τη μαμά ρωτώντας και ξαναρωτώντας τη Βέρα αν αυτό του είχε ξανασυμβεί. Όταν πείστηκε απ' την κόρη του ότι ήταν η πρώτη φορά που κι η ίδια είχε παρατηρήσει κάτι τέτοιο, έμεινε για λίγο αμίλητος και μετά η συζήτηση περιστράφηκε γύρω απ' τον κηπουρό που θα 'ρχόταν το απόγευμα να ρίξει καινούριο χώμα στα λουλούδια και στον λαχανόκηπο του σπιτιού.

Ο Δημήτρης έφθασε αργά το απόγευμα κι έδειχνε πολύ κουρασμένος. Πιο πολύ όμως έδειχνε προβληματισμένος, τουλάχιστον έτσι κατάλαβε η Βέρα, αλλά απέφυγε να τον ρωτήσει. Του 'κανε παρέα την ώρα που 'τρωγε και μετά κάθισαν με τον παππού και τη γιαγιά να παίξουνε χαρτιά. Σε λίγες μέρες το περίεργο γεγονός ξεχάστηκε κι η Βέρα θύμωσε κιόλας με τον εαυτό της και την καχυποψία της.

Την επόμενη Κυριακή είχαν αποφασίσει να πάνε με τους γονείς της στον Μακρύγιαλο, ένα παραθαλάσσιο χωριό δίπλα στην Κατερίνη, όπου απολάμβαναν τα εξαιρετικά ψάρια της περιοχής. Η Κυριακή έφθασε κι όλοι τους με πολύ καλή διάθεση ξεκίνησαν σκοπεύοντας να μείνουν όλη την ημέρα βολτάροντας στην περιοχή μετά το φαγητό, γιατί η μέρα ήταν ηλιόλουστη παρά τη σχετική ψυχρούλα.

Ο μπαμπάς κι η μαμά αποφάσισαν τελικά ν' απολαύσουν τον απογευματινό καφέ τους στο εστιατόριο και να μη βγουν για βόλτα, αφήνοντας τον Δημήτρη και τη Βέρα να βγουν μόνοι τους. Αγκαλιασμένοι σφιχτά-

σφιχτά οι δυο τους ξέφυγαν απ' τ' οπτικό πεδίο των μεγαλύτερων ψά-
χνοντας για έναν περίπατο σε πιο απόμερη παραλία, μακριά απ' τα βλέμ-
ματα των περαστικών που φαίνεται ότι κι εκείνοι είχαν την ίδια διάθεση
για βόλτα μετά το φαγητό κάτω απ' τον αδύναμο ήλιο του φθινοπώρου.
Όμως κι αυτός ο λίγος ήλιος ήταν το ζητούμενο για όλους, όπως φάνηκε,
γιατί μέχρι να βρουν ένα ερημικό μέρος, είχαν απομακρυνθεί αρκετά απ'
το παραθαλάσσιο χωριό.

Ο Δημήτρης έκανε μια κίνηση για ν' αγκαλιάσει τη Βέρα φέρνοντάς την
όσο περισσότερο γινόταν κοντά του κι εκείνη τη στιγμή στραβοπάτησε. Το
βάρος του με την κίνηση αυτή έπεσε πάνω της παρασύροντάς την μαζί του
και πέφτοντας κι οι δυο τους πάνω στο χωματόδρομο. Η Βέρα έβγαλε μια
φωνή απ' την τρομάρα της κι αμέσως μετά κι απ' τον πόνο καθώς ο Δημή-
τρης, μη μπορώντας να κρατήσει την ισορροπία του, έπεσε κυριολεκτικά
πάνω της. Δεν την πόνεσε τόσο που μερικές τσουκνίδες μπήκαν αμέσως στα
χέρια της όσο ένας τρελός φόβος μαζί με θυμό για κάτι απροσδιόριστο που
ένιωσε να την απειλεί.

Ο Δημήτρης έβγαλε ένα βογκητό και προσπάθησε να σηκωθεί αλλά δεν
τα κατάφερε. Ήταν σαν οι δυνάμεις του να τον είχαν εγκαταλείψει, έδειχνε
ανήμπορος σα μωρό. Η Βέρα γύρισε στο πλάι για να αποφύγει το βάρος
του και σηκώθηκε μεμιάς, πιάνοντάς τον την ίδια στιγμή απ' το ελεύθερό
του χέρι για να τον βοηθήσει να σταθεί στα πόδια του. Δεν μπόρεσε. Ξανα-
προσπάθησε τώρα και με τα δυο της χέρια και βάζοντας όλη της τη δύναμη
προσπάθησε να τον βοηθήσει. Τα κατάφερε με την τρίτη προσπάθεια, αλλά
όταν ο Δημήτρης σηκώθηκε δε μπόρεσε να ισορροπήσει. Το πρόσωπό του
ήταν κατακόκκινο απ' τα βογκητά που τώρα είχαν γίνει βρισιές που η Βέρα
για πρώτη φορά τον άκουγε να ξεστομίζει. Κρατημένος από πάνω της βρή-
κε στο τέλος τη δύναμη να σταθεί όρθιος χωρίς να πηγαινοέρχεται αλλά μ'
ένα τρεμούλιασμα που δεν έλεγε να τον αφήσει. Ήταν σαν τα πόδια του να
ήταν από άχυρο κι ολόκληρος σαν στάχυ αδύναμο σε δυνατό αέρα.

180

Γύρισαν πίσω μ' αργά βήματα γιατί ο Δημήτρης στηριζόταν σχεδόν ολόκληρος πάνω στη Βέρα κι εκείνη μολονότι δεν μπορούσε ν' αντέξει τόσο βάρος, έκανε προσπάθειες να του δώσει κουράγιο, πειράζοντάς τον ότι δήθεν της έκανε ναζάκια. Μέσα της όμως ένας τρόμος μεγάλωνε σιγά-σιγά καθώς δε μπορούσε ν' αναγνωρίσει αυτή τη δύναμη που συνέτριβε ένα τόσο γεροδεμένο και νεανικό κορμί σαν το δικό του. Της φαινόταν περίεργη κι ανεξήγητη αυτή η δύναμη που από τη μια στιγμή στην άλλη φανερώθηκε τόσο καταλυτική κι απόλυτη.

Οι γονείς της Βέρας σηκώθηκαν απότομα μόλις τους είδαν να πλησιάζουν στο τραπέζι τους κι αφήνοντας μισοτελειωμένο τον καφέ τους έτρεξαν προς το μέρος τους. Ο μπαμπάς της Βέρας πήρε όλο το βάρος του Δημήτρη πάνω του ενώ η μαμά της στύλωσε το βλέμμα της επάνω του με φανερή ανησυχία. Στην επιστροφή τους το τιμόνι πήρε φυσικά ο μπαμπάς κι έχοντας δίπλα του τη γυναίκα του αποφάσισε χωρίς πολλές κουβέντες να τον πάει κατευθείαν στο νοσοκομείο.

Ήταν Κυριακή κι οι περισσότεροι γιατροί απουσίαζαν. Ωστόσο, ο φρουρός αναγνωρίζοντας το αυτοκίνητο, ειδοποίησε αμέσως τον εφημερεύοντα και σε λίγο άλλοι δύο φάνηκαν στην είσοδο του οικήματος και παρέλαβαν το Δημήτρη. Ούτε λόγος φυσικά να τον αφήσουν να φύγει. Τον οδήγησαν στο γραφείο τους και σα να τον περίμεναν, σε λίγο τον συνόδευσαν στον πλαϊνό θάλαμο που ήταν άδειος. Η Βέρα κοίταζε σα χαμένη τη διαδικασία χωρίς να μπορεί να μιλήσει και μόνο όταν ένιωσε τη μαμά της να της λέει ότι θα 'πρεπε να φύγουν φάνηκε σαν να γυρίζει στην πραγματικότητα. Ο μπαμπάς τις πήγε στο σπίτι αμίλητος σ' όλη τη διαδρομή και μόνο όταν φθάσαν στο σπίτι ζήτησε απ' τη Βέρα να ετοιμάσει μερικά ρούχα για να τα πάει στο νοσοκομείο. Τα μύρια ερωτηματικά που στριφογύριζαν στο μυαλό της καθώς έβαζε σ' έναν σάκο πυτζάμες, ξυριστικά κι εσώρουχα, ήταν σα να χτυπούσαν το ένα τ' άλλο με τέτοια ορμή που την εμπόδιζαν να τα ξεστομίσει. Η μαμά της την κοίταζε κι εκείνη σιωπηλή σα να φοβόταν μήπως ταράξει την πολυμίλητη σιωπή της κόρης της.

Όταν γύρισε ο μπαμπάς της απ' το νοσοκομείο ήταν πολύ σκυθρωπός και στη Βέρα φάνηκε σα να είχε κιόλας κλάψει. Ποτέ δεν τον είχε ξαναδεί έτσι. Ακόμη κι όταν πέθανε ο πατέρας του πριν από μερικούς μήνες, ήταν πιο ήρεμος μέσα στη θλίψη του.

Κάτι πολύ σοβαρό και περίεργο γινόταν εδώ, σκέφτηκε, αλλά όταν τον ρώτησε τι επιτέλους συνέβαινε της είπε πως θα μάθαινε την άλλη μέρα, γιατί είχε σκοπό να πάει να δει τους γιατρούς που θα κουράριζαν τον Δημήτρη.

Δεν έκλεισε τα μάτια της όλο το βράδυ και δεν έβαλε μπουκιά στο στόμα της. Δεν ήξερε τι να βάλει με το μυαλό της κι αυτό την συνέτριβε. Ωστόσο, το τελικό συναίσθημά της ήταν ευτυχώς αισιόδοξο, γιατί πίστευε πως ό,τι και να είχε ο Δημήτρης θα το καταπολεμούσαν μαζί. Εκείνο το πρωί δεν πήγε στο πανεπιστήμιο. Δεν είχε καμία διάθεση να φύγει απ' το σπίτι όσο περίμενε τον μπαμπά της να γυρίσει απ' το νοσοκομείο. Ήταν αποφασισμένη να πάει κι εκείνη αμέσως μετά. Σκεφτόταν τον Δημήτρη της μόνο και δεν άντεχε στη σκέψη ότι πάλι θα τον αποχωριζόταν.

Τηλεφώνησε στην αγαπημένη της φίλη τη Μάχη, της είπε πάνω κάτω τι είχε γίνει και την παρακάλεσε να της πει αργότερα τα νέα απ' τη σχολή. Η Μάχη της είπε ότι άδικα στεναχωριόταν, δεν θα ήταν τίποτα το σοβαρό και της υποσχέθηκε ότι θα επικοινωνούσε μαζί της το βράδυ.

Στο σπίτι υπήρχε μια βαριά σιωπηρή ατμόσφαιρα. Όλοι δείχναν προβληματισμένοι με την τροπή που είχαν πάρει τα γεγονότα και που είχαν οδηγήσει το Δημήτρη για τρίτη φορά στο νοσοκομείο μέσα σε λίγους μήνες. Πιο πολύ μιλούσαν με τα μάτια, σα να φοβόντουσαν να ξεστομίσουν λέξη ή σα να τρέμανε μήπως ταράξουν τη Βέρα.

Όταν γύρισε ο μπαμπάς ήταν σκυθρωπός. Προσπάθησε να τους πει αυτά που είχε μάθει, αλλά σαν κάτι να τον εμπόδιζε ν' αρθρώσει τις κατάλληλες λέξεις. Πήρε στην αγκαλιά του τη Βέρα, την κάθισε στα γόνατά του κι εν τέλει της είπε πως θα 'πρεπε να κάνει υπομονή αλλά ευτυχώς δεν ήταν τίποτε το σοβαρό. Απλώς εκείνη η υπερκόπωση δεν είχε φύγει εντελώς και γι' αυτό το λόγο ο Δημήτρης θα παρέμενε για μεγάλο χρονικό διάστημα στο νοσοκομείο ώστε ν' αποθεραπευθεί εντελώς και να μην έχει στο εξής καμία άλλη ενόχληση. Της είπε ότι όλοι οι γιατροί ήταν δίπλα του, τον πρόσεχαν και τον αγαπούσαν πολύ. Στο κάτω-κάτω ήταν δικός τους άνθρωπος.

Η Βέρα τον άκουγε προσεκτικά, του 'κανε πολλές ερωτήσεις ψάχνοντας να δικαιολογήσει την αιτία που είχε γίνει αφορμή ώστε να καταλήξουν σ' αυτή την περίεργη υπερκόπωση, που πρώτη φορά αν και προσπαθούσε πολύ, δεν της ήταν εύκολο να προσδιορίσει. Τι τέλος πάντων ήταν αυτή η υπερκόπωση; Δεν είχε κάποιο ιδιαίτερο όνομα; Για τη Βέρα που η λέξη σήμαινε μεγάλη κούραση, τώρα έδειχνε σαν κάτι αλλόκοτο, ενώ μέχρι τότε φανταζόταν ότι με μερικές μέρες καλού ύπνου και καλό φαγητό ήταν κάτι που περνούσε. Ωστόσο, ο μπαμπάς της κατάφερε να την καθησυχάσει αρκετά, αν και όχι εντελώς. Η Βέρα είχε αποφασίσει να ρωτήσει το Δημήτρη απευθείας πια, αφού γιατρός ήταν ο ίδιος και σίγουρα κάτι παραπάνω ήξερε απ' τον μπαμπά της.

Ετοιμάστηκε να πάει να τον δει κι η λαχτάρα της ήταν τόσο μεγάλη που μπροστά της τον είχε όρθιο και καμαρωτό, όπως τον ήξερε. Η εικόνα του όμως ξαπλωμένος καθώς ήταν πάνω στο σιδερένιο μονό κρεβάτι, δεν ήταν όπως την περίμενε. Ήταν κάτασπρος, έδειχνε πολύ αδύναμος και με το ζόρι κατάφερε να της χαμογελάσει μόλις την είδε να μπαίνει στο δωμάτιο. Η Βέρα πήγε κοντά του, τον φίλησε και μετά κάθισε δίπλα του πάνω στο κρεβάτι, αμίλητη. Δεν ήξερε τι να του πει. Περίμενε απ' τον ίδιο να αρχίσει να μιλάει. Όλες οι ερωτήσεις που είχε σκοπό να του κάνει χάθηκαν απ' το μυαλό της φοβισμένες απ' την εικόνα του.

Δίπλα στο μεταλλικό του κρεβάτι, ακουμπισμένο σ' ένα επίσης σιδερένιο κομοδίνο, ήταν εκείνο το περίεργο μπολ που η Βέρα είχε ξαναδεί την πρώτη φορά, τότε που είχε πάθει τη δηλητηρίαση. Αυτό την ξένισε. Τι σχέση είχε άραγε η ανωμαλία στο στομάχι με την υπερκόπωση; Πριν προλάβει να ρωτήσει ο,τιδήποτε, ο Δημήτρης με μια πλάγια κίνηση που τον ταρακούνησε, γύρισε ολόκληρος κι άδειασε σ' αυτό το περίεργο μπολ ένα πράσινο και κίτρινο υγρό, που έβγαινε με δύναμη απ' το στόμα του. Η Βέρα έκανε ασυναίσθητα μια κίνηση προς τα πίσω, σα να την είχε χτυπήσει ηλεκτρικό ρεύμα, βάζοντας τα χέρια της μπροστά στο στήθος της και θέλοντας να προστατευθεί απ' το σιχαμερό αυτό υγρό.

Καθώς η ροή του συνεχιζόταν ασταμάτητη, κάνοντας τον Δημήτρη να σείεται κάθε φορά που προσπαθούσε ν' αναπνεύσει βγάζοντας αγκομαχητά, η Βέρα έπιασε με το ένα της χέρι τον ώμο του και με τ' άλλο το μέτωπό του θέλοντας να τον διευκολύνει. Το καταραμένο υγρό έβγαινε με γλοιώδη υφή και σε λίγο το κρεβάτι και το δάπεδο γέμισαν απ' την ποσότητά του. Η Βέρα άφησε το Δημήτρη τρέχοντας προς το διάδρομο, φωνάζοντας για βοήθεια μη μπορώντας ν' αντιμετωπίσει μόνη της αυτό που συνέβαινε και δεν είχε σταματημό. Δύο νοσοκόμες που βρίσκονταν εκεί τρέξαν αμέσως κι αντικρίζοντας το θέαμα, η μία τους βγήκε φωνάζοντας το γιατρό που κι εκείνος ανήσυχος απ' την έντασή τους εμφανίστηκε στο λεπτό. Αμέσως βγάλαν τη Βέρα έξω απ' το δωμάτιο και κλείσαν την πόρτα με δύναμη πίσω της. Με τα πόδια της να τρέμουν απ' το σοκ ακούμπησε στον τοίχο που βαμμένος καθώς ήταν με λαδομπογιά δεν μπόρεσε να τη στηρίξει. Βρέθηκε κάτω στο μουσαμένιο πάτωμα κλαίγοντας μ' αναφιλητά.

Ο χρόνος που μεσολάβησε μέχρι που είδε την πόρτα ν' ανοίγει και πάλι δεν ήταν λίγος. Στη Βέρα φάνηκε ότι είχε περάσει τουλάχιστον μια ώρα όταν κατάφερε να σηκωθεί και να πάει προς την πόρτα, τρελή τώρα από ανησυχία. Ο γιατρός ήταν σκυμμένος πάνω απ' το Δημήτρη ενώ οι νοσοκόμες προσπαθούσαν να βάλουν σε τάξη τ' αναστατωμένο δωμάτιο. Ο Δημήτρης ήταν ξαπλωμένος τώρα με τα μάτια κλειστά, το πρόσωπο πανιασμένο και την ανάσα του να βγαίνει με δυσκολία, ακανόνιστη. Η Βέρα στάθηκε στα πόδια του κρεβατιού μη ξέροντας τι να κάνει, κοιτάζοντας σα να ζητούσε βοήθεια κι η ίδια, πότε τις δυο νοσοκόμες και πότε το γιατρό. Η μία απ'τις δύο το κατάλαβε, την πλησίασε και της είπε να μην *ανησυχεί. Όλα, της είπε, θα πήγαιναν καλά, αλλά τώρα έπρεπε κι η ίδια να φύγει γιατί ο άρρωστος χρειαζόταν ξεκούραση.*

Χωρίς δεύτερη κουβέντα, ρίχνοντας μόνο μια τελευταία ματιά στο Δημήτρη που εξακολουθούσε να μένει ακίνητος με κλειστά μάτια, ξεκίνησε για το σπίτι της με βαριά βήματα κι ακόμα πιο βαριά καρδιά. Πολλά ερωτηματικά τριβέλιζαν το μυαλό της κι έπρεπε πια να βρει τρόπο να τ' απαντήσει με κάθε τρόπο. Ποιος άλλος θα μπορούσε να τη βοηθήσει εκτός απ' τον μπαμπά της;

Η Βέρα τον περίμενε να γυρίσει απ' το γραφείο στο σπίτι και πριν καν τον αφήσει ν' αλλάξει τα ρούχα του, του είπε τι είχε γίνει εκείνο το απόγευμα. Πότε κλαίγοντας, καθώς ξαναζούσε τα γεγονότα, και πότε θυμωμένη κοίταζε τον μπαμπά της σα να ήταν παντογνώστης, περιμένοντας να έχει όλες τις απαντήσεις όπως γινόταν μέχρι τότε στη ζωή της. Αυτή τη φορά, όμως, ο μπαμπάς δεν μπόρεσε να λύσει τις απορίες της, αφού ούτε γιατρός ήταν αλλά και δεν μπορούσε να βρει μια λογική εξήγηση γι' αυτά που συνέβαιναν τον τελευταίο καιρό. Όμως έδειχνε σαν κάτι να 'ξερε και δεν ήθελε κι ο ίδιος να ομολογήσει ούτε στον ίδιο του τον εαυτό.

Όσο κι αν τον ρωτούσε η Βέρα γι' αυτό το κάτι που 'πιανε στην έκφρασή του, δεν πήρε καμία απάντηση. Το μόνο που της υποσχέθηκε ήταν ότι την άλλη κιόλας μέρα θα πήγαινε να δει τον διευθυντή του νοσοκομείου που τύχαινε να ήταν συνάδελφος και πολύ φίλος του οικογενειακού τους γιατρού κι έτσι ήταν σίγουρος ότι θα του 'δινε τις απαντήσεις σ' όλα τα ερωτηματικά που κι εκείνος είχε.

Τ' άλλο πρωί, μετά από ένα εφιαλτικό βράδυ γεμάτο τρομακτικά όνειρα, η Βέρα δεν ησύχασε παρά μόνο όταν απέσπασε την άδειά του να τον συνοδεύσει και η ίδια στο νοσοκομείο. Ο μπαμπάς δεν μπόρεσε να της πει όχι. Εξάλλου σπανιότατα της χαλούσε το χατίρι. Έτσι, οι δυο τους ξεκίνησαν για εκεί που δεν ήταν ο καθημερινός προορισμός ούτε του ίδιου αλλά ούτε και της Βέρας, η οποία κανονικά θα 'πρεπε να πάει στη σχολή της. Ποιος όμως

185

νοιαζόταν για μαθήματα; Το κεφάλι της Βέρας ήταν τόσο γεμάτο απ' τις νέες εκείνες φρικτές εντυπώσεις των τελευταίων ημερών, που μόνο μαθήματα δεν μπορούσε να χωρέσει.

Δυστυχώς όμως, ο διευθυντής του νοσοκομείου, με πολύ βέβαια ευγενικό και σχεδόν πατρικό τρόπο, δεν την άφησε να μείνει στο γραφείο του. Καλοδέχτηκε μόνο τον μπαμπά της και την προέτρεψε να κάνει μια βόλτα στον κήπο του νοσοκομείου.

Η Βέρα απόρησε και θύμωσε πάλι, αλλά δεν αντέδρασε. Μα τι ήταν αυτό που κι εκείνη δεν έπρεπε να ακούσει; αναρωτήθηκε. Στο κάτω-κάτω ούτε μωρό ήταν ούτε καμία ανόητη για ν' αξίζει τέτοια συμπεριφορά. Κάτι πολύ άσχημο συνέβαινε εδώ, σκέφτηκε. Αλλά γιατί δεν της το λέγαν; Μπορούσε να μείνει κάτι τέτοιο κρυφό; Μ' αυτές τις σκέψεις βγήκε μεν απ' το γραφείο αλλά δεν κουνήθηκε ρούπι περιμένοντας ακουμπισμένη στο πρεβάζι ενός απ' τα παράθυρα που βρισκόταν στο διάδρομο.

Κόσμος πηγαινοερχόταν εκείνη την ώρα. Οι περισσότεροι φορούσαν στολή κάτω απ' την άσπρη τους ποδιά κι οι γυναίκες κι οι άντρες. Μερικοί γύριζαν και την κοίταζαν σαν στο παρουσιαστικό της να βλέπανε κάτι παράφωνο με το περιβάλλον, σα να μην τους ταίριαζε η εικόνα της η νεανική μ' αυτό το πονεμένο ύφος.

Η Βέρα κοίταζε κάθε τόσο το ρολόι της. Η ώρα δεν περνούσε και τώρα είχε αρχίσει να την ενοχλεί κι εκείνη η παράξενη μυρωδιά που 'βγαινε από παντού, που άλλες φορές ούτε καν της είχε κάνει ιδιαίτερη εντύπωση. Αποφάσισε να βγει στον κήπο, όπως της είχε συστήσει ο κύριος διευθυντής. Διστακτικά βγήκε έξω στην καθαρή ατμόσφαιρα και πήγε προς το μέρος όπου βρισκόταν το κυλικείο του νοσοκομείου. Μόλις μπήκε, είδε πολύ κόσμο κι έκανε να φύγει όταν το μάτι της έπεσε στο φίλο του Δημήτρη, το Θανάση, που κάπνιζε το τσιγάρο του και κουβέντιαζε με μία παρέα. Πήγε κοντά του και τον έπιασε απ' το μπράτσο λίγο για να τη δει και λίγο γιατί εκείνη τη στιγμή αυτό που χρειαζόταν ήταν ένα γνωστό πρόσωπο και μια γλυκιά κουβέντα.

Ο Θανάσης χάρηκε μόλις την είδε, αλλά αμέσως μετά το πρόσωπό του άλλαξε έκφραση και μια κατήφεια απλώθηκε πάνω του. Την τράβηξε απαλά έξω απ' το κυλικείο, τη ρώτησε αν ήθελε κάτι να της προσφέρει και σχεδόν την έβαλε να κάτσει σ' ένα πεζούλι που βρισκόταν στην αρχή της μεγάλης μαρμάρινης σκάλας που οδηγούσε στο νοσοκομείο.

Η Βέρα του είπε ό,τι είχε γίνει την προηγούμενη μέρα. Ο Θανάσης την άκουσε προσεκτικά, αν και της φάνηκε ότι ήδη τα 'ξερε όλα. Μετά με γλυκό τρόπο κι απλά λόγια προσπάθησε να της εξηγήσει την κατάσταση. Της είπε ότι έδειχνε να είναι σοβαρή αλλά κι κείνος δεν ήξερε τι ακριβώς ήταν αυτό που βασάνιζε τον Δημήτρη. Ωστόσο, ήταν σε πολύ καλά χέρια κι όλοι τους θα 'καναν ό,τι καλύτερο μπορούσαν για να τον θεραπεύσουν. Το πόσο βέβαια θα κρατούσε αυτή η θεραπεία ούτε ο ίδιος αλλά ούτε και κανείς άλλος γνώριζε. Η αλήθεια ήταν όμως, όπως της είπε, ότι αυτή τη φορά θα 'πρεπε να μείνει στο νοσοκομείο για μεγάλο διάστημα γιατί θέλαν να τον παρακολουθήσουν. Αυτό επέβαλε η κατάστασή του.

Γύρισαν μαζί πίσω κι αφού ο Θανάσης την άφησε έξω απ' το γραφείο του διευθυντή, έφυγε κι η Βέρα περίμενε να βγει ο μπαμπάς της. Ευτυχώς, δεν χρειάστηκε πολλή ώρα όταν τον είδε επιτέλους να βγαίνει με το κεφάλι σκυφτό. Αναθάρρησε μόλις την είδε και βάζοντας το πιο καλό του χαμόγελο την πήρε αγκαζέ και της είπε πως δεν έπρεπε να στεναχωριέται γιατί ο Δημήτρης θα είχε την καλύτερη περιποίηση, κάποια στιγμή θα γινόταν καλά κι ότι η ίδια θα 'πρεπε να κάνει υπομονή χωρίς να βάζει άσχημες σκέψεις στο μυαλό της.

Στη Βέρα φάνηκε σαν η φωνή του να 'βγαινε με το ζόρι καθώς της μιλούσε, σα να προσπαθούσε κάτι να καλύψει, σα να μην της έλεγε όλη την αλήθεια, αλλά μιας κι η ίδια δεν ήξερε τι άλλο να σκεφτεί, αρκέστηκε στα παρηγορητικά του λόγια.

Όμως, κάτι περίεργο την προβλημάτιζε σ' όλη αυτή την ιστορία. Κάτι ανεξήγητο είχε αυτή η αρρώστια στην οποία κανείς μέχρι τότε δεν είχε δώσει όνομα. Ήταν μια σπάνια υπερκόπωση ή κάτι άλλο; Σε πόσο καιρό θα γινόταν καλά ο Δημήτρης; Αυτό κανείς δεν έδειχνε να το γνωρίζει. Θέλοντας και μη, η Βέρα αναγκάστηκε να αρκεστεί στις εξηγήσεις που της είχε δώσει ο μπαμπάς της κι ο Θανάσης, αλλά εκείνο που δεν κατάφερε να διώξει από μέσα της ήταν μια αίσθηση για κάτι αδιόρατα επικίνδυνο που καραδοκούσε.

Στον Δημήτρη πήγαινε κάθε μέρα, πρωί κι απόγευμα, γιατί ήθελε να βρίσκεται συνέχεια δίπλα του, κάτι που της φαινόταν ότι κι ο ίδιος το 'θελε πάρα πολύ. Δεν πήγαινε καθόλου στο πανεπιστήμιο. Μάθαινε απ' τις φίλες της τι γινόταν πάνω κάτω, αλλά μαθήματα είχε πολύ καιρό να παρακολουθήσει χωρίς καθόλου αυτό να την προβληματίζει. Το μόνο που την ενδιέφερε ήταν να 'βλεπε πάλι όρθιο και δυνατό το Δημήτρη και μαζί να ξεχνούσαν αυτές τις δύσκολες μέρες.

Ο Δημήτρης που μέχρι τότε ενδιαφερόταν για τα μαθήματά της και την πίεζε να διαβάζει, έδειχνε σα να 'βρισκε πολύ φυσικό το γεγονός ότι η Βέρα έφευγε από κοντά του μόνο το μεσημέρι για μια-δυο ώρες, ξαναγύριζε κι έμενε εκεί μέχρι αργά το βράδυ. Κανείς δεν την ενοχλούσε για να τηρεί τις ώρες του επισκεπτηρίου, που για όλους τους άλλους ήταν πολύ αυστηρές. Την είχαν μάθει όλοι, γιατροί, νοσοκόμοι, ακόμα κι οι πέτρες του νοσοκομείου κι αυτές την είχαν μάθει απ' το καθημερινό της πήγαινε-έλα.

Είχαν περάσει ήδη δύο μήνες απ' την Κυριακή εκείνη που ο Δημήτρης είχε μπει στο νοσοκομείο και σε λίγες μέρες πλησίαζαν τα γενέθλιά της. Στενοχωρημένη που εκείνη τη χρονιά, για πρώτη φορά δεν θα τα γιόρταζε όπως ήθελε, μετρούσε τις μέρες κι ευχόταν να γινόταν ένα θαύμα κι ο Δημήτρης να γύριζε σπίτι. Αλλά τίποτε τέτοιο δεν έγινε γιατί εκείνος εξακολουθούσε να παραπατάει μόλις πήγαινε να σηκωθεί, τ' απαίσιο κιτρινοπράσινο υγρό δεν έπαψε να θυμίζει την παρουσία του –αν κι όχι με την ίδια *συχνότητα, όπως τον πρώτο καιρό– αλλά χωρίς να τον αφήνει να το ξεχάσει και φαινόταν πια σαν κι ο ίδιος να 'χε συνηθίσει αυτή την κατάσταση γιατί πολλές φορές έδειχνε κεφάτος κι έτοιμος να κάνει σχέδια για το μέλλον τους.*

Αναθαρρούσε λοιπόν η Βέρα κι έβρισκε σιγά-σιγά το κέφι της παρόλο που τα κτυπήματα αυτής της αρρώστιας δεν λέγαν να τελειώσουν. Όμως περίμενε, όπως την είχαν διαβεβαιώσει τόσο οι γιατροί όσο κι ο ίδιος, ότι κάποτε θα τελείωναν κι όλα θα γίνονταν όπως πρώτα.

Ένα μόνο πράγμα της έκανε εντύπωση: Που ο Δημήτρης την ήθελε όλο και πιο πολύ κοντά του. Έδειχνε σα να μην τον απασχολούσε καθόλου το γεγονός ότι η Βέρα δεν πατούσε πια στο πανεπιστήμιο κι ότι εκείνη η χρονιά θα πήγαινε χαμένη. Μάλιστα, μερικές φορές, όταν την έβλεπε να τον επισκέπτεται πιο περιποιημένη απ' ό,τι συνήθως της έκανε παρατηρήσεις λέγοντάς της πως έπρεπε να θυμάται ότι πήγαινε στο νοσοκομείο κι όχι σε πάρτι.

Η Βέρα στεναχωριόταν, αλλά δεν μιλούσε, γιατί η ίδια ντυνόταν όσο καλύτερα μπορούσε για να τον ευχαριστήσει. Μάλλον όμως είχε κάνει λάθος σ' αυτή της την εκτίμηση. Συμμορφώθηκε φυσικά αμέσως με την επιθυμία του προσέχοντας να περνάει όσο το δυνατόν απαρατήρητη, καθώς τον έβλεπε να δυσανασχετεί όταν πού και πού έφευγε από δίπλα του για να πάρει αέρα στον κήπο του νοσοκομείου. Το 'κοψε όμως κι αυτό για να μην του δίνει την παραμικρή αφορμή να ζηλεύει, πράγμα που όσο περνούσαν οι ημέρες φαινόταν πως μεγάλωνε.

Τη μέρα των γενεθλίων της η Βέρα, εκτός απ' τα συνηθισμένα που του πήγαινε σχεδόν κάθε μέρα απ' το σπίτι, αγόρασε μια μικρή τούρτα, έβαλε πάνω της είκοσι ροζ κεράκια, φρόντισε να έχει σπίρτα πάνω της και ξεκίνησε με καλή διάθεση να πάει στο Δημήτρη. Ήθελε αυτή την ξεχωριστή μέρα του χρόνου στη ζωή της να 'ναι μαζί του και μόνο μαζί του.

Μόλις μπήκε στο δωμάτιό του είδε ακουμπισμένο πάνω στο σιδερένιο κομοδίνο δίπλα του ένα μεγάλο κουτί τυλιγμένο σ' άσπρο χαρτί, στολισμένο με μια κόκκινη γκρο κορδέλα. Ο Δημήτρης ήταν καθισμένος στο κρεβάτι του και μόλις την είδε άνοιξε τα χέρια του, την έκλεισε στην αγκαλιά του και της ευχήθηκε Χρόνια Πολλά. Αμέσως μετά πήρε το μεγάλο κουτί με το εντυπωσιακό περιτύλιγμα λέγοντάς της πως αυτό ήταν το δώρο του για τα γενέθλιά της. Η Βέρα απόρησε για το πώς είχε βρεθεί στα χέρια του κάτι τέτοιο αφού δεν μπορούσε στιγμή να φύγει απ' το νοσοκομείο. Με χαμόγελο της εξήγησε ότι είχε στείλει έναν στρατιώτη -απ' αυτούς που υπηρετούσαν τη θητεία τους εκεί- και του είπε ν' αγοράσει αυτό που έκρυβε μέσα του το μεγάλο κουτί.

Όταν η Βέρα τ' άνοιξε έμεινε με το στόμα ανοικτό. Μέσα του βρισκόταν ένα μεγάλο αστραφτερό πιστολάκι AEG για τα μαλλιά, απ' αυτά που μόλις τότε είχαν κυκλοφορήσει στην αγορά για πρώτη φορά. Ο Δημήτρης θυμόταν τη δυσκολία που είχε το χειμώνα μέχρι να στεγνώσουν τα πλούσια μακριά μαλλιά της κι είχε σκεφτεί να της κάνει το πιο πρωτότυπο και πρακτικό δώρο που η Βέρα θα μπορούσε να είχε φανταστεί. Αχ, πως συγκινήθηκε η Βέρα απ' τη σκέψη του! Πώς ήταν δυνατό, σκεφτόταν, να έχει τέτοιο μεγάλο πρόβλημα, να μένει τόσο καιρό στο νοσοκομείο και παράλληλα να θυμάται τα γενέθλιά της και να της παίρνει από κει μέσα δώρο; Πού ακούστηκε ένας άρρωστος να κάνει δώρο μέσα απ' το νοσοκομείο;

Όμως αυτός ήταν ο Δημήτρης. Τρυφερός και γενναιόδωρος, πανέξυπνος και πάντα, ακόμη και σε κείνες τις τόσο δύσκολες στιγμές που περνούσε, με τη Βέρα στην έννοια του και στην καρδιά του. Δεν ήξερε τι να κάνει για να του δείξει τη χαρά της, δεν ήξερε πώς να τον ευχαριστήσει που όχι μόνο είχε θυμηθεί τα γενέθλιά της, αλλά είχε φροντίσει με τρόπο που κανείς άλλος δεν θα σκεφτόταν να της κάνει και δώρο.

Αν και στο διπλανό κρεβάτι βρισκόταν εδώ και μέρες ένας ακόμη άρρωστος, η Βέρα χωρίς ντροπή πήγε και χώθηκε στην αγκαλιά του Δημήτρη φιλώντας τον και δακρύζοντας από συγκίνηση γι' αυτή τη χειρονομία του.

Σε λίγο η τούρτα φωτίστηκε απ' τα κεράκια που τη στόλιζαν, η Βέρα φύσηξε δυνατά και μεμιάς τα είκοσι κεράκια μαζί με τα χρόνια που συμπλήρωνε μπήκανε στην ιστορία της ζωής της.

190

Αν κι ήταν Απρίλης, η χρονιά εκείνη ήταν γενικά πολύ κρύα με χιόνια που δεν έλεγαν να φύγουν απ' τα μάγουλα του Χορτιάτη, χαμηλού βουνού και σήμα κατατεθέν της Θεσσαλονίκης, που για τη γιαγιά της Βέρας μάλιστα ήταν κι ο προσωπικός της μετεωρολόγος. Κοιτάζοντάς τον σχεδόν κάθε μέρα έβγαζε το δελτίο καιρού και ποτέ της -πάντοτε με τη βοήθειά του βέβαια- δεν έπεφτε έξω. Έτσι κι εκείνο το πρωί, πριν ξεκινήσει η Βέρα για το νοσοκομείο, της είχε πει ότι καταιγίδες θα 'φερνε σήμερα ο καιρός αφού ο Χορτιάτης φορούσε σκούρο γκρι σκούφο.

Η Βέρα εκείνη την ημέρα δεν γύρισε το μεσημέρι στο σπίτι. Σκέφτηκε να κάνει έκπληξη στις φίλες της που τόσο καιρό είχε να δει και κατευθύνθηκε με τα πόδια απ' το νοσοκομείο στο πανεπιστήμιο που ήταν αρκετά κοντά κι ελπίζοντας να τις βρει σ' ένα τους διάλειμμα.

Πράγματι, τις βρήκε όλες στο κυλικείο όπου πίναν τον καφέ τους, όπως συνήθιζαν πάντοτε. Μόλις τις είδε, η Βέρα συνειδητοποίησε πόσο πολύ της είχαν λείψει όλο αυτό τον καιρό που δεν τις έβλεπε, προσηλωμένη όπως ήταν στο Δημήτρη. Το τι χαρές όμως κάνανε κι αυτές μόλις την είδαν, δεν περιγράφεται. Την αγκάλιαζαν και τη φιλούσαν ξανά και ξανά σα να είχαν χρόνια να συναντηθούν, σα να νόμιζαν πως δεν θα την ξανάβλεπαν ποτέ. Έτσι πέρασε το μεσημέρι. Καμιά τους δεν σκέφτηκε να εγκαταλείψει τη συντροφιά κι όταν έφτασε η ώρα που 'πρεπε να ξαναγυρίσει στο νοσοκομείο, η Βέρα σηκώθηκε απρόθυμα να τις χαιρετήσει και με την καρδιά της γεμάτη χαρά για την ιδέα της να ξεφύγει λίγο απ' τους προβληματισμούς που τη βασάνιζαν καθώς η μέρα που ο Δημήτρης θα 'βγαινε απ' το νοσοκομείο δεν μπορούσε να προσδιοριστεί από κανέναν.

Ο Δημήτρης την περίμενε καθισμένος όπως και το πρωί. Ο διπλανός του κοιμόταν κι οι δυο τους βρήκαν την ευκαιρία να ξαναγκαλιαστούν και να φιληθούν μ' όλη τους τη λαχτάρα.

Τ' απόγευμα πέρασε γρήγορα εκείνη τη μέρα κι όταν η Βέρα ξεκίνησε για το σπίτι, η ώρα ήταν ήδη περασμένη. Κατέβηκε απ' το λεωφορείο της γραμμής που 'παιρνε κάθε μέρα αλλά μόλις ξεμάκρυνε λίγο απ' τη στάση είδε πως τα φώτα στην περιοχή δεν άναβαν. Μέσα στο σκοτάδι και με το λιγοστό κόσμο που κυκλοφορούσε εκείνη την ώρα, φοβήθηκε τόσο πολύ που την πιάσαν τα κλάματα. Ένιωσε μόνη κι απροστάτευτη και για πρώτη φορά θύμωσε με τη συγκυρία που την ανάγκαζε να κάνει αυτό το δρομολόγιο πρωί-βράδυ κάθε μέρα. Αυτός ο φόβος της έγινε κι αφορμή ν' αποφασίσει πως έπρεπε να χρησιμοποιεί τ' αυτοκίνητο που είχε αγοράσει ο μπαμπάς της για το Δημήτρη, το οποίο τόσο καιρό έμενε παρκαρισμένο στο πίσω μέρος της αυλής του σπιτιού και που ούτε μια φορά δε σκέφτηκε να χρησιμοποιήσει. Ήθελε όλα να μένανε όπως εκείνος τα είχε αφήσει, σα να ήθελε να σβήσει το ενδιάμεσο δύσκολο διάστημα κι όλα να συνεχιζόταν σα να μην είχε μεσολαβήσει τίποτε.

Ώρες-ώρες όταν η Βέρα έμενε μόνη στο δωμάτιό της σκεφτόταν μήπως κάποια κακιά μάγισσα απ' τα παραμύθια, που τόσο της άρεσαν όταν ήταν μικρή, είχε ξεφύγει απ' τις σελίδες του βιβλίου και μη θέλοντας να πέσει στη λήθη των αναμνήσεών της, είχε θρονιαστεί αόρατη σε κάποιο σημείο του σπιτιού της. Ίσως κιόλας να είχε θρονιαστεί στο δωμάτιο του Δημήτρη και δεν τον άφηνε να γίνει καλά και να παντρευτεί την πριγκίπισσά του. Τότε η Βέρα σκεφτόταν πως θα 'πρεπε να βρει το μαγικό φίλτρο που θα εξαφάνιζε την ίδια την κακιά μάγισσα κι ίσως τότε όλα ξαναβρίσκαν την παλιά τους ανεμελιά.

Οι μέρες περνούσαν με το ίδιο πρόγραμμα για τη Βέρα. Ο Μάιος είχε ήδη μπει αλλά ο Δημήτρης εξακολουθούσε να νοσηλεύεται κι όσες φορές κι αν προσπάθησε να μάθει πότε επιτέλους θα του επέτρεπαν να βγει, χτύπησε σε κλειστές πόρτες. Οι γονείς της τον επισκεπτόταν κάθε τόσο και παρά τις προσπάθειες του μπαμπά της, ο οποίος μιλούσε με τους γιατρούς που τον κουράριζαν, να μάθει πότε θα πάρει εξιτήριο, συμπέρασμα δεν έβγαινε κι ημερομηνία δεν οριζόταν.

Η Βέρα το 'χε πάρει απόφαση ότι ο Δημήτρης θα 'μενε, ποιος ξέρει για πόσο στο νοσοκομείο, αλλά κι η ίδια θα 'χανε τη χρονιά της. Ωστόσο, αυτό το δεύτερο δεν την πείραζε ιδιαίτερα και το πρώτο κινδύνευε να το συνηθίσει.

Μια μέρα, έτσι ξαφνικά, όταν πήγε να δει το Δημήτρη, η Βέρα τον βρή-
κε να την περιμένει καθισμένος στην καρέκλα δίπλα στο κρεβάτι του και
ντυμένος με τα ρούχα που φορούσε εκείνη την Κυριακή, τότε που είχε πρω-
τομπεί στο νοσοκομείο. Η καρδιά της αναπήδησε από χαρά μόλις τον είδε
έτσι και πιο πολύ όταν της ανακοίνωσε τα ευχάριστα που κι εκείνος μόλις
είχε πληροφορηθεί. Η Βέρα ετοίμασε γρήγορα τα πράγματά του που τόσο
καιρό πηγαινοέφερνε πλυμένα και σιδερωμένα, βγήκαν από κει και φεύγο-
ντας η Βέρα δεν θέλησε ούτε να κοιτάξει πίσω της, μήπως και ξόρκιζε το
κακό και δεν χρειαζόταν να ξαναδιαβεί εκείνη την πόρτα.

Ο Δημήτρης ήταν βέβαια πολύ αδύναμος, αλλά καταχαρούμενος που
επιτέλους θα 'φευγε απ' το χώρο που ενώ φυσιολογικά προοριζόταν ως χώ-
ρος της δουλειάς του, είχε καταντήσει τους τελευταίους μήνες να 'ναι συνυ-
φασμένος μόνο με στεναχώριες και προβληματισμούς.

Χαράς ευαγγέλια ήταν οι ημέρες που ακολούθησαν όχι μόνο για τη Βέρα
αλλά και για τους γονείς και τους παππούδες, που όλο αυτό τον καιρό κά-
ναν φιλότιμες προσπάθειες ώστε να δείχνουν ανέμελοι κι αισιόδοξοι. Χωρίς
το γκρίζο χρώμα που τόσο καιρό χρωμάτιζε το σπίτι, αφέθηκαν όλοι στην
ευεργετική παρουσία της ανακούφισης απ' το βάρος που αισθανόταν όχι
μόνο για το Δημήτρη που τόσο καιρό μπαινόβγαινε στο νοσοκομείο, αλλά
και για τη Βέρα που αγόγγυστα είχε αφήσει τα πάντα γι' αυτόν και που
τώρα είχε αφήσει πίσω της μεμιάς τη μάσκα της στεναχώριας, προνόμιο
αυτή η μεταλλαγή της νεαρής ηλικίας της την οποία ξαναβρήκε μαζί με το
κέφι της μόλις μπήκε με το Δημήτρη στο σπίτι.

Όλο αυτό τον καιρό δεν είχε παρατηρήσει πόσο όμορφα ήταν τα πο-
λύχρωμα πανσεδάκια που είχαν γεμίσει τα παρτέρια του κήπου ούτε και
με πόση περηφάνια ανοιγόκλειναν τα κεφαλάκια τους οι κίτρινες και
κόκκινες τουλίπες, μεγάλη αδυναμία του παππού. Αγκινάρες και μαρου-
λάκια δέσποζαν στο χώρο του λαχανόκηπου, έτοιμα να θυσιαστούν για
τις γαστριμαργικές επιθυμίες της οικογένειας. Η άνοιξη όχι μόνο είχε

193

μπει, αλλά τώρα βρισκόταν στο ζενίθ της ομορφιά της, όπως έβλεπε η Βέρα. Παντού χρώματα, παντού μυρωδιές, παντού η ευλογημένη φύση έκανε αισθητή την παρουσία της, πάντα με τρόπο οργιαστικά αρμονικό και σίγουρο. Χωρίς τερτίπια και μόνο με τη μεγαλοσύνη της φυσικής της παρουσίας.

Η Βέρα ήταν μες τη χαρά αναγνωρίζοντας, για πρώτη φορά, πόσο αυτός ο κήπος μπορούσε να είναι το πιο ωραίο σκηνικό, όπου μπορούσε τώρα να ζήσει με τον αγαπημένο της, και που μέχρι τότε θεωρούσε αυτονόητη την ύπαρξή του, χωρίς ποτέ της να σκεφτεί πόση φροντίδα κι αφοσίωση γι' αυτον έδειχνε πάντα ο σοφός παππούς της, που ασχολούνταν μ' αυτόν χωρίς να περιμένει ανταμοιβή. Τα λαχανικά ήταν καταπράσινα με τις αγκινάρες, λόγω ύψους, να πρωτοστατούν στη μικρή τους κοινωνία.

Ο Δημήτρης με τη Βέρα περνούσαν εκεί στον κήπο τις περισσότερες ώρες της ημέρας, όταν εκείνος δεν ξεκουραζόταν, πράγμα που ακόμη φαινόταν να το χρειάζεται πολύ, καθώς η ανάρρωσή του προχωρούσε με πολύ αργό ρυθμό. Φαινόταν ότι είχε βρει την ισορροπία στο βάδισμά του, αλλά οι φορές που η Βέρα τον έβλεπε να καταβάλλει ιδιαίτερη προσπάθεια για να το πετύχει, δεν ήταν λίγες. Ωστόσο, όπως τους είχε πει ο γιατρός που τον κουράριζε, ο Δημήτρης θα συνερχόταν αλλά αυτό θα 'παιρνε χρόνο. Αυτό η Βέρα ήταν υποχρεωμένη και να το σεβαστεί και να το υπομείνει, καθώς οι βόλτες που περίμενε ότι θ' άρχιζαν σε λίγο, δεν ερχόταν και συν τοις άλλοις έκρινε πως δεν έπρεπε να δείχνει τίποτα απ' αυτές τις σκέψεις της στο Δημήτρη.

Καθώς λοιπόν οι έξοδοί τους ήταν πολύ περιορισμένες, σχεδόν ανύπαρκτες, η χαρά της ήταν να καλεί φίλες στο σπίτι αλλά όπως φάνηκε, ακόμη κι αυτό, κούραζε το Δημήτρη. Αναγκάστηκε μ' αρκετή στενοχώρια, είναι η αλήθεια, να παραδεχτεί ότι κι αυτές οι συναντήσεις έπρεπε να περιοριστούν. Γι' αυτό βάλθηκε να βρίσκει τρόπους ώστε να γεμίσει τις ώρες της.

194

Τότε, ανακάλυψε τη γοητεία των περιοδικών που κάθε εβδομάδα, με πρόγραμμα, άρχισε ν' αγοράζει απ' το βιβλιοπωλείο του «Μόλχο» που ήταν το μοναδικό που 'φερνε εκτός από ξενόγλωσσα βιβλία και τ' αντίστοιχα περιοδικά, δηλαδή απ' την Ευρώπη και την Αμερική. Φυσικά, ούτε λόγος ν' αρχίσει να διαβάζει την ύλη των μαθημάτων που θα 'πρεπε να δώσει στις εξετάσεις του Ιουνίου, αφού κανένα τους δεν είχε παρακολουθήσει, και το 'χε πάρει απόφαση πως δυστυχώς η χρονιά είχε πάει χαμένη. Ωστόσο, το ζήτημα των μαθημάτων δεν τη στεναχωρούσε τόσο, όσο το γεγονός πως θα 'πρεπε να βρει φίλες απ' την καινούρια σοδειά των φοιτητριών με τις οποίες θα ήταν ανάγκη να συνυπάρχει.

Εκείνο το καλοκαίρι έκανε τρομερή ζέστη. Ο Δημήτρης έδειχνε να υποφέρει πιο πολύ απ' όλους, αν και δεν παραπονιόταν ποτέ, και φυσικά ούτε λόγος για μπάνιο στη θάλασσα, που ο γιατρός του είχε πει πως δεν ενδεικνυόταν για την περίπτωσή του.

Οι αγκινάρες του κήπου που συνοδεύονταν από αρακά αγορασμένο ήταν στο μενού εκείνης της ημέρας του Ιουνίου. Πλησίαζε χρόνος απ' την ημέρα που είχαν αρραβωνιαστεί κι η μαμά είχε σκεφτεί να τους κάνει καρυδόπιτα με σιρόπι, γαρνιρισμένη με κερασάκια και σύκο γλυκό, που ήταν η αγαπημένη του Δημήτρη. Θέλοντας μάλιστα να κάνει και κάτι ιδιαίτερο ώστε να γίνει πιο γιορταστική, είχε την έμπνευση να την γαρνίρει με ασπράδια αβγών καλά χτυπημένα με ζάχαρη άχνη σε μαρέγκα. Μ' αυτή κάλυψε όλη της την επιφάνεια κι έκανε την καρυδόπιτα, σκούρη καθώς ήταν, να δείχνει σαν βουναλάκι πασπαλισμένο με χιονάκι. Τ' αποτέλεσμα ήταν καλλιτεχνικό γιατί πρόσθετε στην ωραία γεύση της και την οπτική απόλαυση.

Όταν κάθισαν όλοι γύρω απ' το μεσημεριανό τραπέζι κι η μαμά έφερε την καρυδόπιτα με τα συνοδευτικά πιάτα και μαχαιροπίρουνα, ο Δημήτρης αστειεύτηκε λέγοντας ότι είχε κάνει λάθος και τα 'χε φέρει όλα διπλά. Κανείς όμως δεν τα είδε έτσι και κανείς τους δεν γέλασε. Το γεγονός θα μπορούσε ακόμη και να 'χε περάσει απαρατήρητο, αν η μαμά δεν επέμενε ότι όλα ήταν μετρημένα, για έξι άτομα, και βάλθηκε να τα ξαναμετρήσει φωναχτά για να αποδείξει πως δεν είχε κάνει λάθος.

Ο Δημήτρης όμως επιμένοντας ξαναείπε πως όχι μόνο τα μαχαιροπίρουνα, αλλά ξαφνικά κι ό,τι άλλο υπήρχε στο τραπέζι είχε διπλασιαστεί. Κανείς δεν μίλησε. Ο Δημήτρης έγινε κατακόκκινος κι αμέσως μετά μία υγρασία ανάβλυσε απ' το πρόσωπό του. Λεπτά ρυάκια ιδρώτα είχαν εμφανιστεί απ' το πουθενά και παίρναν την κατιούσα προς το μέρος του λαιμού του.

Ο μπαμπάς ήταν ο πρώτος που αντέδρασε και δικαιολόγησε την κατάσταση αποδίδοντάς την στη ζεστή εκείνη ημέρα του Ιουνίου. Όμως, κανείς τους δεν κινήθηκε ούτε φάνηκε να τον πιστεύει και πρώτος ο Δημήτρης, ο οποίος σηκώθηκε με κόπο απ' το τραπέζι και μπήκε στο δωμάτιό του, χωρίς ούτε μια κουβέντα. Όλοι κοιτάχτηκαν, μη μπορώντας να εξηγήσουν αυτό που είχαν ακούσει και χωρίς βέβαια κανείς τους να πιστεύει στη δικαιολογία που ο μπαμπάς της είχε σερβίρει με τόση ευκολία.

Το ίδιο μάλιστα απόγευμα, ο μπαμπάς ανέλαβε να συνοδεύσει το Δημήτρη στον κύριο Γαρύφαλλο, τον νευρολόγο που τον είχε αναλάβει όσο καιρό βρισκόταν στο νοσοκομείο. Δεν άφησε τη Βέρα να πάει μαζί τους κι εκείνη χωρίς αντίρρηση το δέχτηκε.

Το ιατρείο του βρισκόταν στην οδό της Αγίας Σοφίας, δίπλα στην ομώνυμη εκκλησία, κι η απόσταση απ' το σπίτι ήταν μεγάλη, πράγμα που σήμαινε πως θ' αργούσαν να γυρίσουν. Όμως, η αργοπορία παρατάθηκε περισσότερο απ' όσο υπολόγιζε η Βέρα. Φίδια είχαν αρχίσει να τη ζώνουν όσο η ώρα περνούσε κι ο μπαμπάς με το Δημήτρη δεν είχαν ακόμη εμφανιστεί.

Βέβαια, ούτε κι εκείνη ήταν προετοιμασμένη γι' αυτό που θ' ακολουθούσε. Όταν χτύπησε το τηλέφωνο κι ο μπαμπάς της είπε στη μαμά της που με τη σειρά της το μετέφερε και στους άλλους ότι ο Δημήτρης έπρεπε να ξαναμπεί στο νοσοκομείο για εξετάσεις, η Βέρα έβγαλε φωνή τέτοια που τρόμαξε κι η ίδια απ' την ένταση και τη φρίκη της.

Καθώς η νύχτα όλο και προχωρούσε, η Βέρα ένιωσε ένα τρεμούλιασμα που την έκανε να σφίξει επάνω της την κόκκινη ζεστή εσάρπα που τη σκέπαζε αλλά που τώρα δεν έφτανε για να τη ζεστάνει και ζάρωσε στη γούβα της σεζλόγκ.

Το «Όνειρο Καλοκαιρινής Νύχτας» του Mendelshon ήταν ό,τι πιο ταιριαστό την ώρα αυτή κι ήταν η επόμενη επιλογή της στη χωρίς διαλείμματα μουσική της ακρόαση. Μπορούσε να ζήσει χωρίς πολλή κοινωνική ζωή, που στο κάτω-κάτω η ίδια είχε επιλέξει, αλλά δεν μπορούσε στιγμή χωρίς τη μουσική της. Οι στοίβες απ' τα cds, που ήταν πάντα δίπλα της όπου κι αν βρισκόταν, τον τελευταίο καιρό υπομονετικά είχαν βρει τη θέση τους κάτω απ' το διπλανό τραπέζι που τα προφύλασε απ' τον αέρα αλλά και τις σταγόνες της βροχής που πολλές φορές πέφταν χωρίς όμως να τα ενοχλούν καθόλου.

Η μεγάλη αυτή περιουσία που τελειωμό δεν είχε, συνέχεια εμπλουτιζόταν από καινούριες μουσικές εκτελέσεις δίνοντας στη Βέρα τη δυνατότητα να επιλέγει την καλύτερη, ή εκείνη που τ' άκουσμά της της έφερνε στο νου αναμνήσεις. Απόψε η νύχτα, σκοτεινή καθώς ήταν, ταίριαζε με την «6η συμφωνία» του P. I. Tschaikovsky και καθώς παιζόταν απ' την κρατική ορχήστρα της Αγίας Πετρούπολης με διευθυντή τον Valery Gergiev ήταν η πιο κατάλληλη επιλογή για τη Βέρα. Μέσα απ' τις πρώτες κιόλας νότες και πριν το θέμα κορυφωθεί, παρασύρθηκε σ' ένα κύμα σκέψεων γεμάτο συγκινήσεις που εκείνη τη βραδιά το είχε πραγματικά ανάγκη.

Τα γενέθλιά της πλησίαζαν αλλά έχοντας σχεδόν όλες τις ετοιμασίες σε μια σειρά, δεν της έμενε τίποτ' άλλο παρά ν' απολαμβάνει κάθε στιγμή της ημέρας και της νύχτας μέσα απ' τον δικό της κόσμο.

Οι μόνες στιγμές που διαταρασσόταν αυτή η απόλυτη πολύμορφη μοναξιά ήταν κατά τις καθημερινές συνομιλίες με τα παιδιά της. Είχε κόψει προ πολλού τις κοινωνικές επαφές. Είχε λιγοστές, μετρημένες στα δάκτυλα του ενός χεριού, φίλες κι αυτό που αποζητούσε όλο και πιο πολύ ήταν η καταφυγή στον κόσμο του κήπου της με τα χρώματά του.

Αυτό το μπαλκόνι στο οποίο ζούσε όλο και περισσότερο τον τελευταίο χρόνο ήταν η βάση που την βοηθούσε να τον οριοθετήσει αντλώντας τις συνιστώσες του απ' τον περίφημο μαγικό κήπο της με τις περίεργες εναλλασσόμενες αποχρώσεις του.

Όταν η Βέρα ξαναβρήκε τη λαλιά της και μπήκε πάλι στο παρόν, η πρώτη εικόνα που αντίκρισε ήταν το μαρμαρένιο πρόσωπο του Δημήτρη. Κοίταζε μπροστά του χωρίς να βλέπει κι ανέπνεε χωρίς αέρα. Τα όμορφα χαρακτηριστικά του είχαν μεταλλαχθεί σε μια ανέκφραστη μάσκα με το πηγούνι να κρέμεται κάτω απ' το ανοιχτό στόμα, οι κόρες των ματιών να έχουν χάσει το χρώμα τους και να 'χουν κιτρινίσει, ασπράδι και κόρη όλα ένα, με το δέρμα να έχει ζαρώσει όπως του γέρου αγρότη κάτω απ' τον ήλιο, σταχτί και λιπόσαρκο. Οι ώμοι χαλαροί με τα χέρια κρεμασμένα κοιτάζοντας κάτω προς τη μοίρα τους.

Όλοι οι άλλοι είχαν εξαφανιστεί για τη Βέρα. Το βλέμμα της έντρομο έβλεπε αυτή τη μετάλλαξη και δεν μπορούσε να ταυτίσει την εικόνα αυτή με το έξοχο πρόσωπο που τόσο πολύ τη μάγευε, το ζωντανό, το νεανικό, το αγαπημένο της. Μέσα σε μια στιγμή αναρωτήθηκε για το αν έβλεπε καλά. Φοβήθηκε πως σε κακό όνειρο οφειλόταν αυτή η μεταμόρφωση.

Οι σιγανές ομιλίες που 'φταναν στ' αυτιά της μοιάζαν κι αυτές με ηχώ εξωπραγματική. Ήθελε να ξυπνήσει και να ξαναγυρίσει στη γνωστή της πραγματικότητα, αλλά δεν μπορούσε. Όσο κι αν προσπάθησε, ο εφιάλτης βρισκόταν εκεί, βουβός αλλά μορφοποιημένος μέσα σε γκρίζα τούλια γεμάτα σκόνη κι ακαθαρσίες.

Αυτός που ήταν ο Δημήτρης της στεκόταν ακίνητος και βουβός, το παλικάρι είχε γίνει υπηρέτης. Τότε μόνο η Βέρα σα να ξύπνησε έπεσε στην αγκαλιά του ταρακουνώντας τον με βία, σα να 'θελε να τον μεταμορφώσει, να τον κάνει πάλι όπως ήταν πριν, φωνάζοντας ταυτόχρονα τ' όνομά του που ήταν κι η ταυτότητά του στον κόσμο της.

Όμως όσο κι αν προσπάθησε, η εικόνα του έμενε η ίδια. Ο Δημήτρης ήταν σε κατάσταση σοκ, ανήμπορος ν' αντιδράσει. Ο μπαμπάς της έκανε μια κίνηση να την τραβήξει απ' την αγκαλιά του προσπαθώντας να την ηρεμήσει, αλλά δεν τα κατάφερε. Η Βέρα έμενε γαντζωμένη πάνω του και συνέχισε να τον κουνάει πίσω μπρος χωρίς να σταματήσει να φωνάζει το όνομά του, μη θέλοντας να παραδεχτεί πως είχε νικηθεί.

Είχε περάσει αρκετή ώρα μέχρι που βρήκαν όλοι τη λαλιά τους, ενώ ο Δημήτρης εξακολουθούσε να κάθεται με τα χέρια του κρεμασμένα στην ίδια στάση με πριν. Όταν μίλησε ήταν για τη Βέρα. «Μη φοβάσαι γλυκιά μου», είπε, «θα το περάσουμε κι αυτό». Τα δάκρυα έτρεξαν σαν από βρύσες στα μάτια της μόλις άκουσε τη φωνή του και μόνο τότε κατάφερε να βρει την αυτοκυριαρχία της. Δεν μίλησε, εξακολουθούσε να κλαίει ακόμη κι όταν ο Δημήτρης την πήρε στην αγκαλιά του και την οδήγησε στο δωμάτιό της. Μείνανε εκεί οι δυο τους αγκαλιασμένοι πάνω στο κρεβάτι μέχρι που τα δάκρυα της Βέρας τελείωσαν και λόγια δεν βγαίναν απ' το στόμα τους.

Πρώτος πάλι μίλησε ο Δημήτρης που προσπάθησε να την ηρεμήσει, λέγοντάς της πως αυτή τη φορά θα πήγαιναν οι δυο τους μαζί στο γιατρό κι ήταν σίγουρος πως, τουλάχιστον, ο ευγενικός κύριος Γαρύφαλλος θα της έλυνε όλες τις απορίες που είχαν συσσωρευτεί μέσα της τους προηγούμενους μήνες. Η Βέρα ξάπλωσε στο κρεβάτι με το Δημήτρη δίπλα της να της κρατάει το χέρι μέχρι που αποκοιμήθηκε, σα να είχε αυτή την ανάγκη να την παρηγορήσει κάποιος.

Τ' άλλο πρωί πετάχτηκε επάνω καθώς ξύπνησε από ένα βαρύ αλλά λυτρωτικό, για όση ώρα κράτησε, ύπνο. Έτρεξε αμέσως στο δωμάτιο του Δημήτρη θέλοντας να δει τι κάνει, αλλά δεν τον βρήκε εκεί. Είχε ήδη φύγει, όπως της εξήγησε η μαμά της, για το νοσοκομείο αλλά θα ξαναγύριζε για να πήγαιναν μαζί στο γιατρό, όπως είχαν συμφωνήσει.

Όμως, η Βέρα δεν κρατιόταν πια, έκλεισε ραντεβού απ' το τηλέφωνο με το γιατρό και ξεκίνησε μόνη για το ιατρείο του. Ίσως τελικά να ήταν καλύτερα που θα τον έβλεπε μόνη, γιατί θα μπορούσε να τον ρωτήσει για όλα αυτά που βάραιναν την καρδιά της και που όλο αυτό τον καιρό ήταν σα να ήθελε να τα διώξει από μέσα της, να μην τα πιστεύει, αν και αυτά όλο θέριευαν. Η Βέρα δεν μπορούσε να περιμένει άλλο πια. Όταν ξεκίνησε για το γραφείο του γιατρού ήταν αποφασισμένη να ρωτήσει αλλά και ν' ακούσει τα πάντα.

Ο κύριος Γαρύφαλλος τη δέχτηκε μ' ένα ευγενικό χαμόγελο κι αφού της έκανε μερικές τυπικές ερωτήσεις, όπως πόσο χρονών είναι, πόσα χρόνια γνώριζε το Δημήτρη, ακούμπησε στο πίσω μέρος της καρέκλας του γραφείου του και χωρίς να της αφήσει χρόνο για ερωτήσεις, άρχισε να της κάνει μια εισαγωγή για το πώς μερικά πράγματα πρέπει να τα δεχόμαστε αφού όλα μπορούν να μας συμβούν.

Η εισαγωγή αυτή δεν άρεσε καθόλου στη Βέρα καθώς η αγωνία της μεγάλωνε όλο και περισσότερο. Ωστόσο, από ευγένεια δεν ήθελε να τον διακόψει. Αφού ο κύριος Γαρύφαλλος τελείωσε την μεγάλη εισαγωγή, άρχισε να της περιγράφει τα συμπτώματα μιας τρομερής αρρώστιας, μερικά απ' τα οποία είχε ήδη δει, αλλά φυσικά δεν μπορούσε ν' αξιολογήσει. Μέσα απ' την περιγραφή που της έκανε ο γιατρός, η εικόνα της σιγά-σιγά σχηματιζόταν μέσα της κι οι ερωτήσεις που σκεφτόταν να του κάνει δεν χρειαζόταν πια να γίνουν.

Ο Δημήτρης ήταν πολύ άτυχος. Μέσα στη νιότη του, στην πιο δημιουργική περίοδο της ζωής του, στα είκοσι έξι του χρόνια βρισκόταν αντιμέτωπος με μια τρομερή αρρώστια που δεν είχε αίμα και νυστέρια, αλλά που τον κατέτρωγε σιγά-σιγά, διαλύοντας τη λειτουργία όλων των ζωτικών του οργάνων.

Ο Δημήτρης που με τη Βέρα κάναν τόσα και τόσα όνειρα για τη ζωή τους και που αυτή η άτιμη τους επεφύλασσε αυτό το φρικτό συναπάντημα,

200

τον περίμενε στην αρχή της ακμής του, στο δημιουργικό του ξεκίνημα για να ξεσκίσει τα σωθικά του και που σιγά-σιγά θα τον οδηγούσε στην σχεδόν πλήρη ακινησία.

Αυτά είπε ο κύριος Γαρύφαλλος στη Βέρα εκείνο το πρωινό και μ' απλά λόγια της περιέγραψε το ζοφερό μέλλον που περίμενε τον αγαπημένο της και που αν κι η ίδια αποφάσιζε να αφοσιωθεί στη μακάβρια πραγματικότητα, θ' αφορούσε και τους δύο.

Η Βέρα τον άκουγε αμίλητη έχοντας ξεχάσει κι όλες τις ερωτήσεις που ετοιμαζόταν να του κάνει και τις οποίες ο γιατρός όχι μόνο τις είχε απαντήσει, αλλά της είχε πει και πολύ περισσότερα απ' όσα θα μπορούσε ποτέ να φανταστεί. Έφυγε με το κεφάλι σκυμμένο νιώθοντας ότι περπατάει σε μια έρημο, μόνη, κατάμονη όπου φίδια και τρομερές σαύρες την παραμόνευαν σε κάθε της βήμα.

Η ουσία όλων αυτών περιέκλειε και το δίλημμα που της είχε θέσει ο γιατρός, προτρέποντάς την, με πονετικά λόγια, να σκεφτεί και την ίδια της τη ζωή, αφού εκτός όλων των άλλων, της είπε ότι ποτέ δεν θ' άφηνε ο ίδιος την κόρη του –αν είχε– να αυτοτιμωρείται σ' όλη της τη ζωή, μη τολμώντας ακόμη και παιδιά να κάνει. Η αρρώστια εκείνη ήταν τόσο ύπουλη κι είχε τόσα πλοκάμια, που ακόμη κι οι ίδιοι οι γιατροί δεν ξέρανε τι θα μπορούσε να επιφυλάσσει, όχι μόνο στον άρρωστο αλλά και στους κατιόντες. Με λίγα λόγια της είπε πει ότι θα ήταν πολύ παρακινδυνευμένο να κάνει παιδιά μαζί του αφού κανείς τους δεν γνώριζε αν ήταν κληρονομική. Κανείς δεν ήξερε ποιες ήταν οι αιτίες που την προκαλούσαν, δεν υπήρχε φάρμακο, εκτός από κάποια παρηγορητικά που μερικές φορές κι ανάλογα με τον άρρωστο ήταν και δεν ήταν τέτοια.

Η Βέρα δεν ήθελε να γυρίσει στο σπίτι της. Ήθελε να τρέξει να δει το Δημήτρη της, να τον δει καλά, όπως τον ήξερε, όπως τον είχε γνωρίσει. Περπάτησε απ' την Αγίας Σοφίας, όπου βρισκόταν το ιατρείο του κυρίου Γαρύφαλλου, μέχρι το νοσοκομείο όπου βρισκόταν ο αγαπημένος της.

Καθώς περπατούσε άρχισε να πιστεύει πως όλα όσα είχε ακούσει νωρίτερα ήταν ψέματα, γιατί δεν ήταν δυνατόν να υπάρχει τέτοια αρρώστια που θα μπορούσε ν' αποδεκατίσει αυτόν τον νεαρό και ρωμαλέο άνδρα, τον Δημήτρη της.

Έτσι, σαν από θαύμα, λίγο πριν φτάσει στο νοσοκομείο, μια δύναμη που της έλεγε πως όλα ήταν ψέματα, πως τίποτε απ' όλα αυτά που είχε ακούσει δεν θα συνέβαινε, την όπλισε με θάρρος κι αισιοδοξία τόση που πριν περάσει την είσοδό του, αποφάσισε πως θα 'μενε δίπλα του και θα τον βοηθούσε να γίνει καλά. Εκείνη η ίδια θα τον έκανε καλά.

Όταν φτάνοντας στο ίδιο δωμάτιο τον βρήκε ξαπλωμένο αλλά χαμογελαστό, πίστεψε πως η διαίσθησή της δεν την ξεγελούσε. Ήταν σίγουρη πως με κάποιο τρόπο θα τον βοηθούσε. Της έμοιαζε αδύνατο να μη μπορούν μαζί να ξεπεράσουν το κακό που του έτυχε. Πήγε κοντά του με χαρά και του κράτησε τα χέρια, λέγοντάς του ξανά και ξανά πως θα ήταν για πάντα μαζί, όπως είχαν σχεδιάσει, και πως τίποτε δεν θα μπορούσε να μπει στο δρόμο τους.

Ο Δημήτρης την άκουγε να του λέει ακόμη και τους τρόπους που της είχαν έρθει στο μυαλό και που ήταν σίγουρη η Βέρα πως θα νικούσαν κάθε κακό υπερπηδώντας όλα τα εμπόδια που θα συναντούσαν μέχρις ότου όλα πάλι θα γινόντουσαν όπως πρώτα.

Πρώτα-πρώτα, έπρεπε να φύγουν απ' το νοσοκομείο όσο γινόταν πιο γρήγορα, γιατί στο σπίτι θα βρίσκανε τη θεραπεία που του άρμοζε. Εκεί θα ήταν ήσυχος, μακριά απ' το ασφυκτικό περιβάλλον που δεν του ταίριαζε κι η Βέρα θα 'βρισκε σιγά-σιγά τους τρόπους που θα τον γιάτρευαν.

Τίποτε απ' όσα της είχε πει λίγο νωρίτερα ο γιατρός δεν θα 'βγαιναν αληθινά. Τίποτε δεν θα ήταν πιο δυνατό απ' τη θέλησή της να τον κάνει καλά, όσο χρόνο κι αν αυτό της έπαιρνε. Η Βέρα πίστευε τόσο πολύ αυτά που έλεγε, τα οποία κάναν το Δημήτρη να χαλαρώσει και να συμφωνήσει με τα σχέδιά της.

Ο Δημήτρης δεν ήταν πια γιατρός. Ήταν ένα ανίδεος σαν εκείνη. Θα 'πρεπε να βγάλει απ' το μυαλό του όσα είχε μάθει στα έξι χρόνια των σπουδών του, γιατί και θαύματα γίνονται και τίποτα δεν είναι πιο δυνατό απ' τη θέληση που μαζί με το κουράγιο είχαν θεραπεύσει τόσους και τόσους ανθρώπους που η ιατρική είχε καταδικάσει.

Τον χαιρέτησε πείθοντάς τον ότι έπρεπε, όσο μπορούσε γρηγορότερα, να ζητήσει να βγει απ' το νοσοκομείο, αφού τόσες φορές που είχε μείνει εκεί δεν κατάφεραν να του κάνουν τίποτα και δεν μπόρεσαν να τον θεραπεύσουν. Φαίνεται πως η Βέρα ήταν τόσο απόλυτη σ' αυτά που πίστευε κι είχε τέτοια πειθώ, που πράγματι την άλλη μέρα ο Δημήτρης ζήτησε και βγήκε απ' το νοσοκομείο.

Στους γονείς της, οι οποίοι την περίμεναν τρελαμένοι απ' την αγωνία τους, μη ξέροντας πού είχε πάει εκείνο το πρωί και που είχαν βάλει χίλια δυο με το μυαλό τους, εξήγησε όλα αυτά που είχε κάνει, αλλά κυρίως αυτά που είχε αποφασίσει ότι θα έκανε στο εξής. Εκείνοι δε φέρανε καμία αντίρρηση αν και η Βέρα είδε μια απογοήτευση στα μάτια τους, καθώς τους έλεγε πως ήταν σίγουρη για τη θετική έκβαση που θα είχε στο τέλος όλος αυτός ο εφιάλτης, τον οποίο οι άλλοι -απ' ό,τι κατάλαβε- γνώριζαν πριν απ' αυτή ως προς το μέγεθός του.

Όμως δεν ήταν καιρός για απολογισμούς. Άλλωστε, το μόνο που την απασχολούσε ήταν ο Δημήτρης και μόνο ο Δημήτρης. Το στοίχημα που ήταν αποφασισμένη να κερδίσει ήταν να τον δει πάλι όπως ήταν πρώτα, γερό, ρωμαλέο, με το χαμόγελο να λάμπει στο πρόσωπό του και στα ζεστά του μάτια.

Το πρώτο που έκανε ήταν να βγάλει απ' το κουτί που φύλαγε τα κοσμήματα του αρραβώνα τους, το δαχτυλίδι που της είχε χαρίσει η γιαγιά της με το λευκό μαργαριτάρι και να το στείλει στην Παναγία της Τήνου ως δώρο για τη βοήθειά της που ήταν σίγουρη πως θα είχε. Το 'βαλε στο βελούδινο κουτάκι του, το 'δωσε στον μπαμπά της χωρίς να το πει σε κανέναν άλλο κι εκείνος ανέλαβε την αποστολή του.

Ο *Δημήτρης είχε βγει απ' το νοσοκομείο, ήταν πια στο σπίτι αλλά είχε φέρει μαζί του ένα σωρό φάρμακα. Τα 'παιρνε σε τακτά χρονικά διαστήματα κι επιπλέον, κάθε απόγευμα ερχόταν στο σπίτι ο Σάκης, ένα γειτονόπουλο που σπούδαζε γιατρός και του 'βαζε μια ενδοφλέβια ένεση. Η Βέρα δεν καθόταν να δει τη διαδικασία γιατί το τρύπημα της βελόνας νόμιζε πως το 'νιωθε κι εκείνη, αλλά περιποιόταν το Σάκη όσο καλύτερα μπορούσε. Κάθε μέρα και κάτι διαφορετικό του πρόσφερε γιατί τον θεωρούσε σαν τον καλό τους άγγελο, που είχε στείλει η Παναγία για να βοηθήσει τον αγαπημένο της.*

Τα *συμπτώματα της τελευταίας δοκιμασίας του Δημήτρη είχαν υποχωρήσει. Δεν έβλεπε πια διπλά αλλά εξακολουθούσε να έχει το ένα μάτι του δεμένο μ' επίδεσμο. Στις τακτικές του επισκέψεις στο νοσοκομείο γύριζε πάντοτε με καλή διάθεση, τουλάχιστον έτσι έδειχνε, εμψυχώνοντας και τη Βέρα που τον περίμενε για να μάθει τα νεώτερα για την υγεία του. Καμιά φορά λιποψυχούσε όταν εκείνος πού και πού έχανε την ισορροπία του στο βάδισμα και τα χεράκια του είχαν γεμίσει από έκζεμα, το οποίο ποιος ήξερε τι σήμαινε, αν είχε σχέση με την αρρώστια του αυτή καθεαυτή ή αν ήταν ένα ξέσπασμα της πολύπαθης ψυχής του.*

Ο *ίδιος ήταν πάντα μ' ένα χαμόγελο στα χείλη, πολλές φορές βεβιασμένο κι άτονο –είναι η αλήθεια– αλλά πάντα ζωγραφισμένο στα χείλη του κι ειδικά όταν έπιανε κάποιο σημάδι αγωνίας στο πρόσωπο της Βέρας. Τότε, ήταν εκείνος που προσπαθούσε να της δίνει κουράγιο και να της υπόσχεται ότι κάποτε θα γινόταν εντελώς καλά. Της έδινε το λόγο του πως θα 'βαζε τα δυνατά του, αρκεί η Βέρα να ήταν πάντοτε δίπλα του κι εκείνη ήταν πράγματι δίπλα του. Τώρα, κοιμόταν στο ίδιο δωμάτιο με το Δημήτρη μένοντας ξάγρυπνη πολλά βράδια όταν τον άκουγε να ανασαίνει βαριά ή να στριφογυρίζει μέσα στον ύπνο του.*

Εν *τω μεταξύ, ο μπαμπάς της έβλεπε συχνά το γιατρό του και κάθε φορά που γύριζε έδινε κι εκείνος κουράγιο στους δυο τους, στηρίζοντας με όλο* του το είναι, όπως κι οι υπόλοιποι, και τον άρρωστο αλλά και την κόρη του. Ποτέ δεν βγήκε κουβέντα απ' το στόμα του που να τη στεναχωρήσει. Ίσα ίσα στεκόταν σα βράχος κοντά τους, έτοιμος πάντα να πραγματοποιήσει και το παραμικρό σε όσα μπορούσε. Πολλά απογεύματα καθόταν οι τρεις τους γύρω απ' το μακρόστενο ξύλινο τραπέζι της κουζίνας και λέγαν και λέγαν σαν τρεις παλιοί φίλοι, χωρίς ποτέ ν' αναφέρονται στα τρέχοντα κι οδυνηρά. Όλοι τους κάναν κουράγιο και βοηθούσαν με τον τρόπο τους όλοι.

Η γιαγιά ήταν όλο το πρωί στην κουζίνα φτιάχνοντας κάθε μέρα και κάτι το διαφορετικό για να ευχαριστήσει το Δημήτρη, αλλά και με κρυφό σκοπό να φτιάχνει ό,τι καλύτερο μπορούσε γιατί πίστευε ότι το καλό φαγητό θα 'κανε γρηγορότερα καλά τον άρρωστο. Η μαμά ήταν ο αφανής ήρωας που στεκόταν δίπλα στη Βέρα κυρίως κι ενώ φαινόταν σα να μην έκανε τίποτα απολύτως, ήταν εκείνη που τη στήριζε ψυχολογικά και τη βοηθούσε να ζει μέσα στα γεγονότα τα καθημερινά, καθώς ήταν μέλος σε πολλά φιλανθρωπικά σωματεία και πάντα κάτι νέο είχε να τους πει. Ο παππούς, ο πιο αγνός στην ψυχή απ' όλους, έκανε συχνά τις προσευχές για όλη την οικογένεια και μόνο με την εξαϋλωμένη παρουσία του ήταν σαν άγγελος μέσα στο σπίτι.

Έτσι εκείνο κρατούσε καλά με τη βοήθεια που 'δινε ο καθένας τους ξεχωριστά αλλά κυρίως με τη σύμπνοια που ένωνε όλους τους. Οι καιροί ήταν δύσκολοι, πολύ δύσκολοι για την οικογένεια που όμως έμενε αλώβητη απ' το κακό που είχε μπει μέσα της. Επειδή η Βέρα κι ο Δημήτρης δεν βγαίναν απ' το σπίτι, δεχόταν πολύ συχνά τις επισκέψεις των φιλενάδων της που ήταν πάντα πρόθυμες να τους κάνουν παρέα, και που αρκετές φορές, όταν η Βέρα δεν πήγαινε στο πανεπιστήμιο, της φέρναν τις σημειώσεις που κρατούσαν απ' τα μαθήματα.

Η αλήθεια ήταν πως ο Δημήτρης παρότρυνε τη Βέρα να παρακολουθεί όλες τις παραδόσεις αλλά δεν της έβγαζες απ' το μυαλό πως κάθε φορά που το 'κανε έβλεπε στο πρόσωπό του μια σκιά μελαγχολίας σα να στενοχωριόταν που θ' αναγκαζόταν να την αποχωριστεί έστω και για λίγες ώρες.

Η ψυχολογία του Δημήτρη σιγά-σιγά άλλαξε. Όλο και περισσότερο έμοιαζε σα μικρό παιδί κι όλο η απόσταση των χρόνων που τους χώριζε, μίκραινε. Εκείνος είχε ήδη κλείσει τα είκοσι εφτά, αλλά τον τελευταίο καιρό δεν μεγάλωνε. Είχε μείνει εκεί ενώ η Βέρα μέρα με τη μέρα τον έφτανε και πιο πολύ.

Οι όροι χωρίς να το καταλάβει είχαν αντιστραφεί. Εκείνος γινόταν παιδί κι εκείνη ωρίμαζε, αποκτούσε λόγο επάνω του. Τον φρόντιζε όσο περισσότερο μπορούσε, του ήταν αφοσιωμένη με την ψυχή της κι εκείνος κρεμόταν απ' τα χείλη της κάθε φορά που του μιλούσε για κάτι σημαντικό το οποίο φυσικά είχε σχέση με την κατάστασή του.

Παρ' όλα αυτά, η Βέρα είχε αρχίσει σιγά-σιγά, αν και απρόθυμα, να παρακολουθεί τα μαθήματά της γιατί δεν γινόταν να μείνει πάλι πίσω στις σπουδές της. Είχε υποσχεθεί στο Δημήτρη, αλλά κυρίως στον εαυτό της, ότι έπρεπε με κάθε τρόπο να προχωρήσει. Το γεγονός βέβαια πως είχε χάσει τις αγαπημένες της φίλες ήταν πολύ δυσάρεστο.

Εκείνες είχαν περάσει το έτος τους και πήγαιναν κανονικά στο τρίτο, αλλά όσο κι αν αυτό τη στεναχωρούσε ήταν κάτι που δεν μπορούσε ν' αποφύγει. Ευτυχώς αρκετά συχνά, βρίσκαν τον τρόπο να συναντηθούν όλες τους στα διαλείμματα στο κυλικείο της σχολής τους, το περίφημο κυλικείο της Φιλοσοφικής που μάζευε τους φοιτητές απ' όλες τις σχολές μιας και φημιζόταν –κι ήταν κι αλήθεια– ότι είχε τα ομορφότερα κορίτσια του πανεπιστημίου.

Η Βέρα έβλεπε ανάμεσά τους και παιδιά με τις στολές τους, με τον αριθμό του έτους που βρισκόταν κεντημένο με βυσσινί χρώμα στις επωμίδες τους κι η καρδιά της έκλαιγε όταν θυμόταν τον Δημήτρη έτσι όπως τον είχε πρωτοδεί. Τότε, βιαζόταν να γυρίσει σπίτι για να τον δει, έστω κι αν τον περισσότερο καιρό ο Δημήτρης φορούσε τις πυτζάμες του, μιας όλο και πιο σπάνια έβγαινε απ' το σπίτι.

Το γεγονός πως δεν ισορροπούσε όταν βάδιζε, τον έκανε να μην έχει καθόλου όρεξη να κυκλοφορήσει έξω απ' αυτό. Τους φίλους του δεν τους *έβλεπε, καθώς όλοι τους λείπανε μακριά απ' τη Θεσσαλονίκη, ενώ ο αδελφός με τη γυναίκα του ήταν από καιρό στο Λονδίνο κι έτσι, σιγά-σιγά βούλιαζε θέλοντας και μη, στην μονοτονία της ασφάλειας του σπιτιού.*

Τη μέρα της γιορτής του που ήταν κι η μέρα των γενεθλίων του, η Βέρα είδε για πρώτη φορά το Δημήτρη να κλαίει. Η εικόνα του την συνέτριψε. Αυτή που πάσχιζε να του δίνει δύναμη και νόμιζε πως τα είχε καταφέρει. Η αλήθεια ήταν άλλη· αλλά στο κάτω-κάτω γιατί να μην ήταν; Γινόταν να μην ξέρει, να μη γνωρίζει πού θα μπορούσε να τον οδηγήσει η άτιμη αυτή αρρώστια που τον είχε βρει; Ίσως και να το 'ξερε καλύτερα απ' όλους κι όλο αυτό τον καιρό να προσποιόταν.

Έκλαιγε ο Δημήτρης. Έκλαιγε στην αρχή βουβά και μετά μ' αναφιλητά κι εκείνη τη φορά ούτε η Βέρα κατάφερε να τον σταματήσει. Η τούρτα με το εικοσιεφτά κεράκια ποτέ δεν βγήκε απ' το ψυγείο κι ευχές εκείνη τη μέρα δεν ακούστηκαν. Βουβά κλαίγαν όλοι στο σπίτι μαζί του παύοντας να παίζουν θέατρο, όπως φάνηκε ότι κάναν μέχρι τότε, που όλα δείχναν σα να κυλούσαν αβίαστα και φυσιολογικά μέσα στην καθημερινότητα. Οι μάσκες έπεσαν κι η οδύνη φάνηκε στα πρόσωπα όλων. Μόνο η Βέρα στεκόταν αμίλητη δίπλα στο Δημήτρη κρατώντας του το χέρι και αγαπώντας τον πιο πολύ από κάθε άλλη φορά, γιατί τώρα ήταν πιο πολύ το μωρό της. Ένα μωρό που είχε ανάγκη απ' την προστασία της και τη στοργή της. Ρέκβιεμ για την κάποτε χαρούμενη οικογένεια που είχε αγκαλιάσει με την ψυχή της το νέο της μέλος και που τώρα το 'βλεπε να καταρρέει.

Όταν τα κλάματα τελείωσαν ήταν σα να ξαναπήραν όλοι την προηγούμενή όψη τους κι όλα σα να ξαναβρήκαν τους ρυθμούς τους. Πρώτος σταμάτησε ο Δημήτρης που με αυτοκυριαρχία ζήτησε συγγνώμη –σα να 'φταιγε για κάτι ο άμοιρος– κι όλα ηρέμησαν. Όλοι κάναν σα να μην είχε μεσολαβήσει τίποτε στο διάστημα εκείνο που ξέσπασαν όλοι τους ταυτόχρονα κι έβγαλαν τη θλίψη τους, ξαναβάζοντας μέσα σ' αόρατα κουτιά τις όποιες σκέψεις τους.

Ο Δημήτρης πήγε στο δωμάτιό του παραπατώντας και κλείστηκε εκεί μέχρι την άλλη μέρα, που ξημέρωσε καλύτερη και που όλα φάνηκε να είναι όπως πρώτα. Η Βέρα δεν είχε μαθήματα κι έμεινε στο σπίτι παρακαλώντας τον να δει την τούρτα του, να γιορτάσει τ' όνομα και τα γενέθλιά του έστω την άλλη μέρα, αλλά τίποτε τέτοιο δεν έγινε. Το μόνο που έδειχνε ότι κάτι είχε συμβεί νωρίτερα, ήταν μια σχετική αμηχανία που επικράτησε σ' όλους στο σπίτι εκείνο το πρωί, αλλά που γρήγορα εξαφανίστηκε. Το έκζεμα που είχε φουντώσει στα χέρια του Δημήτρη ήταν το μόνο που έδειχνε την αγωνία και τον πόνο που είχε νιώσει την προηγούμενη. Η Βέρα βάλθηκε να το εξαφανίσει αλείφοντας και ξαναλείφοντας τα όμορφά του χέρια με κρέμα μέχρι που ο Δημήτρης τη σταμάτησε λέγοντάς της πως ήθελε κι αυτό το χρόνο του για να υποχωρήσει.

Τις επόμενες μέρες τα πράγματα εξελίχθηκαν κανονικά, όπως κάθε μέρα.Η γιαγιά επέμενε για καλό φαγητό και περιποίηση που θα τον έκαναν γρηγορότερα καλά, όπως πίστευε, κι ο Δημήτρης της χαμογελούσε και τιμούσε ό,τι του ετοίμαζε. Μεταξύ τους είχε αναπτυχθεί μια ιδιαίτερη σχέση που κατέληξε στο να τα λεν οι δυο τους όλο και πιο συχνά, κυρίως τις ώρες που η Βέρα έλειπε στο μάθημα. Μάλιστα ,του είχε μάθει να παίζει κι ένα παιχνίδι στα χαρτιά που το 'λεγαν 66, στ' οποίο με τον παππού επιδιδόταν κάθε βράδυ μετά το δελτίο ειδήσεων των οκτώ, που ο παππούς παρακολουθούσε ανελλιπώς κι απαιτούσε ησυχία κατά τη διάρκειά του ώστε να μπορεί να τ' ακούει πιο καλά απ' το ραδιόφωνο, ανεξάρτητα αν μετά τον ρωτούσες να σου πει τι άκουσε και δεν θυμόταν.

Όταν η γιαγιά έπαιζε χαρτιά με τον Δημήτρη, η Βέρα αναθαρρούσε γιατί ήταν το μόνο που 'κανε ο ίδιος με ευχαρίστηση κι όταν άκουγε τα πειράγματά του στη γιαγιά τις φορές που εκείνη έχανε, έβρισκε πάλι όλη την αισιοδοξία της και μπορούσε να απομονωθεί για να διαβάσει. Προσπαθούσε να δώσει μερικά απ' τα μαθήματα της χρονιάς που είχε χάσει εκείνη την ημιπερίοδο κι ο Δεκέμβρης σ' ένα μήνα έφτανε.

Παρακολουθούσε όλα τα μαθήματα, κρατούσε η ίδια σημειώσεις, αλλά βιαζόταν να φύγει γρήγορα μόλις τελείωναν ενώ οι επισκέψεις της στο κυλικείο είχαν αραιώσει για τα καλά. Δεν άντεχε να νιώθει το Δημήτρη μόνο του στο σπίτι. Μάλιστα, αρκετές φορές όταν γύριζε σπίτι και τον έβλεπε να παίζει χαρτιά με τη γιαγιά, ζήλευε λιγάκι που είχε χάσει εκείνες τις ώρες από κοντά του.

Ένα βράδυ, καθώς ο Δημήτρης κι η γιαγιά παίζαν χαρτιά, είδε ότι τα χέρια του δεν κινούνταν όπως παλιά, ήταν σα να δυσκολευόταν να τα κατευθύνει εκεί που ήθελε. Λίγο-λίγο τρέμανε κιόλας. Η Βέρα σκέφτηκε ότι μάλλον ήταν απ' τις ενέσεις που εξακολουθούσε να του κάνει καθημερινά εκείνο το καλό παιδί, ο Σάκης, ο οποίος αν και φτωχός, ποτέ δεν δέχτηκε να πληρωθεί για τις υπηρεσίες του. Αυτή θα ήταν η αιτία, κατέληξε η Βέρα, βιάζοντας να δώσει μια γρήγορη αληθοφανή δικαιολογία στον εαυτό της, γιατί δεν άντεχε να σκεφτεί κάτι άλλο.

Φυσικά, οι μέρες του έρωτα είχαν περάσει προ πολλού κι αν κάποιος τους έβλεπε θα νόμιζε πως ήταν ένα ζευγάρι που ζούσε χρόνια μαζί, που είχαν γεράσει αγαπώντας ο ένας τον άλλο. Ήταν ένα απ' τα ζητήματα που της είχε αναφέρει κι ο κύριος Γαρύφαλλος με πολύ τακτ είναι η αλήθεια, ανάμεσα σε όλα τ' άλλα, τότε, στην επίσκεψη που του είχε κάνει στο ιατρείο του. Αλλά ποιος λογάριαζε αυτό το ζήτημα ανάμεσα σ' όλα τα τόσο σημαντικά;

Η αλήθεια είναι πως η Βέρα ήταν τόσο ερωτευμένη με το Δημήτρη που δε χρειαζόταν να το επιβεβαιώνει στην πράξη. Ήταν το τελευταίο που την απασχολούσε. Ο Δημήτρης χρειαζόταν ακέραιες όλες τις δυνάμεις του οργανισμού του για να ηρεμήσει την αρρώστια του. Η παραμικρή ένταση και κούραση θα τον πήγαινε πίσω στη θεραπεία του. Αυτό η Βέρα το 'χε βάλει τόσο καλά στο μυαλό της και της είχε γίνει σχεδόν εμμονή. Όταν εκείνος – σπάνια βέβαια – έδειχνε να τη θέλει, εκείνη ήταν ανένδοτη, πιστή στην υπόσχεση που του είχε δώσει ότι θα τον έκανε καλά. Ο ρόλος της νοσοκόμας που 'παιζε όλο αυτό το διάστημα όχι μόνο δεν την πείραζε, αλλ' αντίθετα *την έκανε να νιώθει και πιο χρήσιμη, δοσμένη καθώς ήταν στην υπηρεσία του αγαπημένου της. Η ψυχή της χαιρόταν όταν τον έβλεπε να περπατάει καλύτερα κι ευχόταν έτσι να συνέχιζε, πράγμα που δυστυχώς δεν συνέβαινε, καθώς η καταραμένη αρρώστια ήθελε, εκτός απ' όλα τ' άλλα κακά που του κουβαλούσε, να ξεγελάσει τη Βέρα.*

Ο Δημήτρης πότε συνερχόταν και πότε ξανακυλούσε και κάθε φορά το ξανακύλισμά του γινόταν πιο σοβαρό και πιο πολύ διαρκούσε. Στον κύριο Γαρύφαλλο πήγαιναν μαζί μια με δυο φορές το μήνα κι η Βέρα έμενε μαζί του την ώρα που τον εξέταζε, μαθαίνοντας σιγά-σιγά τη διαδικασία της εξέτασης και σχεδόν γνωρίζοντας τι θα τους έλεγε ο γιατρός πριν φύγουν. Τα νέα δεν ήταν καλά. Εκείνη όμως ήταν αποφασισμένη να παλέψει με την αρρώστια του και να τον ξαναπάρει πίσω στην αγκαλιά της γερό και δυνατό, όπως κάποτε ήτανε.

Έτσι περνούσαν οι μέρες, οι μήνες κι η παλιοαρρώστια που γελούσε μαζί τους ήταν σαν να 'φευγε και μετά πάλι γύριζε, ξεμάκραινε και τον ξαναπλησίαζε, χωρίς ποτέ να τον εγκαταλείπει παίζοντας κυριολεκτικά και με τους δύο. Ήταν ανίκητη. Ωστόσο, παρά τις στενοχώριες η Βέρα είχε τουλάχιστον καταφέρει να περάσει τα τρία μαθήματα της ημιπεριόδου του Δεκεμβρίου που ευτυχώς τ' αποτελέσματά τους είχαν ανακοινωθεί γρήγορα καθώς δεν ήταν και πολλοί αυτοί που τα είχαν δώσει.

Τα Χριστούγεννα πλησίαζαν σ' έναν απ' τους πιο κρύους χειμώνες που η Βέρα είχε ζήσει, και καθώς λέγαν οι μεγαλύτεροι, είχαν χρόνια να δουν. Αλλά με τη χαρά που αυτές οι μέρες φέρνουν, το κέφι στο πρόσωπο του Δημήτρη είχε ξαναφανεί και στην ψυχή της Βέρας ήρθε και φώλιασε μια αισιοδοξία που καιρό είχε τώρα να νιώσει. Τα φτερά της βέβαια, λίγο-λίγο βάραιναν όπως τα βήματα κι οι κινήσεις του Δημήτρη, κι η κούραση άρχισε να φαίνεται και στο πρόσωπό της. Δεν είχε εδώ καιρό διάθεση για ψώνια κι οι βιτρίνες που πριν τη γοήτευαν, τώρα είχαν αρχίσει να της φαίνονται βαρετές.

210

Όμως, με τον ερχομό των Χριστουγέννων και για να μην στεναχωρήσει τους δικούς της που επέμεναν να βγει και ν' αγοράσει κάτι καινούργιο για τον εαυτό της κι ένα δώρο για το Δημήτρη, ξεκίνησε ένα απόγευμα για το κέντρο της πόλης, που τόσο καιρό δεν είχε επισκεφθεί. Όλα ήταν στολισμένα, οι βιτρίνες γεμάτες με τα καλύτερά τους και πιο πολύ απ' όλα τα δέντρα που κάτασπρα καθώς ήταν απ' το χιόνι που 'πεφτε πυκνό εκείνες τις μέρες κάναν την πόλη να δείχνει παραμυθένια. Η Βέρα συνειδητοποίησε πόσο πολύ της είχαν λείψει τα καλούδια με τα οποία ήταν φορτωμένες οι βιτρίνες, αλλά γύρισε στο σπίτι μ' άδεια τα χέρια της. Μόνο για το Δημήτρη αγόρασε ένα μπλε πουλόβερ και για το Σάκη, που ακόμη τον φρόντιζε, ένα γαλάζιο πουκάμισο. Για τον εαυτό της τίποτε. Δεν την ενδιέφερε ν' αγοράσει κάτι καινούργιο και γιορτινό αφού δεν θα είχε πού να το φορέσει.

Την ώρα που γύριζε με το λεωφορείο στο σπίτι της, δεν σκεφτόταν παρά τον Δημήτρη που περίμενε, ως συνήθως, να τον δει να παίζει χαρτιά με τη γιαγιά της. Όταν μπήκε στο σαλόνι και δεν τους είδε, απόρησε. Έτρεξε γρήγορα στο δωμάτιό τους, πετώντας τις σακούλες κάτω και την ίδια στιγμή τον άκουσε να της φωνάζει: «Φύγε! Θα σου πω εγώ πότε θα μπεις». Η Βέρα έκανε πίσω απορώντας μ' αυτή τη συμπεριφορά του και θύμωσε λίγο.

Όταν την φώναξε να μπει, μετάνιωσε αμέσως καθώς τον είδε καθισμένο στο κρεβάτι μ' ένα μικρό πακετάκι στα χέρια του και τα μάτια του να την κοιτάζουν όλο γλύκα. Τον πλησίασε για να τον φιλήσει κι ο Δημήτρης με μια δύναμη που καιρό είχε να δείξει, την τράβηξε στην αγκαλιά του φιλώντας το πρόσωπο και τα μαλλιά της. Το πακετάκι έπεσε απ' τα χέρια του κλείνοντας τα μάτια του καθώς άθελά του είχε μπει ανάμεσα σ' ένα ζευγάρι.

Όταν μετά από ώρα τα ξανάνοιξε, ένιωσε ένα χέρι να το σηκώνει και δυο μαλακά χέρια στη συνέχεια να τ' ανοίγουν. Όπως το ζευγάρι είχε ανοίξει το είναι του στο ζευγάρωμά του, έτσι κι κείνο άφησε να φανεί το περιεχόμενό του, που 'κρυβε μια μικρή ρουμπινένια καρδούλα κρεμασμένη από χρυσή αλυσίδα, η οποία γρήγορα βρέθηκε να στολίζει τον απαλό λαιμό της Βέρας.

211

Έτσι ήταν ο Δημήτρης. Γενναιόδωρος σ' όλα του και πάντα με μια μικρή έκπληξη για την αγαπημένη του. Όταν εκείνη τον ρώτησε απορώντας για το πότε την αγόρασε, της ομολόγησε ότι είχε βάλει τη μαμά της να τη διαλέξει σύμφωνα βέβαια με τις οδηγίες που της είχε δώσει. Εκείνη την καρδούλα την κατακόκκινη η Βέρα δεν την έβγαλε ποτέ από πάνω της. Ποτέ δεν ξαναμπήκε στο κουτάκι που την είχε φιλοξενήσει.

Τα Χριστούγεννα κι η Πρωτοχρονιά πέρασαν κι η Βέρα ξανάρχισε να παρακολουθεί τα μαθήματά της ενώ ο Δημήτρης έμενε στο σπίτι παίρνοντας συνέχεια αναρρωτικές άδειες. Πολύ σπάνια οι δυο τους βγαίνανε να περπατήσουν, εκτός απ' τις φορές που εκείνη οδηγώντας το Fiat τον έπαιρνε για μια σύντομη βόλτα στα περίχωρα της Θεσσαλονίκης.

Τώρα εκείνος δυσκολευόταν ακόμη και να μπει μέσα στο παροπλισμένο αυτοκίνητο που υπομονετικά περίμενε παρκαρισμένο σε μια γωνιά του κήπου για μια επίσκεψή τους. Η μοιρολατρία με την οποία αντιμετώπιζε την κατάστασή του μέχρι τότε είχε δώσει τη θέση της σε μία ανυπομονησία, που πολλές φορές κατέληγε σε νεύρα κι αδικαιολόγητες -ή μήπως και δικαιολογημένες- κρίσεις ζήλειας απέναντι στη Βέρα;

Μια ημέρα με το που είδε τη Βέρα να είναι περιποιημένη και ντυμένη με τα καλύτερά της μιας όλο και σπάνιζαν οι βόλτες τους, άρχισε να την ειρωνεύεται. Εκείνη διαμαρτυρήθηκε για την άδικη συμπεριφορά του ο Δημήτρης βγήκε απ' το αυτοκίνητο κλείνοντας με όση δύναμη είχε την πόρτα πίσω του. Σε λίγο τον ακολούθησε κι η ίδια κι όταν τόλμησε να του πει ότι δεν είχε δίκιο σ' αυτά που της έλεγε, εκείνος άρχισε να φωνάζει και στο τέλος σήκωσε το χέρι και τη χτύπησε στο πρόσωπο.

Η Βέρα έμεινε αποσβολωμένη απ' το χαστούκι, ανίκανη ν' αντιδράσει σ' αυτή τη βίαιη πράξη. Δεν μίλησε αλλά άρχισε να κλαίει. Όχι τόσο γιατί πονούσε αλλά γιατί αναγνώρισε την απελπισία που αντιπροσώπευε η χειρονομία του αυτή. Ο χαρακτήρας του Δημήτρη είχε αρχίσει ν' αλλάζει. Όμως η Βέρα δεν μπορούσε να σκεφτεί τίποτ' άλλο παρά πως, εκτός απ' τα φανερά σημάδια της, η αρρώστια πια επηρέαζε και την ψυχή του. Αυτό το χαστούκι δεν ήταν παρά ένα καινούργιο πρόσωπο που είχε αρχίσει να δείχνει, για να τους εκδικηθεί που είχαν τολμήσει οι δύο τους να μην την πάρουν όσο σοβαρά ήθελε εκείνη.

Πριν η Βέρα πάρει το χέρι της απ' το πονεμένο της μάγουλο, ο Δημή-τρης είχε πέσει μπροστά της γονατιστός ζητώντας της να τον συγχωρή-σει, βρίζοντας ταυτόχρονα τον εαυτό του, γι' αυτό που της είχε κάνει. Σε λίγο βρέθηκε κι η ίδια δίπλα του, παρηγορώντας τον χωρίς να σκέφτεται τον πόνο και το τσούξιμο που 'νιωθε από κείνο που λίγο πριν είχε ζήσει. Έκλαιγε κι αυτή μαζί του. Κλαίγανε κι οι δυο αγκαλιασμένοι κάτω στο πάτωμα. Ήταν η πρώτη φορά που η Βέρα κατάλαβε πως η αντίπαλός της ήταν άτιμη, όπως άτιμα ήταν και τα μέσα που χρησιμοποιούσε για να τους επιβληθεί. Η αόρατη παρουσία της εμφανίστηκε στα μάτια της μ' όλη την κακία και το μίσος που διέθετε, επειδή κι οι δυο τους είχαν τολμήσει ν' αψηφήσουν τη δύναμή της.

Η ηρεμία ήρθε μετά από ώρα, αλλά ποτέ πια τα πράγματα δεν θα ήταν τα ίδια με πριν. Ο Δημήτρης είχε αρχίσει τώρα να της κάνει παρατηρήσεις για τον τρόπο που ντυνόταν, για το πώς βαφόταν, πώς χτενιζόταν, για τα πάντα. Κάθε φορά που η Βέρα ετοιμαζόταν να βγει απ' το σπίτι για να πάει στο μά-θημά της της εύρισκε όλο και κάτι που δεν του άρεσε. Την έβαζε ν' αλλάξει κι εκείνη για να μην τον κακοκαρδίσει του 'κανε όλα τα χατίρια. Οι τρελές του όμως απαιτήσεις όλο και μεγάλωναν και γίνονταν όλο και πιο παράλογες.

Η Βέρα είχε αρχίσει να χάνει -εκτός απ' τα μαθήματα- και τον εαυτό της. Ό,τι κι αν έκανε για να τον ευχαριστήσει, πήγαινε χαμένο. Δεν μπορούσε να καταλάβει τι του άρεσε και τι όχι, καθώς η συμπεριφορά του γινόταν όλο και πιο δύσκολη, όλο και πιο απαιτητική. Με το παραμικρό τώρα νευρίαζε, άρχισε να μην τη θέλει κοντά του, άρχισε να υποπτεύεται πως είχε αρχίσει να σχετίζεται με κάποιον άλλο και παραπονιόταν πως δεν του 'δειχνε την αγάπη της γιατί το μυαλό της ήταν σε κάποιον άλλο.

Η Βέρα δεν είχε καμιά σχέση μ' όλα αυτά. Άρχισε να νιώθει όλο και πιο πολύ, μέρα με τη μέρα το πόσο η ζωή τους είχε δυσκολέψει κι αναρωτιόταν μέχρι που θα 'φθάνε το μαρτύριό τους. Η ψυχή της πονούσε κι έκλαιγε και για τους δυο. Μα πιο πολύ έκλαιγε για κείνον που δεν θα γινόταν ποτέ καλά, που δεν θα 'κανε την καριέρα που ονειρευόταν, που δεν θα μπορούσαν να κάνουν οικογένεια, που η νιότη τους είχε καταστραφεί. Μόνο όταν τον έβλεπε να χαμογελάει, πράγμα που γινόταν όλο και πιο σπάνια, μόνο τότε ξεκλείδωνε το μέσα της κι άφηνε να αναβλύσει η χαρά της ζωής που ποτέ της δεν θα τη ζούσε ολοκληρωμένη.

Εκείνο τον καιρό συνέπεσε ο οικογενειακός τους γιατρός, που τύχαινε να είναι κι ο διοικητής της σχολής που είχε φοιτήσει ο Δημήτρης, να τους επισκέπτεται όλο και πιο συχνά με διάφορα προσχήματα. Πότε γιατί ήθελε να δοκιμάσει το φρέσκο γλυκό του κουταλιού που είχε κάνει η γιαγιά, πότε γιατί ήθελε να βρεθεί σε σπίτι με κήπο, μιας και ο ίδιος έμενε σε πολυκατοικία, όπως έλεγε. Επίσης, κατά διαστήματα όταν ερχόταν έφερνε μαζί του και κάποιο φίλο του γιατρό κι όλο τύχαινε να ξεμοναχιάζουν τη Βέρα και να τη ρωτούν λεπτομέρειες για τις σπουδές της καταλήγοντας όμως πάντα να τη ρωτούν για το πώς ένιωθε και τι σκεφτόταν για το Δημήτρη.

Ο Δημήτρης τις περισσότερες φορές δεν εμφανιζόταν καθόλου ή έβγαινε για λίγο απ' το δωμάτιο, τους χαιρετούσε με συστολή κι αμηχανία και βιαζόταν να πάει σε κάποιο άλλο μέρος του σπιτιού που πάντα βρισκόταν κάποιος να του κάνει συντροφιά.

Ο μόνος βέβαια που πάντα τους υποδεχόταν και τους έκανε παρέα ήταν ο μπαμπάς της Βέρας. Ακόμη κι η μαμά της εμφανιζόταν μόνο μια φορά για να τους κεράσει, να τους πει τα δυο τρία τυπικά καλωσορίσματα και ξαναέβγαινε μόνο για να τους αποχαιρετήσει.

Στην αρχή, η Βέρα πίστευε πως πράγματι ερχόταν για να τους επισκεφτούν από καθαρή επιθυμία και μόνο, αλλά καθώς οι επισκέψεις πλήθαιναν κι οι ερωτήσεις τους όλο και τη ζόριζαν, κατάλαβε πως όλο αυτό το πήγαιν'

*έλα ήταν σκηνοθετημένο και μάλιστα απ' το μπαμπά της, ο οποίος μην τολ-
μώντας να της μιλήσει ανοικτά και μην έχοντας τη δυνατότητα ν' αξιολο-
γήσει την κατάσταση του Δημήτρη χρειαζόταν τη βοήθειά τους. Οι φίλοι
του είχαν ανταποκριθεί στην επιθυμία του -όπως κι ο ίδιος πάντοτε ήταν με
τον τρόπο του στο πλευρό τους- κι η συμφωνία είχε κλείσει σερβιρισμένη
βέβαια με τρόπο γεμάτο από αξιοπρέπεια και κοσμιότητα.*

*Κάθε φορά που ο μπαμπάς τούς αποχαιρετούσε, έδειχνε και πιο προ-
βληματισμένος μολονότι ποτέ του δε μίλησε. Προικισμένος με μια φυσική
ευγένεια και χρυσή καρδιά δεν θα μπορούσε ποτέ να πληγώσει ή έστω να
θίξει άνθρωπο, πόσο μάλλον την ίδια του την κόρη και το γαμπρό του, τον
οποίο, όπως κι όλοι οι άλλοι στο σπίτι, υπεραγαπούσε.*

*Το αν και πόσο έσφιγγε την καρδιά του ο μπαμπάς τη Βέρας ενώ πάντα
ήταν χαμογελαστός και τρυφερός, η Βέρα ποτέ της δεν θα μάθαινε. Αλλά βέ-
βαια αυτό ήταν το λιγότερο που την απασχολούσε. Ποτέ της δεν είχε πάψει
να ελπίζει ότι ο Δημήτρης θα καλυτέρευε -έστω και αν δε θεραπευόταν εντε-
λώς- κι είχε πια φτάσει να εύχεται τα πράγματα να μέναν τουλάχιστον στάσι-
μα. Ποτέ της δεν της πέρασε απ' το μυαλό να χωρίσει απ' τον αγαπημένο της
που ήταν η ίδια της η ζωή και που η αγάπη της γι' αυτόν μεγάλωνε όλο και
πιο πολύ μέρα με τη μέρα, παρ' όλες τις δυσκολίες που τους είχαν βρει. Με
την αισιοδοξία της νεανικής της ψυχής, πάντα πίστευε πως κάτι θα γινόταν
που θ' άλλαζε τη ζωή τους προς το καλύτερο. Αυτή η αισιοδοξία ήταν που
την κρατούσε και τη βοηθούσε να δίνει το μικρό της αγώνα κάθε μέρα.*

*Πολλά βράδια που ξενυχτούσε δίπλα του φροντίζοντας ακόμη κι η ανά-
σα της να μην ακούγεται, ένιωθε την αγωνία που περνούσε εκείνος, καθώς
μέσα στον ύπνο του, που τώρα ερχόταν βοηθούμενος κι από μερικά χάπια,
παραμιλούσε και μέσα στο παραμιλητό του τρανταζόταν ολόκληρος με κι-
νήσεις ακούσιες. Μετά ησύχαζε αλλά η Βέρα ένιωθε να φτάνει στη μύτη
της η μυρωδιά του ιδρώτα του. Τότε τον χάιδευε όσο πιο απαλά μπορούσε
σα να 'θελε να τον νανουρίσει με όνειρα γλυκά, σα να ήταν το μωρό της κι*

εκείνος φαινόταν σα μέσα στον ύπνο του να το καταλάβαινε, γιατί η ανάσα του έβγαινε πιο ήρεμη και πιο κανονική. Τότε, η Βέρα κοιμόταν με ύπνο βαρύ αλλά ευεργετικό.

Λίγες μέρες μετά, καθώς κουβέντιαζαν, ο Δημήτρης της είπε πως είχε πεθυμήσει τους γονείς του και θα ᾽θελε πολύ να μπορούσε να πάει να τους δει. Η επιθυμία του πραγματοποιήθηκε αμέσως κι επειδή η Βέρα δεν μπορούσε να τον συνοδεύσει στη μέση της χρονιάς αφού σ᾽ ορισμένα μαθήματα ήταν υποχρεωτική η παρουσία της, αυτό ανέλαβε να το κάνει ο καλός της μπαμπάς.

Τα εισιτήρια βγήκαν. Η διαδρομή θα ήταν Θεσσαλονίκη-Αθήνα, Αθήνα-Κέρκυρα. Ο μπαμπάς θα τον συνόδευε μέχρι την Αθήνα αφού στην Κέρκυρα θα τον παραλάμβανε ο μεγάλος του αδελφός ο οποίος έμενε μόνιμα εκεί με την οικογένειά του. Ο μπαμπάς θα τον συνόδευε στο αεροδρόμιο όταν θα ᾽φευγε για την Κέρκυρα, θα τον έβαζε στο αεροπλάνο και μετά θα επέστρεφε. Μάλιστα, είχε την ιδέα να τακτοποιήσει έτσι τα ωράρια των πτήσεων της Ολυμπιακής ώστε να τους έμενε λίγος χρόνος ανάμεσά τους και να επισκεπτόταν μαζί με το Δημήτρη έναν διάσημο καθηγητή νευρολογίας για να είχανε μια δεύτερη εκτίμηση σχετικά με την κατάστασή του. Έτσι κι έγινε. Ο διάσημος καθηγητής Σκαρπέλλης ήταν αναγνωρισμένος ως ειδικός στη συγκεκριμένη αρρώστια κι επομένως, ήταν το πιο κατάλληλο πρόσωπο για να συμβουλευτούν.

Τα πράγματα ετοιμάστηκαν κι οι δυο τους ξεκίνησαν για τ᾽ αεροδρόμιο αφήνοντας τη Βέρα πίσω τους που δεν της άρεσαν καθόλου οι αποχαιρετισμοί. Ο μπαμπάς ανέλαβε να τους τηλεφωνήσει μετά την επίσκεψή τους στο γιατρό, που όλοι τους εύχονταν από μέσα τους να είχε μια πιο ευοίωνη προοπτική να τους ανακοινώσει.

Δυστυχώς όμως, τα νέα δεν ήταν καλά. Η αρρώστια φαινόταν να προχωρεί και μάλιστα με κτυπήματα που όλο και συχνότερα γινόταν. Το πιο άσχημο απ᾽ αυτά, που τους είπε ο μπαμπάς, ήταν πως στο Δημήτρη είχε παρουσιαστεί με μια απ' τις πιο σοβαρές μορφές της. Ο καθηγητής στην Αθήνα είπε επίσης πως η νεαρή του ηλικία κάθε άλλο παρά συνηγορούσε στο να περιμένουν κάτι ευχάριστο, όπως γινόταν σ' άλλες περιπτώσεις. Αυτή ήταν η ετυμηγορία που 'βγαλε ο καθηγητής για το νεαρό άντρα.

Κατά τ' άλλα, το ταξίδι εξελίχθηκε σύμφωνα με το πρόγραμμα αν κι ο μπαμπάς γύρισε στο σπίτι πολύ κουρασμένος κι αμίλητος. Ίσως περίμενε κι εκείνος ν' ακούσει κάτι πιο παρηγορητικό. Αλλά το ακριβώς αντίθετο που είχε ακούσει, τον είχε καταβάλει. Μάλιστα, ο Δημήτρης είχε προσπαθήσει, όπως τους διηγήθηκε, να ελαφρύνει τις εντυπώσεις γιατί χαμογελώντας του είπε πως, παρ' όλα αυτά τίποτε δεν θα τον πτοούσε κι ίσως σύντομα να βελτιωνόταν η κατάστασή του, αφού -όπως του είπε- ο αέρας της Αθήνας τον είχε κάνει ήδη να νιώθει καλύτερα, πόσο μάλλον θα βοηθούνταν όταν θ' ανέπνεε τον αέρα της ιδιαίτερής του πατρίδας που τόσο είχε επιθυμήσει εκτός απ' τα πρόσωπα που τον περίμεναν.

Όμως, κανείς τους πια δεν πίστευε αυτά που άκουγε και πρώτη η Βέρα. Όχι πως είχε χάσει το κουράγιο της, απλώς σκεφτόταν πως σαν τον Δημήτρη άλλον άντρα δεν θα συναντούσε στη ζωή της. Άντρα με τόση δύναμη που μέσα στην αγωνία του προσπαθούσε παρ' όλα αυτά να καθησυχάσει και να τους εμψυχώσει όλους.

Το πρώτο βράδυ που η Βέρα ξάπλωσε μόνη στο κρεβάτι τους δεν έκλεισε μάτι. Άκουγε συνέχεια την ανάσα του σα να ήταν δίπλα της και μύριζε τ' άρωμα που άφηνε η παρουσία του. Αγκάλιασε το μαξιλάρι του και βύθισε το πρόσωπό της στη λακούβα που είχε αφήσει το δικό του. Έτσι μόνο ησύχασε. Τις μέρες που ακολούθησαν η Βέρα τις έζησε νιώθοντας να της λείπει ο Δημήτρης πολύ, πάρα πολύ.

Απ' την άλλη, δεν είχε εκείνη την καθημερινή αγωνία για το πώς θα τον έβλεπε να ξυπνάει και πώς θα κυλούσε η μέρα της. Στο πανεπιστήμιο φοιτούσε κανονικά και μάλιστα είχε γνωρίσει μια χαριτωμένη κοπέλα που αμέσως γίναν φίλες, τη Χρυσούλα. Είχαν μιλήσει για πρώτη φορά όταν στη

217

μέση του μαθήματος κι ενώ ο καθηγητής της γλωσσολογίας βρισκόταν στην έδρα, άνοιξε η πόρτα κι ένα κορίτσι πολύ όμορφο με ροζ σκουφάκι έκανε την εμφάνισή του αψηφώντας τον με την αργοπορία της και πηγαίνοντας να καθίσει δίπλα στη Βέρα με μεγάλη άνεση που η θέση ήταν άδεια κι έτσι πρωτομίλησαν. Η Χρυσούλα δεν έδειξε να ενοχλείται απ' το βλέμμα του καθηγητή, που ευτυχώς ήταν ευγενικό αν και κάπως απορημένο, αλλά με την άνεσή της, αφού βολεύτηκε στο κάθισμά της, ρώτησε τη Βέρα ποιο ήταν το θέμα εκείνη τη μέρα. Το διάλειμμα που ακολούθησε το περάσανε μαζί κι επειδή κι εκείνη φάνηκε να μη γνωρίζει τις υπόλοιπες, βρέθηκαν οι δυο τους να πίνουν τον καφέ τους στο περιβόητο κυλικείο της σχολής τους. Από εκείνη τη στιγμή δέθηκαν.

Η μέρα είχε ξεκινήσει μ' ένα μακρινό βουητό απ' αντάρα που ξεκινούσε απ' την Κατερίνη κι ερχόταν προς τη Θεσσαλονίκη προμηνύοντας μπουρίνι ανοιξιάτικο. Πράγματι, όταν η Βέρα βγήκε στο μπαλκόνι με τον καθιερωμένο πρωινό της καφέ και τα μικρά ζεστά κρουασάν βουτύρου που η καλή της παραδουλεύτρα έφερνε κάθε πρωί, είδε τα γκρίζα σύννεφα να τρέχουν προς τη μεριά της. Έπρεπε να το 'χει καταλάβει ότι ο καιρός θα χαλούσε, γιατί απ' το προηγούμενο βράδυ είχε αρχίσει να έχει ενοχλήσεις στη μέση και καθώς θρονιαζόταν στην αγαπημένη της πολυθρόνα, ένιωσε τα προεόρτια ενός ελαφρού πονοκεφάλου που ίσως εξελισσόταν αργότερα. Είχε αρχίσει να πίνει τον καφέ της όταν έριξε το βλέμμα της χαμηλά για την καθιερωμένη επιθεώρηση του κήπου της.

Το κεφάλι της άρχισε απότομα να της δίνει σφυριές όταν είδε τ' αρρωστημένο σκούρο μωβ της απέραντης έκτασής του. Της φάνηκε ολωσδιόλου ασυνήθιστο αυτό όταν την προηγούμενη μέρα όλα ήταν κατακόκκινα. Μήπως φταίγαν τα σκούρα σύννεφα που η αντανάκλασή τους στα λουλούδια και τα δέντρα τα 'καναν να πάρουν αυτή τη θλιβερή απόχρωση; Ή μήπως κάποια αρρώστια τα είχε πιάσει τη νύχτα που πέρασε κι έφερε όλη αυτή τη μετάλλαξη; αναρωτήθηκε. Ίσως, πάλι σκέφτηκε, θα 'πρεπε ν' αλλάξει τους φακούς απ' τα γυαλιά ηλίου, που πάντοτε φορούσε γιατί, όπως της είχε πει ο οφθαλμίατρος, είχε φωτοφοβία. Τα 'βγαλε και πηγαίνοντας στο δωμάτιό της πήρε τα καινούργια που τα είχε μέχρι τώρα σαν εφεδρικά. Αλλά όχι, με τα γυαλιά που φόρεσε, τα χρώματα του κήπου φάνηκαν πιο σκούρα ακόμη και μάλιστα τώρα είχαν και γκριζωπές αποχρώσεις.

Η διάθεσή της άλλαξε αμέσως και σκέφτηκε να μπει μέσα για να μη βλέπει αυτή την ασχήμια, αλλά η περιέργειά της να καταλάβει το γιατί, την κράτησε έξω. Κοίταζε μια τον ουρανό και μια τον κήπο κι έβλεπε τα ίδια μουντά σκούρα γκρι και μωβ χρώματα παντού. Ο πονοκέφαλος τρυπούσε τώρα τα μηλίγγια της απ' τη μια άκρη ως την άλλη σφίγγοντας το κεφάλι της. Αλλά τι αρρώστια ήταν αυτή στον κήπο που σ' ένα βράδυ έφερνε αυτή την τεράστια αλλαγή; Τόσα χρόνια στο ίδιο μπαλκόνι με τα ίδια πάνω-κάτω λουλούδια και δέντρα ήταν η πρώτη φορά που παρατηρούσε αυτό το φαινόμενο. Θα 'πινε τον καφέ της και μετά θα 'παιρνε στο τηλέφωνο τον κηπουρό που χρόνια τώρα ασχολούνταν με τον κήπο της. Αυτό θα 'κανε. Ίσως εκείνος θα μπορούσε να της εξηγήσει την περίεργη αυτή συμπεριφορά των ζωντανών του κήπου της.

Η Βέρα με χαρά δέχτηκε την καινούρια γνωριμία της με τη Χρυσούλα. Της φάνηκε με την πρώτη ματιά ότι θα είχαν πολλά κοινά οι δυο τους. Ήδη, απ' την πρώτη στιγμή που κάθισαν αντικριστά στο μικρό τραπεζάκι του κυλικείου ένιωσε μια οικειότητα μαζί της. Η Χρυσούλα ήταν ευγενική, γελαστή και πολύ χαριτωμένη. Είχε μια διάθεση γι' αστεία κι αυτό το τελευταίο χαρακτηριστικό της ήταν που πιο πολύ τράβηξε τη Βέρα. Όταν αργότερα την ίδια μέρα είδε ότι είχε το γέλιο και το πείραγμα στο τσεπάκι της, ένιωσε τόσο άνετα μαζί της που αμέσως της έδωσε το τηλέφωνό της και μάλιστα κλείσαν ραντεβού να συναντηθούν την επόμενη μέρα μολονότι δεν είχαν μαθήματα. Συμφώνησαν λοιπόν να βρεθούν στο κυλικείο και μετά να πάνε μια βόλτα προς την Τσιμισκή για να δουν τις βιτρίνες.

Η Βέρα χάρηκε πολύ που γνώρισε το πειραχτήρι τη Χρυσούλα γιατί οι περσινές της συμφοιτήτριες παρακολουθούσαν τα μαθήματα του επόμενου έτους, ενώ εκείνη, με όσα είχαν μεσολαβήσει, δεν μπόρεσε να περάσει τη χρονιά της. Το τσίμπημα αυτού του αγκαθιού το είχε μέσα της αν και δεν ήθελε να τ' ομολογήσει ούτε στον εαυτό της. Το γεγονός όμως ότι στο γυμνάσιο ήταν απ' τις καλύτερες μαθήτριες, ενώ τώρα ήταν αναγκασμένη να παρακολουθήσει τα μαθήματα της σχολής της με τις νεώτερες, την πλήγωνε πολύ.

Δεν μετάνιωνε για τίποτα. Έπρεπε να μείνει κοντά στο Δημήτρη που τόσο την είχε ανάγκη όλο τον καιρό. Η απουσία του απ' το σπίτι την είχε κάνει λίγο μελαγχολική κι η καινούργια της φίλη ήταν τ' αντίδοτο στην κατάστασή της. Με το Δημήτρη δεν μπορούσε να επικοινωνεί όποτε ήθελε γιατί στο σπίτι του δεν είχαν τηλέφωνο. Πώς μπορούσε εκείνος να τρέχει τώρα πια στο περίπτερο ή στον Ο.Τ.Ε. για να την πάρει; Αναγκαστικά επικοινωνούσαν με γράμματα που η Βέρα έφτανε να του στέλνει και δύο την ίδια μέρα. Όμως, το γεγονός ότι ξαλάφρωνε λίγο καθώς του μιλούσε μέσα απ' αυτά, δεν μετρίαζε τη στεναχώρια της που δεν βρισκόταν μαζί του.

Τώρα η έννοια της δεν ήταν μόνο στο γεγονός ότι ήταν μακριά ο ένας απ' τον άλλο, δεν ήταν μόνο νοσταλγία αλλά ήταν κυρίως η αγωνία της για το πώς ήταν στην υγεία του. Ο Δημήτρης πάντα προσπαθούσε μέσα απ' τα γράμματά του να την καθησυχάζει αλλά εκείνη ένιωθε ότι κάτι της έκρυβε, κάτι δεν της έλεγε. Ο γραφικός του χαρακτήρας είχε αρχίσει ν' αλλάζει λίγο-λίγο μολονότι τα λόγια του ήταν πιο ερωτικά από ποτέ. Η Βέρα τα διάβαζε και τα ξαναδιάβαζε προσπαθώντας να φανταστεί τη μορφή του καθώς τα 'γραφε, τις εκφράσεις του προσώπου του καθώς φαινόταν σα να κατέβαλε προσπάθεια ώστε να της δείχνει μ' εκείνα που της έγραφε ότι όλα πήγαιναν καλά.

Στις λίγες φορές που, μέσα στο μήνα που 'λειπε, μιλούσαν στο τηλέφωνο, αναγάλιαζε η ψυχή της καθώς η φωνή του ακουγόταν γλυκιά και δυνατή και τα όνειρα, τα οποία επαναλάμβανε κάθε φορά για τους δύο τους, ήταν σαν μελωδία στ' αφτιά της. Η Βέρα δεν ήταν τόσο αισιόδοξη όπως *πριν, αλλά πάντα με τα λόγια του την έπειθε ότι όλα θα γινόταν όπως είχαν συμφωνήσει μόλις η υγεία του τους το επέτρεπε.*

Οι μέρες περνούσαν κι ήδη πλησίαζε το Πάσχα. Ο Δημήτρης ακουγόταν όλο και πιο καλά κι όταν της πρότεινε να πάει στην Κέρκυρα για τις γιορτές, άλλο που δεν ήθελε. Ήταν μια πρώτης τάξεως ευκαιρία, σκέφτηκε η Βέρα, να κάνει ένα μεγάλο ταξίδι με τ' αυτοκίνητο που μαράζωνε όλο αυτό τον καιρό αφημένο κι αφρόντιστο σε μια γωνιά του κήπου.

Στις αντιρρήσεις που είχε η μαμά της για τη δύσκολη διαδρομή, αφού θα 'πρεπε να περάσει την Κατάρα στην Πίνδο ολομόναχη, η ίδια με την ανοχή του μπαμπά της δεν έδωσε καμιά σημασία. Κατόρθωσε μάλιστα να την πείσει πως έπρεπε να ταξιδέψει μ' αυτό αφού η Κέρκυρα ήταν μεγάλο νησί και μόνο έτσι θα μπορούσε κανείς να επισκεφθεί τις ομορφιές του. Όσο για τη χαρά της Βέρας ούτε λόγος. Με την προσμονή του ταξιδιού και για τις γιορτερές μέρες που θα περνούσε με το Δημήτρη και την οικογένειά του ήταν μια πρώτης τάξεως ευκαιρία να ξαναβρεί κι η ίδια τον εαυτό της που τόσο καιρό είχε παραμελήσει.

Οι ετοιμασίες άρχισαν και τα σχέδια για την εμφάνισή της ξεκίνησαν να υλοποιούνται. Ήθελε να τη δει ο Δημήτρης όσο πιο όμορφη γινόταν. Τον είχε επιθυμήσει τόσο κι η λαχτάρα της που θα τον συναντούσε για πρώτη φορά στην πατρίδα του ως αρραβωνιασμένη ήταν τέτοια, που δεν σκέφτηκε ούτε πόσο θα 'μενε εκεί ούτε ποια και πόσα ρούχα θα χρειαζόταν. Αγόρασε όμως τέσσερα διαφορετικά πανωφόρια, δύο ταγιέρ, φορέματα, φούστες και μπλούζες, τα οποία ήταν τόσα πολλά που όταν ήρθε η ώρα να τα βάλει στη βαλίτσα της δεν μπόρεσε να τα χωρέσει όλα. Όμως, μιας και θα 'χε το αυτοκίνητο μαζί της, η λύση ήταν εύκολη. Άλλες δυο βαλίτσες κι ένα σακ-ντε-βουαγιάζ γέμισαν μ' όλα τ' απαραίτητα και βρήκαν τη θέση τους στο ευρύχωρο πορτ-μπαγκάζ του Fiat.

Η γιαγιά έφτιαξε ρώσικα τσουρέκια, που ήταν τελείως διαφορετικά απ' τα ελληνικά, γλυκό φράουλα και περγαμόντο. Μ' όλα αυτά και μαζί με τις λαμπάδες που είχε αγοράσει η Βέρα, μια για τον εαυτό της και μια για τον Δημήτρη της, μπήκαν στα πίσω καθίσματα τ' αυτοκινήτου και ξεκίνησε με το πλούσιο φορτίο της όλο χαρά κι ανυπομονησία για το ταξίδι που ούτε μακρινό ούτε δύσκολο της φαινόταν. Σε λίγες ώρες θα ήταν στην αγκαλιά του, θα μπορούσε να τον αγγίξει και θα χανόταν η λύπη της απόστασης που τους χώριζε τόσο καιρό τώρα.

Ήρθε η Μεγάλη Τετάρτη που η Βέρα, αποχαιρετώντας τους γονείς και τους παππούδες, ξεκίνησε. Ήταν μια μέρα που φαινόταν ηλιόλουστη κι αυτό θα βοηθούσε σίγουρα στη μεγάλη διαδρομή που την περίμενε μέχρι την Ηγουμενίτσα, γιατί από κει και πέρα καθώς θα 'παιρνε το φέρυ-μπόουτ, θα είχε την ευκαιρία να ξεκουραστεί και να φρεσκαριστεί ώστε να γίνει όσο πιο ωραία μπορούσε.

Ο Δημήτρης θα την περίμενε στο λιμάνι κι από κει θα πήγαιναν στο σπίτι του μεγάλου του αδελφού όπου θα μένανε για δυο μέρες πριν βρεθούν με τους γονείς του. Ο ίδιος έμενε ήδη τις τελευταίες μέρες στο σπίτι του καθώς είχε βαρεθεί το πατρικό του κι ήθελε ν' αλλάξει παραστάσεις ζώντας μ' ανθρώπους που ήταν πιο κοντά στην ηλικία του. Εξάλλου, στην Κέρκυρα βρισκόταν με μετάθεση κι ένας απ' τους παλιούς του συμφοιτητές και φίλους κι έτσι η επιλογή του είχε το στοιχείο της ποικιλίας.

Η διαδρομή απ' τη Θεσσαλονίκη ήταν για τη Βέρα εύκολη κι ευχάριστη. Η κίνηση ήταν λιγοστή και μολονότι ο δρόμος ήταν στενός, δεν συνάντησε κανένα εμπόδιο μέχρι την Κατάρα. Εκεί, το τοπίο άλλαξε. Μάλλον, είχε πέσει χιόνι τις προηγούμενες μέρες, γιατί αρκετά αυτοκίνητα ήταν αφημένα στην άκρη του δρόμου χωρίς επιβάτες με τα εκχιονιστικά να δουλεύουν πάνω-κάτω καθαρίζοντας την άσφαλτο απ' τα μικρά παγωμένα βουναλάκια που είχαν δημιουργηθεί τις προηγούμενες μέρες. Η Βέρα δεν ανησύχησε καθόλου. Έκανε μόνο μια μικρή στάση, γιατί οι άντρες με τις κίτρινες αδιάβροχες στολές την ανάγκασαν να σταματήσει για περίπου είκοσι λεπτά μέχρι να καθαρίσουν το τελευταίο κομμάτι του δρόμου που είχε απομείνει.

Κατά τ' άλλα, η φύση ήταν μαγευτική καθώς τα δέντρα δεξιά κι αριστερά ήταν κατάφορτα απ' το χιόνι και μια γαλήνη βασίλευε εκεί που δεν υπήρχαν οι καθαριστές του δρόμου, που με τα βαριά τους μηχανήματα ήταν μια καθαρή παραφωνία μέσα στο τοπίο.

Σιγά-σιγά, καθώς τα χιλιόμετρα προς τον προορισμό της Βέρας όλο και λιγόστευαν, άλλαζε και το χρώμα της διαδρομής, το οποίο από άσπρο γινόταν καφετί και πράσινο. Τα οπωροφόρα της ευλογημένης Ηπείρου είχαν αρχίσει σιγά-σιγά να φαίνονται και τ' άσπρο και ροζ στα λουλουδάκια τους, τα οποία κυοφορούσαν τους καρπούς των δέντρων τους, έδειχνε τις προθέσεις τους.

Η Βέρα αποφάσισε να σταματήσει για λίγο στα Ιωάννινα για να βάλει βενζίνη και με την ευκαιρία να κάνει ένα διάλειμμα προτού συνεχίσει για την Ηγουμενίτσα, τον τελευταίο σταθμό της πριν απ' την Κέρκυρα.

Ο υποχρεωτικότατος υπάλληλος του βενζινοπωλείου κοίταξε, χωρίς να του πει, τα λάδια της μηχανής, το νερό στο ψυγείο λέγοντάς της πως έπρεπε να προσέχει τις στροφές του βουνού που θα συναντούσε στη διαδρομή της, γιατί είχαν γίνει πολλά ατυχήματα τον τελευταίο καιρό εκεί. Μ' ένα ενθαρρυντικό καλό ταξίδι που της ευχήθηκε, την αποχαιρέτησε σχολιάζοντας στο τέλος μόνο ότι σπάνια έβλεπε κορίτσι στην ηλικία της να ταξιδεύει μόνο του γι' αυτό τα μάτια της έπρεπε να είναι δέκα τέσσερα. Η Βέρα τον χαιρέτησε χαμογελώντας, αφού του 'δωσε ένα καλό πουρμπουάρ για την προθυμία που είχε να την εξυπηρετήσει, και συνέχισε το δρόμο της έχοντας στο μυαλό της τις οδηγίες του.

Όταν πέρασε το βουνό, το οποίο ήταν πράγματι επικίνδυνο, κι άρχισε να κατηφορίζει, η σκέψη της ήταν μόνο για το Δημήτρη. Σε μερικές ώρες θα τον συναντούσε. Η ψυχή της γέμιζε από προσμονή και δεν έβλεπε τίποτε άλλο μπροστά της παρά την εικόνα του, όπως τη φανταζόταν, καθώς θα την περίμενε στην προβλήτα του λιμανιού.

Για την Ηγουμενίτσα είχαν μείνει μόνο δέκα πέντε χιλιόμετρα, όπως έδειχνε η μπλε κι άσπρη πινακίδα που συνάντησε στο δρόμο, κι η θάλασσα είχε αρχίσει ήδη να φαίνεται.

Η Βέρα κατευθύνθηκε προς το λιμάνι, άφησε τ' αυτοκίνητο στη σειρά που της υπέδειξε ένας αξιωματικός του λιμενικού κι έτρεξε να βγάλει το εισιτήριο για το φέρυ-μπόουτ, το οποίο βρισκόταν ήδη αγκυροβολημένο και περίμενε τους επιβάτες μαζί με τ' αυτοκίνητα για να τους μεταφέρει. Η διαδικασία της επιβίβασης δεν κράτησε πολύ. Όλα γίναν με τάξη και σε λίγο η Βέρα βρέθηκε στο σαλόνι του πλοίου μαζί με λιγοστούς, είναι η αλήθεια, άλλους επισκέπτες και ντόπιους. Κάθισε λίγο εκεί και καθώς ήταν απόγευμα κι ο ήλιος είχε αρχίσει να δύει, βιάστηκε να βγει έξω για ν' απολαύσει όσο μπορούσε την ήρεμη θάλασσα. Στηρίχτηκε στην κουπαστή και κοιτάζοντας μπροστά προσπάθησε να δει την Κέρκυρα, την οποία όμως ακόμα δεν μπορούσε να διακρίνει. Πέρασε αρκετή ώρα ώσπου ν' αρχίσει να φαίνεται η στεριά, που άλλη δεν ήταν απ' το νησί του προορισμού της. Μόλις τα πρώτα κτίρια άρχισαν να φαίνονται, η Βέρα γύρισε στο σαλόνι, έβγαλε απ' την τσάντα το κουτί με τα καλλυντικά της κι έβαλε λίγο ροζ κραγιόν στα χείλη της -τίποτε άλλο δεν χρειαζόταν το καταχαρούμενο νεανικό πρόσωπό της- λίγο βούρτσισμα στα μαλλιά που είχαν ανακατευτεί απ' το θαλασσινό αεράκι κι ήταν έτοιμη ν' αντικρίσει τον αγαπημένο της.

Μόλις το πλοίο πλησίασε στο λιμάνι, προσπάθησε απ' τη σειρά που βρισκόταν μαζί με τους άλλους επιβάτες να διακρίνει τη φιγούρα του, αλλά η θέση της δεν τη βοηθούσε και δεν μπόρεσε να δει τίποτε πέρα από μερικά άτομα που σέρνανε άδεια καρότσια και κατευθύνονταν εκεί που το πλοίο θα 'δενε.

Η καρδιά της είχε ήδη αρχίσει να χτυπάει δυνατά απ' τη χαρά της που σε μερικά λεπτά θα βρισκόταν με το Δημήτρη της. Μόλις ήρθε η σειρά της, κατέβηκε απ' τη σκάλα, έτρεξε στ' αυτοκίνητό της και σε λίγο βρισκόταν στη στεριά. Είχε φτάσει επιτέλους μετά το μακρύ ταξίδι της.

Κατευθύνθηκε στο πάρκινγκ του λιμανιού, άφησε τ' αυτοκίνητο κι έτρεξε προς τα κει που κόσμος συνωστίζονταν καλωσορίζοντας τους συνταξιδιώτες της. Έψαξε για τον Δημήτρη αλλά δεν τον είδε. Πήγε πάνω κάτω μερικές φο-

ρές περνώντας ανάμεσα απ' τον κόσμο που σιγά-σιγά αραίωνε, αλλά δεν μπόρεσε να τον εντοπίσει. Πήγε πίσω προς το πλοίο που τώρα φόρτωνε τους επιβάτες για Ηγουμενίτσα αλλά πάλι δεν είδε κανέναν. Είχε αρχίσει να 'χει αγωνία μήπως και δεν είχαν συνεννοηθεί καλά, αλλά πάλι σκέφτηκε, ο Δημήτρης της είχε πει πως θα βρισκόταν εκεί πριν φτάσει το καράβι και θα την περίμενε.

Η ώρα περνούσε και δεν ήξερε τι να υποθέσει όταν άκουσε το όνομά της κι είδε έναν άντρα να τρέχει προς το μέρος της. Αμέσως αναγνώρισε το μεγάλο του αδελφό, κοντοστάθηκε και καθώς εκείνος την πλησίαζε, μια άσχημη σκέψη πέρασε απ' το μυαλό της μαζί με την απογοήτευση που 'βλεπε μπροστά της άλλο πρόσωπο απ' αυτό που με λαχτάρα περίμενε ν' αντικρίσει.

Ο αδελφός του την καλωσόρισε θερμά, της είπε πως στον Δημήτρη είχε παρουσιαστεί κάτι έκτακτο και γι' αυτό δεν ήταν εκεί να την προϋπαντήσει. Η Βέρα έκανε πως δεν την πείραξε αυτή η αναποδιά και μαζί πήγαν προς τ' αυτοκίνητο με προορισμό το σπίτι του, το οποίο βρισκόταν στο κέντρο της πόλης.

Βρήκαν εύκολα ένα μέρος για ν' αφήσουν τ' αυτοκίνητο, ξεφόρτωσαν τα πράγματα κάνοντας πίσω μπρος δύο φορές τη διαδρομή και φτάνοντας στην είσοδο του σπιτιού η Βέρα κοντοστάθηκε, μέχρι ο αδελφός του Δημήτρη ν' ανοίξει την εξώπορτα που οδηγούσε καθώς διέκρινε σε μια ξύλινη σκάλα και μετά στο διαμέρισμά του.

Είχαν βάλει μέσα όλες τις αποσκευές, όταν η Βέρα σήκωσε τα μάτια της ψηλά για να δει πόσα σκαλιά έπρεπε ν' ανέβουν κι αντίκρισε το Δημήτρη στο τελείωμά τους να τους περιμένει κρατώντας στο δεξί του χέρι ένα μπαστούνι που πάνω του στηριζόταν και με τ' αριστερό του στηριζόταν στην κουπαστή της σκάλας. Ήταν με τις πυτζάμες του και χαμογελούσε.

Η Βέρα πάγωσε. Τα πόδια της κόλλησαν στο πάτωμα και δεν μπόρεσε να κάνει βήμα. Έμεινε εκεί, ακίνητη σα στήλη άλατος προσπαθώντας να καταλάβει τι συνέβαινε. Μήπως τη γελούσαν τα μάτια της; Μήπως ονειρευόταν; Αλλά όχι. Ο Δημήτρης φάνταζε απόκοσμος κι αλλιώτικος, καδρα-

225

ρισμένος ανάμεσα στο πλατύσκαλο και στην ξύλινη μισάνοιχτη πόρτα πίσω του. Η εικόνα του έγινε για τη Βέρα εφιαλτική όταν κατάλαβε πως εκείνος δεν μπορούσε να κατέβει τα σκαλιά που τους χώριζαν για να την υποδεχτεί. Γι' αυτό κι έμενε εκεί ψηλά ακίνητος και περίμενε την ίδια ν' ανέβει.

Η Βέρα δεν μπορούσε ούτε να κουνηθεί ούτε να μιλήσει. Μέσα της φούντωνε ένας θυμός ανακατεμένος με πικρία, απογοήτευση κι οργή για τα ψέματα που τόσο καιρό με μαεστρία της σέρβιρε ο Δημήτρης, ο οποίος όχι μόνο την άφηνε να ζει με την προσμονή για την καλυτέρευση της υγείας του, αλλά τροφοδοτούσε την ανάγκη της για το μελλοντικό ευοίωνο όνειρο της κοινής τους ζωής.

Όχι, αυτό πήγαινε πολύ, ακόμη και για την τόσο ερωτευμένη Βέρα. Ποτέ της δεν περίμενε ότι θα την κορόιδευε έτσι, ότι θα πρόδιδε την εμπιστοσύνη που του είχε μ' αυτό τον άθλιο τρόπο. Αν μπορούσε εκείνη κιόλας τη στιγμή θα 'φευγε. Ένιωσε ξαφνικά ξένη και προδομένη στέκοντας αμίλητη στο χολ εκείνου του παλιού σπιτιού που περίμενε ότι γλυκά θα τους φιλοξενούσε. Ναι, ο Δημήτρης ήταν σε οικείο περιβάλλον, αλλά εκείνη ένιωθε τώρα σαν παρείσακτη κι αυτός που την κοίταζε απ' το κεφαλόσκαλο δεν ήταν εκείνος που γνώρισε κι αγάπησε, αλλά μια θλιβερή καρικατούρα ανθρώπου ξένου που 'παιζε με τα νεύρα της.

Ξαφνικά πεθύμησε τον μπαμπά της, την οικογένειά της, το σπίτι της, τη Θεσσαλονίκη. Μακάρι να μπορούσε να 'φευγε εκείνη τη στιγμή και ν' απαλλασσόταν απ' τον αναπάντεχο εφιάλτη της. Αλλά αυτό δεν γινόταν... Κατόρθωσε να ψελλίσει ένα «γεια σου» στο Δημήτρη και με βαριά καρδιά έσκυψε και σήκωσε όσα απ' τα πράγματά της μπόρεσε. Μετά ακολούθησε τον αμήχανο αδελφό του, τον άλλο συνωμότη, συμμετέχοντας μηχανικά στην διαδικασία της επίσκεψής της κι ανεβαίνοντας τη σκάλα με δυσκολία ευχόταν να μην τελείωνε ποτέ.

Ο Δημήτρης έκανε να την αγκαλιάσει με το χέρι που πριν λίγο έπιανε την κουπαστή, αλλά η Βέρα τραβήχτηκε προς τα πίσω μ' αποτροπιασμό.

226

Δεν ήθελε ούτε να την αγγίξει. Τον έβλεπε σαν ξένο, δεν τον αναγνώριζε. Ήθελε να φύγει, να φύγει αμέσως από κείνο το σπίτι και τους άγνωστους κατοίκους του. Εκείνη τη στιγμή ο αδελφός του την έπιασε απαλά απ' το μπράτσο και την οδήγησε μέσα στο σαλόνι χωρίς να μιλάει, ενώ ο θόρυβος απ' το μπαστούνι που ακολουθούσε την έκανε να καταλάβει ότι ο Δημήτρης ερχόταν από πίσω τους.

Η Βέρα έπεσε μ' όλο της το βάρος πάνω στον καναπέ κι ούτε που τολμούσε να σηκώσει το κεφάλι της. Δεν ήθελε να δει τίποτα, κανέναν. Το μόνο που ήθελε ήταν ο μπαμπάς της. Μακάρι να 'ρχόταν και να την έπαιρνε από κείνο το σπίτι που μύριζε κλεισούρα και τη δυσκόλευε στην αναπνοή. Μακριά, μακριά απ' το σπίτι, μακριά απ' το νησί, μακριά απ' όλους κι απ' όλα. Μόνο το μπαμπά της ήθελε, μόνο σ' εκείνον βασιζόταν. Μόνο εκείνος δεν την κορόιδεψε ποτέ, μόνο εκείνος ήταν η καταφυγή της και στην απελπισία της, μόνο εκείνος θα μπορούσε να σταθεί δίπλα της και να τη βοηθήσει. Αλλά πώς θα μπορούσε να ξεφύγει μόνη της από εκείνο το ζοφερό περιβάλλον;

Όταν ο Δημήτρης κάθισε δίπλα της, η Βέρα ένιωσε μια αποστροφή αλλά δεν κουνήθηκε. Κρατούσε σφιχτά τα δυο της χέρια σα να μην ήθελε να του δώσει καμιά ευκαιρία ούτε καν να την αγγίξει. Μετά τ' άφησε κι έσφιξε με μανία τη φούστα της μέχρι που την τσαλάκωσε. Έκανε προσπάθειες για να μην ξεσπάσει σε κλάματα κι ένιωθε τόσο ξένη που ούτε τα δάκρυά της δεν ήθελε να πέσουν μέσα σ' εκείνο το δωμάτιο.

Ο Δημήτρης έκανε μια προσπάθεια να την αγκαλιάσει αλλά η Βέρα μετακινήθηκε χωρίς ντροπή πηγαίνοντας στην άκρη του καναπέ. Άκουσε την ανάσα του που έβγαινε βαριά και σε λίγο τους λυγμούς του που ταρακούνησαν ολόκληρο το δωμάτιο. Τότε γύρισε, τον κοίταξε κι αυτό που αντίκρισε ήταν ένα αξιολύπητο πλάσμα μαζεμένο σαν κουβάρι, που χτυπιόταν πάνω κάτω καθώς έκανε προσπάθεια να συγκρατήσει το κεφάλι του με τα δύο του χέρια.

Η Βέρα μόνο τότε συνήλθε καθώς συνειδητοποίησε την απαράδεκτη στάση που μέχρι τότε κρατούσε και σα να 'φυγε ένας δαίμονας που την καθοδηγούσε μέχρι εκείνη τη στιγμή, έστησε το σώμα της κι ελευθέρωσε τα χέρια της που κάλυψαν αμέσως το ταραγμένο λιπόσαρκο σώμα του Δημήτρη. Εκείνος έβγαλε έναν αναστεναγμό με τους λυγμούς -τώρα πιο έντονους από πριν- κι άναρθρες μικρές κραυγές που άρχισαν να τους συνοδεύουν. Τώρα έκλαιγε κι ο αδελφός του που μέχρι τότε έδειχνε σα χαμένος, μάρτυρας μιας κατάστασης την οποία, όπως φάνηκε, δεν ήταν καθόλου έτοιμος ν' αντιμετωπίσει. Παρηγορητικά λόγια βγαίναν απ' το στόμα του που τ' απηύθυνε και στους δύο μη ξέροντας ποιον να πρωτοσυνεφέρει.

Η Βέρα είχε αρχίσει σιγά-σιγά να συνέρχεται απ' το σοκ και κοίταζε σα χαμένη τους δύο άντρες που μπροστά της κλαίγαν σαν μικρά παιδιά, ο καθένας για τους λόγους του. Η σκηνή την έκανε να αισθανθεί μια δύναμη που έτσι απρόσμενα της βγήκε, όταν κατάλαβε ότι εκείνη έπρεπε να βοηθήσει και τους δύο. Και πρώτα το Δημήτρη.

Τον πήρε στην αγκαλιά της κι άρχισε να του δίνει κουράγιο με λόγια και με χάδια. Εκείνος σα μωρό αφέθηκε μ' όλο του το βάρος πάνω της κι οι λυγμοί του άρχισαν σιγά-σιγά να σβήνουν. Όταν όλα στο δωμάτιο ησύχασαν, η Βέρα κατάλαβε πως έπρεπε να περάσει κι αυτή τη δοκιμασία. Θύμωσε με τον εαυτό της για τις γελοίες αντιδράσεις της νωρίτερα, για τη λιγοψυχία που είχε δείξει και βρίσκοντας το χαμόγελό της άρχισε να παρηγορεί τον Δημήτρη, παρηγορώντας ουσιαστικά τον ίδιο της τον εαυτό. Θα το περνούσαν κι αυτό μαζί, του 'λεγε, κι ας ήταν τόσο δύσκολο και τόσο απρόβλεπτο. Τώρα όμως, έπρεπε να δείξουν δύναμη και να τ' αντιμετωπίσουν μαζί κι όλα τα δεινά που τους επεφύλασσε η τρομερή εκείνη αρρώστια με τον καιρό θα περνούσαν.

Με τη νεανική της αισιοδοξία να ξαναγυρίζει σιγά-σιγά, έκανε κουράγιο και το μόνο που την απασχολούσε πάλι ήταν ο Δημήτρης. Αυτός είχε την ανάγκη της, αυτός είχε ανάγκη από προστασία κι εκείνη η άκαρδη τον είχε τόσο πολύ στεναχωρήσει πριν λίγο. Τόσο πολύ μετάνιωσε η Βέρα που άρχισε να του ζητάει να συγχωρήσει την προηγούμενη στάση της ψιθυρίζοντάς του συγγνώμη ίσαμε που κουράστηκε κι η ίδια απ' την επανάληψη της ίδιας λέξης.

Ο Δημήτρης είχε αρχίσει να συνέρχεται, η αναπνοή του έγινε κανονική και μόνο το κεφάλι του έμενε πεσμένο, αδύναμο να συγκρατηθεί απ' τους ώμους του. Η Βέρα τον έπιασε απαλά από κει, τον έφερε προς το μέρος της κι εκείνος έγειρε ανακουφισμένος στ' αδύνατο στέρνο της. Ο αδελφός του είχε φύγει και τώρα ήταν οι δυο τους αγκαλιασμένοι κι ακίνητοι μέσα στο κακοφωτισμένο δωμάτιο που λίγο πριν είχε γίνει το σκηνικό της ανείπωτης απελπισίας τους.

Όταν μετά από ώρα σηκώθηκαν απ' τον καναπέ, η Βέρα δεν τον άφησε να πάρει το μπαστούνι του. Τον στήριξε μ' όλες τις δυνάμεις της και προχώρησαν σιγά-σιγά προς το δωμάτιο που έμενε. Οι βαλίτσες κι οι τσάντες με τα γλυκά και τα τσουρέκια μένανε στητές, όπως τις είχε βάλει ο αδελφός του, κι ήταν οι μόνες αμέτοχες παρουσίες μέσα στο χώρο που λίγο πριν είχε συγκλονιστεί απ' το δράμα των δύο νέων ανθρώπων.

Η Βέρα τακτοποίησε τα πράγματά της, όπως μπορούσε, με το Δημήτρη να την παρακολουθεί χωρίς να μιλάει, εξαντλημένος καθώς ήταν απ' το προηγούμενο ξέσπασμά του. Αλλά κι η ίδια δεν ήταν καλύτερα. Απλώς είχε βάλει όση δύναμη της είχε απομείνει προσπαθώντας να μη φορτίσει άλλο την ατμόσφαιρα. Απόρησε κι η ίδια με το πόσο γρήγορα μπόρεσε να παίξει το ρόλο της συνηθισμένης ταξιδιώτισσας και τώρα ξεχώριζε με φαινομενική σπουδή τα ρούχα απ' τα παπούτσια της, τις τσάντες απ' τις κάλτσες και το νεσεσέρ με τα καλλυντικά της. Μέχρι και να του χαμογελάσει μπόρεσε, προτείνοντάς του μάλιστα, αν κι εκείνος το 'θελε, να βγουν έξω εκείνο το βράδυ, σιγά-σιγά, με τρόπο ώστε να μην κουραστεί. Εκείνος αναγάλιασε καθώς είδε τη Βέρα που ήξερε τόσο καιρό και δεν αρνήθηκε. Ο αδελφός του κι η ίδια θα τον βοηθούσαν να κατέβει τα σκαλιά. Εκείνος θα τους συνόδευε μέχρι εκεί που θέλανε να καθίσουν κι αργότερα θα πήγαινε να τους πάρει. Όλα λοιπόν τακτοποιημένα.

Η Βέρα, υπακούοντας στην κοκεταρία της, που ήταν ένα απ' τα χαρακτηριστικά της, διάλεξε για την περίσταση ένα τιρκουάζ μαντό με ασορτί *φούστα κι άσπρη μπλούζα. Έπλεξε τα μακριά μαλλιά της σε κοτσίδα, που τόσο άρεσαν έτσι χτενισμένα στο Δημήτρη, και τα στόλισε με μια φαρδιά άσπρη κορδέλα σχηματίζοντας ένα φιόγκο που τη συγκράτησε εκεί που τελείωνε. Μετά τον βοήθησε να ντυθεί κι οι τρεις τους ξεκίνησαν για τη βραδινή τους έξοδο.*

Το κεντρικό ζαχαροπλαστείο που διάλεξαν να καθίσουν βρισκόταν στ' ωραιότερο μέρος της πόλης. Ένα τεράστιο πάρκο βρισκόταν μπροστά του και στο βάθος μπορούσε κανείς να διακρίνει το φρούριο, καλοφωτισμένο κι επιβλητικό, χτισμένο πάνω σε λόφο δίπλα στη θάλασσα. Φάγαν το γλυκό τους σα να μην είχε προηγηθεί τίποτα νωρίτερα κι εκεί σιγά-σιγά ο Δημήτρης άρχισε να βρίσκει τον εαυτό του.

Όταν θέλησε να της μιλήσει για το ψέμα που της είχε πει και που 'χε προκαλέσει όλη εκείνη την τρομερή αναστάτωση η Βέρα δεν τον άφησε. Τον παρακάλεσε να μιλήσουν κάποια άλλη στιγμή, γιατί δεν της είχε μείνει άλλο κουράγιο και φοβόταν ότι πάλι θα ξεσπούσε σε κλάματα αν ήταν αναγκασμένη να ξαναγυρίσει πίσω στα γεγονότα εκείνης της τρομερής μέρας.

Μεγάλη Εβδομάδα καθώς ήταν, και μ' ανοιξιάτικο καιρό, οι επισκέπτες αλλά κι οι ντόπιοι του νησιού βολτάριζαν τώρα πάνω κάτω περνώντας από μπροστά τους βοηθώντας τους με τη χαρούμενη τους διάθεση να μπουν κι εκείνοι στο κλίμα των ημερών. Έτσι, σα να μην είχε προηγηθεί τίποτε απολύτως, άρχισαν να κουβεντιάζουν για το πώς θα περνούσαν τις επόμενες μέρες που η Βέρα θα 'μενε στο νησί. Μάλιστα, ο Δημήτρης είχε ήδη καταστρώσει ένα σχέδιο με μικρές βόλτες γύρω απ' την πόλη και πρότεινε στη Βέρα, αν ήθελε κι εκείνη, να το ακολουθούσαν από αύριο κιόλας.

Μιλούσαν με θέρμη κι ενθουσιασμό. Αν κάποιος περαστικός τους παρατηρούσε, δεν θα μπορούσε ποτέ να φανταστεί ότι το νεαρό ζευγάρι είχε βγει μέσα από μια κόλαση πριν λίγο. Την καθορισμένη ώρα, όπως είχαν συνεννοηθεί, έφθασε ο αδελφός του Δημήτρη και σιγά-σιγά οι τρεις τους κατευθύνθηκαν προς το σπίτι με την απαίσια σκάλα.

Οι ανέμελες ώρες δεν κράτησαν για πολύ. Ο Δημήτρης με μεγάλη δυσκολία ανέβαινε τις σκάλες κρατώντας απ' τη μια την κουπαστή της κι απ' την άλλη υποβασταζόμενος απ' τον αδελφό του. Η Βέρα ακολουθούσε τρέμοντας κάθε φορά που 'βλεπε τις αβέβαιες κινήσεις και την προσπάθεια που 'κανε ο αγαπημένος της καθώς προσπαθούσε να φθάσει στο τέλος της.

Όταν τα βάσανά του τελείωσαν, η Βέρα έτρεξε να τον βοηθήσει να καθίσει κι η ίδια βολεύτηκε απέναντί του. Ένιωσε πάλι το βαρύ κλίμα του σπιτιού που τη φιλοξενούσε κι ευχήθηκε μέσα της να είχαν μείνει περισσότερη ώρα στο ζαχαροπλαστείο, να μην τελείωνε εκείνη η κουβεντούλα τους και να γινόταν να μη γύριζαν στο μέρος εκείνο, που της θύμιζε μαυσωλείο με τα παλιά του έπιπλα και την παγερή του ατμόσφαιρα. Ίσως αύριο τα πράγματα να ήταν καλύτερα, σκέφθηκε, πριν την πάρει ο ύπνος που ήρθε αμέσως απ' τα γεγονότα που την είχαν εξουθενώσει, αλλά κι απ' το μακρύ κουραστικό ταξίδι εκείνης της ημέρας.

Η Μεγάλη Πέμπτη ξεκίνησε ηλιόλουστη. Η Βέρα ξύπνησε απ' τις φωνές που ακούγονταν κάτω απ' το παράθυρο του δωματίου τους, το οποίο έβλεπε σε δρόμο που ήταν γεμάτος μικρά μαγαζάκια που πουλούσαν από αναμνηστικά μέχρι λαμπάδες. Η διάθεσή της είχε βελτιωθεί κι η πίστη ότι κάποιο θαύμα θα γινόταν κι ο Δημήτρης θα ξανάβρισκε την υγεία του, εδραιώθηκε πάλι μέσα της και μάλιστα πιο δυνατή αυτή τη φορά.

Ο Δημήτρης κοιμόταν δίπλα της ήσυχος σαν μωρό και το πρόσωπό του ήταν τόσο γλυκό που η Βέρα συγκινήθηκε. Θα τον έκανε καλά. Την είχε πιάσει το πείσμα της πάλι και ξανάδωσε στον εαυτό της την υπόσχεση ότι θα 'βαζε όλα της το δυνατά για να το πετύχει. Όμως, χρειαζόταν να κάνει υπομονή. Πολλή υπομονή. Με τη σκέψη αυτή η Βέρα γύρισε στο πλάι κι ανακουφισμένη ξανακοιμήθηκε.

Ωστόσο, το γεγονός ότι είχε αντιδράσει σαν ανόητη όταν πρωτοείδε το Δημήτρη, έγινε αφορμή να νιώθει απαίσια στις μέρες που ακολούθησαν.

Προσπαθούσε με κάθε τρόπο να δικαιολογηθεί με τις πράξεις της απέναντί του αλλά το κυριότερο ήταν πως ήθελε κυρίως να εξιλεωθεί απέναντι στον ίδιο της τον εαυτό.

Η Βέρα σκεφτόταν πόσο θα πρέπει να τον πλήγωσε. Αυτή της η συμπεριφορά είχε αρχίσει να της γίνεται εμμονή κι έψαχνε να βρει ευκαιρία να το συζητήσει μαζί του γιατί ήθελε να ξέρει πώς ακριβώς εκείνος είχε νιώσει. Έτσι, εκείνη την ημέρα, που πάλι με τη βοήθεια του αδελφού του ξαναπήγαν στο ζαχαροπλαστείο που βρισκόταν στο Λιστόν, έφερε την κουβέντα εκεί που την πονούσε.

Ο Δημήτρης την άκουσε και μετά, με τη γενναιοδωρία που τον χαρακτήριζε, όχι μόνο της είπε πως βρήκε απόλυτα φυσιολογική την αντίδρασή της, αλλά της ζήτησε κιόλας συγγνώμη που δεν την είχε προετοιμάσει γι' αυτό που θ' αντίκριζε. Της είπε πως το λάθος ήταν δικό του και μόνο δικό του, αφού την είχε κάνει να πιστεύει πως όλα πήγαιναν καλύτερα με την υγεία του. Ευελπιστούσε κι εκείνος απ' τη μεριά του σε κάποιο θαύμα μέχρι την τελευταία στιγμή. Πίστευε πως θα μπορούσε ν' αποχωριστεί εκείνο το μπαστούνι μέχρι τη μέρα που η Βέρα θα 'φτανε στο νησί.

Δυστυχώς όμως, τα πράγματα δεν είχαν πάει όπως τα περίμενε κι έτσι είχε αναγκαστεί να της φανερώσει την πικρή αλήθεια. Βέβαια, την επιδείνωση της υγείας του την απέδιδε στο υγρό κλίμα της Κέρκυρας, αλλά ούτως ή άλλως το φταίξιμο, όπως της είπε, ήταν ολωσδιόλου δικό του. Μετά τις εξηγήσεις αυτές, η Βέρα άρχισε σιγά-σιγά να δικαιολογεί κι η ίδια τον εαυτό της και καθώς οι μέρες ήταν γιορταστικές, η διάθεσή της γρήγορα άρχισε να βελτιώνεται.

Τ' απόγευμα της μέρας εκείνης κάθισαν στο σπίτι παίζοντας χαρτιά και φτιάχνοντας το πρόγραμμα της άλλης μέρας. Ο Δημήτρης της είπε πως θα την πήγαινε να δει την ανατολική ακτή του νησιού και μάλιστα το μεσημέρι θα μπορούσαν κιόλας να καθίσουν σε μια απ' τις ταβέρνες με το φρέσκο ψάρι, που αφθονούσαν στην περιοχή.

Η Μεγάλη Παρασκευή, αν και κάπως μουντή, ξεκίνησε με το ζευγάρι χαρούμενο να ετοιμάζεται για τη μονοήμερη εκδρομή του. Η διαδρομή ήταν μαγευτική κι η Βέρα, αν και οδηγούσε, δε χόρταινε να βλέπει όσο γινόταν το κατάφυτο νησί, το οποίο μάλιστα με την ξενάγηση που της έκανε ο Δημήτρης στην ιδιαίτερή του πατρίδα, είχε αρχίσει κι εκείνη να νιώθει μέρος του.

Όταν σταμάτησαν για φαγητό, η ώρα είχε ήδη πάει τέσσερις. Το εστιατόριο ήταν εντελώς άδειο και κάπως ψυχρό αλλά η θέα απ’ τη τζαμαρία του ήταν θαυμάσια. Εκεί, κάποια στιγμή ο Δημήτρης της είπε πως ήθελε να κουβεντιάσουν ένα πολύ σοβαρό θέμα και πριν καν προλάβει να του απαντήσει, της πρότεινε να παντρευτούν. Έτσι, με τρεις μόνο λέξεις, χωρίς άλλη κουβέντα, την κοίταξε και μετά σιωπώντας περίμενε ν’ ακούσει την απάντησή της.

Εκείνη τα ’χασε. Απ’ τη μια η ψυχή της γέμισε με μελωδία καθώς ονειρευόταν τόσο πολύ εκείνη τη στιγμή κι απ’ την άλλη το μυαλό της ταρακουνήθηκε σαν καράβι που πλέει σε θάλασσα φουρτουνιασμένη. Δεν μπορούσε να μιλήσει.

Ο Δημήτρης συνέχισε, λέγοντάς της πως τα είχε σκεφτεί όλα. Θα μπορούσαν να το κάνουν ακόμα κι αμέσως μετά το Πάσχα, μόνοι τους ή μόνο με τους στενούς συγγενείς. Δεν τον πείραζε αν η Βέρα δεν τελείωνε το πανεπιστήμιο. Θα μπορούσαν να μείνουν για πάντα στην Κέρκυρα, για λίγο διάστημα στο σπίτι του αδελφού του μέχρι να βρίσκαν ένα δικό τους να νοικιάσουν. Ο πατέρας του θα τους βοηθούσε οικονομικά κι αν κι ο δικός της μπορούσε να συνεισφέρει, όλα θα πήγαιναν μια χαρά.

Η Βέρα τον άκουγε μη μπορώντας ν’ αρθρώσει λέξη. Δεν πίστευε σ’ αυτά που άκουγε! Ήταν η απόλυτη ανατροπή στο χρόνο και στις περιστάσεις. Τον άκουγε να της περιγράφει πως όλα τα είχε σκεφτεί εδώ και καιρό, απ’ τις πρώτες μέρες που είχε φτάσει στην Κέρκυρα, πως το είχε συζητήσει με τους δικούς του κι όλοι είχαν μείνει σύμφωνοι μη προβάλ-

λοντας καμία αντίρρηση στα σχέδια του. Αν ήταν κι εκείνη σύμφωνη, της είπε, θα 'πρεπε να ενημερώσει τους γονείς της και μετά θ' αναλάμβανε να τους μιλήσει ο ίδιος.

Η Βέρα τον άκουγε να της περιγράφει λεπτομέρειες σα να μη βρισκόταν εκεί, σαν η συζήτηση ν' αφορούσε κάποια άλλη. Με το βλέμμα σκυμμένο πάνω στο τραπέζι άκουγε κι άκουγε, αλλά δεν μπορούσε απ' την έκπληξή της ούτε να μιλήσει αλλά ούτε καλά-καλά να σκεφτεί αυτά που της έλεγε ο Δημήτρης. Όταν σήκωσε το βλέμμα της και τον κοίταξε, είδε την ανυπόμονη έκφρασή του μαζί με την προσδοκία του να την ακούσει να συμφωνεί σ' όλα όσα της είχε πει. Δεν μπορούσε να φανταστεί ότι η Βέρα είχε αρχίσει να τρομάζει απ' τα λεγόμενά του, ούτε βέβαια περίμενε να του απαντούσε αρνητικά. Στην έκφραση του προσώπου του θα μπορούσε να δει κανείς ότι ήταν ανακουφισμένος απ' την απόφαση που είχε πάρει και σίγουρος ότι και για κείνη θα σήμαινε το ίδιο. Έδειχνε σα να ήταν το δώρο του για την αγάπη και την αφοσίωσή της, η ανταμοιβή της για κάτι που τόσο πολύ ήξερε πως το 'θελε. Όμως τα πράγματα δεν ήταν καθόλου έτσι.

Η Βέρα άρχισε σιγά-σιγά να νιώθει κάτι να την πνίγει κι ένα αίσθημα πανικού την κυρίευσε. Ένας αόρατος κίνδυνος άρχισε σιγά-σιγά να τη ζώνει κι ένα ανακάτεμα στο στομάχι έκανε χειρότερη τη διάθεσή της. Αλλιώς είχε φανταστεί τα πράγματα. Περίμενε αυτή τη στιγμή όσο τίποτε άλλο στη ζωή της, αλλά αυτό το ξαφνικό μόνο ευχάριστο δεν της φαινόταν. Αντίθετα, ο κίνδυνος όσο πήγαινε και μεγάλωνε κι όσο μεγάλωνε τόσο η Βέρα αισθανόταν την απειλή του. Ένιωσε πάλι μόνη κι απροστάτευτη. Αναζήτησε πάλι τη σιγουριά του μπαμπά της και πάλι η σκέψη της πήγε προς εκείνον. Δεύτερη φορά μέσα σε δύο ημέρες ήταν πάρα πολύ, ακόμη και για ένα φαινομενικά τόσο ευχάριστο, όπως φαινόταν, γεγονός.

Αλλά ο χρόνος, πάλι αυτός ο χρόνος που ειπώθηκαν όλα τη μπέρδευε. Ναι, θα 'θελε να παντρευτούν αλλά τώρα ήταν σχεδόν αδύνατο. Ο Δημή-

τρης της ζητούσε ν' ανατρέψει όλη τη ζωή της, το πρόγραμμά της. Της ζητούσε ν' αφήσει τις σπουδές της, ν' αλλάξει πόλη. Της ζητούσε τα πάντα κι η Βέρα δεν ήταν προετοιμασμένη για όλα αυτά.

Άλλα είχαν προτεραιότητα εδώ και καιρό, με πρώτο και πάνω απ' όλα την υγεία του. Τι θα γινόταν με το ζήτημα αυτό; σκεφτόταν. Θα μένανε μαζί με τη βοήθεια των γονιών τους για όλη τους τη ζωή; Δεν θα δούλευε κάποτε ο Δημήτρης; Η ίδια δε θα 'πρεπε με τον τρόπο της να συνεισφέρει σ' αυτό το γάμο; Θα τα περίμενε όλα απ' τους γονείς της; Ποιος θα ήταν ο ρόλος της; Ποια ζωή θα ζούσε; Αυτή της άπραγης νοσοκόμας; Αν η υγεία του χειροτέρευε, θα ήταν ικανή εκείνη να του συμπαρασταθεί όπως έπρεπε; Είχε τα φόντα; Μάλλον όχι. Η Βέρα ήταν ένα πολύ νέο κορίτσι, που τώρα άρχιζε τη ζωή της, που περίμενε να κάνει οικογένεια και παιδιά, αλλά όλα με τη σειρά τους. Πώς θα ανατρέπονταν όλα αυτά; Πώς ήταν δυνατό να ξεκινήσει με τα δεκανίκια των άλλων; Αυτή μια ζωή ονειρευόταν να τελείωνε τις σπουδές της, να εύρισκε μια δουλειά και μαζί του να πορευόταν, αλλά όταν θα 'ρχόταν ο καιρός. Όλα στην ώρα τους.

Άκαιρα ήταν όλα αυτά τώρα. Άκαιρα. Την απόφασή της την είχε ήδη πάρει αλλά δεν ήθελε και να τον στεναχωρήσει. Του υποσχέθηκε ότι θα τα σκεφτόταν όλα αυτά, θα ενημέρωνε τους γονείς της, αλλά με τίποτε δεν θα μπορούσε να κάνει κάτι σοβαρό τόσο βεβιασμένα. Θα γύριζε μετά το Πάσχα στη Θεσσαλονίκη, όπως ήταν προγραμματισμένο, και μετά θα τα κουβέντιαζαν όλα με την ησυχία τους.

Στο Δημήτρη δεν άρεσε καθόλου η απάντησή της αυτή. Η Βέρα το κατάλαβε απ' το πρόσωπό του που αμέσως σκυθρώπιασε κι απ' τη διάθεσή του που χάλασε αμέσως. Έκανε πως συμφωνούσε με τα λεγόμενά της κι η κουβέντα σταμάτησε εκεί.

Φάγανε με το ζόρι, αμίλητοι, και ξεκίνησαν για την επιστροφή τους χωρίς να ξαναναφερθούν στο θέμα. Η δύση που είχε αρχίσει να πέφτει, ταίριαζε με τη διάθεσή τους, μελαγχολική καθώς εμφανιζόταν πάντοτε.

Στο γυρισμό τους μόλις φθάσανε στην πόλη, η Βέρα αισθάνθηκε την ανάγκη να πάει στον Ο.Τ.Ε. για να τηλεφωνήσει στους δικούς της. Ήθελε να μιλήσει μαζί τους, να αισθανθεί ότι δεν ήταν μόνη και ξένη εκεί. Ήθελε ν' ακούσει τα νέα τους που θα τη βοηθούσαν σίγουρα ν' αλλάξει το κλίμα μέσα στο οποίο ένιωθε ν' απειλείται. Η σύνδεση έγινε ευτυχώς αμέσως και μόλις απάντησε η μαμά της στην άλλη άκρη της τηλεφωνικής γραμμής, που 'κανε χαρές μόλις την άκουσε, η Βέρα άρχισε να νιώθει πιο δυνατή και πιο σίγουρη για τον εαυτό της. Ευχές για το Πάσχα ακολούθησαν, φιλιά και χαιρετίσματα δόθηκαν απ' τις δύο πλευρές και μετά από λίγο η τρικυμία μέσα στην ψυχή της άρχισε να καταλαγιάζει.

Το Μεγάλο Σάββατο πέρασε μ' ετοιμασίες για την επόμενη μέρα χωρίς κανένας απ' τους δύο να ξαναμιλήσει για το ζήτημα που είχε τεθεί την προηγούμενη. Η Βέρα βγήκε να περπατήσει μόνη της στην αγορά, ψώνισε δυο τρία πράγματα για το σπίτι, πιο πολύ απ' την επιθυμία της ν' ασχοληθεί με κάτι επίκαιρο παρά γιατί υπήρχε πραγματική ανάγκη. Το περπάτημα ανάμεσα στον κόσμο που είχε διάθεση γιορταστική την επηρέασε θετικά. Παρέτεινε τη βόλτα της θέλοντας υποσυνείδητα να ελαχιστοποιήσει, όσο αυτό ήταν δυνατόν, τις ώρες που πάλι θα κλείνονταν στο σπίτι και θα ήταν αναγκασμένη ίσως να ξαναγυρίσει στη δυσάρεστη ατμόσφαιρά του.

Ευτυχώς, όταν γύρισε πίσω βρήκε κάποιους συμπατριώτες του Δημήτρη να του κάνουν παρέα κι έτσι άρπαξε την ευκαιρία, μετά τους τυπικούς χαιρετισμούς, να μείνει μόνη στο δωμάτιο που μοιραζόταν μαζί του μέχρι την ώρα που ξεκίνησε πάλι μόνη της για την κοντινή εκκλησία για την Ανάσταση.

Έβλεπε όλο τον κόσμο καλοντυμένο ν' ανταλλάσσει ευχές μέσα στην καλή χαρά κι αισθάνθηκε σαν παρείσακτη ανάμεσά τους. Βιάστηκε να γυρίσει στο σπίτι όπου παρά τα «Χρόνια Πολλά» και τα τσουγκρίσματα δεν αισθάνθηκε καλύτερα. Τώρα βιαζόταν να γυρίσει πίσω στο δικό της και στους γονείς της. Ζούσε σ' έναν εφιάλτη.

Είχε πάρει κιόλας την απόφασή της για την επιστροφή: Θα 'φευγε αμέσως μετά το Πάσχα, μόνο που σκέφτηκε ν' αφήσει το αυτοκίνητο εκεί, το οποίο εξάλλου ανήκε στο Δημήτρη, και να πάρει τ' αεροπλάνο. Αυτή η ιδέα της άρεσε γιατί και γρηγορότερα θα 'φτανε στη Θεσσαλονίκη και δε θα κουραζόταν οδηγώντας και μένοντας για ώρες μόνη με τις σκέψεις της, που τώρα ήταν ολότελα διαφορετικές από κείνες που 'κανε πηγαίνοντας στην Κέρκυρα. Πόσο είχαν αλλάξει τα πράγματα μέσα σε λίγες μέρες και πόσο απροετοίμαστη είχε βρεθεί για όλ' αυτά, σκεφτόταν, καθώς τη δεύτερη μέρα του Πάσχα πήγε στα γραφεία της Ολυμπιακής, όπου ευτυχώς βρήκε μια θέση και θα επέστρεφε μέσω Αθηνών.

Δεν είχε πει τίποτε ακόμη στο Δημήτρη για όλα αυτά, μη θέλοντας να βρεθεί και πάλι σε δύσκολη θέση. Θα του τα 'λεγε την τελευταία στιγμή γιατί δεν ήθελε με τίποτε να τον στεναχωρήσει. Θ' άφηνε να περάσουν οι δυο μέρες που τη χώριζαν απ' την επιστροφή της. Μάλιστα, σκέφτηκε να τ' ανακοινώσει όταν θα ήταν μαζί τους κι οι γονείς του Δημήτρη με τους οποίους θα περνούσαν τη μέρα της Λαμπρής. Η Βέρα ένιωθε πια ξένη.

Τίποτε δεν έδειχνε τη γιορτινή εκείνη μέρα ότι κάτι σκίαζε τη διάθεση των δύο νέων. Όλα κύλησαν όμορφα, αστεία και χαριεντισμοί επικράτησαν στο τραπέζι. Μόνο το γεγονός ότι ο Δημήτρης δεν ήπιε τίποτα, παρά μόνο νερό, συζητήθηκε κάπως στενάχωρα. Αργά τ' απόγευμα οι γονείς του φύγαν μαζί με τον αδελφό του κι οι δύο τους μείναν μόνοι. Ευτυχώς, αν κι η Βέρα πολύ το φοβόταν, δεν ειπώθηκε τίποτε σχετικό με το γάμο και σα να ήταν συνεννοημένοι μίλησαν για τον ευχάριστο πρώτο καιρό της γνωριμίας τους.

Ο Δημήτρης της έλεγε ότι απ' την πρώτη στιγμή του είχε αρέσει αλλά θέλοντας να πεισθεί και για τα δικά της αισθήματα, έπαιζε πολλές φορές τον αδιάφορο. Θυμόταν αμήχανες στιγμές της Βέρας και τις σχολίαζε με χιούμορ. Έτσι πέρασε η ώρα που πήγαν και ξάπλωσαν με τις δικές τους κρυφές σκέψεις.

Η Δευτέρα του Πάσχα έφτασε κι η Βέρα έπρεπε ν' αρχίσει να ετοιμά-ζεται. Ευτυχώς, η πτήση της ήταν αργά τ' απόγευμα την άλλη μέρα και της μέναν αρκετές ώρες ακόμα. Όμως, θα 'πρεπε να του ανακοινώσει την αναχώρησή της. Αισθανόταν σαν προδότρια, σαν λιποτάκτης που εγκατέ-λειπε τη μάχη, αλλά η επιθυμία της να βρεθεί κάτω απ' την ασφάλεια της οικογένειάς της υπερίσχυσε.

Ο Δημήτρης καθόταν και ξεφύλλιζε ένα περιοδικό. Έδειχνε αφοσιωμέ-νος με την ύλη του κι όλο αυτό έδινε αναστολή στη στιγμή που η Βέρα θα του 'λεγε τι επρόκειτο να κάνει. Πήγε κοντά του και σα να ζητούσε βοήθεια, τού είπε να την αγκαλιάσει. Εκείνος το 'κανε αμέσως χωρίς να πει λέξη. Ήταν σα να προαισθανόταν ότι κάτι επρόκειτο να συμβεί.

Όταν κατάλαβε ότι η Βέρα άρχισε να κλαίει, της είπε πως όλα θα πήγαιναν καλά αλλά ίσως κι όχι, θα 'πρεπε να είναι έτοιμη για κάθε τι, ο ίδιος πάντα θα την αγαπούσε και θα ήταν δίπλα της όποτε τον χρειαζόταν. Δεν έκανε καμιά κουβέντα που να αφορά στην πρότασή του να παντρευτούν σα να 'ξερε ότι η προοπτική αυτής της εξέλιξης στη σχέση τους, που τόσο επιθυμούσε, όλο και ξεμάκραινε. Την έσφιγγε στην αγκαλιά του και με τον τρόπο του την έκανε σιγά-σιγά να χαλαρώσει και να του πει ότι τ' άλλο απόγευμα κιόλας θα 'φευγε.

Ο Δημήτρης δεν αντέδρασε καθόλου. Εξακολούθησε να τη χαϊδεύει και να τη φιλάει ενώ εκείνη του μιλούσε κι έκλαιγε. Ο πιο δυνατός απ' τους δύο ήταν πάντα εκείνος. Ίσως βέβαια να 'κλαιγε κι εκείνος χωρίς να το δείχνει, αλλά στη Βέρα έδειχνε ήρεμος παρόλα τ' άσχημα γι' αυτόν νέα. Σηκώθηκε και πήγε μαζί της στο δωμάτιο μέχρι να ετοιμάσει τα πράγματά της και το μόνο που της ζήτησε ήταν ότι θα 'θελε να πάνε μαζί μέχρι το αεροδρόμιο.

Όταν το μεσημέρι γύρισε ο αδελφός του, έδειξε πολύ ταραγμένος απ' την ξαφνική αναχώρηση της Βέρας. Της είπε να το ξανασκεφτεί αλλά ο Δημήτρης τον σταμάτησε και του είπε μόνο να πάει και ν' αγοράσει κά-ποια απ' τα τοπικά προϊόντα που ήθελε να της δώσει για να τα πάει στους γονείς της.

Η Βέρα δεν περίμενε ότι δεν θ' αντιδρούσε καθόλου με την ξαφνική της αναχώρηση. Η συμπεριφορά του την προβλημάτισε λιγάκι γιατί δεν μπορούσε να φανταστεί πως γινόταν να 'ναι τόσο ψύχραιμος. Εκείνη τη στιγμή αισθάνθηκε τύψεις που δεν μπορούσε να καθίσει έστω μια δυο μέρες παραπάνω. Αλλά τώρα όλα είχαν πάρει το δρόμο τους. Το μόνο που 'δειξε κάπως το πώς ο Δημήτρης αισθανόταν ήταν ότι δεν άγγιξε τίποτα απ' το φαγητό που είχε φέρει ο αδελφός του, ούτε ασχολήθηκε άλλο με το περιοδικό του. Χαμογελούσε στη Βέρα επαναλαμβάνοντάς της πως όλα θα πήγαιναν καλά, πως όλα θα είχαν καλό τέλος. Αλλά προτεραιότητα πια είχε εκείνη κι η ζωή της.

Ξεκίνησαν οι τρεις τους για τ' αεροδρόμιο, ο αδελφός του να οδηγεί κι οι δυο τους πίσω να είναι σφιχταγκαλιασμένοι κι αμίλητοι. Φτάσαν αρκετά νωρίτερα απ' ό,τι έπρεπε. Το αεροπλάνο, τους είπαν, είχε μια ώρα καθυστέρηση και έτσι κατευθύνθηκαν μαζί στο κυλικείο του αεροδρομίου. Ο αδελφός του βρήκε ένα πρόσχημα για να τους αφήσει μόνους και μείνανε πάλι οι δυο τους, με μια μελαγχολική σκιά να έχει θρονιαστεί τώρα στο πρόσωπο του Δημήτρη. Οι αποχαιρετισμοί ήταν πάντα δύσκολοι για τη Βέρα αλλά αυτή τη φορά αληθινό μαρτύριο. Φιλήθηκαν πάλι και πάλι, με υποσχέσεις που της έδινε, αν κι η ίδια λίγο πίστευε πια στην ευόδωσή τους κι ακόμη λιγότερο στη δύναμή της.

Όταν μπήκε στο αεροπλάνο, ένιωσε μια ανακούφιση κι όταν αυτό απογειώθηκε ήταν σα να της είχε φύγει ένα μεγάλο βάρος που δεν είχε συγκεκριμένο περιεχόμενο. Απλώς ένιωθε ξαλαφρωμένη. Έβλεπε γύρω της ανθρώπους που γύριζαν απ' τις διακοπές τους και γρήγορα έγινε ένα μ' αυτούς. Έτσι φανταζόταν κι εκείνη το ταξίδι της. Είχε ξεκινήσει μ' όνειρα και χαρούμενες προσδοκίες κι όλα είχαν γυρίσει ανάποδα. Ποιος να της το 'λεγε πως ο Δημήτρης θα της πρότεινε να παντρευτούν κι εκείνη θα τρόμαζε; Είναι δυνατό ν' αλλάζουν τα πράγματα έτσι; σκεφτόταν, καθώς τώρα τ' αεροπλάνο έφτανε στην Αθήνα κι εκείνη ούτε είχε καταλάβει πώς πέρασε τόση ώρα, χαμένη όπως ήταν μέσα στις εντυπώσεις των προηγούμενων ημερών και στ' όνειρο της ζωής της που πια είχε ανατραπεί.

Η ενδιάμεση στάση ήταν ευτυχώς πολύ σύντομη και πριν καλά-καλά το καταλάβει, η Βέρα βρέθηκε στο αεροπλάνο. Τώρα κατευθυνόταν προς τη Θεσσαλονίκη κι όπως η διαδρομή του ταξιδιού της είχε αρχίσει απ' τα βόρεια προς τα νότια και μετά απ' τα νότια προς τα βόρεια, έτσι κι η ψυχή της πηγαινοερχόταν ανάμεσα στα συναισθήματά της που συγκρούονταν ανάμεσα στη χαρά και στη λύπη, στη λύπη και στη χαρά και δυστυχώς μόνιμα στη λύπη. Σ' αυτήν ήρθε και φώλιασε στο τέλος, καθώς η σκέψη της έφερε πίσω την εικόνα του Δημήτρη όταν τον πρωτοείδε με τις πιτζάμες και τ' απαίσιο μπαστούνι στο κεφαλόσκαλο ενώ περίμενε να τον δει στο λιμάνι. Δεν υπήρχε περίπτωση να ξεκολλήσει. Όπως δεν υπήρχε περίπτωση να ξεκολλήσει από πάνω της εκείνος ο χωρισμός που την έκοβε στα δύο.

Επιτέλους, η Θεσσαλονίκη με τα φώτα φάνηκε απ' το παράθυρό της κι αυτό κάπως μετρίασε εκείνη την εικόνα. Βρήκε γρήγορα ταξί, φόρτωσε με δυσκολία τις αποσκευές της στο πορτ-μπαγκάζ γιατί ο οδηγός του ούτε που κουνήθηκε απ' τη θέση του να τη βοηθήσει και σε λίγη ώρα βρισκόταν έξω απ' το σπίτι της. Ευχόταν να τους βρει όλους εκεί, να τους πει αυτά που είχαν συμβεί και να τη βοηθήσουν να βρει κάποια λύση σ' αυτό που την ταλάνιζε.

Πράγματι, τους βρήκε όλους να 'ναι καθισμένοι γύρω απ' το τραπέζι της κουζίνας και να τρώνε το βραδινό τους. Ο μπαμπάς της πετάχτηκε όρθιος μόλις την είδε κι οι υπόλοιποι μείναν με το στόμα ανοικτό καθώς δεν την περίμεναν. Αμέσως απ' την έκφρασή της κατάλαβαν ότι κάτι κακό είχε συμβεί και όλοι μαζί άρχισαν να τη ρωτάνε τι είχε γίνει.

Η Βέρα πριν καν προλάβει να τους απαντήσει, ξέσπασε σε κλάματα που είχαν μαζί λύπη κι ανακούφιση, απελπισία και τρόμο. Ο μπαμπάς της πήρε μια καρέκλα και την κάθισε δίπλα του ανάμεσα σ' αυτόν και τη μαμά της κι όταν τα δάκρυά της τελείωσαν τους είπε με λέξεις, οι οποίες μόλις βγαίναν απ' το στόμα της, για όλα αυτά που είχαν συμβεί. Χωρίς να της κάνουν καμία απολύτως ερώτηση προσπάθησαν, ο καθένας με τον τρόπο του, να την παρηγορήσουν. Σοκαρισμένοι όλοι απ' αυτά που είχαν ακούσει και βλέποντάς την να υποφέρει, μείναν αμίλητοι.

Η Βέρα σηκώθηκε σαν αυτόματο και πήγε στο δωμάτιό της. Είχε τόση ανάγκη αυτές τις μέρες από καθοδήγηση στα πιο απλά πράγματα, που ενώ ήταν έτοιμη να σωριαστεί κάτω απ' την κούραση και τη στεναχώρια, αν δεν της έλεγαν οι δικοί της ότι της χρειαζόταν ξεκούραση. Θα έμενε εκεί.

Όταν ξύπνησε την άλλη μέρα, νόμισε ότι είχε βγει από ένα εφιαλτικό όνειρο. Αισθανόταν καλύτερα αλλά η εικόνα του Δημήτρη δεν έλεγε να φύγει από μπροστά της μαζί με το δίλημμα που πρώτη φορά αντιμετώπιζε στη ζωή της. Τι έπρεπε να κάνει; αναρωτιόταν. Να τ' άφηνε όλα και να πήγαινε να ζήσει μαζί του στην Κέρκυρα ή να συνέχιζε τη ζωή της μακριά του; Ούτε το ένα ήθελε ούτε τ' άλλο. Τον αγαπούσε πολύ, πάρα πολύ, αλλά θα είχε τη δύναμη να σταθεί όπως έπρεπε στο πλάι του; Θα μπορούσε να κάνει οικογένεια και παιδιά μαζί του ή θα λύγιζε απ' το βάρος της απόφασής της; Έπρεπε να το σκεφτεί καλά. Εξάλλου, θα το συζητούσε και με τους γονείς της κι ίσως τα πράγματα να κυλούσαν πιο εύκολα.

Η φωτογραφία του Δημήτρη, η οποία βρισκόταν στο κομοδίνο της και της την είχε χαρίσει μετά την ορκωμοσία του, έδειχνε ένα τόσο όμορφο και λαμπερό άντρα γεμάτο ζωντάνια και χαρά. Πώς ήταν δυνατόν να 'χουν αλλάξει τόσο πολύ τα πράγματα πριν περάσουν καλά-καλά δύο χρόνια από τότε; Ποιος δαίμονας είχε ζηλέψει τις χάρες του κι ήθελε να του τις πάρει;

Όταν αργά εκείνη τη μέρα κάθισαν όλοι γύρω απ' το τραπέζι της κουζίνας, παρόλες τους τις προσπάθειες, λύση δεν μπόρεσαν να βρουν. Όμως, μπορεί να μην θέλαν να επηρεάσουν την όποια απόφασή της, γι' αυτό κανείς τους δεν είπε ξεκάθαρα τη γνώμη του. Αυτή και μόνο αυτή θ' αποφάσιζε κι ό,τι κι αν διάλεγε να κάνει, εκείνοι θα ήταν δίπλα της. Αυτό ήταν σίγουρο.

Οι μέρες που ακολούθησαν ήταν φαινομενικά ήσυχες και συνηθισμένες με τη Βέρα να πηγαίνει στο πανεπιστήμιο, να βλέπει τη φίλη της τη Χρυσούλα και μαζί να λένε και ν' αναλύουν την κατάσταση. Λύση όμως δεν βρισκόταν γιατί κι η ίδια δεν ήξερε τι ήθελε ούτε και τι μπορούσε να κάνει. Ίσως πια και τίποτε.

Το μπουρίνι δεν άργησε να 'ρθει. Η Βέρα κοίταξε ψηλά στον ουρανό ψάχνοντας από συνήθεια να δει τη Μεγάλη Άρκτο, το αιώνιο σημείο της σύζευξής της με τον Δημήτρη. Εκείνη που ένα ολόκληρο καλοκαίρι την είχε συντροφεύσει με την ιδεατή παρουσία του, αλλά μάταια. Μια τρομερή αστραπή έκανε τα μάτια της να κλείσουν απ' το δυνατό της φως, αλλά το χρώμα της δεν ήταν άσπρο όπως ήξερε ούτε ήταν ο Προφήτης Ηλίας. Εκείνος που, όπως της έλεγε η γιαγιά της όταν ήταν μικρή, χτυπούσε με το καμουτσίκι τ' άλογο που 'σερνε το κάρο του στον ουρανό. Ήταν ένας φοβερός δράκος με κατακόκκινα μάτια και κόκκινες γυαλιστερές φιδίσιες γλώσσες που ξεπρόβαλαν απ' το απαίσιο στόμα του. Οι αστραπές και τα μπουμπουνητά διαδέχονταν το ένα τ' άλλο με τέτοια δύναμη που όλα γύρω φαινόταν άσπρα. Η νύχτα είχε γίνει μέρα, όταν μετά από λίγο ξέσπασε η καταιγίδα που λίγο έλειψε να σηκώσει το τραπέζι του μπαλκονιού απ' τη θέση του.

Η Βέρα σηκώθηκε γρήγορα απ' την πολυθρόνα της αρπάζοντας το μηχάνημα της μουσικής και όσα πιο πολλά cds μπορούσε να κουβαλήσει. Έκανε το πήγαιν' έλα απ' την κρεβατοκάμαρά της στο μπαλκόνι δυο τρεις φορές μέχρι να τα μαζέψει όλα αφήνοντας για το τέλος την κούπα του καφέ και τα τσιγάρα της.

Η βροχή μέσα σε μερικά λεπτά είχε μετατρέψει το μπαλκόνι σε μια μικρή λίμνη με το νερό που 'πεφτε να είναι τόσο πολύ που δεν προλάβαινε να φύγει απ' τα σιφόνια. Μπουρμπουλήθρες σχηματίζονταν μέσα στην τεχνητή λίμνη, κάνοντάς την να μοιάζει με τεράστια κατσαρόλα που 'βραζε. Η βροχή έπεφτε κι έπεφτε και δεν έλεγε να τελειώσει. Η επιδαπέδια ομπρέλα αφού κουνήθηκε πέρα δώθε αρκετές φορές είχε τώρα υποχωρήσει και βρισκόταν μέσα στη λίμνη ξαπλωμένη φαρδιά πλατιά σα ν' απολάμβανε τ' απρόσμενο μπάνιο της.

Η Βέρα με το πρόσωπο ακουμπισμένο τώρα στο θολωμένο απ' την αναπνοή της τζάμι έβλεπε τη θεομηνία με δέος αλλά και μ' ευχαρίστηση. Φυσικά, ούτε λόγος να ξανάβγαινε απόψε, σκέφτηκε. Ήταν λοιπόν, μια πρώτης τάξεως ευκαιρία να ρίξει μια τελευταία ματιά στον κατάλογο με τις εκκρεμότητες του πάρτι που είχε σχεδιάσει για τα γενέθλιά της. Κοίταξε μια-μια τις δουλειές που είχε προγραμματίσει τσεκάροντας αυτές που είχαν ήδη γίνει.

Ευτυχώς που το 'κανε. Είχε ξεχάσει να διαλέξει τη μουσική που θ' ακουγόταν, το οποίο για κείνη ήταν θέμα πρωταρχικής σημασίας, αλλά είχε και τις δυσκολίες του. Δεν ήταν εξοικειωμένη με το είδος εκείνο που επιβαλλόταν σε τέτοιες περιπτώσεις. Συνήθως τη βοηθούσαν τα παιδιά της αλλά αυτή τη χρονιά ήταν τόσο απασχολημένα που δεν ήθελε να τα φορτώσει και με τα δικά της. Προσπάθησε να θυμηθεί τις αλλοτινές τους επιλογές και μετά από πολλή προσπάθεια τα κατάφερε. Άρχισε να βάζει στην άκρη τα μουσικά κομμάτια με τους τραγουδιστές που θυμόταν -πολλά τ' άκουσε κιόλας- και κατάφερε να συγκεντρώσει όσα θα μπορούσαν να γεμίσουν τρεις με τέσσερις ώρες. Η δουλειά αυτή δεν της ήταν εύκολη, αλλά όταν τα τελείωσε όλα, αισθάνθηκε πως είχε κάνει το καλύτερο που μπορούσε. Θα τα ξανακοίταζε βέβαια την επομένη μέρα αλλά τώρα ένιωθε τόσο κουρασμένη που τ' άφησε όλα όπως ήταν και ξάπλωσε. Η βροχή εξακολουθούσε να πέφτει ορμητική αλλά ο ήχος της, καθώς γέμιζε τη λιμνούλα του μπαλκονιού της, κατόρθωσε να τη νανουρίσει.

Το φως της επόμενης ημέρας που μπήκε λαμπρό αντιφέγγισε στο τζάκι του δωματίου της και την ξύπνησε νωρίς-νωρίς. Βολεύτηκε μέσα στ' αγαπημένα της μαξιλάρια κι αποφάσισε να μη σηκωθεί απ' το κρεβάτι της τόσο πρωί. Τότε της ήρθε η ιδέα! Θα μπορούσε ίσως να κάνει το πάρτι της έξω στο μπαλκόνι αυτή τη φορά. Βέβαια, αυτό προϋπέθετε άλλου είδους σχεδιασμό κι επιπλέον έξοδα, αλλά η Βέρα σκέφτηκε πως άξιζε τον κόπο γιατί εκείνη τη χρονιά -για κάποιο ανεξήγητο λόγο- ήθελε να γιορτάσει τα γενέθλιά της όσο πιο πανηγυρικά μπορούσε.

Με την προοπτική της φρέσκιας ιδέας της, άλλαξε γνώμη και πετάχτηκε απ' το κρεβάτι της σαν στρατιωτάκι. Έκανε το συνηθισμένο πρωινό της πρόγραμμα κι έτσι, όπως ήταν ντυμένη με τη λευκή βατιστένια νυχτικιά της έβαλε τα γυαλιά της, έριξε ένα άσπρο πουλόβερ στους ώμους της και βγήκε έξω. Έπρεπε να φανταστεί που θα 'βαζε τα καθίσματα και τα τραπεζάκια και μετά να παραγγείλει τις ομπρέλες ή τις τέντες που θα χρειαζόντουσαν. Δεν είχε ακόμη αποφασίσει τι απ' τα δύο ήθελε αν κι οι ομπρέλες με τις καμπύλες τους της άρεσαν περισσότερο απ' τις ευθείες γραμμές που είχαν τα σκέπαστρα.

Ευτυχώς η λιμνούλα είχε εξαφανιστεί και στη θέση της άστραφταν τα μεγάλα τετράγωνα πλακάκια του δαπέδου, καθώς η βροχή είχε φροντίσει να τα πλύνει πριν τα αποχαιρετήσει.

Η Βέρα έριξε μια ματιά σ' όλο το μπαλκόνι πηγαίνοντας -με προσοχή για να μη γλιστρήσει- απ' τη μια πλευρά του μέχρι την άλλη. Έβγαλε έξω το τραπέζι και την πολυθρόνα της, κουβάλησε τη μουσική και τον καφέ της και παίρνοντας το μπλοκ με το στυλό της ετοιμάστηκε να κάνει ένα πρόχειρο σχέδιο με το πού θα 'πρεπε να στήσει τα καθιστικά της, απαραίτητη προϋπόθεση για να παραγγείλει τις ομπρέλες στις οποίες είχε τελικά καταλήξει.

Τότε, έριξε μια ματιά στον απέραντο κήπο της, καθημερινή της άλλωστε συνήθεια, κι είδε κάτι που δεν περίμενε. Όλα τα γκρίζα και τα μωβ χρώματα των λουλουδιών και της βλάστησης είχαν φύγει και στη θέση τους ένα υπόλευκο, φαινόταν το οποίο είχε δημιουργηθεί μετατρέποντας την χθεσινή ασκήμια τους σε μια ουδέτερη αλλά κι αρρωστημένη έκταση. Ένιωσε την ανάγκη να τρέξει ανάμεσά τους και να τα χαϊδέψει μήπως και τα 'κανε καλά αλλά δεν γινόταν. Θα βούλιαζε απ' το χώμα που είχε μετατραπεί σε λάσπη την προηγούμενη νύχτα και δεν θα μπορούσε να κάνει αυτό που μέσα της επιθυμούσε.

Έμεινε εκεί απορροφημένη απ' το θέαμα για αρκετή ώρα και μετά κούρνιασε στην πολυθρόνα της νιώθοντας πολύ έντονα την πρωινή δροσιά. Το μόνο που μπορούσε να κάνει ήταν να μετρήσει το χώρο που κάλυπτε το μπαλκόνι για να παραγγείλει τις ομπρέλες, πράγμα το οποίο κι έκανε.

Κανείς απ' την οικογένεια της Βέρας δεν πήρε θέση στο δίλημμά της. Φαινόταν αποφασισμένοι να κρατήσουν το λόγο που της είχαν δώσει όταν γύρισε απ' την Κέρκυρα με την καρδιά της κομμένη στα δύο και τον Δημήτρη της να δεσπόζει και στα δύο κομμάτια.

Τ' αμφιθέατρο της Φιλοσοφικής όπου γινόντουσαν τα περισσότερα μαθήματα ήταν το μοναδικό μέρος εκτός απ' το δωμάτιό της, που άφηνε τα δάκρυά της να κυλούν χωρίς να νοιάζεται για το ποιος και πώς θα την έβλεπαν οι συμφοιτήτριές της. Εκείνος ο ζεστός, οικείος χώρος, στον οποίο πιο πολύ πειράγματα και γέλια αντηχούσαν, είχε γίνει για τη Βέρα το καταφύγιό της. Σελίδες απ' τα βιβλία και τις σημειώσεις της μούσκευαν κάθε μέρα απ' τα ποτάμια των δακρύων της ενώ τα περιθώριά τους, τ' όνομα του τα γέμιζε. Δημήτρης, Δημήτρης, Δημήτρης...

Είχε αδυνατίσει και δεν είχε διάθεση ούτε να ντυθεί ούτε να περιποιηθεί τον εαυτό της. Στο κυλικείο της σχολής της πήγαινε όλο και πιο αραιά και μόνο όταν την έπαιρνε με το ζόρι η φίλη της η Μάχη, η οποία έδειχνε να πονάει κι εκείνη με τον πόνο της. Ήταν εξάλλου η μόνη που η Βέρα ήθελε για συντροφιά γιατί ήταν διακριτική και μετρημένη στις κουβέντες της.

Την παρηγορούσε όσο μπορούσε, αλλά ούτε κι κείνη φυσικά μπορούσε να τη βοηθήσει, όσο κι αν έδειχνε πως το ήθελε.

Το μαρτύριο για τη Βέρα ήταν ότι στ' αμφιθέατρο, σε πολλές απ' τις παραδόσεις που κάνανε οι πιο γνωστοί για τα ενδιαφέροντα μαθήματά τους καθηγητές, προσέλκυαν και φοιτητές απ' άλλες σχολές κι ανάμεσά τους, πολλοί απ' αυτούς φοιτούσαν στην ίδια σχολή που πήγαινε ο Δημήτρης, οι οποίοι ξεχώριζαν απ' τις στολές τους.

Η Βέρα τους κοίταζε και στον καθένα τους έβαζε το πρόσωπό του. Έτσι ήταν κι εκείνος κάποτε, ανέμελος και χαμογελαστός κι όλο ζωντάνια και δύναμη. Τώρα βρισκόταν μόνος, κλεισμένος σ' ένα μουντό σπίτι και με τις δυνάμεις του να τον εγκαταλείπουν μέρα με τη μέρα και με τη μελαγχολία να σκεπάζει όλο και πιο πολύ το πανέμορφό του πρόσωπο.

Στα λιγοστά τηλεφωνήματα που μπορούσε να της κάνει, έβαζε τα δυνατά του για ν' ακούγεται αισιόδοξος κι ήρεμος, αλλά η Βέρα δεν πίστευε πια, παρόλες τις διαβεβαιώσεις του, ότι πήγαινε καλύτερα. Στα γράμματά του ήταν λιγόλογος κι ο γραφικός του χαρακτήρας γινόταν κάθε φορά και διαφορετικός. Όταν σ' ένα γράμμα την παρακάλεσε να του στείλει τα καλοκαιρινά του ρούχα, εκείνη κατάλαβε πως δεν είχε σκοπό να γυρίσει πίσω, τουλάχιστον εκείνο το καλοκαίρι, αλλά ούτε και της έγραφε να πάει για να το περάσουν μαζί στην Κέρκυρα.

Εκείνο τον καιρό έτυχε να βρίσκεται στη Θεσσαλονίκη ένας απ' τους πιο στενούς του φίλους, ο Βασίλης. Της τηλεφώνησε στο σπίτι κάποιο απόγευμα και τη ρώτησε αν μπορούσε να την επισκεφτεί. Η Βέρα τον δέχτηκε με χαρά το ίδιο κιόλας απόγευμα, προσδοκώντας να τον ακούσει να της λέει κάτι ευχάριστο ή έστω παρηγορητικό. Αλλά εκείνος ήρθε, ίσως από δική του πρωτοβουλία, ίσως πάλι όχι -η ίδια ποτέ δεν το 'μαθε- για να της πει ότι η περίπτωση του Δημήτρη ήταν τόσο σοβαρή κι η εξέλιξή της τόσο γρήγορη που δυστυχώς, αργά ή γρήγορα, δεν θα μπορούσε ούτε να περπατήσει. Της είπε ότι θα χρειαζόταν νοσηλεία κατά διαστήματα και συνεχή *παρακολούθηση. Η γνώμη του ήταν -όσο κι αν αγαπούσε το φίλο του- ότι η Βέρα έπρεπε να πάψει να είναι δεσμευμένη και θα 'πρεπε να ξαναφτιάξει τη ζωή της κι αυτό δεν ήταν μόνο δικαίωμα αλλά και καθήκον της. Της είπε κι άλλα, άλλα πολλά…*

Η Βέρα τον άκουγε να της μιλάει για το Δημήτρη κι είχε την εντύπωση ότι ο Βασίλης μιλούσε για κάποιον που της ήταν εντελώς άγνωστος. Τον παρακολουθούσε αμίλητη, χωρίς να του κάνει ερωτήσεις και κάποια στιγμή ευχήθηκε να μην είχε πάει να την επισκεφθεί. Προτιμούσε να ζει μέσα στην αμφιβολία παρά ν' ακούει αυτά που κατά βάθος ήξερε αλλά δεν ήθελε να παραδεχτεί.

Η επίσκεψη του Βασίλη τελείωσε με τη διαβεβαίωσή του ότι πάντα θα ήταν δίπλα της και πως ό,τι κι αν χρειαζόταν θα μπορούσε να του το ζητήσει. Αλλά τι να του ζητούσε η Βέρα; Το μόνο που ήθελε ήταν να μπορούσε κάποιος να τον κάνει καλά. Όλα τ' άλλα δεν την ενδιέφεραν.

Με την καρδιά της πλημμυρισμένη από αγάπη και πόνο για τον άνθρωπό της, σχεδόν τον μίσησε τον Βασίλη, που πήγε απρόσκλητος να τη δει και σαν άλλος Εφιάλτης είχε έρθει για να της αναγγείλει μια χαμένη μάχη. Αν μέχρι εκείνη τη μέρα αντιμετώπιζε ένα δίλημμα, τώρα από πείσμα αποφάσισε ότι θα 'δινε ακόμη μια ευκαιρία στον εαυτό της και στο Δημήτρη κι αμέσως αποφάσισε να ετοιμάσει το ταξίδι της για την Κέρκυρα.

Ευτυχώς τα μαθήματα του έτους της τα είχε περάσει. Ένα μόνο της έμενε να δώσει το Σεπτέμβριο. Έτσι, το ίδιο κιόλας βράδυ, ανακοίνωσε στους γονείς της την απόφασή της κι εκείνοι φυσικά δεν της φέραν καμία αντίρρηση.

Τ' άλλο πρωί, η Βέρα ξύπνησε με κέφι που είχε πάρα πολύ καιρό να νιώσει. Έστειλε ένα τηλεγράφημα στον Δημήτρη κι αμέσως άρχισε να ετοιμάζει τα πράγματά της. Ο μπαμπάς της ανέλαβε να της βγάλει τ' αεροπορικά εισιτήρια και μετά τη συνόδευσε μέχρι τη Μίκρα.

Μόλις έφτασε στην Κέρκυρα, πήγε κατευθείαν στο σπίτι όπου έμενε ο Δημήτρης με ζεστή την καρδιά της. Ευτυχώς η κατάστασή του αυτή τη

247

φορά ήταν στάσιμη. Μετά τ' αγκαλιάσματα και τις χαρές της είπε ότι καλό θα ήταν, επειδή η ζέστη στην πόλη ήταν αφόρητη, να πήγαιναν στο χωριό όπου μέναν οι γονείς του και το οποίο δεν βρισκόταν μακριά απ' τη θάλασσα. Αποφάσισαν να φύγουν την ίδια κιόλας μέρα και μετά από λίγο ξεκίνησαν μ' ένα ταξί για το νοτιοδυτικό τμήμα της Κέρκυρας.

Εκεί, κοντά τους και με παρέα άλλους συγγενείς περάσανε σχεδόν όλο το καλοκαίρι τους. Η Βέρα δεν άφησε τον εαυτό της να κάνει δυσάρεστες σκέψεις όλο εκείνο το διάστημα κι ο Δημήτρης ποτέ δεν ανέφερε το ζήτημα του γάμου.

Κάθε πρωί πηγαίνανε στην κρύα καταγάλανη θάλασσα, εκείνη έκανε το μπάνιο της και μετά, νωρίς το απόγευμα, γυρίζανε πίσω στο σπίτι. Ζούσαν ανέμελα, τουλάχιστον έτσι δείχνανε οι δυο τους, αν και βαθιά μέσα τους ξέρανε ότι αυτό θα ήταν το τελευταίο καλοκαίρι της κοινής τους ζωής. Ο Δημήτρης ήταν τρυφερός μαζί της όσο ποτέ άλλοτε, σα να 'θελε να τις αφήσει τις καλύτερες αναμνήσεις κι η Βέρα τον δέχτηκε πολλές φορές στην αγκαλιά της χωρίς να υπολογίζει τις συνέπειες. Έτσι έγινε και διακόπηκε αυτή η ιστορία, η οποία στην πραγματικότητα ποτέ της δεν τελείωσε.

Οι ομπρέλες που θα χρειαζόταν για το πάρτι των γενεθλίων της Βέρας ήταν τελικά οκτώ, όσα και τα τραπέζια που θα κάλυπταν. Καθώς μάλιστα οι μέρες που απέμειναν ήταν μόνο πέντε, αγόγγυστα δέχτηκε να τις πληρώσει γνωρίζοντας πως της είχαν στοιχίσει αρκετά πάνω απ' το κανονικό. Η μουσική που τελικά είχε διαλέξει για την περίσταση ήταν για την αρχή Queen απ' το τελευταίο τους cd, Stan Getz και για το τέλος Frank Sinatra. Τα υπόλοιπα ήταν ήδη κανονισμένα. Το μόνο που 'θελε η Βέρα ήταν να κατέβει στο κέντρο της πόλης και να διαλέξει τα ρούχα που θα φορούσε.

Επιτέλους, όλα είχαν μπει σε μια σειρά και καμία άλλη εκκρεμότητα δεν της έμενε να τακτοποιήσει. Οι φίλοι είχαν προσκληθεί, όλοι τους θα

ήταν εκεί, τα παιδιά της θα πήγαιναν για το κόψιμο της τούρτας, ο Φίλιπ-
πος πρότεινε να βιντεοσκοπήσει το πάρτι κι η Βέρα το δέχτηκε με χαρά.

Με την αρχή του φθινοπώρου η Βέρα έδωσε το τελευταίο μάθημα που
χρωστούσε, το πέρασε κι άρχισε να παρακολουθεί τα μαθήματα που άρχι-
σαν στις αρχές του Οκτωβρίου.

Προσπαθούσε να γεμίζει όλες τις ώρες της ημέρας ώστε να μην της μένει
καιρός να σκέφτεται. Είχε αποκτήσει κι άλλες φίλες και ξανάρχισε να πη-
γαίνει πάλι φανατικά στον κινηματογράφο και δεν έχανε συναυλία, θέατρο
και πάρτι όταν ευκαιρούσε. Έφευγε το πρωί απ' το σπίτι της και γύριζε το
βράδυ. Οι γονείς της όχι μόνο δεν της χαλούσαν χατίρι, αλλά είχαν αρχίσει
και να την κακομαθαίνουν. Πριν καν εκφράσει την οποιαδήποτε επιθυμία
της, την πραγματοποιούσαν.

Η Βέρα ήξερε καλά ότι ο μπαμπάς της επικοινωνούσε τακτικά με το
Δημήτρη αλλά κανείς τους δε μίλησε ποτέ στον άλλο γι' αυτό. Όμως από
κάποιες κουβέντες που ξέφευγαν απ' το στόμα της μαμάς, ήξερε ότι τώρα
εκείνος έμενε μόνιμα στην Αθήνα. Είχε νοικιάσει ένα σπίτι στο κέντρο και
μια απ' τις αδελφές του είχε μετακομίσει μαζί του για να τον περιποιείται.
Ο λόγος που είχε φύγει απ' την Κέρκυρα ήταν η προσπάθεια που 'κανε
να πάρει ειδικότητα στη μικροβιολογία και κυρίως για να είναι κοντά στα
μεγάλα νοσηλευτήρια της πρωτεύουσας ώστε να έχει την καλύτερη δυνα-
τή περίθαλψη, οπότε αυτό χρειαζόταν, κάτι που στην πατρίδα του ήταν
σχεδόν αδύνατο.

Ακόμη, ο μικρότερος αδελφός του μπαμπά της, ο οποίος έμενε με την
οικογένειά του στο Χαλάνδρι, είχε επαφές με το Δημήτρη, όπως μάθαινε.
Κανείς όμως δεν μιλούσε ανοιχτά μαζί της γι' αυτόν. Η πέτρα στην ψυχή
της Βέρας έμενε ακούνητη μην αφήνοντας κανένα άλλο πρόσωπο να μπει
σ' αυτήν.

Τα ρούχα του είχαν φύγει απ' το σπίτι της και τα δώρα του αρραβώνα της είχαν επιστραφεί με τη μεσολάβηση πάντα του μπαμπά της. Εκείνος στην αρχή δεν ήθελε να τα δεχτεί αλλά στο τέλος υποχώρησε χαρίζοντάς τα, όμως έμαθε η Βέρα, χρόνια μετά, στις γυναίκες των αδελφών του. Οι φωτογραφίες είχαν εξαφανιστεί απ' το σπίτι εκτός από κείνη στην κορνίζα δίπλα στο κρεβάτι της. Το δαχτυλίδι είχε κι εκείνο επιστραφεί μαζί με τα κοσμήματα και τα χέρια της είχαν μείνει αστόλιστα. Μα απ' την καρδιά της ο έρωτάς της, ο πρώτος άντρας της ζωής της δεν θα 'φευγε ποτέ.

Πολλές φορές η Βέρα είχε σκεφτεί να πήγαινε και να τον έβρισκε στην Αθήνα. Ήταν σίγουρη πως ο μπαμπάς της, ο οποίος ήξερε τα πάντα για τον Δημήτρη της, θα την διευκόλυνε αμέσως. Όμως, επειδή δεν ήθελε να φέρει σε δύσκολη θέση εκείνον τον ασύγκριτο πατέρα, έβαζε στην άκρη την επιθυμία της. Τα πράγματα ήταν ακόμη νωπά κι οδυνηρά για όλους κι εκείνη δεν ήθελε να τους τα κάνει ακόμη πιο δύσκολα. Ίσα-ίσα φρόντιζε να δείχνει ανέμελη μπροστά τους για να μην ξύνει και τις δικές τους πληγές. Ήξερε πάρα πολύ καλά την αδυναμία που της είχαν, τους είχε δει να κλαίνε όταν νόμιζαν πως δεν τους έβλεπε και δεν είχε τα περιθώρια να τους φορτίσει πιο πολύ απ' ό,τι ήταν. Η μαμά της είχε μάλιστα παρουσιάσει εκείνο τον καιρό προβλήματα στην υγεία της κι ο μπαμπάς της δεν ήξερε ώρες-ώρες ποιον να πρωτοφροντίσει, την κόρη ή τη γυναίκα του. Όλοι παίζαν τους ρόλους που είχαν αναλάβει αυθόρμητα και στο μέγεθος που ο καθένας τους μπορούσε.

Όταν μετά από αρκετό καιρό η Βέρα έκανε την πρώτη της βραδινή έξοδο γύρισε στο σπίτι γεμάτη τύψεις. Το γεγονός ότι είχε περάσει καλά την έκανε να νιώθει ένοχη που εκείνη απολάμβανε ενώ εκείνος υπέμενε το μαρτύριό του. Η απόφασή της να μην ξαναβγεί με παρέα το βράδυ της έκανε καλό.

Εκείνο το διάστημα περνούσε τα μαθήματά της με την πρώτη και παράλληλα διάβαζε την ελληνική λογοτεχνία με την οποία μέχρι τότε δεν είχε ασχοληθεί εκτός απ' τον Καραγάτση. Τα έργα του Λουντέμη, του Μυριβήλη, του Βενέζη και του Κοσμά Πολίτη της άνοιξαν νέους ορίζοντες και την κάναν να φεύγει απ' τα δικά της τα δύσκολα και να μπαίνει στα δύσκολα των άλλων. Διάβαζε, διάβαζε και ποτέ της δεν τελείωνε. Μάλιστα, όταν η πλοκή των βιβλίων της έφερνε δάκρυα στα μάτια, έκλαιγε και για τον εαυτό της και για τον αγαπημένο της.

Πώς θα 'θελε να μπορούσε να τον δει, να τον αγγίξει, έστω για λίγο! Πόσο πολύ της έλειπε! Πόσο θα 'θελε ν' ακούσει τη φωνή του! Να τον ακούσει να λέει το όνομά της! Η οικογένεια αυτή που φανταζόταν και που είχε χαθεί, πού ήταν; Ποιος θανατερός άνεμος την είχε διαλύσει;

Η Βέρα έβλεπε τις φίλες της, οι οποίες είχαν αρχίσει να βρίσκουν το ταίρι τους, και μετά το μάθημα κατηφόριζαν προς την πλατεία Συντριβανίου αγκαλιά με τους αγαπημένους τους και μάτωνε η ψυχή της. Πού ήταν ο δικός της τότε που όλες την μακάριζαν για την τύχη της; Τι έκανε; Πώς περνούσε τις ώρες του; Τι σκεφτόταν για τη Βέρα; Όλ' αυτά περνούσαν απ' το μυαλό της κάθε μέρα και μερικές φορές πίστευε σ' ένα θαύμα που θα τον έκανε πάλι καλά, που θα τους ένωνε ξανά. Αλλά όταν μάθαινε κάτι γι' αυτόν ποτέ δεν ήταν ευχάριστο.

Κεφάλαιο Τρίτο

Μ ε βαριά καρδιά, την ψυχή γεμάτη θλίψη και τα δάκρυα να κυλούν συνέχεια απ' τα μάτια της πέρασαν οι επόμενοι μήνες για τη Βέρα. Έκλαιγε, έκλαιγε ασταμάτητα στα μαθήματα που παρακολουθούσε, έκλαιγε όταν κοίταζε το παγκάκι της σχολής της που είχε πρωτοκαθίσει με το Δημήτρη, έκλαιγε όταν έμπαινε στο δωμάτιό της κι αντίκριζε την ντουλάπα, που τώρα είχε αδειάσει απ' τα ρούχα του και το κρεβάτι που είχαν μοιραστεί μαζί τόσα και τόσα. Το μόνο που την έκανε να σταματάει το κλάμα ήταν μόνο όταν βρισκόταν με τους δικούς της γιατί δεν ήθελε να τους στενοχωρεί παραπάνω από ό,τι ήταν.

Η Βέρα έκλαιγε για την τύχη της, για την κακιά μοίρα του Δημήτρη που μέσα στη νιότη του τον είχε χτυπήσει αλύπητα, για τα όνειρα που 'κανε για τους δυο τους. Σε λίγο καιρό άλλαξε δωμάτιο γιατί ακόμη κι ο αέρας του της τον θύμιζε και πορευόταν δυστυχισμένη στην ανιαρή πραγματικότητά της.

Η μόνη απ' τις φίλες της που μπορούσε λίγο να την ανακουφίσει ήταν η Χρυσούλα που 'κανε γι' αυτό ό,τι περνούσε από το χέρι της απορροφώντας με το χιούμορ και τη ζωντάνια της τις μαύρες της μέρες. Πήγαιναν μαζί σινεμά, σε μια ή ακόμη και σε δύο ταινίες, μέσα στο ίδιο απόγευμα ελαχιστοποιώντας έτσι τις ώρες που η Βέρα έμενε μόνη.

Ο καιρός περνούσε και σιγά-σιγά η καθημερινότητα άρχισε να παρασύρει τη Βέρα στις ανάγκες και τις υποχρεώσεις της. Η μορφή του Δημήτρη ήταν πάντα ολοζώντανη μπροστά της αλλά τώρα πρωταγωνιστούσε μ' εκείνη την παλιά του πρώτου καιρού της γνωριμίας τους. Έπρεπε να βρει τρόπους για να βγει από κείνο το μαρτυρικό ταξίδι που τη στοίχειωνε όταν τον σκεφτόταν όπως τον είχε δει για τελευταία φορά. Έτσι, η Βέρα άρχισε να ψάχνει καινούρια ενδιαφέροντα που όλο τον προηγούμενο καιρό είχε αμελήσει να κάνει και στάθηκε τυχερή.

Μια συμφοιτήτριά της τής είπε κάποια μέρα ότι στη χορωδία του πανεπιστημίου ψάχναν για φοιτητές που 'πρεπε να έχουν καλή φωνή αλλά κυρίως να ξέρουν μουσική κι έτσι, χωρίς να το πολυσκεφτεί, πήγε στο διαμέρισμα της Βασιλίσσης Σοφίας όπου η χορωδία έκανε τις πρόβες της και συνάντησε το διευθυντή της. Μετά από δυο τρία λόγια και μερικές οκτάβες έγινε μέλος της.

Οι πρόβες γίνονταν κάθε Δευτέρα και Πέμπτη βράδυ. Η Βέρα άρχισε να πηγαίνει στην αρχή με κάποιο δισταγμό για την απόφασή της αυτή. Σιγά-σιγά όμως πήγαινε μ' αδημονία καθώς εκεί γνώρισε καινούργια πρόσωπα κι εκτίμησε αμέσως τη δουλειά που 'κανε ο προοδευτικός και συμπαθέστατος διευθυντής της. Τα παιδιά που απάρτιζαν την χορωδία ήταν φοιτητές απ' όλες τις σχολές του πανεπιστημίου κι αμέσως δέθηκε μαζί τους. Ένιωσε ότι ο χώρος αυτός της ταίριαζε πολύ.

Ένα βράδυ, ο διευθυντής της χορωδίας τους ανακοίνωσε ότι είχαν μια πρόσκληση να συμμετάσχουν στη χορωδιακή βδομάδα που θα γινόταν στο Γκρατς και στην οποία θα λάμβαναν μέρος χορωδίες από διάφορα πανεπιστήμια της Ευρώπης. Οι πρόβες εντατικοποιήθηκαν και τα μέλη της συναντιόντουσαν κάθε βράδυ βάζοντας τα δυνατά τους για το καλύτερο αποτέλεσμα.

Μέσα σ' εκείνο το περιβάλλον, η Βέρα άρχισε σιγά-σιγά να ξεχνιέται γιατί η χορωδιακή μουσική άρχισε να τη συνεπαίρνει κι ο συγχρωτισμός της *με καινούρια πρόσωπα την έκανε να μπει στην ανέμελη φοιτητική ζωή που ποτέ της δεν είχε ζήσει μέχρι τότε. Άκουγε τ' αγόρια και τα κορίτσια να συζητούν, να φλερτάρουν μεταξύ τους στα διαλείμματα της πρόβας κι έβλεπε πόσο μακριά ήταν εκείνη απ' όλα αυτά. Ωστόσο, το ευχάριστο κλίμα ήταν ότι έπρεπε για τη Βέρα και βοήθησε σιγά-σιγά στο να αντισταθμιστούν οι ζοφερές σκέψεις κι η απαισιοδοξία για τη ζωή που την τυραννούσαν.*

Δεν άργησε να μπει κι η ίδια στο κλίμα της χορωδίας και σε λίγο καιρό η αίθουσα όπου κάνανε τις πρόβες έγινε το δεύτερό της σπίτι, γιατί οι σχέσεις που απέκτησε εκεί τη βοήθησαν να μπει σ' έναν άλλο κόσμο, αλλά κυρίως γιατί ο διευθυντής της χορωδίας είχε κερδίσει τον θαυμασμό και την εμπιστοσύνη της. Ο κύριος Μάντακας ήταν αστέρι.

Έτσι, άνοιξε μέσα της ένα μεγάλο χώρο κι έκλεισε, με μεγάλη δυσκολία βέβαια, την προηγούμενή της ζωή φυλάσσοντάς την από κάθε ξένο πρόσωπο. Ευτυχισμένη όπως πριν δεν ξανάγινε αλλά έπρεπε να συνεχίσει την πορεία της κι αυτό ήταν αποφασισμένη να κάνει. Τα όνειρά της μπήκαν στο κουτί μαζί με το πολυαγαπημένο πρόσωπο του Δημήτρη, το οποίο ήταν και θα ήταν για πάντα ο θησαυρός της.

Εκείνο το βράδυ, την ώρα που ήταν καθισμένη μαζί με τ' άλλα παιδιά της χορωδίας κι ακούγανε το διευθυντή της να τους δίνει λεπτομέρειες για τη ζωή των συνθετών των οποίων έργα τους ερμήνευαν, ένιωσε κάτι να την ενοχλεί πίσω, εκεί που τα μαλλιά της ακουμπούσαν στην καρέκλα. Έκανε μια κίνηση με το χέρι της για ν' αποφύγει το εκνευριστικό κάτι, το οποίο δεν μπορούσε να καταλάβει από πού προερχόταν, κι ακούμπησε ένα χέρι. Γύρισε αμέσως πίσω κι είδε ένα απ' τα παιδιά της χορωδίας να της χαμογελάει. Του 'ριξε μια ενοχλημένη ματιά και γύρισε πάλι εμπρός χωρίς να δώσει άλλη σημασία στον τενόρο που καθόταν ακριβώς από πίσω της.

Όταν η πρόβα τελείωσε κι η Βέρα άρχισε να κατηφορίζει τη βασιλίσσηςΣοφίας με προορισμό της τη στάση του λεωφορείου, άκουσε κάποιον να φωνάζει τ' όνομά της. Πριν καν γυρίσει να δει ποιος ήταν, αναγνώρισε

255

τη φωνή του. Ήταν εκείνος ο ενοχλητικός απ' την πρόβα. Κοντοστάθηκε αναγκαστικά κι εκείνος βρέθηκε αμέσως δίπλα της. Τη ρώτησε πού πήγαινε και μετά της ζήτησε συγγνώμη που την είχε εκνευρίσει νωρίτερα. Η Βέρα μη θέλοντας παρτίδες μαζί του, γιατί κάτι της έλεγε πως η συγγνώμη κι η ευγένειά του ήταν πρόσχημα για να της μιλήσει, είπε ένα «δεν πειράζει» και του γύρισε την πλάτη συνεχίζοντας το δρόμο της. Όμως εκείνος επέμεινε. Της είπε πως κι εκείνος πήγαινε προς τα κει και θα 'θελε να περπατούσαν μαζί μέχρι εκεί. Φυσικά, η Βέρα δεν μπόρεσε ν' αρνηθεί, δεν ήταν εχθρός της κι έτσι κατηφόρισαν μαζί μέχρι τη στάση του λεωφορείου.

Η συζήτηση περιστράφηκε γύρω απ' τα μαλλιά της κι ο Χάρης, αυτό ήταν τ' όνομά του, επέμενε σ' αυτήν την συζήτηση παρομοιάζοντας τα μαλλιά της με βρύσες που κυλούσαν όπως τα ρυάκια της ιδιαίτερης πατρίδας του. Η καταγωγή του ήταν από ένα γραφικό χωριό του Πηλίου κι εδώ και τέσσερα χρόνια βρισκόταν στη Θεσσαλονίκη όπου σπούδαζε στη Φυσικομαθηματική σχολή. Ήταν μάλιστα υπότροφος -αυτό της το τόνισε- τώρα βρισκόταν στο πτυχίο κι ήταν απ' τα παλαιότερα μέλη της χορωδίας.

Για τη Βέρα όλ' αυτά που της έλεγε της ακούγονταν από αδιάφορα μέχρι κουραστικά. Ο Χάρης κυριολεκτικά δεν την ενδιέφερε καθόλου. Έτσι κι αλλιώς απ' το λίγο που τον είχε ζήσει, είχε δει πως ήταν ο πιο επηρμένος απ' όλους τους άλλους και φερόταν σα να του ανήκε όχι μόνο η χορωδία αλλά κι όλα τα κορίτσια-μέλη της. Η μόνη που δεν του 'δινε σημασία ήταν εκείνη κι ίσως αυτός να ήταν κι ο λόγος που εκείνος την είχε πλησιάσει μ' επιμονή.

Ήταν βέβαια όμορφος, πολύ όμορφος. Ψηλός, με πλούσια καστανά μαλλιά, κάτασπρη επιδερμίδα, η οποία ερχόταν σ' αντίθεση με τα πανέξυπνα καστανά μάτια του, με ωραία μύτη κι ηδυπαθή χείλη. Το μεγαλύτερό του όμως προσόν ήταν η φωνή του. Μιλούσε γλυκά, τονίζοντας τις λέξεις που είχαν σημασία και μ' αυτό τον τρόπο σ' ανάγκαζε να τον ακούς.

Έτσι και τώρα ενώ είχαν φτάσει στη στάση του λεωφορείου κι η Βέρα ετοιμαζόταν να φύγει, ξαφνικά της έδειξε τον ουρανό κι άρχισε να της μιλά-

ει για τα φλέρσταρ. Η φωνή του είχε γίνει μελωδική κι αράδιαζε τις γνώ-
σεις του για τ' αστέρια σ' εκείνο το ξένο περιβάλλον με τέτοια ζέση που την
παρέσυρε στο ν' αρχίσει να τα παρατηρεί. Τις γνώσεις του τις παράθετε σαν
σε παραμύθι και με τον τρόπο αυτό, εκεί καταμεσής του δρόμου, έκανε τη
Βέρα να νομίζει ότι ήταν μόνη της μαζί του σ' ένα ψηλό βουνό και τα πα-
ρατηρούσε. Είχε ταλέντο ο Χάρης. Είχε έναν ιδιαίτερο τρόπο να σε παίρνει
και να σε μεταφέρει όπου ήθελε.

Η Βέρα συνειδητοποίησε ότι με τον τρόπο του αυτό την είχε κρατή-
σει εκεί και το λεωφορείο, το οποίο περίμενε, είχε έρθει κι είχε φύγει ενώ
η ίδια καθόταν καρφωμένη ακούγοντάς τον τώρα με θαυμασμό. Ανάμεσα
στην περιγραφή των αστεριών τη ρωτούσε πράγματα που την αφορούσαν
κι εκείνη είχε αρχίσει να του απαντάει. Όσο του απαντούσε, τόσο εκείνος
έπαιρνε θάρρος κι οι ερωτήσεις του γινόταν όλο και πιο αδιάκριτες.

Μέσα σε λίγη ώρα είχε καταφέρει να την κάνει ν' ανοίξει ακόμη και το
επτασφράγιστο κουτί της. Η Βέρα άκουσε τον εαυτό της να του μιλάει για
το Δημήτρη και τον πόνο της που καιρό τώρα κρατούσε μόνο για τον εαυτό
της. Αυτό την ανακούφισε γιατί μέσα σε λίγη ώρα του είχε πει σχεδόν όλη
την ιστορία της με το Δημήτρη, πράγμα που πρώτη φορά γινόταν και μά-
λιστα σε άνθρωπο που ελάχιστα γνώριζε και κάπως αντιπαθούσε.

Ο Χάρης είχε καταφέρει μ' ένα μαγικό τρόπο να την κάνει να του ανοίξει
την ψυχή της και τώρα η Βέρα βρισκόταν σε μια κατάσταση που καμία σχέση
δεν είχε με την προηγούμενη πριν λίγη ώρα. Όταν τον άκουσε να της λέει ότι
η μητέρα του είχε ακριβώς την ίδια αρρώστια απ' την οποία είχε πεθάνει πριν
μερικά χρόνια, ο Χάρης έγινε η αδελφή ψυχή της. Ήταν ο μόνος που ήξερε,
που καταλάβαινε την ψυχή της, που είχε περάσει σχεδόν τα ίδια μ' αυτήν.

Αυτή η κοινή τους μοίρα έγινε κάτι σαν καταλύτης ανάμεσά τους και
πριν περάσει μια ώρα, η Βέρα βρέθηκε να κάθεται μαζί του σ' ένα απ' τα
κοντινά καφέ της περιοχής. Το γεγονός ότι είχε μπορέσει να την κάνει να
του μιλήσει για τα σώψυχά της, πράγμα που κανείς δεν είχε κατορθώσει

μέχρι τότε, την έκανε να αισθάνεται όχι μόνο άνετα μαζί του αλλά και ότι είχε βρει κάποιον με τον οποίο μπορούσε να συζητήσει τα πάντα βγάζοντας τον καλά κρυμμένο πόνο της.

Η συζήτηση τράβηξε και τράβηξε κι ώρες πολλές περάσανε μέχρι που εκεί γύρω στα μεσάνυχτα η Βέρα σηκώθηκε να φύγει κι ο Χάρης της είπε ότι θα τη συνόδευε μέχρι το σπίτι της, γιατί η ώρα ήταν περασμένη και δεν μπορούσε να την αφήσει μόνη της.

Η Βέρα δέχτηκε την πρότασή του -ο τρόπος του και μόνο απέκλειε την οποιαδήποτε αντίρρηση- τον ευχαρίστησε για τον κόπο που θα 'κανε να τη συνοδεύσει και τον έβγαζε απ' τη ρότα της διαδρομής του. Μέσα στο λεωφορείο συζήτησαν για τα καθημερινά κι όταν φτάσαν στο σπίτι της, την αποχαιρέτησε μ' ευγένεια εξασφαλίζοντας όμως τη συγκατάθεσή της για να ξαναπιούν καφέ μαζί.

Εκείνο το βράδυ, το οποίο είχε αρχίσει μ' ενόχληση απ' την πλευρά της Βέρας για τη συμπεριφορά του Χάρη στην πρόβα, είχε καταλήξει σε μια συναίνεση που την ανακούφιζε απ' την τροπή που είχε πάρει και την έκανε να νιώθει ότι ίσως ήταν λίγο υπερβολική στις αντιδράσεις της γενικά.

Την άλλη μέρα στην πρόβα, ο Χάρης ήταν το πρώτο πρόσωπο που η Βέρα χαιρέτισε με οικειότητα και δεν την πείραξε καθόλου που εκείνος πήρε την ίδια θέση πίσω της, ψιθυρίζοντάς της πως τα μαλλιά της τον ενέπνεαν τόσο που η φωνή του έβγαινε καλύτερη. Αυτή τη φορά χαμογέλασε μ' αυταρέσκεια.

Η πρόβα κύλησε γρήγορα και στο τέλος της βρέθηκε πάλι να περπατάει μόνη μαζί του βαδίζοντας προς το ίδιο καφέ που είχαν βρεθεί το προηγούμενο βράδυ. Μόλις κάθισαν, ο Χάρης έβγαλε απ' την τσέπη του ένα κοχύλι και της το πρόσφερε λέγοντάς της ότι με τα μαλλιά της του θύμιζε νεράιδα κι αυτό μόνο της ταίριαζε.

Το δώρο του αυτό κι ο λόγος που της το 'δωσε κάναν τη Βέρα να τον συμπαθήσει ακόμη περισσότερο κολακευμένη κι απ' τα δύο. Έτσι, σιγά-σιγά η παρέα τους συνεχίστηκε και το γεγονός και μόνο ότι μπορούσε να μιλάει για τον Δημήτρη μαζί του, την έκανε ν' αποζητάει όλο και περισσότερο τη συντροφιά του.

Υπήρχε όμως κάτι που την έκανε να μη μπορεί να τον ψυχολογήσει όπως θα 'θελε. Υπήρχε κάτι στο χαρακτήρα του που η Βέρα δεν μπορούσε να καταλάβει κι αυτό μερικές φορές την έκανε να σκέφτεται μήπως του είχε ανοίξει την ψυχή της χωρίς να έπρεπε, παράκαιρα. Ωστόσο, η παρέα που 'κανε μαζί του συνεχίστηκε κι όταν έφτασε η μέρα που θα φεύγανε για το Γκρατς, η Βέρα μ' εμπιστοσύνη του 'δωσε να φυλάξει το μέρος εκείνο απ' το συνάλλαγμά της που υπερέβαινε το επιτρεπόμενο.

Τον είχε κάνει κατά κάποιο τρόπο συνένοχό της σε μια παρανομία. Εκείνος όμως το δέχτηκε με τόση άνεση που η Βέρα ένιωσε υποχρεωμένη απέναντί του. Έτσι θεώρησε, καθώς του είχε δώσει μέρος απ' τα χρήματά της για φύλαξη, πως θα 'πρεπε να μοιραστεί τα σάντουιτς κι ό,τι άλλο είχε πάρει μαζί της, καθώς η διαδρομή απ' τη Θεσσαλονίκη μέχρι την Αυστρία ήταν μεγάλη και στο ενδιάμεσό της, η Γιουγκοσλαβία δεν είχε να τους προσφέρει εναλλακτικές λύσεις για φαγητό.

Ο Χάρης κυριάρχησε σ' όλο το ταξίδι. Ξεχώρισε απ' όλους τους άλλους με την άνεσή του γι' αστεία και πειράγματα, με την καταπληκτική του φωνή όταν τραγούδησε αλλά και με την αδυναμία που του 'δειχνε ο διευθυντής της χορωδίας. Μάλιστα, αυτό το τελευταίο τον έκανε να ξεχωρίζει απ' όλους τους υπολοίπους και να έχει θέση πάνω απ' όλους τους άλλους. Η παρουσία του δέσποζε ανάμεσα στ' άλλα παιδιά.

Η Βέρα τον παρακολουθούσε καθώς φλέρταρε πότε με τη μία και πότε με την άλλη απ' τα κορίτσια κι όλες τους χαμογελούσαν με διάθεση υποταγής. Εκεί ήταν που 'νιωσε ένα μικρό τσίμπημα ζήλιας. Η άνεση που είχε στους τρόπους του κι ο θαυμασμός που του 'δειχναν όλοι, την κάναν να αισθανθεί ότι είχε κι η ίδια βρει την αφορμή να διεκδικήσει την παρέα του. Ο τρόπος που μιλούσε και φερόταν σ' όλους έδειχναν ότι ο Χάρης είχε απόλυτη συνείδηση για τη δύναμή του κι αυτό του το χαρακτηριστικό είχε αρχίσει, χωρίς να το καταλαβαίνει, να τη γοητεύει.

Όταν έφτασαν στο Γκρατς κι ο καθένας πήγε στα δωμάτια που τους είχε παραχωρήσει το εκεί πανεπιστήμιο, η Βέρα ένιωσε αμέσως την απουσία του. Ωστόσο, με την κούραση που είχε απ' τα ατελείωτα χιλιόμετρα που κάνανε μέχρι να φτάσουν στον προορισμό τους, ο ύπνος ήρθε εύκολα.

Τ' άλλο πρωί, σύμφωνα με το πρόγραμμα, όλα τα παιδιά μαζεύτηκαν στην είσοδο της φοιτητικής εστίας περιμένοντας το πούλμαν που θα τα οδηγούσε στην αίθουσα όπου θα κάνανε πρόβες.

Ο πρωινός καθαρός αέρας κι η ανυπομονησία καινούριων εμπειριών είχε μια ευεργετική επίδραση στη διάθεση της Βέρας. Ανέβηκαν όλοι στο πούλμαν που 'φτασε στην ώρα του και κατευθύνθηκαν στο προκαθορισμένο μέρος όπου θα κάνανε τις πρόβες τους. Ο Χάρης, ο οποίος βρέθηκε απ' τους πρώτους μέσα στο πούλμαν, στεκόταν όρθιος δίπλα στη θέση του οδηγού και μόλις εντόπισε τη Βέρα, την καλημέρισε και την οδήγησε σε δύο καθίσματα στο πίσω μέρος του λεωφορείου με τρόπο ευγενικό και ταυτόχρονα αποφασιστικό.

Σ' όλη τη διαδρομή της μιλούσε μ' ενθουσιασμό για την Αυστρία, την οποία είχε επισκεφτεί στο παρελθόν, και προθυμοποιήθηκε ν' αναλάβει την ξενάγησή της στις ελεύθερες ώρες τους. Απ' τον τρόπο που της μιλούσε και απ' τα δήθεν τυχαία αγγίγματά του η Βέρα κατάλαβε ότι η πρόθεσή του ήταν ν' αναλάβει όχι μόνο την ξενάγησή της, αλλά γενικότερα να μονοπωλήσει την παρέα της. Ο τρόπος που είχε να της περνάει τα μηνύματά του με χειρονομίες και βλέμματα ήταν πολύ πιο εύγλωττος σχετικά με τις προθέσεις του απ' ό,τι τα ίδια του τα λόγια. Φαινόταν σαν να την είχε αναλάβει, σα να την έπαιρνε κάτω απ' την προστασία του κι αυτό το δεύτερο κολάκεψε τη Βέρα που 'βλεπε ότι όλα τα κορίτσια δε χάναν ευκαιρία να τον περιτριγυρίσουν και να του αποσπούν το ενδιαφέρον, βρίσκοντας την οποιαδήποτε αφορμή.

Ως σολίστας ο Χάρης είχε την πρώτη θέση παντού. Ήταν ο χαϊδεμένος όλων εκεί μέσα κι αυτή που είχε χρίσει ως συνοδό του, στην προκειμένη περίπτωση τη Βέρα, απολάμβανε μαζί του την ιδιότυπη αυτή μεταχείριση καθώς ό,τι ζητούσε ο Χάρης πραγματοποιούνταν αμέσως. Η Βέρα διασκέδαζε με το γεγονός ότι όλα τα παιδιά, καθώς τους βλέπαν συνέχεια μαζί, τους θεωρούσαν ζευγάρι και διακριτικά τους άφηναν μόνους ενώ εκείνα κανόνιζαν το ελεύθερό τους πρόγραμμα μαζί.

Το ζήτημα ήταν λίγο αστείο για τη Βέρα, γιατί ενώ τίποτε δεν συνέβαινε μεταξύ τους, η ίδια απολάμβανε τα προνόμια της συνοδού του σολίστα Χάρη κι αυτός, πιστεύοντας ότι είχε κατοχυρώσει τη θέση του δίπλα της, καμάρωνε για μια ακόμη κατάκτησή του.

Βέβαια, για τη Βέρα τα πράγματα δεν ήταν ακριβώς έτσι. Δεν της άρεσε με τον τρόπο που εκείνος επιθυμούσε ούτε ήταν έτοιμη για περιπέτειες κι ειδύλλια. Ακόμα, έχοντας ζήσει τον έρωτα αλλά και τον πόνο της αγάπης είχε μεγαλώσει πολύ για την ηλικία της. Έτσι, όλ' αυτά που συνέβαιναν γύρω της, αλλά κι εκείνα στα οποία ήταν το επίκεντρό τους, για κείνη ήταν σα να τα παρατηρούσε.

Ο Χάρης εξακολουθούσε να της φαίνεται πολύ μικρός, αν κι ήταν μεγαλύτερός της, και συνεπώς, τα καμώματά του παιδαριώδη έως κι αστεία. Εκείνη προσπαθούσε να συνέλθει απ' τον αβάσταχτο πόνο του χωρισμού της κι εκείνος προσπαθούσε, μέσα στον εγωισμό του, να την εντυπωσιάσει με τρόπους αναποτελεσματικούς για το σκοπό του.

Ο σκοπός του ήταν, όπως φαινόταν ώρα με την ώρα, να την εντάξει στον κατάλογο των αμέτρητων θαυμαστριών του σ' αυτό το ταξίδι. Όμως ο κόπος του πήγαινε άδικος, μολονότι προσπαθούσε χρησιμοποιώντας ακόμη κι αθέμιτα μέσα, όπως να φλερτάρει αποκάλυπτα μ' όποια έβρισκε μπροστά του ή να κάνει επίδειξη των γνώσεών του και της περίοπτης θέσης που κατείχε μέσα στην χορωδία, δεν είχαν απήχηση σ' αυτήν.

Η Βέρα τον παρακολουθούσε και χαμογελούσε μέσα της με τους φανταχτερούς τρόπους του και την επιθυμία του να επιβληθεί σε όλους. Μπορεί να τα κατάφερε με τους άλλους, αλλά όχι μ' εκείνη, που ενδιαφερόταν

261

περισσότερο για τις ομορφιές του Γκρατς κι αδημονούσε να φθάσουν στη Βιέννη, όπως προβλεπόταν απ' το πρόγραμμα, για να κάνει τα ψώνια της.

Σ' αντιστάθμισμα της απελπισίας της όλο το προηγούμενο διάστημα, είχε επιδοθεί σε μια ασύστολη αγοραστικότητα φορτώνοντας τη ντουλάπα της με πράγματα που σπάνια φορούσε. Αγόραζε για ν' αγοράζει χωρίς πραγματική επιθυμία για τα ίδια, αλλά μόνο θέλοντας να σκοτώσει τις ελεύθερες ώρες της. Πίστευε ότι αυτό που έκανε ήταν ανώδυνο. Στο κάτω-κάτω δεν πείραζε κανέναν και με τ' άφθονα χρήματα που της έδινε τόσο ο μπαμπάς όσο κι ο παππούς που οικονομικά στεκόταν πολύ καλά, επιδιδόταν στο σπορ αυτό με την πρώτη ευκαιρία. Βέβαια, το καλό ήταν ότι σιγά-σιγά είχε αρχίσει ν' αναπτύσσεται μέσα της και το κριτήριο του γούστου. Ίσως αυτό ήταν το μόνο θετικό απ' την ιστορία αυτή. Η Βέρα είχε ακούσει ότι απ' τη Βιέννη μπορούσε ν' αγοράσει ρούχα και καλλυντικά που τότε δεν εισάγονταν στην Ελλάδα. Έτσι το ταξίδι, εκτός από εκπαιδευτικό, είχε κι αγοραστικό ενδιαφέρον.

Οι πρόβες συνεχίστηκαν όσο βρισκόταν στο Γκρατς, έδωσαν τη συναυλία τους με επιτυχία, πήραν μέρος στις ομαδικές συναντήσεις και των άλλων χορωδιών κι όταν έφτασε η μέρα που θα πήγαιναν στη Βιέννη, η Βέρα ένιωσε θαυμάσια.

Ο Χάρης βρισκόταν συνέχεια δίπλα της, στο φαγητό, στις βόλτες ακόμη και στο ταχυδρομείο όταν η Βέρα πήγαινε για να στείλει κάρτες στους δικούς της. Δεν την άφηνε στιγμή απ' τα μάτια του. Ακόμη κι όταν εκείνη βρισκόταν με κοριτσίστικες παρέες, εύρισκε διαρκώς τον τρόπο να βρίσκεται δίπλα της. Μέσα απ' τον συνεχή συγχρωτισμό τους, τις έξι ημέρες που κράτησε το ταξίδι τους, είχε αρχίσει σιγά-σιγά να συνηθίζει στην παρουσία του. Έτσι, δεν της φάνηκε καθόλου αφύσικο που ο Χάρης θρονιάστηκε στο διπλανό της κάθισμα σ' όλες τις διαδρομές των επόμενων ημερών, όσο βρισκόταν στην Αυστρία.

Έδειχνε πάρα πολύ ενθουσιασμένος μαζί της και μάλιστα την τελευταία στιγμή, λίγο πριν χωρίσουν της είπε πως ήταν ερωτευμένος μαζί της! Η

Βέρα, αν και το περίμενε, ξαφνιάστηκε αρκετά απ' τη θέρμη των συναισθημάτων του όπως αμέσως μετά της τα περιέγραψε και για να μην τον απογοητεύσει, του είπε πως θα το σκεπτόταν και θα του απαντούσε και για τα δικά της όταν θα 'φθαναν στην Ελλάδα.

Το πρωινό της επόμενης ημέρας της επιστροφής τους ο Χάρης βρισκόταν έξω απ' το σπίτι της. Η Βέρα ξαφνιάστηκε που τον είδε. Της είπε πως έπρεπε να φύγει επειγόντως για το χωριό του. Είχε προκύψει κάποιο οικογενειακό ζήτημα κι ο πατέρας του τον περίμενε οπωσδήποτε αλλά εκείνος δεν μπορούσε να φύγει χωρίς να την ξαναδεί.

Η Βέρα ανακουφίστηκε με το νέο γιατί θα μπορούσε να τον αποφύγει, τουλάχιστον για κάποιο διάστημα. Κάθε μέρα όμως της τηλεφωνούσε και δεν της άφησε περιθώρια να σκεφτεί με την ησυχία της. Σιγά-σιγά την έβαζε μέσα στη ζωή του κι η ίδια, χωρίς να το καταλαβαίνει, άρχισε να τον θεωρεί μέρος της δικής της. Η συνήθεια που αναπτύχθηκε μέσα της απ' τα συνεχή τηλεφωνήματά του την κάναν λίγο-λίγο να τα περιμένει και στο τέλος των δύο μηνών που κράτησε η παραμονή του στο χωριό, η Βέρα είχε αρχίσει να νιώθει πως της έλειπε. Έτσι, το έδαφος για το Χάρη όταν γύρισε ήταν πολύ πρόσφορο για τις όποιες επιδιώξεις του, τις οποίες πέτυχε εύκολα.

Μόλις γύρισε απ' το Πήλιο, της τηλεφώνησε και κλείσαν ραντεβού να συναντηθούν σ' ένα απ' τα πιο κοσμικά νυχτερινά μαγαζιά της Θεσσαλονίκης που βρισκόταν στην Αρετσού, πάνω στη θάλασσα. Η νύχτα ήταν υπέροχη, η τοποθεσία μαγευτική κι η μουσική που ακουγόταν απ' το πικάπ του μαγαζιού συνετέλεσαν στο ν' αφεθεί η Βέρα σχεδόν αμέσως στην αγκαλιά του.

Ο Χάρης έδειχνε να την έχει επιθυμήσει πολύ με τον τρόπο που της φερόταν. Ήταν πότε απαλός και πότε γεμάτος πάθος και μιλώντας της συνέχεια, τής έλεγε πόσο πολύ τού είχε λείψει και πώς ήταν πολύ ερωτευμένος μαζί της. Τη ρώτησε πώς πέρασε αυτό τον καιρό που ήταν μακριά του. Ήθελε να μάθει όλες τις λεπτομέρειες για το ποιους έβλεπε, πώς περνούσε τα βράδια της, ακόμη και για την οικογένειά της ρώτησε, πράγμα που παραξένεψε τη Βέρα.

Όμως είχε αποφασίσει να βάλει στην άκρη τη δυσπιστία της απέναντί του και του απάντησε σ' όλα. Ακόμη και σ' εκείνα που αφορούσαν τους δικούς της. Τη συνόδευσε όπως πάντα στο σπίτι της και μετά για μέρες εξαφανίστηκε.

Η Βέρα δε μπορούσε να καταλάβει τι είχε συμβεί και καθώς οι μέρες περνούσαν κι ο Χάρης δεν έδινε σημεία ζωής, είχε αρχίσει ν' ανησυχεί. Έφερνε και ξανάφερνε στο νου της αυτά που είχαν συμβεί εκείνο το βράδυ και δεν μπορούσε να βρει τίποτα που να δικαιολογεί τη συμπεριφορά του. Ήταν τόσο θερμός μαζί της. Όλα είχαν κυλήσει τόσο υπέροχα! Τι άραγε είχε μεσολαβήσει; σκεφτόταν η Βέρα. Όμως, όσο κι αν προσπάθησε να βρει κάτι αρνητικό, δε μπόρεσε. Οι μέρες της απουσίας του πλήθαιναν, αλλά κανένα σημείο ζωής δεν είχε απ' τη μεριά του κι όσο περνούσε ο καιρός είχε αρχίσει να τον ξεχνάει. Οι πρόβες στη χορωδία είχαν σταματήσει λόγω του καλοκαιριού και καθώς δεν είχαν τίποτε κοινό, ούτε φίλους ούτε γνωστούς, εκτός απ' τα παιδιά της χορωδίας, η ανάμνησή του ατόνησε κι έτσι η Βέρα έπαψε σε λίγο να τον σκέφτεται.

Συνέχισε την παρέα με τις φίλες της πηγαίνοντας τακτικά σινεμά με τη Χρυσούλα και βλέποντας τις άλλες πού και πού. Είχε αρχίσει να μπαίνει το φθινόπωρο όταν τον είδε τυχαία στην Τσιμισκή στ' απέναντι απ' το δικό της πεζοδρόμιο, τ' απόγευμα που είχαν προγραμματίσει με τη Χρυσούλα να δουν στα «Τιτάνια» τον «Γυάλινο Κόσμο». Μόλις τον αντίκρισε καρφώθηκε στο πεζοδρόμιο, εξήγησε στη φίλη της ποιος ήταν κι έτρεξε απέναντι να τον προλάβει. Η παρουσία του τροφοδότησε έντονα την περι-έργειά της να μάθει τι είχε συμβεί και να ζητήσει εξηγήσεις για την αλλο-πρόσαλλη συμπεριφορά του.

Τον φώναξε μόλις τον πλησίασε κι ο Χάρης κοντοστάθηκε ακούγοντας τ' όνομά του. Όταν του ζήτησε να μάθει τι συνέβαινε, εκείνος μ' απόλυτη φυσικότητα της είπε πως ο ταξιτζής που τους είχε πάει στο σπίτι της εκείνο το βράδυ, του είχε πει ότι την είχε ξαναπάει εκεί μ' άλλον συνοδό. Όλα ήταν θέμα ζήλειας. Της ζήλειας του.

Η Βέρα τα 'χασε και την πιάσαν τα γέλια. Θυμήθηκε και του είπε πως πράγματι κάποιο βράδυ ένας απ' τα ξαδέρφια της την είχε συνοδέψει στο σπίτι μετά από μια έξοδό τους, αλλά αυτό ήταν όλο. Ήταν ξάδερφός της και μάλιστα πρώτος. Γιατί όμως δεν της είχε ζητήσει να του εξηγήσει την άλλη μέρα για να του λύσει την απορία και ν' αποφύγουν την παρεξήγηση που ήταν ολωσδιόλου αστεία; Ήταν δυνατό ο Χάρης να ζηλέψει τόσο πολύ που δεν έκανε καν τον κόπο να τη ρωτήσει; Ο Χάρης έσκυψε το κεφάλι του και παραδέχτηκε πως πράγματι είχε ζηλέψει τρομερά αλλά ο εγωισμός του δεν τον άφησε να επικοινωνήσει μαζί της.

Η Βέρα γέλασε και θύμωσε με την αντίδρασή του. Δεν πίστευε ότι υπήρχε άνθρωπος που θα συμπεριφερόταν μ' αυτόν τον τρόπο, χωρίς να ζητήσει καμία απολύτως διευκρίνιση για το γεγονός εκείνο που τόσο τον είχε επηρεάσει. Της έκανε εντύπωση ο μυστικισμός κι η αλαζονεία του να βγάζει δικά του συμπεράσματα χωρίς να λαμβάνει υπόψη του τους άλλους και στην προκειμένη περίπτωση, εκείνην.

Ο Χάρης είχε βρει την αυτοκυριαρχία του καθώς η Βέρα του εξηγούσε τα πράγματα κι αμέσως μετά της ζήτησε να καθίσουν να συζητήσουν τρώγοντας το γλυκό τους στον «Αγαπητό». Όμως, εκείνη που είχε ορκιστεί να μην αφήσει κανέναν δίπλα της πια, όταν της το ζήτησε, τον ακολούθησε.

Αργότερα, της είπε να πάνε μαζί στο διαμέρισμα που μόλις είχε νοικιάσει λίγο παρακάτω. Η Βέρα πάλι δεν του είπε όχι. Το βράδυ που ακολούθησε έμελλε να γίνει σημαδιακό για τη ζωή της. Τα επόμενα έβαλαν τη σφραγίδα του Χάρη στην καθημερινότητά της.

Όλη τη μέρα εκείνος διάβαζε για το πτυχίο του κι εκείνη τον επισκεπτόταν στο σπίτι του κουβαλώντας φαγητό και γλυκά και μένοντας μέχρι πολύ αργά μαζί του. Η σχέση τους είχε προχωρήσει αρμονικά. Είχαν τα ίδια ενδιαφέροντα κι η Βέρα θαύμαζε απεριόριστα, κάθε μέρα και περισσότερο, το δυνατό του μυαλό.

Γρήγορα πήρε το πτυχίο του κι ενώ είχε ήδη εξασφαλισμένη την υποτροφία για μεταπτυχιακές σπουδές στο εξωτερικό, προτίμησε να μείνει στην Ελλάδα υπηρετώντας τη θητεία του, αλλά κυρίως για να μη φύγει από κοντά της. Έτσι της είπε. Η Βέρα πήγε μαζί του στην Αθήνα όπου ζήτησε τη διακοπή της αναβολής που έπαιρνε λόγω σπουδών, γιατί είχε ήδη γραφεί στο Μαθηματικό τμήμα και με τον τρόπο του την έπεισε ότι πράγματι η απόφασή του να μη φύγει στο εξωτερικό ήταν γιατί δεν ήθελε να την αφήσει.

Οι δύσκολοι πρώτοι μήνες του στρατού πέρασαν με τη συμπαράσταση της Βέρας και τον επόμενο χρόνο με τα συχνά ταξίδια της στα μέρη όπου εκείνος υπηρετούσε, γιατί σπάνια ο Χάρης έπαιρνε άδεια για να την επισκεφτεί. Στα γράμματα που της έστελνε τακτικά απ' τις μονάδες που υπηρετούσε, πότε-πότε της φαινόταν ότι κόντευε να χάσει τα μυαλά του απ' τις αντίξοες συνθήκες που αντιμετώπιζε κι ειδικά σε μια εποχή που η υπηρεσία στο στρατό ήταν ιδιαίτερα αυστηρή και με περιορισμούς, πολλές φορές, αδιανόητους για έναν φυσιολογικό άνθρωπο.

Ο Χάρης υπηρετούσε για δεύτερη χρονιά στο στρατό όταν αποφάσισε να 'ρθει να γνωρίσει τους δικούς της. Ήταν τόση η φούρια του, που ενώ δεν του 'διναν άδεια, εκείνος έφυγε κρυφά. Παρουσιάστηκε μπροστά στη Βέρα ένα μεσημέρι, εντελώς απροειδοποίητα και τόσο λίγο αναστατωμένος απ' την λιποταξία του αυτή, που εκείνη τρελάθηκε μόλις τον είδε. Προσπάθησε να τον κάνει να γυρίσει πίσω στη μονάδα του όσο γρηγορότερα μπορούσε, αλλά εκείνος ήταν ανένδοτος. Θα καθόταν εκεί, έξω απ' το σπίτι της μέχρι να συναντούσε τον μπαμπά της και να ζητούσε την άδειά του για να παντρευτούν της είπε, με τρόπο που δεν δεχόταν καμία αντίρρηση.

Η Βέρα δεν ήταν καθόλου έτοιμη για την εξέλιξη αυτή. Βρισκόταν στο τέταρτο έτος των σπουδών της κι εκείνος ήταν φυσικά άνεργος, δεν είχε καμία οικονομική στήριξη απ' την οικογένειά του κι ο γάμος δεν ήταν καθόλου φρόνιμο να γίνει. Αλλά... Αυτό το αλλά καθόρισε τη στάση της Βέρας και δεν επρόκειτο με τίποτα ν' αρνηθεί μια τέτοια πρόταση. Το είχε κάνει μια φορά στη ζωή της και δεν θα το 'κανε και δεύτερη.

Βέβαια, οι συνθήκες ήταν τελείως διαφορετικές τότε και τώρα αλλά, παρόλα αυτά, βλέποντας και τη λαχτάρα του Χάρη κι υπολογίζοντας το ρίσκο που είχε πάρει για χάρη της φεύγοντας κρυφά από κει που υπηρετούσε, την κάναν να δεχθεί. Δεν έμενε τώρα παρά να συμφωνήσουν κι οι γονείς της.

Ο μπαμπάς της τη ρώτησε μόνο αν η Βέρα τον ήθελε κι όταν η απάντηση που πήρε ήταν καταφατική, έδωσε αμέσως τη συγκατάθεσή του.

Η καταιγίδα της προηγούμενης μέρας είχε δώσει τη θέση της σε μια ψιλή ανοιξιάτικη βροχή, αδύναμη σε σχέση με την πανίσχυρη αδελφή της που είχε αναστατώσει όλο το μπαλκόνι της Βέρας. Ο ουρανός ήταν σχεδόν γαλανός κι οι διαπεραστικές ακτίνες του ήλιου κάναν τις μικρές σταγόνες να δείχνουν σαν λυγερόκορμες μπαλαρίνες που τα τουτού τους άστραφταν σα να ήταν πασπαλισμένα με χρυσόσκονη. Με τον ευγενικό τους τρόπο ήταν καλοδεχούμενες απ' τα λουλούδια και τα φυτά του κήπου, τα οποία με κάθε άγγιγμα της σταγόνας που 'πεφτε πάνω τους κουνούσαν ανταποδοτικά τα πέταλα και τα φύλλα τους.

Όλα είχαν αρχίσει πάλι να παίρνουν το ροδαλό τους χρώμα και μια παλέτα όλων των αποχρώσεων του κόκκινου άρχισε να ξεδιπλώνεται στα πενήντα τέσσερα στρέμματα του κήπου.

Με χαρούμενη διάθεση η Βέρα αντίκρισε εκείνη την απέραντη έκταση που ήταν όλη δική της. Κάθε μέρα τη χαιρόταν μόνη της κι ήξερε απ' έξω κι ανακατωτά τι σήμαινε η κάθε σπιθαμή της. Πολλά κρυμμένα μυστικά είχε αποθέσει εκεί, τα οποία άλλοτε βγαίναν στην επιφάνεια κι άλλοτε κρύβονταν κάτω απ' τα φουντωτά φυλλώματα. Για την ώρα, πάντως, σκεφτόταν η Βέρα, όλα θα 'πρεπε να εναρμονιστούν με την πολυαναμενόμενη μέρα των γενεθλίων της.

Οι ετοιμασίες του γάμου άρχισαν μετά από λίγες μέρες και μιας κι ο Χάρης υπηρετούσε τη θητεία του, η ημερομηνία του αποφασίστηκε να συμπέσει με κάποια απ' τις μέρες που θα 'παιρνε την άδειά του. Θα γινόταν απλός, σε κλειστό οικογενειακό κύκλο με λίγους φίλους.

Ο γάμος αυτός για τη Βέρα δεν είχε τίποτα απ' τα όνειρα που 'κανε κάποτε, όταν είχε γνωρίσει το Δημήτρη. Δεν τρελαινόταν με το γεγονός, χωρίς βέβαια και να στεναχωριέται, που λίγο ή πολύ έγινε χωρίς να προηγηθεί καμία σχετική συζήτηση μεταξύ της και του Χάρη.

Οι λόγοι που είπε εύκολα το ναι ήταν πρώτα γιατί είχε ακούσει τη μαμά της να εκφράζει στον μπαμπά της την ανησυχία της για το ότι η Βέρα είχε ήδη έναν άτυχο αρραβώνα στην πλάτη της, με ό,τι κι αν σήμαινε αυτό, και που για την ίδια ήταν πέρα για πέρα ξεκάθαρος ο λόγος, καθώς συνδεόταν με μια παρωχημένη αντίληψη που είχε η μαμά της για ορισμένα πράγματα. Ο δεύτερος λόγος ήταν ότι η γιαγιά της τής έλεγε από τότε που ήταν μικρή, πως μια κοπέλα έπρεπε να «κάνει τη σειρά της». Αυτό σήμαινε πως έγκαιρα έπρεπε να κάνει οικογένεια και παιδιά, γιατί όσο περνούσαν τα χρόνια κι όσο η κάθε κοπέλα τα «κοσκίνιζε», κατέληγε στο ράφι.

Τα δύο αυτά, το ένα από παλιά και τ' άλλο πιο πρόσφατο, είχαν γίνει κάτι σαν αξιώματα που βέβαια η Βέρα δεν γινόταν να μη λάβει υπόψη της. Με λίγα λόγια ήταν καθήκον της και τη μαμά της να ευχαριστήσει και με τη σοφία της γιαγιάς της να εναρμονιστεί.

Έτσι, εύκολα αποφάσισε να το κάνει χωρίς όμως ενθουσιασμό και λαχτάρα. Στο μυαλό και στην καρδιά της ένας άντρας υπήρχε, αλλά εκείνος έμελλε να είναι μακριά της καθώς έτσι είχε οριστεί από μια κακιά μάγισσα.

Τα προσκλητήρια, το νυφικό, οι μπουμπουνιέρες, όλα γίναν όπως έπρεπε. Ο κουμπάρος στο μυστήριο ήταν ο νονός του Χάρη, ο οποίος είχε ειδοποιηθεί και με πολλή χαρά ανταποκρίθηκε. Τα έξοδα τ' ανέλαβε η οικογένεια της Βέρας. Ακόμη κι οι βέρες αγοράστηκαν με χρήματα δικά τους. Όμως κανείς δεν τα λογάριαζε αυτά.

Μολονότι είχαν δεχτεί το νέο τους γαμπρό με κάποιες επιφυλάξεις, μια μονό φορά έφτασε για να τον βάλουν στην καρδιά τους. Ήταν ένα μεσημέρι που στο τραπέζι μετά το φαγητό ο Χάρης προθυμοποιήθηκε να τους τραγουδήσει. Με τη τη φωνή του και μόνο τους κέρδισε όλους χωρίς ν' αμφισβητήσει βέβαια κανείς και τα υπέροχα εξωτερικά του χαρίσματα που ήταν ολοφάνερα.

Η αλήθεια ήταν ότι για το χαρακτήρα του πολύ λίγα γνώριζαν τόσο οι ίδιοι όσο κι η Βέρα που όλα της είχαν έρθει απρόσμενα και κάπως ανεξήγητα ως προς τη βιασύνη που είχε δείξει ο Χάρης. Όμως, όλοι τότε υποθέσανε πως ήταν η μοναξιά του στο στρατό αλλά κι η αποξένωση απ' την οικογένειά του, η οποία η αλήθεια ήταν ότι δεν του είχε συμπαρασταθεί όσο θα 'πρεπε, και γι' αυτό ο νέος εκείνος άντρας έψαχνε από κάπου ν' αγκιστρωθεί.

Η μέρα του γάμου έφτασε και στο σπίτι επικρατούσε χαρά κι αναστάτωση. Είχαν ήδη φτάσει τ' αδέλφια του μπαμπά της με τις οικογένειές τους απ' την Αθήνα. Είχαν πάει απ' το πρωί – σύμφωνα με το έθιμο – κι η μαμά με τη γιαγιά της τρέχανε από δω κι από κει χαρούμενες για να τους περιποιηθούν. Λουλούδια φτάναν από φίλους και συγγενείς και το τηλέφωνο κουδούνιζε συνέχεια. Όλοι ήταν εναρμονισμένοι με το πνεύμα της ημέρας κι ο Χάρης είχε πάρει τον πατέρα και τη μητριά του, οι οποίοι είχαν φτάσει κι αυτοί την προηγούμενη μέρα, για να τους ξεναγήσει στην πόλη.

Παντού γέλια και χαρές και μ' επίκεντρο τους μελλόνυμφους οι άνδρες πείραζαν τις γυναίκες με πονηρά υπονοούμενα κι όλοι ανεξαιρέτως συμμετείχαν στο επικείμενο χαρούμενο γεγονός.

Η μόνη που δεν συμμετείχε ήταν η Βέρα. Με διάφορα προσχήματα κλεισμένη στο δωμάτιό της, πότε προφασιζόταν πως έβαφε τα νύχια της, πότε πως περιποιόταν το πρόσωπό της και πότε πως ήθελε να ξεκουραστεί για να είναι φρέσκια. Όμως, τίποτε απ' όλα αυτά δεν ήταν αλήθεια. Φτάνοντας και ξημερώνοντας εκείνη η ημέρα την έκανε να νιώσει σα να μην είναι εκείνη που θα παντρευόταν. Είχε κάνει μαζί με τη μαμά της όλες τις ετοιμασίες που χρειαζόταν αλλά ένιωθε πως δεν την αφορούσαν.

Ένας κόμπος ήρθε, έκατσε στο λαιμό της κι είχε αρχίσει να την πνίγει. Ούτε νερό μπορούσε να πιει ούτε κάθισε στο μεσημεριανό τραπέζι μαζί με τους άλλους. Ευτυχώς βέβαια κανείς τους δεν κατάλαβε τι περνούσε. Όλοι απέδωσαν τις αντιδράσεις της σε νάζια που ταίριαζαν σε μια κοπέλα που σύντομα θ' αποκτούσε σύζυγο, οικογένεια κι απ' τη στιγμή εκείνη θ' άλλαζε η ζωή της.

Η Βέρα δεν ήθελε καθόλου να παντρευτεί. Το είχε καταλάβει εκείνη ακριβώς την ημέρα, αλλά δεν μπορούσε να κάνει πίσω. Δεν ήθελε με τίποτα ν' απογοητεύσει τους γονείς τους που κοντά της είχαν περάσει όλα τ' άσχημα προηγούμενα. Δεν ήθελε με τίποτε να τους δυσαρεστήσει. Η καρδιά της όμως μάτωνε καθώς σκεφτόταν ότι σε λίγες ώρες θα 'κανε κάτι που θα κρατούσε για όλη την υπόλοιπη ζωή της κι ότι ο Χάρης θα γινόταν ο άντρας της. Κάτι αδιόρατο εξακολουθούσε να την ενοχλεί πάνω του, κάτι που δεν μπορούσε να προσδιορίσει, αλλά τώρα δεν γινόταν να κάνει πίσω. Έπρεπε να κάνει «τη σειρά» της όπως τόσο συχνά έλεγε για όλα τα κορίτσια η γιαγιά της και κυρίως για την ίδια που είχε υπάρξει κι αρραβωνιασμένη.

Αυτό για τις δύο γυναίκες της οικογένειάς της ήταν ό,τι πιο κακότυχο θα μπορούσε να της έχει συμβεί. Ήταν γι' αυτές κάτι σαν στίγμα κι η Βέρα έπρεπε να το βγάλει από πάνω της οπωσδήποτε. Όσο για την εντύπωση που είχαν για το Χάρη αυτή όλο και βελτιωνόταν και πολύ γρήγορα τον αγκάλιασαν σα να ήταν πραγματικό τους παιδί.

Το νυφικό ήταν κρεμασμένο απ' τον καλόγερο που είχε στο δωμάτιό της η Βέρα, αλλά εκείνη δεν βιαζόταν καθόλου να το φορέσει. Η σκέψη της ήταν πίσω στο Δημήτρη, στα όνειρά που είχε κάνει για τους δυο τους και που σε λίγο κι επίσημα θα διαλύονταν.

Γύρω στο μεσημέρι οι φίλες της Βέρας ήρθαν στο σπίτι χαρούμενες και λαμπερές μέσα στα όμορφά τους ρούχα, αγορασμένα ειδικά για κείνη την περίσταση. Τα χείλη της γέλασαν λίγο μόλις τις είδε κι όταν έφτασε η ώρα, ξεκίνησαν όλοι μαζί για την εκκλησία. Ο Χάρης, σύμφωνα πάντα με το έθι-

μο, βρισκόταν στο σπίτι του καλύτερού του φίλου κι από κει ξεκίνησε έχοντας τον ίδιο με τη Βέρα προορισμό.

Όλα γίναν όπως έπρεπε. Η τελετή τελείωσε κι οι νεόνυμφοι γύρισαν στο σπίτι για ν' αλλάξουν και να ετοιμαστούν για το τραπέζι που ο μπαμπάς της είχε κανονίσει να γίνει σ' ένα απ' τα πιο ωραία ρεστοράν της πόλης.

Λίγο πριν ξεκινήσουν όλοι μαζί απ' το σπίτι, η Βέρα τους είπε πως είχε αποφασίσει να μην πάει. Προφασίστηκε κούραση και φαίνεται πως η παράσταση που 'δωσε ήταν απόλυτα πειστική γιατί κι ο Χάρης αμέσως πήρε το μέρος της χωρίς να φέρει την παραμικρή αντίρρηση. Στους γονείς της, που αντέδρασαν λιγάκι στην αρχή, έπαιξε ακόμη καλύτερα το ρόλο της πολύ συγκινημένης νύφης κι έτσι δεν την πίεσαν παραπάνω. Το γαμήλιο τραπέζι έγινε χωρίς το γαμπρό και τη νύφη, κάτι που ίσως δεν είχε ξαναγίνει ποτέ. Όμως, η Βέρα καθώς είχε εκπληρώσει πια το καθήκον της απέναντι στην οικογένειά της, είχε αρχίσει ήδη να επαναστατεί.

Ο λατρευτός κι ευαίσθητος μπαμπάς της τους είχε ετοιμάσει και κάτι ακόμα ως έκπληξη για το γάμο της. Τους είχε κλείσει μια σουίτα στ' «Αστέρια» στο Πανόραμα που ήταν ένα απ' τα καλύτερα ξενοδοχεία της πόλης καθώς ήταν κατακαίνουργιο και διέθετε την ωραιότερη θέα προς την πόλη και το Θερμαϊκό.

Αυτό η Βέρα φυσικά δεν μπορούσε να τ' αρνηθεί. Ο δε Χάρης καταχάρηκε με την προοπτική να βρεθεί σ' ένα τόσο πολυτελές ξενοδοχείο. Μάλιστα, ο μπαμπάς της τους συνόδευσε ο ίδιος μέχρι εκεί και φιλώντας τους τούς ευχήθηκε ν' αρχίσουν μια ζωή ανέμελη κι ευτυχισμένη.

Η Βέρα φόρεσε ένα μακρύ φούξια φόρεμα μ' ασορτί σατέν γόβες και μαζί με τον Χάρη κατέβηκαν για την τραπεζαρία που βρισκόταν στο πιο προνομιούχο μέρος του ξενοδοχείου, σοφά επιλεγμένο απ' τους ιδιοκτήτες του, ώστε να σου δίνει την εντύπωση, καθώς έτρωγες, πως βρισκόσουν σ' ένα έξοχα διακοσμημένο χώρο απ' όπου έβλεπες όλη την πόλη απολαμβάνοντας την πιο διακριτική φιλοξενία. Φάγαν με όρεξη κι οι δύο -η Βέρα δεν *είχε βάλει στο στόμα της ούτε νερό όλη την ημέρα- και μετά άνοιξαν μια σαμπάνια που τους πρόσφεραν απ' το ξενοδοχείο.*

Όταν ανέβηκαν στη σουίτα τους, η ώρα ήταν περασμένες δώδεκα και με το πρόσχημα της κούρασης η Βέρα έπεσε αμέσως για ύπνο. Όμως δεν κοιμήθηκε καθόλου. Τα δάκρυά της μούσκεψαν το μαξιλάρι ενώ ο Χάρης κοιμήθηκε αμέσως χωρίς να δώσει ιδιαίτερη σημασία στην γενικότερη περίεργη συμπεριφορά της.

Μόλις η Βέρα είδε το πρώτο φως της ημέρας να χαράζει, σηκώθηκε σιγά-σιγά και βγήκε να καθίσει στο μπαλκόνι. Η μέρα θα ήταν υπέροχη, ο ήλιος είχε αρχίσει σιγά-σιγά να βγαίνει κι η ατμόσφαιρα ήταν γαλήνια. Τίποτε δεν ακουγόταν παρά μόνο μερικά μακρινά τιτιβίσματα.

Αυτό ήταν, σκέφτηκε η Βέρα. Πάει, τελείωσε κι αυτό. Τώρα ήταν μια παντρεμένη γυναίκα και μάλιστα πριν καλά κλείσει τα είκοσι δύο της. Το πτυχίο της ήταν μπροστά, ένας ακόμη χρόνος θητείας περίμενε το Χάρη κι ίσως το γεγονός ότι δεν θ' αναγκαζόταν γι' αυτούς τους λόγους να βρεθεί στο δικό της σπίτι, κάπως την ανακούφιζε.

Ακόμη πιο πολύ ανακουφίστηκε όταν μπόρεσε μετά από κάποια προσπάθεια να εντοπίσει το πατρικό της ανάμεσα στα σπίτια της πόλης που απλωνόταν μπροστά της. Στην αρχή χάρηκε και μετά αναστατώθηκε. Ήθελε να πάει στο σπίτι της, κοντά στους δικούς της. Ήθελε να βρεθεί αμέσως στην ασφάλειά του και συνειδητοποίησε πως δεν ήθελε ούτε μια μέρα να μείνει στο, κατά τ' άλλα, θαυμάσιο ξενοδοχείο.

Όταν ο Χάρης σηκώθηκε του το ανακοίνωσε και εκείνος, χωρίς ιδιαίτερες αντιρρήσεις, δέχτηκε να γυρίσουν πίσω. Ο ιδιοκτήτης βέβαια φάνηκε πολύ απορημένος, ρωτώντας και ξαναρωτώντας για την αιτία της ξαφνικής τους αναχώρησης. Ανησυχούσε μήπως κάτι δεν τους άρεσε, αλλά όταν πείστηκε ότι μια αδιαθεσία της Βέρας ήταν η αιτία της, υποχώρησε κι ο ίδιος τους ξεπροβόδισε με περαστικά κι ευχές για το γάμο τους.

Μόλις η Βέρα βρέθηκε στο σπίτι της, ξαναβρήκε τον εαυτό της. Στους απορημένους της γονείς είπε πως μάλλον την είχε πειράξει το φαγητό της προηγούμενης βραδιάς. Δεν ήξερε αν την πίστεψαν αλλά δεν την ενδιέφερε και πολύ. Έτρεξε στο δωμάτιό της κι έβγαλε απ' το κάτω μέρος της ντουλάπας της την καλά φυλαγμένη φωτογραφία του Δημήτρη, την κράτησε σφιχτά στο στήθος της και τον ένιωσε αμέσως κοντά της.

Ο Χάρης ήταν απασχολημένος με τους συγγενείς και τους γονείς του, οι οποίοι ετοιμάζονταν να φύγουν τώρα για την πατρίδα τους και το γεγονός της έδωσε ακόμη περισσότερο χρόνο να μείνει μόνη με τις αναμνήσεις της.

Ο Δημήτρης όμως, μέσα απ' την φωτογραφία ήταν σα να της έλεγε τώρα ότι έπρεπε να ζήσει το γάμο της, να πάψει να γυρίζει στα παλιά και να τιμήσει τον άντρα της. Η Βέρα που πάντοτε συμμορφωνόταν με τις συμβουλές του, αποφάσισε πως ήταν καιρός ν' αφήσει τα παιδιαρίσματα και ν' αφοσιωθεί στα νέα της καθήκοντα. Αυτό κι έκανε. Έκρυψε τη φωτογραφία του -αφού τη φίλησε και την ξαναφίλησε- κι αποφάσισε πως θα 'κανε τα πάντα ώστε αυτός ο γάμος να πάει καλά.

Μετά από τέσσερις μέρες, ο Χάρης έφυγε για τη μονάδα του. Η Βέρα τον συνόδευσε μέχρι το σταθμό και τον αποχαιρέτησε με κάποιες τύψεις για τη συμπεριφορά της των προηγούμενων ημερών. Πριν καλά-καλά περάσει μια βδομάδα, βρέθηκε η ίδια μέσα στο τρένο πηγαίνοντας να τον επισκεφτεί στο απομακρυσμένο χωριό, στα βόρεια του νομού Σερρών όπου βρισκόταν η μονάδα του. Ο Χάρης την περίμενε στο σταθμό. Είχε λίγες μόνο ώρες στη διάθεσή του κι εκείνη τη μέρα ζήσαν το γάμο τους.

Η Βέρα έφυγε νωρίς τ' απόγευμα πιο ξαλαφρωμένη που μπόρεσε να είναι συνεπής με την απόφαση που είχε πάρει. Ένιωσε μάλιστα τρυφερότητα γι' αυτόν καθώς έβλεπε τη φιγούρα του να ξεμακραίνει κι έφερνε στα μάτια της το λυπημένο του πρόσωπο καθώς την αποχωριζόταν.

Από κείνη τη μέρα άρχισε να τον σκέφτεται όλο και πιο συχνά, να του τηλεφωνεί όποτε μπορούσε και να του στέλνει γράμματα. Η επίσκεψή της

σ' εκείνο το άνευρο χωριό, το γεμάτο κουνούπια, όπου ο Χάρης υπηρετού-
σε, την είχε γεμίσει μ' αισθήματα πόνου και της είχε προκαλέσει για πρώτη
φορά ένα νοιάξιμο για τον άνδρα της.

Όσο εκείνος κατέβαινε να τη δει στη Θεσσαλονίκη, η Βέρα δεν μπορού-
σε να φανταστεί ότι ζούσε σ' εκείνο το χωριό, το οποίο βρισκόταν ακριβώς
δίπλα στα ελληνοβουλγαρικά σύνορα και στο οποίο θα ήταν υποχρεωμένος
να βρίσκεται εκεί για δώδεκα μήνες ακόμη. Έτσι, θέλοντας να του συμπα-
ρασταθεί όσο γινόταν περισσότερο, άρχισε να πυκνώνει τις επισκέψεις της
εκεί έστω κι αν ήταν να τον συναντήσει για μία ή δύο ώρες.

Βέβαια, ήταν αναγκασμένη να σηκώνεται κάθε Κυριακή πολύ πρωί,
μέσα στη νύχτα, για να προφτάσει το τρένο που 'φευγε απ' τη Θεσσαλονίκη
στις πεντέμισι κι έφτανε σ' εκείνο το χωριό γύρω στις δώδεκα το μεσημέρι.
Αναγκαζόταν να συνταξιδεύει με το τρένο γεμάτο άντρες, κυρίως κυνη-
γούς, γιατί όπως συμβαίνει σχεδόν πάντοτε, στ' απαίσιο εκείνο μέρος και
στο βουνό που το περιστοίχιζε υπήρχε το καλύτερο κυνήγι.

Καθόταν μόνη της σ' ένα απ' τα καθίσματα του βαγονιού όσο πιο μακριά
γινόταν απ' αυτούς που συνήθως την λοξοκοίταζαν, καθώς τις περισσότε-
ρες φορές ήταν η μοναδική γυναίκα σ' ολόκληρο το τρένο. Όμως, πάντοτε
στο σταθμό την περίμενε ο Χάρης με μια λαχτάρα που την είχε κάνει να τον
σκέφτεται όλο και περισσότερο τις μέρες που 'μενε μακριά του. Πάντοτε
τού πήγαινε γλυκίσματα και πίτες απ' το σπίτι και χαιρόταν να τον βλέπει
να τα καταβροχθίζει με ηδονική βουλιμία.

Οι αποχωρισμοί γινόταν όλο και πιο δύσκολοι. Η Βέρα είχε πιάσει τον
εαυτό της να μετράει τις μέρες ανάμεσα στις Κυριακές που πήγαινε να τον
δει κι αυτές να μην περνάνε. Διαπίστωνε ότι όσο περνούσε ο καιρός τόσο
πιο απαραίτητος της γινόταν. Σιγά-σιγά ο Χάρης είχε αρχίσει να μπαίνει
μέσα της και να της δημιουργούνται θερμά αισθήματα.

Ίσως, σκεφτόταν η Βέρα, να τον είχε αδικήσει απ' την αρχή. Αυτό οφει-
λόταν κυρίως σ' εκείνες τις κάπως σκοτεινές πλευρές του χαρακτήρα του

που ακόμη μέχρι τώρα δεν μπορούσε να καταλάβει και που τη φόβιζαν με-
ρικές φορές. Αλλά δεν μπορούσε να τις συγκεκριμενοποιήσει όση προσπά-
θεια κι αν έκανε, κι ας της έδειχνε εκείνος όλο και πιο πολύ την αγάπη του
με τον δικό του πάντα τρόπο.

Η Βέρα αισθανόταν πως μπορούσε να στηριχτεί επάνω του, πως στε-
κόταν σαν βράχος δίπλα της, έστω κι από μακριά, έστω κι αν λόγω της
κατάστασής του δεν μπορούσε να της προσφέρει τίποτε το χειροπιαστό.
Όμως, τα γράμματα που της έστελνε όλο και πλήθαιναν κι η φωνή του,
όταν μεσολαβούσε έστω και μια μέρα χωρίς να την ακούσει, είχε έναν τόνο
απελπισίας, σα να φοβόταν ότι θα την έχανε, ότι θα τον είχε ξεχάσει.

Η ζωή του μέσα στο στρατό ήταν δύσκολη κι αυτό δικαιολογούσε πολλά
απ' τη στάση του αυτή απέναντί της. Ήταν ο μεγαλύτερος απ' όλους, ο
μόνος μορφωμένος και δεν μπορούσε να επικοινωνήσει με κανέναν. Με το
δυνατό του μυαλό γινόταν πολλές φορές κι ακατάληπτος για τους άλλους
στρατιώτες κι έτσι τον απέφευγαν. Αλλά φάνηκε ότι όσο περνούσε ο καιρός,
ο Χάρης είχε αρχίσει να χάνει την ψυχική του ισορροπία.

Τα γράμματα που 'στελνε στη Βέρα δεν είχαν ούτε αρχή ούτε τέλος, οι
λέξεις δεν ξεχώριζαν η μία απ' την άλλη και δεν μπορούσε να βγει κανένα
νόημα απ' τα γραφόμενά του. Μια ολόκληρη σελίδα ήταν γραμμένη σα να
αποτελούνταν από μία λέξη κι όσο κι αν προσπαθούσε η Βέρα, δεν κατόρ-
θωνε να καταλάβει ούτε τι έγραφε ούτε καλά-καλά σε ποιον απευθυνό-
ταν. Φαινόταν ότι είχε χάσει κάθε αίσθηση της πραγματικότητας κι έτσι,
όταν η κατάσταση έφτασε στο απροχώρητο, αποφάσισε να μιλήσει στον
μπαμπά της. Πάλι, όπως πάντοτε άλλωστε, κατέφυγε σ' εκείνον ο οποίος
μεμιάς κινητοποιήθηκε.

Με τις γνωριμίες που είχε κατόρθωσε να τον μεταθέσει σε μια επαρ-
χιακή πόλη, πολύ κοντά στη Θεσσαλονίκη κι ο Χάρης απ' την κόλαση
βρέθηκε στον παράδεισο. Στη λέσχη των αξιωματικών όπου μετατέθηκε,
η δουλειά του ήταν να κάνει τα καθημερινά ψώνια και να φροντίζει για το

μενού του στρατηγού που ήταν διοικητής ενός απ' τα σώματα του στρατού που είχε την έδρα του εκεί.

Τώρα ο Χάρης ήταν σα να βρισκόταν σε παιδική χαρά. Μέσα σε δυο τρεις ώρες τελείωνε τις δουλειές του και μετά χασομερούσε κάνοντας παρέα με τους άλλους ευνοημένους συναδέλφους του. Η κατάστασή του είχε σιγά-σιγά αρχίσει να βελτιώνεται, ξανάβρισκε τον παλιό του εαυτό κι όποτε μπορούσε να πάρει άδεια, βρισκόταν δίπλα στη Βέρα.

Φυσικά, δεν άργησε να συμβεί κι αυτό που χαροποίησε όλη την οικογένεια. Το πρώτο μωρό φρόντισε να κάνει αισθητή την παρουσία του λίγους μήνες μετά το γάμο, σε μια περίοδο που η ίδια είχε πέσει με τα μούτρα στο διάβασμα γιατί ο Χάρης επέμενε στο να τη βάζει να διαβάζει συνέχεια αλλά εκείνη το 'κανε, χωρίς πολλή όρεξη, είναι η αλήθεια. Ίσως το 'κανε επειδή ο Χάρης της έλεγε να τελειώσει μια ώρα αρχύτερα, αφού ήταν μόνη κι απερίσπαστη, ίσως επειδή κι ο ίδιος διάβαζε πάρα πολύ και δεν εννοούσε, όταν σπούδαζε, να χάνει περίοδο. Γι' αυτό και ήταν αριστούχος. Όλα αυτά κάνανε τη Βέρα ν' ασχοληθεί με μεγάλη επιμέλεια σ' όλα της τα μαθήματα.

Ο ερχομός του μωρού έκανε τον Χάρη πάρα πολύ χαρούμενο κι απ' την πρώτη στιγμή που το 'μαθε έλεγε συνέχεια «η κόρη μου κι η κόρη μου». Ήθελε κοριτσάκι γιατί, όπως έλεγε, ήθελε να βλέπει φουστάνια μέσα στο σπίτι. Όσο για τη Βέρα τα συναισθήματα ήταν ανάμεικτα. Απ' τη μια χαιρόταν για το γεγονός, απ' την άλλη αναρωτιόταν αν θα τα κατάφερνε όλα μαζί και κυρίως, αν θα ήταν άξια να μεγαλώσει μόνη της ένα παιδί.

Ωστόσο, μέσα στη χαρά της οικογένειας προέκυψε και κάτι που δεν ήταν και τόσο ευχάριστο. Ο μπαμπάς της παίρνοντας προαγωγή είχε πάρει παράλληλα και μετάθεση στην Αθήνα. Επομένως, η Βέρα θα 'μενε πάλι με τη γιαγιά, τον παππού και με τον Χάρη να πηγαινοέρχεται όποτε μπορούσε απ' την μονάδα του. Ίσως βέβαια αυτό να ήταν τελικά και μιας πρώτης τάξεως ευκαιρία ώστε να διαβάζει και να περάσει όσα δυνατόν περισσότερα μαθήματα.

Κατά τ' άλλα η εγκυμοσύνη της Βέρας, εκτός από κάτι μικροανωμαλίες τους πρώτους τέσσερις μήνες, κύλησε πάρα πολύ καλά. Τα ρούχα του μωρού είχαν αρχίσει να ετοιμάζονται κι η γιαγιά της έπλεκε κουβερτούλες άσπρες και κίτρινες αφού το φύλο του μωρού δεν μπορούσε τότε να προσδιοριστεί. Στα ίδια χρώματα ετοιμάστηκε και το δωμάτιό του για τους ίδιους λόγους.

Βέβαια, το πολύ διάβασμα έφερε και τ' αναμενόμενα αποτελέσματα. Όταν η Βέρα άρχισε να δίνει εξετάσεις, ήταν η πρώτη φορά που οι βαθμοί της ήταν καλύτεροι σε σχέση με τις προηγούμενες χρονιές.

Οι γονείς της είχαν φύγει και το σπίτι τώρα ήταν σαν άδειο με τους παππούδες να περιορίζονται στις ήσυχες καθημερινές τους συνήθειες και το Χάρη να βρίσκεται εκεί κάποιες Κυριακές. Έτσι πέρασαν οι μήνες και κάποια βροχερή Τρίτη που η Βέρα κατάλαβε πως κάτι άλλαξε μέσα της αναγκάστηκε να καλέσει ένα ταξί και να πάει μόνη της να γεννήσει.

Μέσα στο ταξί την πιάσαν τα κλάματα τόσο απ' το φόβο και την αγωνία γι' αυτό που επρόκειτο να συμβεί όσο κι απ' την απόλυτη μοναξιά που 'νιωθε σ' αυτή την τόσο σημαντική στιγμή της ζωής της. Ο ταξιτζής προσπάθησε να την παρηγορήσει αναλαμβάνοντας να ειδοποιήσει τον Χάρη που βρισκόταν στη μονάδα του, και προβλέποντας μάλιστα, όπως της είπε με απόλυτη βεβαιότητα, πως το παιδί θα ήταν κορίτσι, γιατί έβρεχε κι ήξερε απ' τη μάνα του πως όταν βρέχει γεννιούνται κορίτσια.

Η διαδικασία άρχισε αμέσως μόλις την παρέλαβε μια μαμή και την οδήγησε σ' ένα ψυχρό δωμάτιο όπου το μόνο που υπήρχε ήταν ένα μονό σιδερένιο κρεβάτι. Η αγωνία της Βέρας όλο και μεγάλωνε καθώς τώρα νοσοκόμες μπαινόβγαιναν στο δωμάτιό της ελέγχοντας τα στάδια του επικείμενου τοκετού και κυρίως γιατί από εκεί που βρισκόταν άκουγε άλλες γυναίκες να φωνάζουν απ' τα διπλανά δωμάτια κι αναλογιζόταν τι την περίμενε. Πιο πολύ την ανησυχούσαν οι κραυγές που άκουγε παρά τα δικά της με τους πόνους που είχαν αρχίσει σιγά-σιγά να δυναμώνουν. Αναρωτιόταν γιατί

277

της έμελλε να είναι μόνη σ' αυτήν την τόσο δύσκολη κατάσταση που περνούσε και παρόλο τους όλο και οξύτερους πόνους δεν έβγαλε άχνα. Μικρά βογκητά μόνο επέτρεπε στον εαυτό της να βγάζει κάθε φορά που 'νιωθε σα να την σφάζουν κι αυτό πιο πολύ από ντροπή γι' αυτά που άκουγε και λιγότερο επειδή άντεχε σ' εκείνη την πρωτόγνωρη εμπειρία. Ούτε καταλάβαινε τις ώρες που περνούσαν, ούτε μπορούσε να μετρήσει τις βελόνες που την τρυπούσαν μια στη μια και μια στην άλλη πλευρά των γοφών της χωρίς αναγκαστικά αυτή την ακολουθία. Ανάμεσα στους πόνους μια γλυκιά νύστα την έπιανε και νόμιζε πως ήταν έτοιμη να κοιμηθεί αλλά πάλι αμέσως, πριν καν προλάβει να κλείσει τα βλέφαρά της, οι πόνοι ξαναγύριζαν.

Τώρα, την είχαν μεταφέρει σ' έναν άλλο χώρο όπου υπήρχαν και διάφορα μηχανήματα κι άλλα πολλά που τη φόβιζαν, αλλά σε λίγο τίποτα απ' αυτά δεν μπορούσε να παρατηρήσει. Ο γιατρός ήταν δίπλα της και με πολλά μπράβο για τη στωικότητα της τής έδινε οδηγίες για το πώς θα 'πρεπε να συνεργαστεί μαζί του ώστε όλα να γίνουν με την πρέπουσα διαδικασία.

Τα κλάματα του μωρού ακούστηκε μετά απ' τον χειρότερο πόνο που είχε νιώσει μέχρι εκείνη τη στιγμή και που νόμιζε ότι θα της έβγαινε η ψυχή. Όμως, όπως συνειδητοποίησε αμέσως μετά, η ψυχή δεν βγαίνει τόσο εύκολα και το αίσθημα της ανακούφισης που ακολούθησε μόλις την πήγανε σ' ένα ωραιότατο μοναχικό δωμάτιο, την έκανε να ξεχάσει αμέσως την ταλαιπωρία της, το οποίο, όπως της είπαν, είχε κρατήσει εφτά ολόκληρες ώρες.

Ο Χάρης παρουσιάστηκε μπροστά της, όταν σχεδόν τον είχε ξεχάσει αφού το μυαλό της ήταν στο πώς θα ήταν το μωρό και πότε θα της το 'φερναν, κατακόκκινος και καταχαρούμενος κρατώντας μία ανθοδέσμη από κίτρινες τουλίπες. Ήταν λαχανιασμένος και φαινόταν σαστισμένος απ' την εικόνα που αντίκριζε. Το μωρό ήταν κάπως βιαστικό και κανείς από τους δυο τους δεν το περίμενε πριν κλείσει ο επόμενος μήνας.

Το θέαμα με τη Βέρα να είναι ξαπλωμένη και με το ασπράδι των ματιών της να είναι γεμάτο κόκκινες φλεβίτσες απ' την προσπάθεια που είχε νωρί-

τερα καταβάλλει, τον φόβισε λιγάκι. Της έδωσε τις τουλίπες και κάθισε δίπλα της επάνω στο κρεβάτι κοιτώντας την χωρίς να μπορεί να βγάλει λέξη.

Όμως γρήγορα συνήλθε μόλις μία νοσοκόμα μπήκε στο δωμάτιο κρατώντας απρόσεκτα, είναι η αλήθεια, ένα μικρό δεματάκι που τ' απίθωσε με βιασύνη στην αγκαλιά της Βέρας. Ήταν το πρώτο τους μωρό. Ο Χάρης έσκυψε με προσοχή, σχεδόν μ' ευλάβεια, πάνω απ' το ροδαλό μωρό που με τα ματάκια του κλειστά έδειχνε σα να μην ήθελε να δει τίποτε απ' τον κόσμο στον οποίο μόλις είχε φθάσει. Η Βέρα το κράτησε παρατηρώντας μαζί με το μπαμπά του τις λεπτομέρειες του μικροσκοπικού προσώπου του που στο πίσω μέρος του σκεπαζόταν από πολλές μαύρες τριχούλες κολλημένες σε μικρές τουφίτσες, που από κοντά, θύμιζαν μάλλον πούπουλα παρά μαλλιά. Μετά το ξεγύμνωσαν για να θαυμάσουν το δημιούργημά τους καθώς νεαροί όπως ήταν κι οι δυο πιο πολλή περιέργεια είχαν για το λιλιπούτειο ανθρωπάκι παρά νοιάξιμο για το αν θα το ταλαιπωρούσαν ή όχι. Ο Χάρης έφυγε την ίδια μέρα για τη μονάδα του ενώ η Βέρα γύρισε στο σπίτι με το νέο μέλος της οικογένειας ύστερα από τέσσερις μέρες.

Το δωμάτιο του μωρού ήταν έτοιμο και ζεστό, γεμάτο με παιχνιδάκια κι άλλα δώρα από συγγενείς και φίλους που είχαν σταλεί αμέσως μόλις είχαν πληροφορηθεί το χαρούμενο γεγονός. Όμως έλειπε το κυριότερο: Οι γονείς της κι ιδιαίτερα η μαμά της που τόσο την είχε ανάγκη τώρα. Εκείνες ακριβώς τις μέρες ο μπαμπάς της έπαθε μια βαριάς μορφής πνευμονία, είχε μεταφερθεί στο νοσοκομείο και βέβαια η μαμά δεν μπορούσε να φύγει από δίπλα του.

Έτσι, η Βέρα βρέθηκε ολομόναχη στο σπίτι με το μωρό κι αν δεν ήταν η γιαγιά με τον παππού που φρόντιζαν για το φαγητό και τα ψώνια του σπιτιού, για την καθαριότητά του και που όταν τους χρειαζόταν τρέχανε δίπλα της, δεν θα 'ξερε πώς να τα βγάλει πέρα. Η γιαγιά αν και αρκετά νέα είχε πολλά προβλήματα υγείας και δεν μπορούσε ν' ασχοληθεί ουσιαστικά με το νεογέννητο, το οποίο καθώς είχε έρθει και πριν την ώρα του, ήθελε επιπλέον φροντίδα.

Τότε κατάλαβε η Βέρα τι σήμαινε να έχει κανείς μωρό και να μην έχει βοήθεια. Το τάιζε, τ' άλλαζε και το 'βαζε στο κρεβατάκι του για να κοιμηθεί αλλά πριν προλάβει να περάσει λίγη ώρα, εκείνο άρχιζε τα κλάματα και ξανά αγκαλιά και ντάντεμα κι αυτό όλο το εικοσιτετράωρο. Η ίδια δεν προλάβαινε ούτε να φάει ούτε να κοιμηθεί. Συνέχεια με το μωρό στην αγκαλιά και κατατρομαγμένη απ' τη σκέψη μήπως κάτι δεν έκανε καλά, μήπως κάτι παραπάνω χρειαζόταν για το μεγάλωμά του. Η κούραση κι η αϋπνία είχαν αρχίσει να την καταβάλουν και δεν είχε περάσει ούτε βδομάδα από τότε που είχε έρθει στο σπίτι με το μωρό.

Ο Χάρης τηλεφωνούσε κάθε μέρα αλλά για κακή της τύχη ούτε κι εκείνος μπορούσε να 'ρθει γιατί η μονάδα του ετοιμαζόταν για άσκηση που θα γινόταν κάπου μακριά απ' το μέρος που υπηρετούσε. Όλα δύσκολα, πάρα πολύ δύσκολα για τη νεαρή μητέρα με το μωρό, το οποίο εξαιτίας της βιασύνης του, ήταν πολύ μικρό κι αδύναμο.

Η Βέρα είχε πάψει να καταλαβαίνει πότε ξημέρωνε και πότε βράδιαζε. Ήταν αποκαμωμένη απ' την κούραση και τ' άγχος για την κατάσταση που δεν βελτιωνόταν. Ο άντρας της στο στρατό, ο μπαμπάς της στο νοσοκομείο με τη μαμά της δίπλα του στην Αθήνα, η γιαγιά χωρίς να μπορεί να της δώσει ένα χέρι βοήθειας κι ο παππούς να της επαναλαμβάνει, καθώς την έβλεπε να ταλαιπωρείται, πως «τα παιδία είναι παίδευσις».

Η Βέρα κόντευε να τρελαθεί και καθώς τα εσωτερικά της όργανα μαζεύονταν και μίκραιναν μέρα με τη μέρα πασχίζοντας να ξαναγυρίσουν στην προηγούμενή τους κατάσταση, το ίδιο μίκραιναν κι οι ορίζοντες της ζωής της. Συνειδητοποιούσε πως ο εαυτός της πια δεν θα ήταν η προτεραιότητά της από δω και στο εξής, πως εκείνο το μωρό θ' απορροφούσε και το τελευταίο δευτερόλεπτο στη σκέψη και στη ζωή της και γι' αυτό δεν ήταν προετοιμασμένη. Έκλαιγε μαζί με το μωρό, έκλαιγε και τη λιγοστή ώρα που εκείνο κοιμόταν. Παραπατούσε καθώς μέσα στην κούρασή της το 'παιρνε στην αγκαλιά της για να το ταΐσει, να τ' αλλάξει, να του κάνει το μπάνιο του και φοβόταν τώρα μήπως της έπεφτε απ' τα χέρια.

Φώναζε τη γιαγιά της, η οποία ερχόταν, καθόταν στο πλάι της, της έδινε κουράγιο κι όταν την κρατούσαν τα χέρια της, έπαιρνε λίγο το μωρό στην αγκαλιά της χωρίς όμως να μπορεί να το αναλάβει ούτε για μισή ώρα. Το μωρό έκλαιγε και μαζί του έκλαιγε κι η Βέρα, η οποία τρελαινόταν απ' την αγωνία για το πόσο αυτή η κατάσταση θα κρατούσε.

Ο Χάρης μπόρεσε δυο τρεις φορές να πάει να τους δει μόνο. Ευτυχώς, όταν βρισκόταν μαζί τους, ασχολιόταν με το μωρό. Ήξερε να τ' αλλάξει, να το ταΐζει, ήταν ψύχραιμος κι αποτελεσματικός αλλά δυστυχώς, η παρουσία του ήταν ελάχιστη. Με τη Βέρα λέγαν δυο τρεις κουβέντες δικές τους, τ' απαραίτητα και μετά για το μωρό και μόνο για το μωρό. Εκείνο, σαν όλα τα μωρά, εξασκούσε όλο τον εγωισμό του επάνω τους στερώντας τους τις προσωπικές τους στιγμές. Αυτές έπαψαν να υπάρχουν.

Η Βέρα απέφευγε να κοιτάξει τον εαυτό της στον καθρέφτη. Μια φορά που τόλμησε να το κάνει είδε ένα πρόσωπο αλλιώτικο, με μαύρους κύκλους κάτω απ' τα μάτια και με μια έκφραση αγωνίας που την κατατρόμαξε. Όσο για το σώμα της, ούτε λόγος. Βαριά πιο πολύ απ' την κούραση παρά απ' τα παραπανίσια κιλά σερνόταν με το ζόρι και δεν είχε καιρό ούτε για ένα μπάνιο της προκοπής.

Έτσι πέρασε ο πρώτος μήνας κι είχε μπει ο δεύτερος όταν η μαμά της κατάφερε να πάει να τους δει. Η περιπέτεια της υγείας του μπαμπά της είχε ευτυχώς περάσει αλλά ήταν πολύ αδύναμος για να τη συνοδεύσει κι έτσι οι μέρες που η Βέρα ξεκουράστηκε λιγάκι ήταν μετρημένες. Ευτυχώς, η θητεία του Χάρη έφτανε στο τέλος της και τα πράγματα θα βελτιώνονταν, έτσι τουλάχιστον πίστευε, γιατί και μόνο το μοίρασμα της ευθύνης του μωρού θα ήταν μεγάλη βοήθεια.

Όμως, ο Χάρης είχε άλλα σχέδια. Ήδη, πριν τελειώσει το στρατιωτικό του, προσπαθούσε να τακτοποιηθεί σε δουλειά. Όταν ερχόταν στη Θεσσαλονίκη ξόδευε τις περισσότερες ώρες αναζητώντας κάποια ευκαιρία που θα μπορούσε να έχει μόλις θα ήταν ελεύθερος. Οι προσπάθειές του δεν ευοδώνονταν και τώρα, τις λίγες ώρες που 'μενε στο σπίτι με τη Βέρα και το μωρό ήταν μέσα στα νεύρα και δεν ασχολούνταν μαζί τους όπως πριν. Ο χαρακτήρας του είχε αρχίσει ν' αλλάζει απ' τον εκνευρισμό του που δεν κατόρθωνε να βρει κάτι που θα του εξασφάλιζε τους πόρους για την οικογένειά του. Φυσικά, μέχρις ενός σημείου ήταν δικαιολογημένος αλλά η Βέρα που τον περίμενε πώς και πώς να σταθεί πλάι της και να τη βοηθήσει, έβλεπε ότι τέτοια προοπτική δεν υπήρχε.

Ευτυχώς μια μέρα, ο μπαμπάς της πάλι με τις γνωριμίες του, τον τακτοποίησε σε μια θέση η οποία ήταν περίοπτη κι εξασφάλιζε στον Χάρη προοπτικές πολύ καλές. Επιτέλους, η γκρίνια του σταμάτησε και τελειώνοντας το στρατιωτικό του, την άλλη μέρα κιόλας βρέθηκε στη δουλειά του με δικό του γραφείο, πολύ καλό μισθό και ξεκούραστο ωράριο. Η τράπεζα στην οποία μόλις είχε διοριστεί είχε τα γραφεία της πάνω στη θάλασσα κι εκτός απ' το πολύ ωραίο περιβάλλον που πρόσφερε στους υπαλλήλους της, για εκείνον ήταν μια πρώτης τάξεως ευκαιρία για ανέλιξη γιατί οι προοπτικές ήταν θαυμάσιες και το κυριότερο, ο προϊστάμενός του είχε τη θέση του στην Αθήνα.

Το πρώτο που 'κανε ο Χάρης μόλις άρχισε τη δουλειά του ήταν να δώσει εξετάσεις στο τμήμα Οικονομικών της Νομικής και να περάσει εύκολα στο τρίτο έτος των σπουδών. Τώρα, η Βέρα τον είχε κοντά της αλλά με τη δουλειά και τις σπουδές του πάλι έμενε μόνη με την ευθύνη για το μωρό να βαραίνει τους δικούς της ώμους. Ευτυχώς όμως ένιωθε τουλάχιστον πως κάποιος βρισκόταν δίπλα της αν κι αυτό ήταν μάλλον τυπικό.

Με τη φιλοδοξία να πετύχει στη δουλειά του και ν' αναρριχηθεί σε ακόμη ανώτερα κλιμάκια, ο Χάρης άρχισε σιγά-σιγά να ζει μόνο γι' αυτήν, παραμελώντας την οικογένειά του. Έκλεινε ραντεβού μ' ανθρώπους που συνέχεια γνώριζε ακόμη και Σαββατοκύριακα κι όταν η Βέρα παραπονιόταν, εκείνος έλεγε ότι τα 'κανε τάχα γι' αυτούς. Είχε πλέον αρχίσει να γίνεται φανερό πως δεν δούλευε για να ζήσει αλλά ζούσε για να δουλεύει. Η υπερβολή αυτή είχε αρχίσει να του γίνεται μανία κι όσο οι επιτυχίες του μεγάλωναν τόσο μίκραινε το νοιάξιμό του για τη Βέρα. Όταν είχε χρόνο τον αφιέρωνε μόνο στο παιδί και δεν τον πείραζε καθόλου που εκείνη ένιωθε όλο και περισσότερο μόνη. Στα συνεχιζόμενα παράπονά της είχε με τον καιρό αρχίσει να μη δίνει καθόλου σημασία ενώ ο εγωισμός του φούσκωνε όλο και περισσότερο.

Στην αρχή η Βέρα θεώρησε φυσιολογική αυτή του την αντίδραση. Στο κάτω-κάτω ήταν ένα πάμπτωχο παιδί με μεγάλες φιλοδοξίες που χάρη στο μυαλό αλλά και την εργατικότητά του φαινόταν ικανό να τις πραγματοποιήσει. Ήταν ο καιρός του να δείξει πόσο άξιζε κι επομένως, οι όποιες υπερβολές του στην πραγμάτωσή τους ήταν θεμιτές. Έπειτα, πριν πάρει μια ανάσα απ' τα διαβάσματα είχε πέσει πάλι με τα μούτρα σ' αυτά ενώ παράλληλα δούλευε. Οι επιδόσεις του και στα δύο ήταν εξαιρετικές. Κάθε μέρα το πρωί πήγαινε στη δουλειά κι αμέσως μόλις γύριζε έτρωγε κάτι στο πόδι και γραμμή στο πανεπιστήμιο για να παρακολουθήσει τις παραδόσεις που τον ενδιέφεραν και να καλύψει όλα τα πεδία των απαιτήσεων της δουλειάς του στην τράπεζα.

Μόλις γύριζε, έπαιζε λίγο με το μωρό και μετά κλεινόταν στο γραφείο του, διάβαζε όλη τη νύχτα και πολλές φορές και την άλλη μέρα πάλι απ' την αρχή. Έδινε τα μαθήματα το ένα πίσω απ' τ' άλλο και πριν περάσει χρόνος είχε περάσει το τρίτο έτος και με πολύ καλούς βαθμούς στις εξετάσεις που 'δινε.

Η Βέρα ασχολούνταν αποκλειστικά με το παιδάκι. Πολλές φορές το 'παιρνε και πήγαιναν βόλτα, ανεξάρτητα απ' τον καιρό, για να έχει ο Χάρης απόλυτη ησυχία όταν διάβαζε. Με τον τρόπο της τον βοηθούσε στις επιδιώξεις του όσο κι αν ένιωθε ότι όλο και περισσότερο η απόστασή τους μεγάλωνε. Έμενε ένας χρόνος ή λίγο παραπάνω για να τελειώσει τις σπουδές του στα οικονομικά κι άξιζε τον κόπο να δείξει λίγη υπομονή. Η Βέρα πίστευε πως αργότερα θα μπορούσαν να ζήσουν σαν ζευγάρι. Μέχρι τότε είχε μόνο τα καθήκοντά της ως μαμά και μετά θα γινόταν μια πραγματική οικογένεια με το χρόνο καταμερισμένο, όπως ταίριαζε σε κάθε εργαζόμενο, ανάμεσα σ' αυτήν και στη δουλειά.

Ο Χάρης συνέχιζε τον τρόπο της ζωής που είχε επιλέξει για το καλό όλων, όπως έλεγε. Μετά από ένα χρόνο και κάτι πήρε το πτυχίο του στα οικονομικά και μάλιστα με άριστα. Εν τω μεταξύ, απ' τις επαφές του στην τράπεζα αλλά κι έξω απ' αυτήν είχε αρχίσει να δικτυώνεται γνωρίζοντας όλο και περισσότερο κόσμο, καταστρώνοντας συνέχεια καινούρια σχέδια για την εδραίωσή του και γιατί όχι, έχοντας κατά νου να δημιουργήσει και τις προϋποθέσεις ώστε να κάνει δουλειές δικές του, αυστηρά προσωπικές.

Κατέβαινε συχνά στην Αθήνα παίρνοντας πρωτοβουλίες που άρεσαν πολύ στον προϊστάμενό του, ο οποίος είχε αρχίσει να τον θαυμάζει τόσο πολύ ώστε σ' ένα απ' τα ταξίδια του στη Θεσσαλονίκη θέλησε να γνωρίσει την οικογένειά του. Η Βέρα έβαλε τα δυνατά της να τον περιποιηθεί όσο καλύτερα μπορούσε κι είναι αλήθεια πως ο κάπως ψηλομύτης, όπως κατάλαβε, καλομεγαλωμένος και λίγο σνομπ κύριος, έμεινε πάρα πολύ ευχαριστημένος.

Ο Χάρης ικανοποιήθηκε απ' την εικόνα του οικογενειάρχη που 'βγαλε προς τα έξω καταβάλλοντας προσπάθεια ώστε να δείχνει ότι κι εκεί ήταν εξίσου αποτελεσματικός όπως και στη δουλειά του.

Όμως, για τη Βέρα τα πράγματα είχαν αρχίσει να γίνονται εντελώς διαφορετικά. Οι προβληματισμοί για το γάμο της είχαν αρχίσει να πληθαίνουν κι ένας πόλεμος γεννιόταν στην ψυχή της. Παρακολουθούσε εδώ και καιρό πως σιγά-σιγά ο Χάρης έφευγε απ' τον οικογενειακό κύκλο κι άρχιζε να φτιάχνει έναν δικό του κόσμο, όπου εκτός απ' τους συνεργάτες και τους επαγγελματίες με τους οποίους ερχόταν σε επαφή, έβαζε και διάφορες γυναίκες που καμία σχέση δεν είχαν μ' όλα αυτά και που εναλλάσσονταν χωρίς να δικαιολογείται καθόλου η παρουσία τους εκεί.

Ο άνθρωπος που όταν πήγε να ορκιστεί ζήτησε απ' τη Βέρα μισή δραχμή για ν' αγοράσει εφημερίδα και να την χρησιμοποιήσει ως πάτο στα τρύπια παπούτσια του, είχε γίνει τώρα ένας απαιτητικός κι αλαζονικός τύπος που είχε αρχίσει να συμπεριφέρεται σαν παγώνι, που φρόντιζε ν' αγοράζει τ' ακριβότερα ρούχα και να δίνει την εντύπωση σ' όλους πως ήταν ένας πολύ επιτυχημένος επιχειρηματίας.

Η αλήθεια ήταν πως μέσα απ' τη δουλειά του είχε κάνει σημαντικές γνωριμίες. Φρόντιζε με κάθε τρόπο να δικτυωθεί στους κύκλους τους κι εύκολα γινόταν αποδεκτός, γιατί το χάρισμά του στην επικοινωνία ήταν αναμφισβήτητο. Έκανε επίδειξη των γνώσεων του με μεγάλη μαεστρία και με τη μεγάλη του εξυπνάδα είχε αρχίσει να πραγματοποιεί έναν-έναν τους στόχους του, οι οποίοι ήταν πολλοί. Ήθελε να αναρριχηθεί στην τράπεζα και τα κατάφερε. Σε λίγο καιρό απέκτησε το δικαίωμα να προχωρεί σε αποφάσεις χωρίς την έγκριση των Αθηνών κι η δύναμή του δεν άργησε ν' ακουστεί σ' όλους, των οποίων τα συμφέροντα είχαν σχέση με μεγάλα δάνεια και πολυποίκιλες δραστηριότητες.

Μέσα στα επόμενα δύο χρόνια η ζωή του άλλαξε. Δεν είχε πια ανάγκη τον μπαμπά της Βέρας, τα κατάφερνε μια χαρά μόνος του και τα χρήματα που άρχισε να βγάζει ήταν πολύ περισσότερα απ' όσα μπορούσε να κερδίσει ένας άνθρωπος της ηλικίας του κι ο Χάρης δεν είχε κλείσει ούτε τα τριάντα.

Εν τω μεταξύ στην οικογένεια προστέθηκαν άλλα δύο καινούργια μέλη, δύο αγοράκια. Δύο γυναίκες προσλήφθηκαν, η μία για τις δουλειές κι η άλλη για τα παιδιά με τη Βέρα να έχει την ευθύνη για όλα αυτά αλλά και για την κοινωνική ζωή που τώρα είχε αρχίσει να απαιτεί μεγάλο μέρος της ζωής του ζευγαριού.

Όμως δεν ήταν πια ζευγάρι. Ο Χάρης μετά βίας της απηύθυνε το λόγο, είχε αρχίσει να μη δέχεται κουβέντα σ' ό,τι κι αν έλεγε κι η υπεροψία του όλο και μεγάλωνε. Απ' τη μια έδειχνε σ' όλους πως τάχα ήταν ο άψογος οικογενειάρχης κι απ' την άλλη δεν έδινε σημασία ούτε στη Βέρα ούτε και στους γονείς της, τους οποίους τώρα έβλεπε σα φτωχούς συγγενείς. Όσο για τα παιδιά μάλλον καμάρωνε, αλλά ούτε κι αυτά απολάμβαναν τις αγκαλιές και τα χάδια του. Όλος του ο χρόνος ήταν αφιερωμένος στους ξένους. Αν ακόμη δεν υπήρχε κανείς λόγος γι' αυτό, δηλαδή μέσα στα Σαββατοκύριακα, ο Χάρης έβρισκε αφορμές για ν' απομακρύνεται απ' το σπίτι και τις οικογενειακές του υποχρεώσεις.

Εκτός απ' το χρόνο του σπαταλούσε και τα χρήματά του σ' απερίσκεπτες σπατάλες μόνο για εντυπωσιασμό. Ήταν ικανός να καλεί ανθρώπους, με τους οποίους δεν ήταν φίλος, σε τραπέζια και σε πανάκριβα ρεστοράν μόνο και μόνο για να έχει τη χαρά να δείχνει τη δύναμή του. Παρήγγελνε γλυκά απ' τα καλύτερα ζαχαροπλαστεία της Θεσσαλονίκης κι οι σερβιτόροι, στους οποίους πάντοτε φερόταν σα να ήταν υποτακτικοί του, κάναν αγώνα δρόμου για να προλάβουν τις πιο παράλογες επιθυμίες του ξέροντας ότι με το πουρμπουάρ θα τους αποζημίωνε.

Όλα αυτά τα 'βλεπε η Βέρα κι ανατρίχιαζε και κάθε φορά που έβρισκε την ευκαιρία να του μιλήσει, άκουγε βαριές κουβέντες. Τότε μαζευόταν στο καβούκι της κι αυτό το κορίτσι που κάποτε ήταν σαν την καλή χαρά και γεμάτο αυτοπεποίθηση άρχισε σιγά-σιγά ν' αμφιβάλλει για τον εαυτό της. Της φαινόταν πως δεν άξιζε σα σύζυγος, σα γυναίκα, σα μητέρα και μολονότι είχε αναλάβει όλες τις ευθύνες για την ανατροφή των τριών παιδιών τους, τις σπουδές τους, τη φροντίδα για την υγεία τους, ο Χάρης δεν έβρισκε ούτε μια καλή κουβέντα να της πει.

Εκείνος όσο ψήλωνε απ' τον υπερτροφικό εγωισμό του και την ανείπωτη αλαζονεία του, τόσο η Βέρα μαράζωνε κι έχανε σιγά-σιγά όλο και μεγαλύτερο κομμάτι απ' την αυτοεκτίμησή της. Δεν άκουγε τίποτε άλλο παρά μόνο μειωτικές παρατηρήσεις κι ειρωνικά σχόλια για την ανεπάρκειά της σ' όλους τους τομείς της κοινής τους ζωής.

Το «κοινή ζωή» σήμαινε βέβαια μόνο το μοίρασμα της ίδιας στέγης γιατί ζωή δεν υπήρχε έτσι κι αλλιώς παρά μόνο ένα πήγαιν' έλα για ένα μπάνιο, αλλαγή ρούχων κι έναν ύπνο που κι αυτός σιγά-σιγά μειωνόταν, καθώς ο Χάρης έμενε μέχρι πολύ αργά το βράδυ έξω με φίλους. Έτρωγε μαζί τους, διασκέδαζε, επέστρεφε στο σπίτι όταν όλοι ήταν στα κρεβάτια τους και το πρωί έφευγε πολύ νωρίς. Καμιά φορά τύχαινε να μην έχει δει τα παιδιά του για δύο, ακόμη και τρεις μέρες, αλλά η φιλοδοξία του για τα πολλά και τα μεγάλα ήταν τόσο έντονη που υποσκέλιζε ακόμη και την αγάπη του γι' αυτά. Για τη Βέρα ούτε λόγος. Τώρα είχε αρχίσει να της φέρεται μ' αναίδεια κι οι παρατηρήσεις που της έκανε, το λίγο που βρισκόντουσαν, γινόταν όλο και περισσότερες.

Δεν άργησε να φύγει απ' την τράπεζα που πια δεν τον χωρούσε κι άνοιξε τη δική του επιχείρηση που βασιζόταν πιο πολύ στις ιδέες του απ' τις οποίες κέρδιζε όλο και περισσότερα χρήματα. Είχε νοικιάσει ένα μεγάλο διαμέρισμα στον ωραιότερο δρόμο της Θεσσαλονίκης, τη λεωφόρο Νίκης, κοντά στο γραφείο της τράπεζας όπου κάποτε δούλευε. Τώρα είχε πάρει υπαλλήλους, είχε το δικό του λογιστήριο κι εκεί περνούσε τον καιρό του. Το επίπλωσε με τ' ακριβότερα έπιπλα, τα καλύτερα χαλιά και τους πιο μοντέρνους πίνακες. Στα τριάντα του είχε κιόλας επιτύχει να δημιουργήσει μία σεβαστή περιουσία, πράγμα θεμιτό, που αν δεν συνοδευόταν από απόλυτη απαξία για την οικογένεια, θα καμάρωνε μ' όλη την ψυχή της η Βέρα.

Εκείνη όλο και πιο συχνά άρχισε να νιώθει μια περίεργη κούραση που την κατέβαλε και που δεν είχε καμία απολύτως σχέση με δραστηριότητες. Αισθανόταν κουρασμένη, ακόμη κι όταν έμενε τις πιο πολλές ώρες της ημέρας στο σπίτι της. Είχε αρχίσει να μην μπορεί να συγκεντρωθεί, της μιλούσαν κι ούτε τα μισά δεν άκουγε. Δεν μπορούσε να φάει κι είχε αρχίσει να κουράζεται κι από πράγματα που κάποτε της φαινόταν πολύ ευχάριστα. Ίσα-ίσα που κατόρθωνε με μεγάλη προσπάθεια να είναι συνεπής απέναντι στις υποχρεώσεις που είχε στα παιδιά της κι ακόμη μεγαλύτερη προσπάθεια έκανε για να δείχνει στους γονείς της ότι περνούσε μια χαρά. Δεν ήθελε με τίποτε να τους στεναχωρήσει. Αυτή την υπόσχεση είχε δώσει στον εαυτό της απ' την εποχή που ήταν με το Δημήτρη κι είχαν περάσει κι εκείνοι μαζί της όλη τη φρικτή δοκιμασία της αρρώστιας του και μετά του χωρισμού τους.

Η Βέρα αισθανόταν πια την ανάγκη να ζητήσει από κάπου βοήθεια αφού της είχε καρφωθεί στο μυαλό η ιδέα πως ίσως να ήταν βαριά άρρωστη. Άρχισε τότε να πηγαίνει από γιατρό σε γιατρό, επισκεπτόταν ιατρεία όλων των ειδικοτήτων. Όλοι τη βρίσκανε μια χαρά αλλά η ίδια όλο και κατέρρεε. Τώρα, με δυσκολία ανταποκρινόταν στις υποχρεώσεις της και καλά-καλά δεν μπορούσε ούτε και να μιλήσει. Άρχισε να κλείνεται στον εαυτό της κι αποφάσισε ότι ήταν καιρός να πει το πρόβλημά της στο Χάρη, ο οποίος έδειχνε να μη δίνει καμία σημασία στις μέχρι τότε σιωπηρές παρακλήσεις της που εκδηλωνόταν μόνο με τις αδύναμες κινήσεις του σώματός της. Τον παρακάλεσε να μιλήσουν, να της αφιέρωνε λίγο απ' το χρόνο του κι αφού το ζήτησε και το ξαναζήτησε, ο Χάρης της έκλεισε ραντεβού στο γραφείο του για να μιλήσουν.

Το πράγμα, αν δεν ήταν τόσο θλιβερό, θα μπορούσε να ήταν κωμικό να βρεθεί ένα αντρόγυνο σ' επαγγελματικό χώρο για να πουν τα δικά τους σα να τους έλειπε το σπίτι. Όμως, η Βέρα το δέχτηκε και ξεκίνησε για το γραφείο του με μισή, είναι αλήθεια, καρδιά. Περίμενε στο μεγάλο σαλόνι μέχρι εκείνος να τελειώσει τα τηλεφωνήματά του. Περίμενε και περίμενε σα να ήταν ασθενής χωρίς ραντεβού στον πιο πολυάσχολο μεγαλογιατρό. Οι υπάλληλοι περνούσαν από μπροστά της καθώς μπαινοβγαίνανε στα γραφεία τους κι όταν η Βέρα αντιλήφθηκε το γεμάτο οίκτο βλέμμα τους, αναγκάστηκε να γυρίσει στο σπίτι άπρακτη και με την απογοήτευση να της έχει κόψει τα πόδια.

Εκείνο το βράδυ ο Χάρης όχι μόνο δεν γύρισε στο σπίτι, αλλά δεν έκανε ούτε τον κόπο να της τηλεφωνήσει, για να δικαιολογηθεί ή να της πει ότι δεν είχε σκοπό να κοιμηθεί στο σπίτι τους. Οι ώρες περνούσαν κι η Βέρα αναγκάστηκε γεμάτη αγωνία να τηλεφωνήσει στην τροχαία, γιατί φοβήθηκε ότι κάποιο ατύχημα του είχε συμβεί. Όταν η απάντηση που πήρε από κει ήταν αρνητική, άρχισε να παίρνει ένα-ένα τα νοσοκομεία που εφημέρευαν μήπως είχε πάθει κάτι και τον είχαν μεταφέρει εκεί. Οι απαντήσεις κι από εκεί ήταν αρνητικές. Πέρασε τη νύχτα όλη κουβαριασμένη με μία κουβέρτα στον μεγάλο καναπέ του σαλονιού περιμένοντας από στιγμή σε στιγμή ν' ακούσει το κλειδί του στην πόρτα αλλά μάταια. Είχε ξημερώσει, τα παιδί φύγαν για το σχολείο κι ο Χάρης δεν είχε δώσει σημεία ζωής. Η αγωνία της για τη ζωή του είχε φύγει αλλά ένα άλλο συναίσθημα ταπεινωτικό και μίζερο την κυρίευσε.

Όταν χτύπησε το τηλέφωνο, είχε γίνει σχεδόν μεσημέρι κι η Βέρα καθόταν ακόμη κουλουριασμένη στον καναπέ αγκαλιά με την κουβέρτα της. Βιάστηκε να σηκώσει τ' ακουστικό που το είχε δίπλα της όλη τη νύχτα κι άκουσε μια φωνή όλο αναίδεια να της λέει ότι κακώς είχε φύγει απ' το γραφείο του το προηγούμενο απόγευμα. Αλλά τέτοια ήταν, ανυπόμονη κι εγωίστρια και δεν μπορούσε να καταλάβει πόσο σοβαρές ήταν οι δικές του ασχολίες, οι οποίες τους εξασφάλιζαν εκείνο το υψηλό επίπεδο διαβίωσης.

Η Βέρα δεν πίστευε στ' αυτιά της. Όχι μόνο την είχε αγνοήσει, όχι μόνο δεν είχε γυρίσει στο σπίτι όλο το βράδυ, αλλά την κατηγορούσε κι από πάνω. Ένιωσε στο πετσί της τόσο πολύ αυτή την άδικη συμπεριφορά του απέναντί της που δεν μπόρεσε να πει κουβέντα. Άκουγε μια αντρική φωνή να τη μαλώνει, να ζητάει τα ρέστα για όσα εκείνη είχε περάσει όλη τη νύχτα και δεν πίστευε στα αυτιά της. Αναρωτιόταν πώς ήταν δυνατό αυτός ο άνθρωπος που την είχε κυνηγήσει τόσο πολύ μέχρι να την πείσει να παντρευτούν, που είχε ευεργετηθεί απ' την οικογένειά της, μπορούσε να της μιλάει με τέτοιο ύφος, σ' αυτό τον τόνο και να την ταπεινώνει τόσο πολύ. Όταν στο τέλος κατόρθωσε να του πει όλα όσα είχε περάσει εκείνη τη νύχτα, πόσες ώρες τον περίμενε νωρίτερα στο γραφείο του και πόσο είχε ανησυχήσει, τότε η φωνή του βγήκε τσιριχτή κι άρχισε να τη βρίζει.

Η Βέρα κατέβασε τ' ακουστικό με χέρι που 'τρεμε και δάκρυα τρέχαν σ' ένα αποσβολωμένο πρόσωπο. Αυτός δεν ήταν άνθρωπος. Ήταν ένα τέρας που φορούσε μάσκα, ήταν ένα ασυνείδητος που είχε παίξει θέατρο σε βάρος της και σε βάρος της οικογένειάς της.

Έκλαιγε μέχρι την ώρα που τα παιδιά γύρισαν απ' το σχολείο και μεμιάς κατάφερε να τους χαμογελάσει. Εκείνη τη στιγμή αισθάνθηκε μια βαθιά λύπη για τα πλάσματα εκείνα που κι η ίδια, χωρίς να το ξέρει, είχε καταδικάσει στο να έχουν για πατέρα τους ένα μισητό υποκείμενο.

Προσπάθησε μ' όλη της τη δύναμη να μη δείξει τίποτα απ' όλα αυτά που είχαν προηγηθεί και την είχαν τόσο πληγώσει. Έπρεπε πια η ίδια να προστατεύσει τον εαυτό της με κάθε τρόπο. Έτσι, όπως ένας καταδικασμένος σε θάνατο ψάχνει όλες τις ευκαιρίες που μπορεί ν' αλλάξουν την ποινή του, βάλθηκε κι η Βέρα να βρει τους τρόπους που θα τη διευκόλυναν στο να επιβιώσει και να προστατέψει τα παιδιά της.

Την άλλη μέρα άρχισε τα τηλεφωνήματα στους περισσότερους απ' τους γιατρούς που είχε επισκεφτεί τον προηγούμενο καιρό και κάποιος απ' αυτούς της συνέστησε να επισκεφτεί έναν ψυχίατρο. Το να ξεκινήσει κάποιος στα είκοσι οκτώ του να επισκέπτεται ψυχίατρο, όταν μάλιστα κανείς απ' τους δικούς του δεν έχει ιδέα, ήταν ένα στραπατσάρισμα γεμάτο άσχημες σκέψεις κι αγωνία. Όμως η Βέρα δεν είχε άλλη επιλογή. Το συζήτησε μόνο με τη φίλη της τη Χρυσούλα, η οποία έτυχε να γνωρίζει αυτόν το νεαρό ψυχίατρο, ο οποίος πριν λίγα χρόνια είχε αρχίσει την καριέρα του κι η πολύ καλή του φήμη ήταν ήδη γνωστή σε πολλούς απ' τους πανεπιστημιακούς κύκλους όπου βρισκόταν κι ο άντρας της...

Η Βέρα έκλεισε το ραντεβού με τον ψυχίατρο χωρίς δισταγμό για την επόμενη κιόλας ημέρα. Ήταν, για καλή της τύχη, ένας συμπαθέστατος ευγενικός άντρας, λίγα χρόνια μεγαλύτερός της και τη δέχτηκε με τέτοιο τρόπο που η Βέρα ένιωσε αμέσως οικεία μέσα στ' άγνωστο εκείνο περιβάλλον.

Το γραφείο αποτελούνταν από μία μεγάλη βιβλιοθήκη της οποίας το περιεχόμενό της ασφυκτιούσε απ' τους τόμους τους φακέλους και τα πολλά ξενόγλωσσα βιβλία μαζί μ' ένα μεγάλο καρυδένιο σκαλιστό γραφείο όπου

290

πάνω του βρισκόταν λογής-λογής αντικείμενα και τοίχους γεμάτους από πίνακες ζωγραφικής. Η Βέρα πήρε τη θέση της στη δερμάτινη καφέ πολυθρόνα που βρισκόταν απέναντι απ' τον χαμογελαστό κι ήρεμο γιατρό. Σ' αυτή την πολυθρόνα θα περνούσε πολλές ώρες τα επόμενά της χρόνια.

Εκείνο που την είχε εντυπωσιάσει απ' την πρώτη στιγμή ήταν ότι ο γιατρός έδινε την εντύπωση πως μάλλον ήταν σα να του 'κανε φιλική επίσκεψη παρά ότι είχε πάει εκεί για να τη θεραπεύσει. Είχε ένα μαγικό τρόπο να της συμπεριφέρεται σα να ήταν παλιός γνώριμος κι αν κάποιος τη ρωτούσε τότε τι είδους εξέταση της έκανε, θα του απαντούσε πως καμιά απολύτως εξέταση δεν της έκανε. Μιλούσαν περί ανέμων και υδάτων, της μιλούσε για την οικογένειά του, την καταγωγή του και τις σπουδές του, ακόμη και για τα χρόνια που είχε περάσει στο στρατό.

Μόλις την έβλεπε να κλαίει, γιατί η Βέρα έκλαιγε πια και χωρίς σοβαρό λόγο, της έδινε χαρτομάντιλα και της έλεγε πόσο καλό θα της έκανε το κλάμα στην επιδερμίδα της με τόσο σοβαρό ύφος, που σε λίγο την έκανε να γελάει.

Τον πρώτο καιρό που τον επισκεπτόταν την κρατούσε τρεις, καμιά φορά και τέσσερις ώρες και τη βοηθούσε ν' απασχολεί το μυαλό της με θέματα που αφορούσαν στη μουσική, στους κανόνες της ελληνικής γλώσσας, στους τύπους των ανωμάλων ρημάτων, πράγματα που τη Βέρα δεν την απασχολούσαν πια και μετά η συζήτηση κατέληγε πάντοτε στη ζωγραφική. Ο ίδιος ήταν ερασιτέχνης και λάτρευε τη ζωγραφική κι έτσι ανάμεσα στην Αναγέννηση και στο Ντανταϊσμό κλεινόταν το ραντεβού για την επόμενη επίσκεψη.

Πέρασε πολύς καιρός μέχρι ν' αρχίσει να τη ρωτάει για τους γονείς της, την παιδική της ηλικία, τους φίλους και τις συνήθειές της. Η κουβέντα, όπου κι αν στρεφόταν, γινόταν πάντοτε σε τόσο ευχάριστο κλίμα, που όσο η Βέρα βρισκόταν στο ιατρείο του, έβρισκε τον παλιό καλό εαυτό της.

Η συζήτηση για το Δημήτρη ήταν πάντα δομημένη απ' τον γιατρό με τον πιο απαλό τρόπο. Έκανε τη Βέρα να πιστεύει σιγά-σιγά ότι ήταν κάτι *που θα μπορούσε να συμβεί στον καθένα, πως δεν υπήρχε κάποιο μυστήριο γύρω απ' αυτό και πως σίγουρα θα μπορούσε η Βέρα να τον σκέπτεται, χωρίς όμως να πληγώνεται, και κυρίως να συνηθίσει στην ιδέα πως δεν ήτανε μαζί με το Δημήτρη το μοναδικό ζευγάρι που είχε περάσει τόσο άσχημα. Μέχρι τότε η Βέρα πίστευε πως είχε ζήσει κάτι μοναδικά τραγικό, πως ήταν η ηρωίδα κάποιου μελοδράματος υποταγμένης στη μοίρα που της είχε ορίσει κάποιος κακός μάγος, πως είχε βιώσει όλες εκείνες τις εμπειρίες γιατί κάποιος αόρατος εχθρός είχε ζηλέψει το ευτυχισμένο ζευγάρι.*

Φυσικά, η απομυθοποίηση του τραγικού γεγονότος την έκανε να αισθανθεί πως στη ζωή του κανείς μπορεί να συναντήσει τις πιο σπάνιες περιπτώσεις και ν' αντιμετωπίσει καταστάσεις που ένας κοινός νους δεν μπορεί να διανοηθεί. Μ' άλλα λόγια, ο καλός εκείνος γιατρός τη βοήθησε να πατήσει για τα καλά πάνω στη γη, που καθώς τη διαβαίνει κανείς, μπορεί να συναντήσει άγρια θηρία αλλά και καταπράσινες πεδιάδες με τα πιο σπάνια κι όμορφα πουλιά.

Καθώς η Βέρα για πρώτη φορά αντιμετώπιζε την πραγματικότητα, όπως την είχε ζήσει χωρίς να την αφορίζει αλλά ούτε να την ωραιοποιεί, άρχισε να βλέπει μ' άλλο μάτι το Χάρη. Όχι πως είχε παύσει να την πληγώνει και να τη μειώνει με τη συμπεριφορά του, κάθε άλλο. Απλώς, τώρα αισθανόταν μια εξοικείωση μ' όλα τα δυσάρεστα που ζούσε μέσα στο γάμο της.

Άρχισε λοιπόν σιγά-σιγά να βάζει προτεραιότητες στη ζωή της και πάνω απ' όλα τα παιδιά της για τα οποία στιγμή δεν είχε πάψει να νοιάζεται. Απλώς, ο γιατρός τη βοήθησε να καταλάβει πως έπρεπε να προσέξει τον εαυτό της, γιατί σε κανέναν δεν θα ήταν χρήσιμη αν συνέχιζε να τον παραμελεί. Έτσι, σιγά-σιγά άρχισε να προγραμματίζει τη ζωή της και να γεμίζει τις όποιες ελάχιστες ώρες είχε στη διάθεσή της, όταν τελείωναν οι υποχρεώσεις της προς τα παιδιά. Είχε αρχίσει να ξαναβρίσκει τις παλιές της φίλες και τα ενδιαφέροντά της, φρόντιζε να τις καλεί στο σπίτι της όποτε μπορούσε, να βλέπουν μαζί ταινίες και να φτιάχνουν μακαρονάδες με καινούριους τρόπους κάθε φορά. Τώρα επιτέλους είχε σε κάποιον να μιλήσει, ήξερε ότι μπορούσε να σηκώσει το τηλέφωνο και ν' ακούσει μια ανθρώπινη φωνή. Άρχισε να κατεβαίνει για ψώνια, ν' αγοράζει πράγματα για το σπίτι, για τον εαυτό της κι όλη αυτή η διαδικασία τη βοηθούσε.

Ο Χάρης είχε γίνει τώρα ασύδοτος. Το σπίτι είχε γίνει ξενοδοχείο κι η προκλητική ζωή του συνεχιζόταν. Είχε φτάσει πια στο σημείο να μη δίνει λογαριασμό ούτε για το πού βρισκότανε ούτε για το αν θα γύριζε το βράδυ στο σπίτι. Είχε γίνει ένας αχρείος εργένης που άφηνε την οικογένειά του χωρίς τύψεις, που δεν γύριζε πολλές φορές στο σπίτι, που ταξίδευε κάθε Σαββατοκύριακο σε προορισμούς που ούτε καν έλεγε πού βρισκόταν, που δεν έδινε δεκάρα για τη Βέρα. Το μόνο που 'δινε ήταν χρήματα. Πολλά χρήματα που δεν μπορούσαν να ξοδευτούν.

Τότε ήταν που η Βέρα -τα παιδιά τώρα είχαν μεγαλώσει αρκετά- άρχισε να τα ξοδεύει χωρίς να υπολογίζει. Απ' τη μια γιατί ήταν η μοναδική συμμετοχή του Χάρη στην οικογένεια κι απ' την άλλη γιατί ήταν κι ένας τρόπος να πασπαλίζει τις πληγές του ανύπαρκτου γάμου της με χρυσόσκονη. Ήταν το μόνο που 'παιρνε απ' το Χάρη. Δεν είχαν καμιά άλλη επαφή οι συζητήσεις τους κι οι λιγοστές κουβέντες τους αφορούσαν κυρίως σε πρακτικά θέματα, ή κάποια ενημέρωση, την οποία ζητούσε σπάνια απ' τη Βέρα κι αφορούσε στην πρόοδο των παιδιών.

Οι δουλειές του πήγαιναν απ' το καλό στο καλύτερο, τα χρήματα όλο και πλήθαιναν κι η Βέρα τα ξόδευε χωρίς πολλή σκέψη αγοράζοντας όλο περιττά κι αχρείαστα ρούχα κι αντικείμενα. Ήταν ικανή να μπει σ' ένα κατάστημα και κάτι που της άρεσε να το παίρνει σ' όλα τα χρώματα που υπήρχαν.

Η ζωή της γινόταν όλο και πιο μοναχική κι η συντροφιά των φιλενάδων την κάλυπτε λίγο πια. Είχε χρόνια ν' ακούσει μια γλυκιά κουβέντα απ' το Χάρη κι αν δεν ήταν κι ο μπαμπάς της να της λέει πόσο ομόρφαινε καθώς μεγάλωνε, ούτε που θα 'κανε τον κόπο να κοιτάξει τον εαυτό της στον καθρέφτη. Ένιωθε πως ωρίμαζε, πως ήταν επιθυμητή μόνο απ' τα βλέμματα και τα πειράγματα που της κάνανε καθώς περπατούσε, γιατί είχε χάσει τόσο πολύ την εμπιστοσύνη της, κυρίως στους άντρες, που ακόμη κι όταν κάποιος την πλησίαζε μέσα απ' το φιλικό της περιβάλλον, εκείνη γύριζε αμέσως την πλάτη της. Έβλεπε τα ζευγάρια που την περιτριγύριζαν και δείχναν το δέσιμο μεταξύ τους κι ένιωθε ένα σφίξιμο στην καρδιά της. Όσο κι αν προσπαθούσε να εκλογικεύσει την ανυπαρξία του δικού της γάμου, σαν κάτι όχι και τόσο σπάνιο στη ζωή, δεν μπορούσε παρά να αισθάνεται απόρριψη και να μελαγχολεί με τη σκέψη ότι όσα χρήματα και να έχει κανείς, όσο κι αν μπορεί να ξοδεύει, το κενό απ' την έλλειψη της αγάπης δεν γεμίζει με τίποτα.

Τα γενέθλιά της, αυτή τη μέρα που τόσο τη γιόρταζε από τότε που θυμόταν τον εαυτό της, τα περνούσε μόνο με τα παιδιά και τους γονείς της. Ο Χάρης ήταν πάντα απών. Δεν έκανε την παραμικρή προσπάθεια να είναι έστω και μία φορά μαζί τους και ποτέ δεν της είχε κάνει ένα δώρο.

Καθώς περνούσε ο καιρός, η Βέρα άρχισε να ταξιδεύει όλο και πιο πολύ. Απ' τη μια στιγμή στην άλλη, όταν η μοναξιά την έπνιγε, έπαιρνε τ' αεροπλάνο και κατέβαινε στην Αθήνα για μια μέρα κι όταν είχε περισσότερο χρόνο, πήγαινε στην Ευρώπη, γύριζε στις μεγαλύτερες πόλεις, ψώνιζε κι επέστρεφε στο ξενοδοχείο της μόνο όταν πια δεν την κρατούσαν τα πόδια της.

Σ' ένα απ' τα ταξίδια της στην Αθήνα αποφάσισε να πάει και να βρει το Δημήτρη που είχε χρόνια να δει. Έψαξε, έμαθε τη διεύθυνση και το τηλέφωνό του κι ένα απόγευμα, μετά από πολλή σκέψη και συναισθήματα που πάλλονταν μέσα της, αποφάσισε να τον πάρει στο τηλέφωνο. Απάντησε μια ευγενική γυναικεία φωνή που η Βέρα αμέσως αναγνώρισε. Ήταν η μικρότερη αδελφή του, αυτή που τον φρόντιζε όλα τα χρόνια που βρισκόταν στην Αθήνα. Της είπε ποια ήταν με κάποιο δισταγμό γιατί φοβήθηκε την αντίδρασή της, αλλά η αδελφή του έκανε τέτοιες χαρές μόλις κατάλαβε ποια ήταν, που αμέσως όλες οι αμφιβολίες της διαλύθηκαν. Συμφώνησαν να πάει την ίδια κιόλας μέρα η Βέρα στο σπίτι τους για να δει το Δημήτρη.

Είχαν περάσει πάνω από δέκα χρόνια που είχε να τον δει κι η απόφαση που είχε πάρει την κλόνισε για λίγο. Δεν μπορούσε να φανταστεί ποια θα ήταν η αντίδρασή του μόλις θα την έβλεπε, σκεφτόταν μήπως η παρουσία της τον επηρέαζε αρνητικά κι όλα αυτά τη βασάνιζαν μέχρι τη στιγμή που 'φτασε στην πολυκατοικία της οδού Ιπποκράτους. Με το που άνοιξε η πόρτα του διαμερίσματος μια μυρωδιά κλεισούρας ανακατεμένη με φάρμακο τη χτύπησε. Κοντοστάθηκε λίγο, αλλά η αδελφή του Δημήτρη είχε κιόλας ανοίξει την αγκαλιά της και την είχε κλείσει μέσα της με γλυκόλογα και φιλιά. Αυτή η αγκαλιά της έκανε πολύ καλό. Μίλησαν λιγάκι οι δυο τους, έξω απ' την πόρτα του δωματίου του για την κατάστασή του και μετά η Βέρα βάζοντας όλο της το κουράγιο την άνοιξε απαλά και μπήκε.

Το θέαμα που αντίκρισε την τάραξε. Πάνω στο ξύλινο διπλό κρεβάτι ήταν ξαπλωμένος ένας άνθρωπος που δεν είχε καμιά σχέση με το Δημήτρη όπως τον θυμότανε. Τα μαλλιά του είχαν όλα πέσει, το πρόσωπό του ήταν πρησμένο, ο λαιμός είχε εξαφανιστεί. Νόμιζες ότι κεφάλι κι ώμος είχαν γίνει ένα. Απ' αυτό τον αφύσικο συνδυασμό κρεμόταν δύο ασθενικά χεράκια δεξιά κι αριστερά του. Ένα μεγάλο χαμόγελο δέσποζε στο πρόσωπο εκείνου τ' ανθρώπου και μόνο απ' τη φωνή του, καθώς την καλωσόριζε, αναγνώρισε τον Δημήτρη της.

Η Βέρα προσπάθησε να μη δείξει την ταραχή της, χαμογέλασε κι εκείνη όσο μπορούσε και τον πλησίασε. Μα πού είχε πάει η ομορφιά του; Πού ήταν εκείνα τα πλούσια καστανά μαλάκια που τόσες και τόσες φορές τα είχε χαϊδέψει; Πού βρισκόταν το αντρειωμένο παρουσιαστικό του; Γιατί να βρίσκεται έτσι εκεί ξαπλωμένος μ' ένα άσπρο πάπλωμα που σκέπαζε ό,τι είχε απομείνει απ' το θαυμάσιο σώμα του;

Η Βέρα προσπάθησε μ' όλη της τη δύναμη να φανεί ψύχραιμη, να κάνει πως δεν επηρεάστηκε καθόλου απ' το πλάσμα που αντίκριζε, αλλά όταν την κάλεσε να καθίσει δίπλα του στο κρεβάτι, δεν μπόρεσε. Σωριάστηκε στην πολυθρόνα που βρισκόταν απέναντι απ' το κρεβάτι. Προφασίστηκε ότι επειδή ερχόταν

295

από ταξίδι ήταν κουρασμένη, δεν πρόλαβε να φρεσκαριστεί και θα ήταν καλύτερα να μην πάει τόσο κοντά του. Μιλούσε και μιλούσε για την κούρασή της με περισσή έμφαση για να κρύψει τη διαλυμένη της ψυχή απ' το θέαμα που αντίκριζε. Δεν έπρεπε ούτε σταγόνα δακρύων ν' αφήσει να της ξεφύγει. Έπρεπε να καδράρει το χαμόγελό της. Μ' άλλα λόγια έπρεπε να παίξει ένα θέατρο.

Ο Δημήτρης την κοίταζε όλος χαρά και λαχτάρα κι εκείνη δεν μπορούσε ούτε κοντά του να πάει. Νόμιζε πως αυτός που είχε απέναντί της ήταν κάποιος ξένος, κάποιος άτυχος που έτυχε να βρίσκεται εκεί, πως ήταν κάποιος άλλος άνθρωπος. Εκείνος με περισσή δύναμη τη ρωτούσε για όλα. Για τη ζωή της, για τα παιδιά της, για το πώς περνούσε, για το αν ήταν ευτυχισμένη στο γάμο της και μαζί να της λέει πόσο όμορφη ήταν, πόσο είχε χαρεί που πήγε να τον δει.

Η Βέρα ένιωθε τόσο λίγη κι άχρηστη μπροστά στη μεγαλοσύνη αυτού του ανθρώπου, ο οποίος υπέμεινε την αναπηρία του, γιατί ήταν πια κατάκοιτος, και παρ' όλα αυτά έκανε ό,τι μπορούσε για να μη τη φέρει σε δύσκολη θέση. Της έλεγε πόσο τη σκεφτόταν όλα αυτά τα χρόνια που είχαν μεσολαβήσει χωρίς να έχουν την παραμικρή επαφή, πόσο την είχε επιθυμήσει και πόσο θα 'θελε να τη βλέπει κάθε φορά που θα κατέβαινε στην Αθήνα. Μέχρι και τι είδους μουσική της άρεσε τη ρωτούσε και μετά από πολλή, πολλή ώρα φώναξε την αδελφή του για να φέρει καφέ και γλυκό στη Βέρα.

Τα είχε τόσο πολύ φροντίσει όλα που την έκανε να νιώσει όπως παλιά, τότε που ζούσαν μαζί, που πίστευαν πως δεν θα χωρίζανε ποτέ. Της έδινε αγάπη απ' αυτήν που τόσα χρόνια είχε στερηθεί, έβγαζε τ' αποθέματα της ψυχής του και τα 'στρωνε στα πόδια της. Ούτε μια στιγμή δεν παραπονέθηκε, λεπτό δεν βαρυγκώμησε για την κατάστασή του. Όλη του η έννοια ήταν πώς να την κάνει να αισθάνεται όσο πιο άνετα γινόταν. Όταν ήρθε η ώρα να την αποχαιρετήσει, το μόνο που ζήτησε ήταν να πηγαίνει να τον βλέπει όποτε ο δρόμος της την έφερνε στην Αθήνα. Της κρατούσε τα χέρια, όπως μπορούσε, και την κοίταζε όλο αγάπη και τρυφερότητα.

Μ' αυτά τα εφόδια γύρισε η Βέρα στη Θεσσαλονίκη και μπήκε πάλι στα καθημερινά. Σ' όλο το ταξίδι της επιστροφής προσπαθούσε να καταλάβει από πού έβρισκε όλη αυτή τη δύναμη ο Δημήτρης, ο οποίος με το ζόρι έστριβε δεξιά και αριστερά πάνω στο κρεβάτι του. Ήταν ανίκανος να κουνήσει το κορμί του κι όμως, σ' εκείνη τη συνάντησή τους αυτός ήταν ο δυνατός κι η ίδια ένιωθε μικρή και λίγη, άχρηστη κι ελλειπής.

Έπειτα από κείνο το ταξίδι άρχισαν να μιλούν όλο και πιο συχνά στο τηλέφωνο και σε κάποιο απ' αυτά, που συνέπεσε να έχει τα χάλια της, δεν μπόρεσε να κρατήσει τα δάκρυα και τον πόνο της και του τα είπε όλα. Το πόσο άσχημα περνούσε μέσα σ' εκείνο τον ανύπαρκτο γάμο, πως στην ουσία μεγάλωνε μόνη της τα τρία της παιδιά, πως δεν είχε ένα αποκούμπι, πως ο Χάρης την ταπείνωνε και την υποτιμούσε.

Έλεγε κι έλεγε η Βέρα, του άνοιξε όλη της την ψυχή για όσα ζούσε όλα εκείνα τα χρόνια χωρίς να τολμάει να τα πει σε κανέναν, χωρίς να έχει κάποιον να της συμπαρασταθεί. Ο Δημήτρης την άκουγε χωρίς να μιλάει και μόνο όταν τα δάκρυα πνίξαν τη φωνή της, άκουσε τη δική του. Της είπε ότι τα είχε καταλάβει όλα μόλις την αντίκρυσε, πως παρά τη φροντισμένη εμφάνιση και τα χαμόγελα, αναγνώρισε τη μελαγχολία στο πρόσωπό της. Της είπε πως πάντοτε θα ήταν δίπλα της όποτε κι αν τον χρειαζόταν, έστω κι από μακριά, έστω και με τα χάλια που είχε. Δεν είχε παρά να του τηλεφωνεί όποτε το 'θελε κι εκείνος θα τη βοηθούσε ν' απαλύνει τον πόνο της.

Στα επόμενα τηλεφωνήματά τους που όλο και συχνότερα γινόταν της έδινε κουράγιο, την τόνωνε σα να ήταν μόνο εκείνη που 'θελε στήριξη. Ούτε μια φορά δεν της παραπονέθηκε για την ταλαιπωρία που περνούσε, για τις ανόυσιες μέρες του, για το γεγονός ότι ήταν καρφωμένος στο κρεβάτι με μόνη του συντροφιά την τηλεόραση και τη μουσική που άκουγε απ' το ραδιόφωνο του κομοδίνου του. Πάντοτε ήταν μειλίχιος, πάντοτε υπομονετικός σε μια ιδιότυπη επικοινωνία που είχαν αναπτύξει και που η Βέρα την επιζητούσε όλο και πιο πολύ. Το ίδιο συχνά γινόταν τα ταξίδια της στην

Αθήνα, που αραίωναν μόνο τους καλοκαιρινούς μήνες, όταν πήγαινε με τα παιδιά της στο εξοχικό, το οποίο εκείνο τον καιρό είχαν αποκτήσει, σ' ένα απ' τα ωραιότερα βουνά της Ελλάδας.

Σ' εκείνο το εξοχικό βρέθηκε για να γιορτάσει εκείνα τα Χριστούγεννα η οικογένεια και μάλιστα με το Χάρη, ο οποίος είχε πάει μερικές μέρες νωρίτερα για να το ζεστάνει και παράλληλα να τελειώσει κάποιες δουλειές που είχε στην όμορφη παραθαλάσσια πόλη, η οποία βρισκόταν λίγα χιλιόμετρα κάτω απ' το πανέμορφο βουνό με τις καστανιές. Η Βέρα θ' ακολουθούσε μόλις τα παιδιά θ' άρχιζαν τις διακοπές τους απ' το σχολείο όπου φοιτούσαν.

Έτσι, η Βέρα ετοίμασε με χαρά όλα τ' απαραίτητα γιατί ήταν απ' τις σπάνιες φορές που θα κάνανε Χριστούγεννα όλοι μαζί. Τις περισσότερες φορές ο Χάρης προφασιζόταν δουλειές στο εξωτερικό κι έτσι η ίδια περνούσε τις μέρες εκείνες αλλά κι όλες τις υπόλοιπες γιορτές μόνη της. Έτσι, ευχαριστημένη που επιτέλους θα βρίσκονταν όλοι μαζί, ξεκίνησε για το εξοχικό με προσδοκίες για οικογενειακές διακοπές.

Ο Χάρης εμφανίστηκε στο σπίτι ώρες μετά την άφιξή τους και τους είπε πως ήταν όλοι τους καλεσμένοι σε φιλικό σπίτι για το ρεβεγιόν των Χριστουγέννων. Δεν είπε ούτε γιατί είχε αργήσει τόσο πολύ, ούτε γιατί τους είχε αφήσει να τον περιμένουν ενώ στο τηλέφωνο τους είχε διαβεβαιώσει ότι θα ήταν στο εξοχικό και θα τους περίμενε.

Η γιορτινή βραδιά έφτασε και ξεκίνησαν όλοι μαζί για το φιλικό σπίτι, του οποίου τους ενοίκους του, η Βέρα δεν γνώριζε. Μόλις φθάσαν εκεί μια δυσάρεστη έκπληξη την περίμενε. Μια κυρία κάποιας ηλικίας τους άνοιξε την πόρτα, τους καλωσόρισε και μετά από λίγο εμφανίστηκε μια νεαρή γυναίκα που ήταν η κόρη της κι έκανε πολλά σκέρτσα μόλις αντίκρισε το Χάρη. Η οικειότητα που του 'δειχναν μάνα και κόρη ήταν αφύσικη για γνωριμία μόλις λίγων ημερών. Το ίδιο αφύσικη ήταν κι η απουσία κάποιου άντρα της οικογένειας εκείνης.

Στη Βέρα δεν άρεσε καθόλου η ατμόσφαιρα εκείνου του σπιτιού απ' την πρώτη στιγμή κι η άποψή της αυτή ενισχύθηκε καθώς έβλεπε όλο και πιο πολύ το Χάρη και τη νεαρή γυναίκα να σιγοψιθυρίζουν ο ένας στον άλλο, ν' αγγίζονται και μερικές φορές να κάνουν σα να ήταν οι μοναδικοί μέσα στο σπίτι. Η Βέρα δαγκώθηκε, κατάλαβε σε τι παγίδα την είχε παρασύρει ο Χάρης, αυτός ο αναίσχυντος, ο οποίος δεν είχε υπολογίσει ούτε αυτήν ούτε τα παιδιά τους. Ένιωθε σαν παρείσακτη σ' εκείνη την πέρα για πέρα αρρωστημένη ατμόσφαιρα που μόνο το στομάχι της ανακάτευε και δεν ήταν καθόλου όπως την περίμενε. Όμως, για να μη δημιουργήσει θέμα μπροστά στα παιδιά, τα οποία ζαρωμένα δίπλα της κοίταζαν χωρίς να καταλαβαίνουν τι ακριβώς συνέβαινε, έσφιξε τα δόντια της κι έκανε υπομονή τις υπόλοιπες τέσσερις ώρες, αυτές τις μαρτυρικές που την είχε αναγκάσει να περάσει το κτήνος εκείνο με τη μορφή ανθρώπου.

Όταν με τα πολλά γύρισαν σπίτι τους, εκείνος όχι μόνο αρνήθηκε να της εξηγήσει την απαίσια συμπεριφορά του αλλά προσπάθησε να τη βγάλει και τρελή, γιατί όπως της είπε αν δεν ήταν τέτοια, δε θα χρειαζόταν να τρέχει κάθε τόσο στον ψυχίατρο.

Η Βέρα πληγώθηκε τόσο πολύ απ' τα λόγια του που την άλλη κιόλας μέρα με μια δικαιολογία πήρε τα παιδιά της και γύρισαν στη Θεσσαλονίκη. Την Πρωτοχρονιά την πέρασε μαζί τους και με τους γονείς της που μην έχοντας την παραμικρή ιδέα για το τι συνέβαινε στην κόρη τους, λυπήθηκαν που ο καημένος ο Χάρης ήταν υποχρεωμένος να λείπει τέτοιες γιορτινές μέρες μακριά απ' την οικογένειά του μιας κι έπρεπε να τρέξει για δουλειές, οι οποίες τόση ευμάρεια πρόσφεραν σ' όλους τους. Η Βέρα πάλι, με το στόμα κλειστό έπρεπε να παριστάνει την ευτυχισμένη σύζυγο μόνο για το χατίρι τους.

Εκείνος ο αχρείος γύρισε στο σπίτι τη δεύτερη μέρα της Πρωτοχρονιάς σα να μη συνέβαινε τίποτε. Μ' ένα θρασύ βλέμμα και με την υπεροψία να ξεχειλίζει απ' τους σιχαμερούς τρόπους του, πέταξε κάπου τα ρούχα

*του, έκανε ένα βιαστικό μπάνιο κι εξαφανίστηκε χωρίς να πει κουβέντα.
Το φίδι αυτό είχε αρχίσει να φτύνει το δηλητήριό του και στις ψυχούλες
των παιδιών. Η Βέρα έβλεπε τ' απορημένα τους βλέμματα κάθε φορά που
εκείνος βρισκόταν στο σπίτι, αλλά κυρίως τις κουβέντες τους όταν νόμιζαν
ότι η μαμά δεν τ' ακούει. Είχαν αρχίσει να καταλαβαίνουν πολλά, ίσως και
πολύ περισσότερα απ' ό,τι νόμιζε η Βέρα. Όμως, σαν κάποιος να τους είχε
επιβάλει κανόνες σιωπής, κανένα τους δεν ρωτούσε το παραμικρό όταν
εκείνος εξαφανιζόταν για μέρες απ' το σπίτι και κυρίως, όταν φερόταν μ'
απαίσιο τρόπο στη Βέρα.*

Ο τρελός Απρίλης ανακάτευε τον καιρό, έκανε τα σύννεφα να χά-
νουν τον προσανατολισμό και τη φτιαξιά τους και να δείχνουν συνέ-
χεια σα να είναι θυμωμένα. Τότε από γκριζόασπρα παίρναν ένα χρώ-
μα μολυβί, βάφαν όλο τον ουρανό και σκότιζαν τα λουλούδια και τα
δέντρα της Βέρας. Εκείνος ο κήπος της ήταν σαν θυμωμένος απ' το
φυσικό του σκέπαστρο και δεν ήθελε καθόλου να δείξει τα χρώματά
του. Ένα γκρίζο σκούρο που καμιά φορά έδειχνε και κάτι σαν μαύ-
ρο ήταν τις δύο τελευταίες μέρες το ένδυμά του. Κάτι σιχαμερό είχε
αρχίσει εκείνο τον καιρό να κινείται ανάμεσα στα λουλούδια και τους
θάμνους. Η Βέρα δεν μπορούσε να διακρίνει καθαρά απ' τη μεγάλη
απόσταση που μεσολαβούσε ανάμεσα στην τρελή εκείνη διάταξη των
στρεμμάτων του κήπου της, αν ήταν κάποιο ερπετό ή κάποιο σιχαμερό
σκουλήκι.

Η Βέρα ήταν πανέτοιμη για το πάρτι των γενεθλίων της αν και απέ-
μεναν ακόμη τέσσερις μέρες. Μάλιστα, σκεφτόταν να κλείσει το ραντε-
βού με την κομμώτρια της εγκαίρως γιατί οι μέρες του Πάσχα πλησία-
ζαν κι έτσι καθώς ήταν πολυάσχολη, υπήρχε περίπτωση να μην έχει ώρα
για να την περιποιηθεί. Σκεφτόταν φέτος να μάζευε τα μαλλιά της σ'

ένα χαμηλό σινιόν κι ίσως να τα στόλιζε με μία ροζ παιώνια αν έβρισκε στο αγαπημένο της ανθοπωλείο στου Στάγκου.

Τα παιδιά της φέτος θα της κάναν ένα δώρο και τα τρία μαζί, αλλά κάτι πολύ ιδιαίτερο. Όπως της είχε πει η κόρη της εμπιστευτικά, η οποία είχε και το γενικό πρόσταγμα, σκέφτονταν να της αγοράσουν ένα ζευγάρι μακριά σκουλαρίκια με μπριγιάν και μαργαριτάρια. Η ίδια ήξερε πόσο πολύ της άρεσαν τα κοσμήματα στη μαμά της κι ειδικά αυτές οι διάφανες αστραφτερές πέτρες κι οι νωχελικοί λευκοί κάτοικοι των στρειδιών. Τα δε σκουλαρίκια ήταν τα πιο αγαπημένα της απ' όλα τ' άλλα. Είναι αλήθεια πως η Βέρα είχε δεκάδες ζευγάρια απ' αυτά, αλλά πάντα κάτι καινούριο έβλεπε στις βιτρίνες κι όταν κάτι της άρεσε πολύ, τ' αγόραζε χωρίς δεύτερη σκέψη.

Αλλά το μόνο που τη χαροποιούσε πια, εκτός φυσικά απ' τα τρία καμάρια της, ήταν οι βόλτες στα μαγαζιά κι ο καφές espresso. Χρόνια τώρα που τα παιδιά της είχαν πάει στα δικά τους σπίτια, είχαν τις δουλειές και τις συντροφιές τους, η Βέρα γέμιζε τις ώρες της μ' αυτές τις μικρές, άκακες απολαύσεις.

Με την οικονομική άνεση που της είχε εξασφαλίσει ο γάμος της διέθετε αυτή την πολυτέλεια, γιατί τις άλλες κοινωνικές συναναστροφές τις απέφευγε τα τελευταία χρόνια βρίσκοντάς τες ανούσιες έως και θεατρινίστικες. Μόνο που το τελευταίο διάστημα κι αυτές οι συνήθειές της, δηλαδή οι πρωινές βόλτες στο κέντρο της πόλης, είχαν περιοριστεί. Εκείνο που την χαροποιούσε και της πρόσφερε γαλήνη ήταν το μπαλκόνι με την θέα στην πόλη κι ο κήπος της που άλλαζε χρώματα.

Τώρα πια ο Χάρης είχα χάσει κάθε έννοια του μέτρου και του πρέπει. Οι γυναίκες εναλλάσσονταν στη ζωή του η μία μετά την άλλη κι ο αχρείος όχι μόνο δεν έκανε τον κόπο να καλύπτει τις πομπές του, αλλά άφηνε επί-

τηδες εδώ κι κει μέσα στο σπίτι και πειστήρια των πράξεών του. Η Βέρα τον είχε διαγράψει απ' τη ζωή της κι ανεχόταν την παρουσία του μόνο και μόνο για τα παιδιά και τους γονείς της, οι οποίοι ανύποπτοι καθώς ήταν για όλα αυτά που συνέβαιναν, δεν χάναν ευκαιρία να τον επαινούν για τις επαγγελματικές του επιτυχίες.

Η Βέρα σκεφτόταν πια να τον χωρίσει γιατί δεν άντεχε πλέον ούτε εκείνη την ελάχιστη παρουσία του στο σπίτι. Από καιρό κοιμόταν στο δικό της δωμάτιο γιατί σιχαινόταν ακόμη και την ανάσα του. Ο μόνος που 'ξερε τα πάντα για τη ζωή της ήταν ο Δημήτρης που όταν δεν νοσηλευόταν σε κάποιο νοσοκομείο εξαιτίας των επιπλοκών της αρρώστιας του, οι οποίες όλο και πλήθαιναν καθώς περνούσε ο καιρός, ήταν πάντα εκεί περιμένοντας το τηλεφώνημά της. Η Βέρα όταν μπορούσε πήγαινε και τον έβλεπε και μιλούσαν με τις ώρες εκείνη καθισμένη στη συνηθισμένη πολυθρόνα απέναντι απ' το κρεβάτι του κι εκείνος ξαπλωμένος πάντοτε στην ίδια θέση με το κορμί του ανήμπορο τελείως. Όμως, το χαμόγελο δεν έσβηνε απ' τα χείλη του και τα παρηγορητικά του λόγια την ξαλάφρωναν.

Σ' εκείνον πρωτομίλησε για την επιθυμία της να ζητήσει διαζύγιο αλλά εκείνος την απέτρεψε. Της έλεγε πως έπρεπε να κάνει κι άλλη υπομονή στ' όνομα των παιδιών της κι αν τα πράγματα φτάνανε κάποτε στο απροχώρητο, θα 'πρεπε να μιλήσει πρώτα σ' αυτά.

Μία μόνο φορά τον άκουσε να κλαίει και να της λέει πως είχε κάνει τόσα όνειρα για τη ζωή τους και θα ήτανε όλα παραδεισένια αν δεν του τύχαινε εκείνη η καταραμένη αρρώστια. Οι λυγμοί του βγαίναν αδύναμοι και τα λόγια του έφταναν στ' αυτιά της λίγο μπερδεμένα αλλά εκείνο που σόκαρε τη Βέρα ήταν η μαρτυρία του για τα συναισθήματά του που τ' άφησε εκείνη τη μόνη φορά να βγουν αβίαστα απ' τα βάθη της ψυχής του. Ποιος ήξερε άραγε πόσες φορές είχε κλάψει όταν βρισκόταν μόνος τόσο χρόνια ξαπλωμένος σ' εκείνο το μαρτυρικό κρεβάτι, ανήμπορος για οτιδήποτε παρά μόνο για σκέψεις;

Η Βέρα θύμωσε με τον εαυτό της αργότερα όταν κάθισε και σκέφτηκε τα βάσανά του, τα οποία, σε σύγκριση με τα δικά της, ήταν πολύ πιο σοβαρά. Για την ακρίβεια ένιωσε πως τα δικά της ήταν ανάξια λόγου μπρος στο συνεχόμενό του άφατο πόνο και μετά κάθισε κι έκλαψε και για τους δύο. Για τον χρυσό της, τον αγαπημένο της Δημήτρη και για την κακή του μοίρα που τα πλοκάμια της είχαν δηλητηριάσει τη ζωή και των δύο. Αλλά εκείνη ήταν ευνοημένη. Είχε αποκτήσει τρία παιδιά, στεκόταν στα πόδια της και ζούσε. Αυτά και μόνο κάναν τη Βέρα να νιώσει ακόμη κι ευγνωμοσύνη για τη ζωή κι ας την περνούσε μέσα στις στεναχώριες και στις ταπεινώσεις. Τουλάχιστον εκείνη καμάρωνε και χαιρόταν με τα παιδιά της, περπατούσε, έβλεπε τις φίλες της, περνούσε τις μέρες της όρθια και δυνατή. Μόνο η ψυχή της είχε αρρωστήσει για τα καλά αλλά αυτό δεν φαινόταν. Κανένας, εκτός απ' τους πολύ δικούς της, δεν είχε καταλάβει το παραμικρό κι εκείνη φρόντιζε να το κρύβει όσο πιο πολύ μπορούσε κάτω από μια φροντισμένη εμφάνιση κι ένα χαμόγελο που όταν βρισκόταν με κόσμο δεν έσβηνε ποτέ απ' τα χείλη της.

Παρ' όλα αυτά, ακόμα κι απ' το χειρότερο κακό κάτι θετικό έβγαινε. Ο εγωισμός της κι οι απαιτήσεις του είχαν καταλαγιάσει μέσα της κι τα 'βλεπε όλα μ' επιείκεια. Είχε καταφέρει να βλέπει την ευχάριστη όψη των πραγμάτων και να είναι συγκαταβατική μ' όλες τις παραξενιές. Άφηνε την ψυχή της να κλάψει μόνο όταν βρισκόταν μόνη της στο σπίτι με τη μουσική απ' το Γ΄ πρόγραμμα ν' ακούγεται όλο το εικοσιτετράωρο απ' το στερεοφωνικό μηχάνημα με την άψογη απόδοση και μόνο όταν την έπνιγε το παράπονο κι έφτανε στο απροχώρητο διάλεγε τη μουσική που πιο πολύ της ταίριαζε και τη βοηθούσε να βγάλει τα σώψυχά της, αυτή που είχε γράψει ο αγαπημένος της Tschaikovsky. Το τελευταίο του έργο, η 6η συμφωνία που παρουσιάστηκε στο κοινό μια μόλις εβδομάδα πριν πεθάνει, ή μάλλον πριν τον δηλητηριάσουν, ήταν τ' αγαπημένο της.

Ωστόσο, τα χρόνια κυλούσαν σαν το νεράκι με τις υποχρεώσεις της Βέρας να μεγαλώνουν, καθώς τα παιδιά τώρα βρίσκονταν στην εφηβεία τους κι η επιτήρησή τους έπρεπε τώρα να είναι πιο αυστηρή αλλά και συνάμα πιο διακριτική. Έτσι, οι ώρες της ημέρας σχεδόν δεν της φτάναν όπως ήταν αναγκασμένη να προσέχει τις κινήσεις τους, αλλά περισσότερο να παρατηρεί τις διαφοροποιήσεις στο χαρακτήρα και τις αντιδράσεις τους. Πάντως ήταν, όπως διαπίστωνε με χαρά, καλά και συγκροτημένα παιδιά με σεβασμό και στους δύο γονείς και με τα θέλω τους να προσαρμόζονται στους κανόνες της οικογενειακής και της κοινωνικής τους ζωής. Γι' αυτά η Βέρα καμάρωνε ενώ όταν σκεφτόταν τον εαυτό της μελαγχολούσε.

Στο γιατρό της οι επισκέψεις ήταν πιο αραιές τώρα, αλλά εξακολουθούσε να είναι ο άνθρωπος στον οποίο εμπιστευόταν όλες τις σκέψεις και τις ανασφάλειές της. Είχε φτάσει στα τριάντα οκτώ της χρόνια κι ενώ όλα γύρω της, έμψυχα και άψυχα άλλαζαν, εκείνη εξακολουθούσε να βρίσκεται όποτε μπορούσε, χρόνια πίσω αντλώντας απ' την παιδική της ηλικία αποθέματα αγάπης γιατί της χρειάζονταν. Ευτυχώς που τ' αποθέματα αυτά ήταν αστείρευτα κι ευεργετικά για την ψυχή της κι έτσι μόνο μπορούσε να πορεύεται και να τα δίνει με τη σειρά της στ' αγαπημένα της πρόσωπα.

Το Δημήτρη τον επισκεπτόταν όποτε μπορούσε αν και τον τελευταίο καιρό ήταν ο χρυσός της τόσο αδύναμος που μετά βίας βγαίναν οι λέξεις απ' το στόμα του κι η δε φιγούρα του κάτω απ' τ' άσπρα σεντόνια άρχισε να φαίνεται σα να μην ανήκε πια στον κόσμο τούτο. Ωστόσο, όπως πάντα έβαζε όλες του τις δυνάμεις για να δείχνει ήρεμος και χαρούμενος κάθε φορά που την έβλεπε. Τη συμβούλευε, της μιλούσε για τα παλιά καλά χρόνια και με την υπομονή του έκανε τη Βέρα να παραδειγματίζεται και να υπομένει την προσωπική άδεια ζωή της.

Ο Χάρης συνέχιζε την ασωτία του με ρυθμούς ολοένα αυξανόμενους καθώς τα χρήματα που 'βγαζε όλο και πλήθαιναν κι η ματαιοδοξία του είχε ξεφύγει πέρα από κάθε όριο.

Τη μέρα που συνέβη το ατύχημα στη Βέρα έβρεχε ασταμάτητα απ' το πρωί αλλά χασομέρησε πίνοντας τον καφέ της και γύρω στις δώδεκα αποφάσισε να βγει για ψώνια. Φόρεσε μια μακριά μπεζ καπαρτίνα με φανελένια καρό επένδυση κι ένα ζευγάρι μαύρες ψηλές μπότες από λάστιχο, συμπλήρωσε μ' ένα καφέ αδιάβροχο καπέλο και καφέ γάντια την εμφάνισή της κι αφού κοίταξε τον εαυτό της στον καθρέφτη του χολ, ικανοποιημένη ξεκίνησε για τη βόλτα της στην αγορά. Η βροχή την ενθουσίαζε πάντα από τότε που μικρό κοριτσάκι ακόμη, έψαχνε να βρει τις λακούβες απ' τα νερά για να τσαλαβουτήσει νιώθοντας ταυτόχρονα τα μαλλιά της να γίνονται μούσκεμα και τα ρούχα της να στάζουν. Δεν την πείραζε που η μαμά της τη μάλωνε και ποτέ δεν τηρούσε τις υποσχέσεις που της έδινε ότι άλλη φορά δεν θα το ξανάκανε.

Τώρα που ήταν μια μεγάλη γυναίκα είχε κατάλοιπα αυτής της αγάπης για τη βροχή που εκτός απ' την αίσθηση της αγαλλίασης που της δημιουργούσε κάθε φορά, ιδίως όταν έπεφτε δυνατή, εκείνο που τη μάγευε ήταν η μουσική της με τον επαναλαμβανόμενο ρυθμό που κρατούσε ο μετρονόμος της φύσης.

Έτσι με μια χαρά, σχεδόν παιδική, ξεκίνησε κι εκείνη τη μέρα η Βέρα για τη βόλτα της χωρίς προορισμό, μόνο απ' την ανάγκη της να γευτεί όσο της επιτρεπόταν πια, την ευεργετική βροχούλα, χωρίς βέβαια να ψάχνει λακκούβες με νερό αλλά ευελπιστώντας ότι κάπου, δήθεν τυχαία, θα βούλιαζε με τις γαλότσες της στις μικρές λιμνούλες της πόλης. Ένα αίσθημα ευφορίας την κυρίευσε, καθώς ανεβοκατέβαινε τους μεγάλους δρόμους του κέντρου που την οδήγησε σ' αγορές που δεν είχε προγραμματίσει. Ήταν τόσοι οι πειρασμοί στις βιτρίνες που χωρίς καλά-καλά να το καταλάβει, βρέθηκε με πολλές σακούλες και στα δυο της χέρια. Η βροχή συνέχιζε να πέφτει χωρίς ν' αλλάξει το τέμπο της κι όταν η Βέρα έριξε μια ματιά στο ρολόι της, η ώρα ήταν ήδη περασμένες τρεις. Έχοντας έτσι για τέσσερις περίπου ώρες απολαύσει βόλτες, ψώνια και κυρίως τη βροχερή μέρα, αποφάσισε πως ήταν καιρός να γυρίσει στο σπίτι.

Με δυσκολία απελευθερώνοντας το δεξί της χέρι απ' τις σακούλες έβαλε το κλειδί στην εξώπορτα της πολυκατοικίας σκύβοντας λιγάκι προς τα εμπρός για να διευκολύνει την κίνησή της. Τότε ήταν που έχασε την ισορροπία της πατώντας πάνω στην καπαρτίνα της και γλιστρώντας έπεσε με δύναμη τέτοια που οι σακούλες σκορπίστηκαν κι η ίδια βρέθηκε πάνω στο μάρμαρο της εισόδου πέφτοντας μ' όλο της το βάρος πάνω στο χέρι που κρατούσε το κλειδί. Έκανε μια προσπάθεια να σηκωθεί αλλά ξαναπάτησε στην καπαρτίνα και ξανάπεσε με τον ίδιο τρόπο, όπως ακριβώς προηγουμένως κι αυτή τη φορά με περισσότερη δύναμη. Όταν προσπάθησε να σηκωθεί το δεξί της χέρι δεν την υπάκουσε. Βρισκόταν κάτω, ακουμπισμένο άψυχο πάνω στο βρεγμένο μάρμαρο της εξώπορτας.

Όταν η Βέρα συνειδητοποίησε ότι δεν μπορούσε να το ελέγξει έπαθε σοκ. Έμεινε να κοιτάζει αυτό το μέλος του σώματός της που ήταν σαν ξένο και μετά από λίγα δευτερόλεπτα άρχισε να καλεί σε βοήθεια. Δύο περαστικοί που 'τυχε να βρίσκονται εκεί κοντά τρέξαν, τη σήκωσαν και μαζεύοντας τις σπαρμένες εδώ κι εκεί σακούλες, τη βοήθησαν να μπει στο σπίτι της. Αδύναμη απ' το σοκ και μη ξέροντας τι ακριβώς της είχε συμβεί, φώναξε τη γυναίκα που ήταν κάθε μέρα μαζί της και φρόντιζε το σπίτι λέγοντάς της να ειδοποιήσει το Χάρη.

Η κυρία Ολυμπία, αυτό ήταν τ' όνομά της, την έβαλε πρώτα να καθίσει, της έδωσε ένα ποτήρι νερό για να συνέλθει κάπως κι έτρεξε στο τηλέφωνο. Σε λίγη ώρα, ως εκ θαύματος, έφτασε ο Χάρης, την πήρε κρατώντας την απ' τη μέση και την οδήγησε στ' αυτοκίνητο που με τ' αλαρμ και τη μηχανή αναμμένη βρισκόταν ακριβώς κάτω απ' το σπίτι.

Στο κεντρικό νοσοκομείο, το οποίο κείνη τη μέρα εφημέρευε, ο γιατρός δεν έκανε και πολύ να καταλάβει ότι το χέρι είχε σπάσει. Όταν όμως είδε την ακτινογραφία έμεινε κι εκείνος έκπληκτος. Είχε γίνει θρύψαλα σε τρία σημεία του μπράτσου και το μόνο που μπορούσε να κάνει, ήταν να το βάλει στο γύψο λέγοντάς της ότι έτσι όπως ήταν, δε γινόταν να χειρουργηθεί. Θα 'πρεπε να κάνει συντηρητική θεραπεία, πράγμα που σήμαινε πως το χέρι θα 'μενε στο γύψο για πολλούς μήνες, ίσως επτά με οκτώ.

Η Βέρα τα 'χασε. Απ' τη μια χάρηκε που θ' απέφευγε το χειρουργείο αλλά απ' την άλλη το να μείνει τόσους μήνες, με το δεξί χέρι ανίκανο να κινηθεί την απογοήτευσε. Τι θα 'κανε; Πώς θα ήταν οι μέρες της χωρίς να μπορεί να φροντίσει τον εαυτό της, να κάνει τ' απολύτως απαραίτητα; Όμως για την ώρα θα 'πρεπε να σκεφτεί σε ποιον γιατρό θα πήγαινε να την κουράρει σ' αυτή τη μακροχρόνια θεραπεία. Ευτυχώς που η φίλη της, η Χρυσούλα, της συνέστησε έναν ορθοπαιδικό που ήταν πολύ καλός και το ιατρείο του βρισκόταν πολύ κοντά στο σπίτι της.

Η κυρία Ολυμπία τη βοήθησε όπως-όπως να ξεντυθεί. Ο Χάρης ήταν κιόλας εξαφανισμένος κι η Βέρα βρέθηκε καθισμένη στον ευρύχωρο καναπέ του σαλονιού της. Το χέρι της παραδόξως δεν πονούσε καθόλου. Απλώς ήταν εξαφανισμένο κάτω απ' το γύψο και μόνο η παλάμη της διακρινόταν, πιτσιλισμένη κι αυτή μ' άσπρους κόκκους απ' το σκληρό υλικό που τώρα προστάτευε το χέρι της.

Καθώς δεν πονούσε, ένας θυμός την έπιασε. Μα ήταν δυνατόν πάνω στο ίσιωμα, έξω απ' την πόρτα του σπιτιού της να πάθει τέτοια ζημιά; Το πράγμα ήταν ολωσδιόλου γελοίο και το πέσιμο απ' τ' ανέλπιστα. Πιο πολύ θα τα 'βαζε με τον εαυτό της και την απρονοησία της να φορέσει εκείνη την μακριά καπαρτίνα που με τις ίσιες μπότες σχεδόν άγγιζε το δάπεδο, αν δεν άρχιζε σιγά-σιγά να νιώθει έναν πόνο που όλο και δυνάμωνε καθώς περνούσαν οι ώρες. Η καλή κυρία Ολυμπία έκανε ό,τι περνούσε απ' το χέρι της για να την παρηγορήσει που τώρα είχε βάλει τα κλάματα απ' τους πόνους, γιατί πάλι ένιωθε μόνη και κανένας Χάρης δεν βρισκόταν δίπλα της για να την κάνει να νιώσει πιο ασφαλής. Τα παιδιά ήταν στο σχολείο κι εκείνη τη μέρα δε θα γύριζαν στο σπίτι επειδή το πρόγραμμά τους με τα εξωσχολικά μαθήματα τ' ανάγκαζε κάθε Τετάρτη να επιστρέφουν αργά το βράδυ.

Η Βέρα στράφηκε πάλι στους μόνους ανθρώπους που πραγματικά μπορούσαν να την παρηγορήσουν: Στους γονείς της, οι οποίοι μόλις μάθανε τα νέα, τρέξαν στο πλάι της γεμάτοι αγωνία. Αυτοί εξακολουθούσαν να είναι τα στηρίγματά της, κι ας μην το 'ξεραν, αφού ήταν παντρεμένη σε γάμο δίχως άντρα. Αυτοί οι δύο ηλικιωμένοι πια άνθρωποι βρέθηκαν δίπλα της, την χάιδεψαν, την καθησύχασαν και μείνανε κοντά της μέχρι που τα παιδιά γύρισαν στο σπίτι. Ο ασύδοτος κι ακατανόμαστος σύζυγός της -μόνο κατ' όνομα βέβαια σύζυγος- όχι μόνο δεν εμφανίστηκε παρά μόνο πολύ αργά το βράδυ, αλλά ούτε καν έκανε τον κόπο να τηλεφωνήσει και να μάθει πώς ήτανε.

Κοιτάζοντας τους γονείς της η Βέρα άφησε τα δάκρυά της να κυλήσουν λέγοντάς τους ψέματα πως έκλαιγε γιατί πονούσε το σπασμένο της χέρι, ενώ η αλήθεια ήταν πώς πονούσε η ψυχή της απ' την αδιαφορία και την ασυνειδησία του ένοικου εκείνου του σπιτιού. Τα παιδιά της μαζεύτηκαν γύρω της σαν τα πουλάκια που δεν έχουν βγάλει ακόμη τα φτερά τους, κοιτάζοντάς την όλο αγωνία και περιμένοντας να τη δουν άτρωτη όπως την είχαν συνηθίσει. Η Βέρα έκανε προσπάθεια να τους χαμογελάσει γιατί δεν άντεχε τα λυπημένα τους βλέμματα και δεν ήθελε να ανησυχήσουν πιο πολύ από το αναπάντεχο δυσάρεστο γεγονός.

Όλο εκείνο το βράδυ πέρασε με την ίδια να πονάει -παρ' όλα τα χάπια που είχε πάρει- και την κυρία Ολυμπία δίπλα της να της ψιθυρίζει παρηγορητικά λόγια που ανάμεσά τους, για πρώτη φορά, δεν αφορούσαν μόνο το χέρι αλλά και τη ζωή που 'βλεπε τόσο καιρό να περνάει η Βέρα και που μέχρι τότε δεν είχε τολμήσει ποτέ να σχολιάσει. Από κείνη τη δύσκολη νύχτα η καλή γυναίκα έγινε κάτι σαν γκουβερνάντα της, πράγμα αφύσικο για μια τριανταοκτάχρονη αλλά απόλυτα συμβατό με την παροδική της αναπηρία. Εκείνη τη φρόντιζε, την έβαζε στο μπάνιο, την έντυνε, τη χτένιζε, καμιά φορά την τάιζε κιόλας όταν η Βέρα περνούσε άσχημες μέρες.

Ο Χάρης όχι μόνο δεν άλλαξε καμία απ' τις συνήθειές του, όχι μόνο δεν έκανε κάποια κίνηση που να δείχνει ότι τη νοιαζόταν αλλά το ίδιο κιόλας Σαββατοκύριακο ξεκίνησε για ένα απ' τα συνηθισμένα, τάχα για δουλειές, ταξίδια του. Βέβαια, οι μάσκες είχαν πέσει προ πολλού κι όταν είχε πια φτάσει στο σημείο να δίνει το τηλέφωνο του σπιτιού τους στις διάφορες φιλενάδες του, λέγοντάς τους πως η Βέρα ήταν η γραμματέας του, εκείνες ανύποπτες της λέγαν σε ποιο ξενοδοχείο βρισκόταν για να πάει εκείνος να τις συναντήσει. Τίποτε άλλο δεν της έμενε παρά να κάνει υπομονή για τ' αγαπημένα της παιδιά και τους έξοχους γονείς της. Η καρδιά της ήταν θρυμματισμένη σαν το χέρι της με μόνη διαφορά ότι εκείνο θα γινόταν καλά ενώ οι πληγές μέσα της δεν είχαν καμιά τέτοια προοπτική.

Όμως, ο άνθρωπος συνηθίζει ακόμη και τα πιο δύσκολα με τον καιρό κι έτσι η Βέρα ήταν σαν να μην τις ένιωθε. Προσπαθούσε να μην τις αφήνει να φαίνονται και να βγαίνουν στην επιφάνεια. Η ειρωνεία ήταν πως όλοι γύρω της πιστεύανε πως ήταν μια τυχερή γυναίκα, η οποία είχε έναν ωραίο και πετυχημένο άντρα, τρία καλά παιδιά και χρήματα, πολλά χρήματα. Για μια ακόμη φορά τη θεωρούσαν τυχερή όπως και παλιότερα με το Δημήτρη. Έτσι τη θεωρούσαν πάλι όλες οι φίλες της. Μόνο η Χρυσούλα ήξερε την αλήθεια γιατί η Βέρα είχε την ανάγκη να μιλήσει σε κάποιον άνθρωπο κι η Χρυσούλα ήταν πάνω απ' όλα εχέμυθη, προσόν απαραίτητο στις παρούσες συνθήκες.

Καθώς οι πρώτοι δύσκολοι μήνες μετά το ατύχημα είχαν περάσει σιγά-σιγά κι η κούρα του σπασμένου χεριού συνεχιζόταν μεν αλλά όλα είχαν πια μπει σε μια σειρά, ένα άλλο γεγονός ήρθε να συμπληρώσει τις δυσκολίες στην καθημερινότητα της ζωής της Βέρας. Είχε σκύψει μέσα στο μπάνιο και καθώς έκανε μια κίνηση να πάρει τη βούρτσα των μαλλιών της, που είχε πέσει κάτω, μόλις πήγε να σηκωθεί ένας δυνατός κι οξύς πόνος στη μέση της την καθήλωσε. Απ' τον πόνο κόπηκε η φωνή της για λίγο. Κατόρθωσε να βγάλει έναν ψίθυρο κι έπειτα κι άλλον χωρίς να μπορεί να κουνηθεί, μέχρι που η κυρία Ολυμπία κάτι άκουσε κι έτρεξε αμέσως προς το μέρος της.

Η Βέρα δεν μπορούσε να σταθεί όρθια ούτε με το καλό αριστερό της χέρι να πιαστεί από κάπου. Με πολλά βογγητά και μετά από αρκετή ώρα κατόρθωσε πάντα με τη βοήθεια της Ολυμπίας, που ευτυχώς ήταν δυνατή γυναίκα, να ισιώσει το σώμα της και με δειλά βήματα να περπατήσει μέχρι τον γνωστό μπλε καναπέ. Για να καθίσει όμως ούτε λόγος. Απλώς στηρίχτηκε με κόπο σ' ένα απ' τα μπράτσα του μέχρι ο γιατρός που θεράπευε το χέρι της -ευτυχώς ήταν της ειδικότητάς του- έφτασε στο σπίτι και την οδήγησε μέχρι το κρεβάτι της. Ήταν μια κλασική περίπτωση, της είπε αφού την εξέτασε, πάθηση της μέσης, μόνο που δυστυχώς θα 'πρεπε να μείνει για ένα μήνα ξαπλωμένη.

Ε, αυτό πια παραήταν για τη Βέρα! Πριν προλάβει να συνέλθει απ' το ένα κακό ,την είχε βρει και δεύτερο. Κι αυτό ήταν χειρότερο. Σκεφτόταν με θλίψη πως θα περνούσε αυτός ο μήνας, όταν όχι μόνο δεν θα μπορούσε να κουνήσει το χέρι της αλλά θα ήταν καθηλωμένη και στο κρεβάτι. Τα φάρμακα που της είχε δώσει ο γιατρός ήταν πολλά. Χάπια κι ενέσεις ήταν στην ημερήσια διάταξη, αλλά το χειρότερο απ' όλα ήταν η ακινησία στο κρεβάτι. Πώς θα περνούσε ο μήνας; Σκεφτόταν η Βέρα. Πώς θ' άντεχε αυτή την ταλαιπωρία; Σαν απάντηση της ήρθε η εικόνα του Δήμητρη, που τώρα κοντά είκοσι χρόνια ήταν σ' αυτή τη θέση που εκείνη η τυχερή θα βρισκόταν μόνο γι' αυτό το μήνα και καθώς τον είδε μπροστά της, ένιωσε ντροπή.

Δύο μέρες είχαν πια απομείνει μέχρι τα γενέθλια της Βέρας κι ήδη το ψυγείο είχε γεμίσει τόσο ασφυκτικά απ' τα τρόφιμα και τα ποτά, που σκέφτηκε ότι με την πρώτη ευκαιρία θα 'πρεπε ν' αγοράσει ακόμη ένα ψυγείο, έστω μικρότερο, αλλά που να μπορεί ν' αποθηκεύει τουλάχιστον τ' ανοικονόμητα μπουκάλια με τα ποτά, που τα περισσότερά τους έπρεπε να είναι κρύα. Θα μπορούσαν βέβαια μια χαρά να μένανε έξω αλλά πάλι θα γέμιζαν σκόνη και δε θα μπορούσαν να παρουσιαστούν στο τραπέζι αν δεν είχαν καθαριστεί. Εξάλλου, στην περιοχή που χρόνια τώρα έμενε, καθώς είχε φύγει από το κέντρο της πόλης, ένα δεύτερο ψυγείο θα τη διευκόλυνε και στα ψώνια της και δεν θα χρειαζόταν να φεύγει κάθε τρεις και λίγο για το σούπερ μάρκετ, που το κοντινότερο βρισκόταν δύο χιλιόμετρα μακριά από το σπίτι της.

Όμως, η μέρα εκείνη είχε ξημερώσει χωρίς τα πυκνά γκρίζα σύννεφα που σκίαζαν τον ουρανό τόσο καιρό. Λίγα υπήρχαν και μάλιστα τόσο αραιά που θύμιζαν λεπτές κλωστούλες από ανκορά μαλλάκι, έτοιμες να ξετυλιχθούν με το πρώτο αεράκι. Ήταν μια πρώτης τάξεως ευκαιρία για τη Βέρα να ξαπλώσει στην πολυθρόνα του μπαλκονιού της και ν' απολαύσει τη θέα της Θεσσαλονίκης που τον προηγούμενο καιρό της είχε λείψει.

Πήρε απ' τη ντουλάπα την αγαπημένη της μπεζ εσάρπα, έβαλε τ' ανοιχτόχρωμα γυαλιά της που της εξασφάλιζαν μεγαλύτερη ευκρίνεια στ' ανοιξιάτικα χρώματα τ' ουρανού και της θάλασσας και κατευθύνθηκε προς το αγαπημένο της κάθισμα. Όμως, πριν καθίσει γύρισε και για τα υπόλοιπα απαραίτητα: Τον καφέ, τα τσιγάρα και τ' αγαπημένο βιβλίο που τελευταία είχε αρχίσει να διαβάζει και την είχε συνεπάρει απ' τις πρώτες του σελίδες. Ήταν «Ο Μεγάλος Γκάτσμπι» του Francis Scott Fitzgerald και το κονσέρτο για βιολί κι ορχήστρα του Max Bruch ό,τι καλύτερο για να συνοδεύσει την ανάγνωση εκείνης την τόσο ρομαντική ιστορία, όπως είχε καταλάβει απ' την περίληψη του οπισθόφυλλου.

Όμως, πριν απ' όλα η Βέρα έπρεπε να ρίξει μια ματιά στο κήπο της, ο οποίος τις τελευταίες μέρες ήταν τόσο σκοτεινός και γκρίζος. Ήθελε να τον δει χρωματιστό και χαρούμενο κι η εικόνα του με την πρώτη ματιά που του 'ριξε δεν την απογοήτευσε. Τα χρώματα, τα όμορφα τα ροζ και τα φούξια, είχαν αρχίσει να διαγράφονται κάτω απ' τον γαλάζιο ουρανό κι απ' όσο μπορούσε να διακρίνει, τα δέντρα είχαν ανθίσει πιτσιλίζοντας τα κλαδιά τους με ροζ κι υπόλευκες μικρές μπουμπουκιασμένες μπαλίτσες. Ήταν τα πρώτα λουλουδίσματά τους μέσα στον Απρίλη που πάντοτε την αποζημίωνε με τον οργασμό της ανθοφορίας του. Κοίταξε πιο προσεκτικά και με χαρά της διαπίστωσε πώς ζουζουνάκια χρωματιστά τα περιτριγύριζαν, καθόταν καμιά φορά και πάνω τους πειθαναγκάζοντάς τα ν' ανοίξουν μια ώρα γρηγορότερα και να πουν τα δικά τους. Μερικές μαρουδίτσες πετούσαν εδώ κι εκεί. Αυτές ήταν πιο εύκολο για τη Βέρα να

311

τις βλέπει καθώς με τα κόκκινα κι άσπρα πουά φτεράκια τους ξεχώριζαν ανάμεσα στους άλλους συγγενείς τους.

Ακόμη κι ο Όλυμπος, μακριά στον ορίζοντα, είχε ένα ροδαλό χρώμα απ' τις ακτίνες του ήλιου που 'πεφταν πλάγια επάνω του, καθώς αγωνιούσαν στέλνοντας τα ζεστά τους χρώματα να λιώσουν τα τελευταία χιόνια που διακρινόταν στις πλαγιές του.

Είχε πάρα πολύ καιρό η Βέρα να δει αυτά τα ζεστά χρώματα που τώρα κυριαρχούσαν στον απέραντο κήπο της. Η διάθεσή της γλύκαινε με τις εικόνες αυτές κι αφού απόλαυσε τις πρώτες γουλιές του ζεστού καφέ της, αφοσιώθηκε στο βιβλίο της.

Οι πόνοι στη μέση της άρχισαν να υποχωρούν καθώς οι μέρες περνούσαν κι η θεραπεία που της είχε ορίσει ο γιατρός συνεχιζόταν. Το ίδιο καλά πήγαινε και το χέρι της, το οποίο αν και πρησμένο, είχε αρχίσει να δίνει τα πρώτα του καλά σημάδια με την απαραίτητη κι ενοχλητική φαγούρα. Τώρα τα δύσκολα είχαν περάσει. Η Βέρα είχε αρχίσει να βρίσκει το κέφι της και να κάνει σχέδια για όλα τα πράγματα που τόσο καιρό της είχαν λείψει. Ακόμη και το μπάνιο που θα 'κανε μόνη της, χωρίς τη βοήθεια της κυρίας Ολυμπίας, της φαινόταν σαν ένα χαρούμενο γεγονός. Το γεγονός ότι θα χτένιζε μόνη της τα μαλλιά της και θ' άφηνε επιτέλους το σπίτι της, ότι θα μπορούσε να κυκλοφορήσει χωρίς το φόβο μήπως σκοντάψει, όλα αυτά της φαινόταν υπέροχα.

Έτσι, με το ηθικό της αναπτερωμένο και καθώς τα παιδιά της εκείνο το Σαββατοκύριακο θα μέναν στους γονείς της, αποφάσισε να κάνει μια προσπάθεια να το περάσει με το Χάρη, που κατά τη συνήθειά του, ήταν απών όλο τον καιρό που τον χρειαζόταν, αφού εξακολουθούσε να μπαινοβγαίνει στο σπίτι σαν ένοικος. Πίστευε ότι για μια φορά δεν θα της χαλούσε το χατίρι, ότι θα σεβόταν την πολύμηνη ταλαιπωρία της και θα της αφιέρωνε λίγο απ' το χρόνο του.

Σίγουρη για το θετικό αποτέλεσμα της πρόσκλησής της, τον φώναξε απ' το γραφείο του και του είπε πως θα 'θελε πάρα πολύ να μένανε οι δυο τους εκείνο το Σαββατοκύριακο. Ήταν μια καλή ευκαιρία να μιλήσουν για τα παιδιά που πλησίαζε ο καιρός τους να σκεφτούν τι θα θέλανε να κάνουν μετά τις σπουδές τους στο Λύκειο, γιατί αυτό το ζήτημα ήταν κάτι που απασχολούσε εδώ και καιρό τη Βέρα. Έτσι, θα ήτανε μια πρώτης τάξεως ευκαιρία ν' ακούσει και τι σκεφτόταν κι ο ίδιος για το θέμα αυτό.

Ο Χάρης μπήκε στο δωμάτιό της και της έριξε ένα αδιάφορο βλέμμα, αλλά η Βέρα ήταν τόσο συνηθισμένη σ' αυτό που καθόλου δεν πτοήθηκε. Του είπε τις σκέψεις της και περίμενε να της απαντήσει. Μάλιστα, ήταν τόσο χαρούμενη με τη θετική τους προοπτική, που κοντά στ' άλλα της ξέφυγε και του είπε το παράπονό της για την απουσία του όλο αυτόν τον καιρό, όταν τον είδε να στέκεται πάνω απ' το κρεβάτι της αφήνοντας να φανεί ένα χαμόγελο στα χείλη του. Τότε εκείνος την κοίταξε καλά-καλά και με πολύ θράσος ξεστόμισε τις λέξεις που η Βέρα δεν περίμενε με τίποτα ν' ακούσει. Της είπε επί λέξει: «Εσύ και να πεθαίνεις, εγώ θα κάνω το πρόγραμμά μου» και μ' αυτά τα λόγια την άφησε, αποσβολωμένη κι ανίκανη ν' αρθρώσει λέξη, στο κρεβάτι της κάνοντας μια γρήγορη μεταβολή και κλείνοντας πίσω του την πόρτα.

Εκείνο το Σαββατοκύριακο η κυρία Ολυμπία, που όλα τα προηγούμενα είχε μείνει δίπλα της και μόνο για να δει την οικογένειά της έλειπε για δύο τρεις ώρες πού και πού μες τη βδομάδα, δεν ήταν προγραμματισμένο να μείνει δίπλα της. Είχε κι εκείνη, μέσα από τόσους μήνες την ανάγκη να ξεκουραστεί και να κοιμηθεί επιτέλους στο σπίτι της. Όμως, η Βέρα αναγκάστηκε με βαριά καρδιά να την καλέσει δίπλα της κι η καλή γυναίκα έτρεξε γρήγορα, ίσως γιατί κατάλαβε από τον τόνο της φωνής της την απελπισία της. Κρατούσε μέσα σε μια σακούλα μια τεράστια πορτοκαλί κολοκύθα, της είπε να μη στεναχωριέται κι εκείνη θα της ετοίμαζε μια γλυκιά κολοκυθόπιτα που ήξερε πόσο πολύ της άρεσε.

Τ' αντίκτυπο της κολοκύθας ήταν τόσο παρηγορητικό για την ψυχολογία της Βέρας, που αμέσως ένιωσε το πόσο μια τόσο ασήμαντη κατά τ' άλλα χειρονομία θα μπορούσε να την κάνει να χαμογελάσει. Αλλά μόνο που κάποιος τη νοιαζόταν, έστω και με το να ικανοποιήσει μια απ' τις γαστριμαργικές επιθυμίες της, ήταν σαν δώρο για την δαρμένη ψυχή της εκείνη την ημέρα. Όμως, όταν ήρθε η ώρα να τη δοκιμάσει, καθώς είχε βγει ροδοκόκκινη και μοσχομυριστή απ' το φούρνο, δεν μπόρεσε να καταπιεί ούτε μια μπουκιά. Νηστική έμεινε η Βέρα όλη την υπόλοιπη μέρα, παρόλο που τα χάπια με τις ενέσεις για τη μέση της ήταν αρκετά δυνατά. Μάλιστα, ο γιατρός την είχε κιόλας προειδοποιήσει πως μ' αυτή τη θεραπεία το στομάχι της έπρεπε να είναι πάντοτε γεμάτο.

Τ' απόγευμα, η κυρία Ολυμπία, η οποία στα νιάτα της ήταν πρακτική νοσοκόμα, της έβαλε την παυσίπονη ένεση για τη μέση της όπως έκανε τις τελευταίες είκοσι πέντε μέρες. Εκείνη θα ήταν κι η τελευταία. Όταν όμως η Βέρα πήγε να σηκωθεί απ' το κρεβάτι, αδύναμη καθώς ήταν, έκανε δυο-τρία βήματα στο χολ και μετά έχασε τις αισθήσεις της.

Όταν συνήλθε, βρέθηκε ξαπλωμένη πάνω στο κρύο μάρμαρο του δαπέδου, με την Ολυμπία δίπλα της τρομοκρατημένη να της λέει να μην ανησυχεί, θα της έκανε μια πορτοκαλάδα και θα συνερχόταν. Η Βέρα είχε πάθει σοκ. Σηκώθηκε με δυσκολία σιγά-σιγά και με τη βοήθεια της Ολυμπίας ξάπλωσε σ' έναν απ' τους καναπέδες του σαλονιού. Όμως η παλιά νοσοφοβία εμφανίστηκε πάλι μπροστά της μετά από πολλά χρόνια απουσίας και το μυαλό της Βέρας άρχισε να γυρίζει ανάποδα. Ταυτόχρονα την περιέλουσε ένας κρύος ιδρώτας κι η καρδιά της άρχισε να χτυπάει δυνατά. Τώρα πια δεν ήταν σε θέση να σκεφτεί λογικά. Σκέψεις άγριες άρχισαν να στριφογυρίζουν στο μυαλό της. Μήπως είχε κάποια πολύ σοβαρή αρρώστια; Μήπως η λιποθυμία ήταν προάγγελος κακών; Το μυαλό της γύριζε σαν τρελό, επικεντρωμένο στις πιο μαύρες σκέψεις. Βυθισμένη στην αγαπημένη της θέση στον μπλε καναπέ έμενε για ώρες με το κεφάλι σκυμμένο προς τα τρεμάμενα γόνατά της.

Ήταν Κυριακή 4 Αυγούστου. Απ' την ανοικτή μπαλκονόπορτα του ευρύχωρου σαλονιού δεν άκουγε τον παραμικρό θόρυβο. Ακόμη κι ο ελαφρύς κυματισμός της θάλασσας που βρισκόταν έξω από το σπίτι της και που απ' την απουσία κάθε κίνησης εκείνο το καλοκαιρινό απόγευμα τη συντρόφευε, δεν μπορούσε να της δώσει ηρεμία με τον αρμονικό του παφλασμό. Στο ταλαιπωρημένο της μυαλό ένας αναβρασμός επικρατούσε, κάνοντάς την ν' ακούει κύματα πελώρια που σκάγανε πάνω της όπως σε βράχο, μ' ορμή και φασαρία γεμάτη παραφωνίες.

Έπρεπε κάτι να κάνει. Να βρει αμέσως έναν γιατρό να πάει να τη δει, να προλάβει το κακό που 'νιωθε ότι την πλησίαζε. Με κόπο σηκώθηκε και πήγε προς το γραφείο όπου βρισκόταν το τηλέφωνο κι ο κατάλογος με τα ονόματα αυτών που αποζητούσε. Πήρε έναν-έναν όλους όσους ήξερε αλλά κανείς τους δεν απαντούσε. Έφτασε να πάρει ακόμη και τον παιδίατρο στον οποίο πήγαινε τα παιδιά της, μήπως μπορούσε να της συστήσει κάποιον γνωστό του. Απάντηση καμία. Όλοι λείπανε στις καλοκαιρινές τους διακοπές κι αν έκρινε απ' το γεγονός ότι δεν είχαν κάνει τον κόπο ούτε τον τηλεφωνητή τους να ενεργοποιήσουν, σήμαινε ότι θ' απουσίαζαν για καιρό απ' τα ιατρεία τους και την πόλη.

Τ' άγχος την έπνιγε. Ένιωθε αβοήθητη, σαν κάποιος να την είχε πετάξει στο πέλαγος κι αυτή να παρασυρόταν από πελώρια κύματα χωρίς να έχει τη δύναμη να κουνηθεί. Στεριά δεν έβλεπε πουθενά. Η αναπνοή της έβγαινε με το ζόρι, ακανόνιστη και βαριά, τα πόδια της ήταν σαν καρφωμένα πάνω στο ξύλινο πάτωμα, τα χέρια της ίδρωναν κι είχαν χάσει την ευλυγισία τους ενώ η καρδιά της τρυπούσε το στήθος της με τους δυνατούς της κτύπους. Δεν μπορούσε να σηκώσει το κεφάλι της, που της φαινόταν κι εκείνο βαρύ, σα να μη στηριζόταν πουθενά κι ένα αίσθημα απελπισίας μαζί μ' αδυναμία επικρατούσε σ' όλη της την ύπαρξη. Αβοήθητη και με το φάσμα της φανταστικής αλλά επερχόμενης αρρώστιας έμεινε μ' ακουμπισμένα τα χέρια πάνω στο κρύσταλλο του γραφείου για πολλή ώρα ώσπου ξαφνικά θυμήθηκε μια γνωστή της γιατρό και τότε σα να είδε τη σανίδα της σωτηρίας της.

Άνοιξε με δυσκολία τον τηλεφωνικό κατάλογο κι έψαξε να βρει κατα-χωρημένο στις σελίδες του τ' όνομά της. Και ω! του θαύματος στάθηκε τυχερή! Μια αντρική φωνή απάντησε κι αμέσως βρήκε την αυτοκυριαρ-χία της. Η ελπίδα έλαμψε μπροστά της και μετά τα τυπικά, τη ζήτησε. Ο άντρας που απάντησε στο τηλέφωνο ήταν ο σύζυγός της, γιατρός κι εκείνος, ο οποίος την πληροφόρησε ότι η γυναίκα του βρισκόταν σε δι-ακοπές στη Χαλκιδική. Η Βέρα δεν ρώτησε ούτε ποτέ θα επέστρεφε, αλλά με το θάρρος της απελπισίας και χωρίς πολλά λόγια, του είπε το πρόβλημά της ζητώντας τη γνώμη του, γιατί έπρεπε οπωσδήποτε από κάπου να πιαστεί. Είχε στ' ακουστικό της έναν γιατρό που επιτέλους είχε βρει και με τίποτα δεν θ' άφηνε να τελειώσει η συνομιλία τους χωρίς να εκμεταλλευτεί την όποια γνώμη που μπορούσε να πάρει, έστω και χωρίς άμεση επαφή.

Άρχισε -αφού του είπε τ' όνομα, το επίθετο και την ηλικία της- να του περιγράφει πως είχαν τα πράγματα κι εκείνος σα να κατάλαβε την ανάγκη της, προσφέρθηκε να πάει να τη δει. Του 'δωσε τη διεύθυνσή της κι έτρεξε ν' αλλάξει για να τον υποδεχτεί. Θυμήθηκε τη μαμά της που πάντοτε της έλεγε πως ακόμη και γιατρό να περιμένει κανείς κι όσο άρρωστος κι αν ήταν, έπρεπε να είναι περιποιημένος όταν θα δεχόταν την επίσκεψή του. Έτσι, μ' όση δύναμη της είχε απομείνει, άλλαξε φορώντας μια σατέν μπεζ ρόμπα που στα πέτα της ήταν κεντημένοι θύσανοι από κίτρινα στάχυα, βούρτσισε τα μαλλιά της και πριν προλάβει να σκεφτεί ο,τιδήποτε άλλο, άκουσε το κουδούνι της εξώπορτας που χτύπησε. Δεν είχαν μεσολαβήσει ούτε δέκα λεπτά απ' τη στιγμή που είχε κλείσει το τηλέφωνο. Άρα, ο για-τρός βρισκόταν πολύ κοντά στο σπίτι της, σκέφτηκε, και στάθηκε πίσω απ' την πόρτα του διαμερίσματός της αφήνοντας την κυρία Ολυμπία ν' ανοίξει την πόρτα.

Μόλις τον είδε, τον αναγνώρισε. Τον είχε συναντήσει αρκετές φορές στο δρόμο με τη γυναίκα του, αλλά όταν μιλούσε στο τηλέφωνο μαζί του δεν είχε καταλάβει ποιος ήταν. Τ' όνομά του ήταν Άγγελος, της είπε, μόλις μπήκε στο σπίτι και την παρότρυνε να τον φωνάζει έτσι κι όχι με το τυπικό της ιδιότητάς του.

Κάθισαν στους αντικριστούς μπεζ καναπέδες της πιο επισκέψιμης πλευράς του σαλονιού κι ο Άγγελος άρχισε τις ερωτήσεις. Η Βέρα απαντούσε όσο πιο αναλυτικά μπορούσε περιγράφοντάς του τη λιποθυμία της και τις συνθήκες κάτω απ' τις οποίες βρέθηκε, τα συναισθήματά της και κυρίως τους φόβους της για το ξαφνικό εκείνο περιστατικό. Ο Άγγελος την άκουγε προσεκτικά καθώς του μιλούσε και μόλις τελείωσε, της είπε να μην ανησυχεί. Τίποτα απ' αυτά που φοβόταν δεν συνέβαινε. Ήταν η ασιτία της ημέρας, η οποία μαζί με τα φάρμακα που είχε πάρει και τη δυνατή ένεση συνήργησαν ώστε να λιποθυμήσει. Ο Άγγελος την καθησύχασε, της μέτρησε την πίεση και μετά έβγαλε απ' την τσέπη του ένα μικρό ροζ χαπάκι και της το 'δωσε να το πάρει διαβεβαιώνοντάς την πώς σε λίγη ώρα θα 'νιωθε μια χαρά.

Η επίσκεψη είχε τελειώσει. Η Βέρα ρώτησε για την αμοιβή του, αλλά εκείνος επέμενε πως δεν επρόκειτο να πληρωθεί και παρά την επιμονή της έμεινε αμετάπειστος.

Ήσυχη πια η Βέρα απ' τις διαβεβαιώσεις του ότι τίποτε κακό δεν επρόκειτο να της συμβεί, ένιωσε την ανάγκη να του προσφέρει κάτι. Ένα καφέ ή μια δροσερή πορτοκαλάδα. Ο Άγγελος προτίμησε το πρώτο. Η κυρία Ολυμπία κατέφθασε με το δίσκο του καφέ και μ' ένα πιατάκι στο οποίο φιγουράριζαν όλα τα είδη των γλυκών που υπήρχαν στο σπίτι, τα οποία υπήρχαν πάντοτε πολλά, γιατί η Βέρα αλλά και τα παιδιά της τ' αγαπούσαν πολύ.

Ο Άγγελος ήπιε με δυο γουλιές τον καφέ του, τίμησε όλα τα γλυκά κι έπειτα έμεινε να την κοιτάζει. Η Βέρα ένιωσε μια μικρή αμηχανία απ' το βλέμμα του, αλλά κυρίως απ' τη διάθεσή του, όπως κατάλαβε, να παρατείνει την επίσκεψή του που τώρα είχε περάσει στο φιλικό κλίμα, με την ίδια να πρέπει να παίξει το ρόλο της οικοδέσποινας με φιλοτιμία περισσή μιας κι ο Άγγελος δεν είχε δεχθεί να πληρωθεί για επίσκεψη στο σπίτι. Έτσι, η συζήτηση σιγά- σιγά πήγε προς τα παιδιά της, μετά γύρισε στην κόρη που εκείνος είχε, καταλήγοντας στα θεάματα της πόλης που εκείνη την εποχή ήταν λιγοστά.

Οι ώρες περνούσαν κι ο Άγγελος δεν έδειχνε καμιά μα καμιά διάθεση να φύγει. Η κυρία Ολυμπία τώρα του πρόσφερε ένα λικέρ, πάλι καφέ, μετά παγωτό κι ο Άγγελος εκεί. Η Βέρα αισθάνθηκε την ανάγκη να πάει ν' αλλάξει. Δεν μπορούσε να κάθεται με τη ρόμπα τώρα που οι συνθήκες της επίσκεψης είχαν διαφοροποιηθεί κι είχε αρχίσει να νιώθει μια αμηχανία.

Τώρα τα κύματα της θάλασσας είχαν αποκτήσει το γνώριμό τους θρόισμα, η ησυχία ήταν απόλυτη και καθώς περνούσαν οι ώρες είχαν παύσει ν' ακούγονται τα λιγοστά αυτοκίνητα που σ' άλλες περιπτώσεις θα τους ενοχλούσαν. Αλλά εκείνη την ημέρα είχαν αραιώσει μαζί με τους κατοίκους που είχαν εγκαταλείψει την πόλη για τις κοντινές θάλασσες. Ήταν περίοδος διακοπών κι αν η Βέρα ζούσε μια φυσιολογική οικογενειακή ζωή και δεν είχε το πρόβλημα με τη μέση της, σίγουρα θα βρισκόταν κι εκείνη σε μια απ' τις πιο ωραίες παραλίες της Χαλκιδικής όπου βρισκόταν το εξοχικό τους.

Έριξε μια κλεφτή ματιά στο μεγάλο επιτοίχιο ρολόι που βρισκόταν ακριβώς απέναντί της. Είχε περάσει η ώρα. Ήταν σχεδόν τρεις το πρωί κι ο Άγγελος εξακολουθούσε να κάθεται απέναντί της χωρίς καμία διάθεση, όπως έδειχνε, να φύγει. Η κυρία Ολυμπία ήρθε λέγοντάς της πως αν δε τη χρειαζόταν άλλο, θα πήγαινε να κοιμηθεί και στη Βέρα φάνηκε πως αυτό άρεσε πολύ στον Άγγελο, αν έκρινε καλά, βλέποντας το πλατύ χαμόγελο που έλαμψε στο πρόσωπό του. Οι επόμενες ώρες κύλησαν με τους δυο τους να συζητάνε χίλια δυο πράγματα. Το χαπάκι που της είχε δώσει έκανε τη δράση του κι όλο εκείνο το άγχος που ώρες πριν την είχε καταβάλει είχε εξαφανιστεί.

Όταν πια οι πρώτες αναλαμπές της επόμενης μέρας δώσαν το παρόν, ο Άγγελος σηκώθηκε να φύγει έχοντας εξασφαλίσει τη συγκατάθεσή της να συναντηθούν το ίδιο βράδυ και παράλληλα να δεχτεί να του κάνει το τραπέζι, μιας και δεν είχε δεχθεί την αμοιβή για την επίσκεψή του. Ήταν ήδη κοντά έξι το πρωί, όταν η ξενυχτισμένη Βέρα πήγε να ξαπλώσει νιώθοντας τώρα να της λείπει ο ύπνος. Ήταν πολύ αποκαμωμένη ώστε ν' αξιολογήσει την ολονύκτια παρουσία του Άγγελου στο σπίτι της.

Όταν μετά από ώρες ξύπνησε, σχεδόν μεσημέρι, μ' απορία άκουσε την κυρία Ολυμπία να της λέει ότι «ο γιατρός είχε τηλεφωνήσει τουλάχιστον πέντε φορές» τις ώρες που εκείνη κοιμόταν. Τότε, για πρώτη φορά, της πέρασε απ' το μυαλό η ιδέα ότι εκείνη η ολονύκτια επίσκεψη δεν μπορούσε να ήταν καθαρά επαγγελματική. Όμως, κρίνοντας απ' τον εαυτό της, απέδωσε το γεγονός στο ότι ίσως ο Άγγελος ήταν από κείνους που είτε έπαιρνε πολύ σοβαρά το ρόλο του ως γιατρός ή ότι ίσως μέσα στην άδεια από ανθρώπους καλοκαιρινή Θεσσαλονίκη και μακριά απ' την οικογένειά του, είχε κι εκείνος την ανάγκη να βρεθεί με παρέα για να περάσει την ώρα του. Μ' αυτές τις σκέψεις έκλεισε το ζήτημα και με τις όποιες απορίες της να έχουν για την ώρα απαντηθεί. Στο τηλεφώνημα που 'γινε αμέσως μετά, απάντησε η ίδια, άκουσε τη φωνή του, τον διαβεβαίωσε ότι είχε κάνει έναν ήσυχο ύπνο και συνεννοήθηκαν για το ραντεβού της εξόδου τους.

Ήταν για τις εννέα το βράδυ. Η Βέρα ετοιμάστηκε, έχοντας στο νου της να τον περιποιηθεί σε μία απ' τις καλύτερες ταβέρνες της πόλης, η οποία ήταν σε μπαλκόνι πάνω στο κύμα και σέρβιρε το πιο φρέσκο και καλοψημένο ψάρι.

Όταν άκουσε το χτύπημα στην πόρτα του σπιτιού πριν τις εννιά, νόμισε πως η κυρία απ' το διπλανό διαμέρισμα κάτι θα χρειαζόταν και ξαφνιάστηκε πολύ όταν ανοίγοντας την πόρτα αντίκρισε τον Άγγελο μπροστά της, γελαστό και μ' ένα μεγάλο μπουκέτο από κόκκινα τριαντάφυλλα στο χέρι. Αυτό δεν το περίμενε. Ωστόσο, τον χαιρέτησε εγκάρδια ευχαριστώντας τον για τα λουλούδια. Εκείνος την περίμενε μέχρι να τα τακτοποιήσει στο βάζο και μετά ξεκίνησαν με τ' αυτοκίνητό του, το οποίο περίμενε μ' αναμμένη τη μηχανή μπροστά στην είσοδο του σπιτιού της για τη βραδινή τους έξοδο.

Την ώρα που ξεκινούσαν και καθώς η Βέρα για πρώτη φορά έμπαινε σ' αυτοκίνητο που δεν οδηγούσε ο Χάρης, ένιωσε ένα τσίμπημα που την τάραξε. Μήπως δεν θα 'πρεπε να 'βγαινε μ' έναν άντρα που μόλις είχε γνωρίσει; Αλλά πάλι πώς θα γινόταν να τον περιποιηθεί και ν' ανταποδώσει τις υπηρεσίες του με τον τρόπο της; Μεγάλος άνθρωπος ήταν στο κάτω-κάτω κι αν κάποιος τους έβλεπε μαζί και τους παρεξηγούσε, δικό του θα ήταν το φταίξιμο. Η Βέρα είχε ξεκινήσει με καθαρή καρδιά.

Το βράδυ τους κύλησε όμορφα στο δροσερό καλοκαιρινό περιβάλλον με κουβεντούλα και περιποίηση απ' την πλευρά της Βέρας, η οποία είχε παραγγείλει για την περίσταση ό,τι πιο εκλεκτό διέθετε το μαγαζί. Όμως, όταν ήρθε η ώρα να φύγουν ο Άγγελος πρότεινε να συνεχίσουν τη βραδιά τους με τ' αυτοκίνητο πηγαίνοντας έως την Επανωμή όπου θα μπορούσαν να φάνε ωραιότατους λουκουμάδες με παγωτό.

Η Βέρα δεν είπε όχι. Της άρεσε η παρέα του, η ευγένειά του, το συμπαθητικό γελαστό του πρόσωπο και το κυριότερο: Είχε τόσα χρόνια να βρεθεί με κάποιον άνθρωπο που ν' ασχολείται τόσο πολύ μαζί της και που κατά βάθος ούτε εκείνη δεν ήθελε η βραδιά τους να τελειώσει εκεί.

Στο δρόμο τους για την Επανωμή ο Άγγελος σταμάτησε για λίγο μπροστά απ' την κλινική του Δανιηλίδη. Η Βέρα τον περίμενε μέσα στ' αυτοκίνητο και μετά από δύο λεπτά τον είδε που ερχόταν κρατώντας μια μεγάλη σακούλα. Αναρωτήθηκε τι να είχε αυτή η σακούλα και γιατί ήταν απαραίτητο να την πάρει εκείνη τη στιγμή. Καθώς όμως πήραν το δρόμο για το γνωστό ψαροχώρι της Θεσσαλονίκης, η απορία της λύθηκε. Στην Επανωμή όπου βρέθηκαν ν' απόλαυσαν το γλυκό τους επιδόρπιο κι όταν πια ο χρόνος κι η όποια δικαιολογία για παράταση της παρέας τους εξαντλήθηκε, ξεκίνησαν πίσω για τη Θεσσαλονίκη.

Έτσι, η Βέρα δεν ήταν πια και τόσο ανύποπτη για τις προθέσεις του. Όλο το βράδυ ο Άγγελος την κοίταζε μέσα στα μάτια, πότε κοκκίνιζε, πότε χαμογελούσε αμήχανα και δεν της είχε μείνει αμφιβολία πια για το τί τον *είχε κάνει να μείνει μαζί της όλο το προηγούμενο βράδυ. Ήταν κάτι διαφορετικό, δεν ήταν επαγγελματική τακτική.*

Με την ελάχιστη αυτοπεποίθηση που διέθετε η Βέρα, όταν είχε περάσει τόσα πολλά χρόνια μ' ένα σύζυγο που την απέριπτε συνέχεια και που όταν ήταν παρών στο σπίτι την έκανε να νιώθει άχρηστη έως και μηδαμινή, κατάλαβε πως αντίθετα, ο Άγγελος κι ενδιαφέρουσα την έβρισκε και κυρίως, πολύ επιθυμητή. Γιατί τι άλλο μπορεί να σήμαιναν οι ματιές κι η γλώσσα του σώματός του όλο το βράδυ, οι περιποιήσεις του και τα δήθεν τυχαία αγγίγματά του κάθε φορά που τύχαινε να βουτούν τα χέρια τους ταυτόχρονα μέσα στο μπολ με την καταπράσινη σαλάτα ή όταν τσούγκριζαν τα ποτήρια τους με το λευκό δροσερό κρασί;

Η Βέρα είχε αρχίσει κιόλας να νιώθει τις πρώτες ενοχές όταν ο Άγγελος έστριψε σ' ένα σημείο αριστερά κι αντί να πάρει το δρόμο για την πόλη, οδήγησε τ' αυτοκίνητο σε μια ερημική ακροθαλασσιά κοντά στην Περαία. Κατέβηκαν και περπάτησαν δίπλα στο κύμα με τα παπούτσια τους να βουλιάζουν μέσα στην άμμο και τη μαγεία της αυγουστιάτικης νύχτας να τους υποβάλει τη σιωπή. Όταν ξαναμπήκαν στ' αυτοκίνητο με μια αποφασιστική κίνηση ο Άγγελος άρπαξε τ' αριστερό της χέρι και το κράτησε μέσα στη ζεστή του παλάμη σ' όλη τη διαδρομή τους μέχρι τη Θεσσαλονίκη. Η Βέρα δεν έκανε καμιά κίνηση να το πάρει. Αμίλητοι φθάσαν έξω απ' το σπίτι της κι αμίλητοι εξακολούθησαν να κάθονται μέσα στο αυτοκίνητο την επόμενη ώρα σα να είχαν χάσει κι οι δύο τους κάθε αίσθηση της πραγματικότητας.

Η πραγματικότητα ήταν πως κι οι δυο τους ήταν παντρεμένοι κι αυτή τους η συμπεριφορά δεν ήταν η πρέπουσα. Αν κάποιος τους παρατηρούσε, θα 'βλεπε πως κι ο ένας κι ο άλλος ήταν αφημένοι στις σκέψεις τους, ο καθένας για λογαριασμό του, χωρίς κανένας απ' τους δύο να τις βγάζει προς τα έξω.

Όταν τελικά η Βέρα συνειδητοποίησε πως το να βρίσκεται τέτοια ώρα έξω απ' το σπίτι της μ' έναν άντρα που δεν ήταν ο δικός της, ίσως να προκα-

λούσε κάποιον γνωστό της που θα τύχαινε να περνά, τράβηξε επιτέλους το χέρι της, το οποίο τώρα πια ήταν μουδιασμένο, και γύρισε στον Άγγελο ψιθυρίζοντας μια αδύναμη καληνύχτα χωρίς να περιμένει να της την αντιγυρίσει.

Το πρώτο πράγμα που 'κανε μόλις βρέθηκε στο σπίτι ήταν να κοιτάξει το πρόσωπό της στον καθρέφτη το οποίο, αν και σκοτεινά, έλαμπε και μετά πήγε προς το βάζο που βρισκόταν τα λουλούδια του Άγγελου. Αυτά τόλμησε να τα φέρει κοντά της και να τα μυρίσει. Η κίνησή της αυτή δεν της φάνηκε καθόλου επιλήψιμη, σ' αντίθεση με τη συμπεριφορά της εκείνο το βράδυ, η οποία είχε αρχίσει ήδη να της φαίνεται επιπόλαιη. Αλλά πάλι κάποιος της είχε πιάσει απλώς το χέρι. Αυτό ήταν όλο. Γιατί να το σπουδαιολογεί;

Η Βέρα αποφάσισε πως εκείνη η έξοδος θα ήταν η πρώτη κι η τελευταία γιατί δεν ένιωθε καθόλου έτοιμη ν' αρχίσει, κάτι που σίγουρα δεν θα είχε καλό τέλος. Από αναποδιές και δυστυχία ήταν γεμάτη η προσωπική της ζωή όλ' αυτά τα χρόνια και δεν είχε καμία απολύτως διάθεση ν' αφεθεί σε περιπέτειες και σχέσεις που μέχρι τότε κατηγορούσε. Δεν θα τον ξανάβλεπε. Αυτό αποφάσισε και με ήσυχη τη συνείδησή της, κατευθύνθηκε προς το δωμάτιό της.

Όμως, την άλλη μέρα μόλις ξύπνησε, άκουσε την κυρία Ολυμπία να της λέει πως ο γιατρός είχε ήδη τηλεφωνήσει δυο φορές εκείνο το πρωί και τη ζητούσε. Η Βέρα της είπε να βρει δικαιολογία και σε περίπτωση που κείνος θα ξανατηλεφωνούσε, να του 'λεγε πως είχε φύγει για το εξοχικό της. Η απόφασή της ήταν τελεσίδικη όσο κι αν η ψυχή της λαχταρούσε για κάτι που θα της τη γέμιζε. Δεν μπορούσε να παραβεί τις αρχές της, οι οποίες της λέγαν πως δε γινόταν να βρίσκεται μέσα σε κάτι που θα ήταν ανέντιμο απέναντι στον Χάρη αλλά και στη γυναίκα του Άγγελου, όσο κι αν για τον εαυτό της υπήρχαν όλες οι δικαιολογίες. Ίσως ακριβώς επειδή η ίδια ήταν τόσο πληγωμένη από παρόμοιες συμπεριφορές μέσα στο γάμο της, οι οποίες είχαν τόσο οδυνηρές συνέπειες για την ψυχή της, δεν ήθελε να το κάνει η ίδια σε μια άλλη γυναίκα.

Ο Άγγελος εξακολουθούσε να τηλεφωνεί, με τις κλήσεις του να γίνονται όλο και πιο συχνές σα να μην είχε πειστεί απ' αυτά που του 'λεγε και του ξανάλεγε η κυρία Ολυμπία. Όμως η Θεσσαλονίκη ήταν μικρή κι οι πιθανότητες να συναντήσει κανείς κάποιον γνωστό του στο κέντρο της πόλης όπου μένανε κι οι δυο τους ήταν μεγάλες. Απ' την άλλη, δεν ήταν και δυνατό να έπαυε η Βέρα να κυκλοφορεί για να μη τον συναντήσει κι αυτό ήταν κάτι που δυσκόλευε τα πράγματα.

Έτσι, όταν μετά από λίγες μέρες άκουσε το όνομά της απ' τον Άγγελο, ο οποίος βρισκόταν ακριβώς πίσω της τη στιγμή που ετοιμαζόταν να περάσει το φανάρι της Αριστοτέλους, δεν γινόταν παρά να του πει ψέματα. Του είπε ότι, μόλις εκείνη τη μέρα είχε γυρίσει απ' την Χαλκιδική αλλά ντράπηκε πολύ όταν εκείνος της είπε πως την είχε δει άλλες δύο φορές μέσα στην ίδια εβδομάδα καθώς τριγύριζε στην πόλη. Η Βέρα προσπάθησε να δικαιολογηθεί αλλά δεν τα κατάφερε. Έτσι μουδιασμένη και θέλοντας ν' αποκαταστήσει το γόητρό της δέχτηκε να μπουν στο καφέ που βρισκόταν δύο βήματα πίσω τους. Εξάλλου, η Βέρα έκρινε πως θα ήταν καλύτερα μ' αυτή την ευκαιρία να του εξηγήσει ποια ακριβώς ήταν η θέση της πάνω στο ζήτημα αυτό.

Παραδέχτηκε το ψέμα της εξηγώντας του παράλληλα αυτά που πίστευε ως πρέποντα, αλλά κάτι στο βλέμμα του Άγγελου και στη γλυκιά του συμπεριφορά την έκανε να εξακολουθεί να κάθεται δίπλα του ακόμη κι όταν οι εξηγήσεις είχαν δοθεί. Ένα βάλσαμο στην ψυχή της ήταν ο τρόπος που της μιλούσε, γεμάτος κατανόηση για τα ψέματα που του είχε αραδιάσει, αφού -όπως της είπε- την δικαιολογούσε πέρα ως πέρα.

Η Βέρα, η οποία ήταν τάχα τόσο αποφασισμένη να τον κρατήσει μακριά, ήταν εκείνη που του 'δωσε το χέρι της αυτή τη φορά, ζητώντας του παράλληλα συγγνώμη για τη συμπεριφορά της.

Ο Αύγουστος μαζί με τη μοναξιά της Βέρας κι ίσως και τη δική του συνηγόρησε στο να συμφωνήσουν πως θα ξαναβρίσκονταν. Αυτό κι έγινε. Τις επόμενες μέρες, κάθε βράδυ ο Άγγελος κι η Βέρα πήγαιναν για φαγητό στ' άδεια από κόσμο μαγαζιά της Θεσσαλονίκης. Μάλιστα, με τη συνενοχή του ζεστού καλοκαιρινού αυτού μήνα σιγά-σιγά βρήκαν, ο καθένας για τον εαυτό του, αυτό που τους έλειπε κι οι συναντήσεις τους γίναν στην αρχή μια ανάγκη που κάλυπτε και τους δύο. Τουλάχιστον, έτσι το 'βλεπε εκείνη.

Η Βέρα νόμιζε ότι η ανάγκη είναι κάτι που μπορεί κανείς εύκολα να βάλει στην άκρη και κυρίως να της βάλει όρια, μόλις παρουσιαστεί μια άλλη μεγαλύτερη. Αφέθηκε λοιπόν, στο να την παρασύρει έχοντας την πεποίθηση πώς μπορούσε εύκολα ν' απαγκιστρωθεί απ' αυτήν. Αλλά η ανάγκη της για συντροφικότητα ήταν πολύ πιο δυνατή απ' όσο μπορούσε να φανταστεί κι ενωμένη σε συμμαχία, μαζί μ' εκείνη του Άγγελου, γρήγορα οδήγησε και τους δύο στην πανίσχυρη συνήθεια.

Η Βέρα είχε αρχίσει να πιάνει τον εαυτό της να περιμένει τα τηλεφωνήματά του μέσα στη μέρα, τα οποία, όχι μόνο δεν λιγόστευαν αλλά απ' τη δική του πια ανάγκη καθοδηγημένα, όλο και πύκνωναν. Το ίδιο πύκνωναν και τα περάσματά του κάτω απ' το σπίτι της όταν για διάφορους λόγους, για τη Βέρα κυρίως οικογενειακούς, δεν ήταν εύκολο να βρεθούν. Ο Αύγουστος τους προφύλασσε κι ήταν σα να προστάτευε και τις κρυφές τους συναντήσεις, αφού λίγοι γνωστοί τους είχαν απομείνει στην πόλη. Καθώς τελείωνε, ο κόσμος άρχιζε σιγά-σιγά να γυρίζει πίσω κι έπρεπε πια με προσοχή να βρίσκουν τα μέρη όπου μπορούσαν να συναντιούνται χωρίς να κινδυνεύουν από δυσάρεστες εκπλήξεις.

Η ανάγκη τους να βλέπουν ο ένας τον άλλο σιγά-σιγά τους ένωνε όλο και περισσότερο με συναισθήματα που σχημάτιζαν τις βάσεις τους μ' ολοένα μεγαλύτερη δύναμη. Εκείνο που είχε αρχίσει σαν ένα καλοκαιρινό ειδύλλιο, έδειχνε πως δεν ήταν καθόλου αμελητέο. Για τους δύο εραστές, χωρίς να το ξέρουν, η ιστορία τους ήταν πολύ πιο δυνατή απ' όσο θα μπορούσαν με λόγια να περιγράψουν.

Στη Βέρα, η εσωτερική της ευφορία άρχισε να βγαίνει φωτίζοντας τα χαρακτηριστικά του προσώπου της. Τα μάτια της ζωήρεψαν, οι ρυτίδες, οι οποίες στα τριάντα οκτώ της χρόνια είχαν αρχίσει να σχηματίζονται, σβήσαν κι όλο της το πρόσωπο έλαμψε πάλι μετά από πολλά χρόνια κατήφειας και στεναχώριας. Όλοι γύρω της, με πρώτα τα παιδιά της, άρχισαν να βλέπουν μια Βέρα χαμογελαστή, κεφάτη κι επιτέλους ζωντανή. Γιατί τώρα με τη βοήθεια του Άγγελου, ο οποίος στιγμή δεν έπαυε να τη νοιάζεται, η Βέρα είχε αρχίσει να μεταμορφώνεται.

Ο Άγγελος της έδινε όλα αυτά που της είχαν λείψει. Ενδιαφερόταν για τις ώρες που περνούσε μακριά του, για το τι της άρεσε, τι ήθελε. Πρόσεχε το παραμικρό στο ντύσιμο, στα μαλλιά της κι έτρεχε να προλάβει και να της προσφέρει το κάθε τι που πίστευε πως της έλειπε. Η Βέρα δεν ζητούσε τίποτε απολύτως γιατί είχε όλα όσα της χρειαζόταν. Έπαιρνε μόνο την αγάπη του και ρουφούσε το νοιάξιμό του γι' αυτήν ανταποδίδοντάς του αυτά τα άυλα αλλά τόσο πολύτιμα για κάθε άνθρωπο εφόδια. Κάθε φορά που ο Άγγελος την περίμενε μέσα στ' αυτοκίνητό του, μόλις άνοιγε την πόρτα για να καθίσει δίπλα του, της έδινε την αγαπημένη της σοκολάτα ή γέμιζε την αγκαλιά της με λουλούδια που πολύ συχνά της αγόραζε κι η Βέρα νόμιζε ότι της χάριζε τον κόσμο όλο.

Επιτέλους! Η παραμονή των περίφημων γενεθλίων είχε φτάσει κι η Βέρα ξεσηκωμένη είχε ξυπνήσει πρωί-πρωί για να ρίξει μια τελευταία ματιά σ' όλες τις ετοιμασίες που περνούσαν απ' τα χέρια της μιας και εκείνη ήταν ο τελικός αποδέκτης του συντονισμού τους. Τηλεφώνησε πρώτα στον ανθοπώλη της επιβεβαιώνοντας τη σωστή παραγγελία για τα λουλούδια που θα στόλιζαν τα οκτώ τραπέζια του μπαλκονιού το σαλόνι αλλά και το χολ του σπιτιού. Είχε παραγγείλει άσπρες και ροζ παιώνιες μαζί με λευκούς λυσίανθους για τα τραπέζια του μπαλκονιού φτιαγμένα σε χαμηλές στρογγυλές συνθέσεις και ροζ με άσπρα τριαντάφυλλα για τα υπόλοιπα επισκέψιμα μέρη του σπιτιού. Τα τραπεζομάντιλα ήταν έτοιμα, τα σερβίτσια πεντακάθαρα και τα μαχαιροπίρουνα καλογυαλισμένα. Τα τρόφιμα και τα ποτά θα φτάνανε γύρω στο μεσημέρι όταν θα 'ρχότανε κι η μαγείρισσα που μαζί με τη γυναίκα του σπιτιού θα φρόντιζαν για το φτιάξιμό τους. Η τούρτα απ' τον «Αγαπητό» θα 'φτανε ανήμερα των γενεθλίων της κι έτσι ήταν όλα όπως η Βέρα τα είχε προγραμματίσει εδώ και καιρό. Το μόνο για το οποίο δεν ήταν σίγουρη ήταν αυτό που θα φορούσε. Αλλά αυτό, αποφάσισε, θα το σκεφτόταν την άλλη μέρα διαλέγοντας απ' τη ντουλάπα της κείνο που θα ταίριαζε πιο πολύ με τη διάθεσή της. Δεν είχε τελικά σκοπό ν' αγοράσει κάτι καινούριο. Παρ' όλα αυτά, θα 'πρεπε το χρώμα του να συνδυαστεί με τα σκουλαρίκια που θα της 'φέρναν τα παιδιά της -τα οποία με μεγάλη της ανυπομονησία περίμενε να δει- και σίγουρη για την καλαισθησία της επιλογής τους όπως χρόνια τώρα την είχαν συνηθίσει με το δώρο που κάθε Απρίλη τέτοια μέρα της πρόσφεραν, χαμογέλασε.

Επομένως η Βέρα είχε πάλι τη δυνατότητα ν' απολαύσει τον πρωινό καφέ στο μπαλκόνι της. Μεμιάς βγήκε απ' το δωμάτιό της θέλοντας να δει τι της επεφύλασσε ο άστατος καιρός τ' Απρίλη αν και αυτό και μόνο το χαρακτηριστικό του ήταν που της άρεσε πιο πολύ γιατί επιβεβαίωνε τον τρελό του χαρακτήρα.

Η διάθεσή της ήταν από τώρα γιορτινή κι ο καθαρός ουρανός, τον οποίο αντίκρισε, επιβεβαίωσε ακόμη περισσότερο την πεποίθησή της ότι όλα προμηνύονταν χαρμόσυνα για την επόμενη μέρα.

Κατά τη συνήθειά της και πριν καν βάλει τη μουσική που 'θελε τη μέρα κείνη -η οποία πάντως θα ήταν Mozart- κοίταξε στον αγαπημένο πελώριο κήπο της που φωτιζόταν απ' τις, χωρίς περιορισμό από σύννεφα, ακτίνες του ήλιου. Μέσα σε μία νύχτα ο κήπος είχε μεταμορφωθεί σ' ένα πολύχρωμο χαλί που κανένα τέτοιο, φτιαγμένο από ανθρώπινα χέρια δεν θα μπορούσε με τόση αρμονία και χάρη να συνδυάζει το κόκκινο με το κίτρινο, το μπλε με το λιλά και το ροζ με τις λογής-λογής αποχρώσεις του πράσινου και του πορτοκαλί. Γαλάζια αγριολούλουδα είχαν φυτρώσει μέσα στην προηγούμενη νύχτα κι είχαν μεγαλώσει τόσο που η Βέρα μπορούσε να τα διακρίνει ακόμη κι απ' αυτή τη μεγάλη απόσταση που τα χώριζε απ' το σπίτι της. Εκείνη την ημέρα τίποτε δεν θύμιζε στην όψη του κήπου της το σκληρό και γκριζωπό χρώμα των προηγούμενων ημερών. Όλα είχαν αλλάξει. Ακόμα και τα μικρά δεντράκια που λίγους μήνες πριν είχε φυτέψει ο κηπουρός είχαν φροντίσει να φορέσουν τα πράσινα γυαλιστερά τους φύλλα κι ανάμεσά τους ξεπρόβαλαν μικρά μπουμπουκάκια ροζ, άσπρα και κίτρινα. Ο κήπος ήταν σα να συμμετείχε στην αυριανή γιορτή κι αν δεν άλλαζε κάτι στη διάρκεια της ημέρας, όλα προοιωνίζονταν ευνοϊκά για την επόμενη.

Η Βέρα μπήκε στην κρεβατοκάμαρά της, φόρεσε μια πράσινη φόρμα, έπιασε τα μαλλιά της με μια ασορτί κορδέλα -όπως το συνήθιζε από τότε που ήταν μικρή- και γεμάτη αγαλλίαση απ' το θέαμα που είχε αντικρίσει, πήρε τον καφέ της και βγήκε στο μπαλκόνι για να τον απολαύσει. Καλό θα ήταν να 'βαζε και το cd που είχε διαλέξει. Ήταν το κονσέρτο για κλαρινέτο του Mozart, έργο απόλυτα ταιριαστό στη χαρούμενή της διάθεση.

Ο Άγγελος αποδείχτηκε ένας πραγματικός θησαυρός για τη Βέρα. Ήταν πάντα καλοδιάθετος και χαμογελαστός, με μια γλυκιά κουβέντα τα χείλη του, έτοιμος να ικανοποιήσει όλες τις συναισθηματικές ανάγκες της Βέρας πριν καν του το ζητήσει. Τώρα, υπήρχε ένας άνθρωπος στη ζωή της που την έπαιρνε δυο και τρεις φορές την ημέρα στο τηλέφωνο για να της πει σ' αγαπώ, που την περίμενε στ' αεροδρόμιο όταν γύριζε απ' τα ταξίδια της πάντα με λουλούδια που ήξερε πόσο πολύ της άρεσαν.

Βλεπόντουσαν για λίγο όποτε η Βέρα ευκαιρούσε, μπορεί μόνο για δέκα λεπτά καμία φορά. Όμως η παρουσία του γέμιζε τη ζωή της όλες τις υπόλοιπες ώρες της ημέρας χωρίς καν να υπάρχει δίπλα της. Μόνο με την ύπαρξή του και την αίσθηση της εμπιστοσύνης και της ασφάλειας της συμπεριφοράς του την ενέπνεε. Δεν ξεχνούσε ποτέ τη γιορτή και τα γενέθλιά της, τα Χριστούγεννα της έστελνε το έλατο για να στολίσει το σπίτι της, το Πάσχα της έδινε τη λαμπάδα της για την Ανάσταση.

Ώρες-ώρες, σκεφτόταν η Βέρα, πως αν δεν εμφανιζόταν εκείνος ο στην κυριολεξία άγγελος στη ζωή της, θα είχε ίσως καταλήξει να φυτοζωεί μέσα σ' έναν ανύπαρκτο γάμο. Όμως τώρα και μόνο που υπήρχε από μακριά στη ζωή της, τής έφερνε τη χαρά και τη γέμιζε μ' αισιοδοξία. Όλα εκείνα που της είχαν τόσο λείψει από τότε που ο Χάρης έδειξε τον πραγματικό του εαυτό, της τα 'δινε απλόχερα αυτός ο Άγγελος. Χωρίς καν να φαντάζεται ο ίδιος το μέγεθος της δυστυχίας της, την είχε βοηθήσει με την καλή του καρδιά να είναι πολύ πιο αποτελεσματική με τα παιδιά της γιατί μια ευτυχισμένη και γεμάτη γυναίκα μπορεί να δώσει περισσότερη αγάπη κι ηρεμία σ' όλους γύρω της κι έτσι είχε κατορθώσει να είναι με τη βοήθειά του κι η Βέρα. Είχε πάψει πια να πηγαίνει στον καλό της γιατρό κι είχε σταματήσει τα χάπια που τόσα χρόνια την είχαν καταντήσει ένα ερείπιο.

Όλοι βλέπαν τη διαφορά στη διάθεσή της με πρώτα τα παιδιά της κι έπειτα τους γονείς και τις φίλες της. Όλοι χαίρονταν με τη χαρά της χωρίς βέβαια να γνωρίζουν σε ποιον οφειλόταν αυτή η εντυπωσιακή αλλαγή της προς το καλύτερο. Ο μόνος που 'δειξε να μην αντιλαμβάνεται τίποτε ήταν ο Χάρης, ο οποίος δοσμένος καθώς ήταν μόνο στις δουλειές και στους περιστασιακούς του δεσμούς, δεν πρόσεξε τίποτα. Ακόμη κι ο Δημήτρης είχε καταλάβει απ' το τηλέφωνο πόσο ευδιάθετη ήταν τώρα η Βέρα και πόσο πιο ήρεμο ήταν το πρόσωπό της κάθε φορά που πήγαινε να τον δει στην Αθήνα. Αλλά ούτε κι η Βέρα νοιαζόταν για τον μόνιμο ένοικο του σπιτιού της. Οι κουβέντες τους ήταν λίγες και τυπικές κι η δε σχέση τους κυριολεκτικά ανύπαρκτη.

Έτσι πέρασαν τέσσερα ολόκληρα χρόνια, με τη Βέρα και τον Άγγελο να συνυπάρχουν όποτε αυτό ήταν δυνατόν αλλά ποτέ να μη δίνουν την παραμικρή *αφορμή σε τρίτους. Κανένας απολύτως δεν γνώριζε για τη σχέση τους που όσο περνούσε ο καιρός τόσο δυνάμωνε. Κανένας εκτός απ' τ' άψυχο γαλάζιο αυτοκίνητο του Άγγελου, το οποίο ήταν το καταφύγιό τους όλ' αυτά χρόνια.*

Τα παιδιά της Βέρας είχαν πια τελειώσει τα μαθήματά τους για κείνη τη χρονιά. Είχε φθάσει πια το 1988 και μαζί με τους γονείς της θα πήγαιναν για τις καλοκαιρινές τους διακοπές στη Χαλκιδική. Η Βέρα θα 'μενε μόνη στο σπίτι που κείνο το καλοκαίρι σκεφτόταν ν' ανακαινίσει, αλλά το ίδιο θα 'κανε κι ο Άγγελος. Ο Χάρης φυσικά είχε κάνει το πρόγραμμά του αλλά κανείς δεν ήξερε πού θα πήγαινε. Ωστόσο, είχε ανακοινώσει στη Βέρα πως θα 'λειπε για δεκαπέντε μέρες, όσο, κατά τα λεγόμενά του, υπολόγιζε πως θα κρατούσαν οι εργασίες στο εξοχικό τους σπίτι.

Η Βέρα, από τότε που είχε γνωρίσει τον Άγγελο, χαιρόταν πλέον με τις απουσίες του γιατί αισθανόταν ακόμη πιο ελεύθερη κι ήρεμη και πολλές φορές απορούσε κι η ίδια μ' αυτή της την αλλαγή. Φαίνεται, σκεφτόταν, πως ο Hans Christian Andersen είχε δίκιο όταν σε κάποιο απ' τα παραμύθια του που διάβαζε μικρή έγραφε «πώς όλα τα κακά έχουν ένα τέλος». Τότε βέβαια δεν μπορούσε -ήταν δεν ήταν δώδεκα χρονών- να καταλάβει τι πραγματικά σήμαινε αυτή η φράση, αλλά είχε φτάσει τώρα στα σαράντα να σκέφτεται πόσο δίκιο είχε κείνος ο δυσκολοδιάβαστος παραμυθάς. Το μυαλό της πήγε αμέσως μετά στην αγαπημένη στην εφηβεία της Anna Maria Selinko και σκέφτηκε μια φράση εκείνης σ' ένα απ' τα βιβλία της που 'λεγε: «Οι άντρες αγαπούν να βλέπουν περιποιημένες γυναίκες αλλά καθόλου δεν θέλουν να ξέρουν πως μαγειρεύεται η γυναικεία ομορφιά».

Η Βέρα χαμογέλασε καθώς βρισκόταν τώρα μπροστά στον καθρέφτη του δωματίου της κι ετοιμαζόταν για να συναντήσει τον Άγγελο. Σ' εκείνον άρεσε να τη βλέπει πάντα περιποιημένη, πράγμα που για την ίδια ήταν μια καθημερινή συνήθειά της από τότε που ήταν πολύ μικρή. Αν έπρεπε σώνει και καλά να του βρει κάποιο μειονέκτημα, ίσως αυτό θα μπορούσε να ήταν η ματιά του, η οποία κάθε φορά, μόλις την έβλεπε, ήταν σα να την επιθεω-

ρούσε απ' την κορυφή μέχρι τα νύχια. Η Βέρα που έτσι κι αλλιώς φρόντιζε την εμφάνισή της έκανε κάτι παραπάνω τις φορές που τον συναντούσε. Στον Άγγελο απ' ό,τι είχε καταλάβει, αυτά τα τέσσερα χρόνια που είχαν μεσολαβήσει από τότε που τον είχε γνωρίσει, άρεσαν τα όμορφα ρούχα, το καλό φαγητό και τα έργα τέχνης. Με τη μουσική που ήταν η δική της αδυναμία κι ενασχόληση δεν είχε και πολύ καλές σχέσεις, αλλά με τη βοήθειά της είχε αρχίσει κι αυτή να τον ενδιαφέρει, καθώς κάθε φορά που η ίδια πήγαινε σε συναυλίες τον ενημέρωνε κι αρκετές φορές την ακολουθούσε κι εκείνος, από μακριά βέβαια και κυρίως το καλοκαίρι που οι παραστάσεις γίνονταν στο Θέατρο του Δάσους. Πολλές φορές συναντιόταν στο θέατρο, πάντοτε από μακριά και φευγαλέα, αλλά κι εκείνο ακόμη το στιγμιαίο συνταίριασμα των ματιών τους, τούς ήταν αρκετό.

Ο Άγγελος ήταν δύο χρόνια μεγαλύτερός της και ζωηρός σα νεαρός ταύρος. Έβρισκε το χρόνο για όλα. Για τη δουλειά του, την οικογένειά του και για τα καθημερινά περάσματά του κάτω απ' το σπίτι της όταν τύχαινε να μεσολαβήσουν μέρες χωρίς να μπορούν να ειδωθούν.

Η Βέρα τον θαύμαζε γι' αυτές του τις ιδιότητες, μα πιο πολύ τον θαύμαζε που ποτέ του δεν την κούρασε μιλώντας για τη δουλειά του, η οποία συνήθως δεν ήταν καθόλου ευχάριστη, κι όποτε εκείνη τον ρωτούσε, πάντοτε της έλεγε πως όλα ήταν καλά.

Με τα χρόνια, έστω κι αν καμιά φορά μεσολαβούσαν αρκετές μέρες χωρίς να συναντηθούν, είχαν οικοδομήσει έναν ουσιαστικό και δυνατό δεσμό. Τώρα, η Βέρα δεν είχε ανάγκη να τρέχει από ταξίδι σε ταξίδι, ούτε ψώνιζε ρούχα χωρίς αφορμή, τα οποία μετά στοίβαζε στη ντουλάπα της και στο τέλος χάριζε εδώ κι εκεί γιατί δεν είχε ούτε πού να τα φορέσει.

Σ' αυτά τα χρόνια που ο Άγγελος ήταν το συναισθηματικό της αποκούμπι, είχε αρχίσει να βλέπει τον Χάρη, που κάποτε θαύμαζε για το μυαλό και την εργατικότητά του, να μικραίνει κι όλο να μικραίνει στα μάτια της. Τότε μετάνιωνε για τα δάκρυα που είχε χύσει για εκείνον, για τις νύχτες αγωνίας

*που είχε περάσει όταν εκείνος διασκέδαζε και για το πόσο έπαιρνε στα σο-
βαρά τις προσβολές και τις κακίες του στο πρόσωπό της. Μάλιστα, όσο πιο
μικρό τον έβλεπε τόσο πιο πολύ ευγνωμονούσε την άτυχη εκείνη μέρα όταν
την είχε εγκαταλείψει στο κρεβάτι κι εκείνη, με όσα της είχαν συμβεί στη
συνέχεια, γνώρισε τον Άγγελο.*

*Εκείνη τη μέρα ξεκίνησε γεμάτη χαρά να ρίξει μια ματιά στα καταστή-
ματα με τα είδη μπάνιου γιατί εκείνο σκόπευε ν' ανακαινίσει. Την ίδια εκεί-
νη μέρα γυρίζοντας στο σπίτι της νωρίς τ' απόγευμα μίλησε με τον Άγγελο
στο τηλέφωνο λέγοντάς του τι είχε κάνει νωρίτερα.*

*Αργά το βράδυ χτύπησε το τηλέφωνό της, το σήκωσε κι άκουσε μια
έξαλλη γυναικεία φωνή που τσιρίζοντας ζητούσε το Χάρη. Στην αρχή δεν
κατάλαβε ούτε ποια ήταν ούτε και τι ήταν εκείνο που την έκανε να ζητάει
επιτακτικά να του μιλήσει. Όταν μετά από μερικά δευτερόλεπτα η Βέρα
αναγνώρισε εκείνη τη μανιασμένη φωνή, έχασε τη γη κάτω απ' τα πόδια
της. Ωστόσο, προσποιήθηκε πως δεν την αναγνώρισε και με ήπιο τρόπο
κατόρθωσε να την πείσει πως ο Χάρης δεν ήταν στο σπίτι και πως δεν ήξερε
–κι αυτό ήταν αλήθεια– πότε θα γύριζε. Όμως τα μανιασμένα τηλεφωνή-
ματα επαναλήφθηκαν κι η Βέρα αναγκάστηκε να μην το σηκώνει πια. Ο
Χάρης γύρισε στο σπίτι μετά τα μεσάνυχτα και την ίδια στιγμή το τηλέ-
φωνο άρχισε να κουδουνίζει. Η Βέρα αναγκάστηκε να το σηκώσει, είπε στο
Χάρη ότι τον ζητούσαν αλλά εκείνος όταν έμαθε ποια ήταν η γυναίκα στην
άλλη γραμμή, αρνήθηκε να της μιλήσει.*

*Δεν είχαν περάσει ούτε δέκα λεπτά όταν το θυροτηλέφωνο άρχισε να
χτυπάει συνεχόμενα και στ' άκουσμά του η Βέρα άρχισε τώρα να τρέμει.
Ήταν η γυναίκα του Άγγελου, αυτή η ίδια που είχε ζητήσει νωρίτερα το
Χάρη στο τηλέφωνο και τώρα βρισκόταν κάτω απ' το σπίτι τους.*

*Η νύχτα προβλεπόταν εφιαλτική με τη Βέρα που μην ξέροντας πώς ν'
αντιδράσει ξάπλωσε στο κρεβάτι και τον Χάρη να ορύεται για την ακα-
τάλληλη ώρα που τον ενοχλούσαν. Ωστόσο, κάποτε ο δυσάρεστος θόρυβος*

έπαψε ν' ακούγεται κι η υπόλοιπη νύχτα πέρασε φαινομενικά ήσυχα. Όμως, πρωί-πρωί η ίδια προφασίστηκε κάποια επείγουσα δουλειά και βιάστηκε να φύγει απ' το σπίτι, άυπνη κι αναστατωμένη απ' το κακό προηγούμενο της περασμένης νύχτας που προμήνυε πολύ δυσάρεστα μαντάτα.

Ο λόγος για τον οποίο η γυναίκα του Άγγελου ήταν έξαλλη δεν άφηνε καμία αμφιβολία στη Βέρα, η οποία έφυγε απ' το σπίτι όχι μόνο φοβισμένη μήπως αναγκαστεί να την αντιμετωπίσει, αλλά περισσότερο επειδή έπρεπε να μάθει απ' τον ίδιο τι ακριβώς είχε συμβεί. Ένας πρόσθετος βέβαια εφιάλτης ήταν οι σκέψεις της για την αντίδραση του Χάρη.

Γύριζε όλο το πρωί στην αγορά άσκοπα μόνο και μόνο για να μη χρειαστεί να τον αντιμετωπίσει απροετοίμαστη. Προσπαθούσε να δώσει παράταση στην αντίδρασή του που αργά ή γρήγορα θ' αναγκαζόταν ν' αντιμετωπίσει, ελπίζοντας να βρει τα κατάλληλα λόγια και τις δικαιολογίες που θα χρειαζόταν.

Τ' άλλο της μέλημα ήταν να βρει τον Άγγελο για να μάθει πώς ξεκίνησαν όλ' αυτά, τι είχε συμβεί και τα πράγματα είχαν εξελιχθεί τόσο δυσάρεστα. Στα τέσσερα εκείνα χρόνια που βρισκόντουσαν ποτέ δεν είχαν δώσει την παραμικρή αφορμή σ' οποιονδήποτε ν' αντιληφθεί το παραμικρό για την κρυφή τους σχέση. Οι συναντήσεις τους γίνονταν πάντοτε με τις μεγαλύτερες δυνατές προφυλάξεις και ποτέ τους –κι αυτό ήταν το κυριότερο– δεν είχε χρειαστεί να συζητήσουν για την πιθανότητα ενός τέτοιου ενδεχόμενου και φυσικά, καμία απολύτως σκέψη δεν υπήρχε για επισημοποίηση αυτής της σχέσης.

Στο μυαλό της Βέρας, ίσως και του Άγγελου, η προτεραιότητα ήταν πάντα η οικογένειά της και το αν βρέθηκε στην ανάγκη να δημιουργήσει μια παράλληλη σχέση στη ζωή της, οφειλόταν καθαρά και μόνο στο γεγονός ότι οι πόρτες και τα παράθυρα της εστίας της είχαν μείνει ορθάνοιχτα πολλά χρόνια απ' τη σαθρότητα εκείνης της φαινομενικά υγιούς οικογενειακής ζωής που υποτίθεται πως είχε.

Τον Άγγελο δεν υπήρχε καμία περίπτωση να τον βρει έως το απόγευμα, που θα μπορούσε να τον επισκεφθεί στην κλινική που δούλευε ενώ το πρωί στο νοσοκομείο αυτό ήταν εντελώς αδύνατο. Γύριζε και γύριζε ώρες στην αγορά η Βέρα μετρώντας τις ώρες που εκείνη τη συγκεκριμένη μέρα δεν περνούσαν. Τρόπος επικοινωνίας κανένας κι ούτε διάμεσος άνθρωπος που ίσως θα μπορούσε να της δώσει κάποια πληροφορία.

Όταν επιτέλους έφθασε τ' απόγευμα, η Βέρα μπήκε σ' ένα ταξί κι έτρεξε να συναντήσει τον Άγγελο. Τον βρήκε κλεισμένο σ' ένα μικρό δωματιάκι της κλινικής που χρησιμοποιούνταν ως αποθήκη. Το πρόσωπό του, μόλις τον είδε, την τρόμαξε. Ο άνθρωπος ήταν κατακόκκινος ιδρωμένος, ανίκανος να μιλήσει. Ήταν καθισμένος σε μια καρέκλα μέσα στον κακοφωτισμένο κείνο χώρο. Κάτι τρομερό θα 'πρεπε να είχε αντιμετωπίσει το προηγούμενο βράδυ που τον είχε φέρει σ' εκείνη την κατάσταση. Δεν είχε τη δύναμη να σταθεί στα πόδια του κι ενώ η Βέρα πήγε για να ζητήσει βοήθεια από κείνον, βρέθηκε η ίδια να τον παρηγορεί. Πέρασε ώρα μέχρι να καταφέρει ο Άγγελος να της μιλήσει και να της εξηγήσει τι ακριβώς είχε συμβεί. Φυσικά, η εξήγηση ήταν κάτι που δεν περίμενε η Βέρα.

Πράγματι, όπως της είπε στη συνέχεια κανείς δεν τους είχε δει. Κανένας δεν υπήρχε να προδώσει τη σχέση τους. Όμως η γυναίκα του είχε χρησιμοποιήσει τη βοήθεια κάποιου ντετέκτιβ, ο οποίος είχε μπλοκάρει το τηλέφωνο της κλινικής. Έτσι, όταν ο Άγγελος της τηλεφωνούσε από κει ήταν πολύ εύκολο για κάποιον του είδους του «μυστικού αστυνομικού», όπως καταχρηστικά λεγόταν, να βρει τον αριθμό του τηλεφώνου τον οποίο καλούσε. Από κει και πέρα τα πράγματα ήταν εύκολα για να εντοπιστεί τ' όνομα του χρήστη. Έτσι είχε γίνει κι η σχέση του Άγγελου με τη Βέρα είχε αποκαλυφθεί. Ο ίδιος είχε περάσει τη νύχτα του αγίου Βαρθολομαίου όταν η γυναίκα του -χωρίς φαινομενικά κάποια αφορμή- είχε αρχίσει να ωρύεται και να σπάζει ό,τι βρισκόταν μπροστά της. Ο «ένοχος» πάλι, ο οποίος είχε βρεθεί απροετοίμαστος, αλλά κι απ' τη φύση του ήταν άνθρωπος χωρίς εξάρσεις, με την κατηγορία του άπιστου να τον βαραίνει, είχε σκύψει το κεφάλι κι είχε δεχθεί όλες τις προσβολές, καταρρακωμένος απ' τις αποκαλύψεις αλλά κι απ' τον τρόπο που κείνες είχαν προκύψει. Τα πειστήρια της ενοχοποιητικής κασέτας ήταν αδιάψευστο κριτήριο της προδοσίας του και τι μπορούσε να πει; Τίποτα.

Η τελευταία τους συνομιλία είχε καταγραφεί, οι φωνές τους ακουγόταν ευδιάκριτα, όπως φυσικά και το θέμα της συνομιλίας τους. Ήταν η ανακαίνιση του σπιτιού της Βέρας κι οι αναφορές της στα καταστήματα που είχε επισκεφθεί για ν' αποφασίσει τι θ' αγόραζε. Τρυφερές κουβέντες δεν είχαν ειπωθεί, αλλά απ' την οικειότητα και τον τόνο της φωνής τους φαινόταν το δέσιμό τους.

Η Βέρα τ' άκουσε όλ' αυτά με κατεβασμένο το κεφάλι ασφυκτιώντας μέσα σ' εκείνη τη σκοτεινή αποθηκούλα, η οποία ταίριαζε και με τη διάθεσή της. Το ενδεχόμενο ότι κάποιος θα μπορούσε να μάθει για τη σχέση της με τον Άγγελο απ' την κλεμμένη συνομιλία τους ήταν κάτι που δεν είχε περάσει ποτέ απ' το μυαλό της. Για κείνη, όλ' αυτά ταίριαζαν μόνο σε κινηματογραφικό σενάριο αστυνομικής ταινίας ή σε φιλμ νουάρ. Αλλ' αυτά ήταν σκέψεις περαστικές. Τώρα, είχε προτεραιότητα η στήριξή της στον, σαν χαμένο, Άγγελο.

Ποτέ δεν τον είχε ξαναδεί έτσι. Φαινόταν ανίκανος ν' αντιμετωπίσει την κατάσταση, αδύναμος να υπερασπιστεί έστω και στο ελάχιστο τον εαυτό του, πόσο μάλλον τη Βέρα. Όμως, ο Άγγελος ήταν δικαιολογημένος αφού εκείνος είχε κιόλας βρεθεί όλο το βράδυ αντιμέτωπος με την μαινόμενη γυναίκα του. Για την ίδια, το γεγονός ότι κι εκείνη θ' αναγκαζόταν αργά ή γρήγορα ν' αντιμετωπίσει τον Χάρη, ήταν ένα ζήτημα που με κάποιο τρόπο θα μπορούσε να φέρει βόλτα με καλύτερο τρόπο αφού ήδη γνώριζε τι είχε συμβεί. Θα μπορούσε τουλάχιστον να έχει έτοιμες κάποιες δικαιολογίες για να τον αντικρούσει, ίσως και να μπορούσε να τ' αρνηθεί. Καθησύχασε τον Άγγελο όσο μπορούσε και μετά, επειδή έλειπε κιόλας ώρες απ' το σπίτι της, τον αποχαιρέτησε μη ξέροντας αν και πότε θα μπορούσαν να ξανασυναντηθούν.

Μόλις άνοιξε την πόρτα του σπιτιού της, αντίκρισε έναν φαινομενικά ήρεμο αλλά βλοσυρό Χάρη, ο οποίος τέτοια ώρα στο σπίτι είχε χρόνια να βρεθεί. Η Βέρα σιγουρεύτηκε. Η ώρα της δικής της κρίσης είχε φτάσει. Ωστόσο, κατάφερε να δείξει την ανύποπτη για όλα όσα συνέβαιναν. Τον χαιρέτησε μ' ένα γεια σου και βιάστηκε να μπει στο δωμάτιό της. Ο Χάρης την ακολούθησε και μεμιάς το σκηνικό άλλαξε. Η φαινομενική του ηρεμία έδωσε τη θέση της σε μια έκρηξη θυμού που του 'βγαινε μ' ένα υβρεολόγιο και με φωνή που τράνταζε όλο το σπίτι. Είχε μάθει τα πάντα απ' τη γυναίκα του Άγγελου, η οποία, λίγο μετά απ' τη στιγμή που η ίδια είχε φύγει απ' το σπίτι, τον είχε επισκεφθεί, του είχε εξιστορήσει τα συμβάντα και μαζί μ' αυτά απειλούσε πως θα πήγαινε στις εφημερίδες και θα ξεσκέπαζε τις ανομίες του επαίσχυντου ζευγαριού. Απειλούσε κι έβριζε τους πάντες και τα πάντα κι ο Χάρης, ο οποίος φυσικά αντιμετώπιζε κάτι που δεν είχε ποτέ φανταστεί, τώρα τη μιμούνταν και με τον ίδιο τρόπο απευθυνόταν στη Βέρα. Εκείνη δεν αντέδρασε αλλά όταν της είπε πως δεν μπορούσε ούτε να τη βλέπει μπροστά του, σήκωσε το κεφάλι της και κοίταξε θαρρετά στα μάτια εκείνον που ήταν ο πιο αμαρτωλός ανάμεσα στους άλλους άπιστους αμαρτωλούς συζύγους.

Η Βέρα απορούσε με την υποκρισία του καθώς τον άκουγε να της λέει πόσο άτιμο ήταν αυτό που είχε κάνει εις βάρος του. Αυτός που απ' την πρώτη στιγμή που την είχε παντρευτεί γύριζε χωρίς ντροπή κι έκανε τα ίδια ακριβώς χωρίς καν να κρατάει έστω τα προσχήματα. Αυτός που τα κρίματά του ήταν τόσα πολλά που πια η Βέρα ούτε που μπορούσε να μετρήσει. Εκείνη τη στιγμή, η Βέρα το αποφάσισε. Θα 'φευγε για λίγες μέρες μακριά του γιατί είχε ανάγκη να ηρεμήσει αλλά και γιατί θα ήταν εντελώς ανώφελο να μείνει και ν' ακούει το αδιάκοπο υβρεολόγιό του.

Τα παιδιά ευτυχώς θα 'λειπαν για τουλάχιστον ένα μήνα και στο διάστημα αυτό η Βέρα ήλπιζε να ηρεμήσει και ν' ανασυντάξει τα λίγα αποθέματα ηρεμίας που της απόμειναν. Θα 'φευγε το ίδιο κιόλας κείνο βράδυ. Με μια απότομη κίνηση τον παραμέρισε, πήρε μια βαλίτσα κι άρχισε να

ετοιμάζει μερικά ρούχα που θα της ήταν απαραίτητα όσο θα 'λειπε απ'
το σπίτι της. Ετοιμάστηκε γρήγορα με συνοδεία τις άγριες φωνές του κι
έκλεισε την πόρτα πίσω της. Μόλις βγήκε απ' το σπίτι πήρε μια βαθιά
ανάσα. Η μυρωδιά της βραδινής θαλάσσιας αύρας πέρασε μέσα της και
την τόνωσε. Βρήκε αμέσως ένα ταξί και σε πέντε λεπτά έφτασε στο ξενο-
δοχείο «Μακεδονία Παλάς».

Με το πού μπήκε κι αντίκρισε το φωτεινό κατακάθαρο δωμάτιο που
'βλεπε στη θάλασσα, αναθάρρησε. Είχε κοντά είκοσι χρόνια να νιώσει αυτό
το θεόσταλτο αίσθημα της ελευθερίας και της ανεμελιάς. Τόσο χρονών
ένιωσε όταν βγήκε στο μπαλκόνι κι αντίκρισε τον Θερμαϊκό και το φασα-
ριόζικο πλήθος που 'κανε εκείνη την ώρα τη βόλτα του στη δροσερή αυγου-
στιάτικη νύχτα.

Παρήγγειλε ένα τοστ, διάφορα φρούτα μαζί μ' ένα μπουκάλι άσπρο
κρασί κι αφού τακτοποίησε τα ρούχα της, έκανε ένα κρύο ντουζ και βγήκε
στο μπαλκόνι για ν' απολαύσει το βραδινό της. Γι' αρκετή ώρα, επηρεα-
σμένη απ' τη ζωντάνια της παραλίας κι απ' τα φώτα της πόλης που μαζί
με το ξακουστό καλοκαιρινό φεγγάρι την κάνανε να μοιάζει σαν βγαλμένη
από παραμύθι, άδειασε το μυαλό της απ' όλα τα γεγονότα της μέρας που
είχε προηγηθεί. Αλλά βέβαια της ήταν αδύνατο να μη ξαναγυρίσει στη
δύσκολη πραγματικότητα που θα είχε ν' αντιμετωπίσει. Προσπάθησε, πέ-
φτοντας στο κρεβάτι, να κλείσει τα μάτια της και να κοιμηθεί αλλά αυτό
κατέληξε αδύνατο.

Σκεφτόταν τον Άγγελο κι αναρωτιόταν πού να βρισκόταν και τι να
'κανε. Είχε κιόλας με το μυαλό της σκιαγραφήσει την άσχημη κατάληξη
που είχε εκείνη η σχέση της αλλά που χάρη σ' εκείνη είχε κατορθώσει να
επιβιώσει συναισθηματικά και να είναι αποτελεσματική στα μητρικά της
καθήκοντα. Σκεφτόταν και ξανασκεφτόταν πόσο καλό της είχε κάνει εκεί-
νη η ευλογημένη σχέση της με τον Άγγελο και πόσο με την ύπαρξη του την
είχε στηρίξει.

Τώρα, έξω απ' τη συζυγική της εστία -που μόνο τέτοια βέβαια δεν ήταν- μακριά απ' τη μυρωδιά του σπιτιού της που συχνά της φαινόταν σαν φυλακή, θα είχε το χρόνο και την άνεση να σκεφτεί τον εαυτό της και ν' αποφασίσει για το τι θα έκανε στο μέλλον. Για πρώτη φορά της πέρασε απ' το μυαλό η σκέψη ν' αποφασίσει αν θα 'πρεπε να μείνει μέσα σ' εκείνο το συμβατικό και βασανιστικό γάμο ή αν θα 'πρεπε τώρα που και τα παιδιά είχαν μεγαλώσει, να πάρει κάποιες αποφάσεις, οι οποίες, αν και ίσως κατέληγαν στο να μείνει μόνη της, θα ήταν ίσως καλύτερες για την ψυχική υγεία τόσο της ίδιας όσο και των παιδιών της.

Στο κάτω-κάτω, σκεφτόταν, ούτε η πρώτη θα ήταν αλλά ούτε κι η τελευταία που θα χώριζε. Όμως, όταν το μυαλό της πήγε στους γονείς της, που το πρότυπό τους ως ζευγάρι ήταν το ιδανικό της, μελαγχόλησε. Οι άνθρωποι ήταν εντελώς ανύποπτοι για τον άτυχο γάμο της, δεν γνώριζαν τίποτε για τις δύσκολες συνθήκες που αντιμετώπιζε μέσα σ' αυτόν και ποτέ δεν τους είχε περάσει απ' το μυαλό ότι το παιδί τους υπέφερε. Βλέπαν τη Βέρα όπως εκείνη ήθελε να τους παρουσιάζεται, ευτυχισμένη και χάρη στη μεγάλη οικονομική της άνεση, πάντα καμάρωναν για την καλή της τύχη και πολλές φορές, ακόμη και μπροστά της σχολίζαν την καλή της μοίρα, που κάποτε της είχε δείξει τ' άσχημό της πρόσωπο, αλλά στη συνέχεια την είχε ανταμείψει και μάλιστα με το παραπάνω.

Μ' αυτές τις σκέψεις και χωρίς να κλείσει μάτι η Βέρα, ξημέρωσε η επόμενη μέρα. Ο ζεστός καφές με τα φρέσκα κρουασάν και τα πλούσια συνοδευτικά του πρωινού στο «Μακεδονία Παλάς» τη βοήθησαν με το παραπάνω ν' αντικρίσει με πιο καθαρή ματιά τα γεγονότα που είχαν φέρει την ανατροπή στη μονότονη καθημερινή ζωή της. Θα προσπαθούσε σήμερα να βρει τον Άγγελο, να μάθει πώς ήταν, πού βρισκόταν και ποια ήταν η συνέχεια και στη δική του δύσκολη κατάσταση.

Η Βέρα δεν βγήκε καθόλου απ' το ξενοδοχείο όλο το πρωί. Καθόταν για λίγο στο μπαλκόνι και μετά ξάπλωνε στο κρεβάτι της με τις σκέψεις να 'ρχονται και να ξανάρχονται κι όλα τα σενάρια να στριφογυρίζουν ως εναλλακτικές λύσεις για το μέλλον της.

Η απόφαση να χωρίσει απ' τον Χάρη δεν της ήταν καθόλου εύκολη ούτε να την πάρει αλλά ούτε και να τη διαχειριστεί. Δεν μπορούσε να φανταστεί τι θα σήμαινε κάτι τέτοιο και σε ποιο βαθμό θ' άλλαζε τη ζωή τη δική της, αλλά κυρίως των παιδιών της. Αυτά έπρεπε να σκεφτεί παραπάνω. Όχι πως εκείνα ήταν ανύποπτα, όπως οι γονείς της, αλλά ο χωρισμός της απ' τον μπαμπά τους σίγουρα θα τους ήταν μια πολύ δυσάρεστη κατάσταση, αφού θ' ανέτρεπε την όποια σιγουριά είχαν, έστω και τυπικά, με την παρουσία του. Εκείνη πάλι θα μπορούσε να κρατήσει τις ισορροπίες που θα χρειαζόταν σε μια τέτοια περίπτωση; Όλες αυτές οι σκέψεις την απασχολούσαν μέχρι τ' απόγευμα που πήρε πάλι ένα ταξί και βρέθηκε στην κλινική για να δει τον Άγγελο.

Σήμερα, ήταν κάπως καλύτερα, όπως φάνηκε με την πρώτη ματιά που του 'ριξε η Βέρα. Βρισκόταν στο γραφείο του και μάλιστα χρειάστηκε να περιμένει λιγάκι μέχρι να τελειώσει με κάποιον ασθενή που εξέταζε.

Η πρώτη της εντύπωση επιβεβαιώθηκε όταν μίλησε μαζί του και της είπε πως είχε ήδη φύγει απ' το σπίτι και προσωρινά τον φιλοξενούσε κάποιος στενός συγγενής του. Το μόνο κακό, από πρακτική άποψη, ήταν πως η γυναίκα του δεν τον είχε αφήσει να πάρει τίποτε απ' τα προσωπικά του είδη. Ο Άγγελος φορούσε τα ίδια ρούχα δυο μέρες τώρα και με τη μεγάλη σύγχυση των ημερών που είχαν προηγηθεί, είχε αρχίσει ήδη να δυσκολεύεται. Στη Βέρα αυτό φάνηκε ελάχιστο ως προς τα σοβαρά θέματα, οικογενειακά αλλά κι επαγγελματικά, τα οποία κοντά στ' άλλα θα τον ανάγκαζαν να μη μπορεί να κάνει ούτε κι ιατρείο αφού μέχρι τότε αυτό στεγαζόταν στο ίδιο διαμέρισμα με την κατοικία του. Όμως αυτό δεν ήταν του παρόντος.

Έμεινε κοντά του λίγη ακόμη ώρα και μετά -χωρίς να του πει τίποτα- επειδή τον έβλεπε να πνίγεται απ' το άγχος του, προσπάθησε να δώσει ένα χεράκι βοήθειας, αποφασίζοντας να πάει η ίδια στην αγορά και να του ψωνίσει μερικά απαραίτητα ρούχα.

Τ' ασήμαντο αυτό, κατά τ' άλλα, γεγονός την έκανε να νιώσει πιο κοντά του την ώρα που βρισκόταν στο μαγαζί που είχε πάει να του αγοράσει μερικά πουκάμισα και λίγα εσώρουχα ώστε να έχει ν' αλλάξει. Όταν γύρισε πίσω στο ξενοδοχείο της, τηλεφώνησε στα παιδιά της στη Χαλκιδική. Ευτυχώς περνούσαν μια χαρά κι έτσι η Βέρα πήρε την έννοια της απ' αυτό. Οι γονείς της ήταν κι εκείνοι ευχαριστημένοι απ' τη διαμονή τους στο ευχάριστο καλοκαιρινό σπίτι της, όπως τη διαβεβαίωσαν στη συνέχεια, κι αυτό τη βοήθησε στο να επικεντρώσει την προσοχή της πιο πολύ στον Άγγελο.

Μ' έκπληξή της συνειδητοποίησε πως το γεγονός ότι είχε αναγκαστεί να φύγει απ' το δικό της σπίτι, δεν την είχε πειράξει καθόλου. Για μια ακόμη φορά ένιωσε ξαλαφρωμένη και το δωμάτιο του ξενοδοχείου της τής φάνηκε σαν όαση που της πρόσφερε, εκτός απ' τις άψογες υπηρεσίες του προσωπικού του, και μια φιλοξενία ζηλευτή. Η ησυχία του, η καθαριότητα και πάνω απ' όλα η εξαιρετική θέα που είχε απ' το μπαλκόνι της τής άρεσαν πολύ, γιατί ήταν το ιδανικό μέρος για να σκεφτεί με ηρεμία την κατάσταση που είχε δημιουργηθεί και να πάρει τις όποιες αποφάσεις θα επέβαλαν οι περιστάσεις.

Η ίδια δεν είχε κανένα απολύτως πρόβλημα να πάει στο σπίτι της και να δει λίγο τα εκεί πράγματα. Ήξερε πως ο Χάρης αποκλειόταν να είναι εκεί. Πράγματι, μόλις έφτασε, είδε πως, εκτός απ' την κυρία Ολυμπία που τακτοποιούσε την κουζίνα, όλα ήταν ήσυχα. Αντάλλαξαν μερικές κουβέντες κι η Βέρα απάντησε στις απορίες της ευγενικής εκείνης γυναίκας που στη συνέχεια θ' αποδεικνυόταν ένα πολύ καλό στήριγμα για την ίδια αλλά κυρίως για τα παιδιά της.

Ήσυχη απ' όλα του σπιτιού της, η Βέρα ξαναγύρισε στο ξενοδοχείο όπου εκείνο το βράδυ θα πήγαινε να τη δει ο Άγγελος για πρώτη φορά. Του παρήγγειλε κάτι ελαφρύ για να τσιμπήσει και τον περίμενε μ' αγωνία γιατί ήταν η πρώτη φορά που θα είχαν την ευκαιρία να μιλήσουν με την ησυχία της.

Νωρίς το βράδυ έφτασε ο Άγγελος κι οι δυο τους βγήκαν να καθίσουν στο μπαλκόνι που είχε φυσική δροσιά. Ήταν όπως περίμενε η Βέρα. Κυριολεκτικά πελαγωμένος κι ανίκανος να σκεφτεί ο,τιδήποτε. Με συγκίνηση δέχτηκε τα ρούχα που του είχε πάρει για να τον διευκολύνει, έφαγε με βουλιμία το λιτό βραδινό και μετά έστρεψε το βλέμμα του σ' εκείνη σα να περίμενε βοήθεια.

Η Βέρα -που είναι αλήθεια δεν είχε αντιμετωπίσει την τρελή κατάστα-ση που είχε ζήσει εκείνος κι ίσως από χαρακτήρα ήταν πιο δυνατή- έπρεπε τώρα ν' αναλάβει το πάνω χέρι στη διαχείριση όλων των πραγμάτων, όπως κατάλαβε απ' τις πρώτες κιόλας κουβέντες που αντάλλαξε μαζί του.

Προσπάθησε πρώτα να τον ηρεμήσει και μετά, αραδιάζοντας με τη σειρά τα γεγονότα όπως είχαν συμβεί, τον έπεισε ότι δεν είχε έρθει κι η συντέλεια του κόσμου κι ίσως με τις μέρες όλα να καταλάγιαζαν. Τα επιχειρήματά της πιάσαν τόπο. Ο Άγγελος χαλάρωσε για τα καλά κι έφυγε ήσυχος.

Όμως, απ' την επόμενη μέρα τα πράγματα άρχισαν να εξελίσσονται πάλι με τη μορφή χιονοστιβάδας, παρασύροντας τα πάντα ως προς εκείνον. Η γυ-ναίκα του δεν τον δεχόταν επ' ουδενί ούτε για συζήτηση. Είχε μάλιστα δε-σμεύσει τ' αυτοκίνητο που ανήκε στους δύο και τις κοινές τους καταθέσεις. Ο Άγγελος ήταν στην κυριολεξία επί ξύλου κρεμάμενος. Το τρισχειρότερο ήταν πως περιφερόταν στους ιατρικούς κύκλους κατηγορώντας τον όχι μόνο για την απιστία του αλλά προσβάλλοντας το κύρος και την επαγγελματική του αξιοπρέπεια. Είχε εφεύρει απίθανα σενάρια κι εκτόξευε απειλές προς όλους και προς όλα. Αν ο Άγγελος είχε πεισθεί απ' τη Βέρα να κάνει εξευμενιστικές κινήσεις, τώρα είχε αποθαρρυνθεί τελείως κι είχε αρχίσει να εξοργίζεται μαζί της καθώς οι πληροφορίες που 'φταναν στ' αυτιά του ως προς αυτόν ήταν ολωσδιόλου ψεύτικες κι υποτιμητικές για την οντότητα και το κύρος του.

Παράλληλα, η γυναίκα του είχε προχωρήσει και σ' άλλα ατοπήματα. Αυτή τη φορά προς την πλευρά της Βέρας. Είχε ανακαλύψει, ίσως μέσω του συμβούλου της ντετέκτιβ, τα τηλέφωνα των συγγενών της -ακόμη και το τηλέφωνο της Χαλκιδικής- κι είχε επιδοθεί σ' ένα ατελείωτο κατηγορη-τήριο εναντίον της, ταράζοντας όλο το συγγενικό της περιβάλλον. Ανήσυ-χοι όλοι ψάχναν τη Βέρα θέλοντας να μάθουν τι ακριβώς είχε συμβεί, χωρίς βέβαια να πιστεύουν τις κατηγορίες που άκουγαν εναντίον της και που εκτοξεύονταν απ' τη γυναίκα που τώρα βρισκόταν σε υστερική κατάσταση.

Σε λίγες μέρες όλη η Θεσσαλονίκη, ή τουλάχιστον το μέρος που αφορούσε στη Βέρα, κουβέντιαζε για τη σχέση της με τον Άγγελο μ' αμέτρητα ψέματα που συνόδευαν τα φανταστικά σενάρια που είχε πλάσει το άρρωστο μυαλό της. Σιγά-σιγά το ζήτημα μαθεύτηκε απ' τις φίλες της κι ανύποπτες καθώς ήταν, προσπαθούσαν να 'ρθουν σ' επαφή μαζί της για να μάθουν τι ακριβώς είχε συμβεί. Ευτυχώς που όπως ο Άγγελος ήταν γνωστός κι αγαπητός σε συναδέλφους και φίλους, το ίδιο αγαπητή ήταν κι η Βέρα. Έτσι, πολλοί τους υπερασπίστηκαν χωρίς να έχουν μιλήσει μαζί τους.

Οι δυο πρώτες εβδομάδες μετά τα γεγονότα κύλησαν κι ήδη ο Άγγελος έψαχνε στέγη για να μείνει και να ξαναστήσει το ιατρείο του. Αυτό το δεύτερο ήταν πραγματικά πολύ δύσκολο αφού δε ν είχε ούτε τ' απολύτως απαραίτητα για τη δουλειά του. Όλα μα όλα είχαν μείνει στο σπίτι. Δεν είχε ούτε ένα βιβλίο, τίποτε απολύτως απ' αυτά που του ανήκαν. Η Βέρα τον βοήθησε τότε και υλικά αφού είχε τη δυνατότητα, προσπαθώντας όμως να κάνει τις απαραίτητες κινήσεις χωρίς να μειώσει την προσωπικότητά του και χωρίς να τον κάνει να νιώθει άβολα.

Όσο για την ίδια σιγά-σιγά έβρισκε τα κομμάτια της ενώ η απόφασή της να χωρίσει όλο και περισσότερο εδραιωνόταν στη σκέψη της. Αποφάσισε να πάει και να μιλήσει στα παιδιά της, χωρίς για την ώρα, να θίξει το ζήτημα με τους γονείς της, οι οποίοι λόγω της προχωρημένης τους ηλικίας και της ευτυχισμένης συμβίωσής τους, θα ήταν σαν να δέχονταν μαχαιριά στην καρδιά τους.

Η Βέρα πήρε τα παιδιά της ένα βραδάκι, πήγαν οι τέσσερις τους σε μία απ' τις συμπαθητικές ταβέρνες της όμορφης και πολύβουης Χαλκιδικής και μετά το φαγητό τους μίλησε ανοικτά με τρόπο όσο πιο ήπιο γινόταν. Εκείνα δεν έβγαζαν κουβέντα όσο τους εξηγούσε τις αιτίες που την είχαν οδηγήσει στην απόφασή της εκείνη και που φυσικά θα επηρέαζε τη ζωή τους.

Αλλά με μεγάλη της έκπληξη τ' άκουσε να της λένε μ' ένα στόμα και φωνή τ' αμίμητο: «Μαμά, και πολύ άργησες». Αυτές οι τέσσερις κουβέντες την άφησαν άφωνη. Ώστε εκείνα, παρόλες τις προσπάθειές της να δείξει ότι όλα κυλούσαν ανέφελα στο σπίτι τους, είχαν καταλάβει όχι μόνο τα όσα εκείνη υπέμενε όλα εκείνα τα χρόνια, αλλά τώρα ήταν και κατά τρόπο σύμμαχοι στην απόφασή της.

Η Βέρα δοκίμασε μια μεγάλη συγκίνηση. Δεν ήξερε τι να υποθέσει και τι να πρωτοθαυμάσει ως προς την ωριμότητα που είχαν, αλλά και ως προς την διακριτική τους συμπεριφορά, στις δυσκολίες που όπως φαίνεται, γνώριζαν πως περνούσε η μητέρα τους. Το πόσο ανακούφισε τη Βέρα η στάση τους δεν ήταν δυνατό ακόμη κι η ίδια να περιγράψει. Θαύμαζε την ευθυκρισία τους αλλά παράλληλα προσπαθούσε να μπει στην ψυχή τους και να καταλάβει το αντίκτυπο που είχε η συμπεριφορά του πατέρα τους απέναντί της όλ' αυτά τα χρόνια.

Καθώς γύριζε απ' τη Χαλκιδική, σκεφτόταν πόσο την είχαν διευκολύνει τα παιδιά με τη στάση τους αυτή κι ένιωσε πολύ περήφανη για λογαριασμό τους. Ευτυχώς τους είχε δώσει γερές βάσεις ώστε να σχηματίσουν μια υγιή προσωπικότητα και να γίνουν, ίσως και πριν την ώρα τους, ώριμα. Αλλά καμιά φορά ίσως είναι αυτές οι ίδιες οι δυσκολίες που θωρακίζουν χαρακτήρες και κάνουν ακόμη και παιδιά στην εφηβεία τους να πατάν γερά στη γη. Έτσι, τουλάχιστον απ' αυτή την πλευρά η Βέρα ησύχασε. Ως προς τους γονείς της, που για κείνους το ζήτημα απαιτούσε ιδιαίτερο χειρισμό, θ' αποφάσιζε αργότερα.

Τώρα με τον Άγγελο βλέπονταν καθημερινά, μ' εκείνον να τακτοποιείται στο σπίτι που μόλις είχε νοικιάσει και να ξαναστήνει το ιατρείο του. Με τ' αυτοκίνητο της Βέρας βγαίνανε τις περισσότερες φορές έξω απ' την πόλη, συνηθισμένοι καθώς ήτανε απ' τα τέσσερα προηγούμενα χρόνια να μην κυκλοφορούν καθόλου σ' αυτήν και με κάποιες πάλι επιφυλάξεις, λόγω συνήθειας, πήγαιναν πότε-πότε στα πιο απόμερα ταβερνάκια για ν' απολαύσουν κάπως τη βραδιά τους. Όμως τα προβλήματα, ιδιαίτερα απ' την πλευρά του Άγγελου, ήταν πάρα πολλά κι η κατήφεια απ' τις επιπτώσεις τους επικρατούσε στη διάθεση και των δύο μ' αποτέλεσμα να μη μπορούν να βρουν μια στιγμή ησυχίας.

Η Βέρα εξακολουθούσε να μένει στο ξενοδοχείο. Ο Χάρης έλειπε απ' την πόλη κι η αίσθηση της ελευθερίας που 'νιωθε ήταν εκείνη που της έδινε τη δύναμη ώστε να στηρίζει τον Άγγελο με όποιο τρόπο μπορούσε. Για πρώτη φορά σε μια απ' τις εξόδους τους, συζήτησαν για το μέλλον της σχέσης τους μιας κι εκτός του ότι ήταν πολύ ερωτευμένοι ο ένας με τον άλλον, τώρα η συνύπαρξή τους γινόταν όλο και πιο επιτακτική. Στο τέλος της τρίτης εβδομάδας μετά την παραμονή της στο «Μακεδονία Παλάς», ξαναγύρισε στο σπίτι της κι άρχισε σιγά-σιγά να μπαίνει στους ρυθμούς της, αποφασισμένη να μιλήσει στον Χάρη με την πρώτη ευκαιρία που θα 'βρισκε.

Όταν κάποιο απ' τα επόμενα βράδια εκείνος γύρισε, η Βέρα βρήκε τη δύναμη να του μιλήσει. Εκείνη τη φορά του μίλησε έξω απ' τα δόντια. Του είπε πόσο είχε υποφέρει απ' τη βάναυση συμπεριφορά του και πόσο είχε πληγωθεί απ' τις αλλεπάλληλες απιστίες του όλα αυτά τα χρόνια που είχε μείνει μαζί του.

Ο Χάρης την άκουγε χωρίς να μιλάει με τ' αλαζονικό του προσωπείο ν' ανταποκρίνεται για μια ακόμη φορά στη συνηθισμένη για τη Βέρα συμπεριφορά του, αυτή την απόμακρη και εγωιστική. Αφού έπαιξε πάλι το γνωστό του ρόλο, της είπε πως η απόφαση αφορούσε μόνο κείνη τελειώνοντας την τηλεγραφική του εξαγγελία και κάνοντας μειωτικούς για τον Άγγελο χαρακτηρισμούς.

Η Βέρα σιγουρεύτηκε πως όπως της είχαν πει ήδη τα παιδιά της: «και πολύ είχε αργήσει»! Είδε απέναντί της έναν πολύ μικροπρεπή άνθρωπο και το μόνο που του ζήτησε ήταν να φύγει απ' το σπίτι, γιατί μετά απ' όλα όσα είχαν ειπωθεί, της ήταν αδύνατο να τον υπομείνει έστω κι ένα λεπτό παραπάνω.

Την άλλη κιόλας μέρα, ο Χάρης με τη μεγάλη οικονομική άνεση που είχε, βρήκε σπίτι, μετέφερε τα πράγματά του κι αμέσως έφυγε για διακο-

πές. Το πόσο λίγο τον ενδιέφερε η Βέρα κι ο γάμος του μαζί της φάνηκε απ' την ευκολία που δέχτηκε την πρότασή της για το χωρισμό τους μετά από είκοσι δύο ολόκληρα χρόνια γνωριμίας και κοινής ζωής. Παρόλο που κείνη τον είχε προκαλέσει, ένιωσε μια πικρία όταν σκέφτηκε πόσα χρόνια της ζωής της είχαν περάσει, τα καλύτερά της, αλλά και πόσο εύκολα το είχε δεχθεί ο Χάρης. Ήταν σα να το 'θελε, αλλά ίσως από δειλία ή επειδή ήταν τόσο καλά βολεμένος δίπλα της ενώ παράλληλα έκανε και τη ζωή του, δεν είχε κανέναν λόγο να το προτείνει ο ίδιος.

Η Βέρα δεν θέλησε να πάρει τον Δημήτρη και να τον φορτίσει με τα δυσάρεστα δικά της. Ειδικά εκείνο το καλοκαίρι που η κατάσταση της υγείας του είχε επιδεινωθεί απ' τις αλλεπάλληλες επιπλοκές της αρρώστιας του, η ίδια δεν είχε κανένα δικαίωμα να τον φορτίσει. Όμως πάντα μα πάντα θα ήταν κλεισμένος στο πιο πολύτιμο κομμάτι της καρδιάς της. Τον είχε κλείσει μέσα της με τα χρώματα της νιότης και της πρώτης της αγάπης. Ο Δημήτρης της, γιατί πάντα έτσι τον σκεφτόταν κι έτσι πάντα τον έφερνε στο μυαλό της, τ' άξιζε όλα γιατί ήταν ο καλύτερος, ο παντοτινός της αγαπημένος.

Με τη Θεσσαλονίκη να είναι έρημη από κόσμο, όπως κάθε Αύγουστο, ο Άγγελος δεν είχε δουλειά στην κλινική κι απ' το νοσοκομείο ήταν σε άδεια. Έτσι, όταν της πρότεινε να φύγουν για λίγες μέρες στη Μυτιλήνη, η Βέρα δέχτηκε με τρελή χαρά. Επιτέλους, θα 'κανε κι εκείνη διακοπές μακριά απ' όλους και απ' όλα και μάλιστα με κάποιον ο οποίος δεν έχανε ευκαιρία που να μην της δείχνει την αγάπη του και την ιδιαίτερη αδυναμία που της είχε.

Κανόνισε γρήγορα τ' αεροπορικά τους εισιτήρια, έκλεισε δωμάτιο στο ξενοδοχείο, έτρεξε να φροντίσει για όλα που θα παίρνανε μαζί τους, όσο θα μέναμε εκεί και το επόμενο κιόλας Σάββατο ξεκίνησαν με προορισμό το Μόλυβο. Η Βέρα απ' την άλλη, ετοίμασε τα πράγματά της με χαρά σαν παιδάκι που θα πήγαινε για πρώτη φορά στη ζωή του εκδρομή.

Έτσι νωρίς εκείνο το Σάββατο, ο Άγγελος πέρασε απ' το σπίτι και την πήρε με την κυρία Ολυμπία να τους κατευοδώνει. Είχε νοικιάσει ένα αυτοκίνητο που θα τους περίμενε μόλις θα 'φταναν στο νησί ώστε να έχουν ευκολία στους μετακινήσεις τους.

Ο καιρός ήταν υπέροχος και το μικρό δικινητήριο αεροπλάνο της Ολυμπιακής ήταν έτοιμο να ξεκινήσει με τις μηχανές του αναμμένες, σα να τους περίμενε. Η Βέρα βολεύτηκε στη θέση της δίπλα στο παράθυρο κι ο Άγγελος δίπλα της τής κρατούσε το χέρι σ' όλη τη διάρκεια της πανέμορφης διαδρομής. Το αεροπλάνο πετούσε χαμηλά κι έτσι οι δύο τους δεν πρόφταιναν να βλέπουν μια το καταπράσινο Άγιο Όρος με τα μοναστήρια του σαν φυτρωμένα εδώ κι εκεί και μετά τα καταγάλανα νερά του Αιγαίου. Τ' αεροπλάνο έκανε μια ενδιάμεση στάση στη Λήμνο και μετά από μισή ώρα έφτασε στη Μυτιλήνη.

Τ' αυτοκίνητο που είχε νοικιάσει ο Άγγελος ήταν ήδη εκεί και τους περίμενε. Έτσι, μόλις παρέλαβαν τις αποσκευές τους, μπήκαν μέσα και ξεκίνησαν για το Μόλυβο, στα βόρεια του νησιού. Η διαδρομή ήταν υπέροχη. Στην αρχή δίπλα στη θάλασσα και μετά σιγά-σιγά στην καταπράσινη ενδοχώρα του νησιού, ακολουθώντας τον στενό αλλά γραφικό αυτοκινητόδρομο που τους οδηγούσε στον τόπο των διακοπών τους.

Ο Άγγελος δεν σταμάτησε στιγμή να της κρατάει σφιχτά το χέρι σ' όλο το μήκος της απόστασης που 'καναν μέχρι να φθάσουε στον πανέμορφο Μόλυβο. Η Βέρα, που για πρώτη φορά πήγαινε στη Μυτιλήνη, είχε μένει έκπληκτη απ' τα δέντρα που τους συνόδευαν σ' όλο το ταξίδι τους σκιάζοντας με τα κλαδιά τους το δρόμο τους και μην αφήνοντάς τους στιγμή να πλήξουν, μαζί με τις εναλλαγές του τοπίου που την είχε μαγέψει. Όταν φθάσαν στον τόπο που ο Άγγελος είχε διαλέξει για τις πρώτες τους διακοπές, έμεινε άφωνη απ' την ομορφιά που αντίκρισε.

Ο Μόλυβος βρισκόταν στους πρόποδες ενός παλιού γενοβέζικου κάστρου, δίπλα σε μια θαυμάσια παραλία. Ο γραφικός οικισμός του με τα καλοφροντισμένα του πέτρινα σπίτια, που βρισκόταν σε αρκετό υψόμετρο, περιτριγυρισμένος από ελαιόδενδρα και μπουκαμβίλιες, έκανε τη Βέρα να νομίζει ότι ονειρευόταν. Το χωριό θύμιζε σκηνικό παραμυθιού και μεμιάς την έκανε να τ' αγαπήσει.

Φτάσαν στο ξενοδοχείο τους, το οποίο πρόβαλε βαμμένο στ' άσπρα και τα ροζ δίπλα στην παραλία της Εφταλούς, με το κύμα σχεδόν να το χαϊδεύει. Όλα ήταν υπέροχα! Ο Άγγελος τη βοήθησε να τακτοποιήσει τα πράγματά τους και καθώς πλησίαζε πια μεσημέρι, ετοιμάστηκαν για την πρώτη τους βουτιά.

Η Βέρα, φορώντας ένα φούξια μπικίνι κι ο Άγγελος με την καινούργια του εμπριμέ μπλε και άσπρη βερμούδα, κρατώντας τις πετσέτες τους, κατηφόρισαν πιασμένοι χέρι-χέρι στην πανέμορφη αμμουδιά κι αμέσως μετά βούτηξαν στα κατακάθαρα παγωμένα νερά του Αιγαίου.

Τι όμορφες που προμηνύονταν οι διακοπές τους! σκεφτόταν η Βέρα, καθώς ακολουθούσε τον Άγγελο που 'κανε μακροβούτια με την ορμή εφήβου και την ηρεμία παράλληλα να φωτίζει το γελαστό του πρόσωπο. Τι ευλογία που ήταν να είσαι κάπου με τον αγαπημένο σου! Δεν χόρταινε να τον κοιτάζει καθώς εκείνος απ' τη μια απολάμβανε το κρύο ζωογόνο νερό κι απ' την άλλη δεν την έχανε στιγμή απ' τα μάτια του.

Κολύμπησαν μετά δίπλα-δίπλα κι έτσι ξάπλωσαν και στις καθαρές πετσέτες τους που ο ήλιος είχε ζεστάνει. Απόλαυσαν τις ευεργετικές του ακτίνες με τον Άγγελο να βγάζει επιφωνήματα ανακούφισης και τη Βέρα να τον κοιτάζει και να μην τον χορταίνει. Πρώτη φορά τον έβλεπε έτσι χαρούμενο, αισιόδοξο κι επιτέλους αποφορτισμένο απ' όλα τα προηγούμενα δυσάρεστα.

Ο ήλιος τους χτυπούσε τώρα μ' όλη του τη δύναμη, καθώς είχε μεσημεριάσει και μη μπορώντας άλλο να τον υπομείνουν αλλά και με το αίσθημα της πείνας να τους κεντρίζει, ξεκίνησαν για το κοντινότερο ψαράδικο μαγαζί.

Φάγαν ωραιότατα φρεσκοψαρεμένα μύδια και καλαμαράκια, έναν πεντανόστιμο σαργό και με το γευστικότατο ουζάκι απ' το Πλωμάρι να το συνοδεύει, ανέπνευσαν για πρώτη φορά την αύρα της θάλασσας χωρίς να σκέπτονται τίποτα. Το μυαλό της Βέρας είχε αδειάσει απ' τις μυρωδιές και τις γεύσεις κι η καρδιά της ήταν γεμάτη απ' την αγάπη της για τον Άγγελο. Εκείνος την κοίταζε μες τα μάτια, της ψιθύριζε γλυκόλογα και μετά έτρεξε να της κόψει βερίκοκα απ' το δέντρο που βρισκόταν λίγα βήματα μακριά της. Τα σκούπισε γρήγορα-γρήγορα με τα χέρια του και τ' αράδιασε μπροστά της εξασφαλίζοντάς της το φρούτο που 'ξερε πως ήταν απ' τ' αγαπημένα της.

Για τη Βέρα όλ' αυτά φάνταζαν σαν ψεύτικα. Ποτέ δεν είχε δει το Χάρη να την περιποιείται έτσι, ακόμα και στους πρώτους μήνες της γνωριμίας τους, ούτε ποτέ την είχε νοιαστεί και την είχε κοιτάξει με λατρεία, όπως έκανε τώρα ο Άγγελος. Ποτέ δεν είχε νιώσει τόσο επιθυμητή κι ακριβή. Ο Δημήτρης δεν είχε προλάβει, ο άτυχος, να ζήσει έστω και λίγο μαζί της σαν ζευγάρι. Όσο για τον άλλο, ούτε τ' όνομά του δεν ήθελε να θυμάται, καθώς τώρα απολάμβανε τον καφέ της μετά απ' το ωραίο γεύμα.

Είχε τόσο πολύ απορροφηθεί απ' τις σκέψεις και τις αναπόφευκτες συγκρίσεις που 'κανε, που όταν είδε τον Άγγελο να 'ρχεται χαμογελαστός κρατώντας δύο παγωτά χωνάκια με σοκολάτα, έβαλε τα γέλια, καθώς απ' την πολλή ζέστη, εκείνα είχαν αρχίσει να λιώνουν.

Προλάβαινε όλες τις επιθυμίες της πριν καν τις εκφράσει κάνοντάς την να νιώθει σα να ήταν η μοναδική στον κόσμο. Αυτό δεν λαχταρούσε η ψυχή της; Τώρα που τον έβλεπε πάλι να θυμάται ότι αυτό ήταν τ' αγαπημένο της παγωτό, δεν μπόρεσε παρά να μακαρίσει επιτέλους τη καλή της μοίρα που την είχε μετά από τόσα χρόνια ξαναεπισκεφτεί.

Γύρισαν κατάκοποι απ' τη ζέστη και το πλούσιο φαγητό στο ξενοδοχείο τους και ξάπλωσαν αποκαμωμένοι. Το ίδιο βράδυ ξεκίνησαν για την πρώτη τους βόλτα στο Μόλυβο. Τώρα που τα φώτα είχαν ανάψει και τα μαγαζιά με τα σουβενίρ είχαν ανοίξει τις μικρές κομψές τους πόρτες, το χωριό ήταν σαν βγαλμένο από παραμύθι, με το κάστρο του να φωτίζεται με επιμελημένη φροντίδα και τους επισκέπτες του να συνωστίζονται κεφάτοι στους στενούς του δρόμους.

Η Βέρα με τον Άγγελο περπατούσαν κρατημένοι, όπως πάντα, χέρι με χέρι, γυρίζοντας άσκοπα στα γραφικά του σοκάκια, σταματώντας μόνο για να δουν κάτι απ' τα αντικείμενα που τραβούσαν την προσοχή τους. Ο Άγγελος ήθελε να της τ' αγοράσει όλα κι αν η Βέρα δεν τον σταματούσε, θα ήταν ικανός να τη γεμίσει μ' όλα όσα πίστευε πως θα της ταίριαζαν.

Όμως η Βέρα δεν είχε ανάγκη από δώρα. Απ' αγάπη είχε ανάγκη κι από τρυφερότητα κι αυτά τα 'παιρνε συνέχεια σε βαθμό που ούτε μπορούσε να φανταστεί απ' τον ερωτευμένο Άγγελο. Ήταν τόσο ευτυχισμένη που νόμιζε πως πετούσε! Ένιωθε σαν μικρό κοριτσάκι που το 'παιρναν για την πρώτη του βόλτα σ' ένα καινούργιο θαυμάσιο κόσμο.

Τι ωραίο που ήταν να είναι κανείς ερωτευμένος και να χαίρεται μ' αυτό το συναίσθημα που την πλημμύριζε και την έκανε να ξεχνάει όλα τ' άσχημα και δυσάρεστα. Τι δώρο ήταν αυτό το ξεχασμένο για χρόνια συναίσθημα που ζούσε!

Όλες τις υπόλοιπες μέρες που μείνανε στη Μυτιλήνη τις περάσανε με πρωινές βουτιές, μ' απογευματινές βόλτες με τ' αυτοκίνητο και με βραδινούς περιπάτους στο ευλογημένο εκείνο νησί. Το τελευταίο πρωινό, πριν ξεκινήσουν για το ταξίδι της επιστροφής, το πέρασαν στην πόλη θαυμάζοντας τα ωραιότατα νεοκλασικά της σπίτια κι αγοράζοντας όλα τα τοπικά προϊόντα που υπήρχαν.

Μέσα στ' αεροπλάνο που τους γύριζε πίσω ήταν κι οι δυο αμίλητοι, με τον Άγγελο να ξαναπαίρνει σιγά-σιγά την έκφραση της μελαγχολίας απ' το τέλος εκείνων των πρώτων τους διακοπών και με κάποια αγωνία καθώς θα 'πρεπε ν' αντιμετωπίσει πάλι αυτά που 'μεναν σ' εκκρεμότητα, τα οποία δεν ήταν και λίγα.

Η Βέρα ήταν πιο ήρεμη αλλά κι εκείνη είχε ήδη αρχίσει να νοσταλγεί τον πηγαιμό τους δέκα ημέρες πριν και τις μέρες που είχαν περάσει μαζί. Στη Θεσσαλονίκη, την περίμεναν τα καθημερινά άνοστα κι άγνωστα και το μόνο για το οποίο λαχταρούσε να φτάσει ήταν να δει τα παιδιά της, τα οποία πρώτη της φορά είχε αποχωριστεί για τόσες μέρες.

Όταν τα είδε στο σπίτι, καθώς κι εκείνα είχαν γυρίσει την ίδια μέρα απ' τη Χαλκιδική, νόμισε πως της χάριζαν τον κόσμο όλο. Τα 'σφιγγε και τα φιλούσε χωρίς πολλά λόγια αλλά με τη συγκίνηση να τη διαπερνάει σ' όλο της το σώμα. Ήταν τόσο όμορφα στα μάτια της! Ζωηρά, μαυρισμένα απ' τον ήλιο και καταχαρούμενα που την 'βλεπαν ξένοιαστη και ξεκούραστη. Πόσο τυχερή ήταν ως μητέρα και πόσο αυτά τα τρία πλάσματα την κάναν να αισθάνεται περήφανη!

Το τι θα γινότανε με το διαζύγιό της ούτε που την απασχολούσε. Μόνο που στο σπίτι μπαινόβγαιναν οι τέσσερίς τους κι η Βέρα δεν ένιωθε τον τρόμο κάθε φορά που το κλειδί του Χάρη γύριζε στην πόρτα με τις διαθέσεις του συνέχεια άγριες, ήταν σα να το είχε κιόλας πάρει.

Τα πράγματα όμως δεν ήταν ίδια για τον Άγγελο. Κάθε μέρα όλο και κάτι γινόταν. Το σούσουρο στο νοσοκομείο και την κλινική με τις ψεύτικες κατηγορίες και τ' απίθανα σενάρια που 'πλαθε το μυαλό της γυναίκας του είχαν αρχίσει να κυκλοφορούν όλο και πιο έντονα κι εκείνος δεν μιλούσε από φόβο μήπως χειροτερέψουν τα πράγματα αλλά και μ' αφετηρία την αξιοπρέπεια που τον χαρακτήριζε.

Φυσικά, η Βέρα εξακολουθούσε να του συμπαραστέκεται και να τον στηρίζει όσο εκείνος, ανήμπορος ν' αντιμετωπίσει τις τρελές εκείνες καταστάσεις, έδειχνε σ' όλους τους άλλους ψύχραιμος. Όταν όμως μέναν οι δυο τους, τής εξομολογούνταν τις αγωνίες και τους προβληματισμούς του. Δεν είχε έρθει καθόλου σ' επαφή με τη γυναίκα του όλο το διάστημα από κείνο το βράδυ που είχε παρακολουθήσει το τηλέφωνό του κι είχε μάθει για τη σχέση του με τη Βέρα. Ίσως να ήταν δικαιολογημένη η οργή που 'βγαζε εναντίον *του αλλά το να γυρίζει εδώ κι εκεί κατηγορώντας τον με χίλια δυο ψέματα χωρίς να σέβεται ούτε ιερό ούτε όσιο, προσβάλλοντας και την επαγγελματική του υπόσταση, αυτό ήταν κάτι που σιγά-σιγά στρεφόταν σαν μπούμεραγκ εναντίον της ακόμη και γι' ανθρώπους που τη συμπαθούσαν. Το να κυκλοφορεί δε και μαυροφορεμένη, είχε σαν αποτέλεσμα ν' αρχίσουν να τη θεωρούν γραφική. Έτσι, λίγο-λίγο έχασε την υποστήριξη των φίλων και γνωστών της που μέχρι τότε ήταν με το μέρος της. Όσο για διαζύγιο ούτε λόγος! Μέσα στ' άλλα που 'λεγε απειλούσε πως δεν θα του το 'δινε ποτέ.*

Αυτά κι αυτά κάναν τον Άγγελο να είναι περίλυπος κι αν υπήρχε στο μυαλό του έστω και μια πιθανότητα να ξαναζήσει μαζί της, εκείνη η ίδια του την ακύρωσε με τη συμπεριφορά της.

Γύρω στα μέσα του Οκτώβρη, έξι μήνες μετά τα γεγονότα που ανέτρεψαν τη ζωή της Βέρας και του Άγγελου, είχαν αρχίσει δειλά-δειλά να κυκλοφορούν μέσα στην πόλη. Η οικογένειά του την είχε δεχτεί μ' αγάπη. Όσο για τους γονείς της, μετά το πρώτο σοκ κι αφού άκουσαν με λεπτομέρειες όσα η κόρη τους περνούσε τόσα χρόνια, το είχαν πια πάρει απόφαση πως ό,τι είχε γίνει ήταν για το καλό της. Έτσι, με χαρά δέχτηκαν κι εκείνοι να γνωρίσουν τον Άγγελο. Τουλάχιστον έτσι, με τις οικογενειακές εκείνες συμμαχίες, οι δυο ερωτευμένοι δεν είχαν πια να τους σκέφτονται. Τουλάχιστον από κείνη την πλευρά είχαν εντελώς ησυχάσει.

Γρήγορα ήρθαν τα πρώτα Χριστούγεννα που τ' άτυπο ζευγάρι θα περνούσε μαζί. Ο Άγγελος κατέφθασε μια μέρα στο σπίτι της Βέρας κουβαλώντας με τη βοήθεια δύο άλλων ένα τεράστιο έλατο, το οποίο αμέσως σηματοδότησε την γιορταστική ατμόσφαιρα με το συμβολισμό του. Το 'στησε σε μια άκρη του τεράστιου σαλονιού και την άλλη κιόλας μέρα το στόλισαν όλοι μαζί με χρωματιστές μπάλες που ο ίδιος είχε φροντίσει ν' αγοράσει. Η Βέρα βάλθηκε να διακοσμήσει το υπόλοιπο με κάθετι που του ταίριαζε συμβάλλοντας κι εκείνη απ' τη μεριά της στο χαρούμενο κλίμα του σπιτιού. Ένα ίδιο έλατο, αλλά μικρότερο, αγοράστηκε και για το σπίτι του Άγγελου όπου περίμενε κι εκείνος πώς και πώς την κόρη του για τις μέρες των Χριστουγέννων κι οι δυο τους το διακόσμησαν με τα πιο ωραία και λαμπερά στολίδια.

Το κορίτσι, που είχε την ίδια ηλικία με το μικρότερο παιδί της Βέρας, ήταν καλοσυνάτο κι ευγενικό όπως ο μπαμπάς του. Στην αρχή τη δέχτηκε με δισταγμό, αλλά μετά και σχετικά γρήγορα -όπως εξάλλου τα περισσότερα παιδιά- ενσωματώθηκε στην παρέα των δικών της.

Οι γιορτές κύλησαν πολύ ευχάριστα για όλους εκείνη τη χρονιά. Ιδιαίτερα για τη Βέρα που τις ένιωσε όπως παλιά, στο πατρικό της σπίτι με τη ζεστασιά και τη γλυκιά ατμόσφαιρα των ημερών να γεμίζουν την ψυχή της. Με τον Άγγελο αγόρασαν δώρα για όλους, βάλαν τα πακέτα κάτω απ' το δέντρο και μετά, όταν ήρθε η ώρα να τ' ανοίξουν, επιφωνήματα πλημμύρισαν το σπίτι απ' τη χαρά που όλοι οι υπόλοιποι τα δέχτηκαν.

Η Βέρα είχε αγοράσει για τον Άγγελο ένα χρυσό ρολόι κι εκείνος της πήρε ένα πανέμορφο βραχιόλι με δυο αμέθυστους τοποθετημένους συμμετρικά στα δυο του τελειώματα. Βγάλαν φωτογραφίες, διασκέδασαν κι όταν 'φυγαν τα παιδιά με την παρέα τους για να συνεχίσουν τη βραδιά τους, η Βέρα ένιωσε για πρώτη φορά ότι γιόρταζε Χριστούγεννα. Στο ίδιο γιορταστικό κλίμα πέρασε κι η Πρωτοχρονιά και το κλείσιμο εκείνης της χρονιάς σηματοδότησε την αρχή ενός καινούργιου κεφαλαίου στη ζωή της.

Τα πράγματα βέβαια δεν εξελίχθηκαν εύκολα στη συνέχεια. Το διαζύγιο της Βέρας σήμαινε ένα θάνατο. Ένα θάνατο ο οποίος επειδή δεν είχε το στοιχείο της ανθρώπινης απώλειας με τον οποίο κανείς συμβιβάζεται με τον καιρό, αλλά ήταν ένας θάνατος του τρόπου ζωής, των πραγμάτων και κυρίως της πανίσχυρης συνήθειας που όλ' αυτά είχαν σχηματοποιηθεί μέσα απ' τα είκοσι δύο χρόνια συμβίωσής της με τον Χάρη, της δημιούργησε ένα αίσθημα αποτυχίας και πικρίας για το δυσάρεστο τέλος της σχέσης αυτής.

Ωστόσο, το σπουδαιότερο ήταν ότι υπήρχαν τα παιδιά που θα 'μεναν για πάντα ο συνδετικός τους κρίκος. Αυτό όλοι λίγο πολύ το εκμεταλλεύονται και βέβαια, ο Χάρης στη συνέχεια θα το χρησιμοποιούσε ως όπλο άλλοτε υποδηλώνοντας την παρουσία του μέσω αυτών κι άλλοτε δημιουργώντας στη Βέρα συναισθήματα τύψεων κι ενοχών.

Τους πρώτους μήνες του χωρισμού τους ο Χάρης παρίστανε τον πολιτισμένο κι ήπιο συνεργάτη περιμένοντας ίσως μ' αυτή του τη συμπεριφορά να επηρεάσει τη συμπεριφορά και των άλλων προς όφελός του. Όμως, καθώς οι μήνες περνούσαν κι οι προσδοκίες του δεν επαληθεύονταν, άρχισε να της κάνει έναν άτυπο πόλεμο.

Ενώ μέχρι τότε έκανε κυριολεκτικά τη ζωή του χωρίς να ενδιαφέρεται για κανέναν τους, τώρα είχε αρχίσει να διεκδικεί ώρες απ' τα παιδιά παριστάνοντας τον αδικημένο και πολλές φορές τα 'φερνε σε δύσκολη θέση με τις παράλογες απαιτήσεις του. Ξαφνικά, αποφάσισε να παίξει το ρόλο του πατέρα σε μια περίοδο που τα παιδιά τελείωναν την εφηβεία τους κι είχαν αρχίσει να κάνουν επιλογές, τόσο στην προσωπική τους ζωή όσο και στις εναλλακτικές λύσεις για την επαγγελματική τους.

Με λίγα λόγια, τα παιδιά είχαν ανοίξει πια τα φτερά τους διεκδικώντας το μερίδιό τους, όπως κάθε ενήλικας κι η εποχή ήταν ολωσδιόλου ακατάλληλη για να παίξει κανείς τον ρόλο του ως πατέρας. Αυτά έπρεπε να είχαν γίνει προ πολλού, όταν ακόμη διαμορφωνόταν ο χαρακτήρας τους κι είχαν ανάγκη κι απ' τους δύο γονείς.

Όμως, εκείνο τον καιρό, είχαν ανάγκη να πάρουν τη ζωή τους στα χέρια τους κι ο Χάρης είχε διαλέξει παράκαιρα να παραστήσει τον πατέρα που ενδιαφέρεται για την παραμικρή λεπτομέρεια στις ζωές τους, πράγμα βέβαια στο οποίο τα παιδιά δεν έδειχναν ανταπόκριση. Με τον τρόπο του όμως και τις ενοχές που τους δημιουργούσε, παριστάνοντας τον πονεμένο και μοναχικό πατέρα, τ' ανάγκαζε να φέρονται αναλόγως.

Όταν, επί χρόνια, τα περισσότερα Σαββατοκύριακα δεν ενδιαφερόταν ούτε να καθίσει στο ίδιο τραπέζι μαζί τους κι όταν ακόμη και Πρωτοχρονιές τούς είχε αφήσει μόνους, τώρα έδειχνε περισσή σπουδή στο να εξασφαλίζει *την παρουσία τους πολύ συχνά, πράγμα βέβαια που τα παιδιά το 'καναν από σεβασμό αλλά χωρίς καμία απολύτως όρεξη.*

Η ειρωνεία ήταν ότι προτιμούσαν να βρίσκονται με τη μαμά τους και τον Άγγελο παρά μαζί του. Έτσι, όταν βρίσκαν αληθοφανείς δικαιολογίες, απέφευγαν αυτό τον συγχρωτισμό αλλά όταν δεν γινόταν αλλιώς, πηγαίνα-νε με το ζόρι συντομεύοντας όσο μπορούσαν τη συνύπαρξή τους μαζί του.

Αυτά έβλεπε η Βέρα κι απ' τη μια χαιρόταν που, έστω κι έτσι, ο Χάρης είχε αρχίσει ν' ασχολείται με τα παιδιά απ' την άλλη όμως, θύμωνε με την υποκρισία και τους ψεύτικους ισχυρισμούς του κάθε φορά που ήθελε να πετύχει το σκοπό του. Ωστόσο, είχε αποφασίσει να μη σταθεί ποτέ εμπόδιο στις όποιες επιθυμίες απέναντί του –στο κάτω-κάτω πατέρας τους ήταν και κατά βάθος τον είχαν ανάγκη– αφενός για να μη δυσκολεύει τη ζωή τους κι απ' την άλλη θέλοντας να τους δείξει ότι είχαν υποχρεώσεις απέναντί του έστω κι αν δεν τ' άξιζε.

Απότοκο κάθε διαζυγίου όταν υπάρχουν παιδιά, η δυσκολία στο να κρα-τηθούν όσο το δυνατό οι ισορροπίες ανάμεσα στις δύσκολες εκείνες σχέσεις. Αυτό ήταν το καινούργιο μέλημα της Βέρας. Ακόμη κι όταν είχαν δίκιο, επιστρέφοντας απ' τις συναντήσεις τους μαζί του εκνευρισμένα, προσπα-θούσε να εξασφαλίσει εκείνες τις ισορροπίες που πολλές φορές την ανάγκα-ζαν να του δίνει δίκιο κι ας μην τ' άξιζε.

Ξέχωρα όμως απ' αυτά, η ίδια στην προσωπική της ζωή ήταν τρισευτυ-χισμένη. Ο Άγγελος ήταν δώρο Θεού για κείνη, τόση αγάπη και καλοσύνη της έδινε. Κοντά του ένιωθε άτρωτη κι ασφαλής. Ήξερε ότι θα 'κανε τα πάντα για εκείνη. Κάθε λίγο της έπαιρνε μικροδωράκια, πολύ τακτικά λου-λούδια που 'ξερε πόσο της άρεσαν και σχεδόν κάθε βράδυ όλο και κάποια βόλτα θα 'καναν πιασμένοι πάντα χέρι-χέρι, όλο και κάπου θα πήγαιναν σε μουσικές ή θεατρικές παραστάσεις.

Τώρα, η Βέρα καταλάβαινε πώς ζούσαν τα ζευγάρια που είχαν την τύχη να είναι αγαπημένα. Μακάριζε τον εαυτό της γι' αυτή τη χαρά της ζωής που της είχε ξαναδώσει ο Άγγελος και ρουφούσε στην κυριολεξία όλες τις ευκαιρίες που είχε για να βρίσκεται μαζί του.

Τον τελευταίο καιρό είχε αρχίσει μάλιστα να μένει και στο σπίτι της τα βράδια επειδή το 'θελε πολύ κι η Βέρα δεν ήθελε να του χαλάσει το χατίρι, αν και θα προτιμούσε να μην το κάνει. Δεν της ήταν εύκολο να περνούν τα βράδια τους συγκατοικώντας γιατί σκεφτόταν την αμηχανία και τις βαθύτερες σκέψεις των παιδιών της, τα οποία ίσως δεν θα 'θελαν να τον βλέπουν να κυκλοφορεί μέσα στο σπίτι που πριν λίγο καιρό βλέπαν τον μπαμπά τους.

Ήταν κι αυτό μια απ' τις επιπτώσεις του διαζυγίου που είχε ν' αντιμε-τωπίσει η Βέρα και πολλές φορές αν και του 'κανε διάφορους υπαινιγμούς ως προς αυτό και βλέποντας πόσο πολύ είχε ο Άγγελος ανάγκη όχι μόνο απ' την παρουσία της αλλά και απ' οικογενειακή θαλπωρή, δεν τόλμησε να κάνει κάτι που 'ξερε πώς θα τον πονούσε.

Έπειτα τα πράγματα για τον ίδιο δεν είχαν κυλήσει, θα μπορούσε να πει κανείς, τόσο ήρεμα όσο για την ίδια. Η Βέρα έμενε στο σπίτι της, όπως πάντα, δεν είχε αναγκαστεί να φύγει διωγμένη όπως εκείνος, ούτε βρέθηκε στην ανάγκη να φτιάξει απ' την αρχή, ιατρείο, σπίτι και γενικά ν' αλλά-ξει όλες της τις συνήθειες. Εκείνος είχε κάνει πάμπολλες προσαρμογές στη ζωή του κι αντιμετώπιζε την πιθανότητα να μη μπορέσει να πάρει διαζύγιο παρά μόνο μετά τις ταπεινωτικές δικαστικές διαδικασίες.

Για το χαρακτήρα του αυτό ήταν ο χειρότερός του εφιάλτης. Στη Βέρα έβγαζε τις στεναχώριες και τους προβληματισμούς του που πλήθαιναν μέρα με τη μέρα. Όμως, πάντα με λίγες κουβέντες όσο του επιτρεπόταν απ' την ιδιοσυγκρασία του ώστε να μην τη στενοχωρεί με τα δικά του. Πολλές φορές τον έβλεπε να κάθεται σκεπτικός αλλά μόλις τον πλησίαζε αμέσως άλλαζε η έκφραση στο πρόσωπό του κι έδειχνε ότι τα ξεχνούσε.

Το μοναδικό του παιδί, που ήταν κι η μεγάλη του αδυναμία, τον τελευ-ταίο καιρό είχε μετακομίσει στο σπίτι του και με τη βοήθεια της πολύτιμης γιαγιάς, μητέρας του Άγγελου, που 'μενε κι εκείνη στο σπίτι του για να του συμπαραστέκεται όσο της επέτρεπε η προχωρημένη ηλικία της, είχε βρει το καταφύγιό του.

Οι μήνες περνούσαν έτσι. Με τον Άγγελο να δείχνει καθημερινά, όπως πάντα, την αγάπη του για τη Βέρα ακόμη και με μικρά σημειώματα που άφηνε εδώ κι εκεί μες το σπίτι κι εκείνη ανακάλυπτε εύκολα. Τίποτε απ' αυτά δεν πετούσε. Τα μάζευε ένα-ένα, τ' αποθήκευε στο συρτάρι του κομοδίνου δίπλα στο κρεβάτι της κι όποτε είχε ανάγκη να τονωθεί κι ο Άγγελος ήταν στη δουλειά του, τα 'βγαζε απ' το βελούδινο ροζ κουτί της και τα διάβαζε.

Αυτό ήταν κάτι εντελώς καινούριο στη ζωή της. Με τον Δημήτρη αλληλογραφούσαν όταν βρισκόταν με μετάθεση στην Αθήνα, αλλά μικρά σημειώματα δεν είχε τύχει ποτέ να της γράψει.

Πολλές φορές τον σκεπτόταν κι αναρωτιόταν τι να 'κανε. Με τις ανατροπές που είχαν συμβεί στη ζωή της τον προηγούμενο χρόνο, η Βέρα δεν είχε μπορέσει να κατέβει στην Αθήνα για να τον δει. Μάθαινε βέβαια τα νέα του που δεν ήταν ευχάριστα. Η κατάστασή του όλο και χειροτέρευε και πολλές φορές ο καημένος δεν είχε διάθεση ούτε και να μιλήσει. Τότε, η ψυχή της βάραινε και κοίταζε να μείνει μόνη, ολομόναχη για να κλάψει χωρίς να θέλει να επιβαρύνει τη δική του με την όποια παρουσία της, τηλεφωνική ή άμεση.

Το καλοκαίρι εκείνης της χρονιάς η Βέρα με τον Άγγελο, μόλις πήρε την άδειά του, διάλεξαν να πάνε για διακοπές στην Κέρκυρα, ή μάλλον ο Άγγελος δέχτηκε αμέσως την πρόταση που του 'κανε η Βέρα ξέροντας φυσικά την αδυναμία της για κείνο το νησί. Του είχε εξομολογηθεί απ' τον πρώτο καιρό της γνωριμίας τους τι σήμαινε για εκείνη και ποιος ήταν εκείνος που την είχε κάνει να τ' αγαπήσει με τρόπο απόλυτο. Του είχε πει τα πάντα για το Δημήτρη αλλά στη συνέχεια το ζήτημα είχε αποσιωπηθεί. Η Βέρα είχε διακρίνει ένα ανεπαίσθητο αίσθημα ζήλιας απ' τη μεριά του και δεν ήθελε με κανέναν τρόπο να τον φέρει σε δύσκολη θέση γνωρίζοντας αυτή του την αδυναμία. Κουβέντα δεν είχε γίνει από τότε για εκείνον, αλλά ο Άγγελος με την καλή του καρδιά καταλάβαινε πόσο είχε σημαδέψει τη ζωή της και το είχε σεβαστεί απόλυτα.

Έτσι, εκείνο το καλοκαίρι, για το χατίρι της, προθυμοποιήθηκε να κάνει όλα τ' απαραίτητα για το ταξίδι και τον προορισμό τους που ήταν ο αγαπημένος της απ' όλα τ' άλλα μέρη στην Ελλάδα. Ήξερε πολύ καλά ότι για τη Βέρα ήταν κάτι σαν προσκύνημα στο πανέμορφο εκείνο νησί του Ιονίου, το οποίο πάντα θα της θύμιζε την πρώτη της αγάπη. Ο Άγγελος τιμούσε και σεβόταν τις ανάγκες των άλλων -ιδιαίτερα της Βέρας- κι αυτό ήταν ένα πολύ σημαντικό προσόν στο χαρακτήρα του, κοντά σ' όλα τ' άλλα, για κείνη.

Στον Άγιο Γόρδη όπου μείνανε για δεκαπέντε ολόκληρες μέρες απολαύσανε με την ψυχή τους τις ομορφιές του μπλε και πράσινου εκείνου τοπίου, κάναν κάθε πρωί το μπάνιο τους και κάθε βράδυ κατέβαναν στην πόλη. Οι μέρες κυλούσαν θαυμάσια.

Γι' αυτό, όταν εκείνο το πρωί η Βέρα ξύπνησε από ένα εφιαλτικό όνειρο κι έχασε ολωσδιόλου τη διάθεσή της, μάταια ο Άγγελος προσπάθησε να τη συνεφέρει. Στο τέλος άρχισε να την πειράζει θέλοντας να την κάνει να μην παίρνει και τόσο σοβαρά τα τερτίπια του ασυνείδητου περιβάλλοντος μέσα στο οποίο είχε βρεθεί κατά τη διάρκεια του ύπνου της. Αλλά η Βέρα είχε μείνει, ώρες μετά αφού είχε πιει τον καφέ της, μέσα σ' εκείνη την εφιαλτική νύχτα με τα γεγονότα της που όσο περνούσε η ώρα τόσο πιο πολύ την τάραζαν.

Η ίδια δεν ήταν ούτε άνθρωπος των προλήψεων ούτ' έδινε ιδιαίτερη σημασία τις φανταστικές ιστορίες που 'πλαθε ο νους της πού και πού τα βράδια. Εκείνη η μέρα όμως ήταν αλλιώτικη. Τ' όνειρο τής είχε δημιουργήσει ένα ολόκληρο σκηνικό μέσα στο οποίο πρωταγωνιστής ήταν ο Δημήτρης.

Στην αρχή το είχε αποδώσει στ' ότι ο Άγιος Γόρδης όπου μέναν ήταν πολύ κοντά στην περιοχή που κάποτε την είχε πάει να κολυμπήσουν αλλά και τ' ότι βρισκόταν στον ίδιο του τον τόπο.

Στ' όνειρό της είχε εμφανιστεί φορώντας την άσπρη του καλοκαιρινή στολή, πανέμορφος, όπως ήταν πριν αρρωστήσει, μ' ένα χαμόγελο που φώτιζε ακόμη πιο πολύ το πρόσωπό του. Τάχα είχε πάει στο πατρικό της σπίτι χωρίς να τον περιμένει κρατώντας μια ανθοδέσμη από άσπρους κρίνους. Τα μεταλλικά καλογυαλισμένα κουμπιά και το μικρό σπαθάκι του, που φορούσε μόνο σ' ειδικές περιπτώσεις, γυάλιζαν κι αυτά και τον κάναν να μοιάζει σα να ήταν βγαλμένος από παραμύθι. Δεν είχε μπει καθόλου στο σπίτι της. Της είχε δώσει τα λουλούδια και μετά αρπάζοντάς την απ' το χέρι την πήρε τρέχοντας και την οδήγησε σ' ένα άσπρο κομψό αυτοκίνητο που μόλις είχε αγοράσει. Όμως, προτού προλάβει να μπει μέσα η Βέρα τ' αυτοκίνητο διαλύθηκε. Οι πόρτες κι ο ουρανός του εξαφανίστηκαν και φάνηκε το εσωτερικό του που δεν είχε ούτε καθίσματα ούτε τιμόνι. Ήταν βρώμικο, μες το χώμα και τις ακαθαρσίες, βρωμούσε αφόρητα και το χειρότερο: Την ίδια στιγμή τεράστιοι αρουραίοι βγήκαν απ' το πουθενά κι όρμησαν προς το μέρος της. Πανικοβλημένη στράφηκε η Βέρα για βοήθεια στον Δημήτρη που δεν φαινόταν πουθενά. Ήθελε να τρέξει, να φύγει μακριά από κείνο το φρικιαστικό αυτοκίνητο με τα βρωμερά τρωκτικά αλλά τα πόδια της δεν την υπάκουαν. Γύρισε προς το σπίτι της να ζητήσει βοήθεια απ' τους γονείς της αλλά ούτ' εκείνο βρισκόταν στη θέση του. Μια αχανής έκταση σαν έρημος υπήρχε ώσπου 'φτανε το μάτι της κι άνθρωπος πουθενά.

Έτσι είχε ξυπνήσει εκείνο το πρωί η Βέρα, επηρεασμένη απ' όλα όσα είχαν συμβεί στο όνειρό της. Ο Άγγελος, ο οποίος είδε κι απόειδε πως δεν μπορούσε με τίποτα να την κάνει να γελάσει ή έστω να βγάλει απ' το μυαλό της την εφιαλτική προηγούμενη νύχτα, κατέβηκε και της έφερε το πρωινό στο δωμάτιο ελπίζοντας πως θα τη συνέφερε. Αλλά εκείνη τίποτα. Σχεδόν δεν άγγιξε τίποτα από κείνα που βρισκόταν μέσα στον περιποιημένο δίσκο.

Βγήκε στο μπαλκόνι του δωματίου τους που 'βλεπε στο γαλάζιο Ιόνιο και κουλουριάστηκε στην ψάθινη πολυθρόνα του εξωτερικού του σαλονιού. Με βλέμμα αφηρημένο, μη ζώντας ακόμη μες την πραγματικότητα, μόλις και μετά βίας άκουσε τον Άγγελο να της λέει πως θα κατέβαινε για λίγο στην πόλη για κάποια δουλειά και θα γύριζε γρήγορα. Δεν στράφηκε καν να τον δει, σα να βρισκόταν μόνη της μέσα στο γαλάζιο και πράσινο χρώμα που την περιέβαλε. Δεν πρόσεξε την ώρα που μεσολάβησε μέχρι να πάει και να γυρίσει. Βρισκόταν στον κόσμο της, απομονωμένη στο περιβάλλον εκείνου του ονείρου.

Όταν ο Άγγελος γύρισε, δεν άκουσε ούτε την πόρτα ν' ανοίγει. Τον ένιωσε απ' το χάδι του στην πλάτη της και την ευωδιά απ' τα λουλούδια που είχε αφήσει πάνω στα πόδια της. Γύρισε και τον κοίταξε. Ήταν ιδρωμένος, ανήσυχος, ίσως λίγο κουρασμένος απ' την προσπάθεια που είχε κάνει να τρέξει για να της αγοράσει τα λουλούδια και το κυριότερο, να κάνει τη διαδρομή πήγαιν' έλα μέσα σε μια ώρα.

Εκείνη τη στιγμή μόνο η Βέρα συνήλθε. Του χαμογέλασε βλέποντας το ερωτηματικό του βλέμμα κι ένιωσε πως τον αγαπούσε πιο πολύ από κάθε άλλη φορά. Σηκώθηκε και χώθηκε στην αγκαλιά του κοιτάζοντάς τον ήσυχη επιτέλους απ' το εφιαλτικό της όνειρο.

Μπήκε ακολουθώντας τον στο δωμάτιό τους κι εκεί είδε το κόκκινο μικρό κουτάκι πάνω στο μαξιλάρι της. Έβγαλε ένα επιφώνημα χαράς. Όταν άνοιξε το κουτάκι, είδε τη χρυσή καρφίτσα και μόνο τότε θυμήθηκε πως κείνη τη μέρα είχαν την επέτειό τους. Ήταν 4 Αυγούστου. Είχαν συμπληρωθεί έξι ολόκληρα χρόνια από κείνο το βράδυ που είχε πάει στο σπίτι της.

Η Βέρα έβγαλε το δώρο της απ' το κουτί του και το καμάρωσε. Με συγκίνηση θυμήθηκε ότι μαζί το είχαν θαυμάσει σε μία απ' τις βραδινές τους βόλτες στην πόλη. Ήταν η καρφίτσα που είχαν οι Κερκυραίες στην τοπική τους στολή, μεγάλη, σε σχήμα οβάλ με μια κόκκινη πέτρα σε μία απ' τις άκρες της. Η Βέρα την είχε αγαπήσει απ' την πρώτη στιγμή που την είχε δει κι ο Άγγελος, ο οποίος ανάμεσα σ' όλα τα προτερήματά του είχε και θαυμάσιο γούστο, συμφώνησε πως ήταν η καλύτερη ανάμεσα στις άλλες που είχε το κατάστημα του «Μαρόλα» το ωραιότερο σ' ολόκληρη την Κέρκυρα. Ο χρυσός της ο Άγγελος, σκεφτόταν η Βέρα, χωρίς να της πει τίποτα, έτρεξε να της την αγοράσει και να της τη χαρίσει στην επέτειό τους!

Δεν υπήρχε για τη Βέρα πιο αξιαγάπητο πρόσωπο από κείνον. Συγκινημένη τον αγκάλιασε και πάλι, ευχαριστώντας τον Θεό από μέσα της, για τον καλό άνθρωπο που της είχε στείλει, για τη σιγουριά που της έδινε η παρουσία του και για κείνες τις ευαισθησίες του, που όμοιές τους δεν είχε ξαναζήσει.

Η μέρα τους εκείνη ήταν η καλύτερη απ' τις διακοπές τους. Κατέβηκαν στη θάλασσα, χάρηκαν το μπάνιο τους και το βράδυ ξεκίνησαν για το Κανόνι όπου θα δειπνούσαν. Χέρι-χέρι μες τ' αυτοκίνητο, όπως έκανε ο Άγγελος ακόμη κι όταν οδηγούσε, χέρι-χέρι και στο τραπέζι που κάθισαν τρώγοντας και πίνοντας το κρασί τους. Η μέρα εκείνη που είχε αρχίσει τόσο άσχημα, όχι μόνο εξελίχθηκε ωραία, αλλά ήταν κι η πιο αγαπησιάρικη επέτειός τους.

Την άλλη μέρα ήταν η προτελευταία της διαμονής τους στο νησί και πήγαν κατευθείαν στην πόλη για ν' αγοράσουν τα δώρα για τα παιδιά τους και τους γονείς. Φόρτωσαν τ' αυτοκίνητό τους με σακούλες, αγόρασαν τις περίφημες μάντολες μαζί με τα κουμκουάτ, τοπικά προϊόντα και κάθισαν για το μεσημεριανό τους στο Λιστόν.

Τότε, η Βέρα βρήκε την ευκαιρία, τον άφησε για λίγο μόνο κι έτρεξε κι εκείνη να του αγοράσει το δώρο του. Βρήκε εύκολα ένα ωραιότατο γαλάζιο λινό πουκάμισο, έβαλε μέσα στο κουτί του μια καρτούλα με δυο τρυφερά λόγια και ξαναγύρισε στο τραπέζι τους στην πολύβουη πλατεία. Με ήσυχη πλέον την καρδιά της ούτε που ξανασκέφτηκε τ' όνειρο που την είχε τόσο ταλαιπωρήσει και χαιρόταν που θα γύριζαν πίσω στη Θεσσαλονίκη γιατί είχαν αρχίσει να της λείπουν τα παιδιά της.

Το ταξίδι της επιστροφής ήταν γρήγορο κι ομαλό, δεν τους κούρασε καθόλου. Το βραδάκι φτάσαν στη Θεσσαλονίκη, που ήταν ήσυχη και με τους περισσότερους κατοίκους της να λείπουν σε διακοπές. Το σπίτι, αν και κλειστό, είχε τη μυρωδιά της οικειότητας και τους καλοδέχτηκε με τον Άγγελο να κάνει σα μωρό απ' τη χαρά του όταν ξαναβρέθηκε στο περιβάλλον του.

Του άρεσαν πολύ τα ταξίδια αλλά ακόμη περισσότερο ο γυρισμός στο σπίτι. Η Βέρα τον πείραζε καμιά φορά όταν τον έβλεπε ν' ανοίγει μια-μια τις πόρτες των δωματίων σαν να 'θελε να σιγουρευτεί ότι όλα ήταν όπως ακριβώς τα είχαν αφήσει και μετά από εκείνη την καθιερωμένη επιθεώρηση να βλέπει το πρόσωπό του να γαληνεύει. Ήταν σα μικρό παιδί ο Άγγελος. Χαιρόταν με το παραμικρό κι εκτιμούσε το κάθε τι, ειδικά εκείνο που προερχόταν απ' τη Βέρα.

Την άλλη μέρα άρχιζε η δουλειά του στο νοσοκομείο κι η Βέρα βρήκε την ευκαιρία να πάει στους γονείς της, τους οποίους είχε επιθυμήσει πολύ. Έφτασε κρατώντας τα δώρα που τους είχαν φέρει απ' την Κέρκυρα χαρούμενη κι έτοιμη να τους διηγηθεί πόσο καλά είχαν περάσει. Όμως, κάτι στην έκφραση της μαμάς της, καθώς την καλωσόριζε μ' ανοικτή αγκαλιά, δεν της άρεσε. Φίλησε τον μπαμπά της, που της είχε περισσή αδυναμία και βγήκαν να καθίσουν οι τρεις τους στον ήλιο.

Η Βέρα τους περιέγραψε το ταξίδι, τις ευχάριστες διακοπές που είχαν κάνει με τον Άγγελο. Στη συνέχεια τους ρώτησε και της είπαν κι αυτοί τα νέα τους που ήταν ευχάριστα κι ενδιαφέροντα. Είχαν νέα πολλά, όμως παρόλη την χαλαρή ατμόσφαιρα στις συζητήσεις τους, η Βέρα πρόσεξε μια μελαγχολία στο βλέμμα της μαμάς της, την οποία δεν μπορούσε να δικαιολογήσει. Αφού ήταν όλα τόσο καλά γιατί προσπαθούσε κάτι να της πει κι όλο άλλαζε κουβέντα; Γιατί μισόκοβε τις φράσεις της κάθε λίγο και λιγάκι; Η μαμά της φαινόταν σαν κάτι να την απασχολεί παρότι τίποτα δεν είχε φανεί να διαταράσσει την ήσυχη καθημερινότητά τους.

Η αλήθεια είναι ότι η Βέρα δεν πολυασχολήθηκε με το να προσπαθήσει να της αποσπάσει κάτι που η ίδια δεν μπορούσε να συγκεκριμενοποιήσει. Ίσως να ήταν κι η ιδέα της. Εξάλλου, καμιά φορά όλοι οι άνθρωποι είναι με τις μέρες τους. Μόνο όταν η Βέρα σηκώθηκε να φύγει και πήγε ν' αγκαλιάσει τη μαμά της, την ένιωσε να κολλάει πάνω της αφήνοντας ταυτόχρονα έναν λυγμό να της ξεφύγει. Η ψιθυριστή φωνή της ακούστηκε: Ο Δημήτρης είχε πεθάνει δυο μέρες πριν και τον είχαν θάψει στο ξωκκλήσι που είχαν φτιάξει οι γονείς του μέσα στο κτήμα τους με τις ελιές, στα νοτιοδυτικά του νησιού.

Τα είπε όλα μονορούφι αφήνοντας πια μ' ανακούφιση τα δάκρυά της να τρέξουν στο γερασμένο της πρόσωπο. Αυτό ήταν λοιπόν! Το τέλος είχε έρθει. Όχι μόνο για τον άτυχο εκείνο άνδρα αλλά και για μια ολόκληρη εποχή που είχε στιγματίσει την εφηβεία της Βέρας και που συνέχιζε να βιώνει σιωπηλά μέσα της στη συνέχεια.

Η Βέρα δεν έβγαλε ούτ' ένα δάκρυ. Μόνο έμεινε αγκαλιασμένη με τη μαμά της ζητώντας της τώρα εκείνη στήριξη. Ήθελε να τη ρωτήσει χίλια δυο πράγματα αλλά η φωνή της δεν έβγαινε.

Η τηλεγραφική ανακοίνωση της αδυσώπητης μοίρας του Δημήτρη, όπως κι όλων των ανθρώπων, δεν την ξάφνιασε. Ήταν σα να το περίμενε. Τ' όνειρο κι η έντασή του τώρα εξηγούνταν. Τίποτε δεν ήταν συμπτωματικό ποτέ. Όλα κάτι σήμαιναν και πάντοτε τα χειρότερα συνέβαιναν όχι μόνο στις πιο ήσυχες μέρες της, αλλά πάντοτε εκεί που τίποτε δεν έδειχνε να διαταράσσει την αρμονία του κόσμου της.

Έτσι είχε γίνει και παλιά. Τότε που η Βέρα πήγε να τον δει στο νοσοκομείο που εφημέρευε, μετά την απόλαυση που είχε πάρει απ' την παρακολούθηση της ταινίας «Οι Δέκα Εντολές». Έτσι είχαν εμφανιστεί όλα τα υπόλοιπα δυσάρεστα, σε ήσυχες και καλοκουρδισμένες μέρες.

Η Βέρα ένιωθε να μην την κρατάν τα πόδια της. Σαν άψυχη κούκλα στηρίχτηκε στην αγκαλιά της μαμάς της και μετά αφέθηκε μ' όλο της το βάρος να πέφτει στην άβολη καρέκλα του χολ, η οποία επιβεβαίωσε την χρησιμότητά της όχι μόνο ως διακοσμητική.

Δεν ήξερε πόση ώρα είχε μείνει εκεί με το προσωπείο της θλίψης να δεσπόζει στην αδύναμη φιγούρα της. Τώρα είχε έρθει δίπλα της ο μπαμπάς της, αμίλητος κι εκείνος, με μόνο το ερωτηματικό του βλέμμα να δεσπόζει στο καλοκάγαθο πρόσωπό του. Δεν ήταν ώρα για λόγια. Άλλωστε, τι θα μπορούσε κι εκείνος κι η μαμά της να της πουν για να την παρηγορήσουν; Μαζί της είχαν ζήσει όλη την ιστορία, εκείνη που είχε ξεκινήσει με τόσο καλές προοπτικές για το παιδί τους κι είχε καταλήξει τραγικά, κυρίως για το νεαρό άντρα.

Πέρασε πολλή ώρα ώσπου η Βέρα να μπορέσει ν' ανοίξει το στόμα της και να βρει τα λόγια της. Τώρα ένιωθε θυμωμένη. Θυμωμένη για όλα: Για το θάνατο του Δημήτρη, για το ότι της το είχαν κρύψει και περισσότερο γιατί ήταν εκεί, δίπλα του, χωρίς να το ξέρει και μόνο μερικά χιλιόμετρα απ' τον τόπο που είχε λάβει τέλος η ζωή εκείνου του ανθρώπου, τον οποίο τόσο πολύ είχε αγαπήσει και που μέχρι εκείνη τη στιγμή φαινόταν πόσο πολύ επηρέαζε ακόμη τη ζωή της.

Της βγήκε πολύς θυμός της Βέρας και μην έχοντας πού αλλού να ξεσπά-σει, βρήκε εύκολα θύματα τους γονείς της, οι οποίοι τη χάιδευαν οι καημέ-νοι και προσπαθούσαν να την παρηγορήσουν. Όμως ήταν φταίχτες. Έτσι το 'βλεπε τώρα η Βέρα. Αυτοί φταίγαν για όλα. Έπρεπε να της το είχαν πει! Έλεγε κι έλεγε η Βέρα ανάμεσα στους λυγμούς που τώρα λυτρωτικοί τη συντάραξαν. Αυτοί φταίγαν για όλα. Αυτοί που τη θεωρούσαν ακόμη μικρή και νόμιζαν πως έπρεπε ακόμα να την προστατεύουν. Αυτοί που είχαν γίνει η αιτία να μη μπορέσει να πάει να τον δει για μια τελευταία φορά, εκείνον που ήταν συνυφασμένος με τα καλύτερά της χρόνια.

Μέσα στο θυμό της, δεν της πέρασε καθόλου η ιδέα ότι όλα τα είχαν κά-νει για να την προστατεύσουν από μια επώδυνη δοκιμασία, την οποία ήταν εντελώς ανώφελο πια να την περάσει. Η Βέρα όμως θεώρησε σαν ύβρη για τη μνήμη του να μη βρίσκεται δίπλα του και να μην μπορέσει να τον δει για μία τελευταία φορά. Αυτό δεν θα τους το συγχωρούσε. Μόλις βρήκε τις δυνάμεις της, πήρε την τσάντα της κι έφυγε χωρίς ούτε να τους αποχαιρετήσει ξορκίζο-ντας την αδικαιολόγητη εκείνη συμπεριφορά τους. Αισθανόταν πως έπρεπε να τους εκδικηθεί γιατί πίστευε ότι όχι μόνο την υποτιμούσαν, αλλά κι ότι δεν είχαν σεβαστεί τα αισθήματά της, τα οποία τους ήταν άλλωστε τόσο γνωστά.

Στον Άγγελο δεν είπε τίποτα για όλα εκείνα. Δεν τον αφορούσαν. Θα τον πλήγωνε και θα τον έκανε ν' αμφιβάλλει για το ρόλο που εκείνος ο ίδιος αντιπροσώπευε για κείνη και δεν ήταν καιρός για τέτοια. Ήταν τόσο καλός μαζί της, την στήριζε τόσο πολύ συναισθηματικά που δεν είχε κανένα δικαίωμα να του προκαλέσει έστω κι ένα τσίμπημα στην καρδιά από μία ενδεχόμενη και μάλιστα δικαιολογημένη ζήλεια.

Έκανε λοιπόν η Βέρα τ' αδύνατα δυνατά και του συμπεριφέρθηκε όπως μια συνηθισμένη μέρα τους. Μάλιστα το βράδυ, αναγκάστηκε να βγει με την παρέα του προσπαθώντας να παίξει το ρόλο της γυναίκας που είχε μόνο ευχάριστα να τους διηγηθεί απ' τις πρόσφατες διακοπές τους στην Κέρκυρα.

Έτσι πέρασαν οι μέρες και το πένθος μέσα της δεν του τ' αποκάλυψε ποτέ. Βοηθούμενη μάλιστα κι απ' τις καθημερινές υποχρεωτικές δραστηριότητες που ακολούθησαν, καθώς τα παιδιά της είχαν επιστρέψει απ' τη Χαλκιδική, δεν βρέθηκε στην ανάγκη ν' ανοίξει σε κανέναν την ψυχή της. Όπως έλεγε η γιαγιά της: «Οι πεθαμένοι με τους πεθαμένους κι οι ζωντανοί με τους ζωντανούς». Η Βέρα, μ' ενοχές βέβαια πολλές φορές, προσαρμόστηκε σιγά-σιγά σ' αυτή την ανθρώπινη αλήθεια, καθώς η ζωή κι οι απαιτήσεις της τρέχαν, πράγμα κοινό για όλους. Απ' το μυαλό της άρχισαν να διαλύονται οι άσχημες εικόνες που συνδέονταν με την αρρώστια του και στη θέση τους έμειναν μόνο τα όμορφα κι ευχάριστα που τη χρωμάτιζαν. Το ένστικτο της αυτοσυντήρησης, κοινό στους υγιείς ανθρώπους, λειτούργησε για τη Βέρα με τον ίδιο τρόπο και βοήθησε στην επιβεβαίωση των λόγων της γιαγιάς της. Το γεγονός δε πως ζούσε πια μ' έναν εξαιρετικό άνθρωπο βοήθησε στο να μπουν όλα μια ώρα αρχύτερα στα κουτάκια τους και να κλειδωθούν στο μυαλό της μια για πάντα κι όλα τα δυσάρεστα απ' τη συμβίωσή της με το Χάρη.

Η Βέρα μάθαινε από κοινούς φίλους πως εκείνος είχε κιόλας σχετισθεί με μία άλλη γυναίκα. Έδειχνε ευχαριστημένος απ' τη ζωή του κι έτσι η ίδια ήταν ήσυχη πως δεν θα την ενοχλούσε, βάζοντας στη μέση τα παιδιά τους, όπως το συνήθιζε νωρίτερα.

Πολλά βράδια που 'μενε μόνη της, καθώς ο Άγγελος είχε δουλειά στο νοσοκομείο, γύριζε με τη σκέψη της στο νεανικό της παρελθόν όπου δέσποζε η μορφή του Δημήτρη με το χαμόγελο εκείνο που τόσο χαρακτήριζε το πρόσωπό του. Θυμόταν τα ραντεβού τους, την αμηχανία της ηλικίας της και το μόνο για το οποίο μετάνιωνε ήταν που με τις αναστολές και τα «πρέπει» της εποχής δεν είχε προλάβει να τον χαρεί. Αλλά ίσως, στο τέλος-τέλος, αυτό να ήταν ένα θετικό για τις αναμνήσεις της, αφού όλα είχαν μείνει με την αστερόσκονη της εποχής εκείνης του πρώτου έρωτα που η ζωή δεν είχε προλάβει να γράψει τίποτα απ' τα αρνητικά της. Μήπως έπρεπε να αισθάνεται τυχερή που μέσα στην ατυχία της δεν υπήρχε τίποτα που να τον κατεβάζει απ' το φανταστικό βάθρο στο οποίο είχε τοποθετήσει η Βέρα τη μορφή του και την ιστορία τους; Ποιος ξέρει...

Ο Άγγελος εκείνο τον καιρό είχε πάρει προαγωγή και βρισκόταν σε μία βαθμίδα ιεραρχίας που του επέτρεπε να έχει περισσότερη μεν δουλειά την ημέρα αλλά λιγότερες υποχρεώσεις τα βράδια. Όμως, επειδή απ' τη φύση του ήταν αεικίνητος, παρέσερνε και τη Βέρα σε δραστηριότητες που δεν την άφηναν ποτέ να πλήξει. Συνέχιζε να της κάνει μικροδωράκια, να την έχει σαν κούκλα και να την κάνει να νιώθει σα να βρισκόταν στο κέντρο του κόσμου του. Στα παιδιά της φερόταν μ' άψογο τρόπο και τους γονείς της τους τιμούσε σε κάθε ευκαιρία. Όσο περνούσαν τα χρόνια και διαπίστωνε με χαρά της η Βέρα ότι ο Άγγελος ήταν το εντελώς αντίθετο του Χάρη.

Πέρασαν τα τρία πρώτα χρόνια της επίσημης κοινής τους ζωής κι ο διάβολος δεν μπορούσε ν' ανοίξει καμιά πόρτα του σπιτιού τους. Όμως, όπως φάνηκε, καραδοκούσε για τη στιγμή που θα 'κανε την επίσκεψή του.

Αυτό συνέβη τον Οκτώβριο του 1993, τη μέρα που πλησίαζαν οι βουλευτικές εκλογές. Ο Χάρης πήρε τα παιδιά για να πάνε να ψηφίσουν στη γενέτειρά του, όπου εξασκούσαν τα δικαιώματά τους τώρα που είχαν ενηλικιωθεί κι υπήρχαν τα γονεϊκά τους συμφέροντα.

Κακός οδηγός ο Χάρης με τον εγωισμό του να φαίνεται και σ' αυτό, δηλαδή τον τρόπο που αντιμετώπιζε όλους κι όλα στη ζωή του σα να ήταν ο απόλυτος άρχοντας, συνηθισμένος να κάνει πάντοτε ό,τι ήθελε, προκάλεσε ένα τρομερό τροχαίο. Καθώς έτρεχε σαν τρελός, παρουσιάστηκε ένα αδέσποτο σκυλί μπροστά του που του 'κοψε το δρόμο μ' αποτέλεσμα να τραυματιστούν όλοι και πολύ σοβαρά το ένα απ' τα παιδιά.

Η Βέρα ήταν στο σαλόνι και παρακολουθούσε τις συζητήσεις με τα προγνωστικά των αποτελεσμάτων, με τα οποία οι δημοσιογράφοι γέμιζαν τις ώρες που τους αναλογούσαν, ήρεμη κι ανύποπτη για το τι θ' ακολουθούσε. Ο Άγγελος καθόταν δίπλα της σχολιάζοντας μερικούς απ' αυτούς, οι οποίοι με τη συνηθισμένη τους έπαρση είχαν κιόλας βγάλει τ' αποτελέσματα, κι επειδή τους είχε βαρεθεί, πρότεινε στη Βέρα να πάνε μια βόλτα. Τότε χτύπησε το τηλέφωνο.

Το σήκωσε η Βέρα που μ' έκπληξή της άκουσε τη φωνή του Χάρη. Της έλεγε πως είχαν μια μικρή αναποδιά στο ταξίδι τους, ένα μικρό τρακάρισμα που όμως για προληπτικούς λόγους τους είχε οδηγήσει όλους στο νοσοκομείο. Η καρδιά της Βέρας σταμάτησε για λίγο. Κόπηκε η φωνή της, έβγαλε ένα άτονο «καλά» κι αφού έμαθε τον τόπο που βρισκόταν, το 'κλεισε και γεμάτη κακά προαισθήματα γύρισε κι είπε στον Άγγελο τι είχε συμβεί. Εκείνος πετάχτηκε όρθιος και μετά, επικοινωνώντας με το νοσοκομείο, γύρισε κάτωχρος και της είπε πως έπρεπε να πάνε κατευθείαν να τους δουν στο νοσοκομείο της πόλης, το οποίο απείχε δυόμιση ώρες απ' τη Θεσσαλονίκη.

Η Βέρα έτρεξε, ετοιμάστηκε και σε λίγο βρισκόταν μέσα στ' αυτοκίνητο με τον Άγγελο να οδηγεί σε μεγάλη σύγχυση. Εκείνη δεν είχε ακόμη συνειδητοποιήσει τι είχε ακριβώς συμβεί. Ακόμη κι όταν εκείνος της είπε πως τα πράγματα για το ένα παιδί ήταν πολύ σοβαρά, ακόμη και τότε, έδειχνε σα να μην είχε ακριβώς καταλάβει τι γινόταν.

Ο Άγγελος οδηγούσε γρήγορα, αντίθετα με τη συνήθειά του, προσπαθώντας να κρατήσει την ψυχραιμία του κι απαντώντας στη Βέρα μονολεκτικά, κάθε φορά που απ' τη σύγχυσή της του έκανε τις πιο ηλίθιες ερωτήσεις.

Ένα φυσικό φαινόμενο τους καθυστέρησε λίγο πριν να φτάσουν στη γέφυρα του Αξιού. Ξαφνικά, μπήκαν σ' ένα σύννεφο ομίχλης που κατέβαινε πολύ χαμηλά και τους έκοψε το δρόμο. Η ορατότητα έγινε σχεδόν μηδενική κι αναγκάστηκαν να πάνε σημειωτόν για αρκετή ώρα, μέχρι που η ομίχλη διαλύθηκε κι η ταχύτητα του αυτοκινήτου τους ξαναγύρισε στο κανονικό.

Ο Άγγελος εξακολουθούσε να είναι τρομερά ανήσυχος με τη Βέρα δίπλα του σε μια κατάσταση νιρβάνας, σα να μην επικοινωνούσε με το περιβάλλον. Βέβαια, τα πράγματα, όπως της είχε πει ο Χάρης, δεν είχαν τίποτε τ' ανησυχητικό. Αλλά τότε γιατί ο Άγγελος ήταν σα να 'βραζε στο ζουμί του;

Αυτά τ' αντικρουόμενα ερωτηματικά βασάνιζαν το μυαλό της που η ίδια απ' τη σύγχυσή της δεν ήταν σε θέση ν' αξιολογήσει. Σκέφτηκε ότι δεν είχε πάρει μαζί της ούτε ένα πανωφόρι, ούτε καν την τσάντα της πάνω στη φούρια της κι ευτυχώς αυτό της το ματαιόδοξο πνευματικό παραστράτημα την έβγαλε για λίγο απ' τους προβληματισμούς της.

Όταν φτάσαν στον προορισμό τους, μετά από τρισήμιση ολόκληρες ώρες, ψάξαν και βρήκαν το νοσοκομείο της πόλης όπου βρίσκονταν οι τραυματίες.

Ο Άγγελος την άφησε να περιμένει στην αίθουσα αναμονής κι εξαφανίστηκε. Ξαναγύρισε μετά απ' αρκετή ώρα με την αγωνία να έχει παραμορφώσει τα χαρακτηριστικά του προσώπου του. Τα κακά μαντάτα ακούστηκαν: Τα δύο απ' τα παιδιά είχαν τραυματιστεί ελαφρά ήταν βέβαια σε κατάσταση σοκ, αλλά η κατάσταση του τρίτου ήταν πολύ σοβαρή κι εκείνη την ώρα βρισκόταν στο χειρουργείο.

Τότε, η Βέρα κατάλαβε επιτέλους γιατί ο Άγγελος βρισκόταν σ' εκείνη την κατάσταση, χωρίς πάλι να βάζει με το μυαλό της το μέγεθος της σοβαρότητας που αντιμετώπιζε το άτυχο παιδί της. Άκουγε τι της έλεγε, αλλά ήταν σα να μη μπορούσε να καταλάβει πώς ήταν τα πράγματα εκείνη την ώρα. Ήταν σα ν' άκουγε πράγματα που αφορούσαν κάποιον άγνωστο. Τόση ήταν η σαστιμάρα της, που ακόμη κι ο υπομονετικός Άγγελος της έβαλε τις φωνές, αναγκασμένος καθώς ήταν, για να τη συνεφέρει απ' τη γελοία κατάσταση που είχε κάνει τη Βέρα να μην καταλαβαίνει, ή μάλλον να μην θέλει να καταλάβει, τι γινόταν και τι έπρεπε ν' αντιμετωπίσει.

Αλλά βέβαια για τη Βέρα, όλες τις ώρες που είχαν μεσολαβήσει απ' το τηλεφώνημα μέχρι εκείνη τη στιγμή, τα πράγματα της φαινόταν σα ν' αφορούσαν κάποιον ξένο όχι στα παιδιά της. Είχε μεσολαβήσει πάλι εκείνο το ευεργετικό μούδιασμα της σκέψης, το οποίο σε κάνει να αισθάνεσαι σαν θεατής σε μια παράσταση όπου τα δρώμενα είναι φανταστικά, γιατί αλλιώς κι ο πιο πειθαρχημένος άνθρωπος δεν μπορεί να τα διαχειριστεί. Αυτό είχε επιδράσει πάνω της, την είχε προστατέψει από υστερίες και ξεφωνητά κι αφού σαν αναισθητικό είχε δράσει στην ψυχή της αρχικά, τώρα σιγά-σιγά την άφηνε να ξαναγυρίσει στη δύσκολη πραγματικότητα που θα είχε ν' αντιμετωπίσει.

Καθώς λοιπόν το μούδιασμα παραχωρούσε λίγο-λίγο τη θέση του στην ενάργεια του μυαλού της, μόνο τότε άρχισε η Βέρα να συλλαμβάνει το μέγεθος του προβλήματος που αντιμετώπιζαν τα παιδιά της και κυρίως το ένα απ' αυτά.

Την ίδια στιγμή που όλ' εκείνα συνέβαιναν μέσα της, ο Άγγελος την ξανάφησε κι η Βέρα άκουσε φωνές που έμοιαζαν με των παιδιών της και λέγαν «μαμά, μαμά». Έτρεξε προς την κατεύθυνση που τις άκουγε και βρέθηκε σ' ένα μισοσκότεινο διάδρομο, όπου σε δύο φορεία, το ένα απέναντι στ' άλλο, ήταν ξαπλωμένα τα παιδιά που ήταν ελαφρά τραυματισμένα. Το μικρότερο έκλαιγε με φωνή αδύναμη και με το κεφαλάκι του τυλιγμένο στις γάζες κι απέναντί του τ' άλλο με τα μαλλιά του μες τ' αγκάθια και πιτσιλιές από αίμα σ' όλο του το πρόσωπο.

Πώς βρήκε τη δύναμη η Βέρα να τ' αντικρίσει ούτε κι η ίδια κατάλαβε. Άρχισε να σέρνεται πότε δίπλα στο ένα, πότε δίπλα στο άλλο με το μυαλό της σαν χωρισμένο σε τρία, όπου το τρίτο ήταν και το χειρότερο, για το παιδί που βρισκόταν ακόμη στο χειρουργείο.

Φόρεσε χαμόγελο, καθάρισε τη φωνή της και γύριζε πότε στο ένα και πότε στ' άλλο δίνοντάς τους κουράγιο κι επαναλαμβάνοντας τις ίδιες ακριβώς λέξεις: «Μη στεναχωριέσαι πουλάκι μου! Όλα είναι μια χαρά. Μια αναποδιά είναι που θα περάσει», έλεγε και ξανάλεγε η Βέρα με προσπάθεια να δείχνει πειστική και παρηγορητική.

Ο Άγγελος βρισκόταν ακόμη δίπλα στο τρίτο μέσα στο χειρουργείο. Η βραδινή νοσοκόμα που επέβλεπε τους θαλάμους γύριζε και κοίταζε τα δύο φορεία κουνώντας μόνο το κεφάλι της σα να 'λεγε: «Καημένα μου, τι πάθατε».

Κάπου μέσα σ' έναν από κείνους τους θαλάμους θα πρέπει να βρισκόταν κι ο Χάρης αλλά η Βέρα ούτε που 'κανε τον κόπο να τον σκεφτεί. Ούτε που ενδιαφέρθηκε να μάθει για τη δική του κατάσταση. Εκείνος, πάλι εκείνος, απ' τον εγωισμό και την αλαζονεία του, εκείνος ο επικίνδυνος άνθρωπος είχε δημιουργήσει εκείνο το χάλι που με τίποτα απ' τα προηγούμενα που είχε δημιουργήσει παλιότερα δεν συγκρινόταν. Είχε θέσει ο άτιμος σε κίνδυνο ακόμη και τη ζωή των παιδιών του απ' την αλλοπρόσαλλη οδήγησή του, η οποία τόσες και τόσες φορές στο παρελθόν είχε γίνει αιτία για καυγάδες με τη Βέρα. Τώρα και να πέθαινε λίγο την ένοιαζε. Τόσο άχτι ένιωθε όσο περνούσε η ώρα κι οι εικόνες με τα δύο παιδιά πάνω στα φορεία και το τρίτο στο χειρουργείο παίρναν μέσα της το πραγματικό τους εύρος.

«Ανάθεμα», σκεφτόταν η Βέρα, «ανάθεμα την ώρα και τη στιγμή που βρέθηκες στο δρόμο μου και που τώρα κόντεψες να καταστρέψεις ακόμα και τα μόνα πολύτιμα δώρα που μου 'κανες». Αν τον είχε μπροστά της εκείνη τη στιγμή, θα τον χτυπούσε. Τέτοια ήταν η μανία της, μόλις λίγο αργότερα έμαθε πως είχε συμβεί το ατύχημα. Κανένα ελαφρυντικό δεν είχε το τέρας που φιλοδοξώντας να ικανοποιήσει τον εγωισμό του ακόμα και *μέσα στο δρόμο, είχε φέρει τα παιδιά του σ' εκείνη την κατάσταση. Εκείνος είχε πάνω του όλο το φταίξιμο. Με τον εαυτό του είχε συγκρουστεί. Τον εαυτό του ήθελε να υπερνικήσει κάνοντας το κέφι του χωρίς να λογαριάζει τίποτε και κανέναν.*

Όταν η Βέρα αντίκρισε πάνω στο φορείο το τρίτο της παιδί, που ακόμη ήταν ναρκωμένο απ' το χειρουργείο στο οποίο είχε υποβληθεί, μόνο τότε άφησε τα δάκρυα να κυλήσουν γιατί δεν μπορούσε πια να τα συγκρατήσει.

Το παιδί, η κόρη της, βρισκόταν σαν άψυχη κούκλα ξαπλωμένο πάνω στο φορείο με το πρόσωπό του να έχει εκείνη την τεχνητή ηρεμία του αθέλητου ύπνου. Η κατάστασή του παραήταν βαριά ώστε να παρέμενε εκεί για νοσηλεία. Η απόσταση απ' τη Θεσσαλονίκη ήταν απαγορευτική και πόσο θα μπορούσε κανείς να μένει μακριά απ' το σπίτι και την πόλη του;

Ο Άγγελος πάλι μερίμνησε με τις γνωριμίες που είχε στον κλάδο του ώστε να είναι όλα έτοιμα για τη μετακίνηση των τριών παιδιών και κυρίως, εκείνου που δυστυχώς, θα 'πρεπε να υποβληθεί και σ' άλλα χειρουργεία, όπως είπαν οι εξαίρετοι γιατροί εκείνου του νοσοκομείου στη Λάρισα.

Η Βέρα ούτε που καταλάβαινε πια πού ήταν και τι έκανε. Κοίταζε μόνο τον Άγγελο στα μάτια γιατί μόνο σ' εκείνον βασιζόταν ολοκληρωτικά. Όλη τη νύχτα έτρεχε απ' το ένα φορείο στ' άλλο μέσα σ'εκείνον τον μισοφωτισμένο διάδρομο, παρηγορώντας και χαϊδεύοντας τα δύο παιδιά με τα ελαφρά τραύματα και περιμένοντας μ' αγωνία να ξυπνήσει το χειρουργημένο. Ο Άγγελος εκεί, βράχος να παρηγορεί και να στηρίζει εκείνη που τόσο πολύ το χρειαζόταν κι ένιωθε τόσο ανήμπορη μέσα στο δυσβάσταχτο αυτό γεγονός.

Την άλλη μέρα, γύρω στο μεσημέρι και με το βαριά τραυματισμένο παιδί να υπομένει τους αβάσταχτους πόνους, δύο νοσοκομειακά φθάσαν απ' τη Θεσσαλονίκη. Βάλαν τα δύο απ' τα παιδιά στο ένα και το πολυτραυματισμένο στ' άλλο. Η Βέρα κάθισε δίπλα του κι η πομπή με τον Άγγελο ν' ακολουθεί ξεκίνησε για τη Θεσσαλονίκη. Σ' όλη τη διαδρομή το παιδί

βογγούσε. Με το παραμικρό βουναλάκι στο δρόμο που ταρακουνούσε τ'
ασθενοφόρο να κορυφώνει εκείνο το βογγητό σε κραυγές που η ίδια δεν
άντεχε ν' ακούει, καθώς ο πόνος του της τρυπούσε την καρδιά. Η κόρη της
είχε σπασμένο αυχένα, σπασμένη λεκάνη και ράμματα απ' το χειρουργείο
στην κύστη της. Το πώς άντεχε τους τρομερούς πόνους απ' όλα αυτά ήταν
ένα μεγάλο ερώτημα.

Το κουραστικό ταξίδι τελείωσε, αλλά όχι κι οι ταλαιπωρίες που μόλις
άρχιζαν και που κανείς απ' τους γιατρούς δεν ήξερε να πει πόσο θα κρατού-
σαν. Μήνες θα 'παιρνε μέχρι να γινόταν καλά το παιδί ενώ για τ' άλλα δύο
τα πράγματα ήταν πολύ καλύτερα.

Οι μέρες κι οι μήνες που ακολούθησαν ήταν απ' τους πιο δύσκολους στη
ζωή της Βέρας και ποτέ της δεν θα τους ξεχνούσε. Τα δύο απ' τα τρία παιδιά
μείναν για δέκα μέρες στο νοσοκομείο σε διπλανά κρεβάτια και μετά γύρι-
σαν στο σπίτι. Όμως, ο δρόμος για την κόρη της θα ήταν πολύ μακρινός
και δύσκολος. Μπήκε άλλες δύο φορές στο χειρουργείο για να μπορέσουν
οι γιατροί να βάλουν τα σπασμένα κόκαλα στη θέση τους. Ο πυρετός ανε-
βοκατέβαινε απ' τα ξένα σώματα, τα σίδερα, που είχαν βάλει στο σώμα της
για να τα επαναφέρουν στην πρώτη τους κατάσταση, αλλά κυρίως η απόλυ-
τη ακινησία στην οποία την είχαν υποβάλλει, απαραίτητη προϋπόθεση γι'
αυτό, ήταν το χειρότερο απ' όλα. Τρισήμιση μήνες έμεινε ακίνητο με μια
καρτερία που είχε κάνει τις νοσοκόμες και τους γιατρούς που την κουράρι-
ζαν να τη σέβονται και να τη θαυμάζουν για τη στωικότητα με την οποία
αντιμετώπιζε την κατάστασή της.

Η Βέρα πρωί κι απόγευμα εκεί, δίπλα της να τη χαϊδεύει, να την εμψυ-
χώνει και με τρεις βάρδιες από αποκλειστικές νοσοκόμες, συνεισφορά του
μπαμπά της που φυσικά ήταν ο πρώτος που είχε συνέλθει, να στέκονται
συνέχεια στο πλευρό της προσφέροντάς της τις υπηρεσίες τους.

Κατά τ' άλλα, αυτός που είχε προκαλέσει εκείνη τη δυστυχία, περνούσε
να τη δει αραιά και μόνο τα βράδια με τη συνοδεία της φιλενάδας του. Η

σχιζοφρενική του προσωπικότητα έφτασε μέχρι στο σημείο να φωτογραφίζει το παιδί, καθώς ήταν ξαπλωμένο, φορώντας μια πανοπλία από σίδερα που είχε στο κεφάλι και στη λεκάνη της και που όταν η Βέρα το 'μαθε, φρίκιασε απ' το γεγονός, του μίλησε αλλά εκείνος γέλασε σαρδόνια κι ούτε που 'κανε τον κόπο να της απαντήσει.

Τους μήνες που το παιδί ήτανε στο νοσοκομείο φάνηκε κι η καλή καρδιά της κόρης του Άγγελου. Σχεδόν κάθε μέρα πήγαινε να τη δει προσφέροντας στη Βέρα τη συναισθηματική της στήριξη παρά την πολύ νεαρή ηλικία της. Ήταν μόλις δεκαεπτά χρονών και πρόθυμη πάντα να τη διευκολύνει όταν εκείνη το χρειαζόταν. Για τον πατέρα της, τον Άγγελο, που εκείνος κι αν τη στήριζε σε όλη τη διάρκεια της δύσκολης εκείνης περιόδου, δεν γινόταν λόγος. Βρισκόταν συνέχεια δίπλα της με τη βοήθειά του πιο ουσιαστική από κάθε άλλη φορά. Τόσο ουσιαστική, που η Βέρα ένιωθε εκείνον σαν πατέρα των παιδιών της, παρά τον πραγματικό που εκτός απ' τις επισκέψεις του και τη συνδρομή του στις αποκλειστικές νοσοκόμες, ούτε που 'κανε τον κόπο να τη ρωτήσει πώς ήταν η ίδια ή χρειαζόταν κάτι.

Όταν μετά από έξι ολόκληρους μήνες αποκαταστάθηκε η υγεία του παιδιού, η Βέρα κατέρρευσε. Τότε της βγήκε όλη η υπερένταση των μηνών που είχαν προηγηθεί, η κούραση απ' την αϋπνία κι η αγωνία όλου εκείνου του διαστήματος που 'πρεπε να δείχνει χαρούμενη κι εφησυχασμένη.

Ευτυχώς που το παιδί της είχε αρχίσει σιγά-σιγά να μπαίνει στους παλιότερους ρυθμούς του κι οι κακές μέρες που είχε περάσει άρχισαν με τον καιρό να ξεχνιούνται. Η Βέρα ξαναθυμήθηκε το φίλο των παιδικών της χρόνων, τον Andersen, που 'λεγε πως «όλα τα κακά έχουν ένα τέλος» και για μια ακόμη φορά παραδέχτηκε τη σοφή του κουβέντα. Λίγο καιρό μετά όμως κάτι άλλο άρχισε να ταράζει την ηρεμία της.

Ο Χάρης και μαζί του κι ο διάβολος συνήργησαν στο να διαταράξουν αυτή την ηρεμία που κάθε άνθρωπος είχε ανάγκη, ιδίως μετά από γερές δόσεις μεγάλης αναστάτωσης. Όψιμα άρχισε να ενδιαφέρεται για τακτικές συναντήσεις με τα παιδιά. Αυτό δεν θα σήμαινε τίποτα αν δεν επέμενε να τα βλέπει στο σπίτι όπου μέναν με τη Βέρα. Με μέθοδο και πολύ προσεκτικές κινήσεις, τέτοιες που δεν μπορούσαν να τη βρουν αντίθετη, με το ένα ή τ' άλλο πρόσχημα άρχισε να διαβαίνει την πόρτα του σπιτιού που 'μενε για είκοσι δύο ολόκληρα χρόνια, όλο και συχνότερα.

Αγόραζε μηχανήματα ακουστικής και θεάματος -πάντοτε όσα και τα δωμάτια των παιδιών- και μετά επέμενε στο να επιβλέπει την τοποθέτηση και την καλή λειτουργία τους.

Εκείνο τον καιρό, τα καλύτερα μπήκαν στο σπίτι κι όταν τελείωσε η διαδικασία, άρχισε ο Χάρης να βγάζει –για πρώτη του φορά– ευαισθησίες και συναισθήματα που κανένας τους μέχρι τότε δεν είχε δει. Κανείς φυσικά, ούτε τα παιδιά αλλά ούτε κι η Βέρα, δεν φαντάστηκε τι κρυβόταν πίσω απ'όλα αυτά. Αντίθετα, με το ατύχημα που είχε προηγηθεί, θεώρησαν όλοι τους πως οι ενοχές του ήταν εκείνες που καθοδηγούσαν τα βήματά του κι βγάζαν από μέσα του κάποια ευγενικά συναισθήματα.

Η Βέρα χαιρόταν που επιτέλους τα πράγματα είχαν τόσο αντιστραφεί. Τα παιδιά είχαν επιτέλους πατέρα όπως έπρεπε κι οι κακές μέρες της ανύπαρκτης παρουσίας του Χάρη κοντά τους είχαν περάσει ανεπιστρεπτί. Με τίποτα δεν μπορούσε να υποπτευθεί πως η καταχθόνια φύση του θα μπορούσε να επιστρατεύσει κι ένα ακόμη ταλέντο που νωρίτερα ποτέ δεν είχε φανεί. Αυτό της ηθοποιΐας. Δεν περνούσε καν απ' το μυαλό της πως εκείνος φύλαγε για το τέλος το πιο δυνατό του χαρτί.

Τελευταία είχε γίνει ο πιο γλυκός πατέρας, ο πιο στοργικός και τα παιδιά είχαν γοητευθεί απ' όλα όσα έκανε για εκείνα, υλικά αλλά κυρίως, την αγάπη και την έγνοια του γι' αυτά. Ρουφούσαν και τα τρία αυτή την όψιμη και καθόλου προβλέψιμη συμπεριφορά του Χάρη, η οποία φαινόταν σαν ευλογία για όλους.

Η ψυχή της Βέρας έπαιρνε το μερίδιο απ' αυτή την αρμονία της καινούργιας σχέσης των παιδιών με τον πατέρα τους, η οποία ζωντάνευε και *γαλήνευε απ' την αναπάντεχη αυτή τροπή. Ο καιρός περνούσε με χαρά κι ηρεμία. Σιγά-σιγά οι αναστολές που είχε για την όποια συμπεριφορά του τελευταία αμβλυνόταν κι η Βέρα αφέθηκε χωρίς ενδοιασμούς στα καινούρια και τόσο ευχάριστα δεδομένα.*

Εκεί όμως ήταν που 'κανε το μεγάλο λάθος. Γιατί παρασυρμένη απ' αυτά κι ήσυχη πια που μοιραζόταν επιτέλους τα καθήκοντά της απέναντι στα παιδιά με τον πατέρα τους, δεν κατάλαβε πως λίγο-λίγο ο Χάρης είχε αρχίσει ν' αποκτά έδαφος μέσα στο σπίτι τους. Παλαιότερα ούτε λόγος γινόταν να τον δεχθεί εκεί. Τώρα όμως, βλέποντας την μεγάλη του αλλαγή δεν έφερνε αντιρρήσεις όταν εκείνος χτυπούσε όλο και συχνότερα την πόρτα του σπιτιού της με διάφορα προσχήματα κι αφορμές που όλο και πιο πολλές γινόταν.

Κάθε φορά που ο Χάρης έμπαινε στο σπίτι ήταν όλο χαμόγελα κι ευγένειες ειδικά όταν η Βέρα του άνοιγε την πόρτα. Μετά άφηνε τους τέσσερίς τους στο σαλόνι για να τα πουν και με διακριτικότητα εξαφανιζόταν στο δωμάτιό της.

Το μεγάλο της λάθος ήταν ότι δεν σκέφτηκε πώς αισθανόταν ο Άγγελος για όλ' αυτά. Βάζοντας τα παιδιά πάνω απ' όλα δεν υπολόγισε καθόλου το πόσο άβολα εκείνος θα 'νιωθε κάθε φορά που η Βέρα του 'λεγε να καθυστερήσει λίγο παραπάνω στο ιατρείο του πριν επιστρέψει στο σπίτι ή του 'δινε ραντεβού έξω απ' αυτό, βάζοντας πάντα σε προτεραιότητα τις επισκέψεις του Χάρη που όλο και γινόταν πιο συχνές. Η Βέρα βλέποντας τον Άγγελο να μην αντιδράει καθόλου στις επισκέψεις αυτές, άφηνε τον χρόνο να κυλάει χωρίς να κάνει τον κόπο ν' αναρωτηθεί γιατί άραγε ήταν τόσο ανεκτικός μέχρι κι απαθής στα καινούργια αυτά ήθη που είχαν διαμορφώσει την καθημερινότητά τους.

Ο Χάρης όσο πιο απρόσκοπτες γινόταν οι επισκέψεις του στο σπίτι τόσο πιο πολύ τις επεδίωκε. Τόση μάλιστα ήταν η συνέπειά του που 'κανε τη Βέρα πολλές φορές ν' αναρωτηθεί μήπως και τον είχε αδικήσει κάπου. Τόσο καλός ηθοποιός αποδείχθηκε ο Χάρης που της ήταν αδύνατο να υποπτευ-

θεί πως ίσως πίσω απ' όλα αυτά να κρυβόταν κάτι υστερόβουλο. Του είχε ανοίξει τις πόρτες διάπλατα κι όσο αυτές άνοιγαν τόσο εκείνος αποκτούσε μια άτυπη θέση στο σπίτι.

Ο Άγγελος εξακολουθούσε να μην αντιδρά καθόλου κι η Βέρα εφησυχασμένη απ' αυτό δεν κατάλαβε πώς πέρασε και ξεπέρασε τα όρια της ευγενικής οικοδέσποινας. Το γεγονός ότι έβλεπε τα παιδιά της χαρούμενα και συμφιλιωμένα με τον πατέρα τους, την είχε κάνει να έχει αρχίσει κι εκείνη, χωρίς να το καταλαβαίνει, να βλέπει την οικογένεια, που τόσο πολύ είχε ονειρευτεί όλα τα προηγούμενα χρόνια, να παίρνει σάρκα και οστά κι έφτασε μια μέρα που εκείνη ένιωσε παρείσακτη μέσα σ' αυτήν.

Έβλεπε τ' όνειρό της να πραγματοποιείται κι εκείνη να μην έχει θέση μέσα σ' αυτό. Αποχαιρετούσε τα παιδιά της καθώς πήγαιναν να τον δουν, κάτι που γινόταν σχεδόν κάθε μέρα πια, και πολλές φορές είχε νιώσει την ανάγκη να ζήσει από κοντά κείνη την ευλογημένη τροπή που είχαν πάρει τα πράγματα.

Ο Άγγελος εξακολουθούσε να δείχνει αμέτοχος σ' όλα αυτά. Σα να μην είχε ιδέα για το τι θα μπορούσε να της συμβαίνει. Το δικό του μικρό λάθος ήταν πως δεν έκανε τον κόπο ν' ασχοληθεί με τα καινούρια δεδομένα, τα οποία στο κάτω-κάτω συνέβαιναν στο σπίτι που έμενε τόσο καιρό. Το μεγάλο λάθος ήταν όμως της Βέρας, η οποία συνεπαρμένη απ' το θεϊκό παίξιμο του Χάρη, αφέθηκε να παρασυρθεί στο ρομαντισμό της ιδανικής οικογένειας όπως την είχε ζήσει κοντά στους γονείς της. Παρόλο που ούτε κοριτσάκι ήταν ούτε άμυαλή, άρχισε σιγά-σιγά να πέφτει στην παγίδα του και ν' αλλάζει τη γνώμη της για τον Χάρη.

Μήπως τον είχε αδικήσει; σκεφτόταν. Ή μήπως μ' αφορμή τ' ατύχημα είχαν βγει στην επιφάνεια όλα τα πολύτιμα στοιχεία στο χαρακτήρα του; Όπως και να είχε, η διαφορά απ' τον παλιό Χάρη στον καινούριο ήταν τόσο μεγάλη κι αποδείχθηκε τόσο δυνατή ώστε η Βέρα δεν μπόρεσε να της αντισταθεί. Παρασυρμένη απ' τον ιστό που υφαινόταν γύρω της με γοητεία και που 'δειχνε σα να 'φτιαχνε την ιδανική οικογένεια, που πάντα της ονειρευόταν να ζήσει, δεν άργησε ν' αφεθεί στις λεπτότατές του ίνες, τις αριστοτεχνικά δουλεμένες. Εξάλλου, δεν ήθελε και πολλά η Βέρα για να μετακομίσει στο ροζ συννεφάκι που σχηματοποιούσε την ιδανική συμβίωση και που κάλυπτε με την απαλότητα πούπουλου τα παιδιά της. Πάντοτε πίστευε στα θαύματα που συμβαίνουν εκεί που δεν τα περιμένεις και που είσαι ανόητος αν περάσουν δίπλα σου και δεν τ' αναγνωρίσεις.

Ο Άγγελος, ο οποίος αν και ζούσε δίπλα της, φαινόταν σα να μην καταλαβαίνει τίποτε απ' τις αλλαγές που συντελούνταν μέσα της, συνέχιζε να ζει στο δικό του κόσμο. Με παθητικότητα δεχόταν να φεύγει απ' το σπίτι για να το επισκέπτεται ο Χάρης και δεν πρόβαλε ποτέ του έστω και μία αντίρρηση. Απ' την άλλη, εκείνος ενεργούσε ανενόχλητος με τη Βέρα να κάνει αναγκαστικές συγκρίσεις που όλο και πλήθαιναν και που φυσικά, δεν ήταν καθόλου προς όφελος του Άγγελου.

Η πολύχρονη συμβίωση της Βέρας με το Χάρη και τα ελλείμματά της δίναν τώρα τη θέση τους σε κυψέλες που μεθοδικά γέμιζαν με τ' ανθοφόρο προϊόν τους. Η γλύκα που απέρρεε απ' τη γεύση του, την κάναν όλο και πιο πολύ να την αναζητεί. Ο χορός της γοητείας καλά κράτησε τους επόμενους μήνες με τα στροβιλίσματά του να την παρασύρουν συνέχεια σ' όλο και πιο μεθυστικούς προορισμούς. Έτσι, όλο και πιο συχνά επιζητούσε την παρουσία του Χάρη κι όλο και περισσότερο σχηματοποιούσε μέσα της την κλειστή και ζεστή οικογένεια των παιδικών της χρόνων.

Ο Δημήτρης, ο οποίος ήταν ίσως ο μόνος που θα μπορούσε να τη βοηθήσει με τ' αλάνθαστό του κριτήριο που μεγάλωνε, όσο η αρρώστεια του προχωρούσε δεν ζούσε πια κι η Βέρα δεν είχε αυτόν τον πολύτιμο σύμμαχο που σίγουρα θα την προειδοποιούσε για τις ουτοπικές της προσδοκίες.

Η αράχνη που καραδοκούσε να την καταβροχθίσει βρισκόταν πια μια ανάσα δίπλα της κι η Βέρα δεν συνειδητοποίησε πως ακόμη και τ' όνομά του, το Χάρης, αν άλλαξες το ήτα κι έβαζες όμικρον, έκρυβε την προσωπο-

ποίηση του κακού που την παρέσυρε τελικά στην καταστροφή της. Αλλά τα μάτια της ήταν θολωμένα, η λογική της ανίσχυρη και τίποτε πια δεν μπορούσε να την βγάλει απ' τη λαθεμένη της επιλογή.

Τα λουλούδια και τα δέντρα του κήπου είχαν γίνει κόκκινα στο αίμα, όταν η Βέρα βγήκε για να ρίξει μια τελευταία ματιά στις ετοιμασίες του πάρτυ των γενεθλίων της. Το θέαμα ήταν σχεδόν τρομακτικό, καθώς η θάλασσα του Θερμαϊκού αλλά κι όλη η έκταση μέχρι τον Όλυμπο είχαν το ίδιο απειλητικό χρώμα. Τα μάτια της τσούζαν από ένα περίεργο φως, απόκοσμο, που όμοιό του δεν είχε ξαναντικρύσει. Την ίδια στιγμή, ένα σμήνος από κοράκια ήρθε και κάθισε πάνω στα κατακόκκινα δέντρα κράζοντας απειλητικά προς το μέρος της σαν άναρχη πολυμελής χορωδία κι από μακριά, όσο έφτανε το βλέμμα της, άλλα σμήνη ερχόταν προς την κατεύθυνση που είχαν μαζευτεί και τα πρώτα.

Τη Βέρα την έπιασε ένας πανικός. Ήθελε να τα διώξει απ' τον κήπο της αλλά τα στρέμματά του ήταν πάρα πολλά ώστε να υπάρχει έστω κι η παραμικρή ελπίδα πως θα μπορούσε να το κατορθώσει. Τηλεφώνησε στον κηπουρό αλλά δεν τον βρήκε κι η γυναίκα του σπιτιού είχε φύγει για να ξεκουραστεί, αφού την περίμενε μια βραδιά κουραστική.

Ήταν ολομόναχη, αντιμέτωπη μ' εκείνα τα φοβερά κόκκινα και μαύρα χρώματα απ' τ' άψυχα και τα έμψυχα που την περικύκλωναν όλο και περισσότερο. Τα μάτια της τσούζαν αφόρητα κι οι δυνάμεις της μέσα στον πανικό άρχισαν να την εγκαταλείπουν, καθώς το αίσθημα της μοναξιάς της όλο και την έζωνε.

Ήταν εντελώς αβοήθητη, τα κρωξίματα των πουλιών την είχαν κουφάνει, κι η απελπισία της είχε κόψει χέρια και πόδια. Το πιο εφιαλτικό απ' όλα ήταν που είχε αρχίσει να βλέπει αίματα να βγαίνουν απ' τα νύχια τους χωρίς να μπορεί να τα σταματήσει, ανίκανη να κάνει το παραμικρό. Σε λίγο, μια λίμνη αιματηρή σχηματίστηκε γύρω απ' τα πόδια της και το καλοσκουπισμένο μπαλκόνι μεταμορφώθηκε σε μια βρώμικη έκταση χωρίς όρια με τα τραπέζια και τις καρέκλες να επιπλέουν με κλυδωνισμούς κι όλα τα βάζα με τα λουλούδια και τα σερβίτσια να βυθίζονται μέσα της. Τίποτε δεν είχε μείνει όρθιο.

Η αγαπημένη της πολυθρόνα δεν φαινόταν πουθενά και ούτε το τραπεζάκι με τη μουσική της που επέπλεε μισοβυθισμένο δεν μπορούσε να πλησιάσει για να σώσει. Ήταν σαν όλο εκείνο το αίμα να 'βγαινε από μέσα της, σαν η ίδια να το είχε δημιουργήσει χωρίς να μπορεί να το σταματήσει. Μόνο μια γερή μπόρα θα μπορούσε να τη βοηθήσει, αυτή θα τα καθάριζε όλα. Ήταν το μόνο που πρόλαβε να σκεφτεί πριν παρασυρθεί, χωρίς αισθήσεις, στο αιματηρό της δημιούργημα.

Ο χωρισμός της Βέρας απ' τον Άγγελο ήρθε τόσο φυσιολογικά, καθώς όλο τον προηγούμενο καιρό απομακρυνόταν λίγο-λίγο από κοντά του και δεν την πείραξε καθόλου. Τώρα ήταν ελεύθερη να βρεθεί χωρίς περιορισμούς δίπλα στο Χάρη και να ζήσουν ευτυχισμένοι κοντά στα παιδιά τους ξαναφτιάχνοντας την οικογένειά τους με προϋποθέσεις που πιο ευνοϊκές δεν είχαν υπάρξει ποτέ.

Στ' όνομα αυτής της ξαναφτιαγμένης οικογένειας, η Βέρα δεν άργησε ν' ανακοινώσει στον Άγγελο την απόφασή της για το χωρισμό τους, με αρκετές τύψεις βέβαια, οι οποίες όμως γρήγορα διαλύθηκαν απ' τη δύναμη της προϋπάρχουσας οντότητας εκείνης που 'θελε να φτιάξει. Παρασυρμένη λοιπόν απ' την ευοίωνη προοπτική της δεν μπορούσε να καταλάβει πόσο πολύ τον πλήγωσε.

Εκείνο τ' απόγευμα η Βέρα ένιωσε τόσο ανάλαφρη που ντύθηκε με χαρά κι έτρεξε να βρει το Χάρη στο γραφείο του για να του ανακοινώσει τα ευχάριστα. Θα μπορούσαν να είναι πια και πάλι μαζί και να ξαναζήσουν όλα εκείνα τα καλά που δεν είχαν κατορθώσει ν' απολαύσουν νωρίτερα.

377

Έφτασε στο γραφείο του Χάρη ξαναμμένη από συγκίνηση και προσδο-
κίες και σίγουρη πως θα του 'δινε τη μεγαλύτερη χαρά με την απόφασή της.
Τη δέχτηκε με μεγάλη ευγένεια στο χώρο του, της πρόσφερε μια δροσερή
πορτοκαλάδα και την άφησε να του μιλάει με όλο τον ενθουσιασμό που είχε
αφήσει να τη συνεπάρει απ' τα καλά νέα που του 'λεγε και που ήταν τόσο
σίγουρη πως το ίδιο θ' ανταποκρινόταν κι εκείνος.

Ήταν τόση η χαρά κι η ζεστασιά που 'βγαινε από μέσα της και θέρμαινε
το πολυτελές κλιματιζόμενο γραφείο ώστε δεν συνειδητοποίησε πως γύρω
της η ατμόσφαιρα είχε αρχίσει να παγώνει, όχι απ' την τεχνητή δροσιά,
αλλά απ' τα αλαζονικά χαμόγελα του Χάρη, ο οποίος καθώς απολάμβανε
τη νίκη του, γινόταν όλο και πιο θριαμβικός.

Και εκείνη περίμενε, αφού τελείωσε, ν' ακούσει και τη δική του χαρά απ'
τα ευχάριστα, τον άκουσε με τα ίδια της τ' αυτιά να της λέει πως: «Κακώς
είχε αφήσει τον Άγγελο που τόσο την αγαπούσε, αφού ο ίδιος καθόλου δεν
είχε την ίδια επιθυμία μ' αυτήν».

Σχεδόν την κάκισε κιόλας που είχε φερθεί τόσο ανόητα κι είχε πιστέψει
πως κι ο ίδιος επιθυμούσε να ξαναγυρίσει στην οικογένειά του. Τον είχε
σίγουρα παρεξηγήσει, δεν υπήρχε άλλη εξήγηση. Είχε σκεφθεί επιπόλαια,
της είπε, κι άφησε να της φύγει ο Άγγελος, τον οποίο τόσο πολύ κι ο ίδιος
τάχα εκτιμούσε.

Η ανατροπή ήταν τόσο μεγάλη για τη Βέρα που δεν μπόρεσε ν' ανοίξει το
στόμα της. Έμεινε σαν στήλη άλατος με την μισοτελειωμένη πορτοκαλάδα στο
χέρι της, νιώθοντας ένα μούδιασμα να τρέχει σ' όλο της το σώμα. Το μυαλό της
είχε σταματήσει και το βλέμμα της είχε κολλήσει σ' έναν πίνακα μ' ένα ναυάγιο
που βρισκόταν μέσα στην επιχρυσωμένη κορνίζα πάνω απ' το κεφάλι του.

Ο Χάρης είχε πάρει την εκδίκησή του απ' την άπιστη Βέρα βάζοντας το
προσωπείο του ηθοποιού, μία απ' τις μεταμφιέσεις του που δεν της ήταν
γνωστή. Είχε παίξει άψογα τον ρόλο του, μη διστάζοντας να χρησιμοποιή-
σει ακόμη και τα παιδιά του για να πετύχει το σκοπό του.

Αλλά το φταίξιμο δεν ήταν δικό του. Ήταν της ανόητης ρομαντικής Βέρας που δεν είχε χρησιμοποιήσει τη λογική της. Δεν είχε αξιολογήσει καθόλου τις αρκετά αδέξιες ατάκες του και παρασυρμένη απ' την ακατανίκητη δική της ανάγκη για εξιδανίκευση όλων των ανθρώπινων κακών, είχε πέσει στην παγίδα του. Ψάχνοντας το καλό από δική της καθαρή ανάγκη είχε βρεθεί τώρα στο κενό να αιωρείται ολομόναχη ανάμεσα σε τύψεις για τον Άγγελο, βιώνοντας το ταπεινωτικό συναίσθημα της αποτυχημένης κι ανόητης ύπαρξής της.

Έτσι, ολομόναχη και κακίζοντας τον εαυτό της πέρασε τους μήνες που ακολούθησαν μέχρι που 'φθασε σε μηδενική βάση και μετά με πολύ κόπο και κάνοντας μικρά δειλά βήματα προσπάθησε ν' ανασυνταχθεί. Το είχε πάρει απόφαση. Ήταν η μοίρα της, η δική της ειμαρμένη που απ' τα πρώτα χρόνια της νιότης της είχε δείξει τα πανίσχυρα κοφτερά δόντια της, αλλά η Βέρα ποτέ της δεν είχε αναγνωρίσει. Αυτό ήταν το τελευταίο και πιο καίριο χτύπημά της που είχε μαυρίσει τη ζωή της μια και καλή.

Όμως, τέλος πια στη μεμψιμοιρία και στην παθητικότητα αποφάσισε ένα πρωί η Βέρα καθώς έβλεπε κι αναγνώριζε την ομορφιά της ζωής που χρωματίζονταν τώρα απ' τον πορτοκαλένιο ήλιο που 'ριχνε πλάγια τις αδύναμες ακτίνες του στην καταγάλανη καθαρή θάλασσα του Θερμαϊκού.

Εκείνο το πρωί της Κυριακής καθώς άνοιξαν τα μάτια της για πρώτη φορά μετά από πολύ καιρό, είδε τον κόσμο γύρω της αλλά και τον μακρινό Θερμαϊκό με τα ιστιοπλοϊκά και τους αθλητές που τα επάνδρωναν, βάζοντας όλα τους τα δυνατά να βγουν πρώτοι στους τοπικούς θαλάσσιους αγώνες. Για πρώτη της φορά εκείνη την Κυριακή η Βέρα αντίκρισε τον κόσμο γύρω της, όπως πραγματικά ήταν, απαλλαγμένη απ' τις ενοχές της και με γνώμονα την επιθυμία της να βλέπει πια τους ανθρώπους στην αληθινή τους υπόσταση. Καλούς και κακούς, ταπεινούς κι υψηλόφρονες.

Είχε φτάσει πια η ώρα ν' αρχίσει επιτέλους ν' αξιολογεί τα πρόσωπα και τα πράγματα με τα μάτια της ενήλικης. Δεν της μέναν πια πολλά περιθώρια για καινούργιες αναζητήσεις. Ήταν καιρός λοιπόν για ξεκαθάρισμα και προσγείωση στα δύσκολα και τα δυσάρεστα, που μόνο μετά απ' την αναγνώρισή τους με καθαρά ολάνοιχτα μάτια, ήταν δυνατό ν' αντιμετωπίσει. Υπήρχαν φυσικά πάντα τα όμορφα και τα ευχάριστα αλλά κι αυτά για να τα δεις, έπρεπε να έχεις ανοιχτά τα μάτια της λογικής.

Τα πράγματα βέβαια δεν ήταν πάντοτε εύκολα, ούτε για τη μια ούτε για την άλλη περίπτωση. Όμως, σιγά-σιγά μ' αυτή την επιβεβλημένη απ' τα γεγονότα εναρμόνισή της με τον κόσμο είδε για πρώτη φορά στη ζωή της την εναλλαγή των γεγονότων ως υπαρκτά και πότε με γέλια και πότε με δάκρυα άφηνε να την καθοδηγούν χωρίς καθόλου τριβές.

Ευτυχώς, είχε μέσα της γερά αποθέματα απ' την ξένοιαστη παιδική της ηλικία, απ' τα νανουρίσματα της γιαγιάς, απ' τις αγκαλίτσες του μπαμπά της κι αυτά, που τα θεωρούσε πάντοτε ως δεδομένα κι έτσι ήταν, είχαν αρχίσει πια να τη θωρακίζουν. Αυτή που πριν από καιρό νόμιζε πως ο κόσμος χανόταν γύρω της και πως θα 'πρεπε να γυροφέρνει ανάμεσα σ' ερείπια για όλη την υπόλοιπη ζωή της, άρχισε να τα χρησιμοποιεί όποτε ήταν απαραίτητο.

Στο κάτω-κάτω, σκεφτόταν, είχε κάνει πράγματα στη ζωή της. Είχε κάνει τη «σειρά» της, όπως έλεγε πάντοτε η γιαγιά. Είχε αποκτήσει παιδιά, έπαιρνε χαρές απ' αυτά κι απ' τα άψυχα ήταν χορτασμένη. Είχε κάνει τα ταξίδια της, είχε αγοράσει ό,τι της άρεσε, ήταν γεμάτη απ' όλα κι αυτό το τεράστιο σπίτι με το μεγάλο μπαλκόνι και τον κήπο της με τα στρέμματα μόνη της τα είχε καλλιεργήσει. Η ζωή ήταν τόσο ωραία τελικά. Αρκεί να μην άρχιζε πάλι να τα βλέπει όλα ως δεδομένα. Εξάλλου, αυτή ήταν η γοητεία της καθημερινότητας που είχε τόσα και τόσα χρώματα.

Αλλά η Βέρα ήταν άνθρωπος και δεν ήταν δυνατό να μην έχει και τις αδυναμίες της. Έτσι, αποφάσισε πως καθώς ήταν υποχρεωμένη να συμβαδίζει μ' αυτές, έπρεπε τουλάχιστον να κάνει μια προσπάθεια να τις ελαχιστοποιήσει.

Μετά από μήνες σκέψης, όπου κάτι πρόσθετε αλλά πιο πολύ αφαιρούσε απ' αυτές, κατέληξε ότι το μόνο στ' οποίο δεν θα υπέκυπτε θα ήταν στο χρώμα των λουλουδιών και των δέντρων που θα φύτευε στο εξής στον κήπο της. Θα διάλεγε αυτά που είχαν τ' απαλό ροζ, τ' απαλό κίτρινο με λίγες πιτσιλιές από πράσινο. Δεν θα υπέκυπτε στο εξής στις επιλογές του κηπουρού της ούτε θα τον άφηνε να σπέρνει και να φυτεύει τα φυτά που του περίσσευαν απ' άλλα σπίτια. Μόνη της θ' αποφάσιζε στο εξής ακόμη και για την εποχή που θα του 'λεγε να τα φυτέψει. Ήταν στο χέρι της να τα 'βλεπε να μεγαλώνουν όποτε εκείνη ήθελε. Θα του τα έπαιρνε όλα τα βαρειά σιδερένια εργαλεία και θα του άφηνε μόνο τα μικρά σύνεργα της κηπουρικής που η ίδια χρησιμοποιούσε για τις γλάστρες της. Καμιά βιάση να μπουν λιπάσματα για να μεγαλώσουν νωρίτερα απ' την ώρα τους, αλλά αργά-αργά και με πότισμα απ' τις βροχούλες ή απ' τις καταιγίδες που απαραίτητες ήταν για να πνίγουν τα βλαβερά ζωύφια που τα κατέτρωγαν.

Έτσι έκανε η Βέρα κι αυτή τη φορά έπραξε το σωστό. Γιατί με τον καιρό ο κήπος της πήρε την εικόνα που αυτή και μόνο αυτή τόσο πολύ ήθελε. Εκείνη διάλεξε τα φυτά που της άρεσε να βλέπει με τ' αγαπημένα της χρώματα κι έλεγε στον κηπουρό που έπρεπε να τα βάλει.

Με τον καιρό αποδείχτηκε πως ήταν σωστές οι επιλογές της γιατί τα ζιζάνια αλλά και τα λογής-λογής ζωύφια είχαν αρχίσει ν' αραιώνουν. Τ' απαλά χρώματα που διάλεγε είχαν τις ευεργετικές τους επιδράσεις στη διάθεσή της κι αυτό ήταν το σπουδαιότερο.

Είχε πια το πάνω χέρι κι οι επιλογές της δεν εξαρτιόταν απ' τις διαθέσεις του κηπουρού και τα παραγεμίσματα που εκείνος όλα τα προηγούμενα χρόνια αποφάσιζε. Η Βέρα απολάμβανε τ' αποτελέσματα των επιλογών της, οι οποίες δεν ήταν φανταχτερές κι επιπόλαιες αλλά ήσυχες και συγκροτημένες. Εξάλλου, δικός της ήταν ο κήπος και καθώς τον είχε εγκαταλείψει στις διαθέσεις και τα γούστα του κηπουρού, όλο το φταίξιμο ήταν δικό της.

Η εικόνα που 'βλεπε τώρα μπροστά της την δικαίωνε και μετάνιωνε που τόσα χρόνια είχε αφήσει τον κήπο στην τύχη του. Ξαπλωμένη στην αναπαυτική πολυθρόνα του μπαλκονιού εκείνο τ' απόγευμα της ημέρας των γενεθλίων της κι ήσυχη πια απ' τις αποφάσεις της, γέμιζε από υπερηφάνια και γαλήνη που επιτέλους είχε πάρει την κατάσταση στα χέρια της κι έδρεπε τους καρπούς των επιλογών της. Τυλίχτηκε καλά με το κασμιρένιο μπεζ σάλι της και βυθίστηκε στην απόλαυση της ανοιξιάτικης βραδιάς. Η μουσική, που χαμηλά ακουγόταν απ' το Γ΄ πρόγραμμα, ήταν ό,τι έπρεπε για την περίσταση, όπως πάντα εξάλλου, σύμμαχος μ' έναν τρόπο ανεξήγητο με τη διάθεση και τις επιθυμίες της.

Όλα ήταν έτοιμα για τη σημερινή μέρα. Το μόνο που είχε να κάνει η Βέρα ήταν να τη γιορτάσει όσο καλύτερα μπορούσε. Βολεύτηκε μέσα στην ευρύχωρη κι άνετη πολυθρόνα με τις γλυκιές σκέψεις. Σκέψεις για τη μέρα που είχε ξημερώσει και που περίμενε μόνο χαρές να της φέρουν.

Ένα στοργικό χάδι που συνοδευόταν από μια διστακτική σε χαμηλό τόνο φωνή, την έκανε ν' ανοίξει τα μάτια της κι η γυναίκα που περιποιόταν το σπίτι ήταν το πρώτο πράγμα που αντίκρισε η Βέρα. Μερικά δευτερόλεπτα πέρασαν μέχρι να καταλάβει πώς είχε αποκοιμηθεί και πως η ώρα είχε περάσει και 'πρεπε ήδη ν' αρχίσει να ετοιμάζεται.

Είχε περάσει πολλές ώρες σ' αυτό το μπαλκόνι. Ένιωσε μια μικρή ψυχρούλα καθώς με δυσκολία κούνησε τα χέρια και τα πόδια της. Ωστόσο, καθώς τεντώθηκε λίγο στο διάστημα που μεσολάβησε, ο φρέσκος καφές ήταν ακουμπισμένος ήδη δίπλα της στο τραπεζάκι μοσχοβολιστός. Αυτό την ξύπνησε για τα καλά. Στάθηκε στα πόδια της και συνειδητοποίησε πως η περίφημη μέρα των γενεθλίων της ήταν από ώρες εδώ.

Ρούφηξε δυο τρεις γουλιές και μπήκε γρήγορα στο δωμάτιό της. Η θαλπωρή του δωματίου της ήρθε τόσο πολύ σ' αντίθεση με την δροσιά του μπαλκονιού που σχεδόν ένιωσε σα να 'μπαινε σε φουρνάκι. Ένα ζεστό μπάνιο την συνέφερε για τα καλά κι επιτέλους νιώθοντας τις δυνάμεις της να επανέρχονται, τυλίχτηκε με το μπουρνούζι της και ξαναβγήκε στο μπαλκόνι για ν' αποτελειώσει την καφέ της. Τον τελείωσε κι ήπιε ένα δεύτερο. Ένιωσε ακόμη καλύτερα κι όταν ξαναμπήκε στο δωμάτιό της τόλμησε πια να κοιτάξει το πρόσωπό της στον καθρέφτη.

Παρόλη την αμυαλιά της ν' αφήσει να την πάρει ο ύπνος απριλιάτικα στο ανοικτό μπαλκόνι ίσως γι' αυτό και μόνο γι' αυτό το λόγο αντίκρισε ένα πρόσωπο φρέσκο και χαλαρό. Η εικόνα της της είχε κάνει το πρώτο δώρο. Ανακουφίστηκε τόσο πολύ απ' αυτή την απρόσμενη ευεργεσία της φύσης που σχεδόν ένιωσε ευγνωμοσύνη που είχε αφεθεί στα χέρια της με τις σκέψεις να την οδηγούν χωρίς αντίσταση στη ζωογόνα αγκαλιά της.

Φόρεσε τη γαλάζια φόρμα της, τ' αθλητικά άσπρα παπούτσια της κι έδεσε τα μαλλιά της, με μια γαλάζια βελούδινη κορδέλα ως συνήθως. Σήμερα έτσι ένιωθε, όπως και κάθε τέτοια μέρα του χρόνου. Στο μυαλό της ήρθαν εικόνες απ' τις τούρτες γενεθλίων που της ετοίμαζε η μαμά της και που πάντα είχαν στην κορυφή τους λευκή μαρέγκα και χρωματιστές καραμελίτσες, που ήταν πεντανόστιμες. Με τα χρόνια, η μαρέγκα είχε αντικατασταθεί από ζαχαρόπαστα κι οι καραμελίτσες από ροζ στολίσματα που σχημάτιζαν λουλούδια κι άλλα πολλά σχέδια, που πια τις επιμελούνταν ο «Αγαπητός», αξεπέραστος στη Θεσσαλονίκη για τις επετειακές του τούρτες και που ποτέ δεν λείψαν απ' τη Βέρα όσα χρόνια κι αν είχαν περάσει, όσο κι αν τύχαινε πολλές φορές να τις γεύεται με μόνη της συντροφιά τα παιδιά της. Όμως τα γενέθλιά της ποτέ της δεν είχε παραλείψει να τα γιορτάσει. Σήμερα μάλιστα, όχι μόνο περίμενε τα παιδιά της αλλά και όλους της τους φίλους.

Μ' αυτές τις σκέψεις μπήκε στ' αυτοκίνητό της που είχε σχεδόν μια βδομάδα να οδηγήσει και κατευθύνθηκε στον κομμωτή της με σιγουριά για το καλό του χέρι και τ' άψογο αποτέλεσμα.

Όταν επέστρεψε ήταν ήδη βράδυ. Στο σπίτι είχαν καταφθάσει τα λουλούδια που είχε παραγγείλει κι η μεγάλη τετράγωνη τούρτα που πάνω της, εκτός από στολίδια, έγραφε με καλλιγραφικά γράμματα «Χρόνια Πολλά Βέρα».

Τα τραπέζια στο μπαλκόνι ήταν ήδη στρωμένα με τα λευκά τραπεζομάντηλα και τα σερβίτσια είχαν ήδη μπει στη θέση τους. Οι καινούριες ομπρέλες είχαν στηθεί κι ο νεαρός που τελικά θα 'βαζε το βράδυ μουσική ήταν εκεί κι έστηνε τα μηχανήματά του. Το σπίτι μοσχοβούσε απ' τα λουλούδια που είχαν ήδη τοποθετηθεί στα ψηλά βάζα του σαλονιού και τα στρογγυλά επιτραπέζια καλαθάκια με τις ανθοσυνθέσεις για τις ροτόντες του μπαλκονιού ήταν ήδη εκεί, τοποθετημένα σα στρατιωτάκια το ένα δίπλα στ' άλλο στο σκιερό μπαλκόνι της κουζίνας, έτοιμα να μπουν στη θέση τους μόλις θ' άρχιζε για τα καλά να βραδιάζει.

Η Βέρα κοίταξε ευχαριστημένη τη γιορτινή εικόνα που παρουσίαζε όλο το σπίτι κι ήσυχα πια βάλθηκε να συντονίζει τις τελευταίες ετοιμασίες για το βράδυ.

Στις οκτώ ακριβώς κάθισε μπροστά στον καθρέφτη της κι άρχισε να βάφεται. Στ' απαλό μακιγιάζ πρόσθεσε μόνο μια έντονη λεπτομέρεια: Το κόκκινο κραγιόν της που ποτέ δεν αποχωριζόταν. Φόρεσε το σμαραγδί αέρινο φόρεμα που είχε διαλέξει για τη μέρα αυτή και φρόντισε ώστε το χρώμα του να είναι ασορτί με τα σκουλαρίκια που 'ξερε πώς θα της κάναν δώρο τα παιδιά της. Μετά έβαλε τα μαύρα σατέν πέδιλά της και την ώρα που κοίταξε στον καθρέφτη για να ελέγξει το τελικό αποτέλεσμα, άκουσε το πρώτο κουδούνισμα στην πόρτα.

Έτρεξε όλο χαρά και μ' ανοιχτή αγκαλιά να προϋπαντήσει τα τρία ζωντανά πιο αγαπημένα της λουλούδια. Τα παιδιά της.

ΕΠΙΓΕΥΣΗ

Το πάρτυ των γενεθλίων της Βέρας τελείωσε. Μαζεύτηκαν τα πιάτα και τα ποτήρια, ξεστρώθηκαν τα τραπεζομάντηλα και τα λουλούδια του μπαλκονιού ήρθαν και στόλισαν κάθε γωνιά του σαλονιού.

Οι νοικιασμένες ομπρέλες και οι καρέκλες μαζεύτηκαν από τα παιδιά που περίμεναν έξω, στο φορτηγό. Το μπαλκόνι πλύθηκε καθαρίστηκε και απέκτησε την γνώριμή του όψη, με μόνα του αξεσουάρ την σεζλόνγκ και το τραπεζάκι του καφέ. Βέβαια οι καλεσμένοι είχαν φθείρει το δάπεδό του με τους ξέφρενους χορούς τους, ενώ τα γυναικεία τακούνια το είχαν γεμίσει με στίγματα ανεπανόρθωτα.

Ευτυχώς που η μπόρα ξέσπασε τα ξημερώματα με αστραπές και βροντές που κράτησαν ώρες, κάτι βέβαια ασυνήθιστο γι' αυτό το είδος του καιρού. Όμως, ίσως έτσι έπρεπε να συμβεί. Ίσως να χρειαζόταν αυτό το γερό ξεκαθάρισμα που άλλαξε και την όψη του κήπου.

Η Βέρα μάζεψε τα μαλλιά και τα μυαλά της γύρω στο μεσημέρι. Αναρωτήθηκε για πρώτη φορά αν έπρεπε τελικά να κάνει αυτό το πάρτυ. Τα δώρα ήταν πολλά και εκλεκτά αλλά και η καταστροφή του μπαλκονιού, ιδιαίτερα όμως του κήπου της, ήταν μεγάλη. Γυμνός ήταν τώρα. Χωρίς λουλούδια, χωρίς τους θάμνους. Ακόμη και τα δέντρα είχαν ξεριζωθεί από την ορμή της φύσης, που το προηγούμενο βράδυ, είχε τα νεύρα της.

«Και τώρα τι έπρεπε να κάνει;» αναρωτήθηκε. Έπρεπε να συνεννοηθεί με τον κηπουρό για τα καινούργια λουλούδια και φυτά που έπρεπε να αγοράσει; Έπρεπε να πάει μαζί του στα θερμοκήπια για να διαλέξει τις καινούριες ποικιλίες; Έπρεπε να παραγγείλει φυτόχωμα και καινούρια οπωροφόρα; Έπρεπε να τα φροντίσει όλα από την αρχή; Και να ξόδευε μια περιουσία; Να σπαταλούσε τόνους νερού; Να μην μπορεί να τα φέρει βόλτα μόνη της, αλλά να εξαρτάται από τον κηπουρό; Και μετά πάλι να αγωνιά για την πρόοδο των λουλουδιών και των φυτών της; Σκέφτηκε, σκέφτηκε για πολλές ώρες, ίσως και μέρες και μήνες....

Μετά αποφάσισε: Όχι, δεν θα έκανε τίποτε. Τίποτε απολύτως. Θα περίμενε τη Γη ν' αποφασίσει. Εκείνη ήξερε τι έπρεπε να κάνει στον κήπο. Με ποια χρώματα ήθελε να τον στολίσει. Με ποιους καρπούς ήταν συμφέρον να τον τροφοδοτήσει. Ο ουρανός θα τον πότιζε. Η Φύση θα έκανε ό,τι έπρεπε. Εκείνη ήξερε καλύτερα από την Βέρα. Αυτό ήταν σίγουρο. Και η Βέρα τι θα έκανε; Τίποτε. Θα περίμενε με υπομονή. Μόνο με υπομονή. Έτσι θα ξεκουραζόταν η Ψυχή της.

ΤΕΛΟΣ

Μυρτώ Ζαφειροπούλου

www.ingramcontent.com/pod-product-compliance
Lightning Source LLC
Chambersburg PA
CBHW081227020726
47503CB00011B/2928